CORTE DE ASAS E RUÍNA

Obras da autora publicadas pela Galera Record

***Série* Trono de Vidro**

A lâmina da assassina
Trono de vidro
Coroa da meia-noite
Herdeira do fogo
Rainha das sombras
Império de tempestades
Torre do alvorecer
Reino de cinzas

***Série* Corte de Espinhos e Rosas**

Corte de espinhos e rosas
Corte de névoa e fúria
Corte de asas e ruína
Corte de gelo e estrelas
Corte de chamas prateadas

***Série* Cidade da Lua Crescente**

Casa de terra e sangue
Casa de céu e sopro
Casa de chama e sombra

CORTE DE ASAS E RUÍNA

SARAH J. MAAS

Tradução
Mariana Kohnert Medeiros

40ª edição

— Galera —
RIO DE JANEIRO
2026

CIP-BRASIL. CATALOGAÇÃO NA PUBLICAÇÃO
SINDICATO NACIONAL DOS EDITORES DE LIVROS, RJ

M11c Maas, Sarah J., 1986-
40ª ed. Corte de asas e ruína / Sarah J. Maas; tradução de Mariana Kohnert. – 40ª ed.
– Rio de Janeiro: Galera, 2026.
(Corte de espinhos e rosas; 3)

Tradução de: A court of wings and ruin
Sequência de: Corte de névoa e fúria
ISBN 978-85-01-11012-1

1. Ficção americana. I. Kohnert, Mariana. II. Título. III. Série.

CDD: 028.5
17-43076 CDU: 087.5

Título original:
A Court of Wings and Ruin

Revisão: Rachel Agavino e Thaís Entriel
Leitura sensível: Rane Souza

Esta tradução foi publicada mediante acordo com Bloomsbury Publishing Inc.

Texto revisado segundo o Acordo Ortográfico da Língua Portuguesa de 1990.

Direitos exclusivos de publicação em língua portuguesa somente para o Brasil
adquiridos pela
EDITORA GALERA RECORD LTDA.
Rua Argentina, 120 – Rio de Janeiro, RJ – 20921-380 – Tel.: (21) 2585-2000,
que se reserva a propriedade literária desta tradução.

Impresso no Brasil

ISBN 978-85-01-11012-1

Seja um leitor preferencial Record.
Cadastre-se no site www.record.com.br e receba informações
sobre nossos lançamentos e nossas promoções.

Atendimento e venda direta ao leitor:
sac@record.com.br

EDITORA AFILIADA

Para Josh e Annie —
Um presente. Todo ele.

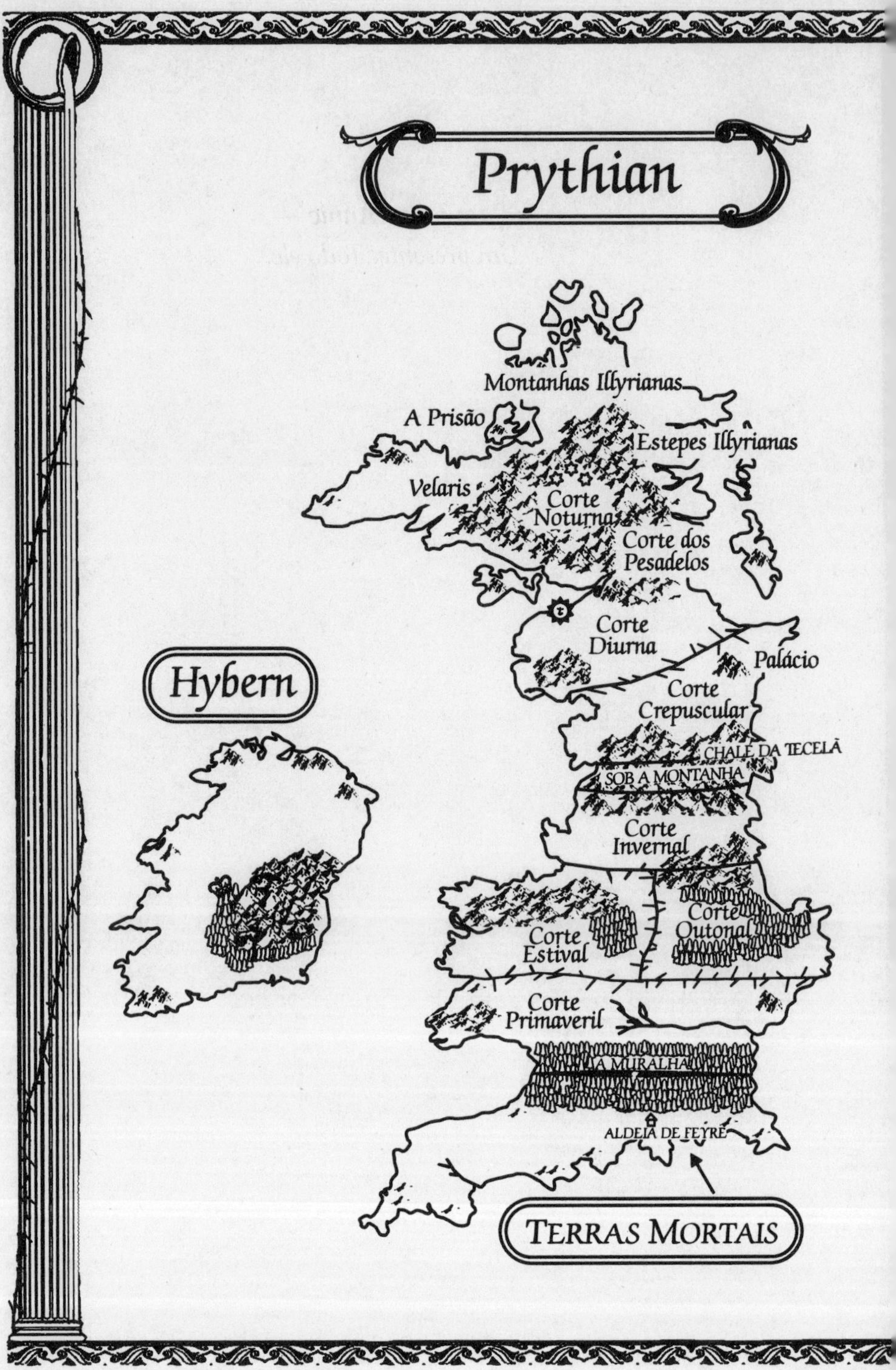
Prythian
Montanhas Illyrianas
A Prisão
Estepes Illyrianas
Velaris
Corte Noturna
Corte dos Pesadelos
Corte Diurna
Palácio
Hybern
Corte Crepuscular
CHALÉ DA TECELÃ
SOB A MONTANHA
Corte Invernal
Corte Outonal
Corte Estival
Corte Primaveril
A MURALHA
ALDEIA DE FEYRE
TERRAS MORTAIS

Vallahan
Montsere
Rask
Terras Feéricas
Ao Norte para os Reinos Feéricos
A Muralha
Scythia
Ao Sul para as Terras Mortais
Terras Mortais

Rhysand
Dois anos antes da muralha

O zumbido das moscas e os gritos dos sobreviventes tinham, havia muito, substituído o rufar dos tambores de guerra.

O campo de batalha era agora uma vastidão de corpos emaranhados, humanos e feéricos, interrompidos apenas pelo despontar de asas quebradas para o céu cinzento ou pelo volume esporádico de um cavalo morto.

Com o calor, apesar da espessa cobertura das nuvens, o cheiro em breve ficaria insuportável. Moscas dardejavam sobre olhares imóveis focados no vazio. Não diferenciavam carne mortal da imortal.

Abri caminho pela planície, que um dia fora gramada, observando as bandeiras semienterradas em lama e sangue. Precisei da maior parte da força que me restava para impedir as asas de se arrastarem sobre cadáveres e armaduras. Meu próprio poder se esgotara muito antes do fim da carnificina.

Tinha passado as últimas horas lutando como os mortais a meu lado: com espadas, punhos e força bruta, concentração irrefreável. Seguramos as linhas de frente contra as legiões de Ravennia — hora após hora, mantivemos o front, como meu pai ordenou que eu fizesse, como eu sabia que deveria fazer. Hesitar ali teria sido o golpe fatal contra nossa resistência, já em frangalhos.

A fortaleza que se erguia a minhas costas era valiosa demais para ser entregue aos Legalistas. Não apenas devido à localização, no coração do continente, mas pelas provisões que abrigava. Pelas forjas que queimavam dia e noite na ala oeste, esforçando-se para abastecer nossas forças.

A fumaça daquelas forjas agora se misturava às piras que se inflamavam atrás de mim conforme eu seguia, observando o rosto dos mortos. Fiz um lembrete para enviar quaisquer soldados de estômago forte a fim de tomar as armas, independentemente de a que exército pertencessem. A necessidade era desesperadora demais para nos incomodarmos com honra. Principalmente porque o outro lado não se importava com nada.

Tão quieto; o campo de batalha estava tão quieto, comparado com o massacre e o caos que tinham finalmente cessado horas antes. O exército Legalista batera em retirada em vez de se render, deixando seus mortos aos corvos.

Contornei um cavalo capão morto, os lindos olhos do animal ainda arregalados de terror, as moscas cobrindo o flanco ensanguentado. O cavaleiro estava retorcido sob o cavalo, a cabeça parcialmente decepada. Não por um golpe de espada. Não, aquelas lacerações brutais eram de garras.

Não cederiam facilmente. Os reinos e os territórios ávidos por humanos escravizados não perderiam aquela guerra, a não ser que não tivessem escolha. E ainda assim... Havíamos aprendido do modo mais difícil, bem no início, que não tinham apreço pelos antigos rituais e, regras de batalha. E, quanto aos territórios feéricos que lutavam ao lado dos guerreiros mortais... seríamos esmagados, como vermes.

Espantei uma mosca que zumbia em meu ouvido, minha mão estava coberta de sangue seco, meu e de outrem.

Sempre considerei a morte um tipo de boas-vindas pacífico; uma cantiga doce e triste que me atrairia para o que quer que esperasse depois.

Eu me agachei com a bota da armadura sobre o mastro da bandeira de um estandarte Legalista, borrando com lama vermelha o javali bordado contra o fundo esmeralda.

Então me perguntava se a cantiga da morte não seria uma bela canção, mas sim o zumbido das moscas. Se moscas e vermes seriam as damas de companhia da Morte.

O campo de batalha se estendia pelo horizonte em todas as direções, exceto para a fortaleza a minhas costas.

Por três dias os contivemos; por três dias lutamos e morremos ali. Mas mantivemos a posição. Por diversas vezes, reuni humanos e feéricos, me recusei a deixar os Legalistas passarem, mesmo quando atingiram nosso vulnerável flanco direito com novas tropas no segundo dia.

Usei meu poder até que não passasse de fumaça nas minhas veias, e então usei meu treinamento illyriano até que empunhar escudo e espada fosse tudo o que me restasse, tudo o que eu pudesse fazer contra as hordas.

Uma asa illyriana meio destroçada despontava de um aglomerado de cadáveres de Grão-Feéricos, como se tivessem sido necessários todos os seis para derrubar o guerreiro. Como se ele tivesse levado todos consigo.

Minha pulsação atravessou meu corpo exaurido conforme eu jogava longe os cadáveres empilhados.

Reforços haviam chegado ao alvorecer do terceiro e último dia, enviados por meu pai depois de minha súplica. Estava perdido demais na fúria da batalha para notar quem eram, além de uma unidade illyriana, principalmente quando tantos empunhavam Sifões.

Mas desde as primeiras horas, quando mudaram o rumo da batalha e nos salvaram, não vi nenhum de meus irmãos entre os vivos. Não sabia se Cassian ou Azriel sequer haviam lutado na planície.

O último era improvável, pois meu pai o mantinha por perto para espionar, mas Cassian... Cassian poderia ter sido reposicionado. Não duvidaria se meu pai o tivesse enviado para uma unidade com maior probabilidade de ser massacrada. Como aquela tinha sido, praticamente deixando o campo de batalha mais cedo, mancando.

Meus dedos doloridos e ensanguentados se enterraram em armadura amassada e carne suada e rígida quando afastei o último dos cadáveres dos Grão-Feéricos empilhados sobre o soldado illyriano caído.

Os cabelos pretos, a pele marrom... Iguais aos de Cassian.

Mas o rosto, cinzento como a morte e que encarava o céu, não era o de Cassian.

Perdi o fôlego, meus pulmões ainda ardiam devido aos urros, meus lábios estavam secos e rachados.

Precisava de água... urgentemente. Mas, ali perto, outro par de asas illyrianas despontava dos mortos empilhados.

Tropecei, cambaleando à frente, a mente em algum lugar sombrio e silencioso enquanto ajustava o pescoço torcido para ver o rosto debaixo do elmo simples.

Não era ele.

Abri caminho entre os cadáveres até outro illyriano.

E depois outro. E outro.

Alguns eu conhecia. Outros não. Mesmo assim, o campo de batalha se estendia sob o céu.

Quilômetro após quilômetro. Um reino de mortos em putrefação.

E ainda assim eu procurava.

PARTE UM

PRINCESA DA PUTREFAÇÃO

Capítulo 1

Feyre

A pintura era uma mentira.

Uma bela e alegre mentira, transbordando flores cor-de-rosa claras e espessos raios de sol.

Havia começado, no dia anterior, um estudo despreocupado do jardim de rosas que espreitava além das janelas abertas do estúdio. Em meio ao emaranhado de espinhos e folhas acetinadas, o verde mais intenso das colinas se estendia ao longe.

Primavera incessante, determinada.

Se houvesse pintado esse lampejo da corte como minha intuição ansiava, teriam sido espinhos dilaceradores de carne, flores sufocando a luz do sol para quaisquer plantas menores e colinas íngremes manchadas de vermelho.

Mas cada pincelada na ampla tela fora calculada; cada toque e redemoinho de cores pretendia retratar não apenas a primavera idílica, mas também um estado de espírito alegre. Não feliz demais, porém satisfeita e enfim no processo de cura dos horrores que cuidadosamente relatei.

Supus que, nas últimas semanas, eu tivesse traçado meu comportamento tão intricadamente quanto uma dessas pinturas. Supus que, se também tivesse escolhido me mostrar como realmente desejava, eu estaria adornada por garras dilaceradoras e mãos que sufocavam a vida daqueles agora em minha companhia. E teria deixado aqueles salões dourados manchados de vermelho.

Mas ainda não.

Ainda não, dizia a mim mesma a cada pincelada, a cada movimento que tinha feito naquelas semanas. Vingança apressada não ajudava ninguém — ou nada — além da minha raiva.

Mesmo que ouvisse os soluços de Elain sendo forçada para dentro do caldeirão a cada vez que eu falava com eles. Mesmo que visse Nestha apontar aquele dedo ao rei de Hybern em uma promessa de morte sempre que eu olhava para eles. Mesmo que minhas narinas se enchessem de novo do odor acre do sangue de Cassian ao encharcar as pedras escuras daquele castelo de ossos sempre que eu sentia o cheiro deles.

O pincel quebrou entre meus dedos.

Eu o parti ao meio, o cabo pálido estava estilhaçado, sem conserto.

Xingando baixinho, olhei para as janelas, as portas. Aquele lugar reunia olhos atentos demais para arriscar jogá-lo no lixo.

Projetei a mente ao redor, como uma rede, buscando mais alguém perto o suficiente para testemunhar, para me espionar. Não encontrei ninguém.

Estendi as mãos diante do corpo, com uma metade do pincel em cada palma.

Por um momento, me permiti ver além do encantamento que ocultava a tatuagem na mão e no antebraço direitos. As marcas de meu verdadeiro coração. Meu verdadeiro título.

Grã-Senhora da Corte Noturna.

Com um pensamento incompleto, o pincel quebrado se incendiou.

O fogo não me queimou, mesmo enquanto devorava madeira, pincel e tinta.

Quando não passava de fumaça e cinzas, convidei um vento que as soprou de minhas palmas até as janelas abertas.

Por precaução, conjurei uma brisa do jardim para rodopiar pelo quarto, limpando qualquer gavinha remanescente de fumaça, preenchendo o cômodo com o cheiro almiscarado e sufocante de rosas.

Talvez quando minha tarefa aqui estiver terminada, eu bote fogo nessa mansão também. Começando pelas rosas.

Senti no fundo da minha mente a aproximação de duas presenças, e peguei outro pincel, mergulhando-o na mistura mais próxima de tintas, e depois abaixei as armadilhas invisíveis e sombrias que erguera em torno do quarto para me alertar a respeito de qualquer visitante.

Quando as portas se abriram, eu trabalhava na forma como a luz do sol iluminava os delicados veios de uma pétala de rosa, tentando não pensar em como certa vez a vira fazer o mesmo com asas illyrianas.

Fiz uma bela atuação ao parecer perdida no trabalho, curvando os ombros levemente, inclinando a cabeça. E atuei melhor ainda ao olhar vagarosamente por cima do ombro, como se me afastar da pintura fosse um verdadeiro esforço.

Mas a batalha foi o sorriso que forcei à boca; aos olhos... os verdadeiros delatores da natureza real de um sorriso. Eu tinha praticado no espelho. Diversas e diversas vezes.

Então, meus olhos facilmente se enrugaram quando lancei um sorriso submisso, porém feliz, a Tamlin.

A Lucien.

— Desculpe interromper — disse Tamlin, observando meu rosto em busca de sinais das sombras em cujas garras eu me lembrava de ocasionalmente cair, aquelas que eu empunhava para mantê-lo afastado quando o sol descia além das encostas. — Mas achei que gostaria de se arrumar para a reunião.

Então me obriguei a engolir em seco. Abaixei o pincel. Não passava da garota nervosa e insegura que fora havia muito tempo.

— Você... conversou com Ianthe? Ela virá mesmo?

Não a vira ainda. A Grã-Sacerdotisa que vendera minhas irmãs para Hybern, que *nos* vendera para Hybern.

E, mesmo que os relatórios confusos e breves de Rhysand pelo laço de parceria tivessem apaziguado parte de meu pesar e meu terror... Ela era responsável por aquilo. Pelo que acontecera semanas antes.

Foi Lucien quem respondeu, observando minha pintura, como se ela contivesse a prova que eu sabia que ele procurava.

— Sim. Ela... teve seus motivos. Está disposta a explicá-los a você.

Talvez explicasse também os motivos pelos quais colocava as mãos nos machos que bem quisesse, quer eles desejassem ou não. Os motivos por ter feito isso com Rhys, com Lucien.

Eu me perguntava o que Lucien realmente achava daquilo. E do fato de que a consequência da amizade de Ianthe com Hybern tivesse acabado sendo *sua* parceira. Elain.

Não havíamos falado de Elain, exceto uma vez, no dia após meu retorno.

Apesar do que Jurian deixou implícito com relação ao modo como minhas irmãs serão tratadas por Rhysand, eu dissera a ele, *apesar de como é a Corte Noturna, não machucarão Elain ou Nestha dessa forma — ainda não. Rhysand tem maneiras mais criativas de feri-las.*

Lucien ainda parecia duvidar.

Por outro lado, eu também dei a entender, em meus "lapsos" de memória, que talvez não tivesse recebido a mesma criatividade ou cortesia.

O fato de terem acreditado tão facilmente, de acharem que Rhysand sequer forçaria alguém a... Acrescentei o insulto à longa lista de coisas a retribuir.

Apoiei o pincel e tirei o avental manchado de tinta, cuidadosamente dispondo-o no banquinho no qual havia passado as duas últimas horas curvada.

— Vou me trocar — murmurei, passando a trança frouxa sobre um dos ombros.

Tamlin assentiu, monitorando cada movimento meu conforme me aproximava de ambos.

— A pintura está linda.

— Não está nem perto de acabada — comentei, conjurando aquela garota que dispensara honrarias e elogios, que quisera passar despercebida. — Ainda está confusa.

Sinceramente, era um de meus melhores trabalhos, mesmo que a falta de personalidade fosse aparente apenas a mim.

— Acho que todos estamos — apaziguou Tamlin, com um sorriso hesitante.

Reprimi a vontade de revirar os olhos e, então, devolvi o sorriso, roçando a mão sobre seu ombro quando passei.

Lucien estava esperando do lado de fora de meu novo quarto quando saí, dez minutos depois.

Levei dois dias para deixar de ir para o antigo — de virar à direita no alto das escadas, e não à esquerda. Mas não havia nada naquele velho quarto.

Olhei ali dentro uma vez, no dia após meu retorno.

Mobília destruída; roupa de cama rasgada; roupas espalhadas, como se ele tivesse me procurado dentro do armário. Ao que parecia, ninguém tivera permissão de limpar.

Mas eram as gavinhas — os espinhos — que o tornavam inabitável. Meu antigo quarto fora tomado por elas. As gavinhas se curvavam e serpenteavam nas paredes, enroscando-se entre os escombros. Como se tivessem rastejado para fora das treliças sob minhas janelas, como se cem anos tivessem se passado, e não meses.

Aquele quarto era agora uma tumba.

Segurei a macia saia rosa do vestido esvoaçante com uma das mãos e fechei a porta do quarto ao sair. Lucien permaneceu encostado à porta diante da minha.

Seu quarto.

Não duvidei de que Lucien tivesse se assegurado de que eu agora ficaria diante dele. Não duvidei de que o olho de metal que Lucien possuía sempre estivesse voltado para meus aposentos, mesmo enquanto ele dormia.

— Fico surpreso por estar tão calma, considerando suas promessas em Hybern — comentou Lucien, à guisa de cumprimento.

A promessa de matar as rainhas humanas, o rei de Hybern, Jurian e Ianthe pelo que fizeram a minhas irmãs. A meus amigos.

— Você mesmo disse que Ianthe teve seus motivos. Por mais que eu esteja furiosa, posso ouvi-la.

Não contei a Lucien o que sabia a respeito da verdadeira natureza da sacerdotisa. Significaria explicar que Rhys a expulsara de sua casa, que Rhys o fizera para defender a si e aos membros da própria corte, e levantaria perguntas demais, arruinaria muitas mentiras cuidadosamente fabricadas e que mantinham Rhys e sua corte — *minha* corte — em segurança.

Embora eu tivesse me perguntado se, depois de Velaris, era necessário. Nossos inimigos sabiam sobre a cidade, sabiam que era um lugar de bondade e paz. E haviam tentado destruí-la à primeira oportunidade.

A culpa pelo ataque a Velaris depois que Rhys a revelou àquelas rainhas humanas me assombraria pelo resto de nossa vida imortal.

— Ela vai inventar a história que você quiser ouvir — avisou Lucien.

Dei de ombros, caminhando pelo corredor acarpetado vazio.

— Posso decidir sozinha. Embora pareça que você já escolheu não acreditar nela.

Lucien passou a caminhar a meu lado.

— Ela envolveu duas mulheres inocentes nessa história.

— Estava trabalhando para se assegurar de que a aliança com Hybern se mantivesse firme.

Lucien me parou com a mão em meu cotovelo.

Permiti porque *não* permitir, atravessar da forma como fiz no bosque meses antes ou usar uma manobra defensiva illyriana para derrubar Lucien de bunda no chão, destruiria meu disfarce.

— Você é mais inteligente que isso.

Observei a mão grande que envolvia meu cotovelo. Então, encarei um olho avermelhado e outro dourado agitando-se.

— Onde ele a está mantendo? — sussurrou Lucien.

Eu sabia de quem ele falava.

Balancei a cabeça.

— Não sei. Rhysand tem centenas de lugares onde poderiam estar, mas duvido de que use algum para esconder Elain, sabendo que os conheço.

— Conte mesmo assim. Liste todos eles.

— Vai morrer assim que puser os pés no território dele.

— Sobrevivi muito bem quando a encontrei.

— Não conseguiu ver que ele me mantinha em transe. Você o deixou me levar de volta. — Mentira, mentira, mentira.

Mas a mágoa e a culpa que eu esperava não estavam ali. Lucien vagarosamente soltou a mão.

— Preciso encontrá-la.

— Você nem mesmo conhece Elain. O laço de parceria é apenas uma reação física sobrepujando seu bom senso.

— Foi isso que fez com você e Rhys?

Uma pergunta perigosa, feita em voz baixa. Mas obriguei o medo a tomar meus olhos, me permiti trazer à tona lembranças da Tecelã, do Entalhador, do Verme de Middengard, para que o antigo terror encharcasse meu cheiro.

— Não quero falar sobre isso — avisei, e minha voz parecia áspera e hesitante.

Um relógio soou no andar principal. Fiz uma oração silenciosa em agradecimento à Mãe e segui com passadas rápidas.

— Nós nos atrasaremos.

Lucien assentiu. Mas senti o olhar em minhas costas, fixo em minha coluna, quando desci as escadas. Para ver Ianthe.

E por fim decidir como eu a dilaceraria.

A Grã-Sacerdotisa tinha exatamente a aparência de que eu me lembrava, tanto naquelas memórias que Rhys me mostrou quanto nos devaneios em que eu usava as garras escondidas sob minhas unhas para lhe arrancar os olhos, então a língua e, depois, rasgar sua garganta.

Minha raiva se tornara algo vivo no peito, uma batida ecoante do coração, que me embalava ao sono e me despertava. Eu o acalmei ao encarar Ianthe do outro lado da formal mesa de jantar, Tamlin e Lucien a meu lado.

Ela ainda usava o capuz pálido e a tiara prateada, incrustada com a límpida pedra azul.

Como um Sifão; a joia no centro me lembrava os Sifões de Azriel e Cassian. E me perguntei se, como com os guerreiros illyrianos, a joia ajudava de alguma forma a moldar um dom indomável de magia em algo mais lapidado, mais letal. Ianthe nunca a removia — mas eu jamais vira a sacerdotisa conjurar um poder maior que acender uma bola de luz feérica no salão.

A Grã-Sacerdotisa abaixou os olhos azul-esverdeados para a mesa de madeira escura, e o capuz projetou sombras no rosto perfeito.

— Quero começar dizendo o quanto estou arrependida. Agi movida por um desejo de... lhe conceder o que eu acreditava ser seu anseio inconfessável, enquanto, ao mesmo tempo, mantinha nossos aliados em Hybern satisfeitos com a aliança.

Mentiras belas e envenenadas. Mas descobrir seu real motivo... Eu esperei por essa reunião por semanas. Passara as últimas fingindo convalescer, fingindo me *curar* dos horrores a que sobrevivi nas mãos de Rhysand.

— Por que eu desejaria que minhas irmãs sofressem aquilo? — Minha voz saiu trêmula, fria.

Ianthe ergueu a cabeça, observando meu rosto hesitante, se não um pouco distraído.

— Para que pudesse estar com elas para sempre. E, se Lucien tivesse descoberto que Elain era sua parceira de antemão, teria sido... devastador perceber que só teria algumas décadas.

O som do nome de Elain nos lábios de Ianthe me fez soltar um grunhido. Mas eu o contive, recorrendo àquela máscara de silêncio doloroso, a mais recente em meu arsenal.

— Se espera gratidão, esperará por um bom tempo, Ianthe — respondeu Lucien.

Tamlin lançou-lhe um olhar de aviso — tanto pelas palavras quanto pelo tom. Talvez Lucien matasse Ianthe antes que eu tivesse a chance, apenas pelo horror que ela fez sua parceira sofrer naquele dia.

— Não — sussurrou Ianthe, de olhos arregalados, a imagem perfeita do remorso e da culpa. — Não, não espero gratidão alguma. Ou perdão. Mas compreensão... Este também é meu lar. — Ela ergueu a mão fina adornada por anéis e braceletes prateados a fim de gesticular para a sala, para a mansão. — Todos precisamos de alianças que jamais nos acreditaríamos capazes de forjar... talvez desagradáveis, sim, mas... a força de Hybern é grande demais para ser contida. Agora só se pode esperar que passe, como qualquer tempestade. — Ianthe olhou na direção de Tamlin. — Trabalhamos tão arduamente a fim de nos preparar para a chegada inevitável de Hybern, todos esses meses. Cometi um erro grave e sempre me arrependerei de qualquer dor que tenha causado, mas vamos continuar esse bom trabalho juntos. Encontraremos uma forma de garantir que nossas terras e nossa gente sobrevivam.

— Ao custo de quantas outras vidas? — indagou Lucien.

De novo, aquele olhar de aviso de Tamlin. Mas Lucien o ignorou.

— O que vi em Hybern — falou Lucien, segurando os braços da cadeira com tanta força que a madeira entalhada rangeu. — Qualquer promessa que ele tenha feito de paz e imunidade... — Lucien hesitou, como se lembrasse de que Ianthe poderia muito bem dar aquela informação ao rei. Ele afrouxou a mão sobre a cadeira, os longos dedos se flexionaram antes de se apoiarem nos braços novamente. — Precisamos tomar cuidado.

— Tomaremos — prometeu Tamlin. — Mas já concordamos com certas condições. Sacrifícios. Se nos separarmos agora... mesmo com Hybern como aliado, precisamos apresentar uma frente sólida. Juntos.

Tamlin ainda confiava em Ianthe. Ainda achava que ela simplesmente fizera uma escolha ruim. Não fazia ideia do que espreitava sob a beleza, as roupas e os encantamentos devotos.

Mas, por outro lado, a mesma teimosia o impedia de perceber o que espreitava sob minha pele também. Ianthe fez outra reverência com a cabeça.

— Tentarei ser digna de meus amigos.

Lucien pareceu tentar com muito, muito afinco não revirar os olhos.

— Todos tentaremos — disse Tamlin, no entanto.

Essa era a nova palavra preferida de Tamlin: *tentar*.

Apenas engoli em seco, certificando-me de que Tamlin ouvisse, e assenti lentamente, mantendo os olhos em Ianthe.

— Jamais faça algo assim de novo.

A ordem de uma tola; uma que ela esperava que eu desse, pela rapidez com que assentiu. Lucien se recostou no assento, recusando-se a dizer mais.

— Mas Lucien está certo — disparei, a imagem da preocupação. — O que será do povo desta corte durante o conflito? — Franzi a testa para Tamlin. — Eles foram brutalizados por Amarantha, não tenho certeza quanto suportarão viver ao lado de Hybern. Já sofreram o suficiente.

Tamlin contraiu o maxilar.

— Hybern prometeu que nosso povo permanecerá intocado e imperturbado. — *Nosso* povo. Quase fiz uma careta, ao assentir de novo em compreensão. — Foi parte de nosso... acordo. — Aquele em que Tamlin vendeu Prythian inteira, vendeu tudo que havia de decente e bom em si mesmo para me *recuperar*. — Nosso povo estará seguro quando Hybern chegar. Embora eu tenha enviado a mensagem de que famílias deveriam... se realocar para a parte leste do território. Por enquanto.

Que bom. Pelo menos ele considerara as vítimas potenciais — pelo menos se importava com seu povo, entendia que tipo de jogos doentios Hybern gostava de fazer e que poderia jurar uma coisa, mas querer dizer outra. Se já estava movendo aqueles em maior risco durante o conflito para longe do caminho... Tornava meu trabalho ali mais fácil. E o leste... um trecho de informação que guardei. Se o leste era seguro, então o oeste... Hybern de fato viria por aquela direção. Chegaria por ali.

Tamlin suspirou.

— Isso me leva ao outro motivo desta reunião.

Eu me preparei, forçando uma expressão de curiosidade distraída, enquanto Tamlin afirmava:

— A primeira delegação de Hybern chega amanhã. — Lucien empalideceu. Tamlin acrescentou: — Jurian estará aqui ao meio-dia.

Capítulo 2

Mal ouvira um sussurro sobre Jurian nas últimas semanas; não via o comandante humano ressuscitado desde aquela noite em Hybern.

Jurian renascera por meio do Caldeirão, usando os restos mortais pavorosos que Amarantha havia guardado como troféus durante quinhentos anos, a alma estava presa e consciente dentro do próprio olho, conservado por magia. Estava louco; havia enlouquecido muito antes de o rei de Hybern tê-lo ressuscitado para que liderasse as rainhas humanas em um caminho de submissão ignorante.

Tamlin e Lucien deviam saber. Deviam ter visto aquele brilho nos olhos de Jurian.

Mas... eles também não pareciam se importar que o rei de Hybern possuísse o Caldeirão... que o artefato fosse capaz de partir aquele mundo em pedaços. Começando com a muralha. A única coisa entre os exércitos feéricos letais que se reuniam e as vulneráveis terras humanas abaixo.

Não, essa ameaça certamente não parecia fazer Lucien ou Tamlin perder uma noite de sono. Ou impedi-los de convidar tais monstros para dentro de casa.

Tamlin prometera, quando retornei, que eu seria incluída no planejamento, em todas as reuniões. E foi fiel à palavra quando explicou que Jurian chegaria com outros dois comandantes de Hybern, e que eu estaria presente quando isso acontecesse. De fato, desejavam avaliar a muralha, testá-la em busca do ponto perfeito no qual atacar quando o Caldeirão recuperasse a força.

Transformar minhas irmãs em feéricas, aparentemente, exaurira o artefato.

Minha satisfação com esse fato teve curta duração.

Minha primeira tarefa: descobrir onde planejavam atacar e de quanto tempo o Caldeirão precisaria para recuperar a força total. Depois, passar essa informação para Rhysand e os demais.

Dei mais atenção a minhas roupas no dia seguinte, depois de dormir bem graças a um jantar com uma Ianthe cheia de culpa, que se excedeu em bajulações a Lucien e a mim. A sacerdotisa aparentemente desejava esperar até que os comandantes de Hybern estivessem acomodados antes de aparecer. Ela cantarolou algo a respeito de querer se assegurar de que teriam a chance de nos conhecer antes de se intrometer, mas com apenas um olhar na direção de Lucien, pude ver que, pela primeira vez, concordávamos: Ianthe provavelmente planejara algum tipo de entrada majestosa.

Fazia pouca diferença para mim — para meus planos.

Planos que mandei pelo laço de parceria na manhã seguinte, palavras e imagens seguindo aos tropeços por um corredor envolto em noite.

Não ousava arriscar usar o laço com muita frequência. Tinha me comunicado com Rhysand apenas uma vez desde que havia chegado. Apenas uma vez, nas horas depois de entrar em meu antigo quarto e ver os espinhos que o haviam tomado.

Fora como gritar de uma enorme distância, como falar debaixo da água *Estou a salvo e bem*, disparei pelo laço. *Contarei o que sei em breve*. Esperei, deixando que as palavras viajassem pela escuridão. Então, perguntei: *Estão vivos? Feridos?*

Não me lembrava de ser tão difícil de ouvir pelo laço entre nós, mesmo enquanto morava nesta mansão e Rhysand o utilizava para ver se eu ainda respirava, para se certificar de que meu desespero não tinha me engolido por inteiro.

Mas a resposta de Rhysand viera um minuto depois. *Amo você. Eles estão vivos. Estão se curando.*

Só isso. Como se fosse tudo o que ele conseguisse dizer.

Caminhei de volta a meus novos aposentos, tranquei a porta e envolvi o lugar inteiro em uma parede de ar espesso, a fim de evitar que qualquer cheiro de minhas lágrimas silenciosas escapasse enquanto me aninhava em um canto do banheiro.

Certa vez me acomodei naquela posição, observando as estrelas durante as longas e desoladoras horas da noite. Agora observava o céu azul sem nuvens além da janela aberta, ouvia os pássaros cantando uns para os outros e tinha vontade de rugir.

Não ousara pedir mais detalhes a respeito de Cassian e Azriel... ou de minhas irmãs. Apavorada por saber a real extensão dos danos... e o que eu faria se a cura não vingasse. O que eu lançaria sobre aquelas pessoas.

Curando-se. Vivos e curando-se. Eu me lembrava disso todos os dias.

Mesmo quando ainda ouvia seus gritos, sentia o cheiro do seu sangue.

Mas não pedi por mais. Não arrisquei tocar o laço além daquela primeira vez.

Não sabia se alguém podia monitorar tais coisas — as mensagens silenciosas entre parceiros. Não quando o cheiro do laço podia ser captado, e eu jogava um jogo muito perigoso com ele.

Todos acreditaram que tinha sido cortado, que o cheiro permanente de Rhys se devia ao fato de ele ter me forçado, ter plantado aquele cheiro em mim.

Acreditavam que, com o tempo, com a distância, o cheiro se dissiparia. Semanas ou meses, provavelmente.

E, quando não se dissipasse, quando permanecesse... Então eu teria que atacar, com ou sem a informação de que precisava.

Mas com a possibilidade de que a comunicação pelo laço mantivesse o cheiro mais forte... Eu precisava reduzir esse diálogo ao mínimo. Mesmo que não falar com Rhys, não ouvir aquele tom divertido e perspicaz... Eu ouviria essas coisas de novo, prometi a mim mesma diversas vezes. Veria aquele sorriso sarcástico.

E estava novamente pensando no quanto aquele rosto parecera magoado da última vez que o vi, pensando em Rhys coberto pelo sangue de Azriel e de Cassian, quando Jurian e os dois comandantes de Hybern atravessaram para o cascalho da entrada no dia seguinte.

Jurian usava a mesma armadura leve de couro, os cabelos castanhos voavam sobre o rosto à brisa forte da primavera. Ele nos viu de pé nos degraus de mármore branco dentro da casa, e sua boca se contraiu com aquele sorriso enviesado e arrogante.

Impulsionei gelo para minhas veias, o frio de uma corte na qual jamais pusera os pés. Mas empunhava o dom de seu mestre sobre mim, transformando a raiva incandescente em calmaria gélida conforme Jurian caminhava até nós, altivo, com uma das mãos no cabo da espada.

Mas foram os dois comandantes — um macho, outro, fêmea — que fizeram uma pontada de medo verdadeiro deslizar para meu coração.

Tinham aparência de Grão-Feéricos, a pele exibia o mesmo tom rosado, e os cabelos traziam o mesmo tom de nanquim de seu rei. Mas eram as expressões vazias, sem sentimentos, que capturavam a atenção. Uma falta de emoção aperfeiçoada por milênios de crueldade.

Tamlin e Lucien ficaram rígidos quando Jurian parou ao pé das escadas curvas da entrada. O comandante humano deu um risinho.

— Você está parecendo melhor que da última vez que a vi.

Voltei meus olhos para os dele. E não disse nada.

Jurian riu com escárnio e gesticulou para que os dois comandantes avançassem.

— Deixem-me apresentar Suas Altezas príncipe Dagdan e princesa Brannagh, sobrinho e sobrinha do rei de Hybern.

Gêmeos; talvez ligados pelo poder e por laços mentais também.

Tamlin pareceu se lembrar de que aqueles eram agora seus aliados, e marchou escada abaixo. Lucien o seguiu.

Ele nos entregou. Entregou Prythian... por mim. Para me recuperar.

Fumaça espiralou dentro de minha boca. Desejei que o gelo a preenchesse de novo.

Tamlin inclinou a cabeça para o príncipe e a princesa.

— Bem-vindos a meu lar. Preparamos quartos para todos vocês.

— Meu irmão e eu ocuparemos um quarto juntos — disse a princesa. A voz era enganosamente leve, quase de uma garota. A total falta de sentimentos e a completa autoridade eram tudo menos isso.

Eu praticamente conseguia sentir a observação irônica que irradiava de Lucien. Mas desci um degrau e falei, no papel da senhora da casa que aquelas pessoas, que Tamlin, certa vez esperavam me ver preencher alegremente:

— Podemos facilmente fazer os ajustes necessários.

O olho de metal de Lucien se virou e se semicerrou para mim, mas mantive o rosto impassível quando fiz uma reverência para eles.

Para meus inimigos. Qual de meus amigos os enfrentaria no campo de batalha?

Será que Cassian e Azriel já estariam bem o bastante para lutar, ou até mesmo para empunhar uma espada? Não me permiti pensar nisso... em como Cassian tinha gritado quando suas asas foram destroçadas.

A princesa Brannagh me observou: o vestido cor-de-rosa, os cabelos que Alis tinha cacheado e trançado no alto da cabeça, formando uma tiara, as pérolas de um rosa-pálido nas orelhas.

Um pacote inofensivo e adorável, perfeito para que um Grão-Senhor montasse sempre que quisesse.

O lábio de Brannagh se retraiu quando ela olhou para o irmão. O príncipe pensou o mesmo, a julgar pelo riso de escárnio em resposta.

Tamlin grunhiu baixinho em aviso.

— Se já terminaram de olhar para ela, talvez possamos tratar dos negócios entre nós.

Jurian soltou uma risadinha baixa e subiu as escadas sem ter recebido licença para fazê-lo.

— Estão curiosos. — Lucien se enrijeceu diante da falta de decoro do gesto, das palavras. — Não é todo século que a contestação da posse de uma fêmea inicia uma guerra. Principalmente uma fêmea com tais... talentos.

Apenas me virei e o segui degraus acima.

— Talvez, se você tivesse se dado ao trabalho de ir à guerra por Miryam, ela não o teria deixado pelo príncipe Drakon.

Um tremor pareceu percorrer Jurian. Tamlin e Lucien ficaram tensos a minhas costas, divididos entre monitorar nossa conversa e escoltar os dois membros da realeza de Hybern para dentro da casa. Devido a minha explicação de que Azriel e sua rede de espiões eram bem treinados, tínhamos dispensado quaisquer criados desnecessários, cautelosos a respeito de ouvidos e olhos à espreita. Apenas os de maior confiança permaneciam.

É óbvio que me esqueci de mencionar que Azriel chamara os próprios espiões de volta semanas antes, pois a informação não valia o custo da vida deles. Ou que servia a *meus* propósitos ter menos pessoas me observando.

Jurian parou no alto das escadas, o rosto parecendo uma máscara de morte cruel enquanto eu subia os últimos degraus até ele.

— Cuidado com o que diz, menina.

Sorri, passando alegremente por Jurian.

— Ou o quê? Vai me jogar no Caldeirão?

Caminhei por entre as portas de entrada, desviando da mesa no hall, seu alto vaso de flores se curvando para encontrar o lustre de cristal.

Bem ali, a apenas alguns metros, eu tinha desabado em uma bola de terror e desespero tantos meses antes. Bem ali, no centro do saguão da entrada, Mor me pegou e me carregou para fora daquela casa, para a liberdade.

— Eis a primeira regra desta visita — avisei a Jurian, por cima do ombro, conforme seguia para a sala de jantar, onde o almoço já estava servido. — Não me ameace em minha casa.

A imposição, eu soube um momento depois, deu certo.

Não com Jurian, que me olhou com ódio enquanto tomava seu lugar à mesa.

Mas com Tamlin, que acariciou minha bochecha com o dorso de um dedo quando passou, alheio ao meu cuidado na escolha das palavras, a como armei para que Jurian me servisse a oportunidade em uma bandeja.

Esse era meu primeiro passo: fazer Tamlin acreditar, acreditar de verdade, que eu o amava, e também aquele lugar, todos ali.

Para que não suspeitasse quando eu os voltasse uns contra os outros.

✠

O príncipe Dagdan cedia a todos os desejos e às ordens da irmã gêmea. Como se fosse a lâmina que ela empunhava para cortar o mundo.

Dagdan lhe servia as bebidas, cheirando-as primeiro. Selecionava os melhores cortes de carne das bandejas e os arrumava ordenadamente no prato dela. Sempre deixava a irmã responder, e nunca sequer olhava para Brannagh com dúvida nos olhos.

Uma alma em dois corpos. E pela forma como se olhavam em conversas silenciosas, me perguntei se talvez não seriam... como eu. *Daemati*.

Meus escudos mentais eram uma parede adamantina preta desde que tinha chegado. Mas, enquanto comíamos, com trechos de silêncio se estendendo mais que conversas, me peguei verificando-os diversas vezes.

— Partiremos para a muralha amanhã — dizia Brannagh para Tamlin. Mais uma ordem que um pedido. — Jurian nos acompanhará. Requisitamos o uso de sentinelas que saibam onde estão os buracos.

Ao pensar neles tão próximos de terras humanas... Mas minhas irmãs não estavam em casa. Não, minhas irmãs estavam em algum lugar no amplo território de minha corte, protegidas por meus amigos. Mesmo que meu pai retornasse da viagem de negócios ao continente em um ou dois meses. Ainda não tinha decidido como contaria a ele.

— Lucien e eu podemos escoltá-los — sugeri.

Tamlin virou a cabeça para mim. Esperei pela recusa, pela proibição.

Mas pareceu que o Grão-Senhor tinha, de fato, aprendido a lição e estava mesmo disposto a *tentar*, quando simplesmente apontou para Lucien.

— Meu emissário conhece a muralha tão bem quanto qualquer sentinela.

Você o está permitindo; está racionalmente permitindo que derrubem a muralha e cacem humanos do outro lado. As palavras se enroscaram e chiaram dentro de minha boca.

Mas me obriguei a enviar a Tamlin um aceno lento, talvez levemente insatisfeito. Ele sabia que eu jamais ficaria feliz com aquilo — a garota que Tamlin acreditava lhe ter sido devolvida sempre procuraria proteger a mortal terra natal. No entanto, julgou que eu suportaria aquilo por ele, por nós. Que Hybern não se banquetearia com humanos depois que a muralha caísse. Que simplesmente os absorveríamos em nosso território.

— Partiremos depois do café da manhã — avisei à princesa. E acrescentei a Tamlin: — Com algumas sentinelas também.

Seus ombros relaxaram ao ouvir isso. Eu me perguntei se Tamlin soubera como eu havia defendido Velaris. Como eu protegi o Arco-Íris contra uma legião de bestas feito o Attor. Como eu matara o Attor, brutal e cruelmente, pelo que ele fizera a mim e aos meus.

Jurian observou Lucien com a franqueza de um guerreiro.

— Sempre me perguntei quem fez esse olho depois que ela o arrancou.

Não falamos de Amarantha aqui. Jamais permitimos sua presença nesta casa. E isso me sufocou durante aqueles meses em que morei na mansão depois de Sob a Montanha; me matou dia após dia ter de abafar bem no fundo aqueles receios e a dor.

Por um segundo, sopesei quem eu tinha sido contra quem eu deveria ser agora. Curando-me lentamente — voltando a ser a garota que

Tamlin alimentou, abrigou e amou antes de Amarantha partir meu pescoço depois de três meses de tortura.

Então, me movi na cadeira. Observei a mesa.

Lucien apenas lançou um olhar ríspido para Jurian enquanto os dois membros da realeza de Hybern observavam com indiferença.

— Tenho uma velha amiga na Corte Crepuscular. É habilidosa com funilaria, com misturar magia e máquinas. Tamlin conseguiu que o fizesse para mim sob grande risco.

Jurian abriu um sorriso detestável.

— Sua parceirinha tem uma rival?

— Minha parceira não é de sua conta.

Jurian deu de ombros.

— Também não deveria ser da sua, considerando que a esta altura provavelmente metade do exército illyriano trepou com ela.

Eu tinha quase certeza de que somente os séculos de treinamento evitaram que Lucien saltasse por cima da mesa e cortasse o pescoço de Jurian.

Mas foi o grunhido de Tamlin que chacoalhou as taças.

— Você vai se comportar como um convidado decente, Jurian, ou dormirá nos estábulos, como as outras bestas.

Jurian apenas bebericou do vinho.

— Por que eu deveria ser punido por afirmar a verdade? Nenhum de vocês esteve na Guerra, quando minhas forças se aliaram aos trogloditas illyrianos. — Ele lançou um olhar de esguelha para os dois hybernianos. — Suponho que vocês dois tenham tido o prazer de lutar contra eles.

— Guardamos as asas dos generais e lordes como troféus — disse Dagdan, com um leve sorriso.

Precisei de cada gota de concentração para não olhar para Tamlin. Para não exigir saber onde estavam os dois pares de asas que o pai dele guardara como troféu depois de assassinar a mãe e a irmã de Rhysand.

Pregadas no escritório, dissera Rhys.

Mas eu não encontrara nenhum traço quando as busquei ao retornar, fingindo uma necessidade de explorar nascida do puro tédio de um dia chuvoso. As adegas também não revelaram nada. Nenhum baú, ou caixa, ou quartos trancados contendo aquelas asas.

As duas mordidas de cordeiro assado que forcei para dentro se revoltavam contra mim. Mas pelo menos qualquer traço de nojo seria uma reação justa ao que o príncipe de Hybern acabara de alegar.

Jurian de fato sorriu para mim quando cortou o cordeiro em pequenos pedaços.

— Sabe que lutamos juntos, não sabe? Eu e seu Grão-Senhor. Mantivemos a vantagem contra os Legalistas, lutamos lado a lado até que o mar de sangue batesse em nossas canelas.

— Ele não é o Grão-Senhor de Feyre — decretou Tamlin, em tom tranquilo.

— Ele deve ter contado onde escondeu Miryam e Drakon — apenas ronronou Jurian para mim.

— Estão mortos — falei, simplesmente.

— O Caldeirão diz o contrário.

Um pavor gélido se acomodou em meu estômago. Jurian já havia tentado isso: ressuscitar Miryam por conta própria. E descobrira que ela não estava entre os mortos.

— Fui informada de que estão mortos — repeti, tentando parecer entediada, impaciente. Dei uma mordida no cordeiro, tão insosso em comparação à riqueza de temperos em Velaris. — Achei que tivesse coisas melhores a fazer, Jurian, que ficar obcecado com a amante que o chutou.

Seus olhos brilharam com a intensidade de cinco séculos de loucura, quando espetou um pedaço de carne no garfo.

— Dizem que você transava com Rhysand antes mesmo de ter chutado o seu próprio amante.

— *Basta* — grunhiu Tamlin.

Mas então eu senti. A batida contra minha mente. Vi o plano, objetivo e simples: nos irritar, nos distrair enquanto os dois silenciosos membros da realeza entravam em nossa mente.

A minha estava protegida. Mas a de Lucien... A de Tamlin.

Estendi o poder beijado pela noite, projetando-o como uma rede. E encontrei dois tendões oleosos perfurando a mente de Lucien e a de Tamlin, como se fossem, de fato, lanças arremessadas pelo outro lado da mesa.

Golpeei. Dagdan e Brannagh se sobressaltaram nos assentos, como se eu tivesse lhes golpeado fisicamente, enquanto os poderes se chocaram contra uma barreira de adamantino preto em torno da mente de Lucien e de Tamlin.

Eles lançaram os olhos escuros em minha direção. Encarei cada um dos dois.

— O que foi? — perguntou Tamlin, e percebi como havia ficado silencioso.

Fiz questão de franzir a testa, confusa.

— Nada. — Ofereci um sorriso doce para os dois hybernianos. — Vossas Altezas devem estar cansadas depois de uma jornada tão longa.

E, por precaução, disparei contra a mente de ambos, encontrando uma muralha de osso branco.

Os dois estremeceram quando raspei garras pretas por seus escudos mentais, fazendo sulcos profundos.

O golpe de aviso me custou uma dorzinha de cabeça, latejante, originada em minhas têmporas. Mas apenas retornei à comida, ignorando a piscadela que Jurian me lançou.

Ninguém falou pelo restante da refeição.

Capítulo 3

O bosque primaveril caiu em silêncio quando cavalgamos por entre as árvores em botão; os pássaros e as pequenas criaturas peludas buscaram abrigo muito antes de passarmos.

Não de mim ou de Lucien ou das três sentinelas a uma distância respeitável na retaguarda. Mas de Jurian e dos dois comandantes de Hybern, que cavalgavam no centro do grupo. Como se fossem tão terríveis quanto o Bogge, os naga.

Chegamos à muralha sem incidentes e sem que Jurian tentasse nos atrair para uma distração. Fiquei a maior parte da noite acordada, projetando minha cautela pela mansão, caçando algum sinal de que Dagdan e Brannagh estivessem usando a influência de daemati em mais alguém. Ainda bem que minha habilidade em quebrar maldições, herdada de Helion Quebrador de Feitiços, Grão-Senhor da Corte Diurna, não detectou amarras ou feitiços, exceto pelas proteções em volta da própria casa, destinadas a impedir alguém de atravessar para dentro ou para fora.

Tamlin estivera tenso durante o café da manhã, mas não me pedira para ficar. Cheguei inclusive a testá-lo, perguntando qual era o problema — ao que Tamlin apenas respondeu alegando uma dor de cabeça. Lucien simplesmente lhe deu tapinhas no ombro e prometeu tomar conta de mim. Quase ri das palavras.

Mas o sorriso estava agora longe de meus lábios enquanto a muralha pulsava e latejava, uma presença pesada, terrível, que pairava a quase um quilômetro de distância. Mas de perto... Mesmo nossos cavalos pareciam arredios, virando a cabeça e batendo os cascos na terra coberta de musgo conforme os amarrávamos aos galhos baixos de cornáceas em flor.

— A fenda na muralha fica bem ali — dizia Lucien, parecendo tão animado quanto eu por estar em tal companhia. Pisando nas flores cor-de-rosa caídas, Dagdan e Brannagh passaram para o lado do feérico, Jurian saiu serpenteando para avaliar o terreno, as sentinelas permaneceram com as montarias.

Segui Lucien e os hybernianos, mantendo uma distância casual. Sabia que minhas roupas elegantes e requintadas não desviavam a atenção do príncipe e da princesa de que outra daemati agora caminhava a suas costas. Mas, ainda assim, escolhi cuidadosamente o casaco safira bordado e a calça marrom; adornados apenas pela faca e pelo cinto incrustados de joias, que Lucien me dera de presente certa vez, no que parecia ser uma vida atrás.

— Quem partiu a muralha aqui? — perguntou Brannagh.

Ele analisava o buraco que não conseguíamos ver — a própria muralha era completamente invisível —, mas sentíamos, como se o ar tivesse sido sugado em um ponto.

— Não sabemos — respondeu Lucien, a luz salpicada do sol iluminando o adorno em linha dourada da jaqueta marrom-corça quando ele cruzou os braços. — Alguns dos buracos simplesmente apareceram ao longo dos séculos. Este mal é largo o bastante para uma pessoa.

Uma troca de olhares entre os gêmeos. Eu me aproximei por trás, observando a falha, a parede em torno dela, que fazia cada instinto recuar diante do quanto parecia... *errada*.

— Foi por aqui que entrei... daquela primeira vez.

Lucien assentiu, e os outros dois ergueram as sobrancelhas. Mas me aproximei um passo de Lucien, o braço quase tocando o seu, e o usei como uma barreira. Os gêmeos haviam sido mais cautelosos no café da manhã a respeito de forçar meus escudos mentais. Mas agora, deixando que me julgassem fisicamente intimidada por eles... Brannagh estudou o quanto eu ficava perto de Lucien; como ele se movia levemente para me proteger também.

Um sorriso sutil e frio lhe deformou os lábios.

— Quantos buracos há na muralha?

— Contamos três ao longo de toda a fronteira — respondeu Lucien rispidamente. — Mais um ao longo da costa, a cerca de 1,5 quilômetro.

Não deixei que a máscara de frieza hesitasse quando ele forneceu essa informação.

Mas Brannagh balançou a cabeça, os cabelos escuros devoraram a luz do sol.

— As entradas marítimas são inúteis. Precisamos quebrá-la em terra.

— O continente certamente também tem trechos.

— Suas rainhas têm um poder ainda mais fraco sobre o povo que vocês — revelou Dagdan. Tomei aquele fragmento de informação, estudando-o.

— Deixaremos que explorem, então — falei, gesticulando para o buraco. — Quando tiverem terminado, cavalgaremos para o seguinte.

— Fica a dois dias daqui — replicou Lucien.

— Então, planejaremos essa excursão — expliquei, simplesmente. Antes que Lucien pudesse discordar, perguntei: — E o terceiro buraco?

Lucien bateu com o pé contra o chão cheio de musgo, mas falou:

— Fica dois dias além daquele.

Eu me virei para os hybernianos, arqueando uma sobrancelha.

— Vocês dois conseguem atravessar?

Brannagh corou, enrijecendo o corpo. Mas foi Dagdan quem admitiu:

— Eu consigo. — Ele devia ter carregado tanto Brannagh quanto Jurian quando chegaram. Então, Dagdan acrescentou: — Apenas alguns quilômetros se carregar outros.

Simplesmente assenti e fui na direção de um emaranhado de cornáceas baixas; Lucien me seguiu de perto. Quando não restava nada além do farfalhar de flores rosa e a luz do sol projetando-se em falhas pelo emaranhado de galhos, quando os hybernianos se ocuparam da muralha, fora da vista e dos ouvidos, eu me sentei em uma rocha lisa e nua.

Lucien se sentou contra uma árvore próxima, cruzando um tornozelo sobre o outro com suas botas.

— O que quer que esteja planejando, nos mergulhará fundo em merda.

— Não estou planejando nada. — Peguei uma flor caída e a girei entre o polegar e o indicador.

Aquele olho dourado se semicerrou, emitindo um clique baixo.

— O que você vê com essa coisa?

Ele não respondeu.

Joguei a flor no musgo macio entre nós.

— Não confia em mim? Depois de tudo por que passamos?

Lucien franziu a testa para a flor jogada, mas, mesmo assim, não disse nada.

Eu me ocupei de organizar minha bolsa até encontrar o cantil de água.

— Se estivesse vivo na Guerra — perguntei a Lucien, tomando um gole —, teria lutado ao lado deles? Ou lutado pelos humanos?

— Eu teria sido parte da aliança humano-feérica.

— Mesmo que seu pai não o fosse?

— Principalmente se meu pai não o fosse.

Mas Beron tinha sido parte daquela aliança, se eu me lembrava bem das lições com Rhys tantos meses antes.

— E, mesmo assim, aqui está, pronto para marchar com Hybern.

— Fiz isso por você também, sabe? — Palavras frias, ríspidas. — Fui com ele buscá-la.

— Jamais percebi como a culpa é uma motivação poderosa.

— Naquele dia que você... se foi — disse ele, lutando para evitar aquela outra palavra: *partiu*. — Cheguei antes de Tamlin na mansão, recebi a mensagem quando estávamos na fronteira e corri até aqui. Mas o único traço seu era aquele anel, derretido entre as pedras da sala. Eu me livrei da joia um momento antes de Tamlin chegar em casa e vê-la.

Uma frase de sondagem, cautelosa. Sobre os fatos que apontavam não para uma abdução.

— Eles o derreteram de meu dedo — menti.

Lucien engoliu em seco e apenas balançou a cabeça. A luz do sol filtrada pelo dossel da floresta fez o vermelho-âmbar de seus cabelos faiscar.

Ficamos sentados em silêncio durante minutos. Pelo farfalhar e os murmúrios, os hybernianos estavam terminando, e me preparei, calculando as palavras que precisaria usar sem parecer suspeita.

— Obrigada. Por ir até Hybern me buscar — falei, baixinho.

Lucien mexeu no musgo a seu lado, o maxilar trincado.

— Era uma armadilha. O que achei que faríamos lá... não acabaria daquele jeito.

Foi um esforço não exibir meus dentes. Mas caminhei até Lucien, ocupando um lugar a seu lado contra o amplo tronco da árvore.

— Esta situação é terrível — declarei, e era verdade.

Uma risada baixa de escárnio.

Bati com o joelho contra o dele.

— Não se deixe levar por Jurian. Ele está fazendo isso para sentir as fraquezas entre nós.

— Eu sei.

Virei o rosto para Lucien, apoiando o joelho contra ele em uma exigência silenciosa.

— Por quê? — perguntei. — *Por que* Hybern quer fazer isso, além de algum desejo terrível de conquista? O que o motiva... motiva seu povo? Ódio? Arrogância?

Lucien finalmente me olhou, as peças e os entalhes do olho de metal eram muito mais hipnotizantes de perto.

— Você...

Brannagh e Dagdan irromperam pelos arbustos, franzindo a testa ao nos encontrar ali.

Mas foi Jurian — bem ao encalço de ambos, como se estivesse relatando os detalhes das observações — quem sorriu ao nos ver, joelho contra joelho e quase nariz contra nariz.

— Cuidado, Lucien — aconselhou o guerreiro, com escárnio. — Já viu o que acontece com machos que tocam os pertences do Grão-Senhor.

Lucien grunhiu, mas lancei-lhe um olhar de aviso.

O que prova minha tese, falei, silenciosamente.

E apesar de Jurian, apesar dos membros risonhos da família real, um canto da boca de Lucien se repuxou para cima.

Ianthe esperava nos estábulos quando retornamos.

Ela fizera a grande chegada no fim do café da manhã, horas antes, entrando na sala de jantar como uma brisa quando o sol brilhava em raios de puro ouro pelas janelas.

Eu não tinha dúvidas de que a sacerdotisa planejara o momento, assim como planejara a pausa no meio de um dos raios de sol, a inclinação para que os cabelos brilhassem e a joia no alto da cabeça queimasse com o fogo azul. Eu teria chamado a tela de *Devoção Modelo*.

Depois que Ianthe foi rapidamente apresentada por Tamlin, ela se engraçou mais para o lado de Jurian — o rei apenas fez careta, como se a Grã-Sacerdotisa fosse algum inseto lhe zumbindo ao ouvido.

Dagdan e Brannagh ouviram a bajulação de Ianthe com tamanho tédio que eu começava a me perguntar se talvez os dois não preferissem apenas a companhia um do outro. De qualquer que fosse a maneira pecaminosa. Nem sequer um piscar interessado de olhos na direção da beldade acostumada a fazer machos e fêmeas pararem boquiabertos para admirá-la. Talvez qualquer tipo de paixão física tivesse havia muito sido drenado, assim como suas almas.

Então, a realeza de Hybern e Jurian toleraram Ianthe por cerca de um minuto antes de acharem a comida mais interessante. Um lapso que sem dúvida explicava por que ela decidira nos encontrar ali, esperando por nosso retorno conforme cavalgávamos até a casa.

Era minha primeira cavalgada em meses, e eu estava tão rígida que mal conseguia me mover conforme o grupo desmontava. Lancei a Lucien um olhar súbito de súplica, e ele mal escondeu o sorriso irônico quando caminhou até mim.

Nosso grupo se dispersava e observava — ninguém com mais atenção que Ianthe — Lucien segurar minha cintura com as mãos largas e me descer do cavalo com facilidade.

Apenas dei tapinhas no ombro de Lucien em agradecimento. Sempre cortês, ele fez uma reverência em resposta.

Era difícil, às vezes, me lembrar de odiá-lo. Me lembrar do jogo que eu já estava jogando.

— Uma jornada bem-sucedida, espero? — perguntou Ianthe, animada.

Indiquei a realeza com o queixo.

— Eles pareceram satisfeitos.

De fato, o que quer que estivessem procurando, tinham encontrado. Não ousei fazer perguntas indiscretas demais. Ainda não.

Ianthe fez uma reverência com a cabeça.

— Graças ao Caldeirão por isso.

— O que você quer? — perguntou Lucien, em tom inexpressivo demais.

Ela franziu a testa, mas ergueu o queixo, unindo as mãos diante do corpo ao dizer:

— Daremos uma festa em honra de nossos convidados, coincidindo com o Solstício de Verão, em alguns dias. Queria falar com Feyre a respeito. — Um sorriso dissimulado. — A não ser que tenha alguma objeção.

— Ele não tem — respondi, antes que Lucien pudesse dizer algo de que se arrependeria. — Me dê uma hora para comer e me trocar; então, eu a encontrarei no escritório.

Talvez um pouco mais determinada do que um dia eu fora, mas Ianthe assentiu mesmo assim. Dei o braço a Lucien e o guiei para longe.

— Vejo você em breve — dispensei Ianthe, e senti seu olhar sobre nós conforme caminhávamos para longe dos estábulos mal iluminados em direção à forte luz do meio do dia.

O corpo de Lucien estava rígido, quase trêmulo.

— O que aconteceu entre vocês dois? — sibilei, quando estávamos em meio à sebe e às trilhas de cascalho do jardim.

— Não vale a pena repetir.

— Quando eu... fui levada — arrisquei, quase tropeçando na palavra, quase dizendo *parti*. — Ela e Tamlin...

Não precisei fingir o revirar de minhas entranhas.

— Não — respondeu Lucien, a voz rouca. — Não. Quando chegou o Calanmai, ele se recusou. Simplesmente se recusou a participar. Eu o substituí no Ritual, mas...

Eu tinha me esquecido. Me esquecido do Calanmai e do ritual. Fiz uma contagem mental dos dias.

Não era à toa que tinha me esquecido. Estava naquele chalé nas montanhas. Com Rhys enterrado em mim. Talvez tivéssemos gerado nossa própria magia naquela noite.

Mas Lucien...

— Você levou Ianthe para aquela caverna no Calanmai?

Lucien não me encarou.

— Ela insistiu. Tamlin estava... As coisas estavam ruins, Feyre. Fui no lugar dele e cumpri meu dever para com a corte. Fui por vontade própria. E completamos o ritual.

Não era à toa que Ianthe tinha se afastado de Lucien. Conseguira o que queria.

— Por favor, não conte a Elain — pediu ele. — Quando nós... quando nós a reencontrarmos — acrescentou ele.

Lucien podia ter completado o Grande Ritual com Ianthe por vontade própria, mas certamente não gostara disso. Algum limite fora ultrapassado... e muito.

E meu coração pesou um pouco no peito quando disse a Lucien, sem qualquer fingimento:

— Não contarei a ninguém a não ser que me diga para fazê-lo. — O peso daquela faca e do cinto incrustados de joias pareceu aumentar. — Queria ter estado lá para impedir. Eu deveria ter estado lá para impedir. — Fui sincera em cada palavra.

Lucien apertou nossos braços dados enquanto contornávamos uma sebe, a casa se erguia à frente.

— Você é uma amiga melhor para mim, Feyre — disse ele, baixinho —, do que jamais fui para você.

Alis franziu a testa para os dois vestidos que pendiam da porta do armário, os longos dedos marrons alisavam chiffon e seda.

— Não sei se a cintura pode ser alargada — avaliou Alis, sem olhar de volta para onde eu estava sentada, na beira da cama. — Tiramos tanto que não restou muito tecido com que mexer... Talvez você precise encomendar vestidos novos.

Ela me encarou então, percorrendo com os olhos meu corpo coberto pelo roupão.

Eu sabia o que Alis via... o que mentiras e sorrisos envenenados não podiam esconder: eu tinha me tornado magra como uma aparição quando morei ali depois de Amarantha. No entanto, apesar de tudo o que Rhys fizera para me ferir, eu tinha recuperado o peso perdido, ganhado músculos e perdido o tom doentio em favor de uma pele bronzeada de sol.

Para uma mulher que fora torturada e atormentada durante meses, eu parecia incrivelmente bem.

De cada lado do quarto, nossos olhares se encontraram, o silêncio perturbado apenas pelo zumbido dos poucos criados restantes no corredor, ocupados com os preparativos para o solstício na manhã seguinte.

Eu tinha passado os dois últimos dias bancando o belo bicho de estimação, e me fora permitido participar de reuniões com a realeza de Hybern; em grande parte porque permanecia quieta. Eles eram tão cautelosos quanto nós, esquivando-se das perguntas de Tamlin e de Lucien sobre os movimentos de seus exércitos, sobre os aliados estrangeiros e sobre outros aliados dentro de Prythian. As reuniões não davam em nada, pois tudo o que *eles* queriam saber eram informações sobre nossas forças.

E sobre a Corte Noturna.

Dei informações verdadeiras e falsas a Dagdan e Brannagh, misturando-as imperceptivelmente. Expus a tropa illyriana entre as montanhas e as estepes, mas destaquei o clã mais forte como o mais fraco; mencionei a eficiência daquelas pedras azuis de Hybern contra o poder de Cassian e de Azriel, mas deixei de mencionar com que facilidade eles as contornaram. Qualquer pergunta que eu não conseguisse evadir, eu fingia perda de memória ou trauma grande demais para suportar a lembrança.

Mas, apesar de todas as mentiras e os ardis, a realeza hyberniana parecia atenta demais para revelar muito das próprias informações. E, apesar de todas as minhas expressões cuidadosas, Alis parecia ser a única a reparar nas minúsculas evidências que mesmo eu não podia controlar.

— Acha que há algum vestido apropriado para o solstício? — indaguei, casualmente, quando o silêncio continuou. — Os cor-de-rosa e os verdes me cabem, mas já os usei três vezes.

— Você nunca se importou com tais coisas — retrucou Alis, emitindo um estalo com a língua.

— Não posso mudar de ideia?

Aqueles olhos escuros se semicerraram levemente. Mas Alis abriu as portas do armário, os vestidos oscilaram com o movimento, e então vasculhou o interior escuro.

— Poderia vestir este. — Ela ergueu uma roupa.

Um conjunto de roupas turquesa da Corte Noturna, o corte semelhante à moda preferida de Amren, pendeu dos dedos finos de Alis. Meu coração pesou.

— Isso... por quê... — As palavras saíram de mim aos tropeços, pesadas e escorregadias, e me calei com um puxão forte do controle interior. Estiquei o corpo. — Não sabia que você podia ser tão cruel, Alis.

Uma risada de escárnio. Ela jogou as roupas de volta no armário.

— Tamlin rasgou os outros dois conjuntos, esqueceu este porque estava na gaveta errada.

Teci um fio mental até o corredor para me certificar de que ninguém ouvia.

— Ele estava transtornado. Eu queria que tivesse destruído esse par também.

— Eu estava lá naquele dia, sabe — revelou Alis, cruzando os braços esguios sobre o peito. — Vi Morrigan chegar. Vi quando ela estendeu a mão para o casulo de poder e a pegou como se você fosse uma criança. Implorei para que a levasse.

Engoli em seco, sem fingimento.

— Jamais contei isso a ele. Jamais contei a nenhum deles. Deixei que achassem que havia sido abduzida. Mas você se agarrou a ela, e Morrigan estava disposta a matar todos nós pelo que acontecera.

— Não sei por que presumiria isso. — Puxei o roupão de seda com mais força em volta do corpo.

— Criados conversam. Em Sob a Montanha, jamais vi Rhysand colocar as mãos em um criado. Guardas, os seguidores de Amarantha, as pessoas que ele tinha ordens de matar, sim. Mas nunca os frágeis. Nunca aqueles incapazes de se defender.

— Ele é um monstro.

— Dizem que você voltou diferente. Voltou errada. — Alis riu como um corvo. — Não me incomodo em dizer: acho que voltou certa. Voltou certa, por fim.

Um precipício se escancarou diante de mim. Limites... havia limites ali, e minha sobrevivência e a de Prythian dependiam de que os seguíssemos. Eu me levantei da cama, as mãos levemente trêmulas.

Mas, então, Alis continuou:

— Minha prima trabalha no palácio em Adriata.

Corte Estival. Alis era originalmente da Corte Estival e fugira de lá com os dois sobrinhos depois que a irmã fora brutalmente assassinada durante o reinado de Amarantha.

— Os criados naquele palácio não devem ser vistos ou ouvidos, mas eles veem e ouvem bastante quando ninguém acha que estejam por perto.

Ela era minha amiga. Tinha me ajudado, mesmo correndo um grande risco em Sob a Montanha. Ficara a meu lado nos meses seguintes. Mas se colocasse tudo a perder...

— Ela disse que você fez uma visita. E que estava saudável e rindo e feliz.

— Era uma mentira. Ele me forçou a agir daquela forma. — Não foi necessário muito esforço para expressar o desconforto em minha voz.

Alis deu um sorriso astuto, enviesado.

— Se é o que você diz.

— Eu *digo*, sim.

Alis pegou um vestido de tom creme.

— Jamais pôde usar este. Pedi para depois de seu casamento.

Não era exatamente de noiva, mas era bastante puro. Limpo. O tipo de vestido do qual eu teria me ressentido quando voltei de Sob a Montanha, desesperada para evitar qualquer comparação com minha alma destruída. Mas agora... Encarei Alis de volta e me perguntei qual de meus planos ela teria descoberto.

— Só direi isto uma vez — sussurrou Alis. — O que quer que planeje fazer, imploro que deixe meus meninos de fora. Tome a desforra que desejar, mas, por favor, poupe-os.

Eu jamais... quase comecei a dizer. Mas apenas balancei a cabeça, franzindo a testa, totalmente confusa e perturbada.

— Só quero me encaixar de novo na vida aqui. Curar.

Curar o mundo da corrupção e da escuridão que se alastravam por ele.

Alis pareceu entender também. Ela colocou o vestido na porta do armário, abanando a saia esvoaçante e brilhosa.

— Use este no solstício — aconselhou Alis, baixinho.

Então, usei.

Capítulo 4

O Solstício de Verão era exatamente como eu me lembrava: serpentinas, fitas e guirlandas de flores por todo lado, caixas de cerveja e vinho carregadas para a encosta das colinas que cercavam a propriedade, Grão-Feéricos e feéricos inferiores chegando em bandos para as comemorações.

Mas o que não havia ali um ano antes era Ianthe.

A celebração seria sacrilégio, entoou ela, se não agradecêssemos antes.

Então, todos acordamos duas horas antes do amanhecer, com olhos vermelhos e sem muito ânimo para suportar a cerimônia à medida que o sol despontava no horizonte no dia mais longo do ano. Eu me perguntei se Tarquin precisava tolerar tais rituais tediosos em seu palácio reluzente no litoral. Indaguei que tipo de comemorações ocorreriam em Adriata naquele dia, com o Grão-Senhor da Corte Estival que chegara tão perto de ser um amigo.

Até onde eu sabia, apesar dos rumores entre os criados, Tarquin ainda não enviara notícias a Tamlin a respeito da visita que Rhys, Amren e eu fizéramos. O que o senhor da Corte Estival acharia agora de minhas circunstâncias trocadas? Eu não tinha dúvidas de que Tarquin soubera. E rezava para que ele ficasse de fora até que meu trabalho ali estivesse terminado.

Alis tinha me arranjado uma capa luxuosa de veludo branco para a cavalgada gélida até as colinas, e Tamlin me colocara em uma égua pálida como a lua, com flores selvagens presas à crina prateada. Se quisesse fazer um quadro de pureza serena, teria sido a imagem que eu projetava naquela manhã, os cabelos trançados no alto da cabeça, uma coroa de flores de espinheiro branco sobre os fios. Tinha colocado um pouco de *rouge* nas bochechas e nos lábios — um leve toque de cor. Como o primeiro rubor de primavera sobre uma paisagem de inverno.

Conforme nossa procissão chegava à colina, com uma multidão reunida já no topo, centenas de olhos se voltaram para mim. Mas mantive o olhar adiante, para onde Ianthe estava parada, voltada para um altar de pedra rudimentar adornado por flores e os primeiros grãos e frutas do verão. O capuz, para variar, estava abaixado na túnica azul-pálido, e a tiara de prata agora repousava diretamente sobre a cabeça dourada.

Sorri para ela, minha égua obedientemente parou diante do arco norte do semicírculo formado pela multidão em torno da beira da colina e do altar da sacerdotisa, e me perguntei se Ianthe conseguia espiar as presas de loba logo abaixo.

Tamlin me ajudou a descer do cavalo, a luz cinzenta que precede o alvorecer refletia nos fios dourados de sua jaqueta verde. Eu me obriguei a encarar Tamlin quando ele me colocou sobre a grama macia, ciente de cada olhar sobre nós.

A lembrança levou um brilho ao olhar de Tamlin... pela forma como seus olhos desceram até minha boca.

Um ano antes, Tamlin me beijara nesse dia. Um ano antes, eu tinha dançado entre aquelas pessoas, distraída e alegre pela primeira vez na vida, e acreditei que fosse a maior felicidade que eu havia sentido e que jamais tornaria a sentir.

Dei a Tamlin um leve e tímido sorriso, e aceitei o braço que ele estendeu. Juntos, seguimos pela grama na direção do altar de pedra de Ianthe, os membros da família real de Hybern, Jurian e Lucien seguiram atrás.

Eu me perguntei se Tamlin também se lembrava de outro dia, tantos meses antes, quando eu usei um vestido branco diferente, quando também havia flores espalhadas.

Quando meu parceiro me resgatou depois de minha decisão de não seguir em frente com o casamento... alguma parte íntima pressentindo que não era certo. Não me acreditava merecedora, não queria colocar sobre Tamlin o fardo de uma eternidade com alguém tão arrasada quanto eu me sentia na época. E Rhys... Rhys teria me deixado casar com ele, acreditando que eu estava feliz, querendo que eu fosse feliz, mesmo que isso acabasse com ele. Mas assim que eu disse não... Rhys me salvou. Ele me ajudou a me salvar.

Olhei de esguelha para Tamlin.

Mas ele observava minha mão, apoiada sobre seu braço. O dedo vazio no qual certa vez repousara o anel.

O que ele pensava daquilo... aonde achava que o anel fora parar se Lucien tinha escondido a prova? Por um segundo, tive pena de Tamlin.

Não porque Lucien mentira para ele, mas porque Alis também o fizera. Quantos outros teriam visto a verdade de meu sofrimento e tentaram poupar *Tamlin*?

Viram meu sofrimento e não fizeram nada para *me* ajudar.

Tamlin e eu paramos diante do altar, Ianthe nos ofereceu um aceno sereno e majestoso.

Os membros da família real de Hybern alternaram o peso do corpo entre os pés, sem se incomodar em esconder a impaciência. Brannagh fizera queixas pouco sutis a respeito do solstício no jantar da véspera, declarando que em Hybern não se incomodavam com coisas tão odiosas e seguiam para as comemorações. E deixando implícito, do próprio jeito, que em breve também não nos importaríamos.

Ignorei a realeza quando Ianthe ergueu as mãos e gritou para a multidão atrás de nós:

— Um solstício abençoado para todos nós.

Então, teve início uma cadeia interminável de orações e rituais, os acólitos mais lindos e mais jovens de Ianthe ajudavam a servir o vinho sagrado, ajudavam com a bênção dos frutos da colheita no altar, com a súplica para que o sol nascesse.

Uma atuação linda e ensaiada. Lucien quase dormia atrás de mim.

Mas eu tinha repassado a cerimônia com Ianthe e sabia o que viria quando ela ergueu o vinho sagrado e entoou:

— E como a luz é mais forte hoje, que ela espante a escuridão indesejada. Que exile a mancha preta do mal.

Um golpe após o outro contra meu parceiro, meu lar. Mas assenti com Ianthe.

— Será que a princesa Brannagh e o príncipe Dagdan nos dariam a honra de tomar este vinho abençoado?

A multidão se agitou. Os membros da família real de Hybern piscaram, franzindo a testa um para o outro.

Mas eu me afastei, sorrindo alegremente para os dois e gesticulando na direção do altar.

Eles abriram a boca, sem dúvida para recusar, mas Ianthe não receberia um não.

— Bebam e permitam que nossos novos aliados se tornem novos amigos — declarou ela. — Bebam e lavem a noite interminável do ano.

Os dois daemati estavam provavelmente testando aquela taça em busca de veneno por meio de qualquer que fosse o treinamento mágico adquirido, mas mantive o sorriso imperturbável no rosto quando os dois finalmente se aproximaram do altar e Brannagh aceitou o cálice prateado estendido.

Cada um deles mal tomou um gole antes que fizessem menção de recuar. Mas Ianthe cantarolou para os dois, insistindo que passassem para trás do altar a fim de testemunhar nossa cerimônia a seu lado.

Eu me certifiquei de que Ianthe soubesse com precisão o quanto eles se sentiam enojados com seus rituais. O quanto tentariam minar a utilidade da sacerdotisa como líder de seu povo quando chegassem. Ianthe agora parecia inclinada a convertê-los.

Mais orações e rituais até que Tamlin foi convocado ao outro lado do altar para acender uma vela pelas almas extintas no último ano — a fim de que agora fossem levadas ao abraço da luz quando o sol nascesse.

Tons de rosa começaram a tingir as nuvens.

Jurian também foi chamado à frente para recitar uma última oração que requisitei a Ianthe, em honra dos guerreiros que lutavam por nossa segurança a cada dia.

E, então, Lucien e eu estávamos de pé, sozinhos, no círculo de grama, com o altar e o horizonte diante de nós, a multidão às nossas costas e ao lado.

Pela rigidez de sua postura, pela forma como seu olhar circulava ao redor, eu sabia que Lucien agora repassava as orações e como eu tinha trabalhado com Ianthe na cerimônia. Como ele e eu tínhamos permanecido desse lado da linha no momento em que o sol estava prestes a irromper sobre o mundo, e os demais haviam sido removidos.

Ianthe deu um passo na direção do sopé da colina, e os cabelos dourados caíram livremente pelas costas quando a sacerdotisa ergueu os braços para o céu. A localização era intencional, assim como a posição dos braços.

Ela fez o mesmo gesto no Solstício de Inverno, de pé no local exato em que o sol nasceria entre os braços erguidos, preenchendo-os de luz. Os acólitos de Ianthe discretamente marcaram o lugar na grama com uma pedra entalhada.

Devagar, o disco dourado do sol rompeu os verdes e azuis enevoados do horizonte.

Luz preencheu o mundo, clara e forte, arremessada diretamente contra nós.

As costas de Ianthe se arquearam, o corpo era um mero receptáculo a ser preenchido pela luz do solstício, e o que eu conseguia ver do rosto de Ianthe já estampava êxtase devoto.

O sol nasceu, e uma nota contida, emoldurada em ouro, ecoou pela terra.

A multidão começou a murmurar.

Depois, a gritar.

Não para Ianthe.

Mas para mim.

Para mim, resplandecente e pura em branco, começando a brilhar com a luz do dia conforme os raios do sol fluíam diretamente sobre mim em vez de sobre a sacerdotisa.

Ninguém se incomodou em confirmar ou em notar que a pedra de marcação de Ianthe tinha se movido 1,5 metro para a direita, tão ocupados com minha chegada ostentosa para notar um vento fantasma deslizar a pedra sobre a grama.

Ianthe levou mais tempo que qualquer outro para olhar.

Para se virar e ver que o poder do sol não a preenchia, não a abençoava.

Desatei a amarra sobre o poder que eu havia liberado em Hybern, meu corpo se tornou incandescente quando a luz brilhou. Pura como o dia, pura como a luz das estrelas.

— Quebradora da Maldição — murmurou alguém. — Abençoada — sussurraram outros.

Fiz questão de parecer surpresa... surpresa, mas conformada com a escolha do Caldeirão. O rosto de Tamlin estava rígido pelo choque, a realeza de Hybern, espantada.

Mas me virei para Lucien, a luz irradiando tão forte que refletiu no olho de metal. Um amigo pedindo ajuda a outro. Estendi a mão para ele.

Além de nós, eu conseguia sentir Ianthe lutando para recuperar o controle, para encontrar uma forma de virar o jogo.

Talvez Lucien também conseguisse sentir. Pois ele tomou minha mão e, então, se colocou sobre um dos joelhos na grama, pressionando meus dedos sobre a testa.

Como talos de trigo ao vento, os demais se ajoelharam também.

Pois em todas as vaidosas cerimônias e nos rituais, Ianthe jamais mostrara qualquer indício de poder ou bênção. Mas Feyre Quebradora da Maldição, que livrara Prythian da tirania e da escuridão...

Abençoada. Sagrada. Irredutível diante do mal.

Deixei que meu brilho se expandisse até que também ondulasse a partir da forma curvada de Lucien.

Um cavaleiro diante de sua rainha.

Quando olhei para Ianthe e sorri de novo, deixei transparecer um pouco da loba.

✠

As festividades, pelo menos, ainda eram iguais.

Depois que o estardalhaço e o espanto haviam diminuído, depois que meu brilho sumira quando o sol se posicionou sobre minha cabeça, seguimos para as colinas e os campos próximos, onde aqueles que não tinham participado da cerimônia já sabiam de meu pequeno milagre.

Fiquei perto de Lucien, que estava disposto a me agradar, pois todos pareciam divididos entre alegria e assombro, dúvidas e preocupações.

Ianthe passou as seis horas seguintes tentando explicar o que acontecera. O Caldeirão abençoara a amiga escolhida por ela, era o que dizia a sacerdotisa a quem quer que ouvisse. O sol tinha alterado o próprio caminho para mostrar o quanto ficara satisfeito com meu retorno.

Apenas os acólitos de Ianthe realmente prestavam atenção, e metade parecia apenas levemente interessada.

Tamlin, no entanto, parecia ser o mais cauteloso — como se a bênção de alguma forma tivesse me perturbado, como se ele se lembrasse daquela mesma luz em Hybern e não conseguisse entender por que o incomodava tanto.

Mas o dever o levou a receber os agradecimentos e os bons desejos dos súditos, guerreiros e senhores inferiores, me deixando livre para perambular. Era parada de vez em quando por feéricos fervorosos e devotos que queriam tocar minha mão, lamuriar-se um pouco.

Antes, eu teria estremecido e me encolhido. Agora, eu recebia os cumprimentos e suas preces com devoção, sorrindo agradecida.

Em parte, eu era sincera. Não tinha problema com o povo daquelas terras, que sofrera com os demais. Nenhum. Mas os membros da corte e as sentinelas me procuravam... Fiz uma atuação melhor para eles. Abençoada pelo Caldeirão, era como me chamavam. *Uma honra*, eu simplesmente respondia.

Diversas vezes repetia essas palavras, durante o café da manhã e o almoço, até que voltei para a casa a fim de me limpar e descansar um momento.

Na privacidade do quarto, apoiei a coroa de flores na cômoda e sorri levemente para o olho tatuado na palma da mão direita.

O dia mais longo do ano, falei para o laço, mandando também lampejos de tudo o que acontecera no alto daquela colina. *Queria poder passá-lo com você.*

Ele teria gostado de minha atuação... teria gargalhado até ficar rouco da expressão no rosto de Ianthe.

Terminei de me lavar e estava prestes a voltar para as colinas quando a voz de Rhysand tomou minha mente.

Seria uma honra, disse ele, com risadas a cada palavra, *passar sequer um momento na companhia de Feyre Abençoada pelo Caldeirão.*

Eu ri. As palavras eram distantes, difíceis. Rápida — eu precisava ser rápida, ou arriscaria a exposição. E, mais que tudo, eu precisava perguntar, saber...

Estão todos bem?

Esperei, contando os minutos. *Sim. Tão bem quanto podem estar. Quando volta para casa, para mim?*

Cada palavra era mais baixa que a anterior.

Logo, prometi. *Hybern está aqui. Terminarei em breve.*

Ele não respondeu... e esperei mais alguns minutos antes de mais uma vez colocar a coroa de flores e descer as escadas.

Quando cheguei ao jardim da varanda, no entanto, a voz fraca de Rhysand tomou minha mente mais uma vez. *Também queria poder passar o dia de hoje com você.*

As palavras foram como um punho se fechando em meu coração, e as afastei da mente quando voltei à festa nas colinas, meus passos pareciam mais pesados que quando segui flutuante até a casa.

Mas a mesa do almoço fora limpa e a dança começara.

Eu o vi esperando no limite de um dos círculos, observando cada movimento meu.

Olhei entre a grama, a multidão e o aglomerado de músicos tocando uma canção tão animada, com tambores, violinos e flautas, conforme me aproximei, apenas uma corça tímida e hesitante.

Certa vez, aqueles mesmos sons tinham me despertado, me fizeram dançar e dançar. Supus que agora mal passassem de armas em meu arsenal quando parei diante de Tamlin, abaixei o olhar e perguntei, baixinho:

— Quer dançar comigo?

Alívio, felicidade e uma leve preocupação.

— Sim — sussurrou ele. — Sim, é evidente.

Então, deixei que Tamlin me levasse para a dança agitada, girando e me inclinando, as pessoas se reunindo à nossa volta para comemorar e bater palmas. Dança, após dança, após dança, até que o suor escorresse por minhas costas, conforme eu me esforçava para acompanhar, manter aquele sorriso no rosto, lembrar de sorrir quando minhas mãos estavam tão próximas de sua garganta a ponto de poder estrangulá-lo.

A música por fim passou para algo mais lento, e Tamlin nos guiou pela melodia. Quando os demais acharam os próprios parceiros mais interessantes de se observar, ele murmurou:

— Esta manhã... Você está bem?

Ergui a cabeça.

— Sim. Eu... não sei o que foi, mas sim. Ianthe está... irritada?

— Não sei. Ela não esperava por aquilo... não acho que ela lide bem com surpresas.

— Eu deveria pedir desculpas.

Um brilho lhe percorreu os olhos.

— Por quê? Talvez tenha sido uma bênção. Magia ainda *me* surpreende. Se está irritada, o problema é dela.

Fingi que refletia; depois, assenti. Aproximei o corpo do seu, odiando cada ponto em que nos tocávamos. Não sabia como Rhys tinha suportado... suportado Amarantha. Durante cinco décadas.

— Você está linda hoje — elogiou Tamlin.

— Obrigada. — Eu me obriguei a olhar para seu rosto. — Lucien... Lucien me disse que você não completou o ritual no Calanmai. Que se recusou.

E deixou que Ianthe o levasse para aquela caverna em seu lugar.

Tamlin engoliu em seco.

— Não conseguia suportar.

Mas pôde suportar fazer um acordo com Hybern, como se eu fosse uma mercadoria roubada a ser devolvida.

— Talvez esta manhã não tenha sido uma bênção apenas para mim — sugeri.

Uma carícia com a mão em minhas costas foi sua única resposta.

Foi tudo o que dissemos durante as três danças seguintes, até que a fome me arrastou para as mesas onde o jantar tinha sido servido. Deixei que Tamlin fizesse um prato para mim, deixei que ele mesmo me servisse quando encontramos um lugar sob um velho carvalho retorcido e observamos a dança e a música.

Quase perguntei se valia a pena — se abrir mão daquele tipo de paz valia a pena, apenas para me ter de volta. Pois Hybern viria até ali, usaria essas terras. E não haveria mais cantoria e dança. Não depois que chegassem.

Mas fiquei calada enquanto a luz do sol se dissipava e a noite por fim caía.

As estrelas brilharam ao ganhar vida, fracas e pequenas acima das fogueiras incandescentes.

Eu as observei durante as longas horas de comemorações e podia jurar que me fizeram companhia, minhas amigas silenciosas e constantes.

Capítulo 5

Voltei rastejando para a mansão duas horas depois da meia-noite, exausta demais para ficar até o alvorecer.

Principalmente quando reparei na forma como Tamlin me olhava, lembrando o alvorecer no ano anterior, quando ele me levou para longe e me beijou durante o nascer do sol.

Pedi que Lucien me acompanhasse, e ele ficou mais que feliz em fazê-lo, considerando que o próprio estado de macho com uma parceira fazia com que perdesse o interesse em qualquer tipo de companhia feminina ultimamente. E considerando que Ianthe tentara encurralá-lo o dia todo para perguntar o que acontecera na cerimônia.

Vesti a camisola, uma coisinha pequena de renda que usei certa vez para a diversão de Tamlin e agora estava contente em vestir graças ao suor do dia, que ainda se agarrava à minha pele, e então caí na cama.

Por quase meia hora, chutei os lençóis, me virando e revirando, me debatendo.

O Attor. A Tecelã. Minhas irmãs sendo atiradas no Caldeirão. Todos se misturavam e oscilavam a meu redor. Eu permiti.

A maioria dos demais ainda estava comemorando quando gritei; um grito agudo e breve que me fez saltar da cama.

Meu coração retumbava nas veias, nos ossos, quando entreabri a porta, suada e exausta, e caminhei pelo corredor.

Lucien atendeu na segunda batida.

— Ouvi você... o que foi? — Ele me observou, o olho avermelhado arregalado ao notar meus cabelos embaraçados, a camisola suada.

Engoli em seco, uma pergunta silenciosa no rosto, e Lucien assentiu, recuando para o quarto a fim de me deixar entrar. Nu da cintura para cima, ele conseguiu vestir a calça antes de abrir a porta, e rapidamente a abotoou quando passei.

O quarto de Lucien fora decorado com as cores da Corte Outonal — o único tributo ao lar que deixava transparecer —, e observei o espaço escuro como a noite, os lençóis amassados. Lucien se sentou no braço cilíndrico de uma grande poltrona diante da lareira apagada, me observando contorcer as mãos no centro do carpete carmesim.

— Eu sonho com aquilo — comecei, a voz rouca. — Sob a Montanha. E, quando acordo, não me lembro de onde estou. — Ergui o braço esquerdo, agora incólume, diante do corpo. — Não consigo me lembrar de *quando* estou.

Verdade... e meia mentira. Ainda sonhava com aqueles dias terríveis, mas eles não me consumiam mais. Eu não corria para o banheiro no meio da noite para vomitar as tripas.

— Com o que sonhou esta noite? — perguntou Lucien, baixinho.

Voltei os olhos para os seus, assombrada e lívida.

— Ela me pregou à parede. Como Clare Beddor. E o Attor estava...

Estremeci, passando as mãos no rosto.

Lucien se levantou, caminhou até mim. A onda de medo e dor diante de minhas palavras mascarou meu cheiro o suficiente, mascarou meu poder quando meus tendões escuros captaram uma leve vibração na casa.

Lucien parou a 15 centímetros de mim. Ele nem sequer protestou quando lhe envolvi o pescoço com os braços, enterrando o rosto contra o peito morno e exposto. Era água do mar do dom de Tarquin que escorria de meus olhos, por meu rosto e contra a pele de Lucien.

Ele soltou um suspiro pesado e passou um braço por minha cintura, o outro entremeou meus cabelos para aninhar minha cabeça.

— Sinto muito — murmurou ele. — Sinto muito.

Lucien me abraçou, fazendo carícias tranquilizadoras em minhas costas, e acalmei meu choro, aquelas lágrimas de água do mar secaram, como areia úmida ao sol.

Por fim, afastei a cabeça do peito escultural, e meus dedos se enterraram nos músculos tensos dos ombros de Lucien quando olhei para seu rosto preocupado. Tomei fôlego profundamente, ofegante, e minhas sobrancelhas se franziram, e entreabri a boca quando...

— O que está acontecendo?

Lucien virou a cabeça na direção da porta.

Tamlin estava parado ali, o rosto era uma máscara de calma fria. A ponta das garras reluzia nos nós dos dedos.

Lucien e eu nos afastamos, rápido demais para ser casual.

— Tive um pesadelo — expliquei, esticando a camisola. — Eu... eu não queria acordar a casa.

Tamlin apenas encarava Lucien cuja boca se contraíra em uma linha fina enquanto ele observava aquelas garras, ainda pela metade.

— Tive um pesadelo — repeti, um pouco mais forte, segurando o braço de Tamlin e levando-o para longe do quarto antes que Lucien pudesse abrir a boca.

Fechei a porta, mas ainda sentia a atração de Tamlin fixa no macho atrás dela. Tamlin não retraiu as garras. Não terminou de conjurá-las também.

Caminhei os poucos metros até meu quarto observando Tamlin avaliar o corredor. A distância entre minha porta e a de Lucien.

— Boa noite — falei, e fechei a porta na cara de Tamlin.

Esperei os cinco minutos que foram precisos para que ele decidisse não matar Lucien, e então sorri.

Eu me perguntei se Lucien teria juntado as peças. Que eu sabia que Tamlin viria até meu quarto esta noite, depois que eu o tocara e lhe lançara tantos olhares tímidos. Que eu vestira a camisola mais indecente não devido ao calor, mas para que, quando as armadilhas invisíveis pela casa me informassem do exato momento em que Tamlin reuniria coragem para me procurar, eu estivesse vestida adequadamente.

Um pesadelo fingido, a evidência plantada nos lençóis retorcidos. Eu tinha deixado a porta de Lucien aberta, e ele estava distraído demais para suspeitar do motivo de minha presença a ponto de se incomodar em fechá-la, ou de reparar no escudo de ar espesso que eu havia colocado em torno do quarto a fim de mascarar o cheiro de Tamlin quando ele chegasse.

Até que Tamlin nos visse ali, enroscados um no outro, minha camisola repuxada, encarando um ao outro tão atentamente, tão cheios de *emoção* que estaríamos ou apenas começando, ou encerrando. Que nem sequer notamos até que Tamlin estivesse bem ali... e aquele escudo invisível havia sumido antes que ele conseguisse senti-lo.

Um pesadelo, eu dissera a Tamlin.

Eu era o pesadelo.

Usando aquilo que Tamlin temera desde meus primeiros dias ali.

Eu não me esquecera daquela briga antiga que ele havia começado com Lucien. O aviso que dera ao amigo para que parasse de flertar comigo. Para que ficasse longe. O medo de que eu preferisse o lorde de cabelos vermelhos a ele, e que isso ameaçasse todos os planos de Tamlin. *Fique longe*, dissera Tamlin a Lucien.

Eu não tinha dúvidas de que Tamlin agora repassava cada olhar e cada conversa desde então. Sempre que Lucien interviera em meu favor, tanto Sob a Montanha quanto depois. Considerando o quanto aquele novo laço de parceria com Elain teria controle sobre o amigo.

Considerando como naquela mesma manhã Lucien se ajoelhara diante de mim, jurando lealdade a um deus recém-nascido, como se nós dois tivéssemos sido abençoados pelo Caldeirão.

Eu me permiti sorrir por mais um momento; então, me vesti.

Havia mais trabalho a ser feito.

Capítulo 6

Um molho de chaves dos portões da propriedade tinha sumido.

Mas, depois do incidente da noite anterior, Tamlin não parecia se importar.

O café da manhã foi silencioso, os membros da família real de Hybern estavam emburrados por precisar esperar tanto tempo a fim de ver a segunda fenda na muralha, e Jurian, pela primeira vez, estava cansado demais para fazer qualquer coisa que não enfiar carne e ovos naquela boca odiosa.

Tamlin e Lucien, ao que parecia, tinham se falado antes da refeição, mas o último fez questão de manter uma distância segura de mim. De não olhar ou falar comigo, como se ainda precisasse convencer Tamlin de nossa inocência.

Considerei perguntar diretamente a Jurian se ele roubara as chaves de qualquer que fosse o guarda que as teria perdido, mas o silêncio era um descanso bem-vindo.

Até que Ianthe entrou feito brisa, cuidadosamente evitando reconhecer minha presença, como se eu realmente fosse o sol ofuscante que lhe fora roubado.

— Desculpe-me interromper sua refeição, mas há uma questão a discutir, Grão-Senhor — disse Ianthe, com a túnica pálida rodopiando aos pés quando parou ao meio da mesa.

Todos nós nos esticamos ao ouvir aquilo.

— O que é? — indagou Tamlin, emburrado e irritadiço.

Ianthe fez de conta que percebeu a presença da realeza de Hybern apenas naquele instante. Ouvindo. Tentei não rir com deboche do olhar tão nervoso que ela lançou em sua direção e, depois, na de Tamlin. As palavras seguintes não foram surpresa alguma.

— Talvez devêssemos esperar até depois da refeição. Quando estiver sozinho.

Sem dúvida uma jogada de poder, para lembrar a eles que ela, de fato, tinha poder ali, com Tamlin. Que Hybern também poderia querer permanecer em suas graças, considerando a *informação* que detinha. Mas fui cruel o suficiente para dizer, com meiguice:

— Se podemos confiar em nossos aliados de Hybern para irem à guerra conosco, então podemos confiar em sua discrição. Vá em frente, Ianthe.

Ela nem mesmo olhou em minha direção. Mas agora estava presa entre um insulto desvelado e a educação... Tamlin ponderou nossa companhia contra a postura de Ianthe e falou:

— Vamos ouvir.

A sacerdotisa engoliu em seco.

— Há... Meus acólitos descobriram que a terra em volta de meu templo está... morrendo.

Jurian revirou os olhos e voltou a comer o bacon.

— Então, conte aos jardineiros — ironizou Brannagh, retornando à própria comida. Dagdan deu risadinhas contra a xícara de chá.

— Não é uma questão de jardinagem. — Ianthe enrijeceu o corpo. — É uma praga na terra. Grama, raízes, botões... tudo, enrugado e doente. Fede aos naga.

Foi um esforço não olhar para Lucien... para ver se ele também havia reparado no brilho ansioso demais no olhar de Ianthe. Até mesmo Tamlin suspirou, como se visse o que era de fato: uma tentativa de recuperar algum controle, talvez uma maquinação para envenenar a terra e, então, milagrosamente curá-la.

— Há outros locais no bosque onde coisas morreram e não estão voltando — continuou Ianthe, levando a mão adornada em prata ao peito. — Temo que seja um aviso de que os naga estão se reunindo... e planejam atacar.

Ah, eu a irritara. Estava me perguntando o que Ianthe faria após o solstício do dia anterior, depois que lhe roubei o momento e o poder. Mas aquilo... Inteligente.

Escondi meu risinho bem profundamente e falei, com suavidade:

— Ianthe, talvez *seja* um caso para os jardineiros.

Ela enrijeceu o corpo, por fim me encarando. *Você acha que está jogando*, eu estava doida para lhe dizer, *mas não faz ideia de que cada escolha que fez ontem à noite e esta manhã eram apenas passos para os quais eu a empurrei.*

Indiquei a realeza com o queixo e, depois, Lucien.

— Sairemos à tarde para avaliar a muralha, mas, se o problema persistir quando retornarmos em alguns dias, eu a ajudarei a investigar.

Aqueles dedos com anéis de prata se fecharam em punhos frouxos nas laterais do corpo. Mas como a verdadeira víbora que era, Ianthe perguntou a Tamlin:

— Vai se juntar a eles, Grão-Senhor?

Ela olhou para mim e para Lucien; a observação demorada demais para ser casual.

Uma leve dor de cabeça se formava, piorada a cada palavra que Ianthe proferia. Eu ficara acordada até muito tarde e dormira muito pouco... e precisaria de minhas forças para os dias que viriam.

— Ele não irá — falei, interrompendo Tamlin antes que ele pudesse responder.

Tamlin apoiou os talheres.

— Acho que vou.

— Não preciso de uma escolta. — Que ele desvendasse as camadas defensivas dessa frase.

Jurian riu com deboche.

— Começando a duvidar de nossas boas intenções, Grão-Senhor?

Tamlin grunhiu para ele.

— Cuidado.

Apoiei a mão na mesa.

— Ficarei bem com Lucien e as sentinelas.

Lucien parecia disposto a afundar na cadeira e sumir para sempre. Observei Dagdan e Brannagh e sorri de leve.

— Posso me defender se chegar a esse ponto — garanti a Tamlin.

Os daemati sorriram de volta para mim. Eu não tinha sentido outro toque em minhas barreiras mentais, ou naquelas que eu trabalhava para manter em volta do máximo de pessoas que conseguisse. O uso constante de meu poder me cansava, no entanto... ficar longe daquele lugar durante quatro ou cinco dias seria um alívio bem-vindo.

Principalmente quando Ianthe murmurou para Tamlin:

— Talvez você *devesse* ir, meu amigo. — Esperei... esperei por qualquer que fosse a loucura que estava prestes a sair daquela boca emburrada. — Nunca se sabe quando a Corte Noturna tentará levá-la embora.

Precisei piscar para decidir minha reação. Para optar por me recostar na cadeira, curvando os ombros para a frente, reunindo aquelas imagens de Clare, de Rhys com aquelas flechas de freixo nas asas... qualquer modo de embeber meu cheiro em medo.

— Teve notícias? — sussurrei.

Brannagh e Dagdan pareceram *muito* interessados diante disso.

A sacerdotisa abriu a boca, mas Jurian a interrompeu, falando:

— Não há notícia alguma. As fronteiras estão seguras. Rhysand seria um tolo se abusasse da sorte vindo até aqui.

Encarei meu prato, era o retrato do terror derrotado.

— Um tolo, sim — replicou Ianthe. — Mas um com uma vingança. — Ela encarou Tamlin, o sol da manhã refletia na joia no alto de sua cabeça. — Talvez se devolvesse a ele as asas da família, ele poderia... se acalmar.

Por um segundo, silêncio tomou conta de mim.

Seguido por uma onda de rugidos que abafaram quase todos os pensamentos, cada instinto de autopreservação. Eu mal conseguia ouvir por cima daqueles urros em meu sangue, meus ossos.

Mas as palavras, a oferta... Uma tentativa fraca de me surpreender. Fingi não ouvir, não me importar. Mesmo enquanto esperei e esperei pela resposta de Tamlin.

Quando Tamlin respondeu, foi com a voz baixa.

— Eu as queimei há muito tempo.

Podia ter jurado que havia algo como remorso — remorso e vergonha — em suas palavras.

— *Tsc, tsc* — respondeu Ianthe, apenas. — Uma pena. Ele poderia pagar uma boa quantia por elas.

Meus braços e pernas doíam com o esforço de não saltar por cima da mesa e esmagar a cabeça da sacerdotisa no piso de mármore.

Mas eu disse a Tamlin, tranquilizadora e com carinho:

— Ficarei bem lá fora. — Toquei sua mão, acariciando o dorso com meu polegar. Encarei Tamlin. — Não vamos seguir por esse caminho de novo.

Quando me afastei, Tamlin apenas fixou o olhar em Lucien, e qualquer traço daquela culpa havia sumido. As garras se libertaram, cravando-se na madeira marcada do braço da cadeira.

— Cuidado.

Nenhum de nós fingiu que isso era qualquer coisa que não uma ameaça.

Era uma cavalgada de dois dias, mas levamos apenas um para chegar, atravessando-andando-atravessando. Conseguíamos fazer alguns quilômetros por vez, mas Dagdan era mais lento do que eu previra, considerando que precisava carregar a irmã e Jurian.

Não o culpei por isso. Com cada um de nós carregando outro, a exaustão era considerável. Lucien e eu carregávamos, cada, uma sentinela, filhos de senhores inferiores que foram treinados para ser educados e vigilantes. Os suprimentos, como resultado, eram limitados. Incluindo tendas.

Quando chegamos à falha na muralha, a escuridão caía.

Os poucos suprimentos que carregamos também atrasavam nossa travessia pelo mundo, e deixei que as sentinelas montassem as tendas para nós, sempre a dama ansiosa para ser servida. Nosso jantar em volta da pequena fogueira foi quase silencioso, nenhum de nós se incomodou em falar, exceto por Jurian, que questionou as sentinelas interminavelmente sobre seu treinamento. Os gêmeos se retiraram para a própria tenda depois de escolherem os sanduíches de carne levados por nós, franzindo a testa para eles, como se estivessem recheados de larvas, e Jurian saiu perambulando pelo bosque logo depois, alegando um desejo de caminhar antes de se deitar.

Eu me arrastei para a tenda de lona quando a fogueira se extinguia, o espaço mal era suficiente para que Lucien e eu dormíssemos ombro a ombro.

Os cabelos vermelhos refletiram a fraca luz da fogueira um momento depois, quando Lucien afastou as abas da tenda e xingou.

— Talvez eu devesse dormir lá fora.

Revirei os olhos.

— Por favor.

Ele me lançou um olhar cauteloso e pensativo ao se ajoelhar e tirar as botas.

— Sabe que Tamlin pode ser... sensível com relação às coisas.

— Ele também pode ser uma dor de cabeça — disparei, e deslizei para baixo das cobertas. — Se ceder a ele a cada paranoia e sempre que ele quiser marcar território, só irá piorar.

Lucien desabotoou o casaco, mas ficou quase totalmente vestido ao passar para o saco de dormir.

— Acho que se torna pior porque vocês não... Quero dizer, não fizeram, não é?

Enrijeci o corpo, puxando o cobertor mais para o alto nos ombros.

— Não. Não quero ser tocada dessa forma... não por enquanto.

O silêncio foi pesado, triste. Odiei a mentira, odiei pelo quanto parecia sujo usá-la.

— Sinto muito — disse ele. E me perguntei pelo que mais Lucien pedia desculpas quando o encarei na escuridão de nossa tenda.

— Não há uma forma de nos livrarmos desse acordo com Hybern? — Minhas palavras eram pouco mais altas que o murmúrio das brasas do lado de fora. — Estou de volta, estou segura. Poderíamos encontrar uma forma de contornar...

— Não. O rei de Hybern forjou esse acordo com Tamlin com muita esperteza, muita lucidez. Uniu-os por magia... magia que o atingirá se Tamlin não permitir que Hybern entre nestas terras.

— De que forma? Ela o matará?

O suspiro de Lucien soprou meus cabelos.

— Reivindicará seus poderes, talvez o mate. A magia diz respeito a equilíbrio. Por isso não pudemos interferir em seu acordo com Rhysand. Até a pessoa que tenta quebrar o acordo sofre consequências. Se ele a tivesse mantido aqui, a magia que unia você a Rhys poderia ter reivindicado a vida de *Tamlin* como pagamento pela sua. Ou a vida de outra pessoa com quem ele se importasse. É magia antiga... antiga e estranha. Por isso evitamos acordos, a não ser que seja necessário: nem mesmo os estudiosos da Corte Diurna sabem como funciona. Acredite, eu perguntei.

— Por mim... perguntou a eles por mim.

— Sim. No inverno passado, pesquisei sobre como quebrar seu acordo com Rhys.

— Por que não me contou?

— Eu... não queríamos lhe dar falsas esperanças. E não ousamos deixar que Rhys soubesse o que fazíamos, caso descobrisse uma forma de interferir. De impedir.

— Então, Ianthe empurrou Tamlin para Hybern em vez disso.

— Ele estava desesperado. Os estudiosos da Corte Diurna trabalhavam muito lentamente. Implorei a ele por mais tempo, mas você já estava longe havia meses. Tamlin queria agir, não esperar, apesar da carta que você mandou. *Por causa* da carta que mandou. Finalmente disse a ele que fosse em frente depois... depois daquele dia na floresta.

Eu me virei, encarando o teto inclinado da tenda.

— Estava assim tão ruim? — perguntei, em voz baixa.

— Você viu seu quarto. Ele o destruiu, o escritório, o próprio quarto. Ele... ele matou as sentinelas que montavam guarda. Depois que lhes tirou a última gota de informação. Executou-as diante de todos na mansão.

Meu sangue gelou.

— Você não o impediu.

— Eu tentei. Implorei a ele por piedade. Tamlin não ouviu. *Não conseguia* ouvir.

— As sentinelas também não tentaram impedi-lo?

— Não ousaram, Feyre, ele é um Grão-Senhor. É de uma *estirpe* diferente.

Imaginei se Lucien diria o mesmo se soubesse o que eu era.

— Estávamos encurralados, sem opções. Nenhuma. Era entrar em guerra com a Corte Noturna *e* Hybern ou nos aliar a Hybern, deixar que eles tentassem causar problemas, e, então, usar essa aliança a nosso favor mais adiante.

— O que quer dizer? — sussurrei.

Mas Lucien percebeu o que dissera e retificou:

— Temos inimigos em todas as cortes. Ter a aliança de Hybern os fará pensar duas vezes.

Mentiroso. Mentiroso treinado e inteligente.

Soltei um suspiro pesado e sonolento.

— Mesmo que agora sejam nossos aliados — murmurei —, eu ainda os odeio.

Uma risada de escárnio.

— Eu também.

— Acordem.

A luz ofuscante do sol entrou na tenda, e eu sibilei.

A ordem foi abafada pelo grunhido de Lucien quando ele se sentou.

— *Fora* — ordenou Lucien a Jurian, que nos olhou uma vez, riu com deboche e saiu andando.

Eu havia rolado para o saco de dormir de Lucien em algum momento, qualquer ardil de fato em segundo plano devido a minha necessidade mais urgente: calor. Mas não tinha dúvidas de que Jurian guardaria a informação para atirar a Tamlin quando voltássemos: tínhamos dividido uma tenda e estávamos muito aconchegados quando acordamos.

Eu me lavei no córrego próximo, o corpo rígido e dolorido depois de uma noite no chão, com ou sem a ajuda de um saco de dormir.

Brannagh caminhava até o córrego quando terminei. A princesa me deu um sorriso frio e curto.

— Eu também escolheria o filho de Beron.

Encarei a princesa sob sobrancelhas franzidas.

Ela deu de ombros, aumentando o sorriso.

— Machos da Corte Outonal têm fogo no sangue... e fazem sexo como se o tivessem mesmo.

— Suponho que saiba por experiência própria?

Uma risadinha.

— Por que acha que me diverti tanto na Guerra?

Não me incomodei em esconder o asco.

Lucien me viu encolhendo o corpo diante de si quando as palavras de Brannagh se repetiram pela décima vez em minha mente uma hora depois, enquanto caminhávamos na direção da fenda na muralha.

— O que foi? — indagou ele.

Balancei a cabeça, tentando não imaginar Elain sujeita àquele... fogo.

— Nada — respondi, no momento que Jurian xingou adiante.

Ambos nos movemos ao ouvir o xingamento disparado por ele — então corremos ao ouvir uma espada sendo desembainhada. Folhas e galhos me açoitavam; então chegamos à muralha, aquele marcador invisível, terrível, zumbindo e latejando em minha cabeça.

E, nos encarando diretamente pelo buraco, ali estavam três dos Filhos dos Abençoados.

Capítulo 7

Brannagh e Dagdan pareciam ter acabado de encontrar um segundo café da manhã.

Jurian empunhava a espada, e as duas jovens mulheres e um rapaz olhavam boquiabertos dele para os demais. E, depois, para nós dois, arregalando os olhos ainda mais ao repararem na beleza cruel de Lucien.

O grupo se ajoelhou.

— Senhores e senhoras — suplicaram os jovens a nós, as joias prateadas reluzindo à luz do sol filtrada pelas folhas. — Vocês nos encontraram em nossa jornada.

Os dois membros da realeza abriram sorrisos tão largos que eu conseguia ver todos os dentes brancos demais.

Jurian, pela primeira vez, pareceu dividido antes de indagar:

— O que vocês estão fazendo aqui?

A garota de cabelos pretos na frente era linda, e a pele marrom corou quando ela ergueu a cabeça.

— Viemos viver nas terras imortais; viemos como tributo.

Jurian olhou fria e rispidamente para Lucien.

— Isso é verdade?

Lucien o encarou com raiva.

— Não aceitamos tributos das terras humanas. Muito menos crianças.

Ele ignorou o fato de que os três pareciam apenas alguns anos mais jovens que eu.

— Por que não entram — cantarolou Brannagh — e poderemos... nos divertir. — Ela estava de fato avaliando o rapaz de cabelos castanhos e a garota de cabelos castanho-avermelhados, rosto severo, mas interessante. Pela forma como Dagdan olhava lascivamente para a bela garota na frente, eu soube que ele já a reivindicara.

Eu me coloquei à frente e disse aos três mortais:

— Saiam. Voltem para sua aldeia, para sua família. Se atravessarem esta muralha, morrerão.

Eles se sobressaltaram, ficaram de pé com expressões tensas de medo... e assombro.

— Viemos viver em paz.

— Não existe tal coisa aqui. Há apenas morte para sua espécie.

Seus olhos se voltaram para os imortais atrás de mim. A garota de cabelos pretos corou diante do olhar determinado de Dagdan, enxergando a beleza de Grão-Feérico, e nada do predador.

Então, ataquei.

A muralha era como uma proteção histérica, terrível, esmagando minha magia, martelando minha mente.

Mas arremessei o poder por entre aquele buraco e me choquei contra suas mentes.

Forte demais. O rapaz se encolheu um pouco.

Tão fracos; indefesos. As mentes cederam como manteiga em minha língua.

Vi trechos da vida dos três, como cacos em um espelho quebrado, lampejando por todos os lados: a garota de cabelos escuros era rica, educada, teimosa — quisera escapar de um casamento arranjado e acreditava que Prythian era uma opção melhor. A jovem de cabelos avermelhados só conhecera pobreza e os punhos do pai, os quais ficaram mais violentos depois que tomaram a vida da mãe. O rapaz se vendera nas ruas de uma cidade até que os Filhos vieram um dia e ofereceram algo melhor.

Trabalhei rapidamente. Com precisão.

Terminei antes de três segundos se passarem, antes que Brannagh tomasse fôlego para dizer:

— Não há morte aqui. Apenas prazer se estiverem dispostos.

Se não estivessem dispostos também, eu queria acrescentar.

Mas os três agora piscavam... recuando.

Eles nos viam pelo que éramos: letais, impiedosos. A verdade por trás das histórias deturpadas.

— Nós... talvez tenhamos... cometido um erro — disse a líder deles, recuando um passo.

— Ou talvez tenha sido o destino — replicou Brannagh, com o sorriso de uma víbora.

Eles continuaram recuando. Continuaram vendo as histórias que lhes plantei na mente... que estávamos ali para ferir e matá-los, que tínhamos feito o mesmo com seus amigos, que os usaríamos e descartaríamos. Mostrei aos três os naga, o Bogge, o Verme de Middengard; mostrei Clare e a rainha de cabelos dourados, retorcida naquele poste. As lembranças que dei ao grupo se tornaram histórias que haviam ignorado, mas que agora entendiam, porque estávamos diante deles.

— Venham aqui — ordenou Dagdan.

As palavras traduziram o medo dos humanos. Os três se viraram, as túnicas pesadas e pálidas girando também, e dispararam em direção às árvores.

Brannagh ficou tensa, como se prestes a avançar pela muralha atrás dos jovens, mas eu lhe segurei o braço e sibilei:

— Se os perseguir, então você e eu teremos um problema.

Para dar ênfase, raspei garras mentais por seu escudo.

A princesa grunhiu para mim.

Mas os humanos já haviam partido.

Rezei para que ouvissem o outro comando que teci dentro de suas mentes: que entrassem em um barco, reunissem o máximo de amigos que conseguissem e fugissem para o continente. Que só voltassem quando a guerra tivesse acabado, e que avisassem ao máximo de humanos possível, a fim de que partissem antes que fosse tarde demais.

Os membros da família real de Hybern grunhiram para mostrar a insatisfação, mas ignorei quando me acomodei contra uma árvore e esperei, não confiando que ficariam daquele lado da fronteira.

A realeza retomou a tarefa, caminhando para cima e para baixo pela muralha.

Um momento depois, um corpo masculino se aproximou de mim.

Não era o de Lucien, percebi sobressaltada, mas nem mesmo estremeci.

Os olhos de Jurian se fixavam onde os humanos haviam estado.

— Obrigado — disse ele, a voz áspera.

— Não sei do que está falando — respondi, bastante ciente de que Lucien observava atentamente da sombra de um carvalho próximo.

Jurian me deu um sorrisinho astuto e seguiu Dagdan.

Eles levaram o dia todo.

O que quer que estivessem inspecionando, o que quer que estivessem caçando, os hybernianos não nos informaram.

E, depois do confronto daquela manhã, sabia que insistir por uma confissão não ajudaria. Tinha usado minha cota de tolerância do dia.

Então, passamos mais uma noite no bosque, e foi precisamente assim que acabei sentada diante de Jurian à fogueira, depois que os gêmeos se arrastaram para a própria tenda e as sentinelas assumiram as posições de vigia. Lucien foi até o córrego buscar mais água, e eu observava as chamas dançando entre os troncos, sentindo-as ecoar dentro de mim.

Arremessar o poder pela muralha tinha me deixado com uma dor de cabeça, um latejar constante o dia todo, e me sentia mais que um pouco zonza. Sem dúvida, o sono me reivindicaria rápida e pesadamente, mas a fogueira estava bastante quente, e a noite de primavera era fria demais para que eu voluntariamente atravessasse aquele longo trecho de escuridão entre as chamas e minha tenda.

— O que acontece com aqueles que conseguem atravessar a muralha? — perguntou Jurian, as feições severas do rosto estampando alívio tremeluzente diante do fogo.

Pressionei a sola da bota na grama.

— Não sei. Nunca voltam depois de atravessarem. Mas, enquanto Amarantha governava, criaturas perambulavam por estes bosques, então... não acho que acabava bem. Jamais encontrei menção em qualquer corte.

— Quinhentos anos antes, teriam sido açoitados por essa loucura — disse Jurian. — Fomos os escravizados, e as prostitutas, e a mão de obra durante milênios; homens e mulheres lutaram e morreram para que jamais precisássemos servi-los de novo. E aqui estão eles, naquelas fantasias, alheios ao perigo, à história.

— Cuidado, ou pode não soar como o cachorrinho leal de Hybern.

Uma risada baixa e odiosa.

— É isso que acha que sou, não é? O cachorrinho dele.

— Qual é o objetivo, então?

— Tenho negócios inacabados.

— Miryam está morta.

Aquela loucura dançou novamente, substituindo a rara lucidez.

— Tudo o que fiz durante a Guerra foi por Miryam e eu. Para que nosso povo sobrevivesse e um dia fosse livre. E ela *me deixou* por aquele príncipe de rostinho bonito assim que coloquei meu povo antes dela.

— Ouvi que ela o deixou porque ficou tão concentrado em arrancar informações de Clythia que perdeu de vista o verdadeiro conflito.

— Miryam me disse para ir em frente e dormir com ela para obter informações. Me pediu que seduzisse Clythia até que ela entregasse toda Hybern e os Legalistas. Não teve problemas com aquilo. Nenhum.

— Então tudo isso é para recuperar Miryam?

Ele esticou as compridas pernas diante do corpo, cruzando um tornozelo sobre o outro.

— É para atraí-la, junto com aquele desgraçado alado, para fora do ninho e fazer com que se arrependa.

— Você ganha uma segunda chance na vida e é isso que deseja fazer? Se vingar?

Jurian sorriu lentamente.

— Não é o que você está fazendo?

Meses trabalhando com Rhys me fizeram lembrar de franzir a testa em confusão.

— Contra Rhys, um dia eu gostaria.

— É o que todos dizem quando fingem que ele é um assassino sádico. Você se esquece de que eu o conheci na Guerra. Esquece que ele arriscou a própria legião para salvar Miryam do forte de nosso inimigo. Foi assim que Amarantha o capturou, sabe? Rhys sabia que era uma armadilha... para o príncipe Drakon. Então, Rhys agiu contra as ordens e marchou com a legião inteira a fim de recuperar Miryam. Pelo amigo, por *minha* amante e pelo bem daquele bastardo Drakon. Rhys sacrificou a própria legião no processo, levou todos a serem capturados e torturados em seguida. No entanto, todos insistem que Rhys é desalmado, maligno. Mas o macho que conheci era o mais decente de todos. Melhor que aquele príncipe-canalha. Não se perde essa qualidade, não importa quantos séculos se passem, e Rhys era esperto demais para fazer qualquer coisa além de deixar que a difamação de seu caráter se tornasse um movimento calculado. E, no entanto, aqui está você... a parceira dele. O Grão-Senhor mais poderoso do mundo perdeu a parceira, e ainda não veio reivindicá-la, mesmo quando ela está indefesa no bosque. — Jurian gargalhou. — Talvez seja porque Rhysand não a perdeu de fato. Mas, na verdade, soltou você contra nós.

Eu jamais ouvira aquela história, mas pareceu tão típica de meu parceiro que eu soube que as chamas entre nós agora estavam incandescentes em meus olhos quando falei:

— Você adora se ouvir falar, não é?

— Hybern matará todos vocês. — Foi a única resposta de Jurian.

✠

Jurian não estava errado.

Lucien me acordou na manhã seguinte cobrindo minha boca com a mão; o aviso brilhava no olho avermelhado. Senti o cheiro um momento depois: o odor ferruginoso de sangue.

Vestimos as roupas e calçamos as botas, e fiz um breve inventário das armas que tínhamos conseguido enfiar na tenda conosco. Eu tinha três adagas; Lucien, duas, assim como uma elegante espada curta. Melhor que nada, mas não era muito.

Um olhar comunicou nosso plano muito bem: agir casualmente até termos avaliado a situação.

Tive um segundo para perceber que talvez essa fosse a primeira vez que Lucien e eu trabalhávamos em parceria. Caçar nunca fora um esforço conjunto, e Sob a Montanha estávamos cuidando um do outro — jamais formamos uma equipe. Uma unidade.

Lucien deslizou para fora da tenda, braços e pernas relaxados, pronto para assumir uma posição defensiva. Ele fora treinado, foi o que me contou certa vez — na Corte Outonal e nesta. Como Rhys, costumava escolher palavras para vencer as batalhas, mas eu vira Lucien e Tamlin no ringue de treino. Ele sabia como usar uma arma. Como matar, se fosse preciso.

Passei por Lucien, devorando os detalhes de meu entorno, como um homem faminto em um banquete.

A floresta parecia igual. Jurian estava agachado diante da fogueira, mexendo as brasas para que se acendessem de novo, o rosto era uma máscara severa e emburrada. Mas as sentinelas... estavam pálidas conforme Lucien caminhava até elas. Eu voltei a atenção para onde elas encaravam, em algum ponto nas árvores atrás de Jurian.

Nenhum sinal dos membros da família real.

O sangue...

Um odor metálico, sim. Mas envolto em terra, e medula, e... podridão. Mortalidade.

Disparei para as árvores e para a vegetação densa.

— É tarde demais — avisou Jurian, quando passei por ele, ainda cutucando as brasas. — Eles terminaram há duas horas.

Lucien estava em meu encalço conforme eu empurrava os galhos e os espinhos rasgavam minhas mãos.

A realeza de Hybern não se incomodara em limpar a sujeira.

Pelo que sobrou dos três corpos, as túnicas pálidas em frangalhos pareciam cinzas espalhadas pela pequena clareira, Dagdan e Brannagh deviam ter abafado os gritos com algum tipo de escudo.

Lucien xingou.

— Eles cruzaram a muralha ontem à noite. Para caçá-los.

Mesmo com horas os separando, os gêmeos eram feéricos: ágeis, imortais. Os três Filhos dos Abençoados teriam se cansado depois de correr, teriam acampado em algum lugar.

Sangue já secava na grama, nos troncos das árvores ao redor.

A marca da tortura de Hybern não era muito criativa: Clare, a rainha dourada e esses três... um tormento semelhante de mutilação.

Abri minha túnica e cuidadosamente a deitei sobre os maiores restos mortais que encontrei: o torso do rapaz, dilacerado e exangue. O rosto ainda estampava dor.

Chama aqueceu a ponta de meus dedos, implorando que os queimasse, que lhes desse ao menos aquele tipo de enterro. Mas...

— Acha que foi por diversão ou para nos mandar uma mensagem?

Lucien deitou o próprio manto sobre os restos mortais das duas moças. O rosto estava mais sério do que eu jamais vira.

— Acho que não estão acostumados a ouvir não. Eu chamaria isso de um chilique temperamental dos imortais.

Fechei os olhos, tentando acalmar o estômago que se revirava.

— A culpa não é sua — acrescentou Lucien. — Poderiam tê-los matado nas terras mortais, mas trouxeram-nos até aqui. Para fazer uma declaração sobre o poder que têm.

Ele estava certo. Os Filhos dos Abençoados estariam mortos mesmo que eu não tivesse interferido.

— Estão se sentindo ameaçados — ponderei. — E são orgulhosos até o último fio de cabelo. — Passei o dedo do pé pela grama ensanguentada. — Devemos enterrá-los?

Lucien considerou.

— Mandaria uma mensagem... de que estamos dispostos a limpar sua sujeira.

Observei a clareira de novo. Considerei tudo o que estava em jogo.

— Então, mandaremos outro tipo de mensagem.

Capítulo 8

Tamlin caminhava de um lado para o outro diante da lareira do escritório, cada virada era tão brusca quanto uma facada.

— São nossos *aliados* — grunhiu ele para mim, para Lucien, ambos sentados em poltronas ao lado da moldura da lareira.

— São monstros — repliquei. — Massacraram três inocentes.

— E vocês deveriam ter deixado de lado, para que eu lidasse com isso. — Tamlin puxou um fôlego entrecortado. — Não *retaliado*, como crianças. — Ele lançou um olhar de raiva na direção de Lucien. — Esperava mais de você.

— Mas não de mim? — perguntei, baixinho.

Os olhos verdes de Tamlin pareciam jade congelado.

— Você tem uma conexão pessoal com essa gente. *Ele* não tem.

— Esse é o tipo de pensamento — disparei, agarrando os braços da poltrona — que conjurou uma *muralha* como a única solução entre nossos dois povos; que permitiu aos feéricos testemunhar esse tipo de *assassinato* sem se importarem. — Eu sabia que os guardas do lado de fora podiam ouvir. Sabia que qualquer passante podia ouvir. — A perda de *qualquer* vida de cada lado é uma *conexão pessoal*. Ou apenas as vidas dos Grão-Feéricos importam para você?

Tamlin parou subitamente. E grunhiu para Lucien:

— Saia. Lidarei com você depois.

— Não fale assim com ele — sibilei, ficando de pé.

— Você colocou essa aliança em risco com a peça que os dois pregaram...

— Que bom. Podem queimar no *inferno* até onde me importa! — gritei. Lucien encolheu o corpo.

— *Você mandou o Bogge atrás deles!* — rugiu Tamlin.

Nem mesmo pisquei. E sabia que as sentinelas realmente ouviram pelo arquejo de uma delas do lado de fora; um som de choque abafado. E me certifiquei de que aquelas sentinelas ainda estivessem ouvindo quando falei:

— Eles aterrorizaram aqueles humanos, fizeram com que sofressem. Imaginei que o Bogge fosse uma das poucas criaturas capazes de retribuir o favor.

Lucien rastreara a criatura... e nós a atraímos, cuidadosamente, durante horas, de volta ao acampamento. Até onde Dagdan e Brannagh se vangloriavam da matança. Eles conseguiram fugir, mas apenas depois do que pareceu um bom tempo de gritos e luta. Os gêmeos ainda tinham o rosto lívido mesmo horas depois, os olhos ainda ardiam de ódio sempre que ousavam nos encarar.

Lucien pigarreou. E também ficou de pé.

— Tam... Aqueles humanos mal passavam de crianças. Feyre deu aos hybernianos uma ordem para recuarem. Eles a ignoraram. Se deixarmos que Hybern nos pise, arriscamos perder mais que a aliança. O Bogge os lembrou de que também temos nossas garras.

— *Saia* — disse Tamlin a Lucien, sem tirar os olhos de mim.

Havia violência o suficiente nas palavras para que, dessa vez, nem eu, nem Lucien protestássemos enquanto ele saía da sala e fechava as portas duplas atrás de si. Arremessei o poder para o corredor, sentindo-o sentado ao pé das escadas. Ouvindo. Assim como as seis sentinelas no corredor.

Eu disse a Tamlin, com as costas empertigadas:

— Não pode falar comigo desse modo. Você *prometeu* que não agiria assim.

— Não faz ideia do risco...

— Não seja condescendente comigo. Não depois do que *eu* passei para voltar para cá, para você. Para nosso *povo*. Acha que algum de nós está feliz por estar trabalhando com Hybern? Acha que não vejo no rosto de todos? A dúvida sobre se *eu* sou digna dessa desonra?

A respiração de Tamlin ficou irregular de novo. Que bom, eu queria provocá-lo. *Que bom.*

— Você nos vendeu para me recuperar — acusei, a voz baixa e fria. — Você nos prostituiu para Hybern. Perdoe-me se *eu* estou agora tentando recuperar parte do que perdemos.

Garras se libertaram. Um grunhido bestial irrompeu de Tamlin.

— Eles caçaram e massacraram aqueles humanos por diversão — continuei. — Você pode estar disposto a se ajoelhar diante de Hybern, mas eu certamente não estou.

Tamlin explodiu.

Mobília se partiu e saiu voando, janelas racharam e se estilhaçaram.

E, dessa vez, não me protegi.

A mesa se chocou contra mim, me atirou contra a estante de livros, e cada ponto em que carne e osso encontraram madeira urrou e doeu. Desabei de joelhos no piso de carpete, e Tamlin estava imediatamente diante de mim, as mãos trêmulas...

As portas se escancararam.

— O que você fez? — sussurrou Lucien, e o rosto de Tamlin era a imagem da devastação quando ele o empurrou de lado. Ele *deixou* que Lucien o empurrasse para o lado e me ajudasse a levantar.

Algo úmido e quente escorreu por minha bochecha — sangue, pelo cheiro.

— Vamos limpá-la — disse Lucien, passando o braço por meus ombros ao me levar com cuidado para fora da sala. Mal o ouvi devido ao zumbido em meus ouvidos; o mundo girava levemente.

As sentinelas — Bron e Hart, dois dos senhores-guerreiros preferidos de Tamlin — olhavam boquiabertas, a atenção dividida entre o escritório destruído e meu rosto.

Por um bom motivo. Quando Lucien passou comigo por um espelho emoldurado no corredor, vi o que incitara tanto horror. Meus olhos estavam vítreos, meu rosto, pálido — exceto pelo arranhão logo abaixo da maçã do rosto, talvez com 5 centímetros e vertendo sangue.

Pequenos arranhões salpicavam meu pescoço, minhas mãos. Mas desejei que aquele poder de limpeza, de cura — aquele do Grão-

-Senhor da Corte Crepuscular — evitasse procurá-los. Que não tentasse suavizá-los.

— Feyre — sussurrou Tamlin atrás de nós.

Parei, ciente de cada olho observador.

— Estou bem — sussurrei. — Desculpe. — Limpei o sangue que escorria pela bochecha. — Estou bem — repeti.

Ninguém, nem mesmo Tamlin, pareceu convencido.

E, se pudesse pintar aquele momento, eu o teria chamado de *Retrato de armadilhas e iscas.*

✢

Rhysand mandou notícias pelo laço assim que mergulhei na banheira.

Está ferida?

A pergunta era baixinha, o laço mais silencioso e tenso do que estivera dias antes.

Dolorida, mas bem. Nada com que eu não consiga lidar. Embora os ferimentos permanecessem. E não mostrassem sinais de uma cura rápida. Talvez tivesse sido boa demais ao manter aqueles poderes de cura afastados.

A resposta demorou a vir. Então, veio toda de uma vez, como se Rhys quisesse encaixar cada palavra antes de a dificuldade da distância nos silenciar.

Sei que não devo dizer que tome cuidado, ou que volte para casa. Mas quero você em casa. Logo. E quero ele morto por colocar as mãos em você.

Mesmo com a imensidão da terra entre nós, a raiva de Rhys ondulou pelo laço.

Respondi, com o tom de voz tranquilizador, sarcástico: *Tecnicamente, a* magia *dele me tocou, não as mãos.*

A água do banho estava fria quando a resposta chegou. *Fico feliz por você encarar isso com humor. Eu certamente não consigo.*

Mandei de volta uma imagem minha lhe mostrando a língua.

Eu estava vestida de novo quando a resposta chegou.

Como a minha, foi sem palavras, apenas uma imagem. Como a minha, a língua de Rhysand estava para fora.

Mas ocupada fazendo outra coisa.

✢

Fiz questão de sair para cavalgar no dia seguinte. Certifiquei-me de que fosse quando Bron e Hart estivessem montando guarda e pedi que me escoltassem.

Eles não disseram muito, mas senti os olhares observadores cada vez que eu encolhia o corpo conforme cavalgávamos pelas trilhas desgastadas do bosque de primavera. Senti os dois estudarem o corte em meu rosto, os hematomas sob minhas roupas, que me faziam chiar de vez em quando. Ainda não estava completamente curada, para minha surpresa; embora supusesse que isso funcionava a meu favor.

Tamlin implorou por meu perdão no jantar do dia anterior... e eu o concedi. Mas Lucien não falara com ele a noite toda.

Jurian e a realeza de Hybern se irritaram com o atraso depois que eu, em voz baixa, admiti a eles como meus ferimentos tornavam difícil demais uma viagem até a muralha. Tamlin não tivera coragem de sugerir que fossem sem mim, de me roubar esse dever. Não depois de ver as marcas arroxeadas e saber que, se fossem em uma humana, eu poderia estar morta.

E a realeza, depois que Lucien e eu mandamos a malícia invisível do Bogge atrás deles, recuou. Por enquanto. Mantive meus escudos de pé; em torno de mim e dos outros, o esforço agora era uma dor de cabeça constante que transformava qualquer outro tipo de magia em algo frágil e quebradiço. O avanço na fronteira não ajudara muito... não, tornara o esforço pior depois que eu mandei o poder pela muralha.

Convidei Ianthe para casa, subitamente requisitando sua presença reconfortante. A sacerdotisa chegou, sabendo de todos os detalhes do que acontecera naquele escritório — deixando convenientemente escapar que Tamlin lhe confessara, suplicando absolvição da Mãe, do Caldeirão, e de quem mais houvesse. Tagarelei sobre meu próprio perdão com ela naquela noite, e fiz questão de aceitar os bons conselhos de Ianthe, dizendo aos membros da corte e aos demais na mesa lotada naquela noite como éramos sortudos de ter Tamlin *e* Ianthe vigiando nossas terras.

Sinceramente, não sei como não ligaram os pontos.

Como ninguém viu minhas palavras não como uma estranha coincidência, mas um desafio. Uma ameaça.

Aquele último cutucão.

Principalmente quando sete dos naga invadiram a propriedade logo depois da meia-noite.

Foram expulsos antes de chegar à casa — um ataque impedido por uma visão de aviso enviada pelo Caldeirão para ninguém menos que a própria Ianthe.

O caos e os gritos despertaram a propriedade. Permaneci em meu quarto, com guardas sob a janela e do lado de fora da porta. O próprio Tamlin, encharcado de sangue e ofegante, foi me informar que a propriedade estava segura novamente. Que os naga haviam sido encontrados com as chaves do portão, e que lidaria com a sentinela responsável pela perda na manhã seguinte. Um acidente incomum, uma última exibição de poder de uma tribo que não se fora tranquilamente depois do reinado de Amarantha.

Todos nós salvos do perigo por Ianthe.

Todos nos reunimos do lado de fora do quartel na manhã seguinte, o rosto de Lucien estava pálido e macilento, com manchas roxas sob os olhos vítreos. Ele não voltara ao quarto na noite anterior.

A meu lado, os membros da família real de Hybern e Jurian permaneciam em silêncio e sombrios enquanto Tamlin caminhava de um lado para o outro diante da sentinela amarrada entre dois mastros.

— Você foi incumbido de vigiar esta propriedade e seu povo — disse Tamlin ao macho trêmulo, que vestia apenas as calças. — Não somente foi encontrado dormindo no portão ontem à noite, mas foi *seu* molho de chaves que sumiu originalmente. — Tamlin grunhiu baixinho. — Nega isso?

— Eu... eu nunca durmo. Nunca aconteceu até ontem. Devo ter apenas cochilado por um ou dois minutos — gaguejou o guarda, e as cordas que o amarravam rangeram quando ele as repuxou.

— Você colocou em risco a vida de todos nesta mansão.

E não poderia seguir sem punição. Não com a realeza de Hybern ali, procurando qualquer sinal de fraqueza.

Tamlin ergueu a mão. Bron, com o rosto impassível, se aproximou para lhe dar um chicote.

Todas as sentinelas, os guerreiros de maior confiança de Tamlin, se moveram desconfortáveis. Alguns olhavam com raiva para Tamlin, alguns tentavam não ver o que estava prestes a acontecer.

Segurei a mão de Lucien. Não foi apenas atuação.

Ianthe deu um passo à frente, as mãos unidas diante da barriga.

— Vinte chibatadas. E mais uma pelo perdão do Caldeirão.

Os guardas voltaram olhares malignos em sua direção.

Tamlin desenrolou o chicote na terra.

Eu agi. Deslizei meu poder para a mente da sentinela amarrada e libertei a memória enroscada bem no fundo em sua mente; libertei a língua do macho também.

— Foi ela — disse ele, ofegante, apontando Ianthe com o queixo. — *Ela* pegou as chaves.

Tamlin piscou... e todos naquele pátio olharam diretamente para Ianthe.

Seu rosto nem estremeceu diante da acusação... da verdade que a sentinela atirou contra ela.

Eu estava esperando para ver como Ianthe responderia à minha demonstração de poder no solstício, rastreando seus movimentos por dias e noites inteiros. Momentos depois de minha partida da festa, ela foi até o quartel, usou algum fiapo de poder para embalar o homem no sono e pegou as chaves. Então, plantou os avisos a respeito dos ataques iminentes dos naga... depois de dar às criaturas as chaves do portão.

Para que pudesse soar o alarme na noite anterior. Para que *ela* pudesse nos salvar de uma verdadeira ameaça.

Ideia inteligente... se não tivesse caído direitinho em meu plano.

— Por que eu pegaria as chaves? — perguntou Ianthe, suavemente. — Eu os avisei sobre o ataque.

— Estava no quartel... eu a *vi* naquela noite — insistiu a sentinela, e depois voltou os olhos suplicantes a Tamlin. Não foi medo ou dor que compeliram o macho, percebi. Não, as chibatadas teriam sido merecidas e bem recebidas. Era o temor da honra perdida.

— Achei que uma de suas sentinelas, Tamlin, teria mais dignidade em vez de espalhar mentiras para se poupar de uma dor passageira. — O rosto de Ianthe permaneceu sereno como sempre.

Tamlin, de maneira louvável, observou a sentinela por um longo momento.

Dei um passo adiante.

— Ouvirei sua história.

Alguns dos guardas suspiraram. Alguns me olharam com pena e afeição.

Ianthe ergueu o queixo.

— Com todo o respeito, milady, não cabe a você fazer o julgamento.

E ali estava. A tentativa de me passar a perna.

Apenas porque a deixaria transtornada, ignorei Ianthe completamente e falei para a sentinela:

— Ouvirei sua história.

Mantive o foco sobre o macho, mesmo enquanto contava cada respiração, mesmo enquanto rezava para que Ianthe mordesse a isca...

— Vai aceitar a palavra de uma sentinela em vez daquela de uma Grã-Sacerdotisa?

Meu nojo das palavras disparadas por ela não foi completamente fingido... embora esconder o leve sorriso tenha sido difícil. Os guardas se moveram diante do insulto, do tom de voz. Mesmo que já não confiassem no colega, apenas pelas palavras de Ianthe, perceberam sua culpa.

Olhei para Tamlin então; vi seu olhar se aguçar também. Com compreensão. Protestos demais de Ianthe.

Ah, ele estava bastante ciente de que Ianthe talvez tivesse planejado aquele ataque dos naga para reivindicar de volta alguma gota de poder e influência — como salvadora daquele povo.

A boca de Tamlin se contraiu em reprovação.

Era como se eu tivesse dado aos dois um pedaço de corda. Supus que agora seria o momento de ver se ambos se enforcariam com ela.

Ousei dar mais um passo à frente, voltando a palma das mãos para Tamlin.

— Talvez tenha sido um erro. Não desconte em sua pele, ou em sua honra. Vamos ouvi-lo.

O olhar de Tamlin se suavizou um pouco. Ele permaneceu em silêncio, considerando.

Mas, atrás de mim, Brannagh riu com deboche.

— Patético — murmurou ela, embora todos pudessem ouvir.

Fraco. Vulnerável. Pronto para ser conquistado. Vi as palavras percorrerem o rosto de Tamlin, como se estivessem fechando portas ao passar.

Não havia outra interpretação; não para Tamlin.

Mas Ianthe me observou, de pé diante da multidão, a influência que eu tinha deixado bem evidente ser capaz de roubar. Se ela admitisse culpa... o que quer que lhe restasse ruiria.

Tamlin abriu a boca, mas Ianthe o interrompeu.

— Há leis a obedecer — disse ela a mim, tão gentilmente que tive vontade de raspar as unhas pelo rosto da sacerdotisa. — Tradições. Ele quebrou nossa confiança, deixou que nosso sangue fosse derramado devido ao descuido. Agora quer acusar a Grã-Sacerdotisa das *próprias* falhas. Não pode sair impune. — Ela assentiu para Tamlin. — Vinte e uma chibatadas, Grão-Senhor.

Olhei de um para o outro, e minha boca secou.

— Por favor. Apenas ouça-o.

O guarda pendurado entre os mastros tinha muita esperança e gratidão nos olhos.

Com isso... com isso, minha vingança se voltou na direção de algo oleoso, algo estrangeiro e desconfortável. Ele se curaria da dor, mas o golpe contra a honra... Levaria um pedaço da minha também.

Tamlin me encarou, e depois, Ianthe. Então, olhou para a realeza de Hybern, que ria com ironia... para Jurian, que estava de braços cruzados, o rosto indecifrável.

E, como eu apostei, a necessidade de controle de Tamlin, de força, venceu.

Ianthe era uma aliada importante demais para arriscar isolá-la. A palavra de uma sentinela inferior... não, não importava tanto quanto a da sacerdotisa.

Tamlin se voltou para a sentinela amarrada aos mastros.

— Coloque a lasca — ordenou ele, baixinho, para Bron.

Houve um segundo de hesitação por parte de Bron — como se o choque da ordem de Tamlin tivesse lhe percorrido o corpo. O de todos os guardas. Tamlin ficou do lado de Ianthe... contra eles. Suas sentinelas.

Que tinham atravessado a muralha diversas vezes a fim de tentar quebrar aquela maldição para Tamlin. Que o fizeram de bom grado, que de bom grado *morreram*, caçados como aqueles lobos, por ele. E o lobo que eu matei, Andras... Ele também fora por vontade própria. Tamlin os enviara para todos os lados, e nem todos haviam retornado. Foram voluntariamente, e ainda assim... era dessa forma que ele agradecia. Sua gratidão. A confiança.

Mas Bron fez como ordenado, deslizando o pequeno pedaço de madeira para a boca da sentinela agora trêmula.

A julgar pelo desdém maldisfarçado no rosto dos guardas, pelo menos estavam cientes do que ocorrera — ou do que acreditavam que tinha ocorrido: a Grã-Sacerdotisa orquestrara todo aquele ataque para se erguer como a salvadora, oferecendo a reputação de uma das sentinelas como preço. Não faziam ideia — nenhuma — de que eu a levara àquilo e forçara Ianthe a revelar a cobra que era. Como qualquer um sem um título significava pouco para ela.

Como Tamlin a ouvia sem questionar... sem hesitar.

Não foi atuação quando levei a mão ao pescoço, recuei um passo, depois outro, até o calor de Lucien estar contra mim, e me encostei totalmente sobre ele.

As sentinelas observavam Ianthe, a realeza de Hybern. Tamlin sempre fora um deles; lutara por seus guardas.

Até agora. Até Hybern. Até ele ter dado preferência àqueles monstros estrangeiros em detrimento deles.

Até ele ter dado preferência a uma Grã-Sacerdotisa traiçoeira.

Os olhos de Tamlin estavam agora sobre nós, na mão que Lucien apoiou em meu braço para me segurar quando o Grão-Senhor levantou o chicote.

O estalo estrondoso quando o ar se partiu ecoou pelo quartel, pela propriedade.

Pelas próprias fundações da corte.

CAPÍTULO 9

Ianthe não havia terminado.

Eu sabia... me preparei para aquilo. Ela não fugiu de volta ao templo a alguns quilômetros de distância.

Na verdade, permaneceu na casa, aproveitando a chance de se aproximar mais de Tamlin. Acreditava que recuperara a vantagem, que a demonstração de justiça entregue pela ponta ensanguentada do chicote não passara de um último tapa na cara dos guardas que observavam.

E quando aquela sentinela desabou nas amarras, quando os demais se aproximaram para desatá-lo cuidadosamente, Ianthe apenas conduziu o grupo de Hybern e Tamlin à mansão para almoçar. Mas eu permaneci no quartel, cuidando da sentinela que gemia, retirando tigelas de água ensanguentada enquanto o curandeiro rapidamente o remendava.

Bron e Hart me escoltaram pessoalmente de volta à propriedade horas depois. Agradeci a cada um pelo nome. Então, me desculpei por não conseguir impedir... as maquinações de Ianthe ou a punição injusta do amigo. Fui sincera em cada palavra, o estalo do chicote ainda ecoava em meus ouvidos.

Depois, eles disseram as palavras que eu esperava ouvir. Que sentiam muito por não terem impedido *nada* também.

Não apenas naquele dia. Mas os hematomas estavam sumindo... por fim. Os outros incidentes.

Se eu tivesse pedido, eles teriam me dado as próprias facas para que lhes cortasse as gargantas.

Na noite seguinte, eu corria de volta ao quarto a fim de me trocar para o jantar quando Ianthe fez sua próxima jogada.

Ela deveria ir conosco à muralha na manhã seguinte.

Ela e também Tamlin.

Se deveríamos ser todos uma frente unida, declarou Ianthe no jantar, então, desejava ver a muralha pessoalmente.

A realeza de Hybern não se importou. Mas Jurian piscou um olho para mim, como se ele também visse o jogo em ação.

Fiz minhas malas eu mesma naquela noite.

Alis entrou logo antes de eu ir dormir, com uma terceira mala nas mãos.

— Como é uma viagem mais longa, trouxe suprimentos.

Mesmo com Tamlin se juntando a nós, eram pessoas demais para que ele nos atravessasse diretamente.

Então, iríamos como tínhamos feito antes, por trechos. Alguns quilômetros por vez.

Alis colocou a mala que preparara ao lado da minha. Depois, pegou a escova na penteadeira e me chamou para sentar no banco acolchoado diante dela.

Obedeci. Por alguns minutos, ela escovou meus cabelos em silêncio.

— Quando você partir amanhã — falou, por fim — partirei também.

Encontrei seu olhar no espelho.

— Meus sobrinhos estão com as malas feitas, os pôneis prontos para nos levar de volta ao território da Corte Estival, finalmente. Faz muito tempo desde que vi meu lar — disse Alis, embora seus olhos brilhassem.

— Conheço a sensação. — Foi tudo o que eu disse.

— Desejo tudo de bom a você, senhora — disse Alis, apoiando a escova e começando a trançar meus cabelos para trás. — Pelo resto de seus dias, por quanto durarem, desejo tudo de bom.

Deixei que ela terminasse a trança, então me virei no banco para segurar os dedos finos de Alis nos meus.

— Jamais conte a Tarquin que me conhece bem.

Suas sobrancelhas se ergueram.

— Há um rubi de sangue com meu nome — expliquei.

Mesmo a pele de casca de árvore de Alis pareceu empalidecer. Ela entendeu muito bem: eu era uma inimiga procurada da Corte Estival. Apenas minha morte seria aceita como pagamento pelos crimes.

Alis apertou minha mão.

— Com ou sem rubis de sangue, sempre terá uma amiga na Corte Estival.

Engoli em seco.

— E você sempre terá uma amiga em minha corte.

Alis sabia a que corte eu me referia. E não pareceu temer.

As sentinelas não olharam para Tamlin, nem sequer falaram com ele, a não ser que fosse absolutamente necessário. Bron, Hart e três outros deveriam se juntar a nós. Tinham me visto visitando o amigo antes do alvorecer; uma cortesia que eu sabia não ter sido feita por nenhum dos demais.

Atravessar foi como chafurdar na lama. Na verdade, meus poderes tinham se tornado mais um fardo que uma ajuda. Minha cabeça latejava ao meio-dia, e passei os últimos trechos da viagem tonta e desorientada conforme atravessamos de novo e de novo.

Chegamos e montamos acampamento quase em silêncio. Em voz baixa e timidamente, pedi para dividir a tenda com Ianthe, não com Tamlin, parecendo ansiosa em reparar a animosidade entre nós, provocada pelo açoitamento. Mas fiz isso mais para poupar Lucien da atenção da sacerdotisa do que para afastar Tamlin. O jantar foi preparado e comido, os sacos de dormir, estendidos, e Tamlin ordenou que Bron e Hart assumissem o primeiro turno da vigia.

Deitar ao lado de Ianthe sem lhe cortar a garganta foi um exercício de paciência e controle.

Mas, sempre que a faca sob meu travesseiro parecia sussurrar seu nome, eu me lembrava de meus amigos. Da família que estava viva... se curando no norte.

Repetia seus nomes silenciosamente, diversas vezes, para a escuridão. Rhysand. Mor. Cassian. Amren. Azriel. Elain. Nestha.

Pensei em como os vira pela última vez, tão ensanguentados e feridos. Pensei no grito de Cassian quando as asas foram dilaceradas; em como Azriel ameaçou o rei quando ele avançou sobre Mor. Nestha lutando contra o Caldeirão a cada passo.

Meu objetivo era maior que a vingança. Meu propósito era maior que retaliação pessoal.

O alvorecer chegou, e vi a palma de minha mão envolta no cabo da faca mesmo assim. Eu a saquei quando me sentei, encarando a sacerdotisa adormecida.

A saliência macia de seu pescoço pareceu brilhar ao sol daquele início de manhã, filtrado pelas abas da tenda.

Sopesei a faca na mão.

Não tinha certeza se nascera com a habilidade de perdoar. Não por terrores infligidos àqueles que eu amava. De minha parte, não importava — não tanto. Mas havia um pilar fundamental de aço dentro de mim que não podia se dobrar ou quebrar. Não podia suportar a ideia de deixar aquelas pessoas saírem impunes pelo que tinham feito.

Os olhos de Ianthe se abriram, o azul-esverdeado tão límpido quanto a tiara caída. O olhar da sacerdotisa foi direto para a faca em minha mão. Então, para meu rosto.

— Todo cuidado é pouco quando se divide um acampamento com inimigos — declarei.

Podia ter jurado que algo como medo brilhou nos olhos de Ianthe.

— Hybern não é nosso inimigo — disse ela, um pouco sem fôlego.

Pela palidez de Ianthe quando deixei a tenda, sabia que meu sorriso de resposta tinha cumprido seu papel muito bem.

⁜

Lucien e Tamlin mostraram aos gêmeos onde estava a fenda na muralha.

E como tinham feito com as duas primeiras, passaram horas avaliando-a, avaliando a terra ao redor.

Fiquei por perto dessa vez, observando-os, minha presença era agora considerada relativamente inofensiva, se não um aborrecimento. Tínhamos feito nossos jogos de poder, estabelecido que eu podia morder se quisesse, mas nos toleraríamos.

— Aqui — disse Brannagh a Dagdan, indicando com o queixo a divisa invisível. As únicas marcas eram as árvores diferentes: de nosso lado, tinham o verde forte e fresco da primavera. Do outro, eram escuras, largas e levemente retorcidas pelo calor: alto verão.

— A primeira era melhor — replicou Dagdan.

Eu me sentei sobre uma pequena pedra, descascando uma maçã com uma faca pequena.

— Mais perto da costa oeste também — acrescentou ele para a irmã. — Esta é mais perto do continente... do estreito.

Tirei uma fatia profunda da maçã, puxando um pedaço da carne branca.

— Sim, mas teríamos mais acesso aos suprimentos do Grão-Senhor.

Tal Grão-Senhor no momento estava fora, com Jurian, caçando comida mais nutritiva que os sanduíches empacotados em nossas provisões. Ianthe fora a uma nascente próxima para rezar, e eu não fazia ideia alguma de onde Lucien ou as sentinelas se enfiaram.

Bom. Mais fácil para mim quando enfiei a fatia da maçã na boca e falei, mastigando:

— Eu digo para escolherem essa.

Eles se viraram em minha direção, Brannagh deu um riso de escárnio, e Dagdan ergueu as sobrancelhas.

— O que sabe sobre isso? — indagou Brannagh.

Dei de ombros e cortei outro pedaço de maçã.

— Vocês falam mais alto do que percebem.

Eles trocaram olhares acusatórios. Orgulhosos, arrogantes, cruéis. Eu os avaliara durante as duas últimas semanas.

— A não ser que queiram arriscar que as outras cortes tenham tempo de se reunir e interceptá-los antes que possam chegar ao estreito, eu escolheria essa.

Brannagh revirou os olhos.

— Mas o que eu sei? — prossegui tagarelando, entediada. — Vocês dois se aboletaram em uma ilhota durante quinhentos anos. Obviamente sabem mais a respeito de Prythian e de mover exércitos que eu.

— Isso não diz respeito a exércitos — sibilou Brannagh. — Então, peço que mantenha essa boca *fechada* até que tenhamos utilidade para você.

Ri com deboche.

— Quer dizer que essa besteira toda não foi para encontrar um lugar onde atravessar a muralha e usar o Caldeirão a fim *também* de transportar a imensidão de seus exércitos até aqui?

Ela riu, jogando a cortina preta de cabelos por cima dos ombros.

— O Caldeirão não é para transportar infantarias. É para refazer mundos. É para derrubar essa muralha horrorosa e reivindicar o que éramos.

Apenas cruzei as pernas.

— Achei que com um exército de dez mil não precisariam de objetos mágicos para fazer o trabalho sujo.

— Nosso exército tem dez vezes isso, menina — disse Brannagh, com desprezo. — E duas vezes *esse* número se contar com nossos aliados em Vallahan, Montesere e Rask.

Duzentos mil. Que a Mãe nos proteja.

— Vocês se mantiveram ocupados mesmo durante todos esses anos. — Eu os observei, completamente inabalada. — Por que não atacar quando Amarantha tinha a ilha?

— O rei não havia encontrado o Caldeirão ainda, apesar de ter passado anos procurando. Servia a seus propósitos deixar que Amarantha fosse um experimento de como poderia destruir esse povo. E serviu como boa motivação para que nossos aliados no continente se juntassem a nós, sabendo o que os esperaria.

Terminei a maçã e joguei o miolo no bosque. Os gêmeos o observaram disparar, como dois cães olhando um faisão.

— Então, vão todos convergir para cá? Preciso bancar a anfitriã de tantos soldados?

— Nossas próprias forças cuidarão de Prythian antes de se unirem às demais. Nossos comandantes estão se preparando para isso enquanto falamos.

— Devem acreditar na possibilidade de uma derrota, se usarão o Caldeirão para ajudá-los a vencer.

— O Caldeirão *é* vitória. Ele limpará este mundo de novo.

Ergui as sobrancelhas com um cinismo irreverente.

— E precisa deste exato local para libertá-lo?

— Este exato local — disse Dagdan, com a mão no cabo da espada — existe porque uma pessoa ou um objeto de enorme poder passou por ele. O Caldeirão estudará o trabalho que já foi feito, e o ampliará até que a muralha desabe por completo. É um processo cuidadoso, complexo, algo que duvido que sua mente mortal consiga entender.

— Provavelmente. Embora esta mente mortal tenha conseguido resolver a charada de Amarantha... e destruí-la.

Brannagh apenas se virou de volta para a muralha.

— Por que acha que Hybern a deixou viver por tanto tempo nestas terras? Melhor que outra pessoa fizesse o trabalho sujo.

+

Eu tinha o que precisava.

Tamlin e Jurian continuavam na caçada, os hybernianos estavam ocupados, e eu mandei as sentinelas em busca de mais água, alegando que parte de meus ferimentos ainda doía, e gostaria de um cataplasma.

As sentinelas fizeram uma expressão verdadeiramente letal ao ouvirem aquilo. Não para mim, mas para quem provocara aqueles ferimentos. Quem escolhera Ianthe a eles... e Hybern à honra e a seu povo.

Eu havia levado três malas, mas só precisava de uma. Aquela que cuidadosamente refiz com os novos suprimentos de Alis, agora seguros ao lado de tudo o que antecipei precisar para me afastar e partir. Aquela que levava comigo em todas as viagens até a muralha, apenas por precaução. E agora...

Eu tinha números, tinha um propósito, tinha uma localização específica e os nomes de territórios estrangeiros.

Porém, mais que isso, tinha um povo que perdera a fé na Grã-Sacerdotisa. Tinha sentinelas que começavam a se rebelar contra o Grão-Senhor. E, como resultado de tudo isso, tinha a realeza de Hybern duvidando da força dos aliados. Havia preparado aquela corte para a queda. Não devido a forças externas... mas a guerras internas.

E era melhor que estivesse longe quando acontecesse. Antes que a última peça de meu plano se encaixasse.

O grupo voltaria sem mim. E, para manter aquela ilusão de força, Tamlin e Ianthe mentiriam a respeito... de para onde eu fora.

Talvez um ou dois dias depois disso, uma daquelas sentinelas revelasse a notícia, uma armadilha cuidadosamente montada, plantada por mim em sua mente, como uma de minhas arapucas.

Fugira para me salvar — depois de quase ser morta pelo príncipe e pela princesa de Hybern. Tinha plantado imagens de meu corpo brutalizado na mente da sentinela, as marcas consistentes com o que Dagdan e Brannagh já haviam revelado ser seu estilo. Ele as descreveria com detalhes; descreveria como me ajudou a fugir antes que fosse tarde demais. Como fugi para me salvar quando Tamlin e Ianthe se recusaram a intervir, a arriscar a aliança com Hybern.

E quando a sentinela revelasse a verdade, incapaz de manter silêncio quando viu como meu infeliz destino fora ocultado por Tamlin e

Ianthe, do modo como Tamlin havia ficado ao lado de Ianthe no dia em que açoitou a sentinela...

Quando o guarda descrevesse o que Hybern fizera comigo, a Quebradora da Maldição, a recém-ungida abençoada pelo Caldeirão, antes que eu fugisse para me salvar...

Não haveria mais aliança. Pois não haveria sentinela ou cidadão daquela corte que permaneceria ao lado de Tamlin ou de Ianthe depois disso. Depois de *mim*.

Entrei na tenda para pegar a mala, meus passos eram leves e ágeis. Ouvindo, mal respirando, observei o acampamento, o bosque.

Alguns segundos a mais me permitiram roubar o boldrié de facas que Tamlin havia deixado dentro da tenda. Atrapalhariam o uso de arco e flecha, explicara ele naquela manhã.

O peso era considerável quando passei o cinturão pelo peito. Facas de luta illyrianas.

Casa. Eu iria para *casa*.

Não me incomodei em olhar para trás, para o acampamento, quando entrei no limite norte das árvores. Se atravessasse sem parar entre os saltos, chegaria ao pé das colinas em uma hora... e desaparecia nas cavernas pouco depois disso.

Percorri cerca de cem metros na cobertura das árvores antes de parar.

Ouvi Lucien primeiro.

— Saia.

Uma risada baixa de fêmea.

Tudo dentro de mim ficou imóvel e frio ao ouvir aquele som. Eu o ouvira certa vez... na memória de Rhysand.

Continue em frente. Eles estavam distraídos, por mais que fosse terrível.

Continue em frente, continue em frente, continue em frente.

— Achei que me procuraria depois do Ritual — ronronou Ianthe. Não deviam estar a mais de dez metros entre as árvores. Longe o bastante para não ouvirem minha presença se eu ficasse bem quieta.

— Fui obrigado a realizar o Ritual — disparou Lucien. — Aquela noite não foi fruto do desejo, acredite em mim.

— Nós nos divertimos, eu e você.

— Tenho uma parceira agora.

Cada segundo era como a badalada de meu sino fúnebre. Tinha preparado tudo para ruir; deixara de sentir qualquer culpa ou dúvida a respeito do plano. Não com Alis agora longe e a salvo.

No entanto... no entanto...

— Você não age assim com Feyre. — Uma ameaça em tom de voz sedoso.

— Está enganada.

— Estou? — Galhos e folhas estalaram, como se ela o circundasse. — Coloca as mãos por todo o seu corpo.

Tinha feito meu trabalho bem demais, incitara demais os ciúmes de Ianthe a cada momento que provocara o toque de Lucien em sua presença, na de Tamlin.

— *Não* me toque — grunhiu Lucien.

Então, avancei.

Ocultei o som de meus passos, silenciosa como uma pantera, conforme seguia para a pequena clareira onde eles estavam.

Onde Lucien estava, recuado contra uma árvore, com os pulsos algemados por duas correntes idênticas de pedra azul.

Eu as vira antes. Em Rhys, para imobilizar seu poder. Pedra minerada da terra pútrida de Hybern, capaz de anular a magia. E nesse caso... segurar Lucien contra uma árvore enquanto Ianthe o avaliava, como uma cobra antes da refeição.

Ianthe passou a mão pelo peito largo de Lucien, pela barriga.

E os olhos dele se voltaram para mim quando avancei entre as árvores, medo e humilhação em sua expressão.

— Basta — falei.

Ianthe virou a cabeça para mim. O sorriso era inocente, tímido. Mas vi que a sacerdotisa reparou na mala, no boldrié de Tamlin. E os ignorou.

— Estávamos no meio de um jogo. Não estávamos, Lucien?

Ele não respondeu.

E, ao ver aquelas correntes, ver como Ianthe o prendera, a visão de sua *mão* ainda na barriga de Lucien...

— Voltaremos para o acampamento quando terminarmos — disse Ianthe, virando-se novamente para Lucien. A mão desceu mais, não pelo prazer de Lucien, simplesmente para atirar em minha cara que ela *podia*...

Golpeei.

Não com as facas ou magia, mas com a mente.

Arranquei o escudo que mantinha em torno de Ianthe para evitar o controle dos gêmeos... e me choquei contra sua consciência.

Uma máscara sobre o rosto da putrefação. Essa era a sensação de entrar naquela linda cabeça e encontrar pensamentos tão terríveis. Um rastro de machos nos quais usava seu poder ou que simplesmente forçava para a cama, convencida de seu direito a eles. Recuei contra a atração daquelas lembranças, controlando-me.

— Tire as mãos dele.

Ianthe retirou.

— Solte-o.

A pele de Lucien perdeu a cor quando Ianthe me obedeceu, o rosto da sacerdotisa parecia estranhamente distante, obediente. As correntes de pedra azul caíram com um ruído no chão coberto de musgo.

A camisa de Lucien estava repuxada, o primeiro botão da calça, já aberto.

O rugido que tomou conta de minha mente foi tão alto que mal consegui me ouvir ao dizer:

— Pegue aquela pedra.

Lucien permaneceu pressionado contra a árvore. E ele observou em silêncio enquanto Ianthe se abaixava para pegar uma pedra cinza e áspera mais ou menos do tamanho de uma maçã.

— Coloque a mão direita naquele pedregulho.

Ela obedeceu, embora um tremor tivesse percorrido sua espinha.

A mente de Ianthe se debatia e lutava contra mim, como um peixe fisgado em um anzol. Enterrei minhas garras mentais mais fundo, e alguma voz interior de Ianthe começou a gritar.

— Esmague sua mão com a rocha com o máximo de força que conseguir até que eu a mande parar.

A mão que ela colocou nele, em tantos outros.

Ianthe ergueu a pedra. O primeiro impacto foi como um estampido abafado e úmido.

O segundo emitiu um estalo de verdade.

O terceiro tirou sangue.

O braço de Ianthe se erguia e descia, o corpo estremecia de dor.

E eu disse a Ianthe, muito objetivamente:

— Jamais tocará outra pessoa contra a vontade. Jamais se convencerá de que a pessoa realmente quer seus avanços; de que está fazendo um jogo. Jamais conhecerá o toque de outra pessoa a não ser que iniciado por ela, a não ser que desejado por *ambos*.

Tac; crac; tum.

— Não se lembrará do que aconteceu aqui. Dirá aos outros que caiu.

O dedo anelar de Ianthe tinha se retorcido em uma direção errada.

— Tem permissão de ver um curandeiro para botar os ossos de volta no lugar. Mas não deve apagar as cicatrizes. E sempre que olhar para essa mão, vai se lembrar de que tocar pessoas contra sua vontade tem consequências, e de que, se o fizer de novo, tudo o que você é deixará de existir. Viverá com esse terror todos os dias, jamais saberá qual é a origem. Apenas o medo de algo a perseguindo, caçando, esperando por você assim que baixar a guarda.

Lágrimas silenciosas de dor escorreram pelo rosto da sacerdotisa.

— Pode parar agora.

A pedra ensanguentada caiu na grama. A mão de Ianthe era pouco mais que ossos quebrados envoltos em pele rasgada.

— Fique ajoelhada aqui até que alguém a encontre.

Ianthe caiu de joelhos, a mão destruída gotejava sangue na túnica pálida.

— Pensei em cortar sua garganta esta manhã — confessei. — Pensei nisso durante a noite inteira, enquanto você dormia a meu lado. Pensei nisso todos os dias desde que descobri que entregou minhas irmãs para Hybern. — Sorri um pouco. — Mas acho que essa é uma punição melhor. E espero que tenha uma vida muito longa, Ianthe, e jamais conheça um momento de paz.

Eu a encarei por mais um momento, tecendo a tapeçaria de palavras e comandos que tinha entrelaçado na mente de Ianthe, então me voltei para Lucien. Ele tinha arrumado a calça, a camisa.

Os olhos arregalados de Lucien se voltaram de Ianthe para mim e, depois, para a pedra ensanguentada.

— A palavra que está procurando, Lucien — cantarolou uma voz feminina ardilosamente tranquila — é *daemati*.

Ele se virou na direção de Brannagh e Dagdan quando os dois entraram na clareira, rindo como lobos.

Capítulo 10

Brannagh passou os dedos pelos cabelos dourados de Ianthe, emitindo um estalo com a língua diante da massa ensanguentada aninhada no colo da sacerdotisa.

— Vai a algum lugar, Feyre?

Deixei minha máscara cair.

— Tenho lugares para ir — respondi aos membros da família real de Hybern, reparando nas posições de flanco que estabeleciam casualmente a meu redor.

— O que poderia ser mais importante que nos ajudar? Você, afinal de contas, jurou auxiliar seu rei.

Tempo; ganhavam tempo até que Tamlin voltasse da caçada com Jurian. Lucien se afastou da árvore, mas não passou para meu lado. Algo parecido com dor lampejou por seu rosto quando finalmente reparou no boldrié de facas roubado, na sacola em meus ombros.

— Não devo lealdade a você — revelei a Brannagh, mesmo enquanto Dagdan começou a ultrapassar meu campo visual. — Sou uma pessoa livre, com permissão de ir aonde e quando quiser.

— É mesmo? — ponderou Brannagh, deslizando a mão para a espada no quadril. Eu me virei levemente para evitar Dagdan em meu ponto cego. — Ardis tão cuidadosamente tecidos nas últimas semanas, manipulações tão habilidosas. Não pareceu se preocupar se fazíamos o mesmo.

Não deixariam que Lucien saísse daquela clareira com vida. Ou pelo menos com a mente intacta.

Ele pareceu se dar conta disso ao mesmo tempo que eu, compreendendo que, de maneira alguma, revelariam aquilo se não soubessem que sairiam impunes.

— Fiquem com a Corte Primaveril — concedi, e fui sincera. — Vai cair de uma forma ou de outra.

Lucien grunhiu. Eu o ignorei.

— Ah, nós pretendemos — disse Brannagh, tirando a espada da bainha escura. — Mas há a questão que diz respeito a você.

Soltei duas das facas de caça illyrianas.

— Não se perguntou sobre as dores de cabeça? Como as coisas parecem um pouco abafadas em alguns laços mentais?

Meus poderes tinham se exaurido tão rapidamente, tinham se tornado cada vez mais fracos nas últimas semanas...

Dagdan riu com escárnio e finalmente disse à irmã:

— Eu daria dez minutos a ela antes de a maçã fazer efeito.

Brannagh riu, chutando as correntes de pedra azul.

— Demos à sacerdotisa o pó a princípio. A pedra de veneno feérico esmagada, moída tão fina que não se podia ver ou sentir o cheiro na comida. Ela acrescentava um pouco por vez, nada suspeito, não muito, para não suprimir todos os seus poderes de uma vez.

Um mal-estar começou a revirar meu estômago.

— Somos daemati há mil anos, menina — revelou Dagdan, com escárnio. — Mas nem mesmo precisamos entrar na mente de Ianthe para que fizesse nossa vontade. No entanto, você... que esforço corajoso, tentando proteger todos de nós.

A mente de Dagdan atacou Lucien, uma flecha escura disparando entre eles. Ergui um escudo no caminho. E minha cabeça, meus ossos *doeram*...

— Que *maçã*? — perguntei, entre dentes.

— Aquela que engoliu há uma hora — respondeu Brannagh. — Plantada e cultivada no jardim pessoal do rei, alimentada por uma dieta constante de água acrescida de veneno feérico. O suficiente para derrubar seus poderes durante alguns dias, sem necessidade de correntes. E aqui está você, achando que ninguém havia reparado seu plano de desaparecer hoje. — Ela emitiu outro estalo com a língua. — Nosso tio ficaria muito insatisfeito se deixássemos isso acontecer.

Eu estava ficando sem tempo. Poderia atravessar, mas então abandonaria Lucien com os gêmeos se ele não conseguisse se livrar dos dois por causa do veneno feérico que ingerira na comida do acampamento...

Deixá-lo. Eu deveria e *poderia* deixá-lo.

Mas para um destino talvez pior que a morte...

O olho avermelhado de Lucien brilhou.

— Vá.

Fiz minha escolha.

Explodi em noite, fumaça e sombras.

E nem mesmo mil anos foram suficientes para que Dagdan adequadamente se preparasse quando atravessei diante dele e o golpeei.

Cortei a frente da armadura de couro, não fundo o bastante para matar, e, quando o aço ficou agarrado na armadura, Dagdan se virou com habilidade, me obrigando a expor o lado direito ou largar a faca...

Atravessei de novo. Dessa vez, Dagdan foi comigo.

Eu não combatia seguidores ignorantes de Hybern no bosque. Não estava lutando contra o Attor e os de sua estirpe nas ruas de Velaris. Dagdan era um príncipe de Hybern... um comandante.

Ele lutava como um.

Atravessar. Golpear. Atravessar. Golpear.

Éramos um redemoinho preto de aço e sombras pela clareira, e meses do treinamento brutal de Cassian me serviram bem conforme eu me mantinha de pé.

Tive a vaga sensação de que Lucien olhava boquiaberto, até mesmo Brannagh parecia chocada com a exibição de minhas habilidades contra o irmão.

Mas os golpes de Dagdan não eram fortes; não, eram precisos e ágeis, mas ele não se entregava por completo.

Ganhando tempo. Estava me cansando até que meu corpo absorvesse por completo aquela maçã e seu poder me deixasse quase mortal.

Então, atingi Dagdan no ponto fraco.

Brannagh gritou quando uma muralha de chamas se chocou contra ela.

Dagdan perdeu o foco por um segundo. Seu rugido, quando lhe fiz um corte profundo no abdômen, arrancou os pássaros das árvores.

— Sua vadiazinha — disparou Dagdan, recuando para fugir de meu próximo golpe quando o fogo se extinguiu e Brannagh foi revelada de joelhos. Seu escudo físico fora descuidado: ela esperava que eu atacasse sua mente.

Brannagh estremecia e arquejava em agonia. O fedor de carne queimada agora chegava até nós, diretamente do braço direito, das costelas, da coxa.

Dagdan avançou contra mim de novo, e ergui minhas duas facas para bloquear a lâmina.

Ele não conteve o golpe dessa vez.

Eu o senti reverberar em cada centímetro do corpo.

Senti o silêncio crescente e imobilizador também. Tinha sentido antes — naquele dia em Hybern.

Brannagh se levantou subitamente com um grito agudo.

Mas Lucien estava ali.

A concentração da feérica estava totalmente em mim, em tirar de mim a beleza que eu lhe havia queimado, e Brannagh não notou Lucien atravessar até ser tarde demais.

Até que a espada de Lucien refletiu a luz do sol que entrava pela folhagem. E então encontrou carne e osso.

Um tremor agitou a clareira — como se algum fio entre os gêmeos tivesse sido cortado quando a cabeça castanha de Brannagh caiu na grama.

Dagdan gritou, avançando contra Lucien, atravessando os quase 5 metros entre nós.

Lucien mal arrancara a lâmina do pescoço cortado de Brannagh e Dagdan estava diante do guerreiro, impulsionando a espada para a frente a fim de enfiá-la em sua garganta.

Lucien só teve tempo de recuar aos tropeços do golpe fatal de Dagdan.

Eu tive tempo o suficiente para impedi-lo.

Bloqueei a lâmina de Dagdan para o lado com uma faca, os olhos do macho se arregalaram quando atravessei entre os dois, e enfiei a outra faca no olho de Dagdan. Diretamente para dentro do crânio.

Osso, sangue e tecido mole deslizaram e escorreram pela lâmina, a boca de Dagdan ainda estava aberta com surpresa quando puxei a faca para fora.

Deixei que ele caísse sobre a irmã, o estampido de carne contra carne foi o único ruído.

Apenas olhei para Ianthe, meu poder se extinguia, uma dor terrível aumentava em minha barriga, e dei minha última ordem, corrigindo as anteriores.

— Conte que eu os matei. Em autodefesa. Depois que me feriram tanto enquanto você e Tamlin não faziam *nada*. Mesmo quando a torturarem pela verdade, diga que fugi depois de matá-los, para salvar esta corte de seus horrores.

Olhos inexpressivos e vazios foram minha única resposta.

— Feyre.

A voz de Lucien parecia um sussurro rouco.

Apenas limpei as duas facas nas costas de Dagdan antes de recuperar minha mala caída.

— Vai voltar. Para a Corte Noturna.

Coloquei a pesada sacola no ombro e olhei para Lucien.

— Sim.

O rosto marrom empalideceu. Mas ele observou Ianthe, os dois membros da realeza mortos.

— Vou com você.

— Não! — Foi tudo o que eu disse, seguindo para as árvores.

Uma cãibra se formou no fundo de minha barriga. Precisava fugir... precisava usar o restante de meu poder para atravessar até as colinas.

— Não vai conseguir sem magia — avisou ele.

Apenas trinquei os dentes ao sentir a forte dor no abdômen enquanto reuni minha força para atravessar até aquelas encostas distantes. Mas Lucien segurou meu braço, me impedindo.

— Vou com você — disse ele, de novo, com o rosto manchado de sangue tão vermelho quanto os cabelos. — Vou recuperar minha parceira.

Não havia tempo para aquela discussão. Para a verdade, e o debate, e as respostas que percebi que ele queria tão desesperadamente.

Tamlin e os demais teriam ouvido os gritos àquela altura.

— Não me faça me arrepender disso — avisei a ele.

Sangue envolveu o interior de minha boca quando chegamos à encosta horas depois.

Eu estava ofegante, a cabeça latejava, o estômago, um nó apertado de dor.

Lucien estava pouco melhor; sua travessia fora tão hesitante quanto a minha antes de pararmos entre o gramado irregular e Lucien se curvar, as mãos apoiadas nos joelhos.

— Ela se foi — disse ele, arquejando para tomar fôlego. — Minha magia... nem uma faísca. Devem ter drogado todos nós hoje.

E me deram uma maçã envenenada só para se certificarem de que me manteria abatida.

Meu poder se afastava de mim, como uma onda recuando da praia. Mas não retornava. Apenas ia cada vez para mais longe em um mar de nada.

Olhei para o sol, agora um palmo acima da linha do horizonte, as sombras já estavam espessas e pesadas entre as colinas. Eu me recompus, organizando o conhecimento que tinha adquirido nas últimas semanas.

Avancei para o norte, oscilando. Lucien segurou meu braço.

— Vai tomar uma porta?

Desviei para ele meus olhos doloridos.

— Sim.

As cavernas — portas, como as chamavam — naquelas tocas davam para outros bolsões de Prythian. Eu tinha tomado uma diretamente para Sob a Montanha. Agora tomaria uma para me deixar em casa. Ou o mais perto que conseguisse. Não existia porta para a Corte Noturna, ali ou em qualquer lugar.

E eu não arriscaria meus amigos ao chamá-los para me resgatar. Não importava que o laço entre mim e Rhys... Eu nem sequer conseguia senti-lo.

Uma dormência se espalhou por mim. Precisava sair... agora.

— O portal para a Corte Outonal é por ali. — Aviso e reprovação.

— Não posso ir para a Corte Estival. Eles me matarão ao me verem.

Silêncio. Lucien soltou meu braço. Engoli em seco, minha garganta estava tão ressecada que eu mal consegui fazê-lo.

— A única outra porta aqui dá para Sob a Montanha — continuou ele. — Selamos todas as outras entradas. Se formos para lá, podemos acabar presos, ou precisaríamos retornar.

— Então, vamos para a Outonal. E dali... — Parei de falar antes de terminar. *Para casa.* Mas Lucien entendeu mesmo assim. E pareceu perceber então... que a Corte Noturna era isso. *Minha casa.*

Quase pude ver a palavra no olho avermelhado quando Lucien balançou a cabeça. *Depois.*

Dei um aceno silencioso para ele. Sim... depois explicaríamos tudo.

— A Corte Outonal será tão perigosa quanto a Estival — avisou Lucien.

— Só preciso de um lugar para me esconder, para não chamar atenção até... até conseguirmos atravessar de novo.

Um leve zumbido e um apito preencheram meus ouvidos. E senti a magia sumir por completo.

— Conheço um lugar — disse Lucien, caminhando na direção da caverna que nos levaria para sua casa.

Para as terras da família que o traíra tanto quanto essa corte traíra a minha.

Corremos pelas colinas, ágeis e silenciosos como sombras.

A caverna para a Corte Outonal fora deixada sem vigilância. Lucien me olhou por cima do ombro para perguntar se eu também tinha sido responsável pela falta dos guardas sempre posicionados ali.

Acenei outra vez para ele. Tinha entrado na mente deles antes de partirmos, me certificando de que aquela porta seria deixada aberta. Cassian me ensinara a sempre ter uma segunda rota de fuga. Sempre.

Lucien parou diante da meia-luz que espiralava na abertura da caverna, a escuridão era como um verme pronto para nos devorar. Um músculo estremeceu em seu maxilar.

— Fique, se quiser — falei. — O que está feito, está feito.

Pois Hybern estava vindo... já estava ali. Eu me perguntara durante semanas: seria melhor reivindicar a Corte Primaveril para nós, ou deixar que caísse nas mãos de nossos inimigos?

Mas não podia permanecer neutra; uma barreira entre nossas forças no norte e os humanos no sul. Teria sido fácil chamar Rhys e Cassian, pedir que o segundo trouxesse uma legião illyriana para reivindicar o território quando estivesse mais fraco depois de minhas manipulações. Dependendo de quanta mobilidade Cassian ainda tinha... se ainda estivesse se curando.

No entanto, nesse caso teríamos um território — com outras cinco cortes entre nós. A simpatia dos demais poderia se inclinar para a Corte Primaveril; outros poderiam se juntar a Hybern contra nós, considerando a conquista ali como prova de nossa crueldade. Mas, se a Corte Primaveril caísse nas mãos de Hybern... Poderíamos reunir as demais cortes para nosso lado. Atacar do norte, como um só, acossando Hybern.

— Você estava certa — afirmou Lucien, por fim. — Aquela garota que eu conhecia morreu mesmo Sob a Montanha.

Não tinha certeza se era um insulto. Mas assenti mesmo assim.

— Pelo menos podemos concordar nisso. — Avancei para o frio e a escuridão adiante.

Lucien caminhou a meu lado conforme passamos sob o arco da pedra entalhada e exposta, com as armas em punho quando deixamos para trás o calor e o verde da primavera eterna.

E ao longe, tão fraco que talvez eu tivesse imaginado, o rugido de uma besta partiu a terra.

PARTE DOIS

QUEBRADORA DA MALDIÇÃO

CAPÍTULO 11

O frio me atingiu primeiro.

Frio gélido e cortante, envolto em argila e coisas pútridas.

Sob o crepúsculo, o mundo além da estreita abertura da caverna era um entremeado de vermelho, dourado, marrom e verde, as árvores pareciam espessas e velhas, o chão coberto de musgo estava cheio de rochas e pedregulhos que projetavam longas sombras.

Nós emergimos, lâminas em punho, mal respirando além de um fiapo de ar.

Mas não havia sentinelas da Corte Outonal guardando a entrada do reino de Beron — nenhuma que pudéssemos ver ou farejar.

Sem magia, estava novamente incapaz de enxergar, incapaz de projetar uma rede de vigilância pelas árvores antigas e vibrantes a fim de captar qualquer traço de mentes feéricas próximas.

Completamente indefesa. Assim como eu era antes. Como tinha sobrevivido tanto tempo sem ela... Não queria pensar.

Prosseguimos com pés felinos pelo musgo, pelas pedras e pela madeira, nosso hálito se condensava adiante.

Continue em frente, continue caminhando para o norte. Rhys devia ter percebido àquela altura o apagar de nosso laço — provavelmente tentava adivinhar se eu havia planejado aquilo. Se valeria o risco de revelar nossas tramoias para me encontrar.

Mas, até que o fizesse... até que conseguisse me ouvir, me encontrar... eu precisava continuar em frente.

Então, deixei que Lucien liderasse, desejando pelo menos poder transformar meus olhos em algo capaz de penetrar o bosque que escurecia. Mas minha magia estava imóvel e congelada. Ela era uma muleta na qual eu passara a me apoiar demais.

Abrimos caminho pela floresta, o frio se intensificava a cada raio de luz minguante do sol.

Não tínhamos nos falado desde a entrada naquela caverna entre as cortes. Pela rigidez dos ombros, pelo ângulo severo formado pelo maxilar conforme Lucien se movia com pés determinados e silenciosos, eu soube que apenas a necessidade de sermos sorrateiros mantinha afastadas as perguntas que ele queria fazer.

A noite caíra por completo acima de nós, mas a lua ainda não aparecera quando Lucien nos levou para dentro de outra caverna.

Parei à entrada.

— Não leva a lugar algum — disse Lucien, apenas, a voz inexpressiva e fria como o ar. — Faz uma curva nos fundos, ela nos manterá fora de vista.

Deixei que Lucien entrasse primeiro mesmo assim.

Cada membro e movimento meus se tornaram lentos, dolorosos. Mas eu o segui para dentro da caverna e pela curva que indicara.

Uma faísca se acendeu, e me vi diante de um tipo de acampamento improvisado.

A vela que Lucien acendera ocupava uma saliência de pedra natural, e no chão perto dela havia três sacos de dormir e cobertores velhos, cheios de folhas e teias de aranha. Um pequeno círculo para fogueiras ficava no centro rebaixado do espaço, e o teto acima estava chamuscado.

Ninguém visitara o local em meses. Anos.

— Eu costumava ficar aqui quando caçava. Antes... de partir — revelou Lucien, examinando um livro empoeirado com capa de couro deixado na elevação de pedra ao lado da vela. Ele apoiou o volume com um ruído. — É apenas por esta noite. Encontraremos o que comer pela manhã.

Simplesmente levantei o saco de dormir mais próximo e o bati algumas vezes; folhas e nuvens de poeira saíram voando antes que eu o pousasse no chão.

— Você realmente planejou isso — disse Lucien, por fim.

Eu me sentei no saco de dormir e comecei a vasculhar a mala, tirando de dentro as roupas mais quentes, comida e suprimentos que a própria Alis colocara ali.

— Sim.

— É tudo o que tem a dizer?

Cheirei a comida, me perguntando o que estaria embebido em veneno feérico. Poderia ser tudo.

— É arriscado demais comer — admiti, fugindo da pergunta.

Lucien não se conformou.

— Eu sabia. Sabia que estava mentindo assim que liberou aquela luz em Hybern. Minha amiga na Corte Crepuscular tem o mesmo poder, a luz é idêntica. E não faz a estupidez que você inventou que fazia.

Afastei minha sacola do saco de dormir.

— Então, por que não contou a ele? Você era o leal cachorrinho em todos os outros sentidos.

Seu olho pareceu arder. Como se estar no próprio território fizesse aquele minério derretido dentro de Lucien subir à superfície, mesmo com o poder suprimido.

— Bom ver que a máscara caiu, pelo menos.

De fato, deixei que Lucien visse tudo; não alterei ou moldei meu rosto para estampar qualquer coisa que não frieza.

Lucien riu com escárnio.

— Não contei a ele por dois motivos. Um, porque achei que seria como chutar um macho já caído. Não podia lhe tirar aquela esperança. — Revirei os olhos. — Dois — disparou Lucien. — Sabia que, se estivesse certo e a expusesse, você encontraria uma forma de se certificar de que eu jamais a veria.

Minhas unhas se enterraram na palma das mãos com tanta força que doeu, mas permaneci sentada no saco de dormir ao exibir os dentes para Lucien.

— E por isso está aqui. Não porque é certo e ele sempre esteve errado, mas apenas para que possa conseguir o que *você* acha que é seu por direito.

— Ela é minha *parceira* e está nas mãos de meu inimigo...

— Desde o início não escondi que Elain está segura e é bem tratada.

— E eu devia acreditar nisso.

— Sim — sibilei. — Devia. Porque, se eu acreditasse por um segundo que minhas irmãs estão em perigo, nenhum Grão-Senhor ou rei teria me impedido de salvá-las.

Lucien apenas balançou a cabeça, a luz da vela dançando sobre o cabelo.

— Você tem a audácia de questionar minhas prioridades em relação a Elain, mas qual era *seu* motivo, até onde eu sei? Planejou me poupar de sua trilha de destruição por causa de alguma amizade genuína, ou simplesmente por medo do que isso poderia fazer com ela?

Não respondi.

— Bem? Qual era seu grande plano para mim antes que Ianthe interferisse?

Puxei um fio solto no saco de dormir.

— Você teria ficado bem. — Foi só o que eu disse.

— E quanto a Tamlin? Planejou estripá-lo antes de partir e simplesmente não teve a chance?

Arranquei o fio solto do saco de dormir.

— Pensei nisso.

— Mas?

— Mas achei que deixar sua corte desabar a seu redor seria uma punição melhor. Certamente é mais demorada que uma morte fácil. — Tirei o boldrié de facas de Tamlin, o couro raspou contra o piso áspero de pedra. — Você é o emissário dele, certamente entende que cortar a garganta de Tamlin, por mais satisfatório que fosse, não nos traria muitos aliados nesta guerra. — Não, daria a Hybern oportunidades demais para nos enfraquecer.

Lucien cruzou os braços. Preparando-se para uma boa e longa briga. Antes que ele conseguisse fazer exatamente isso, interrompi:

— Estou cansada. E nossas vozes ecoam. Vamos discutir quando não houver probabilidade de sermos capturados e mortos.

O olhar do feérico era como um ferrete.

Mas ignorei ao me aninhar no saco de dormir, o material fedia a poeira e podridão. Puxei o manto sobre mim, mas não fechei os olhos.

Não ousei dormir; não quando Lucien poderia muito bem mudar de ideia. No entanto, apenas ao me deitar, sem me mover, sem pensar... Parte da tensão em meu corpo se aliviou.

Lucien apagou a vela, e eu ouvi seus ruídos se acomodando também.

— Meu pai a caçará por lhe tomar o poder quando descobrir — disse Lucien em meio à escuridão gélida. — E a matará por ter aprendido a empunhá-lo.

— Ele pode entrar na fila. — Foi tudo o que eu disse.

⁜

Minha exaustão era como um cobertor sobre os sentidos quando uma luz cinza manchou as paredes da caverna.

Tinha passado a maior parte da noite tremendo, sobressaltando-me a cada estalo e ruído na floresta do lado de fora, atenta aos movimentos de Lucien em seu saco de dormir.

Pelo rosto abatido de Lucien quando ele se sentou, soube que também não dormira, talvez se perguntando se eu o abandonaria. Ou se sua família nos encontraria primeiro. Ou a minha.

Analisamos um ao outro.

— E agora? — perguntou Lucien, rouco, esfregando a mão larga sobre o rosto.

Rhys não tinha vindo; eu não ouvira um sussurro pelo laço.

Procurei minha magia, mas apenas cinzas me cumprimentaram.

— Seguimos para o norte — respondi. — Até o veneno feérico ter saído de nosso organismo para podermos atravessar. — Ou até que eu pudesse contatar Rhys e os demais.

— A corte de meu pai fica ao norte. Precisaremos seguir para leste ou oeste para evitá-la.

— Não. Leste nos coloca perto demais da fronteira com a Corte Estival. E não vou perder tempo seguindo muito longe para o oeste. Seguimos direto para o norte.

— As sentinelas de meu pai nos verão com facilidade.

— Então, precisaremos permanecer invisíveis — argumentei, me levantando.

Tirei o restante da comida contaminada da sacola. Que os carniceiros a levassem.

⁜

Caminhar pelos bosques da Corte Outonal era como andar dentro de uma caixa de joias.

Mesmo com todos os predadores em potencial, as cores eram tão vívidas que era difícil não ficar boquiaberta.

No meio da manhã, a geada derretera sob o sol amanteigado, e revelou o que servia para comer. Meu estômago roncava a cada passo, e os cabelos vermelhos de Lucien reluziam, como as folhas acima de nós, enquanto ele observava o bosque em busca de qualquer coisa para encher nossas barrigas.

Seu bosque, por sangue e por lei. Era um filho daquela floresta, e ali... Parecia ter sido criado a partir dela. Para ela. Até mesmo aquele olho dourado.

Lucien por fim parou diante de um córrego cor de jade, que corria por uma vala flanqueada em granito; um local, segundo ele, um dia apinhado de trutas.

Eu construía uma vara de pesca rudimentar quando Lucien entrou na água, sem botas e com a calça enrolada até os joelhos, e pegou uma truta com as mãos. Ele tinha prendido o cabelo, e algumas mechas caíram sobre o rosto quando se abaixou de novo e jogou uma segunda truta na margem arenosa onde eu tentava encontrar um substituto para linha de pesca.

Permanecemos em silêncio até que os peixes por fim pararam de se debater, as laterais refletindo e reluzindo todas as muito intensas cores acima de nós.

Lucien os pegou pelas caudas, como se tivesse feito aquilo milhares de vezes. Podia muito bem ter feito, bem ali, naquele riacho.

— Vou limpá-los enquanto você começa a fazer a fogueira. — À luz do dia, o brilho das chamas não seria notado. Mas a fumaça... Era um risco necessário.

Trabalhamos e comemos em silêncio, o fogo crepitante oferecendo a única conversa.

Caminhamos para o norte durante cinco dias, mal trocando uma palavra.

A propriedade de Beron era tão ampla que levamos três dias para entrar, passar por ela e deixá-la para trás. Lucien nos guiou pelo limite, ficando tenso a cada canto e farfalhar.

A Casa na Floresta era um complexo vasto, Lucien me informou durante as poucas vezes que arriscamos ou nos demos o trabalho de conversar. Fora construída dentro e em torno das árvores e das rochas, e apenas os níveis superiores eram visíveis acima do solo. Abaixo, os túneis desciam alguns níveis para dentro da rocha. Mas a extensão determinava o tamanho. Era possível andar de uma ponta a outra da Casa, e isso levaria metade da manhã. Havia camadas e círculos de sentinelas contornando-a: nas árvores, no chão, sobre os telhados cobertos de musgo e nas pedras da própria Casa.

Nenhum inimigo se aproximava da casa de Beron sem seu conhecimento. Nenhum saía sem a permissão do Grão-Senhor.

Eu sabia que estávamos além do mapa das rotas e estações de patrulha conhecidas por Lucien quando ele curvou os ombros.

Os meus já estavam curvados.

Eu mal dormira, só me permitia fazê-lo quando a respiração de Lucien passava a um ritmo diferente, mais profundo. Sabia que não conseguiria manter aquilo por muito tempo, mas sem a habilidade de me proteger, de sentir qualquer perigo...

Eu me perguntava se Rhys estaria procurando por mim. Se teria sentido o silêncio.

Eu devia ter mandando uma mensagem. Dito a ele que estava partindo, como me encontrar.

Veneno feérico; era por isso que o laço soava tão abafado. Talvez eu devesse ter matado Ianthe de uma vez.

Mas o que estava feito, estava feito.

Eu esfregava os olhos doloridos, descansando por um momento sob nosso novo espólio: uma macieira, carregada de frutas grandes e suculentas.

Tinha enchido a bolsa com o que consegui colocar ali dentro. Dois miolos de maçãs já estavam caídos a meu lado, e o cheiro doce de decomposição me embalava tanto quanto o zumbido das abelhas que se banqueteavam com as frutas caídas. Uma terceira maçã já estava colhida e pronta para ser devorada sobre minhas pernas esticadas.

Depois do que os membros da família real de Hybern haviam feito, eu devia abdicar das maçãs para sempre, mas a fome sempre borrava tais limites para mim.

Lucien, sentado a poucos metros, jogou a sua quarta maçã nos arbustos quando mordi a minha.

— As fazendas e os campos estão próximos — anunciou ele. — Precisaremos ficar fora de vista. Meu pai não paga muito bem pelas plantações, e os fazendeiros farão de tudo para ganhar qualquer moeda a mais.

— Até mesmo entregar a localização de um dos filhos do Grão-Senhor?

— *Principalmente* isso.

— Não gostavam de você?

O maxilar de Lucien se contraiu.

— Como o mais jovem de sete filhos, eu não era especialmente necessário ou querido. Talvez fosse algo bom. Eu pude estudar por mais tempo do que meu pai permitia a meus irmãos antes de empurrá-los porta afora para governarem algum território em nossas terras, e eu podia treinar por tanto tempo quanto quisesse, pois ninguém acreditava que eu seria burro o bastante para sair matando até subir na longa lista de herdeiros. E quando ficava entediado de estudar e lutar... aprendia o que podia sobre a terra com o povo. Aprendi sobre o povo também.

Ele se levantou com um gemido, os cabelos soltos reluzindo quando o sol do meio-dia iluminou os tons de sangue e vinho.

— Eu diria que isso parece mais adequado a um Grão-Senhor que à vida de um filho ocioso e não quisto.

Lucien lançou um olhar demorado e sério.

— Acha que foi apenas ódio que incitou meus irmãos a fazerem o possível para me arrasar e me matar?

Contra minha vontade, um tremor me percorreu a espinha. Terminei a maçã e levantei, colhendo mais uma de um galho baixo.

— Você a queria... a coroa de seu pai?

— Ninguém jamais me perguntou isso — ponderou Lucien, conforme prosseguimos, desviando de maçãs caídas e apodrecidas. O ar estava doce e pegajoso. — O banho de sangue que seria preciso para conquistar aquela coroa não valeria a pena. Nem sua corte pútrida. Eu ganharia uma coroa... apenas para governar um povo ardiloso e hipócrita.

— Senhor das Raposas — falei, rindo com escárnio ao me lembrar daquela máscara, usada por Lucien certo dia. — Mas não respondeu minha pergunta, sobre por que o povo daqui o entregaria.

O ar adiante ficou mais leve, e um campo dourado de cevada oscilava na direção de uma fileira distante de árvores.

— Depois de Jesminda, entregariam.

Jesminda. Lucien jamais dissera seu nome.

Ele deslizou entre os talos que se balançavam e se agitavam.

— Ela era um deles. — As palavras eram quase inaudíveis sobre o chiado da cevada. — E, quando não a protegi... Foi uma traição da confiança deles também. Corri para as casas de alguns quando fugia de meus irmãos. Eles me expulsaram pelo que deixei acontecer a ela.

Ondas de ouro e marfim avançavam à volta, o céu brilhava com um azul intenso, imaculado.

— Não posso culpá-los por isso — disse Lucien.

Atravessamos o vale fértil ao fim da tarde. Quando Lucien sugeriu que parássemos por aquela noite, insisti que continuássemos... até as íngremes encostas que saltavam para montanhas cinzentas e cobertas de neve, limite do início da cordilheira compartilhada com a Corte Invernal. Se conseguíssemos cruzar a fronteira em um ou dois dias, talvez meus poderes tivessem retornado o suficiente para contatar Rhys — ou atravessar o resto do caminho para casa.

A caminhada não foi fácil.

Grandes pedregulhos irregulares compunham a trilha, salpicados de musgo e um longo e branco gramado sibilante como víboras. O vento açoitava nossos cabelos, a temperatura caía quanto mais subíamos.

Essa noite... Talvez precisássemos arriscar uma fogueira essa noite. Apenas para continuarmos vivos.

Lucien estava arfando conforme escalávamos um pedregulho protuberante. O vale se estendia para longe, e o bosque era um rio emaranhado de cores além dele. Deveria haver uma passagem para *dentro* da cadeia montanhosa em algum momento — para que nos colocássemos fora de vista.

— Como você não está sem fôlego? — indagou Lucien, ofegante, impulsionando o corpo para o topo plano da rocha.

Afastei a mecha que se soltara da trança e golpeava meu rosto.

— Treinei.

— Percebi isso depois que enfrentou Dagdan e saiu com vida.

— Eu tive o elemento surpresa a meu favor.

— Não — respondeu Lucien, em voz baixa, quando estendi a mão para um apoio na pedra seguinte. — Foi tudo você. — Minhas unhas reclamaram quando enterrei os dedos na rocha e me impulsionei para cima. Lucien acrescentou: — Você me salvou deles, de Ianthe. Obrigado.

As palavras atingiram algo no fundo de meu estômago, e fiquei feliz pelo vento que rugia ao redor, ao menos porque escondia a ardência nos olhos.

✠

Dormi — finalmente.

Com a fogueira crepitante em nossa mais recente caverna, o calor e a relativa distância foram o suficiente para enfim me render à exaustão.

E, nos sonhos, acho que nadei pela mente de Lucien, como se uma pequena brasa de meu poder estivesse, por fim, retornando.

Sonhei com nossa fogueira aconchegante e com as paredes íngremes, o espaço todo mal era grande o bastante para abrigar a nós dois e a fogueira. Sonhei com a noite uivante e escura além, com todos os sons cuidadosamente identificados por Lucien enquanto mantinha guarda.

Sua atenção se desviou para mim em certo momento e permaneceu ali.

Jamais soube o quanto eu parecia jovem e humana enquanto dormia. Minha trança lembrava uma corda sobre o ombro, a boca estava levemente aberta, e o rosto, arrasado pelos dias de pouco descanso e comida escassa.

Sonhei que Lucien havia retirado seu manto e o estendido sobre meu cobertor.

Então, eu me dissolvi, flutuando para fora da mente do feérico enquanto meus sonhos mudavam e velejavam para outro lugar. Deixei que um mar de estrelas me embalasse o sono.

✠

A mão de alguém agarrou meu rosto com tanta força que o gemido de meus ossos me fez acordar sobressaltada.

— Olhem quem achamos — cantarolou uma fria voz masculina.

Eu conhecia aquele rosto: o cabelo vermelho, a pele pálida, o sorriso irônico. Conhecia o rosto dos dois outros machos na caverna, com Lucien, grunhindo, preso entre eles.

Os irmãos de Lucien.

Capítulo 12

— Papai está muito desapontado que não tenha aparecido para dizer oi — disse aquele com a faca contra meu pescoço.

— Estamos no meio de uma tarefa inadiável — respondeu Lucien, baixinho controlando-se.

Aquela faca foi pressionada um pouco mais forte contra minha pele quando o feérico soltou uma risada sem humor.

— Certo. De acordo com os boatos, vocês fugiram juntos, corneando Tamlin. — O sorriso se alargou. — Não sabia que tinha tanta coragem dentro de você, irmãozinho.

— Ele tinha algo dentro *dela*, ao que parece — brincou um dos outros.

Deslizei o olhar para o macho acima de mim.

— Liberte-nos.

— Nosso estimado pai deseja vê-la — disse, com um sorriso viperino. A faca não se afrouxou. — Então, virão conosco até a casa dele.

— Eris — avisou Lucien.

O nome ressoou dentro de mim. Acima de mim, a apenas centímetros... O antigo prometido de Mor. O macho que a abandonara quando encontrou o corpo de Mor brutalizado na fronteira. O herdeiro do Grão-Senhor.

Podia jurar que garras fantasmas perfuraram a palma das minhas mãos.

Um ou dois dias a mais, e talvez fosse capaz de lhe rasgar o pescoço com elas.

Mas não tinha esse tempo. Só tinha o agora. Precisava fazer valer.

Eris apenas disse para mim, em tom frio e entediado:

— Levante-se.

Então, senti... despertando, como se algum graveto a tivesse cutucado. Como se estar ali, naquele território, entre a realeza de seu sangue, tivesse de alguma forma feito com que tomasse vida, fervendo além daquele veneno. Transformando o veneno em vapor.

Com a faca ainda inclinada sobre meu pescoço, deixei que Eris me colocasse de pé, e os outros dois arrastaram Lucien antes que pudesse se levantar sozinho.

Fazer valer. Usar meus arredores.

Voltei o olhar para Lucien.

E ele viu o suor formando gotas em minhas têmporas, no lábio superior, conforme meu sangue aquecia.

Um leve movimento do queixo foi o único sinal de compreensão.

Eris nos levaria até Beron, e o Grão-Senhor nos mataria por diversão, nos venderia pelo maior lance ou nos prenderia por tempo indeterminado. E depois do que tinham feito com a amante de Lucien, do que tinham feito com Mor...

— Depois de você — disse Eris suavemente, abaixando a faca por fim. Ele me empurrou um passo.

Eu estava esperando. Equilíbrio, ensinara Cassian, era crucial para ganhar uma luta.

E como o empurrão de Eris o fez pisar em falso, voltei a passada contra ele.

Ao me virar tão rápido, ele não me viu furar sua guarda, então golpeei o nariz de Eris com o cotovelo.

Ele cambaleou para trás.

Chamas se chocaram contra os outros dois, e Lucien disparou para fora do caminho quando os machos gritaram e caíram para o interior da caverna.

Lancei até a última gota de chamas dentro de mim, e uma parede se formou entre nós e os três. Selando os irmãos de Lucien dentro da caverna.

— *Corra* — disparei, arquejando, mas Lucien já estava a meu lado, com a mão apoiando meu braço por baixo enquanto eu queimava aquela chama cada vez mais quente. Não os conteria por muito tempo, e eu de fato sentia o poder de alguém se erguendo para desafiar o meu.

Mas havia outra força para ser empunhada.

Lucien entendeu no mesmo momento que eu.

Suor se acumulou na testa de Lucien quando um pulso de poder envolto em chamas se chocou contra as pedras logo acima de nós. Poeira e escombros desabaram.

Arremessei uma gota qualquer de magia para o golpe seguinte de Lucien.

E o seguinte.

Quando o rosto lívido de Eris emergiu de minha rede de chamas, brilhando como um recém-forjado deus da ira, Lucien e eu fizemos desmoronar o teto da caverna.

Fogo irrompeu pelas pequenas rachaduras, como línguas de milhares de serpentes em chamas, mas o desabamento nem sequer estremeceu.

— Rápido — disse Lucien, ofegante, e não desperdicei meu fôlego para concordar quando cambaleamos noite adentro.

Nossas malas, as armas e a comida... tudo dentro daquela caverna.

Eu tinha duas adagas comigo, Lucien, uma. Eu vestia meu manto, mas... Lucien de fato me dera o seu. O macho tremia de frio enquanto nos arrastávamos e agarrávamos as pedras para subir a encosta da montanha, e não ousamos parar.

⁜

Se eu ainda fosse humana, estaria morta.

O frio chegava aos ossos, o vento uivava e nos açoitava, como chicotes abrasadores. Meus dentes batiam, meus dedos estavam tão duros que eu mal conseguia me segurar ao granito gélido a cada quilômetro cambaleado pelas montanhas. Talvez nós dois tivéssemos sido poupados de uma morte por congelamento pelo núcleo de chamas agonizante dentro de nossas veias.

Não paramos uma vez, por um medo tácito de que, se o fizéssemos, o frio extinguiria qualquer calor que restava e jamais conseguiríamos nos mover de novo. Ou de que os irmãos de Lucien avançassem.

Tentei, diversas vezes, gritar com Rhys através do laço. Atravessar. Criar asas e tentar voar com Lucien para fora da passagem pela montanha por onde nos arrastávamos; a neve alcançava a cintura e era tão densa em alguns pontos que precisávamos rastejar sobre ela, e nossa pele estava em carne viva devido ao gelo.

Mas o punho sobrepujante do veneno feérico ainda continha a maior parte de meus poderes.

Devíamos estar perto da fronteira com a Corte Invernal, eu disse a mim mesma, quando semicerramos os olhos contra uma lufada de vento gélido do outro lado da estreita passagem da montanha. Perto... e depois que a atravessássemos, Eris e os demais não ousariam colocar os pés no território de outra corte.

Meus músculos gritavam a cada passo, minhas botas estavam ensopadas de neve, meus pés, perigosamente dormentes. Tinha passado invernos suficientes na floresta quando humana para conhecer os perigos da exposição — a ameaça do frio e da umidade.

Lucien, um passo atrás de mim, ofegava ruidosamente conforme as paredes de rochas e neve se abriam para revelar uma noite amarga, salpicada de estrelas... e mais montanhas adiante. Quase chorei.

— Precisamos seguir em frente — disse ele, com neve incrustada nas mechas do cabelo, e me perguntei se o som teria me abandonado.

Gelo fazia cócegas em minhas narinas congeladas.

— Não duraremos muito... precisamos nos aquecer e descansar.

— Meus irmãos...

— Morreremos se continuarmos. — Ou perderíamos dedos das mãos e dos pés, na melhor das hipóteses. Apontei para a encosta da montanha adiante, uma queda perigosa abaixo. — Não podemos arriscar aquilo à noite. Precisamos encontrar uma caverna e tentar fazer uma fogueira.

— Com o *quê*? — disparou Lucien. — Está vendo madeira?

Eu apenas segui em frente. Discutir só desperdiçava energia... e tempo.

E não tinha mesmo uma resposta.

Eu me perguntava se sobreviveríamos à noite.

Encontramos uma caverna. Profunda e abrigada do vento e fora de vista. Lucien e eu cuidadosamente encobrimos nossas pegadas, nos certificando de que o vento soprava a nosso favor, ocultando nosso cheiro.

Então a sorte acabou. Nenhuma madeira à vista; nenhum fogo nas veias de qualquer um de nós.

Usamos nossa única opção: calor corporal. Aninhados nas profundezas da caverna, nos sentamos, coxa contra coxa, braço contra braço, sob meu manto, tremendo de frio e encharcados.

Eu mal conseguia ouvir o grito oco do vento por cima do bater dos dentes. Meus e de Lucien.

Encontre-me, encontre-me, encontre-me, tentei gritar por aquele laço. Mas a voz sarcástica de meu parceiro não respondeu.

Havia apenas o vazio rugindo.

— Fale sobre ela... sobre Elain — pediu Lucien baixinho. Como se a morte tivesse se agachado no escuro ao nosso lado e atraído os pensamentos do feérico até os da própria parceira também.

Pensei em não dizer nada, estava tremendo demais para conseguir falar, mas...

— Ela ama o jardim. Sempre amou cultivar coisas. Mesmo quando éramos pobres, conseguia cultivar um pequeno jardim nos meses mais quentes. E quando... quando nossa fortuna voltou, passou a cuidar e plantar os jardins mais lindos que já se viu. Mesmo em Prythian. Os criados ficavam loucos, porque eram eles que deveriam fazer o trabalho e donzelas só deveriam cortar uma rosa aqui ou ali, mas Elain colocava o chapéu e as luvas e se ajoelhava na terra, tirando as ervas-daninhas. Ela agia como uma dama puro-sangue em todos os sentidos, menos nesse.

Lucien ficou quieto por um longo momento.

— Agia — murmurou ele. — Você fala como se ela estivesse morta.

— Não sei que mudanças o Caldeirão trouxe. Não acho que voltar para casa seja uma opção. Não importa o quanto Elain anseie por isso.

— Certamente Prythian é uma alternativa melhor, com ou sem guerra.

Eu me preparei antes de falar:

— Ela está noiva, Lucien.

Senti cada centímetro do feérico a meu lado enrijecer.

— De quem?

Palavras inexpressivas, frias. Com a ameaça implícita de violência.

— Do filho de um senhor humano. O senhor odeia feéricos, dedicou a vida e a riqueza a caçá-los. Caçar a nós. Eu soube que, embora seja uma união por amor, o pai do prometido estava ansioso para ter acesso ao considerável dote de Elain a fim de continuar a cruzada contra os feéricos.

— Elain ama o filho desse senhor. — Não foi bem uma pergunta.

— Ela diz que sim. Nestha... Nestha achou que o pai e sua obsessão em matar feéricos eram ruins o suficiente para que ela ficasse alerta. Jamais disse isso a Elain. Eu também não.

— Minha parceira está noiva de um macho humano. — Lucien falou mais consigo mesmo que comigo.

— Desculpe se...

— Quero vê-la. Apenas uma vez. Apenas... para saber.

— Saber o quê?

Lucien ajeitou meu manto encharcado sobre nós.

— Se vale a pena lutar por ela.

Não consegui dizer que valia, dar a ele esse tipo de esperança quando Elain poderia muito bem fazer tudo a seu alcance para manter o noivado. Mesmo que a imortalidade já o tivesse tornado inviável.

Lucien inclinou a cabeça, apoiando-a contra a parede de pedra atrás de nós.

— E, então, perguntarei a seu parceiro como ele sobreviveu a isso... a saber que estava noiva de outro. Dividindo a cama com outro macho.

Coloquei as mãos congeladas sob os braços, olhando na direção da escuridão adiante.

— Conte-me quando foi que você soube — demandou Lucien, pressionando o joelho contra o meu. — Que Rhysand era seu parceiro. Conte-me quando deixou de amar Tamlin e começou a amar *Rhys*.

Escolhi não responder.

— Desde antes de partir?

Virei a cabeça para Lucien, mesmo que mal conseguisse distinguir suas feições no escuro.

— Jamais toquei Rhysand dessa forma até meses depois.

— Vocês se beijaram Sob a Montanha.

— Eu tive tão pouca escolha nisso quanto durante a dança.

— Mas esse é o macho que você agora ama.

Ele não sabia; não fazia ideia da história pessoal, dos segredos que abriram meu coração para o Grão-Senhor da Corte Noturna. As histórias não eram minhas para contar.

— Alguém poderia pensar, Lucien, que você estaria feliz por eu ter me apaixonado pelo meu parceiro, considerando que se encontra na mesma situação de Rhys há seis meses.

— Você nos *deixou*.

A nós. Não a Tamlin. *A nós*. As palavras ecoaram no escuro, na direção do vento uivante e da neve fustigante além da curva.

— Eu disse naquele dia no bosque: você me abandonou muito antes de eu ter partido fisicamente. — Estremeci de novo, odiando cada ponto de contato porque eu precisava do calor do macho desesperadamente. — Você se encaixava na Corte Primaveril tão pouco quanto eu, Lucien. Gostava dos prazeres e das diversões. Mas não finja que não foi feito para algo *maior* que aquilo.

O olho de metal se virou.

— E onde, exatamente, acha que vou me encaixar? Na Corte Noturna?

Não respondi. Não tinha uma resposta, sinceramente. Como Grã-Senhora, poderia muito bem oferecer uma posição a ele, se sobrevivesse tempo suficiente para chegar em casa. Seria uma forma de evitar a ida de Elain para a Corte Primaveril, mas eu tinha poucas dúvidas de que Lucien conseguiria vicejar entre meus amigos. E alguma parte pequena e terrível de mim gostava da ideia de tirar mais uma coisa de Tamlin, algo vital, algo essencial.

— Deveríamos partir ao alvorecer. — Foi minha única resposta.

Sobrevivemos à noite.

Cada parte de mim doía, rígida, quando começamos a cuidadosa escalada. Não havia um sussurro ou vestígio dos irmãos de Lucien... ou de qualquer tipo de vida.

Não me importava, não quando tínhamos por fim passado pela fronteira para as terras da Corte Invernal.

Além das montanhas, uma grande planície de gelo reluzia ao longe. Levaria dias para cruzá-la, mas não importava: eu tinha acordado com poder suficiente nas veias para nos aquecer com uma pequena fogueira. Devagar; muito devagar, os efeitos do veneno feérico recuavam.

Eu estava disposta a apostar que estaríamos na metade do gelo quando conseguíssemos atravessar para fora dali. Se nossa sorte se mantivesse e ninguém mais nos encontrasse.

Repassei cada lição que Rhys me dera sobre a Corte Invernal e seu Grão-Senhor, Kallias.

Palácios imponentes e exóticos, cheios de lareiras crepitantes e adornados com sempre-verdes. Trenós entalhados eram o meio de transporte preferido da corte, puxados por renas com chifres aveludados, cujos cascos largos eram ideais para o gelo e a neve. As forças eram bem treinadas, mas costumavam se fiar nos grandes ursos brancos que caminhavam pelo reino em busca de visitantes indesejados.

Rezei para que nenhum deles esperasse no gelo, pois seus pelos se mesclavam perfeitamente à paisagem.

O relacionamento da Corte Noturna com a Invernal era bom o suficiente, ainda tênue, como todos os nossos laços, depois de Amarantha. Depois que ela massacrou tantos... inclusive, me lembrei com um grande rompante de náusea, dezenas de crianças da Corte Invernal.

Não podia imaginar... a perda, o ódio e o luto. Jamais tive coragem de perguntar a Rhys durante aqueles meses de treinamento a quem as crianças pertenciam. Quais tinham sido as consequências. Se foi considerado o pior dos crimes de Amarantha, ou apenas mais um entre inúmeros outros.

Mas, apesar dos laços frágeis, a Corte Invernal era uma das Cortes Sazonais. Podia se aliar a Tamlin, a Tarquin. Nossos melhores aliados ainda eram as Cortes Solares: Crepuscular e Diurna. Mas ficavam muito ao norte — acima da linha divisória entre as Cortes Solares e Sazonais. Aquele trecho de terra sagrada e não reivindicada que continha Sob a Montanha. E o chalé da Tecelã.

Teríamos partido antes de precisarmos colocar os pés naquela floresta antiga e letal.

Mais um dia e uma noite se passaram antes de deixarmos as montanhas de vez e colocarmos os pés no gelo espesso. Nada crescia, e só pude ver que estávamos em terra firme devido à densa neve acumulada por baixo. Caso contrário, muito frequentemente, o gelo era transparente como vidro — revelando lagos escuros e infinitos abaixo.

Pelo menos não encontramos nenhum dos ursos brancos. Mas a verdadeira ameaça, percebemos rapidamente, era a total falta de abrigo: no gelo, não havia refúgio contra o vento e o frio. E, se acendêssemos uma fogueira com nossa débil magia, qualquer um por perto veria. Sem falar do aspecto prático de se acender uma fogueira sobre um lago congelado.

O sol começava a deslizar sobre o horizonte, manchando a planície de dourado, e as sombras ainda eram de um tom azul-arroxeado quando Lucien disse:

— Esta noite, derreteremos parte da camada de gelo o suficiente para amaciá-la... e construiremos um abrigo.

Pensei a respeito disso. Mal estávamos a 30 metros do que parecia ser um lago infinito. Era impossível saber onde acabava.

— Acha que estaremos no gelo por tanto tempo?

Lucien franziu a testa na direção do horizonte manchado pelo alvorecer.

— Provavelmente, mas quem sabe qual é a extensão?

De fato, os bancos de neve escondiam muito do gelo abaixo.

— Talvez haja outro caminho, dando a volta... — ponderei, olhando para trás, na direção de nosso acampamento abandonado.

Olhamos ao mesmo tempo. E ambos vimos as três figuras paradas na beira do lago. Sorrindo.

Eris ergueu a mão envolta em chamas.

Chamas — para derreter o gelo sobre o qual pisávamos.

Capítulo 13

— Corra — sussurrou Lucien.

Não ousei tirar os olhos de seus irmãos. Não quando Eris baixou aquela mão até a beira congelada do lago.

— Correr para onde, exatamente?

A pele encontrou o gelo, e vapor ondulou. O gelo ficou opaco, derretendo em uma linha que disparava até nós...

Corremos. O gelo escorregadio tornou a corrida perigosa, e meus tornozelos rugiam pelo esforço para me manter de pé.

Adiante, o lago se estendia infinitamente. E com o sol que mal nascera, os perigos seriam ainda mais difíceis de ver...

— Mais rápido — ordenou Lucien. — Não olhe! — gritou ele, quando comecei a virar a cabeça para ver se estavam nos seguindo. Lucien esticou a mão para segurar meu cotovelo, me equilibrando antes que eu pudesse notar meu tropeço.

Aonde vamos aonde vamos aonde vamos

Água encharcou minhas botas... gelo derretido. Ou Eris estava gastando o poder para atravessar milênios de gelo, ou simplesmente o fazia devagar para nos torturar...

— Desvie — disse Lucien, ofegante. — Precisamos...

Ele me empurrou para o lado, e cambaleei com os braços agitados.

No mesmo momento que uma flecha quicou no gelo em que antes eu estava.

— *Mais rápido* — insistiu Lucien, e não hesitei.

Eu me apressei em uma corrida de fato, e Lucien e eu cruzávamos o caminho um do outro conforme aquelas flechas eram disparadas. Gelo rachava onde elas caíam, e, não importava o quanto fôssemos rápidos, o chão abaixo de nós derretia e derretia...

Gelo. Eu tinha gelo nas veias, e agora que estávamos além da fronteira da Corte Invernal...

Não me importava se vissem... meu poder. O poder de Kallias. Não quando as alternativas eram bem piores.

Estendi a mão diante de nós quando um borrão derretido começou a se expandir, e o gelo rangia.

Um disparo de gelo saiu da palma de minha mão, congelando o lago de novo.

A cada golpe dos braços conforme corria, eu disparava aquele gelo da palma das mãos, solidificando o que Eris tentava derreter à frente. Talvez, apenas talvez, pudéssemos atravessar o lago, e se eles fossem burros o bastante para estar sobre a água quando o fizéssemos... Se eu conseguia fazer gelo, com certeza conseguia desfazê-lo.

Troquei de lado com Lucien de novo, encarando os olhos arregalados quando o fizemos, e abri a boca para contar meu plano quando Eris surgiu.

Não atrás. Adiante.

Mas foi o outro irmão a seu lado, com uma flecha apontada e já disparando para mim, que arrancou um grito de minha garganta.

Avancei para o lado, rolando.

Não rápido o bastante.

A ponta da flecha cortou minha orelha e minha bochecha, deixando um ardor. Lucien gritou, mas outra flecha já disparava.

Ela entrou direto em meu antebraço dessa vez.

Gelo cortava meu rosto, minhas mãos, enquanto eu caía, os joelhos reclamando, o braço gritando de dor com o impacto...

Atrás, passos ressoaram no gelo quando o terceiro irmão se aproximou.

Mordi o lábio com tanta força que tirei sangue quando rasguei o tecido do casaco e da camisa sobre o antebraço, parti a flecha ao meio e arranquei os pedaços de dentro de mim. Meu rugido lancinante ecoou pelo gelo.

Eris dera um passo em minha direção, sorrindo como um lobo, quando me levantei de novo, as duas últimas facas illyrianas nas mãos, o braço direito berrando com o movimento...

Ao redor, o gelo começou a derreter.

— Isso pode acabar com você afundando, me implorando para tirá-la depois que aquele gelo congelar imediatamente — cantarolou Eris. Atrás do macho, bloqueado pelos irmãos, Lucien tinha sacado a própria faca e agora avaliava os outros dois. — Ou pode acabar com você concordando em segurar minha mão. Mas, de qualquer forma, virá comigo.

A pele em meu braço já estava se fechando. Cura... um dos poderes da Crepuscular despertando em minhas veias...

E se isso estava funcionando...

Não dei a Eris tempo para interpretar meu movimento.

Inspirei um fôlego profundo.

Ofuscante luz branca irrompeu de mim. Eris xingou, e eu corri.

Não em sua direção, não quando ainda estava ferida demais para empunhar as facas, mas para longe — na direção daquela margem distante. Quase sem enxergar, segui trôpega e cambaleante até me afastar das poças traiçoeiras derretidas, e, então, corri.

Percorri 6 metros até que Eris atravessasse diante de mim e golpeasse.

Um golpe no rosto, com o dorso da mão, tão forte que meus dentes cortaram o lábio.

Ele golpeou de novo antes que eu conseguisse cair, um soco no estômago que tirou o ar de meus pulmões. Além de mim, Lucien tinha avançado contra os dois irmãos. Metal e fogo explodiam e colidiam, gelo subia.

Assim que caí no gelo, Eris me agarrou pelos cabelos, bem na raiz, e o gesto foi tão violento que lágrimas arderam em meus olhos. Mas ele me arrastou de volta para aquela margem, de volta pelo gelo...

Lutei contra o golpe em meu estômago, lutei para conseguir puxar um fiapo de ar pela garganta, para os pulmões. Minhas botas arranhavam o gelo conforme eu chutava inutilmente, mas Eris segurava firme...

Acho que Lucien gritou meu nome.

Abri a boca, mas uma amarra de fogo avançou para meus lábios. Não queimou, mas estava quente o bastante para me informar que queimaria se Eris desejasse. Amarras idênticas de chamas envolveram meus pulsos, meus tornozelos. Minha garganta.

Não conseguia me lembrar... não conseguia me lembrar do que fazer, de como me mover, de como *impedir*...

Mais e mais perto da margem, para o grupo de sentinelas que aguardava, que atravessara repentinamente. *Não, não, não...*

Uma sombra se chocou contra a terra diante de nós, rachando o gelo em todas as direções.

Não uma sombra.

Um guerreiro illyriano.

Sete Sifões vermelhos reluziram sobre a armadura de escamas pretas quando Cassian fechou as asas e grunhiu para Eris com cinco séculos de ódio.

Não estava morto. Nem ferido. Estava inteiro.

As asas, curadas e fortes.

Soltei um soluço, estremecendo por trás da amarra de fogo. Os Sifões de Cassian brilharam em resposta, como se, ao me ver nas mãos de Eris...

Outro impacto atingiu o gelo atrás de nós. Sombras tremeluziram a seguir.

Azriel.

Comecei a chorar com sinceridade, parte do controle que eu mantivera sobre mim havia se libertado quando meus amigos aterrissaram. Quando vi Azriel também vivo, curado. Quando Cassian sacou lâminas illyrianas gêmeas — e vê-las foi como estar em casa — e disse a Eris, com uma calma letal:

— Sugiro que solte minha senhora.

A mão de Eris sobre meus cabelos apenas se firmou mais, o que arrancou de mim um soluço.

A ira que contorceu as feições de Cassian podia acabar com um mundo.

Mas os olhos cor de avelã desviaram para os meus. Um comando silencioso.

Cassian passara meses me treinando. Não apenas para atacar, mas para defender. Ele me ensinou, diversas vezes, como me libertar das mãos de um captor. Como agir não apenas com o corpo, mas com a mente.

Como se soubesse que era uma possibilidade bastante real que aquele cenário um dia acontecesse.

Eris tinha amarrado meus braços e minhas pernas, mas... eu ainda conseguia movê-los. Ainda conseguia usar partes da magia.

E desequilibrá-lo o suficiente para que me soltasse, para deixar que Cassian saltasse entre nós e enfrentasse o filho do Grão-Senhor...

Imponente sobre mim, Eris nem sequer olhou para baixo quando me virei, girando sobre o gelo, e acertei minhas pernas amarradas bem no meio de suas pernas.

Eris se abaixou, curvando-se com um grunhido.

Direto para as mãos atadas e fechadas em punho que lancei contra seu nariz. Osso estalou, e a mão de Eris soltou meus cabelos.

Eu rolei, me afastando às pressas. Cassian já estava lá.

Eris mal teve tempo de sacar a espada quando Cassian desceu com a própria sobre ele.

O ruído de aço contra aço ecoou pelo gelo. Sentinelas na margem lançaram flechas de madeira e magia... as quais apenas quicaram contra um escudo azul.

Azriel. Do outro lado do gelo, ele e Lucien lutavam contra os outros dois irmãos. O fato de que qualquer dos irmãos de Lucien se mantinha de pé contra os illyrianos era uma prova de seu treinamento, mas...

Concentrei o gelo em minhas veias na mordaça da boca, nas amarras em torno dos pulsos e dos tornozelos. Gelo para abafar fogo, para fazer chiar até que se apagasse...

Cassian e Eris se enfrentavam, recuavam, como numa dança, e se enfrentavam de novo.

Cordas de fogo se arrebentaram, dissolvendo-se com um chiado de vapor.

Eu estava de pé de novo, levando a mão a uma arma que não tinha. Minhas adagas tinham sido perdidas a mais de 10 metros dali.

Cassian atravessou a defesa de Eris com uma eficiência brutal. E Eris gritou quando a lâmina illyriana se enterrou em sua barriga.

Sangue, vermelho como rubi, manchou o gelo e a neve.

Por um segundo, vi como aquilo acabaria: três dos filhos de Beron mortos por nossas mãos. Uma satisfação temporária para mim, cinco séculos de satisfação para Cassian, Azriel e Mor, mas, se Beron ainda se perguntava de que lado ficar nessa guerra...

Eu tinha outras armas para usar.

— Parem — falei.

A palavra foi um comando baixo e frio.

E Azriel e Cassian obedeceram.

Os outros dois irmãos de Lucien estavam costas contra costas, ensanguentados e boquiabertos. O próprio Lucien estava ofegante, a espada ainda erguida, enquanto Azriel limpava o sangue da própria lâmina e caminhava até mim.

Encarei os olhos cor de avelã do encantador de sombras. O rosto frio que escondia tanta dor... e bondade. Ele viera. Cassian viera.

Os illyrianos se posicionaram a meu lado. Eris, com a mão pressionada contra a barriga, respirava com dificuldade, nos olhando com ódio.

Olhar de ódio... e, depois, de reflexão. Observando nós três quando eu disse a Eris, aos dois outros irmãos, às sentinelas na margem:

— Todos vocês merecem morrer por isso. E por muito, muito mais. Mas vou poupar suas vidas miseráveis.

Mesmo com um ferimento na barriga, o lábio de Eris se retraiu.

Cassian grunhiu em aviso.

Eu apenas removi o encantamento que havia mantido sobre mim nas últimas semanas. Com a manga do casaco e da camisa arrancadas, não restava nada além de pele lisa onde aquele ferimento estivera. Pele lisa que agora se revelava adornada com redemoinhos e arabescos de tinta. As marcas de meu novo título... e de meu laço de parceria.

O rosto de Lucien ficou lívido quando ele caminhou até nós, parando a uma distância segura ao lado de Azriel.

— Sou Grã-Senhora da Corte Noturna — revelei, em voz baixa, para todos.

Até mesmo Eris perdeu a expressão de deboche. Os olhos cor de âmbar se arregalaram, algo como medo agora tomava conta das suas íris.

— Grã-Senhora? Não existe tal coisa — disparou um dos irmãos de Lucien.

Um leve sorriso se abriu em minha boca.

— Agora existe.

E estava na hora de o mundo saber.

Encontrei o olhar de Cassian, e vi orgulho reluzindo ali... e alívio.

— Me leve para casa — ordenei a ele, com o queixo erguido e determinado. Então, virei para Azriel: — Leve nós dois para casa. — E acrescentei para os herdeiros da Corte Outonal: — Veremos vocês no campo de batalha.

Que eles decidissem se era melhor lutar a nosso lado ou contra nós.

Eu me virei para Cassian, que abriu os braços e me aninhou antes de nos lançar para o céu em um rompante de asas e poder. A nosso lado, Azriel e Lucien fizeram o mesmo.

Quando Eris e os demais não passavam de manchas pretas sobre o branco abaixo, quando estávamos cruzando o céu, alto e rápido, Cassian observou:

— Não sei quem parece mais desconfortável: Az ou Lucien Vanserra.

Dei um risinho, olhando por cima do ombro para onde o encantador de sombras carregava meu amigo, ambos fazendo questão de não falar, se olhar ou de conversar.

— Vanserra?

— Nunca soube o nome de família de Lucien?

Encontrei aqueles olhos cor de avelã risonhos e destemidos.

O sorriso de Cassian se suavizou.

— Oi, Feyre.

Minha garganta se apertou até quase doer, e envolvi seu pescoço em um abraço forte.

— Senti sua falta também — murmurou Cassian, me apertando.

Voamos até chegar à fronteira do sagrado oitavo território. E, quando Cassian nos desceu em um campo nevado diante do bosque antigo, dei uma olhada para a fêmea loira, vestida em couro illyriano e caminhando de um lado para o outro entre as árvores retorcidas, e me lancei em uma corrida.

Mor me abraçou com tanta força quanto eu a segurei.

— Onde ele está? — perguntei, recusando-me a soltá-la, a tirar a cabeça do ombro de Mor.

— Ele... é uma longa história. Muito longe, mas correndo para casa. Agora mesmo. — Mor recuou o suficiente para observar meu rosto. A boca se contraiu ao ver os ferimentos que permaneciam, e então, ela raspou com cuidado gotas de sangue seco acumulado em minha orelha. — Ele sentiu você, o laço, há alguns minutos. Nós três estávamos mais perto. Atravessei Cassian, mas com Eris e os demais... — A culpa perpassou o seu olhar. — As relações com a Corte Invernal estão complicadas, achamos que, se eu estivesse lá na fronteira, poderia evitar que as forças de Kallias se voltassem para o sul. Pelo menos por tempo o suficiente para pegá-la. — E para evitar uma interação com Eris para a qual Mor talvez não estivesse pronta.

Balancei a cabeça diante da vergonha que ainda fechava a expressão normalmente alegre da feérica.

— Eu entendo. — Abracei Mor de novo. — Eu entendo.

O aperto de resposta de Mor foi de esmagar as costelas.

Azriel e Lucien aterrissaram, e lufadas de neve subiram atrás de Azriel. Mor e eu nos soltamos por fim, e o rosto de minha amiga ficou sério quando ela observou Lucien. Neve, sangue e sujeira o cobriam... cobriam nós dois.

— Ele lutou contra Eris e os outros dois — explicou Cassian a Mor.

Mor engoliu em seco, olhando para o sangue que manchava as mãos de Cassian e percebendo que não era o do illyriano. Sentindo o cheiro, sem dúvida, Mor disparou:

— Eris. Você...

— Ele ainda está vivo — respondeu Azriel, e sombras se enroscaram em torno das garras na ponta de suas asas, tão contrastantes com a neve sob nossas botas. — Assim como os outros.

Lucien os encarava alternadamente, cauteloso e quieto. O que sabia sobre a história de Mor com o irmão mais velho... Jamais perguntei. Jamais quis saber.

Mor jogou as volumosas ondas douradas por cima de um ombro.

— Então, vamos para casa.

— Qual? — perguntei, com cautela.

Mor voltou a atenção para Lucien mais uma vez. Quase tive pena de Lucien pelo peso naquele olhar, o julgamento. O olhar da Morrigan... cujo dom era a verdade pura.

O que quer que tivesse visto em Lucien foi o bastante para que dissesse:

— A casa na cidade. Tem alguém a esperando lá.

CAPÍTULO 14

Não tinha me permitido imaginar: o momento que novamente estaria de pé no saguão revestido de painéis de madeira da casa na cidade. Quando ouviria o canto das gaivotas voando alto acima de Velaris, sentiria a maresia do rio Sidra, que entrecortava o coração da cidade, sentiria o calor da luz do sol entrando pelas janelas às costas.

Mor tinha atravessado com todos nós e estava agora parada atrás de mim, ofegando baixinho, enquanto observávamos Lucien avaliar nosso entorno.

O olho metálico rangia, enquanto o outro avaliava com cautela os cômodos que flanqueavam o saguão: a sala de jantar e a sala de estar que se abriam para o pequeno jardim da frente e a rua; então, as escadas para o segundo andar; depois, o corredor ao lado, que dava para a cozinha e o jardim do pátio.

Então, por fim, para a porta da frente fechada. Para a cidade à espera além dela.

Cassian ocupou um local contra o corrimão, cruzando os braços com uma arrogância que eu sabia significar problemas. Azriel permaneceu a meu lado, sombras lhe envolviam os nós dos dedos. Como se lutar contra filhos de Grão-Senhores fosse o modo como passavam os dias.

Eu me perguntei se Lucien sabia que suas primeiras palavras ali o condenariam ou salvariam. E me perguntei qual seria meu papel.

Não... a decisão era minha.

Grã-Senhora. Eu... estava acima deles na hierarquia. Era minha decisão se Lucien teria permissão de manter a liberdade.

Mas o silêncio vigilante de meus amigos era indicação o suficiente: que Lucien decidisse o próprio destino.

Por fim, Lucien olhou para mim. Para nós.

— Há crianças rindo nas ruas — comentou ele.

Eu pisquei. Ele disse com tanta... surpresa contida. Como se não ouvisse o som havia muito, muito tempo.

Abri a boca para responder, mas outra pessoa falou por mim.

— E o fato de o fazerem depois do ataque de Hybern é prova de quanto o povo de Velaris trabalhou duro para reconstruí-la.

Eu me virei e vi Amren emergindo de onde quer que estivesse sentada no outro cômodo, a mobília estofada escondia seu corpo pequeno.

Amren estava exatamente como da última vez que a vira: de pé naquele mesmo saguão, nos avisando para tomar cuidado em Hybern. Os cabelos de um preto intenso na altura do queixo reluziam sob o sol, os olhos prateados, sobrenaturais, pareciam incomumente brilhantes quando encararam os meus.

A delicada fêmea fez uma reverência com a cabeça. O maior gesto de obediência que uma criatura de 15 mil anos faria a uma Grã-Senhora recém-empossada. E amiga.

— Vejo que trouxe um bichinho de estimação novo para casa — disse ela, enrugando o nariz com desgosto.

Algo como medo passou pelo olhar de Lucien, como se ele também visse o monstro à espreita sob aquele lindo rosto.

De fato, parecia ter ouvido falar dela. Antes que eu pudesse apresentá-lo, Lucien fez uma reverência na altura da cintura. Profunda. Cassian soltou um grunhido de deboche, e eu lhe lancei um olhar de aviso.

Amren deu um leve sorriso.

— Vejo que já está treinado.

Lucien ergueu o corpo devagar, como se estivesse diante da boca escancarada de um selvagem felino das planícies, que não queria espantar com movimentos súbitos.

— Amren, este é Lucien... Vanserra.

Lucien enrijeceu.

— Não uso meu sobrenome. — Ele explicou para Amren, com mais um aceno de cabeça: — Lucien está bom.

Suspeitei que tivesse parado de usar o nome assim que o coração da amada parou de bater.

Amren observava aquele olho de metal.

— Trabalho engenhoso — disse ela, e depois me avaliou. — Parece que colocaram as garras em você, menina.

O ferimento em meu braço, pelo menos, tinha se curado, embora restasse uma feia marca vermelha. Presumi que meu rosto não estivesse muito melhor. Antes que eu pudesse responder, Lucien perguntou:

— Que lugar é esse?

Todos olhamos para ele.

— Casa — respondi. — Esta é... minha casa.

Percebi que ele agora absorvia os detalhes. A falta de escuridão. A ausência de gritos. O cheiro do mar e de limão, não de sangue e podridão. A risada de crianças que de fato prosseguia.

O maior segredo da história de Prythian.

— Esta é Velaris — expliquei. — A Cidade de Luz Estelar.

Lucien engoliu em seco.

— E você é Grã-Senhora da Corte Noturna.

— De fato, ela é.

Meu sangue parou de correr ao ouvir a voz que cantarolou atrás de mim.

Quando senti o cheiro que me alcançou, que me despertou. Meus amigos começaram a sorrir.

Eu me virei.

Rhysand estava recostado contra o arco que dava para a sala de estar, de braços cruzados, asas fora de vista, vestindo a jaqueta preta e a calça impecáveis de costume.

Quando aqueles olhos violeta encontraram os meus, quando aquele meio sorriso familiar se desfez...

Minha expressão desabou. Um ruído baixo, entrecortado, irrompeu de mim.

Rhys imediatamente avançou, mas minhas pernas já tinham cedido. O tapete do saguão amorteceu o impacto quando caí de joelhos.

Cobri o rosto com as mãos quando o último mês pesou sobre mim.

Rhys se ajoelhou a minha frente, estávamos joelho contra joelho.

Cuidadosamente, ele tirou minhas mãos do rosto. Cuidadosamente, segurou minhas bochechas e limpou minhas lágrimas.

Não me importava que tivéssemos uma plateia quando ergui o rosto e vi a alegria, a preocupação e o amor brilhando naqueles olhos incríveis.

Rhys também não se importou quando murmurou:

— Meu amor. — Então, me beijou.

Assim que deslizei as mãos pelos cabelos de Rhys, ele me pegou nos braços e ficou de pé com um movimento sutil. Afastei a boca da sua, olhando para um Lucien pálido, mas Rhysand disse para nossa companhia, sem nem mesmo olhar para eles:

— Vão encontrar outro lugar para ficar por um tempo.

Ele não esperou para ver se obedeceram.

Rhys atravessou conosco escada acima e se lançou em uma caminhada determinada e rígida pelo corredor. Olhei para o saguão a tempo de ver Mor segurando o braço de Lucien e acenando para os demais antes de todos sumirem.

— Quer repassar o que aconteceu na Corte Primaveril? — perguntei, com a voz rouca, enquanto observava o rosto de meu parceiro. Nenhuma diversão, nada além daquela intensidade predatória, concentrada em cada fôlego meu.

— Há outras coisas que eu preferiria fazer primeiro.

Rhys me carregou para nosso quarto — antes, o quarto *dele*; agora, cheio de nossos pertences. Estava exatamente como eu o vira da última vez: a enorme cama para a qual Rhys agora seguia, os dois armários, a mesa diante da janela que dava para o jardim do pátio agora tomado por roxo, rosa e azul em meio aos verdes exuberantes.

Eu me preparei para ser jogada na cama, mas Rhys parou no meio do quarto, e a porta se fechou com um vento beijado pelas estrelas.

Devagar, ele me apoiou no tapete felpudo, me deslizando ostensivamente ao longo do próprio corpo ao fazê-lo. Como se não tivesse forças para resistir a me tocar, tão relutante em me soltar quanto eu estava em soltá-lo.

E cada lugar em que nosso corpo se tocou, todo ele tão quente, e sólido, e *real*... Saboreei a sensação, e minha garganta se tornou um nó quando coloquei a mão no peito esculpido de Rhys e as batidas estrondosas do coração sob a jaqueta preta ecoaram na palma. O único sinal de qualquer que fosse o impulso que percorria o corpo de Rhys quando ele passou as mãos por meus braços em uma carícia demorada e me segurou os ombros.

Os polegares de Rhys acariciaram com um ritmo suave minhas roupas imundas enquanto ele observava meu rosto.

Lindo. Ainda mais lindo do que eu me lembrava, com que sonhara durante aquelas semanas na Corte Primaveril.

Por um longo momento, apenas inspiramos o ar um do outro. Por um longo momento, tudo o que consegui fazer foi inalar seu cheiro até o fundo dos pulmões, deixando que se aninhasse dentro de mim. Meus dedos se apertaram na jaqueta de Rhys.

Parceiro. Meu parceiro.

Como se o tivesse ouvido pelo laço, Rhys finalmente murmurou:

— Quando o laço se calou, achei... — Medo, terror genuíno lhe obscureceu os olhos, mesmo enquanto os polegares de Rhys continuavam acariciando meus ombros, suaves e determinados. — Quando cheguei à Corte Primaveril, você havia sumido. Tamlin estava transtornado por aquela floresta, a caçando. Mas você escondeu seu cheiro. E nem mesmo eu pude... pude encontrá-la...

A pausa nas palavras foi como uma faca em meu estômago.

— Fomos para a Corte Outonal por uma das portas — expliquei, apoiando a outra mão no braço de Rhys. Os músculos tensos abaixo estremeceram ao toque. — Não podia me encontrar porque dois comandantes de Hybern drogaram minha comida e minha bebida com veneno feérico, o suficiente para extinguir meus poderes. Eu... eu ainda não tenho controle total.

Uma raiva cortante lampejava por aquele lindo rosto quando os polegares de Rhys pararam sobre meus ombros.

— Você os matou.

Não foi bem uma pergunta, mas assenti.

— Que bom.

Engoli em seco.

— Hybern já depôs a Corte Primaveril?

— Ainda não. O que quer que tenha feito... funcionou. As sentinelas de Tamlin o abandonaram. Mais da metade do povo se recusou a aparecer para o Tributo há dois dias. Alguns estão partindo para outras cortes. Outros murmuram sobre rebelião. Parece que você se fez bastante amada. Até mesmo sagrada. — Diversão, por fim, lhe aqueceu a expressão. — Ficaram transtornados quando acreditaram que Tamlin tivesse permitido que Hybern a aterrorizasse a ponto de fugir.

Tracejei o desbotado arabesco prata bordado no peito da jaqueta de Rhys e podia ter jurado que ele estremeceu ao toque.

— Suponho que logo descobrirão que estou bem cuidada. — As mãos de Rhys apertaram meus ombros em concordância, como se ele estivesse prestes a me mostrar o quanto eu estava bem cuidada, mas inclinei a cabeça de lado. — E quanto a Ianthe... e Jurian?

O peitoral forte de Rhysand abaixou sob minha mão quando ele expirou.

— As notícias são confusas com relação aos dois. Jurian, ao que parece, voltou para a mão que o alimenta. Ianthe... — Rhys ergueu as sobrancelhas. — Presumo que a mão *dela* seja cortesia sua, e não dos comandantes.

— Ela caiu — expliquei, com meiguice.

— Deve ter sido uma queda e tanto — ponderou Rhys, com um sorriso sombrio dançando naqueles lábios conforme deslizou para ainda mais perto, e o calor de seu corpo me invadiu quando suas mãos saíram de meus ombros para fazer carícias preguiçosas em minhas costas. Mordi o lábio, me concentrando nas palavras de Rhys, e não na vontade de arquear o corpo ao toque, de enterrar o rosto em seu peito e explorar um pouco também. — Ela está convalescente depois do entrevero, ao que parece. Não sai do templo.

Foi minha vez de murmurar.

— Que bom. — Talvez um daqueles belos acólitos se cansasse das baboseiras santimoniais e sufocasse Ianthe enquanto a sacerdotisa dormia.

Apoiei as mãos nos quadris de Rhys, completamente pronta para deslizar por baixo da jaqueta, *precisando* tocar a pele exposta, mas Rhys enrijeceu o corpo, recuando. Ainda estava perto o suficiente para que uma das mãos permanecesse em minha cintura, mas a outra...

Rhys tocou meu braço, examinando cuidadosamente a saliência violenta onde minha pele fora rasgada por uma flecha. Escuridão fervilhou no canto do quarto.

— Cassian me deixou entrar em sua mente ainda agora... para me mostrar o que aconteceu no gelo. — Rhys acariciou o ferimento com o polegar, o toque leve como uma pena. — Eris sempre foi um macho com os dias contados. Agora Lucien pode se encontrar mais próximo de herdar o trono do pai do que jamais esperou estar.

Minha coluna se retesou.

— Eris é exatamente tão terrível quanto você o descreveu.

O polegar de Rhys deslizou de novo sobre meu antebraço, deixando a pele arrepiada nos pontos onde a tocou. Uma promessa; não da vingança que ele contemplava, mas do que nos aguardava naquele quarto. A cama estava a poucos metros. Até que ele murmurou:

— Você se declarou Grã-Senhora.

— Não deveria?

Rhys soltou meu braço para roçar minha bochecha com os nós dos dedos.

— Eu queria urrar isso do alto dos telhados de Velaris desde o momento que aquela sacerdotisa a ungiu. Típico de você passar à frente de meus planos grandiosos.

Um sorriso repuxou meus lábios.

— Aconteceu há menos de uma hora. Tenho certeza de que poderia ir cantar da chaminé agora mesmo e todos lhe dariam crédito pelo ineditismo da notícia.

Os dedos de Rhysand se entremearam em meus cabelos, inclinando meu rosto para cima. Aquele sorriso malicioso se alargou, e meus dedos dos pés se curvaram nas botas.

— Aí está minha querida Feyre.

Rhys abaixou a cabeça, o olhar fixo em minha boca, a voracidade iluminava aqueles olhos violeta...

— Onde estão minhas irmãs? — O pensamento ecoou por meu corpo, como o repique desafinado de um sino.

Rhys parou, tirando a mão de meu cabelo ao desfazer o sorriso.

— Na Casa do Vento. — Ele endireitou o corpo, engolindo em seco, como se de alguma forma aquilo o trouxesse à realidade. — Posso... posso levá-la até elas. — Cada palavra parecia ser um esforço.

Mas ele levaria, percebi. Abafaria a própria necessidade por mim e me levaria até minhas irmãs, se fosse o que eu quisesse. Minha escolha. Sempre fora minha escolha com Rhysand.

Balancei a cabeça. Não as veria; ainda não. Não até que *eu* estivesse equilibrada o suficiente para encará-las.

— Mas estão bem?

A hesitação de Rhys me disse o bastante.

— Estão em segurança.

Não foi bem uma resposta, mas eu não me enganaria em pensar que minhas irmãs estariam radiantes. Apoiei a testa contra o peito de Rhys.

— Cassian e Azriel estão curados — murmurei contra a jaqueta, inspirando o cheiro de Rhys diversas vezes quando um tremor percorreu meu corpo. — Você me disse isso... mas eu não... Não absorvi a informação. Até agora.

Rhys passou uma das mãos por minhas costas, e a outra deslizou para segurar meu quadril.

— Azriel se curou dentro de poucos dias. As asas de Cassian... foi complexo. Mas ele está treinando todos os dias para recuperar a força. O curandeiro precisou reconstituir a maior parte delas, mas Cassian ficará bem.

Engoli o aperto na garganta e envolvi a cintura de Rhys em um abraço, pressionando o rosto todo contra seu peito. A mão de Rhys pressionou meu quadril em resposta, e a outra repousou em minha nuca, me segurando contra o corpo enquanto eu sussurrei:

— Mor disse que você estava longe, que por isso não estava lá.

— Desculpe por eu não estar.

— Não — respondi, erguendo a cabeça para observar os olhos de Rhys, a culpa que os cobria. — Não quis dizer dessa forma. Eu só... — Eu me deliciei com a sensação de Rhys sob a palma de minhas mãos. — Onde estava?

Rhys ficou imóvel, e me preparei quando ele falou, casualmente:

— Não podia deixar que você fizesse *todo* o trabalho de enfraquecer nossos inimigos, podia?

Não sorri.

— Onde. Você. Estava.

— Como Az só se recuperou recentemente, assumi a tarefa de executar parte de seu trabalho.

Trinquei o maxilar.

— Que trabalho?

Rhys se inclinou para baixo, roçando o nariz em meu pescoço.

— Não quer confortar seu parceiro, que sentiu sua falta tão dolorosamente nas últimas semanas?

Espalmei a mão em seu rosto e o empurrei para trás, com expressão fechada.

— Quero que meu parceiro me diga onde estava, maldição. *Então* ele pode receber o *conforto.*

Rhys mordiscou meus dedos, fechando os dentes de modo brincalhão.

— Fêmea cruel e linda.

Eu o observei com as sobrancelhas franzidas.

Rhys revirou os olhos, suspirando.

— Estava no continente. No palácio das rainhas humanas.

Soltei um arquejo.

— Estava *onde*?

— Tecnicamente, estava voando acima do palácio, mas...

— Você foi *sozinho?*

Rhys me olhou boquiaberto.

— Apesar do que nossos erros em Hybern possam ter sugerido, eu *sou* capaz de...

— Você foi para o mundo humano, para o complexo de nossos inimigos, *sozinho*?

— Antes eu que qualquer um dos outros.

Esse era o problema de Rhys desde o início. Sempre ele, sempre se sacrificando...

— Por quê? — indaguei. — Por que arriscar? Há alguma coisa acontecendo?

Rhys olhou na direção da janela, como se pudesse enxergar até as terras mortais. Sua boca se contraiu.

— É o silêncio daquele lado do mar que me incomoda. Nenhum sussurro de exércitos se reunindo, nenhum outro aliado humano convocado. Desde Hybern, não ouvimos nada. Então, achei que deveria ver por conta própria o motivo. — Ele tocou a ponta do meu nariz, me puxando para mais perto de novo. — Tinha acabado de me aproximar da fronteira do território quando senti o laço despertar de novo. Sabia que os outros estavam mais perto, então os enviei.

— Não precisa explicar.

Rhys apoiou o queixo sobre minha cabeça.

— Eu queria estar lá... para buscar você. Encontrá-la. Trazê-la para casa.

— Você certamente gosta de uma entrada dramática.

Ele riu, e o hálito de Rhys aqueceu meu cabelo enquanto ouvi o som reverberar por seu corpo.

É evidente que estaria trabalhando contra Hybern enquanto eu estivesse fora. Será que eu esperava que todos estivessem de braços cruzados há mais de um mês? E Rhys, sempre tramando, sempre um passo adiante... Ele teria usado aquele tempo em benefício próprio. Considerei se perguntaria a respeito, mas, naquele momento, inspirando Rhys, sentindo seu calor... Isso poderia esperar.

Rhys deu um beijo em meu cabelo.

— Está em casa.

Um ruído trêmulo e baixo saiu de mim quando assenti, apertando-o com mais força. Casa. Não apenas Velaris, mas onde quer que Rhys estivesse, que nossa família estivesse.

Garras de ébano acariciaram a barreira em minha mente... com afeição e súplica.

Abaixei meus escudos para Rhys, no momento que o dele desceu. A mente de Rhys se enroscou na minha, assim como seu corpo agora envolvia o meu.

— Senti sua falta em cada segundo — confessou Rhys, abaixando-se para beijar o canto de minha boca. — Seu sorriso. — Os lábios roçaram o exterior de minha orelha, e minhas costas se arquearam levemente. — Sua risada. — Rhys deu um beijo em meu pescoço, bem abaixo da orelha, e inclinei a cabeça para lhe permitir acesso, contendo a vontade de implorar que ele tomasse mais, que fosse mais rápido, quando ele murmurou: — Seu cheiro.

Minha pálpebras estremeceram e se fecharam, e as mãos de Rhys deram a volta por meu quadril para segurar a bunda, apertando quando ele se abaixou para beijar o centro de meu pescoço.

— Os sons que faz quando estou dentro de você.

A língua de Rhys brincou no lugar que ele havia beijado, e um daqueles sons de fato escapuliu de mim. Rhys beijou a depressão em minha clavícula, e meu interior se derreteu por completo.

— Minha corajosa, ousada e genial parceira.

Rhys ergueu a cabeça, e fiz um esforço para abrir os olhos. Para encará-lo de volta enquanto suas mãos passeavam, formando linhas preguiçosas por minhas costas, pela bunda e, então, subiam de novo.

— Amo você — disse ele. E, se eu ainda não acreditasse, senti nos ossos a luz no rosto de Rhys quando ele falou as palavras...

Lágrimas arderam em meus olhos de novo, escorrendo antes que eu pudesse me controlar.

Rhys se abaixou para lambê-las. Uma após a outra. Como fizera certa vez Sob a Montanha.

— Tem uma escolha — murmurou ele contra a maçã de meu rosto. — Ou eu lambo cada centímetro seu até que esteja limpa... — A mão de Rhys roçou pela ponta de meu seio, formando um círculo lento. Como se tivéssemos dias e dias para fazer isso. — Ou pode entrar no banho, que deve estar pronto a esta altura.

Eu me afastei, erguendo uma sobrancelha.

— Está sugerindo que estou fedendo?

Rhys riu, e eu podia ter jurado que meu interior pulsou em resposta.

— Jamais. Porém... — Os olhos ficaram sombrios, o desejo e a diversão se dissipando conforme ele observou minhas roupas. — Há sangue em você. Seu e de outros. Achei que seria um bom parceiro se oferecesse um banho antes de invadi-la inteira.

Contive uma risada e afastei seus cabelos, sentindo as sedosas mechas pretas entre os dedos.

— Quanta consideração. Embora não consiga acreditar que você expulsou todos de casa para que pudesse me levar para a cama.

— Um dos muitos benefícios de ser Grão-Senhor.

— Que abuso de poder terrível.

Aquele meio sorriso dançou na boca de Rhys.

— Então?

— Por mais que eu fosse gostar de vê-lo tentar lamber uma semana de poeira, suor e sangue... — Os olhos de Rhys brilharam com desafio, e ri de novo. — Banho normal, por favor.

Ele teve a audácia de parecer vagamente desapontado. Cutuquei o peito de Rhys quando me afastei, seguindo para o grande banheiro anexo ao quarto. A imensa banheira de porcelana já estava cheia de água fumegante e...

— Bolhas?

— Tem alguma objeção moral a elas?

Sorri, desabotoando o casaco. Meus dedos estavam quase pretos de poeira e sangue seco. Estremeci.

— Talvez precise de mais de um banho para me limpar.

Rhys estalou os dedos, e minha pele ficou imediatamente impecável de novo. Pisquei.

— Se consegue fazer isso, qual é o objetivo do banho? — Ele fizera aquela limpeza mágica para mim algumas vezes Sob a Montanha. Por algum motivo, jamais pedi.

Rhys se recostou à porta, me observando tirar o casaco rasgado e manchado. Como se fosse a tarefa mais importante da qual fora incumbido.

— A essência da sujeira permanece. — A voz de Rhys ficou mais grave quando ele acompanhou cada movimento de meus dedos conforme eu abria os cadarços das botas. — Como uma camada de óleo.

De fato, minha pele, embora parecesse limpa, me dava a sensação de... não estar lavada. Tirei as botas com dois chutes, deixando que caíssem no casaco imundo.

— Então, é mais para fins estéticos.

— Está demorando demais — disse ele, indicando com o queixo a banheira.

Meus seios enrijeceram com o leve grunhido que envolveu as palavras. Rhys também viu isso.

E eu sorri comigo mesma, arqueando as costas um pouco mais que o necessário quando tirei a camisa e a joguei no piso de mármore. Luz do sol passava pelo vapor que subia da banheira, colorindo o espaço entre nós de dourado e branco. Rhys emitiu um ruído baixo, vagamente como um soluço, quando viu meu peito. Quando observou meus seios, agora pesados e desejosos, com tanta intensidade que precisei abafar a súplica para esquecer aquele banho de vez.

Mas fingi não reparar quando desabotoei a calça e deixei que caísse no chão. Assim como a calcinha.

Os olhos de Rhys se incendiaram.

Dei um risinho, ousando olhar para sua calça. Para a prova do que, exatamente, aquilo fazia com meu parceiro, retesando o tecido preto com uma exigência impressionante.

— Pena que não tenha lugar para dois nesta banheira — cantarolei, simplesmente.

— Uma falha de projeto que consertarei amanhã mesmo. — A voz de Rhys saiu áspera, baixa... e deslizou mãos invisíveis por meus seios, entre minhas pernas.

Que a Mãe me salvasse. De alguma forma consegui caminhar, entrar na banheira. De alguma forma consegui me lembrar de como me banhar.

Rhys permaneceu recostado à porta o tempo todo, silenciosamente observando com aquela concentração irredutível.

Talvez eu tenha me demorado mais lavando certas áreas. E talvez tenha me certificado de que ele visse.

Rhys apenas se agarrou ao portal com tanta força que a madeira rangeu sob sua mão.

Mas não fez qualquer gesto de avanço, nem mesmo quando me sequei e escovei os cabelos embaraçados. Como se o controle também fosse parte do jogo.

Meus dedos expostos se dobraram sobre o piso de mármore quando apoiei a escova na pia, cada centímetro do corpo ciente de onde Rhys estava à porta, ciente dos olhos sobre mim no reflexo do espelho.

— Toda limpa — declarei, a voz rouca quando encarei os olhos de Rhys pelo espelho. Podia ter jurado que apenas escuridão e estrelas rodopiavam além de seus ombros. Com um piscar de olhos, elas sumiram. Mas a fome predatória no rosto de Rhys...

Eu me virei, os dedos levemente trêmulos ao segurar minha toalha em volta do corpo.

Rhys apenas estendeu a mão, os dedos incertos. Até mesmo a toalha parecia abrasiva contra minha pele sensível demais quando coloquei a mão na dele e os calos de Rhys me arranharam ao se fecharem sobre meus dedos. Queria que me arranhassem toda.

Mas Rhys apenas me levou para o quarto, passo após passo, os músculos das costas largas se contraindo sob a jaqueta. E, mais abaixo, o contorno suave e poderoso das coxas, da bunda de Rhys...

Eu o devoraria. Da cabeça aos pés. Eu o *devoraria*...

Mas Rhys parou diante da cama, soltando minha mão e me encarando a um passo de distância. E foi a expressão em seu rosto quando acompanhou um ponto ainda dolorido em minha bochecha que segurou o calor que ameaçava dilacerar meus sentidos.

Engoli em seco, os cabelos pingando no tapete.

— O hematoma está doendo?

— Quase sumiu. — Escuridão lampejou no quarto mais uma vez.

Observei aquele rosto perfeito. Cada linha e ângulo. O medo, e o ódio, e o amor; a sabedoria, e a esperteza, e a força.

Deixei que a toalha caísse no carpete.

Deixei que Rhys me olhasse de cima a baixo quando coloquei a mão em seu peito, seu coração tempestuoso sob minha palma.

— Pronta para ser invadida. — Minhas palavras não saíram com a arrogância que eu pretendia.

Não quando o sorriso de resposta de Rhys foi algo sombrio e cruel.

— Mal sei por onde começar. Tantas possibilidades.

Ele ergueu um dedo, e minha respiração acelerou conforme Rhys despreocupadamente traçou círculos em um de meus seios e, depois, no outro. Círculos cada vez menores.

— Eu poderia começar por aqui — murmurou ele.

Apertei as coxas. Rhys reparou no movimento, e aquele sorriso sombrio aumentou. E logo antes de seu dedo chegar à ponta de meu seio, logo antes de Rhys me dar aquilo por que eu estava prestes a implorar, o dedo deslizou para cima, por meu peito, meu pescoço, meu queixo. Até a boca.

Ele acompanhou o formato de meus lábios com o dedo, o toque como um sussurro.

— Ou poderia começar por aqui — murmurou ele, deslizando a ponta do dedo para dentro de minha boca.

Não consegui evitar fechar os lábios em volta de Rhys, evitar passar a língua em seu dedo.

Mas Rhys tirou o dedo com um gemido baixo, seguindo para baixo. Pelo pescoço. Peito. Por cima de um mamilo. Ele parou ali, beliscou de leve, e então acariciou o pequeno machucado.

Eu estava trêmula agora, quase incapaz de continuar de pé enquanto o dedo de Rhys continuava além de meu seio.

Ele fez desenhos em minha barriga, observando meu rosto ao ronronar:

— Ou...

Não conseguia pensar além daquele único dedo, aquele único ponto de contato que descia mais e mais, até onde eu o queria.

— Ou? — Consegui sussurrar.

Rhys abaixou a cabeça, os cabelos deslizaram sobre o rosto conforme ele observou — nós dois observamos — o dedo largo se aventurar para baixo.

— Ou eu poderia começar por aqui — disse ele, as palavras guturais e ásperas.

Eu não me importava; não enquanto Rhys arrastava aquele dedo até meu centro. Não enquanto circulava aquele ponto, suave e provocativamente.

— Aqui seria bom — observou ele, com a respiração irregular. — Ou talvez até aqui — concluiu Rhys, e mergulhou aquele dedo dentro de mim.

Gemi, segurando seu braço, e minhas unhas se enterraram nos músculos abaixo... músculos que se tensionavam conforme ele empurrava aquele dedo uma, duas vezes. Então, Rhys o deslizou para fora e cantarolou, as sobrancelhas erguidas:

— Então? Por onde começo, Feyre querida?

Eu mal conseguia formar palavras, pensamentos. Mas... estava farta de brincar.

Então, peguei aquela mão infernal, levando-a até meu coração, e a coloquei ali, em parte sobre a curva do seio. Encontrei os olhos encobertos de Rhys quando falei as palavras que sabia que seriam sua perdição naquele joguete, as palavras que subiam por dentro de mim a cada fôlego.

— Você é meu.

Isso arrebentou o controle de Rhys.

As roupas sumiram — todas —, e a boca de Rhys se inclinou sobre a minha.

Não foi um beijo carinhoso. Não foi suave e exploratório.

Foi de reivindicação, selvagem e descontrolado; foi uma libertação. E seu gosto... o calor de Rhys, a carícia exigente da língua contra a minha... Casa. Eu estava *em casa*.

Minhas mãos dispararam para os cabelos de Rhys, puxando-o para mais perto quando respondi cada um dos beijos incandescentes com os meus, incapaz de me saciar, incapaz de tocar e sentir o suficiente de meu parceiro.

Pele contra pele, ele me empurrou até a cama, as mãos apertando minha bunda conforme eu passava minhas mãos pela suavidade aveludada de Rhys, por cada ponto liso rígido e por cada ondulação. As lindas e poderosas asas de Rhys se abriram às costas, expandindo-se antes de se fecharem por completo.

Minhas coxas atingiram a cama atrás de nós, e Rhys parou, trêmulo. Ele me deu tempo para reconsiderar, mesmo agora. Meu coração se apertou, mas afastei a boca da sua. Encarei Rhys de volta quando me deitei nos lençóis brancos e recuei aos poucos.

Alcancei a cabeceira da cama, até que estivesse nua diante dele. Até que eu observasse a extensão considerável e orgulhosa de meu parceiro e que meu interior se revirasse em resposta.

— Rhys — sussurrei, o nome como uma súplica em minha língua.

As asas de Rhys se abriram, o peito inflou quando estrelas brilharam em seus olhos. E foi o anseio ali — sob o desejo, sob a necessidade —, foi o anseio naqueles lindos olhos que me fez fitar as montanhas tatuadas em seus joelhos.

A insígnia da corte de Rhys... de nossa corte. A promessa de que ele não se ajoelharia para ninguém e nada além da própria coroa.

E de mim.

Meu... ele era *meu*. Mandei esse pensamento pelo laço.

Nada de jogos, sem mais delongas — eu o queria sobre mim, dentro de mim. *Precisava* senti-lo, abraçá-lo, compartilhar meu fôlego com Rhys. Ele ouviu o limiar do desespero, sentiu pelo laço de parceria que fluía entre nós.

Os olhos de Rhys não deixaram os meus quando meu parceiro subiu na cama, cada movimento gracioso como um felino das planícies à espreita. Entrelaçando nossos dedos, com a respiração irregular, Rhys usou um joelho para indicar que minhas pernas se abrissem, e então se acomodou entre elas.

Com cuidado, amor, Rhys deitou nossas mãos unidas ao lado de minha cabeça quando entrou em mim e me suspirou ao ouvido:

— Você também é minha.

Com o primeiro toque de Rhys, avancei para reivindicar sua boca. Passei a língua pelos dentes de meu parceiro, engolindo seu gemido de prazer quando seus quadris ondularam com avanços suaves conforme ele se impulsionava para dentro, cada vez mais fundo.

Casa. Isso era *casa*.

E depois que Rhys introduziu até a base, quando parou para deixar que eu me acomodasse a sua totalidade, achei que poderia explodir em luar e chamas, achei que poderia morrer com a mera força do que percorreu meu corpo.

Minha respiração estava envolta em soluços quando enterrei os dedos às costas de Rhys, e ele se afastou levemente para observar meu rosto. Para ler o que estava ali.

— Nunca mais — prometeu Rhys ao recuar e então se impulsionar de volta para dentro com uma lentidão torturante. Ele beijou minha testa, minha têmpora. — Minha querida Feyre.

Além das palavras, movi os quadris, incitando-o para que entrasse mais profundamente, com mais força. Rhys obedeceu.

A cada movimento, a cada fôlego partilhado, cada carinho e gemido sussurrados, aquele laço de parceria escondido tão longe dentro de mim ficava mais brilhante. Mais evidente.

E quando mais uma vez se iluminou com um brilho adamantino, o êxtase percorreu meu corpo em uma cascata, levando minha pele a brilhar como uma estrela recém-nascida ao passar.

Ao ver isso, bem no momento que passei o dedo pelo ponto sensível dentro de suas asas, Rhys gritou meu nome e encontrou seu prazer.

Eu o segurei durante cada suspiro ofegante, eu o segurei quando Rhys por fim ficou imóvel, demorando-se dentro de mim, e saboreei a sensação de sua pele na minha.

Durante longos minutos, permanecemos ali, entrelaçados, ouvindo nossa respiração se igualar, e o som era mais afinado que qualquer música.

Depois de um tempo, Rhys ergueu o peito o suficiente para tomar minha mão. Para examinar as tatuagens ali. Ele beijou um dos arabescos de tinta azul quase preta.

Rhys engoliu em seco.

— Senti sua falta. Cada segundo, cada respiração. Não apenas disso — explicou ele, movendo os quadris para dar ênfase e arrancando um gemido do fundo de minha garganta. — Mas... de conversar com você. De rir com você. Senti falta de tê-la em minha cama, mas senti ainda mais falta de tê-la como amiga.

Meus olhos arderam.

— Eu sei — consegui falar, lhe acariciando as asas, as costas. — Eu sei. — Beijei o ombro exposto de Rhys, bem por cima de um arabesco de tatuagem illyriana. — Nunca mais — prometi a Rhys, e sussurrei diversas vezes conforme a luz do sol se movia pelo chão.

Capítulo 15

Minhas irmãs estavam morando na Casa do Vento desde que chegaram a Velaris.

Não saíram do palácio construído na parte superior de um dos platôs debruçados sobre a cidade. Não pediram por nada, ou por ninguém.

Portanto, eu iria até elas.

Lucien aguardava na sala de estar quando Rhys e eu descemos por fim, pois meu parceiro dera a ordem silenciosa para que retornassem.

Não era surpresa que Cassian e Azriel estivessem *casualmente* sentados na sala de jantar diante do corredor, almoçando e observando cada fôlego de Lucien. Cassian lançou um sorriso irônico para mim, erguendo as sobrancelhas.

Disparei um olhar de aviso a ele, desafiando-o a fazer um comentário. Azriel, ainda bem, apenas chutou Cassian por debaixo da mesa.

Cassian olhou para Azriel boquiaberto, como se para declarar: *Eu não ia dizer nada*, quando me aproximei do arco aberto que dava para a sala de estar. Lucien se levantou.

Lutei contra o tremor que me percorreu quando parei sob o portal. Lucien ainda vestia as roupas imundas e gastas da viagem. O rosto e as mãos, pelo menos, estavam limpos, mas... Eu deveria lhe ter entregue outra roupa. Me lembrado de oferecer...

O pensamento se dissolveu quando Rhys surgiu a meu lado.

Lucien não se incomodou em esconder a leve retração dos lábios.

Como se pudesse ver o laço de parceria brilhando entre mim e Rhys.

Os olhos de Lucien — tanto o avermelhado quanto o dourado — percorreram meu corpo. Minhas mãos.

Foram até o de prata com a safira em forma de estrela, brilhante como o céu, agora em meu dedo. Um anel simples de prata estava no dedo equivalente de Rhys.

Nós os colocamos nas mãos um do outro antes de descer — mais íntimo e marcante que qualquer voto feito em público.

Eu disse a Rhys antes de o fazermos que estava quase disposta a colocar seu anel no chalé da Tecelã e obrigá-lo a ir buscar.

Rhys riu e disse que, se eu realmente julgasse necessário o ajuste de contas, talvez pudesse encontrar alguma outra criatura para que ele enfrentasse — uma que não sentisse prazer em remover *minha* parte preferida do corpo do Grão-Senhor. Eu apenas beijei Rhys, murmurando algo sobre ele ser convencido demais, e coloquei o anel escolhido por ele, comprado ali em Velaris enquanto eu estava fora, em seu dedo.

Qualquer felicidade e risadas remanescentes daquele momento, daqueles votos silenciosos... Elas se encolheram como folhas em um incêndio quando Lucien olhou com desprezo para nossos anéis. Para o quanto estávamos próximos. Engoli em seco.

Rhys também reparou. Era impossível não ver.

Meu parceiro se inclinou contra o arco entalhado e falou para Lucien:

— Presumo que Cassian ou Azriel tenham explicado que, se ameaçar alguém nesta casa, neste território, lhe mostraremos formas de morrer jamais imaginadas.

De fato, os illyrianos deram risinhos de onde estavam, à entrada da sala de jantar. Azriel era de longe o mais assustador dos dois.

Algo se revirou em meu estômago diante da ameaça... da agressão sutil e mansa.

Lucien era — fora — meu amigo. Não era meu inimigo, não totalmente...

— Mas — continuou Rhys, colocando as mãos nos bolsos — entendo como esse último mês deve ter sido difícil para você. Sei que Feyre explicou que não somos exatamente como os boatos sugerem... — Tinha deixado Rhys entrar em minha mente antes de descermos, mostrado a ele tudo o que acontecera na Corte Primaveril. — Mas ouvir e ver são coisas diferentes. — Rhys gesticulou com um dos ombros. —

Elain está sendo bem cuidada. A participação de minha cunhada na vida aqui foi uma escolha completamente pessoal. Ninguém além de nós e alguns criados de confiança entraram na Casa do Vento.

Lucien permaneceu em silêncio.

— Eu estava apaixonado por Feyre — confessou Rhys, em voz baixa — muito antes de ela corresponder ao sentimento.

Lucien cruzou os braços.

— Que sorte ter conseguido o que queria no final.

Fechei os olhos por um segundo.

Cassian e Azriel ficaram imóveis, esperando a ordem.

— Direi isto apenas uma vez — avisou o Grão-Senhor da Corte Noturna. Até mesmo Lucien estremeceu. — Suspeitava que Feyre fosse minha parceira antes de sequer saber de seu envolvimento com Tamlin. E quando descobri... Se aquilo a fizesse feliz, eu estava disposto a recuar.

— Você foi até nossa casa e a roubou no dia do casamento.

— Eu ia cancelar o casamento — interrompi, dando um passo na direção de Lucien. — Você sabia disso.

Rhysand continuou antes que Lucien pudesse disparar uma resposta:

— Eu estava disposto a perder minha parceira para outro macho. Estava disposto a deixar que se casassem, se isso lhe trouxesse felicidade. Mas não estava disposto a permitir seu sofrimento. A deixar que se dissolvesse em uma sombra. E assim que aquele merda destruiu o escritório, assim que ele *a trancafiou naquela casa*... — As asas de Rhys se abriram, e Lucien se sobressaltou.

Rhys exibiu os dentes. Meus braços e minhas pernas ficaram leves, estremecendo diante do poder sombrio que se enroscava nos cantos da sala. Não de medo — jamais de medo dele. Mas diante do controle perdido quando Rhys grunhiu para Lucien:

— Minha parceira pode um dia conseguir perdoar Tamlin. Perdoar você. Mas eu jamais me esquecerei da sensação do *terror* de Feyre naqueles momentos. — Minhas bochechas coraram, principalmente quando Cassian e Azriel se aproximaram, aqueles olhos cor de avelã agora cheios de uma mistura de simpatia e ódio.

Eu jamais falara sobre aquilo com eles; sobre o que acontecera naquele dia em que Tamlin tinha destruído o escritório, ou no dia em que me selou dentro da mansão. Jamais perguntei a Rhys se ele os tinha informado. Pela fúria que ondulava de Cassian, o ódio frio que escorria de Azriel... Eu achava que não.

Lucien, para seu crédito, não recuou um passo. De Rhys ou de mim e dos illyrianos.

A esperta raposa enfrenta a morte alada. A pintura lampejou em minha mente.

— Então, de novo, direi isto apenas uma vez — prosseguiu Rhys, cuja expressão se suavizou em uma calma letal, me arrastando das cores, e da luz, e das sombras agrupadas em minha mente. — Feyre não desonrou ou traiu Tamlin. Eu revelei o laço de parceria meses depois, e ela me esfolou por isso, não se preocupe. Mas agora que encontrou sua parceira em uma situação semelhante, tente, talvez, entender a sensação. E, se não quiser se dar esse trabalho, então espero que seja esperto o suficiente para manter a boca fechada, porque, da próxima vez que olhar para minha parceira com tal desdém e nojo, não me importarei de explicar de novo, só rasgarei seu pescoço.

Rhys disse isso tão tranquilamente que levei um segundo para registrar a ameaça. Para que ela se assentasse em mim, como uma pedra atirada em um lago.

Lucien apenas trocou o peso do corpo entre os pés. Cauteloso. Refletindo. Contei os segundos, debatendo o quanto eu interferiria se ele dissesse algo realmente estúpido, quando ele por fim murmurou:

— Há uma história mais longa a ser contada, ao que parece.

Resposta inteligente. O ódio recuou do rosto de Rhys, e os ombros de Cassian e de Azriel relaxaram levemente.

Apenas uma vez, dissera Lucien a mim, durante aqueles dias em fuga. Era tudo o que ele queria; ver Elain apenas uma vez.

E então... Eu precisaria pensar no que fazer com ele. A não ser que meu parceiro já tivesse algum plano em ação.

Um olhar para Rhys, que ergueu as sobrancelhas como se dissesse *Ele é todo seu*, me mostrou que a decisão era minha. Mas até então... pigarreei.

— Vou ver minhas irmãs na Casa — avisei a Lucien, e os olhos do feérico se voltaram para os meus, o de metal semicerrou e rangeu. Obriguei um sorriso sombrio a estampar meu rosto. — Gostaria de vir?

Lucien sopesou a oferta — e os três machos monitoraram cada piscar de olhos e cada respiração.

Lucien apenas assentiu. Outra decisão inteligente.

Partimos em minutos, e a breve caminhada até o telhado do solar serviu como o tour de Lucien por minha casa. Não me dei o trabalho de apontar os quartos. Lucien obviamente não pediu que eu o fizesse.

Azriel nos deixou quando decolamos para os céus, murmurando que tinha um negócio urgente a tratar. Pelo olhar de raiva que Cassian lhe deu, me perguntei se o encantador de sombras teria inventado aquilo para evitar carregar Lucien até a Casa do Vento, mas o aceno de cabeça sutil de Rhys para Azriel me disse o suficiente.

Havia, de fato, questões urgentes. Planos em ação, como sempre. E, depois que terminasse a visita a minhas irmãs... Obteria minhas respostas.

Então, Cassian carregou um Lucien de expressão inexpressiva para os céus, e Rhys me pegou nos braços, disparando graciosamente conosco para o azul sem nuvens.

A cada batida de asa, a cada inspiração profunda da brisa de limão com maresia... algum nó em meu corpo se afrouxava.

Como se cada batida de asas nos levasse para mais perto da Casa que pairava acima de Velaris. Para minhas irmãs.

✣

A Casa do Vento fora entalhada na pedra vermelha e aquecida pelo sol dos platôs que pairavam sobre uma ponta da cidade, com inúmeras varandas e pátios se projetando sobre a queda de 300 metros até o leito do vale. As ruas sinuosas de Velaris fluíam direto para a encosta íngreme da própria montanha, e, serpenteando por ela, entremeava-se o Sidra, uma faixa reluzente e clara ao sol do meio-dia.

Quando aterrissamos na varanda que se projetava além de nossa sala de jantar habitual, com Cassian e Lucien logo atrás de nós, deixei que aquilo fosse absorvido: a cidade, o rio e o mar distantes, as montanhas irregulares do outro lado de Velaris e o azul incandescente do céu acima. E a Casa do Vento, meu outro lar. Irmã grandiosa e formal do solar na cidade — nossa casa *pública*, eu supunha. Onde fazíamos reuniões e recebíamos convidados que não eram da família.

Uma alternativa muito mais agradável comparada a minha outra residência. A Corte dos Pesadelos. Pelo menos lá eu podia ficar no palácio de pedra da lua, no alto da montanha, sob o qual a Cidade Escavada fora construída. Embora as pessoas que eu governaria... Eu as afastei do pensamento quando arrumei a trança, prendendo mechas que haviam sido libertadas pelo vento suave que Rhys permitira entrar por seu escudo enquanto voávamos.

Lucien apenas caminhou até o parapeito da varanda e encarou boquiaberto. Eu não o culpava.

Olhei por cima do ombro para onde Rhys e Cassian estavam agora. Rhys ergueu uma sobrancelha.

Espere do lado de dentro.

O sorriso de Rhys foi afiado. *Para que não tenha testemunhas quando o empurrar do parapeito?*

Lancei a ele um olhar de incredulidade e caminhei até Lucien, o murmúrio de Rhys para Cassian sobre tomar uma bebida na sala de jantar foi a única indicação de sua partida. Isso e a abertura e o fechamento quase silenciosos das portas de vidro que davam para a sala de jantar. A mesma onde eu conhecera a maioria deles — minha nova família.

Eu me aproximei de Lucien, o vento soltava mechas dos cabelos ruivos de seu laço, na altura da nuca.

— Não era isso o que eu esperava — disse Lucien, observando a imensidão de Velaris.

— A cidade ainda está se reconstruindo depois do ataque de Hybern.

Os olhos de Lucien desceram para o parapeito entalhado da varanda.

— Embora não tenhamos participado daquilo... Sinto muito. Mas... não foi o que eu quis dizer. — Ele olhou para trás de nós, para onde Rhys e Cassian esperavam dentro da sala de jantar, agora com bebidas na mão, recostados muito casualmente contra a imensa mesa de carvalho no centro.

Ficaram intensamente interessados em algum ponto ou mancha na superfície entre eles.

Olhei feio para os dois, mas deixei para lá. E apesar de minhas irmãs estarem esperando do lado de dentro, apesar de o anseio por vê-las ser tão tangível que eu não me surpreenderia se uma corda me puxasse para a Casa, eu disse a Lucien:

— Rhys salvou minha vida no Calanmai.

Então, contei a ele. Tudo; a história que talvez o ajudasse a entender. E perceber o quanto Elain estava realmente segura... o quanto *ele* agora estava. Por fim, chamei Rhys para explicar a própria história — e ele deu os detalhes mais básicos a Lucien. Nada das partes vulneráveis e tristes que tinham me deixado em lágrimas naquele chalé na montanha. Mas formava uma imagem bastante elucidativa.

Lucien não disse nada enquanto Rhys falava. Ou quando continuei meu conto, com Cassian se intrometendo frequentemente com a própria versão de como fora viver com duas pessoas que eram parceiras, mas ainda não parceiras de fato, como fora fingir que Rhys não estava me cortejando, como fora me receber em seu pequeno círculo.

Não sabia quanto tempo tinha se passado quando terminamos, embora Rhys e Cassian tivessem usado o tempo para desavergonhadamente bronzear as asas recostados ao parapeito da varanda aberta. Interrompi nossa história em Hybern — no dia em que voltei para a Corte Primaveril.

O silêncio recaiu, e Rhys e Cassian se foram de novo, entendendo as emoções que enchiam os olhos de Lucien; o significado do longo suspiro que ele exalou.

Quando estávamos sozinhos, Lucien esfregou os olhos.

— Já vi Rhysand fazer coisas tão... terríveis, já o vi bancar o príncipe da escuridão diversas vezes. E, no entanto, você me diz que foi tudo mentira. Uma máscara. Tudo para proteger este lugar, este povo. E eu teria rido de você por acreditar nisso, mas... esta cidade existe. Intocada, ou pelo menos até recentemente, suponho. Nem mesmo as cidades da Corte Crepuscular são tão lindas quanto esta.

— Lucien...

— E você o ama. E ele... ele realmente a ama. — Lucien passou a mão pelo cabelo vermelho. — E todas essas pessoas que passei meus séculos odiando, temendo até... Elas são sua família.

— Acho que Amren provavelmente negaria que sente alguma afeição por nós...

— Amren é uma história para dormir que nos contavam quando éramos crianças a fim de que nos comportássemos. Que Amren beberia meu sangue e me carregaria para o inferno se eu fizesse malcriação. E, no entanto, aqui está ela, agindo mais como uma tia velha e rabugenta que qualquer coisa.

— Nós não... nós não usamos protocolo e patentes aqui.

— Obviamente. Rhys mora em um *solar*, pelo Caldeirão. — Lucien gesticulou para indicar toda a cidade.

Não sabia o que responder, então, fiquei quieta.

— Não tinha percebido que eu era um vilão em sua narrativa — sussurrou Lucien.

— Você não era. — Não completamente.

O sol dançava no mar distante, transformando o horizonte em uma extensão reluzente de luz.

— Ela não sabe nada a seu respeito. Apenas o básico contado por Rhys: você é filho de um Grão-Senhor, serve à Corte Primaveril. E que me ajudou Sob a Montanha. Nada mais.

Não acrescentei que Rhys me contou que minha irmã não tinha perguntado nada a respeito de Lucien.

Enrijeci o corpo.

— Eu gostaria de vê-las primeiro. Sei que está ansioso...

— Apenas vá em frente — interrompeu Lucien, apoiando os antebraços no parapeito de pedra da varanda. — Venha me buscar quando estiver pronta.

Quase dei um tapinha em seu ombro — quase disse algo reconfortante.

Mas as palavras me falharam quando segui para o interior escuro da Casa.

✢

Rhys dera a Nestha e Elain uma suíte com quartos conectados, tudo com vista para a cidade, o rio e as montanhas além.

Mas foi na biblioteca da família que Rhys rastreou Nestha.

Havia uma tensão contida e afiada como lâmina em Cassian quando nós três descemos as escadas da Casa, os corredores de pedra vermelha mal iluminados e ecoando o farfalhar das asas de Cassian e o leve uivo do vento que chacoalhava cada janela. Uma tensão que ficou mais forte a cada passo na direção das portas duplas da biblioteca. Eu não havia perguntado se tinham se visto, ou se falado, desde aquele dia em Hybern.

Cassian não ofereceu informação alguma.

E eu podia ter perguntado a Rhys pelo laço, caso ele não tivesse aberto uma das portas.

Caso eu não tivesse imediatamente visto Nestha aninhada em uma poltrona, com um livro nos joelhos, parecendo — pela primeira vez — *não* muito como ela mesma. Casual. Talvez relaxada.

Perfeitamente satisfeita por estar sozinha.

Assim que meus sapatos se arrastaram no piso de pedra, ela ficou imediatamente de pé, enrijecendo as costas, fechando o livro com um estampido abafado. Mas os olhos azul-acinzentados nem sequer se arregalaram quando me viram.

Quando eu a observei.

Nestha era linda quando era uma mulher humana.

Como Grã-Feérica, era devastadora.

Pelo total silêncio com que Cassian estava parado a meu lado, me perguntei se ele achava o mesmo.

Nestha usava um vestido cor de estanho, de modelo simples, mas de material sofisticado. Os cabelos estavam trançados no alto da cabeça, destacando o pescoço longo e pálido — um pescoço para o qual os olhos de Cassian se voltaram e depois, rapidamente, se afastaram quando Nestha nos olhou de cima a baixo e disse para mim:

— Você voltou.

Com aquele penteado, os cabelos lhe escondiam as orelhas pontiagudas. Mas não havia nada que escondesse a graça etérea quando Nestha deu um passo. Quando a concentração mais uma vez se voltou para Cassian, minha irmã acrescentou:

— O que você quer?

Senti o golpe, como um soco no estômago.

— Pelo menos a imortalidade não mudou algumas coisas a seu respeito.

O olhar de Nestha foi completamente gélido.

— Esta visita tem um motivo, ou posso voltar a meu livro?

A mão de Rhys roçou a minha em um consolo silencioso. Mas o rosto... severo como pedra. E achando ainda menos graça.

Mas Cassian caminhou até Nestha, com um meio sorriso no rosto. Ela ficou imóvel quando ele pegou o livro, leu o título e riu.

— Não imaginei que fosse fã de romances.

Nestha lançou um olhar fulminante para Cassian.

Ele folheou as páginas e falou para mim:

— Você não perdeu muita coisa enquanto esteve fora destruindo nossos inimigos, Feyre. Em grande parte, foi assim.

Nestha se voltou para mim.

— Você... conseguiu?

Trinquei o maxilar.

— Veremos como as coisas vão se desenrolar. Eu me certifiquei de que Ianthe sofresse. — Ao indício de ódio e medo que tomou os olhos de Nestha, corrigi: — Mas não o suficiente.

Olhei para sua mão — aquela que Nestha tinha apontado para o rei de Hybern. Rhys mencionara que não havia sinal de que minhas irmãs tivessem poderes especiais. Mas, naquele dia em Hybern, quando Nestha abriu os olhos... Eu vi. Vi algo grandioso e terrível dentro deles.

— E, de novo, por que está aqui? — Nestha arrancou o livro de Cassian, que permitiu que ela o fizesse, mas continuou sentado ao lado de minha irmã. Observando cada fôlego, cada piscar de olhos.

— Queria vê-la — admiti baixinho. — Ver como estava.

— Ver se aceitei meu tipo e fiquei grata por ter me tornado um *deles*?

Enrijeci a coluna.

— Você é minha irmã. Vi quando a feriram. Queria saber se estava bem.

Uma risada baixa e amarga. Mas Nestha se virou para Cassian, olhou para ele de cima a baixo, como uma rainha em um trono, e então declarou para todos nós:

— Por que me importaria? Poderei ser jovem e linda para sempre, e nunca mais preciso voltar para aqueles tolos bajuladores do outro lado da muralha. Posso fazer o que quiser, pois aparentemente ninguém aqui tem qualquer apreço por regras, ou modos, ou nossas tradições. Talvez eu *devesse* lhe agradecer por ter me arrastado para isto.

Rhys colocou a mão em minha lombar antes que as palavras atingissem o alvo.

Nestha riu com escárnio.

— Mas não sou eu quem você deveria ver. Tinha tão pouco a perder do outro lado da muralha quanto tenho aqui. — Ódio ondulou por suas feições, tanto ódio que me senti enjoada. Nestha sibilou: — Ela não sai do quarto. Não para de chorar. Não come, dorme ou bebe.

O maxilar de Rhys tensionou.

— Perguntei diversas vezes se você precisava...

— Por que deveria permitir que qualquer um de *vocês* — a última palavra foi disparada contra Cassian com tanto veneno quanto o de uma víbora — chegasse perto dela? Não é da conta de ninguém, apenas nossa.

— O parceiro de Elain está aqui — falei.

E foi a coisa errada a dizer na presença de Nestha.

Ela ficou branca de ódio.

— Ele não é tal coisa para ela — grunhiu minha irmã, avançando contra mim o suficiente para que Rhys erguesse um escudo entre nós. Como se ele também tivesse visto o poder magnífico nos olhos de Nestha naquele dia em Hybern. E não soubesse como se manifestaria.

— Se trouxer aquele *macho* para perto de Elain, eu vou...

— Vai o quê? — cantarolou Cassian, seguindo Nestha com passadas casuais quando ela parou a pouco mais de um metro de mim. Cassian ergueu uma sobrancelha para minha irmã quando ela se virou para ele. — Você não me acompanha para treinar, então, certamente não vai se defender em uma luta. Não fala sobre seus poderes, então, certamente não conseguirá usá-los. E você...

— Cale a boca — disparou Nestha, parecendo uma imperatriz conquistadora em toda a sua glória. — Eu disse para ficar bem longe de mim, e se você...

— Se você se puser entre um macho e sua parceira, Nestha Archeron, vai aprender quais são as consequências do jeito mais difícil.

As narinas de Nestha se dilataram. Cassian apenas deu um sorriso torto para ela.

— Se Elain não estiver disposta — interrompi. — Não o verá. Não vou obrigá-la a esse encontro. Mas ele quer vê-la, Nestha. Pedirei por ele, mas a decisão será dela.

— O macho que nos vendeu para Hybern.

— É mais complicado que isso.

— Bem, certamente será mais complicado quando papai voltar e vir que sumimos. O que planeja contar a *ele* sobre tudo isso?

— Considerando que não manda notícias do continente há meses, vou me preocupar com isso depois — repliquei. E agradeci ao Caldeirão por aquilo... por ele estar fora, negociando em algum território lucrativo.

Nestha apenas balançou a cabeça, voltando-se para a poltrona e o livro.

— Não me importo. Faça o que quiser.

Uma dispensa ofensiva, ou até a afirmação de que ainda confiava em mim o suficiente para considerar as necessidades de Elain primeiro. Rhys gesticulou com o queixo para Cassian em uma ordem silenciosa para sair, e, quando os segui, eu disse, em voz baixa:

— Sinto muito, Nestha.

Ela não respondeu ao se sentar rigidamente na poltrona, pegar o livro e prontamente nos ignorar. Um tapa na cara teria sido melhor.

Quando olhei adiante, vi Cassian também encarando Nestha.

Eu me perguntei por que ninguém havia ainda mencionado o que agora brilhava nos olhos de Cassian enquanto ele olhava minha irmã.

A tristeza. E o desejo.

✠

A suíte estava banhada em sol.

Cada cortina fora aberta ao máximo para deixar entrar toda a luz solar possível.

Como se qualquer resquício de escuridão fosse abominável e precisasse ser afugentada.

E sentada em uma pequena cadeira diante da mais ensolarada das janelas, de costas para nós, estava Elain.

Enquanto Nestha parecia em um silêncio satisfeito antes de a encontrarmos, o silêncio de Elain era... oco.

Vazio.

O cabelo estava solto — nem mesmo trançado. Eu não conseguia me lembrar da última vez que o vira solto. Elain usava um penhoar de seda branco como a lua.

Não olhou, falou ou sequer se moveu quando entramos.

Os braços magros demais repousavam sobre a cadeira. Aquele anel de noivado de ferro ainda lhe envolvia o dedo.

A pele de Elain estava tão pálida que parecia neve fresca sob a luz intensa.

Percebi então que a cor da morte, da tristeza, era o branco.

A falta de cor. Ou de animação.

Deixei Cassian e Rhys à porta.

O ódio de Nestha era melhor que aquela casca.

Aquele vazio.

Prendi o fôlego quando dei a volta pela cadeira. Olhei para a vista da cidade, para a qual Elain olhava tão inexpressivamente.

Então, vi as bochechas macilentas, os lábios pálidos, os olhos castanhos antes intensos e calorosos, e agora completamente apagados. Como terra de sepultura.

Elain nem mesmo me olhou quando eu disse, baixinho:

— Elain?

Não ousei esticar a mão para a dela.

Não ousei me aproximar demais.

Eu tinha feito aquilo. Eu causara aquilo a elas...

— Voltei — acrescentei, um pouco inerte. Inutilmente.

— Quero ir para casa. — Foi tudo o que Elain falou.

Fechei os olhos, meu peito estava insuportavelmente apertado.

— Eu sei.

— Ele deve estar procurando por mim — sussurrou ela.

— Eu sei — repeti. Não Lucien, não era dele que ela falava.

— Deveríamos nos casar na semana que vem.

Levei uma das mãos ao peito, como se isso fosse frear a rachadura ali.

— Sinto muito.

Nada. Nem mesmo um lampejo de emoção.

— Todos ficam repetindo isso. — O polegar de Elain tocou o anel em seu dedo. — Mas não adianta nada, não é?

Eu não conseguia inspirar ar suficiente. Não conseguia... não conseguia *respirar*, olhando para aquela coisa quebrada e vazia em que minha irmã se transformara. O que eu lhe roubara, o que tomara de Elain...

Rhys se aproximou, seu braço deslizou por minha cintura.

— Há algo que possamos trazer para você, Elain? — Ele falou com tanto carinho que quase não suportei.

— Quero ir para casa — repetiu ela.

Eu não podia perguntar... sobre Lucien. Não agora. Ainda não.

Eu me virei, totalmente pronta para fugir e desabar por completo em outro quarto, em outra parte da Casa. Mas Lucien estava de pé à porta.

E pela devastação em seu rosto, eu soube que Lucien ouvira cada palavra. Vira, ouvira e sentira o vazio e o desespero que irradiavam dela.

Elain sempre fora doce e meiga — e eu havia considerado isso um tipo de força diferente. Uma força melhor. De olhar para a aspereza do mundo e escolher, diversas vezes, amar, ser gentil. Ela sempre fora muito cheia de luz.

Talvez por isso agora mantivesse todas as cortinas abertas. Para preencher o vazio que existia onde toda aquela luz antes estivera.

E agora nada restava.

Capítulo 16

Rhysand silenciosamente guiou Lucien para a suíte que ele ocuparia, do outro lado da Casa do Vento. Cassian e eu seguimos, e nenhum de nós falou até que meu parceiro abrisse duas portas de ônix e revelasse uma sala de estar ensolarada, entalhada de mais pedra vermelha. Além da parede de janelas, a cidade fluía abaixo, e a vista se estendia até as montanhas distantes e irregulares e o mar reluzente.

Rhys parou no centro de um tapete azul como a meia-noite, tecido à mão, e indicou as portas seladas à esquerda.

— Quarto. — Ele gesticulou com a mão preguiçosa na direção da única porta na parede oposta. — Banheiro.

Lucien observou tudo com indiferença fria. O que sentia a respeito de Elain, o que planejava fazer... eu não queria perguntar.

— Presumo que precisará de roupas — continuou Rhys, assentindo para o casaco e a calça imundos de Lucien, os quais ele vestira durante a última semana enquanto sobrevivíamos pelos territórios. De fato, aquilo era... sangue manchando diversos pontos. — Alguma preferência por modelo?

Isso chamou a atenção de Lucien, e o macho se moveu o suficiente para observar Rhys... para notar Cassian e eu espreitando à porta.

— Há um custo?

— Se está tentando dizer que não tem dinheiro, não se preocupe, as roupas são de graça. — Rhys deu um meio sorriso a Lucien. — Se está tentando perguntar se é algum tipo de suborno... — Um gesto de ombros. — Você é filho de Grão-Senhor. Seria grosseiro não o abrigar e vestir em um momento de necessidade.

Lucien fechou a cara.

Pare de provocá-lo, disparei pelo laço.

Mas é tão divertido, foi a resposta ronronada.

Algo o abalara. Abalara tanto Rhys que provocar Lucien era um modo fácil de se acalmar. Eu me aproximei, e Cassian permaneceu atrás de mim quando falei para Lucien:

— Voltaremos para o jantar em algumas horas. Descanse um pouco... tome banho. Se precisar de algo, puxe aquela corda perto da porta.

Lucien enrijeceu; não por causa do que falei, percebi, mas pelo tom. Uma anfitriã. Mas ele perguntou:

— E quanto a... Elain?

A decisão é sua, respondeu Rhys.

— Preciso pensar a respeito — respondi, simplesmente. — Até decidir o que fazer com ela, com Nestha, fique longe das duas. — Acrescentei, talvez ríspida demais: — Esta casa é protegida contra travessias, tanto de fora quanto aqui de dentro. Há uma saída, as escadas para a cidade. Ela também é protegida e vigiada. Por favor, não faça nenhuma burrice.

— Então, sou um prisioneiro?

Eu conseguia sentir a resposta na ponta da língua de Rhys, mas balancei a cabeça.

— Não. Mas entenda que, embora seja seu parceiro, Elain é *minha* irmã. Farei o que for preciso para protegê-la de mais males.

— Eu jamais a feriria.

Um tipo de sinceridade direta nas palavras.

Eu apenas assenti, suspirando, e encarei Rhysand de volta, com um pedido silencioso.

Meu parceiro não deu indicação de minha súplica não proferida quando falou:

— Está livre para andar por onde quiser, para a própria cidade se quiser enfrentar as escadas, mas há duas condições: não deve levar nenhuma das irmãs, e não deve entrar no andar de ambas. Se quiser um livro da biblioteca, pedirá aos criados. Se quiser falar com Elain ou Nestha, também pedirá aos criados, que nos pedirão. Se quebrar essas regras, vou trancar você num quarto com Amren.

Então, Rhys se virou, levando as mãos aos bolsos e oferecendo o braço flexionado para mim, mas falei para Lucien:

— Nós o veremos em algumas horas.

Estávamos quase na porta, Cassian já no corredor, quando Lucien disse para mim:

— Obrigado.

Não ousei perguntar pelo quê.

Voamos direto para o apartamento de Amren, e mais que algumas pessoas acenaram quando sobrevoamos os telhados de Velaris. Meu sorriso não foi fingido quando acenei de volta — meu povo. Rhys apenas me segurou com um pouco mais de força enquanto eu fazia isso, e seu sorriso brilhava tão alegre quanto o sol no Sidra.

Mor e Azriel já estavam esperando dentro do apartamento de Amren, sentados, como crianças emburradas, no divã em frangalhos contra a parede enquanto a fêmea de cabelos pretos folheava livros espalhados pelo chão a seu redor.

Mor me lançou um olhar agradecido e aliviado quando entramos, e o rosto do próprio Azriel não revelava nada enquanto ele estava de pé, mantendo uma distância cautelosa e casual demais ao lado da feérica. Mas foi Amren quem falou, do chão:

— Você deveria matar Beron e os filhos, e colocar o bonitão como Grão-Senhor da Outonal, com ou sem esse exílio autoimposto. Facilitaria a vida.

— Vou considerar isso — disse Rhys, caminhando na direção de Amren enquanto eu permanecia com os demais. Se estavam afastados de propósito... Amren devia estar num daqueles humores.

Suspirei.

— Quem mais acha uma ideia terrível deixar os três sozinhos na Casa do Vento?

Cassian levantou o braço quando Rhys e Mor riram. O general do Grão-Senhor falou:

— Dou uma hora a ele antes de tentar vê-la.

— Trinta minutos — replicou Mor, sentando-se de volta no divã e cruzando as pernas.

Eu me retraí.

— Garanto que Nestha está agora montando guarda sobre Elain. Acho que pode sinceramente matá-lo se Lucien tentar tocá-la.

— Não sem treinamento, ela não pode — grunhiu Cassian, fechando as asas ao ocupar o assento ao lado de Mor, que Azriel deixara vago. O encantador de sombras nem sequer olhou para o lugar. Não, Azriel apenas caminhou até a parede ao lado de Cassian e se recostou no painel de madeira.

Mas Rhys e os demais ficaram calados o suficiente para que eu soubesse que deveria prosseguir com cautela ao perguntar a Cassian:

— Nestha falou como se você tivesse subido até a casa... com frequência. Ofereceu treiná-la?

Os olhos cor de avelã de Cassian estremeceram quando ele cruzou os tornozelos calçados em botas, alongando os músculos diante do corpo.

— Subo dia sim, dia não. É um bom exercício para minhas asas. — Aquelas asas se moveram para dar ênfase. Nem um arranhão as maculava.

— E?

— E o que viu na biblioteca é uma versão mais agradável da conversa que sempre temos.

Os lábios de Mor se contraíram em uma linha fina, como se ela estivesse fazendo o possível para *não* dizer nada. *Azriel* estava fazendo o possível para lançar um olhar de aviso a Mor e lembrá-la de manter a boca fechada. Como se já tivessem discutido aquilo. Muitas vezes.

— Eu não a culpo — disse Cassian, dando de ombros apesar das palavras. — Ela foi... violada. O corpo deixou de pertencer totalmente a ela. — O maxilar de Cassian trincou. Nem mesmo Amren ousou dizer algo. — E vou esfolar a pele do rei de Hybern até os ossos da próxima vez que o vir.

Os Sifões reluziram em resposta.

— Tenho certeza de que o rei gostará muito da experiência — falou Rhys, casualmente.

Cassian fez cara de raiva.

— É sério.

— Ah, não tenho dúvida de que seja. — Os olhos violeta de Rhys ficavam estonteantes à meia-luz do apartamento. — Mas, antes de se perder nos planos de vingança, lembre-se de que temos uma guerra a planejar primeiro.

— Canalha.

Um dos cantos da boca de meu parceiro se levantou. E... Rhys o estava alfinetando, provocando Cassian até que perdesse a calma, para evitar que aquela frágil ponta de culpa o consumisse. Os demais deixaram que Rhys assumisse a tarefa, e provavelmente tinham feito o mesmo diversas vezes nas últimas semanas.

— Com certeza sou — respondeu Rhys. — Mas a verdade ainda é que a vingança é secundária à vitória nessa guerra.

Cassian abriu a boca, como se fosse continuar discutindo, mas Rhys olhou para os livros espalhados no exuberante tapete.

— Nada? — perguntou ele a Amren.

— Não sei por que mandou esses dois paspalhos — um olhar semicerrado na direção de Mor e Azriel — para me monitorar. — Então, era para cá que Azriel tinha vindo, direto ao apartamento. A fim de, sem dúvida, poupar Mor de suportar a Obrigação Amren sozinha. Mas o tom de voz de Amren... ranzinza, sim, mas talvez com um pouco de afronta também. Para espantar aquele brilho frágil dos olhos de Cassian.

— Não estamos monitorando você — garantiu Mor, batendo com o pé no tapete. — Estamos monitorando o Livro.

E quando ela falou... Eu senti. Ouvi.

Amren tinha colocado o Livro dos Sopros na mesa de cabeceira.

Uma taça de sangue velho sobre ele.

Não sabia se ria ou estremecia. O tremor venceu quando o Livro murmurou: *Olá, mentirosa do rosto doce, princesa com...*

— Ah, cale a boca — sibilou Amren na direção do livro, que... calou a boca. — Coisa odiosa — murmurou ela, e retornou ao exemplar diante de si.

Rhys me deu um sorriso sarcástico.

— Desde que as duas metades do livro foram reunidas, ele tem... falado vez ou outra.

— O que ele diz?

— Só baboseiras — disparou Amren, olhando com raiva para o livro. — Só gosta de se ouvir falar. Como a maioria das pessoas tumultuando meu apartamento.

Cassian sorriu com deboche.

— Alguém se esqueceu de alimentar Amren de novo?

Ela apontou um dedo de aviso para ele, sem erguer o rosto.

— Há um motivo, Rhysand, para ter arrastado seu bando tagarela para minha casa?

A casa era pouco mais que um sótão gigante revertido, mas nenhum de nós ousou discutir quando Mor, Cassian e Azriel finalmente se aproximaram, formando um pequeno círculo em torno da bagunça de Amren no centro da sala.

— A informação que obteve com Dagdan e Brannagh — disse Rhys para mim — confirma o que estávamos coletando nós mesmos enquanto esteve fora. Principalmente os potenciais aliados de Hybern em outros territórios, no continente.

— Abutres — murmurou Mor, e Cassian pareceu disposto a concordar.

Mas Rhys... Rhys estivera de fato espionando, enquanto Azriel estivera...

Rhys sorriu.

— Eu *sei* permanecer escondido, parceira.

Olhei para ele com raiva, mas Azriel interrompeu.

— Ter os movimentos de Hybern confirmados por você, Feyre, era tudo de que precisávamos.

— Por quê?

Cassian cruzou os braços.

— Mal temos chance de sobreviver aos exércitos de Hybern sozinhos. Se os exércitos de Vallahan, Montesere e Rask se aliarem a eles... — Cassian gesticulou, formando uma linha diante do pescoço.

Mor acotovelou o general nas costelas. Cassian a cutucou de volta e Azriel balançou a cabeça para os dois, com sombras se enroscando na ponta das asas.

— Esses três territórios são... tão poderosos assim? — Talvez fosse uma pergunta tola, que mostrava o quão pouco eu sabia sobre as terras feéricas no continente...

— Sim — respondeu Azriel, sem qualquer julgamento nos olhos cor de avelã. Vallahan tem números, Montesere tem dinheiro, e Rask... é grande o suficiente para ter ambos.

— E não temos potenciais aliados entre outros territórios além-mar?

Rhys puxou um fio solto no punho do casaco preto.

— Não que estejam dispostos a velejar até aqui e ajudar.

Meu estômago se revirou.

— E quanto a Miryam e Drakon? — Rhys certa vez se recusara a considerar, mas... — Você lutou por Miryam e Drakon há séculos — argumentei. Ele fizera muito mais que isso, se Jurian dizia a verdade. — Talvez esteja na hora de cobrar essa dívida.

Mas Rhys balançou a cabeça.

— Tentamos. Azriel foi até Cretea. — A ilha onde Miryam, Drakon e os povos humanos e feéricos unificados viveram secretamente durante os últimos cinco séculos.

— Estava abandonada — revelou Azriel. — Em ruínas. Sem qualquer sinal do que aconteceu ou de para onde foram.

— Acha que Hybern...

— Não havia sinal de Hybern, de qualquer mal — interrompeu Mor, com a expressão tensa. Também tinham sido amigas... durante a guerra. Miryam e Drakon e as rainhas humanas que fizeram o tratado ser assinado. E era preocupação, preocupação verdadeira e profunda, que faiscava nos olhos castanhos de Mor. Nos olhos de todos.

— Então, acha que souberam sobre Hybern e fugiram? — perguntei. Drakon tinha uma legião alada, Rhys me dissera certa vez. Se havia qualquer chance de encontrá-los...

— O Drakon e a Miryam que conheci não teriam fugido... não disso — respondeu Rhys.

Mor se inclinou para a frente, os cabelos dourados caindo sobre os ombros.

— Mas com Jurian se tornando uma peça nesse conflito... Miryam e Drakon, gostem ou não disso, sempre estiveram ligados a ele. Não os culpo por fugirem, se Jurian de fato está à caça dos dois.

O rosto de Rhys ficou imóvel por um segundo.

— Essa é a vantagem que o rei de Hybern tem sobre Jurian — murmurou ele. — Por isso Jurian trabalha para ele.

Minha sobrancelha se franziu.

— Miryam morreu; uma lança lhe atravessou o coração durante aquela última batalha no mar — explicou Rhys. — Ela sangrou até a morte enquanto era carregada para a segurança. Mas Drakon sabia de uma ilha sagrada, oculta, na qual um objeto de grande e terrível poder fora escondido. Um objeto feito pelo próprio Caldeirão, dizia a lenda. Ele levou Miryam até lá, para Cretea, usou o objeto para ressuscitá-la, torná-la imortal. Como você foi Feita, Feyre.

Amren tinha dito... meses antes. Que Miryam fora *Feita*, como eu fui. Ela pareceu lembrar também, pois disse:

— O rei de Hybern deve ter prometido a Jurian usar o Caldeirão para rastrear o objeto. Até onde Miryam e Drakon agora vivem. Talvez eles tenham chegado a essa conclusão e fugiram o mais rápido possível. E por vingança, por aquele ódio insano que tomava Jurian... ele faria o que o rei de Hybern pedisse. Para que pudesse matar Miryam com as próprias mãos.

— Mas para onde foram? — Olhei para Azriel, o encantador de sombras ainda de pé, com uma quietude sobrenatural, contra a parede. — Não encontrou qualquer vestígio de para onde podem ter desaparecido?

— Nenhum — respondeu Rhys por ele. — Enviamos mensageiros de volta desde então... sem sucesso.

Esfreguei o rosto, afastando aquele pingo de esperança.

— Então, se não são um aliado possível... Como evitamos que aqueles outros territórios no continente se juntem a Hybern, que enviem os exércitos até aqui? — Estremeci. — Esse é nosso plano, não é?

Rhys abriu um sorriso sem muito humor.

— É. Um no qual vínhamos trabalhando enquanto você estava fora. — Esperei, tentando não caminhar de um lado para o outro enquanto os olhos prateados de Amren pareceram brilhar com interesse. — Observei Hybern primeiro. O povo de lá. O melhor que pude.

Ele *fora* até Hybern...

Rhys sorriu diante da minha expressão preocupada.

— Esperava que Hybern tivesse algum conflito interno para explorar, para fazer com que desabasse de dentro para fora. Esperava que o povo talvez não quisesse essa guerra, talvez a visse como onerosa, perigosa e desnecessária. Mas quinhentos anos naquela ilha, com pouco comércio, pouca oportunidade... O povo de Hybern está faminto por mudanças. Ou melhor... pelo retorno dos velhos tempos, quando tinham humanos escravizados para fazer o trabalho, quando não havia barreiras que os mantivessem longe do que agora veem como seu direito.

Amren fechou o livro que estava folheando.

— Tolos. — Ela balançou a cabeça, cabelos pretos oscilando, ao me olhar com expressão de raiva. — A riqueza de Hybern escasseia há séculos. A maioria de suas rotas de comércio antes da Guerra incluía o Sul, a Terra Sombria. Mas, depois que o controle passou para os humanos... Não sabemos se o rei de Hybern deliberadamente deixou de estabelecer novas rotas de comércio e oportunidades para o povo para que um dia pudesse fomentar essa guerra, ou se era apenas não enxergou bem e deixou que tudo se arruinasse. Há séculos, o povo de Hybern está apodrecendo. Hybern *permitiu* que o ressentimento pela crescente estagnação e pela pobreza apodrecesse.

— Há muitos Grão-Feéricos — disse Mor, com cautela — que acreditavam antes da Guerra, e ainda acreditam agora, que humanos... que eles são propriedade. Muitos Grão-Feéricos tinham grandes privilégios graças àqueles escravizados. Quando aquele privilégio lhes foi arrancado, quando foram forçados a deixar as terras natais, ou forçados a abrir espaço para outros Grão-Feéricos, a reestruturar territórios, a criar novos acima daquela muralha... Eles não se esqueceram daquele ódio, mesmo séculos depois. Ainda mais em lugares como Hybern, onde o território e a população permaneceram praticamente intocados pela mudança. Era um dos poucos que não precisaram ceder terras à muralha, e não entregaram nenhuma terra aos territórios feéricos que naquele momento buscavam um novo lar. Isolados, mais pobres, sem escravizados para fazer o trabalho... Hybern há muito tempo vê os dias antes da Guerra como uma era de ouro. E os séculos desde então, como uma idade das trevas.

Esfreguei o peito.

— São todos loucos de pensarem assim.

Rhys assentiu.

— Sim, certamente são. Mas não se esqueça de que o rei encorajou essas visões limitadas de mundo. Não expandiu suas rotas de comércio, não permitiu que outros territórios tomassem qualquer parte de sua terra e levasse a própria cultura. Considerou onde as coisas deram errado para os Legalistas na Guerra. Como, por fim, se renderam, não por terem sido sobrepujados, mas porque começaram a discutir entre si. Hybern teve muito, muito tempo para pensar nesses erros. E em como evitá-los a todo custo. Então, o rei se certificou de que o povo fosse completamente a favor desta guerra, completamente a favor da ideia da queda da muralha, porque acham que isso de alguma forma vai restabelecer essa... visão próspera do passado. O povo de Hybern vê o rei e os exércitos não como conquistadores, mas como libertadores dos Grão-Feéricos e daqueles a seu lado.

Náusea revirou meu estômago.

— Como alguém pode *acreditar* nisso?

Azriel passou a mão coberta de cicatrizes pelos cabelos.

— É o que temos descoberto. Ouvindo em Hybern. E em territórios como Rask, Montesere e Vallahan.

— Nós serviremos de exemplo, menina — explicou Amren. — Prythian. Estávamos entre os mais destemidos defensores e negociadores do Tratado. Hybern quer reivindicar Prythian não apenas para abrir caminho até o continente, mas para mandar uma mensagem do que acontece com territórios de Grão-Feéricos que defendem o Tratado.

— Mas é óbvio que outros territórios protegeriam Prythian — retruquei, observando os rostos ao redor.

— Não tantos quanto esperávamos — admitiu Rhys, estremecendo. — Há muitos, até demais, que também se sentiram esmagados e sufocados durante esses séculos. Querem as antigas terras de volta, abaixo da muralha, e o poder e a prosperidade que vinham com elas. Sua visão do passado foi deturpada por quinhentos anos de lutas para se ajustar e prosperar.

— Talvez tenhamos feito um desserviço a eles — ponderou Mor — ao não partilhar o suficiente de nossa riqueza, de nosso território. Talvez sejamos culpados por permitir que parte disso decaísse e apodrecesse.

— Isso está aberto a discussão — disse Amren, gesticulando com a mão delicada. — A questão é que não estamos diante de um exército determinado a destruir. Estão determinados a executar o que acreditam ser *libertação*. De Grão-Feéricos sufocados pela muralha, e do que acreditam que ainda lhes pertence.

Engoli em seco.

— Então, como os outros territórios entram na história... os três que Hybern afirma que se aliarão a ele? — Olhei de Rhys para Azriel. — Você disse que... esteve lá?

Rhys deu de ombros.

— Lá, em Hybern, nos outros territórios... — Ele deu uma piscadinha ao ver minha boca escancarada. — Precisava me manter ocupado para não sentir sua falta.

Mor revirou os olhos e Cassian disse:

— Não podemos deixar que aqueles três territórios se aliem a Hybern. Se enviarem exércitos a Prythian, será nosso fim.

— Então, o que faremos?

Rhys encostou no dossel entalhado da cama de Amren.

— Nós os temos mantido ocupados. — Ele indicou Azriel com o queixo. — Plantamos informações, verdades e mentiras, e uma mistura das duas, para que descubram. E também espalhamos algumas entre nossos velhos aliados, que agora hesitam em nos apoiar. — O sorriso de Azriel parecia uma pincelada branca. Mentiras e verdades que o encantador de sombras e seus espiões tinham plantado nas cortes estrangeiras.

Franzi a testa.

— Andou colocando os territórios do continente uns contra os outros?

— Estávamos nos certificando de que eles se mantivessem ocupados uns com os outros — argumentou Cassian, com uma pontada de humor cruel brilhando nos olhos cor de avelã. — Nos certificando de que inimigos antigos e nações rivais de Rask, Vallahan e Montesere tenham subitamente recebido informações que as deixaram preocupadas com relação a um ataque. E que as fizeram aumentar as próprias defesas. O que, por sua vez, fez com que Rask, Vallahan e Montesere começassem a olhar para as próprias fronteiras em vez de para as nossas.

— Se nossos aliados da Guerra estiverem assustados demais para vir até aqui lutar — disse Mor, cruzando os braços sobre o peito —, então... contanto que estejam mantendo os outros ocupados, evitando que velejem até *aqui*... não nos importamos.

Eu os encarei atônita. Olhei para Rhys.

Genial. Totalmente genial mantê-los tão concentrados e amedrontados uns com os outros a ponto de ficarem longe.

— Então... eles não virão?

— Só podemos torcer — respondeu Amren. — E esperar que lidemos com isso rápido o bastante para que não descubram nosso ardil.

— E quanto às rainhas humanas? — Mordi a ponta do polegar. — Devem saber que nenhum acordo com Hybern acabaria em vantagem para elas.

Mor apoiou os antebraços nas coxas.

— Quem sabe o que Hybern prometeu a elas, sobre o que mentiu? Ele já garantiu imortalidade pelo Caldeirão em troca da cooperação das rainhas. Se foram tolas o suficiente para concordar com isso, então sem dúvida já lhe abriram os portões.

— Mas não temos certeza disso — replicou Amren. — E nada disso explica por que andam tão quietas... trancafiadas naquele palácio.

Rhys e Azriel balançaram a cabeça em uma confirmação silenciosa. Eu os observei, vi a diversão se dissipar.

— Vocês ficam furiosos, não ficam? Por ninguém ter conseguido entrar naquele palácio.

Um grunhido baixo dos dois antes que Azriel murmurasse:

— Não faz ideia.

Amren apenas emitiu um estalo com a língua, focando os olhos puxados em mim.

— Aqueles comandantes de Hybern foram tolos ao revelar os planos com relação a quebrar a muralha. Ou talvez soubessem como a informação chegaria até nós, e seu mestre quer nos deixar confusos.

Inclinei a cabeça.

— Está falando de destruir a muralha pelos buracos já existentes?

Um aceno do queixo marcado quando Amren indicou os livros ao redor.

— É um feitiço complexo, uma brecha na magia que sela a muralha.

— E deixa implícito — explicou Mor, franzindo a testa intensamente — que algo pode estar faltando no Caldeirão.

Ergui as sobrancelhas, refletindo.

— Porque o Caldeirão deveria conseguir derrubar aquela muralha sozinho, certo?

— Certo — respondeu Rhysand, caminhando até o Livro na mesa de cabeceira. Não ousou tocá-lo. — Por que se dar o trabalho de buscar aqueles buracos para ajudar o Caldeirão quando poderia libertar o poder do artefato e acabar com tudo?

— Talvez tenha exaurido seu poder ao transformar minhas irmãs e aquelas rainhas.

— É provável — disse Rhys, caminhando de volta a meu lado. — Mas, se ele vai explorar aquelas fendas na muralha, precisamos encontrar uma forma de *consertá-las* antes que possa agir.

— Existem feitiços para remendar? — perguntei a Amren.

— Estou buscando — respondeu ela, entre dentes. — Ajudaria se *alguém* arrastasse a bunda até a biblioteca para fazer mais pesquisa.

— Estamos à disposição — replicou Cassian, com uma reverência debochada.

— Eu não sabia que podia ler — disse Amren, com doçura.

— Pode ser uma tarefa inútil — interrompeu Azriel, antes que Cassian pudesse dar a reposta que dançava em seus olhos. — Fazer com que nos concentremos na muralha como uma armadilha... enquanto ele ataca por outra direção.

Fiz uma careta para o Livro.

— Por que simplesmente não tentar anular o Caldeirão de novo?

— Porque quase a matou da última vez — retrucou Rhys, com uma voz calma e contida que me disse o bastante: de maneira alguma arriscaria outra tentativa.

Eu me aprumei.

— Não estava preparada em Hybern. Nenhum de nós estava. Se tentasse de novo...

Mor interrompeu.

— Se tentasse de novo, poderia muito bem matá-la. Sem falar que precisaríamos de fato *chegar* ao Caldeirão, o que não é uma opção.

— O rei — elucidou Azriel, diante de minha sobrancelha franzida — não permite que o Caldeirão saia de sua vista. E o protegeu com mais feitiços e armadilhas que da última vez. — Abri a boca para protestar, mas o encantador de sombras acrescentou: — Já estudamos essa opção. Não é um caminho viável.

Acreditei; a sinceridade pura naqueles olhos castanhos foi confirmação o bastante de que tinham refletido exaustivamente.

— Bem, se é arriscado demais anular o Caldeirão — ponderei —, então, será que *eu* posso de alguma forma consertar a muralha? Se a muralha foi feita *por* feéricos reunidos, e minha magia é uma mistura de tantos...

Amren considerou no silêncio que recaiu.

— Talvez. A relação seria tênue, mas... sim, talvez você pudesse remendá-la. Embora suas irmãs, forjadas diretamente pelo próprio Caldeirão, possam carregar o tipo de magia que nós...

— Minhas irmãs não se envolverão nisso.

Outro segundo de silêncio, interrompido apenas pelo farfalhar das asas de Azriel.

— Pedi que ajudassem uma vez, e vejam o que aconteceu. Não vou colocar as duas em risco de novo.

Amren riu com escárnio.

— Soa exatamente como Tamlin.

Senti as palavras como um golpe.

Rhys deslizou a mão contra minhas costas, tendo surgido tão rápido que não o vi se mover. Mas, antes que pudesse responder, Mor falou em voz baixa:

— Nunca mais repita esse tipo de idiotice, Amren.

Não havia nada na expressão de Mor além de calma fria... fúria.

Nunca a vira tão... aterrorizante. Ficara furiosa com as rainhas mortais, mas aquilo... Aquele era o rosto da terceira na hierarquia do Grão-Senhor.

— Se está ranzinza porque está com fome, então nos diga — continuou Mor, com aquela quietude gélida. — Mas, se repetir algo assim de novo, vou jogá-la no maldito Sidra.

— Gostaria de vê-la tentar.

Um pequeno sorriso foi a única resposta de Mor.

Amren voltou a atenção para mim.

— Precisamos de suas irmãs, se não para isso, então para convencer outros a se juntarem a nós, convencê-los sobre o risco. Pois qualquer potencial aliado poderia ter... dificuldades em acreditar em nós depois de tantos anos de mentiras.

— Peça desculpas — disse Mor.

— Mor — murmurei.

— *Peça desculpas* — sibilou Mor para Amren.

Amren não disse nada.

Mor deu um passo na direção de Amren, e eu falei:

— Ela está certa.

As duas me olharam com as sobrancelhas erguidas.

Engoli em seco.

— Amren está certa. — Eu me afastei do toque de Rhys, percebendo que ele tinha ficado em silêncio para permitir que eu decidisse. Permitir que eu descobrisse como lidar com as duas, como família, mas, acima de tudo, como sua Grã-Senhora.

O rosto de Mor se contraiu, mas balancei a cabeça.

— Eu posso... perguntar a minhas irmãs. Ver se têm algum tipo de poder. Ver se estariam dispostas a... a falar com outros sobre o que suportaram. Mas não as obrigarei a ajudar, se não quiserem participar. A escolha será delas. — Olhei para meu parceiro, o macho que sempre me deu escolha, não como um presente, mas como meu próprio maldito *direito*. Os olhos violeta de Rhys brilharam com compreensão. — Mas mostrarei nosso... desespero.

Amren bufou, mal passava de uma ave de rapina eriçando as penas.

— Concessão, Amren — ronronou Rhys. — Isso se chama fazer uma concessão.

Ela o ignorou.

— Se quer começar a convencer suas irmãs, tire-as da Casa. Ficar entocada nunca ajudou ninguém.

— Não tenho certeza se Velaris está pronta para Nestha Archeron — comentou Rhys, baixinho.

— Minha irmã não é um animal selvagem — disparei.

Rhys se encolheu um pouco, e os outros subitamente acharam o tapete, o divã, os livros incrivelmente fascinantes.

— Não quis dizer dessa forma.

Não respondi.

Mor franziu a testa em reprovação para Rhys, que eu sentia me observar com cautela, mas me perguntou:

— E quanto a Elain?

Eu me movi levemente, afastando as palavras que ainda pairavam entre nós.

— Posso perguntar, mas... ela pode não estar pronta para estar perto de tanta gente. — Expliquei. — Estariam se casando na semana que vem.

— É o que ela continua dizendo, diversas e diversas vezes — resmungou Amren.

Voltei um olhar de raiva a ela.

— Cuidado. — Amren piscou para mim, surpresa. Mas continuei: — Então, precisamos encontrar uma forma de remendar a muralha antes que Hybern use o Caldeirão para quebrá-la. E travar essa guerra antes de qualquer outro território se juntar ao ataque de Hybern. E, por fim, pegar o próprio Caldeirão. Mais alguma coisa?

Rhys falou atrás de mim, a própria voz cuidadosamente casual:

— Isso resume tudo. Assim que uma força puder ser reunida, enfrentaremos Hybern.

— As legiões illyrianas estão quase prontas — respondeu Cassian.

— Não — disse Rhys. — Quis dizer uma força maior. Uma força não somente da Corte Noturna, mas de toda Prythian. Nossa única chance decente de encontrar aliados nesta guerra.

Nenhum de nós falou, nenhum de nós se moveu quando Rhys disse, simplesmente:

— Amanhã, convites serão enviados a todos os Grão-Senhores de Prythian. Para uma reunião em duas semanas. Está na hora de vermos quem está do nosso lado. E de nos certificar de que entendem as consequências se não ficarem.

Capítulo 17

Deixei Cassian me carregar para a Casa duas horas depois, apenas porque ele admitiu que ainda estava trabalhando para fortalecer as asas e que o esforço era necessário.

O calor ondulava das telhas e da pedra vermelha conforme planamos alto acima delas, a brisa do mar parecia um beijo fresco contra meu rosto.

Mal havíamos terminado de discutir, trinta minutos antes; paramos apenas quando o estômago de Mor roncou tão alto quanto um trovão. Passamos o tempo avaliando as vantagens de onde nos reunirmos e de quem levar para o encontro com os Grão-Senhores.

Os convites seriam enviados no dia seguinte; mas não especificariam o endereço da reunião. Era inútil escolher um lugar, dissera Rhys, pois os Grão-Senhores sem dúvida recusariam a escolha inicial e responderiam com a própria escolha de local. Só tínhamos escolhido o dia e a hora — as duas semanas eram uma garantia contra a discussão que sem dúvida se seguiria. O restante... Precisaríamos nos preparar para qualquer possibilidade.

Rapidamente voltamos para a casa na cidade a fim de trocar de roupa antes de voltarmos à Casa, e encontrei Nuala e Cerridwen esperando em meu quarto, com sorrisos nos rostos sombreados.

Abracei as duas, ainda que o cumprimento de Rhys tivesse sido menos... entusiasmado. Não porque desgostava das meio-espectros, mas...

Eu tinha me irritado com Rhys. No apartamento de Amren. Ele não parecera contrariado, no entanto... Eu o senti me observando cautelosamente nas últimas horas. Isso fizera com que fosse... estranho olhar para Rhys. Tão estranho que perdi um pouco do apetite que aumentava constantemente. Já tinha desafiado Rhys antes, mas... Não como Grã-Senhora. Não com o... tom de voz.

Então, não consegui perguntar a respeito enquanto Nuala e Cerridwen me ajudavam a me vestir e Rhys seguiu para o banheiro a fim de se lavar.

Não que eu precisasse me incomodar muito com requintes. Tinha escolhido a calça de couro illyriano, uma larga camisa branca... e um par de sandálias bordadas do qual Cassian debochara conforme voávamos.

Quando ele debochou pela terceira vez em dois minutos, belisquei o braço do guerreiro e falei:

— Está quente. Essas botas parecem abafadas.

Cassian ergueu as sobrancelhas, o retrato da inocência.

— Eu não disse nada.

— Você resmungou. *De novo.*

— Eu moro com Mor há quinhentos anos. Aprendi do jeito mais difícil a não questionar escolhas de calçados. — Ele deu um risinho. — Por mais que pareçam idiotas.

— É um jantar. A não ser que haja alguma batalha planejada para depois?

— Sua irmã estará lá... eu diria que é batalha o suficiente.

Estudei casualmente o rosto de Cassian, reparando no quanto ele se esforçava para manter as feições neutras, para manter o olhar fixo em qualquer lugar que não fosse meus olhos. Rhys voava por perto, longe o suficiente para ficar fora do alcance de nossas vozes quando eu disse:

— Você a usaria para saber se pode, de algum jeito, consertar a muralha?

Olhos cor de avelã dispararam para mim, determinados e límpidos.

— Sim. Não apenas para nós, mas... ela precisa sair da Casa. Precisa... — As asas de Cassian continuaram batendo estrondosamente, as partes novas só podiam ser reconhecidas pela ausência de cicatrizes. — Ela vai se destruir se permanecer entocada lá em cima.

Meu peito se apertou.

— Você... — Pensei em minhas palavras. — No dia em que Nestha foi transformada... Eu senti algo diferente nela. — Lutei contra a tensão nos músculos quando me lembrei daqueles momentos. Dos gritos, do sangue e da náusea enquanto observava minhas irmãs serem levadas contra a vontade, enquanto eu não podia fazer nada, enquanto nós...

Sufoquei o medo e a culpa.

— Foi como se... tudo o que ela era, aquele aço e aquele fogo... Como se fosse ampliado. De forma cataclísmica. Como... olhar para um gato doméstico e subitamente ver uma pantera sentada em seu lugar. — Balancei a cabeça, como se afastasse a memória da predadora, da raiva estampada naqueles olhos azul-acinzentados.

— Jamais me esquecerei daqueles momentos — confessou Cassian, em voz baixa, farejando ou sentindo como as lembranças libertavam o caos dentro de mim. — Enquanto viver.

— Viu algum lampejo daquilo desde então?

— Nada. — A Casa surgiu imponente, as luzes douradas sobre as paredes das janelas e das portas nos chamando para perto. — Mas consigo sentir... às vezes. — Ele acrescentou, com um pouco de rispidez: — Em geral, quando está com raiva de mim. O que é... na maioria das vezes.

— Por quê? — Os dois sempre se atracaram, mas aquilo... sim, a dinâmica entre Cassian e Nestha fora diferente mais cedo. Mais mordaz.

Cassian afastou os cabelos pretos dos olhos; as mechas estavam um pouco mais longas que da última vez que o vira.

— Acho que Nestha jamais me perdoará pelo que aconteceu em Hybern. A ela... mas, acima de tudo, a Elain.

— Suas asas estavam destroçadas. Mal estava vivo. — Cada uma das palavras de Cassian estava embebida em culpa, avassaladora e venenosa. Aquilo contra o que os demais lutavam no apartamento. — Não tinha como salvar ninguém.

— Fiz uma promessa a ela. — O vento embaraçava os cabelos de Cassian enquanto ele semicerrava os olhos para o céu. — E, quando mais importou, eu não a cumpri.

Ainda sonhava com Cassian tentando rastejar até Nestha, estendendo o braço para ela mesmo no estado semiconsciente em que a dor e a perda de sangue o haviam deixado. Como Rhysand certa vez fizera por mim durante aqueles últimos momentos com Amarantha.

Talvez apenas algumas batidas de asas nos separassem da ampla varanda de aterrissagem, mas perguntei:

— Por que se incomoda, Cassian?

Os olhos cor de avelã estremeceram quando aterrissamos suavemente. E achei que Cassian não responderia, principalmente quando ouviu os demais já na sala de jantar além da varanda, sobretudo quando Rhys aterrissou graciosamente ao lado e caminhou à frente depois de piscar um olho.

Mas Cassian respondeu, em voz baixa, enquanto nos dirigíamos para a sala de jantar:

— Porque não consigo ficar longe.

✠

Elain, nenhuma surpresa, não deixou o quarto.

Nestha, surpreendentemente, deixou o dela.

Não foi um jantar formal, de maneira alguma — embora Lucien, parado diante das janelas, observando o sol se pôr sobre Velaris, vestisse um refinado casaco verde, bordado com dourado, e calça cor de creme, que delineava coxas musculosas, além de botas pretas na altura dos joelhos, tão polidas que os lustres de luz feérica se refletiam no couro.

Lucien sempre tivera uma graciosidade casual nata, mas ali, naquela noite, com os cabelos presos para trás e o casaco abotoado até o pescoço, interpretava de fato o filho do Grão-Senhor. Bonito, poderoso, um pouco libertino — mas educado e elegante.

Eu me dirigi até Lucien enquanto os demais se serviam do vinho arejando em decantadores na velha mesa de madeira, bastante ciente de que, enquanto meus amigos conversavam, mantinham um dos olhos em mim. Lucien me analisou com o *dele* — minha roupa casual; então, olhou para os illyrianos e seus couros, para Amren, com o cinza habitual, para Mor, com o vestido vermelho esvoaçante, e então disse:

— Qual *é* o traje requerido?

Dei de ombros, entregando a ele a taça de vinho que havia trazido.

— É... o que tivermos vontade de usar.

Aquele olho dourado estalou e se semicerrou, e, depois, se voltou para a cidade adiante.

— O que você fez esta tarde?

— Dormi — respondeu Lucien. — Me lavei. Fiquei sentado.

— Amanhã de manhã posso levar você em um tour pela cidade — sugeri. — Se quiser.

Não importava que tivéssemos uma reunião para planejar. Uma muralha para restaurar. Uma guerra para travar. Eu podia separar metade de um dia. Mostrar a Lucien *por que* aquele lugar tinha se tornado meu lar, por que eu tinha me apaixonado por seu governante.

— Não precisa desperdiçar tempo me convencendo — falou Lucien, como se sentisse meus pensamentos. — Eu entendo. Entendo... Entendo que não éramos o que você queria. Ou do que precisava. Como nosso lar deve ter parecido pequeno e isolado depois que viu isto. — Ele indicou a cidade com o queixo, onde as luzes agora se acendiam contra o crepúsculo. — Quem poderia ser comparável a isso?

Quase respondi: *Não quer dizer* o que *seria comparável?*, mas segurei a língua.

A concentração de Lucien se desviou para trás de mim antes que respondesse — então, ele calou a boca. O olho de metal rangeu baixinho.

Acompanhei o olhar e tentei não ficar tensa quando Nestha entrou na sala.

Sim, *devastadora* era uma boa palavra para o quão linda minha irmã tinha se tornado como Grã-Feérica. E, com um vestido azul-escuro de manga comprida que lhe acentuava as curvas até beijar o chão, graciosamente, em uma cachoeira de tecido...

Cassian parecia ter levado um soco no estômago.

Mas Nestha olhou diretamente para mim, a luz feérica refletia os pentes prateados nos cabelos presos para o alto. Os demais, Nestha propositalmente ignorou, erguendo o queixo enquanto caminhava até nós. Rezei para que Mor e Amren, cujas sobrancelhas estavam erguidas, não dissessem nada...

— De *onde* veio esse vestido? — perguntou Mor, o vestido vermelho oscilando atrás do corpo quando ela flutuou até Nestha. Minha irmã parou subitamente, com os ombros tensos, preparando-se para...

Mas Mor já estava lá, passando os dedos pelo encorpado tecido azul, avaliando cada ponto.

— Quero um. — Ela fez biquinho. A tentativa, sem dúvida, de conseguir um convite para fazer compras comigo e aumentar o guarda-roupa. Como Grã-Senhora, eu precisaria de roupas... mais sofisticadas. Principalmente para aquela reunião. Minhas irmãs também.

Os olhos castanhos de Mor se voltaram para mim, e precisei lutar contra a esmagadora gratidão que fazia os meus olhos arderem conforme eu me aproximei das duas.

— Suponho que meu parceiro tenha desenterrado de algum lugar — respondi, olhando por cima do ombro para Rhys, que estava apoiado na beira da mesa de jantar, flanqueado por Az e Cassian, todos os três illyrianos fingindo não ouvir cada palavra conforme se serviam de vinho.

Enxeridos. Lancei a palavra pelo laço, e a risada sombria de Rhys ecoou em resposta.

— Ele leva todo o crédito pelas roupas — reclamou Mor, examinando o tecido da saia de Nestha enquanto minha irmã a monitorava, como um gavião — E nunca me conta onde as encontra. Ainda não me disse onde achou o vestido que Feyre usou na Queda das Estrelas. — Ela olhou com raiva por cima do ombro. — Canalha.

Rhys deu um risinho. Cassian, no entanto, não sorriu, cada poro fixo em Nestha e em Mor.

No que minha irmã faria.

Mor apenas examinou os pentes de prata nos cabelos de Nestha.

— Que bom que não usamos o mesmo tamanho, ou eu ficaria tentada a roubar esse vestido.

— Provavelmente do corpo dela — murmurou Cassian.

O risinho de resposta de Mor não foi reconfortante.

Mas a expressão de Nestha permanecia vazia. Fria. Ela olhou Mor de cima a baixo — reparando no vestido que expunha grande parte do tronco, das costas e do peito, e então, para a saia esvoaçante com faixas transparentes que revelavam lampejos das pernas de Mor. Escandaloso, para os padrões humanos.

— Felizmente para você — disse Nestha, simplesmente —, o sentimento não é mútuo.

Azriel pigarreou dentro da taça de vinho.

Mas Nestha apenas caminhou até a mesa e ocupou uma cadeira.

Mor piscou e me confidenciou, estremecendo ligeiramente:

— Acho que vamos precisar de muito mais vinho.

A coluna de Nestha enrijeceu. Mas ela não falou nada.

— Vou saquear os estoques — sugeriu Cassian, e desapareceu pelas portas do corredor interno rápido demais para ter sido casual.

Nestha enrijeceu o corpo um pouco mais.

Provocando minha irmã, cutucando-a para que se divertisse... Ocupei um assento ao lado de Nestha e murmurei:

— Eles têm boa intenção.

Nestha apenas passou o dedo pela louça de marfim e obsidiana, examinando os talheres com gavinhas de jasmim-da-noite entalhadas nos cabos.

— Não me importo.

Amren ocupou o assento diante de mim, no momento que Cassian retornou com uma garrafa em cada mão, e se encolheu. Amren disse a minha irmã:

— Você é uma figura.

Os olhos de Nestha se ergueram. Amren girou distraidamente uma taça de sangue, observando minha irmã, como um gato com um interessante brinquedo novo.

— Por que seus olhos brilham? — questionou Nestha, simplesmente. Pouca curiosidade; apenas a necessidade sincera de uma explicação. E sem medo. Nenhum.

Amren inclinou a cabeça.

— Sabe, nenhum desses enxeridos jamais me perguntou isso.

Os enxeridos tentavam não parecer muito preocupados. Como eu estava.

Nestha apenas esperou.

Amren suspirou, e os curtos cabelos pretos oscilaram.

— Eles brilham porque foi a única parte de mim que o feitiço de contenção não conseguiu acertar. O único lampejo do que espreita por baixo.

— E o que há por baixo?

Nenhum dos demais falou. Ou nem se moveu. Lucien, ainda perto da janela, estava extremamente pálido.

Amren passou um dedo pela borda da taça, a unha pintada de vermelho reluzia tão forte quanto o sangue dentro do recipiente.

— Também nunca ousaram me perguntar isso.

— Por quê?

— Porque não é educado perguntar, e têm medo.

Amren encarou Nestha, e minha irmã não hesitou. Não estremeceu.

— Somos iguais, você e eu — respondeu Amren.

Eu não tinha certeza se estava respirando. Pelo laço, não tinha certeza de que Rhys respirava também.

— Não na carne, não no que rasteja sob pele e ossos... — Os olhos incríveis de Amren se semicerraram. — Mas... vejo o núcleo, menina. — Amren assentiu, mais para si mesma que para qualquer outro. — Você não se encaixava... na moldura na qual a enfiaram. O caminho no qual nasceu e pelo qual foi forçada a trilhar. Tentou, mas não se encaixou, não *podia* se encaixar. E então, o caminho mudou. — Um pequeno aceno. — Eu sei... como é ser assim. Ainda lembro, mesmo que faça muito tempo.

Nestha dominara a sobrenatural quietude feérica muito mais rápido que eu. E ficou sentada ali, por alguns segundos, apenas encarando a estranha e delicada fêmea à frente, medindo as palavras, o poder que irradiava de Amren... E então, Nestha apenas disse:

— Não sei do que está falando.

Os lábios vermelhos de Amren se entreabriram em um sorriso largo, viperino.

— Quando entrar em erupção, menina, certifique-se de que isso seja sentido através dos mundos.

Um tremor desceu por minha pele.

— Amren, ao que parece — intercedeu Rhys —, andou tomando aulas de interpretação dramática no teatro no fim da rua de sua casa.

Ela lançou um olhar de irritação para Rhys.

— Estou falando sério, Rhysand...

— Tenho certeza de que está — respondeu ele, reivindicando o assento a minha direita. — Mas prefiro comer *algo* antes que nos faça perder o apetite.

A mão larga de Rhysand aqueceu meu joelho quando ele o segurou sob a mesa, apertando de forma reconfortante.

Cassian ocupou o assento do lado esquerdo de Amren, Azriel se sentou ao lado deste, e Mor se sentou diante de Azriel, o que deixava Lucien...

Lucien franziu a testa para o lugar restante, com a louça posta, na cabeceira na mesa, e, depois, para o lugar vazio diante de Nestha.

— Eu... você não deveria se sentar à cabeceira da mesa?

Rhys ergueu uma sobrancelha.

— Não me importo com onde se senta. Só me importo com comer algo agora — ele estalou os dedos — mesmo.

A comida, preparada no interior da Casa por cozinheiros que fiz questão de conhecer, surgiu pela mesa em bandejas, potes e tigelas.

Carne assada, diversos molhos, arroz e pão, legumes no vapor, recém-recolhidos das fazendas ao redor... quase suspirei diante dos aromas que me envolviam.

Lucien se sentou, parecendo que se empoleirava sobre um alfinete. Eu me inclinei para além de Nestha e expliquei a ele:

— Você se acostuma com isso... com a informalidade.

— Diz isso, Feyre querida, como se fosse algo ruim — comentou Rhys, se servindo de uma bandeja de truta à milanesa antes de passá-la para mim.

Revirei os olhos, passando alguns pedaços crocantes para meu prato.

— Fui pega de surpresa no primeiro jantar que todos fizemos, só para que saiba.

— Ah, eu sei. — Rhys sorriu.

Cassian gargalhou.

— Sinceramente — falei a Lucien, que, calado, encheu o prato de vagem amanteigada, mas não tocou na comida, talvez maravilhado com a simplicidade tão discrepante dos pratos rebuscados na Corte Primaveril. — Azriel é o único educado.

Alguns gritos de ultraje saíram de Mor e de Cassian, mas o fantasma de um sorriso dançou nos lábios do encantador de sombras quando ele abaixou a cabeça e puxou para si uma bandeja de beterrabas assadas salpicadas com queijo de cabra para si.

— Nem tente fingir que não é verdade — continuei.

— É evidente que é verdade — concordou Mor, com um suspiro alto. — Mas não precisa nos fazer parecer *trogloditas*.

— Achei que esse termo pareceria um elogio a você, Mor — disse Rhys, em tom brincalhão.

Nestha observava a troca de palavras como se fosse uma partida esportiva, disparando os olhos entre nós. Não estendeu a mão para comida alguma, então, tomei a liberdade de lhe servir colheradas de diversos pratos.

Ela também observou isso.

E, quando parei, prosseguindo depois para encher meu prato, Nestha falou:

— Entendo... o que quis dizer sobre a comida.

Levei um momento para me lembrar — para me lembrar daquela conversa específica na propriedade de nosso pai, quando Nestha e eu estávamos discutindo sobre as diferenças entre comida humana e feérica. Era igual no que dizia respeito a *o que* era servido, mas apenas tinha... um *gosto* melhor acima da muralha.

— Isso foi um elogio?

Nestha não devolveu o sorriso quando espetou alguns aspargos com o garfo e engoliu.

E achei que era uma hora tão boa quanto qualquer outra quando falei para Cassian:

— A que horas voltamos para o ringue de treino amanhã?

Numa atitude louvável, Cassian nem mesmo olhou para Nestha ao responder, com um sorriso preguiçoso:

— Eu diria ao alvorecer, mas, como estou bastante grato por estar de volta inteira, deixarei que durma até tarde. Vamos nos encontrar às 7 horas.

— Dificilmente chamo isso de dormir até tarde — respondi.

— Para um illyriano, é sim — murmurou Mor.

As asas de Cassian farfalharam.

— A luz do dia é um recurso precioso.

— Moramos na *Corte Noturna* — replicou Mor.

Cassian apenas fez uma careta para Rhys e Azriel.

— Eu disse que assim que aceitássemos fêmeas no grupo, só causariam problemas.

— Até onde me lembro, Cassian — replicou Rhys, com sarcasmo —, você chegou a dizer que precisava de um descanso da nossa cara feia, e que algumas *damas* acrescentariam uma beleza bastante necessária para a qual olhar o dia todo.

— Porco — respondeu Amren.

Cassian fez um gesto vulgar para ela, o que levou Lucien a engasgar com as vagens.

— Eu era um jovem illyriano e não sabia de nada — respondeu Cassian, e então apontou para Azriel com o garfo. — Não tente se dissipar nas sombras. Você disse a mesma coisa.

— Não disse — protestou Mor, e as sombras que Azriel, de fato, estivera sutilmente tecendo em torno de si, sumiram. — Azriel jamais disse algo tão horrível. Só você, Cassian. Só você.

O general dos exércitos do Grão-Senhor mostrou a língua. Mor devolveu o gesto.

Amren fez uma careta para Rhys.

— Seria sábio de sua parte deixar *os dois* em casa no dia da reunião com os demais, Rhysand. Só causarão problemas.

Ousei olhar para Lucien — apenas para avaliar sua reação.

O rosto de Lucien estava, de fato, controlado, no entanto... um indício de surpresa despontou ali. Cautela também, mas... surpresa. Arrisquei outro olhar para Nestha, mas ela observava o prato, ignorando prontamente os demais.

— Ainda está em aberto se eles se juntarão a nós — declarou Rhys. Lucien olhou para ele nesse momento, a curiosidade naquele único olho era inconfundível. Rhys reparou e deu de ombros. — Vai descobrir em breve, suponho. Convites serão enviados amanhã, chamando os Grão-Senhores para uma reunião sobre essa guerra.

A mão de Lucien apertou o garfo.

— Todos?

Eu não tinha certeza se falava de Tamlin ou do pai, mas Rhys assentiu mesmo assim.

Lucien refletiu.

— Posso oferecer um conselho não solicitado?

Rhys deu um risinho.

— Acho que é a primeira vez que qualquer um nesta mesa pergunta tal coisa.

Mor e Cassian mostraram a língua para ele.

Mas Rhys gesticulou a mão preguiçosamente para Lucien.

— Por favor, aconselhe.

Lucien observou meu parceiro, e, depois, a mim.

— Presumo que Feyre vá.

— Eu vou.

Amren bebericou da taça de sangue; o único som na sala enquanto Lucien refletia novamente.

— Está planejando esconder os poderes dela?

Silêncio.

— Isso é algo que eu planejava discutir com minha parceira — respondeu Rhys, por fim. — É de opinião contrária ou favorável, Lucien?

Ainda havia algo afiado no tom de voz de Rhys, algo que era apenas um pouco cruel.

Lucien me observou de novo, e foi difícil não me encolher.

— Meu pai se juntaria a Hybern na maior tranquilidade se achasse que lhe daria uma chance de retomar o poder dele dessa forma, matando você.

Rhys emitiu um grunhido.

— Mas seus irmãos me viram — argumentei, apoiando o garfo. — Talvez pudessem ter achado que as chamas eram suas, mas o gelo...

Lucien indicou Azriel com o queixo.

— É essa a informação que precisa obter. O que meu pai sabe... se meus irmãos perceberam o que ela fazia. Precisa começar dali, e montar seu plano para a reunião de acordo com isso.

— Eris pode guardar essa informação e convencer os demais a fazerem o mesmo — disse Mor. — Se achar que será mais útil dessa forma. — Eu me perguntei se Mor olhava para aquele cabelo ruivo, para a pele marrom que era alguns tons mais escura que a dos irmãos e, ainda assim, via Eris.

— Talvez — respondeu Lucien, de forma inexpressiva. — Mas precisamos descobrir isso. Se Beron ou Eris têm essa informação, eles a usarão em benefício próprio na reunião... para controlar a discussão. Ou controlá-la. Ou podem nem mesmo aparecer, e ir direto a Hybern.

Cassian xingou baixinho, e eu estava disposta a ecoar o sentimento.

Rhys girou o vinho na taça uma vez, apoiou-a sobre a mesa e, então, disse a Lucien:

— Você e Azriel deveriam conversar. Amanhã.

Lucien olhou para o encantador de sombras... que apenas assentiu.

— Estou à disposição.

Nenhum de nós era burro o bastante para perguntar se Lucien estaria disposto a revelar detalhes sobre a Corte Primaveril. Se achava que Tamlin compareceria. Essa talvez fosse uma conversa para outra hora. Somente entre mim e Lucien.

Rhys se recostou na cadeira. Contemplando... algo. O maxilar se contraiu, e então ele soltou um suspiro quase silencioso.

Tomando coragem.

Para o que quer que estivesse prestes a revelar, quaisquer que fossem os planos que decidira não divulgar até então. E, mesmo quando meu estômago se revirou, algum tipo de excitação me percorreu... diante daquela mente genial em ação.

Até que Rhys falou:

— Outra reunião precisa ser feita, e logo.

Capítulo 18

— Por favor, não diga que teremos de ir à Corte dos Pesadelos — resmungou Cassian, com uma garfada de comida na boca.

Rhys ergueu a sobrancelha.

— Não está com disposição para aterrorizar nossos amigos por lá?

O rosto de Mor empalideceu.

— Quer pedir a meu pai que lute na guerra — disse ela a Rhys.

Contive uma inspiração profunda.

— O que é a Corte dos Pesadelos? — indagou Nestha.

Lucien respondeu por nós:

— O lugar onde, para o resto do mundo, fica a maior parte da Corte Noturna. — Ele indicou o queixo para Rhys. — A sede do poder dele. Ou era.

— Ah, ainda é — confirmou Rhys. — Para todos fora de Velaris. — Ele olhou fixamente para Mor. — E, sim. A legião de Keir, Precursora da Escuridão, é tão considerável que uma reunião se faz necessária.

A última reunião terminou com o braço de Keir quebrado em tantos lugares que ficara inerte. Eu duvidava de que o macho estivesse inclinado a nos ajudar no futuro próximo, talvez por isso Rhys quisesse a reunião.

As sobrancelhas de Nestha se franziram.

— Por que simplesmente não ordenar a eles? Não o obedecem?

Cassian soltou o garfo, esquecendo a comida.

— Infelizmente, há protocolos em vigor entre nossas duas subcortes com relação a esse tipo de coisa. Eles basicamente se governam, com o pai de Mor como administrador.

Mor engoliu em seco. Azriel a observou cautelosamente, formando uma linha tensa com a boca.

— O administrador da Cidade Escavada tem o direito legal de se recusar a ajudar meus exércitos — explicou Rhys a Nestha e a mim. — Foi parte do acordo que meu ancestral fez com a Corte dos Pesadelos há muitos milênios. Eles permaneceriam dentro daquela montanha, não nos desafiariam ou perturbariam além de suas fronteiras... e teriam garantido o direito de *não* ajudar em caso de guerra.

— E eles já... se recusaram? — perguntei.

Mor assentiu com seriedade.

— Duas vezes. Não meu pai. — Ela quase engasgou com a palavra. — Mas... houve duas guerras. Há muito, muito tempo. Escolheram não lutar. Nós vencemos, mas... por pouco. A um grande custo.

E com a guerra iminente... precisaríamos de todos os aliados que pudéssemos reunir. Todos os exércitos.

— Partiremos em dois dias — avisou Rhys.

— Ele dirá que não — replicou Mor. — Não desperdice seu tempo.

— Então, precisarei encontrar uma forma de convencê-lo do contrário.

Os olhos de Mor brilharam.

— O quê?

Azriel e Cassian se moveram desconfortáveis nas cadeiras, e Amren emitiu um estalo com a língua para Rhys. De reprovação.

— Ele lutou na Guerra — disse Rhys, tranquilamente. — Talvez também tenhamos sorte desta vez.

— Preciso lembrá-lo de que a legião Precursora da Escuridão foi quase tão ruim quanto o inimigo no que diz respeito ao comportamento — alertou Mor, afastando o prato.

— Haverá novas regras.

— Você não estará em posição de ditar as regras, sabe disso — rebateu Mor.

Rhys apenas girou o vinho na taça de novo.

— Veremos.

Olhei para Cassian. O general balançou a cabeça sutilmente. *Fique fora disso. Por enquanto.*

Engoli em seco, acenando com igual sutileza.

Mor virou a cabeça para Azriel.

— O que *você* acha?

O encantador de sombras a encarou de volta, a expressão indecifrável. Refletindo. Tentei não prender a respiração. Defender a fêmea que amava ou ficar ao lado do Grão-Senhor...

— A decisão final não é minha.

— Essa é uma resposta de merda — desafiou Mor.

Eu podia ter jurado que mágoa percorreu os olhos de Azriel, mas ele apenas encolheu os ombros, o rosto mais uma vez uma máscara de indiferença fria. Os lábios de Mor se contraíram.

— Não precisa ir, Mor — afirmou Rhys, com aquela voz calma, tranquila.

— É lógico que vou. Será pior se eu não estiver presente. — Ela entornou o vinho com uma inclinação rápida da cabeça. — Suponho que tenho dois dias para encontrar um vestido adequado e horrorizar meu pai.

Amren, pelo menos, riu disso, e Cassian soltou uma risada abafada também.

Mas Rhys observou Mor por um longo minuto, algumas das estrelas em seus olhos se apagaram. Pensei em perguntar se haveria outra forma, algum caminho que evitasse essa coisa *terrível* entre nós, no entanto... Mais cedo eu me irritara com Rhys. E com Lucien e minha irmã ali... Fiquei de boca fechada.

Bem, com relação àquele assunto. No silêncio que caiu, busquei algum vestígio de normalidade e me virei de novo para Cassian.

— Vamos treinar às *oito* amanhã. Encontro você no ringue.

— Às 7h30 — replicou ele, com um sorriso desencorajador, um do qual a maioria dos inimigos de Cassian fugiria. Lucien voltou a mexer na comida. Mor encheu de novo a taça de vinho, e Azriel monitorava cada movimento da feérica, agarrando o garfo com a mão coberta de cicatrizes.

— Oito. — Foi minha tréplica, com um olhar inexpressivo. Então, me virei para Nestha, que estava silenciosa e observadora durante a coisa toda. — Gostaria de se juntar a nós?

— Não.

O segundo de silêncio foi carregado demais para ser ignorado. Mas dei de ombros casualmente, estendendo o braço para a jarra de vinho. Então falei, para ninguém em especial:

— Quero aprender a voar.

Mor cuspiu o vinho sobre a mesa, borrifando-o sobre o peito e o pescoço de Azriel. O encantador de sombras estava ocupado demais me olhando boquiaberto para notar.

Cassian parecia dividido entre rir de Azriel e escancarar a boca.

Minha magia ainda estava fraca demais para criar aquelas asas illyrianas, mas gesticulei para os illyrianos e falei:

— Quero que me ensinem.

— Sério? — disparou Mor.

Enquanto Lucien, *Lucien*, disse:

— Bem, isso explica as asas.

Nestha se inclinou para a frente a fim de me observar.

— Que asas?

— Eu consigo me... metamorfosear — admiti. — E com o conflito batendo à porta, saber voar pode ser... útil. — Indiquei Cassian com o queixo; ele agora me observava com uma intensidade irritante, me avaliando. — Presumo que as batalhas contra Hybern incluirão illyrianos. — Um aceno curto do general. — Então, planejo lutar com vocês. No céu.

Esperei por objeções, que Rhys recusasse.

Ouvi apenas o vento uivando do lado de fora das janelas da sala de jantar.

Cassian soltou um suspiro.

— Não sei se tecnicamente é possível, em termos de tempo. Precisaria aprender não apenas a voar, mas a suportar o peso de seu escudo e de suas armas, e a trabalhar dentro de uma unidade illyriana. Levamos décadas para dominar só essa última parte. Temos meses na melhor das hipóteses, semanas, na pior.

Meu peito afundou um pouco.

— Então, ensinaremos a ela o que sabemos até lá — decidiu Rhys. Mas as estrelas nos olhos de meu parceiro ficaram gélidas quando ele acrescentou: — Darei qualquer chance de vantagem a ela, de fugir se as coisas derem errado. Até mesmo um dia de treinamento pode fazer diferença.

Azriel guardou as asas, e as belas feições pareciam incomumente suaves. Contemplativas.

— Ensinarei a você.

— Você... tem certeza? — perguntei.

A máscara indecifrável retornou ao rosto de Azriel.

— Rhys e Cass aprenderam a voar tão jovens que mal se lembram.

Mas Azriel, trancafiado como um criminoso no calabouço do pai desprezível até fazer 11 anos, a quem a habilidade de voar fora negada, a de lutar, a de fazer qualquer coisa que os instintos illyrianos gritavam para que fizesse...

A escuridão estremeceu pelo laço de parceria. Não com raiva de mim, mas... quando Rhys também se lembrou do que tinha sido feito ao amigo. Ele jamais esquecera. Nenhum deles esquecera. Foi difícil não olhar para as cicatrizes cruéis que cobriam as mãos de Azriel. Rezei para que Nestha não perguntasse a respeito.

— Ensinamos o básico a muitas crianças — replicou Cassian.

Azriel balançou a cabeça, e sombras entrelaçaram seus pulsos.

— Não é o mesmo. Quando se é mais velho, o medo, os bloqueios mentais... é diferente.

Nenhum deles, nem mesmo Amren, disse qualquer coisa.

— Ensinarei a você — disse Azriel, apenas. — Treine com Cassian por algumas horas, e eu a encontrarei quando tiver terminado. — Então, Azriel acrescentou para Lucien, que não recuou diante daquelas sombras que se contorciam: — Depois do almoço, nós nos encontraremos.

Engoli em seco, mas assenti.

— Obrigada. — E talvez a bondade de Azriel tenha partido algum tipo de contenção dentro de mim, mas me virei para Nestha. — O rei de Hybern está tentando derrubar a muralha usando o Caldeirão para expandir os buracos já existentes. — Os olhos azul-acinzentados de minha irmã não revelaram nada, apenas raiva ao ouvir a menção ao rei. — Talvez eu consiga consertar as fendas, mas você... tendo sido feita do próprio Caldeirão... se o Caldeirão consegue aumentar aqueles furos, talvez você consiga fechá-los também. Com treino, dentro do tempo que tivermos.

— Posso mostrar a você — explicou Amren a minha irmã. — Ou, em tese, posso. Se começarmos logo, amanhã de manhã. — Ela refletiu e, depois, declarou para Rhys: — Quando partir para a Corte dos Pesadelos, nós o acompanharemos.

Virei o rosto para Amren.

— O quê? — Ao pensar em Nestha naquele lugar...

— A Cidade Escavada é um tesouro de objetos de poder. Pode haver oportunidades para praticar. Deixem que a menina aprenda como é a sensação de algo como a muralha e o Caldeirão — explicou Amren. E acrescentou, quando Azriel pareceu pronto a protestar: — *Secretamente.*

Nestha não disse nada.

Esperei pela recusa imediata de minha irmã, a destruição fria de toda a esperança.

Mas ela apenas perguntou:

— Por que simplesmente não matam o rei de Hybern antes que ele possa agir?

Silêncio total.

— Se quer dar o golpe fatal, menina, fique à vontade — sibilou Amren.

O olhar de Nestha se voltou para as portas abertas da sala de jantar. Como se pudesse ver até onde estava Elain.

— O que aconteceu com as rainhas humanas?

Pisquei.

— O que quer dizer?

— Elas se tornaram imortais? — Essa pergunta foi direcionada a Azriel.

Os Sifões de Azriel se tornaram incandescentes.

— Os relatórios foram obscuros e inconsistentes. Alguns dizem que sim, outros, que não.

Nestha examinou a taça de vinho.

Cassian apoiou os antebraços na mesa.

— Por quê?

Os olhos de Nestha dispararam direto para o rosto do guerreiro. Ela falou baixinho comigo, com todos nós, mesmo ao encarar Cassian, como se ele fosse o único na sala.

— Ao fim desta guerra, eu as quero mortas. O rei, as rainhas, todos eles. Prometam que matarão todos, e ajudarei a consertar a muralha. Eu treinarei com ela — um aceno com o queixo para Amren —, irei até a Cidade Escavada, ou o que quer que seja... Eu o farei. Mas somente se me prometerem isso.

— Tudo bem — concordei. — E talvez precisemos de sua assistência durante a reunião com os Grão-Senhores... para dar testemunho às outras cortes e aos aliados do que Hybern é capaz. O que foi feito a você.

— Não.

— Não se importa de consertar a muralha ou ir até a Corte dos Pesadelos, mas falar com pessoas é onde traça um limite?

A boca de Nestha se contraiu.

— Não.

Grã-Senhora ou irmã; irmã ou Grã-Senhora...

— A vida das pessoas pode depender de sua versão dos fatos. O sucesso dessa reunião com os Grão-Senhores pode depender dela.

Nestha segurou os braços da cadeira, como se estivesse se contendo.

— Não seja condescendente comigo. Minha resposta é não.

Inclinei a cabeça.

— Entendo que o que aconteceu com você foi terrível...

— Você *não faz ideia* de como foi ou de como não foi. Nenhuma. E não vou me prostrar, como um daqueles Filhos dos Abençoados, implorando a Grão-Feéricos, que teriam alegremente me matado quando era mortal, para que nos ajudem. Não vou contar a eles *aquela* história, *minha* história.

— Os Grão-Senhores podem não acreditar em nossa versão, o que torna você uma testemunha valiosa...

Nestha empurrou a cadeira para trás, atirou o guardanapo sobre o prato, e o molho encharcou o linho refinado.

— Então, o problema não é meu se vocês não são confiáveis. Ajudarei com a muralha, mas não vou prostituir minha história para ajudá-los. — Nestha ficou de pé, o rubor tomou o rosto normalmente pálido, e ela então sibilou: — E, se você sequer *ousar* sugerir tal coisa a Elain, vou dilacerar seu *pescoço*.

Os olhos de minha irmã se ergueram dos meus para encontrar os de todos... estendendo a ameaça.

Nenhum de nós falou enquanto Nestha deixava a sala de jantar e bateu a porta atrás de si.

Eu desabei na cadeira, apoiando a cabeça no encosto.

Algo emitiu um estampido diante de mim. Uma garrafa de vinho.

— Não tem problema se quiser beber diretamente dela. — Foi tudo o que Mor me disse.

—— ✠ ——

— Eu diria que Nestha se compara a Amren pela pura sede de sangue — ponderou Rhys, horas depois, conforme ele e eu caminhávamos sozinhos pelas ruas de Velaris. — A única diferença é que Amren de fato o bebe.

Eu ri com escárnio, balançando a cabeça quando viramos na ampla rua ao lado do Sidra e acompanhamos o rio, um espelho de estrelas.

Muitas cicatrizes ainda marcavam os prédios de Velaris, as ruas estavam sulcadas devido aos escombros espalhados e às garras. A maior parte tinha sido reparada, mas algumas fachadas de lojas foram deixadas cobertas por tábuas, e algumas casas ao longo do rio não passavam de montes de destroços. Tínhamos voado da Casa até ali após terminarmos o jantar — bem, o vinho, suponho. Mor levara mais uma garrafa consigo ao sumir dentro da Casa, com Azriel lhe franzindo a testa.

Rhys e eu não tínhamos convidado mais ninguém. Ele apenas me perguntara pelo laço: *Caminha comigo?* E eu apenas dei um aceno de cabeça sutil.

E ali estávamos. Tínhamos caminhado por mais de uma hora, na maior parte do tempo em silêncio, na maior parte... pensando. Nas palavras, e na informação, e nas ameaças compartilhadas durante o dia. Nenhum de nós reduziu o passo até chegarmos àquele pequeno restaurante no qual tínhamos jantado sob as estrelas certa noite.

Algo apertado em meu peito se afrouxou quando vi o prédio intocado, os limoeiros em vasos suspirando à brisa do rio. E naquela brisa... aqueles temperos saborosos, carne ao alho, tomates refogando... Apoiei as costas contra a grade que percorria o calçadão do rio, observando os funcionários do restaurante servirem as mesas lotadas.

— Quem sabe — murmurei, respondendo a Rhys por fim. — Talvez Nestha também adquira o hábito de beber sangue. Eu certamente acredito na ameaça de dilacerar meu pescoço. Talvez aprecie o gosto.

Rhys riu, e o som murmurou em meus ossos quando ele ocupou um lugar a meu lado, os cotovelos apoiados na grade, as asas bem fechadas. Inspirei profundamente, absorvendo seu cheiro de limão e mar em meus pulmões, meu sangue. A boca de Rhys roçou meu pescoço.

— Vai me odiar se eu disser que Nestha é... difícil?

Ri baixinho.

— Eu diria que aquilo foi bem, considerando tudo. Ela concordou com uma coisa, pelo menos. — Mordi o lábio inferior. — Não deveria ter perguntado em público. Cometi um erro.

Ele permaneceu em silêncio, ouvindo.

— Com os demais — perguntei —, como encontra o equilíbrio... entre ser Grão-Senhor e família?

Rhys refletiu.

— Não é fácil. Já tomei muitas decisões erradas ao longo dos séculos. Então, detesto dizer a você que esta noite pode ser apenas o começo.

Soltei um longo suspiro.

— Deveria ter considerado que contar a estranhos o ocorrido em Hybern poderia... poderia não ser algo com que Nestha se sentiria confortável. Minha irmã foi uma pessoa reservada a vida toda, mesmo entre nós.

Rhys se inclinou para beijar meu pescoço de novo.

— Mais cedo hoje... no apartamento — disse ele, recuando para me encarar. Sem hesitar. Abertamente. — Não tive a intenção de insultar Nestha.

— Desculpe por eu ter me irritado com você.

Ele ergueu uma sobrancelha castanha.

— Por que diabo pediria desculpas? Insultei sua irmã; você a defendeu. Tinha todo o direito de me espancar por isso.

— Não tive a intenção de... minar sua autoridade.

Sombras percorreram seus olhos.

— Ah. — Rhys se virou para o Sidra, e o acompanhei. A água serpenteava, a superfície escura ondulando com luzes feéricas douradas dos postes da rua e das gemas reluzentes do Arco-Íris. — Por isso o clima... esquisito esta tarde. — Ele se encolheu e me encarou diretamente. — Pela Mãe, Feyre.

Minhas bochechas coraram, e interrompi antes que Rhys pudesse continuar.

— Mas entendi o motivo. Uma frente sólida, unificada, é importante. — Raspei a madeira lisa da grade com um dedo. — Principalmente para nós.

— Não entre nossa família.

Calor se espalhou por meu corpo diante das palavras... *nossa* família. Rhys pegou minha mão, entrelaçando nossos dedos.

— Podemos fazer as regras que quisermos. Tem todo o direito de me questionar, me pressionar, tanto em particular quanto em público. — Uma risada de escárnio. — É óbvio que, se decidir realmente me espancar, posso pedir que seja a portas fechadas para que eu não precise sofrer séculos de provocações, mas...

— Não questionarei sua autoridade em público. E você não questionará a minha.

Rhys permaneceu em silêncio, me deixando pensar, falar.

— Podemos questionar um ao outro pelo laço se estivermos entre pessoas que não sejam nossos amigos — falei. — Mas, por enquanto, durante esses anos iniciais, eu gostaria de mostrar ao mundo uma frente unificada... Quero dizer, se sobrevivermos.

— Sobreviveremos. — Havia uma determinação irredutível naquelas palavras, naquele rosto. — Mas quero que se sinta confortável me pressionando, chamando minha atenção...

— Quando eu *não* fiz isso?

Rhys sorriu. Mas acrescentei:

— Quero que faça o mesmo... por mim.

— Combinado. Mas entre nossa família... pode chamar a atenção para minhas besteiras sempre que quiser. Insisto, na verdade.

— Por quê?

— Porque é divertido.

Cutuquei Rhys com o cotovelo.

— Porque você é minha igual — explicou ele. — E por mais que isso queira dizer que apoiamos um ao outro em público, também quer dizer que concedemos um ao outro o dom da honestidade. Da verdade.

Observei a cidade agitada ao redor.

— Posso lhe dar um pouco de verdade, então?

Ele enrijeceu o corpo, mas disse:

— Sempre.

Expirei.

— Acho que deveria tomar cuidado... ao trabalhar com Keir. Não pelo quanto ele é desprezível, mas porque... acho que poderia realmente ferir Mor se não agir direito.

Rhys passou a mão pelo cabelo.

— Eu sei. Eu sei.

— Vale a pena... qualquer que seja a tropa que ele tenha a oferecer? Mesmo se magoar Mor?

— Estamos trabalhando com Keir há séculos. Ela deveria estar acostumada a esta altura. E, sim, as tropas valem a pena. Os Precursores da Escuridão são bem treinados, poderosos, e estão ociosos há muito tempo.

Refleti.

— Da última vez que visitamos a Corte dos Pesadelos, banquei sua vadia.

Ele se encolheu ao ouvir a palavra.

— Mas agora sou sua Grã-Senhora — continuei, acariciando o dorso de sua mão com um dedo. Rhys acompanhou o movimento. Abaixei a voz. — Para conseguir que Keir nos ajude... Alguma dica sobre qual máscara devo usar na Cidade Escavada?

— Você deve decidir — respondeu Rhys, ainda observando meu dedo traçar círculos preguiçosos em sua pele. — Já viu como sou lá, como nós somos. Você deve decidir como quer entrar nessa dança.

— Suponho que seja melhor decidir logo... não apenas quanto a isso, mas quanto à reunião com os outros Grão-Senhores, em duas semanas.

Rhys lançou um olhar de esguelha para mim.

— Todas as cortes foram convidadas.

— Duvido que ele apareça, considerando que é aliado de Hybern, e que sabe que o mataríamos.

A brisa do rio agitou os cabelos preto-azulados de Rhys.

— A reunião acontecerá sob um feitiço irrevogável que nos obrigará a um cessar-fogo. Se alguém quebrar esse feitiço durante a reunião, a magia exigirá um preço alto. Provavelmente a vida da pessoa. Tamlin não seria burro o bastante para atacar, e nem nós a ele.

— Por que convidá-lo?

— Excluí-lo apenas daria a Tamlin mais munição contra nós. Acredite em mim, tenho pouca vontade de vê-lo. Ou Beron. Que talvez esteja ainda mais alto em minha lista de assassinatos que Tamlin no momento.

— Tarquin estará lá. E *nós* estamos bem no alto de sua lista.

— Mesmo com os rubis de sangue, Tarquin não seria burro o bastante para atacar durante a reunião. — Rhys suspirou pelo nariz.

— Com quantos aliados podemos contar? Além de Keir e da Cidade Escavada, quero dizer. — Olhei para o calçadão do rio abaixo. Os restaurantes e os clientes estavam ocupados demais se divertindo para notarem nossa presença, mesmo com as asas reconhecíveis de Rhys. Ainda assim... talvez não fosse o melhor lugar para aquela conversa.

— Não tenho certeza — admitiu Rhys. — Helion e a Corte Diurna, provavelmente. Kallias... talvez. As coisas andam tensas com a Corte Invernal desde Sob a Montanha.

— Presumo que Azriel descobrirá mais.

— Ele já está buscando.

Assenti.

— Amren alegou que ela e Nestha precisavam de ajuda para pesquisar formas de reparar a muralha. — Indiquei a cidade. — Aponte a direção da melhor biblioteca para encontrar esse tipo de coisa.

As sobrancelhas de Rhys se ergueram.

— Agora mesmo? Sua ética de trabalho faz a minha parecer medíocre.

— *Amanhã*, engraçadinho — sibilei.

Rhys gargalhou, e as asas se abriram e se fecharam com força. Asas... asas que Rhys permitira que Lucien visse.

— Você confia em Lucien.

Rhys inclinou a cabeça diante da afirmação.

— Confio no fato de que, no momento, temos a única coisa que ele quer acima de tudo. E, contanto que isso continue assim, Lucien tentará permanecer em nossas graças. Mas, se isso mudar... Seu talento era desperdiçado na Corte Primaveril. Havia um motivo para usar uma máscara de raposa, sabe? — A boca de Rhys se repuxou para um lado. — Se Lucien levasse Elain de volta à Primaveril ou onde fosse... acredita, bem no fundo, que ele não entregaria o que sabe? Em benefício próprio ou para garantir que ela permanecesse a salvo?

— Mas você deixou que ele ouvisse tudo esta noite.

— Nenhuma daquelas informações faria com que Hybern nos devastasse. O rei provavelmente já sabe que procuraremos a aliança de Keir, que tentaremos encontrar uma forma de impedi-lo de derrubar a muralha. Não foi sutil com a busca de Dagdan e Brannagh. E esperará que tentemos unir os Grão-Senhores. Por isso a localização da reunião não será decidida até mais tarde. Contarei a Lucien então? Eu o levarei?

Considerei a pergunta: será que *eu* confiava em Lucien?

— Também não sei — admiti, e suspirei. — Não gosto que Elain seja um peão.

— Eu sei. Nunca é fácil.

Rhys lidava com tais coisas havia séculos.

— Quero esperar, ver o que Lucien faz durante as próximas duas semanas. Como ele age, conosco e com Elain. O que Azriel pensa dele. — Franzi a testa. — Não é uma pessoa ruim, não é mau.

— Certamente não é.

— Eu só... — Encontrei o olhar calmo e tranquilo de Rhys. — É arriscado confiar em Lucien sem questionar.

— Ele discutiu o que sente em relação a Tamlin?

— Não. Não quis insistir nisso. Ele sentia... remorso pelo que havia acontecido comigo, e por Hybern e Elain. Será que se sentiria dessa forma sem Elain no meio? Não sei... talvez. Mas não acho que Lucien teria partido.

Rhys afastou o cabelo de meu rosto.

— É tudo parte do jogo, Feyre querida. Em quem confiar, quando confiar, que informação negociar.

— Você gosta disso?

— Às vezes. No momento, não. Não quando os riscos são tão altos. — Os dedos de Rhys roçaram minha testa. — Quando tenho tanto a perder.

Apoiei a palma da mão em seu peito, bem sobre aquelas tatuagens illyrianas sob as roupas de Rhys, bem sobre o coração. Senti a batida forte ecoar em minha pele e em meus ossos.

Esqueci a cidade à volta quando Rhys me encarou, os lábios pairando sobre minha pele, e murmurou:

— Continuaremos fazendo planos para o futuro, com ou sem guerra. *Eu* continuarei planejando nosso futuro.

Minha garganta queimou, e assenti.

— Merecemos ser felizes — falou Rhys, com os olhos brilhantes para me informar de que ele se lembrava das palavras que eu dissera no telhado da casa na cidade depois do ataque. — E lutarei com tudo o que tenho para garantir isso.

— *Nós* lutaremos — devolvi, com a voz rouca. — Não apenas você, não mais.

Muito. Rhysand já dera muito, e ainda parecia achar que não era o bastante.

Mas Rhys apenas olhou por cima do ombro largo, para o restaurante alegre atrás de nós.

— Naquela primeira noite em que todos viemos aqui — começou Rhys, e acompanhei seu olhar, observando os funcionários montarem as mesas com uma precisão apaixonada. — Quando você confessou a Sevenda se sentir desperta enquanto comia sua comida... — Rhys balançou a cabeça. — Foi a primeira vez que pareceu... em paz. Como se estivesse realmente desperta, *viva* novamente. Fiquei tão aliviado que achei que vomitaria bem em cima da mesa.

Eu me lembrava do olhar demorado e estranho que Rhys me dera quando finalmente falei. Depois, da longa caminhada que tínhamos feito até a casa, quando ouvimos aquela música que ele mandou para minha cela Sob a Montanha.

Eu me afastei da grade e empurrei Rhys na direção da ponte que percorria o Sidra — a ponte que nos levaria para casa. Que o debate a respeito de quem daria mais naquela guerra se aquietasse por enquanto.

— Caminhe comigo, pelo Arco-Íris. — A joia reluzente e colorida da cidade, o coração pulsante que abrigava o quarteirão dos artistas. Vibrante e latejante àquela hora da noite.

Dei o braço a Rhys antes de falar:

— Você e esta cidade ajudaram a me despertar, a me trazer de volta à vida. — Os olhos de Rhys brilharam quando sorri para ele. — Lutarei com tudo o que tenho também, Rhys. Tudo.

Ele apenas beijou o topo de minha cabeça, me puxando mais para perto quando atravessamos o Sidra sob o céu estrelado.

Capítulo 19

Foi bom eu ter insistido para me encontrar com Cassian às 8 horas, porque, embora eu tivesse acordado ao alvorecer, um olhar para o rosto de Rhysand adormecido me fez decidir passar a manhã despertando-o devagar e gentilmente.

Ainda estava corada quando Rhys me deixou no ringue de treino no alto da Casa do Vento, o espaço a céu aberto cercado por um muro de pedra vermelha. Rhys prometeu me encontrar depois do almoço e mostrar a biblioteca para minha pesquisa, depois piscou um olho de modo malicioso e me beijou na bochecha antes de disparar de volta ao céu com uma batida poderosa das asas.

Recostado contra a parede ao lado da estante de armas, Cassian apenas disse:

— Espero que já não tenha se exaurido demais, porque isto vai doer *de verdade*.

Revirei os olhos, mesmo ao tentar afastar a imagem de Rhysand me deitando de bruços e beijando minha coluna até embaixo. E mais abaixo. Tentei me desvencilhar da sensação das mãos fortes segurando meu quadril para levantá-lo, até que Rhys estivesse sob mim, banqueteando-se, até que eu estivesse silenciosamente implorando a ele, até que ele se colocasse por trás de mim, me fazendo morder o travesseiro para evitar acordar a casa toda com meus gemidos.

Rhysand de manhã era... Eu não tinha palavras para descrever como ele era quando não tinha pressa e era indolente e malicioso, com os cabelos ainda despenteados de sono e os olhos exibiam aquele brilho reluzente, puramente macho. Ainda estavam com aquela luz preguiçosa e satisfeita um momento antes, e o beijo debochadamente comportado em minha bochecha lançara uma corrente incandescente por meu corpo.

Mais tarde. Eu o torturaria mais tarde.

Por enquanto... caminhei até onde Cassian estava, girando meus ombros.

— Dois machos illyrianos me fazendo suar na mesma manhã. O que uma fêmea pode fazer?

Cassian soltou uma gargalhada.

— Pelo menos chegou de bom humor.

Sorri, apoiando as mãos no quadril enquanto avaliava a estante de armas.

— Qual delas?

— Nenhuma. — Cassian indicou com o queixo o ringue delimitado por giz branco atrás de nós. — Faz um tempo desde que treinamos. Passaremos o dia repassando o básico.

As palavras estavam envoltas em tanta tensão que falei:

— Não faz tanto tempo assim.

— Faz um mês e meio.

Eu o avaliei, olhei as asas bem fechadas, os cabelos pretos na altura dos ombros.

— Qual é o problema?

— Nada. — Cassian passou por mim em direção ao ringue.

— É Nestha?

— Nem tudo em minha vida diz respeito a sua irmã, sabe?

Fiquei de boca fechada quanto àquele assunto.

— É algo a respeito da visita à Corte dos Pesadelos amanhã?

Cassian soltou a camisa da calça, revelando músculos rasgados cobertos por lindas tatuagens intrincadas. Marcas illyrianas de sorte e glória.

— Não é nada. Assuma a posição.

Obedeci, mesmo enquanto o olhava com cautela.

— Você está... irritado.

Cassian se recusou a falar até que comecei minha série de aquecimento: diversos agachamentos com avanço, chutes e alongamentos com a intenção de soltar os músculos. Somente quando começamos a lutar, e as mãos de Cassian estavam ocupadas com minha série de socos, ele disse:

— Você e Rhys esconderam a verdade de nós. E fomos até Hybern no escuro com relação àquilo.

— Àquilo o quê?

— O fato de você ser Grã-Senhora.

Soquei as mãos erguidas de Cassian em uma combinação de um-dois, respirando ofegante.

— Que diferença teria feito?

— Teria mudado *tudo*. Nada teria acontecido daquela forma.

— Talvez por isso Rhys tenha decidido manter segredo.

— Hybern foi um *desastre*.

Parei de socar.

— Você sabia que eu era parceira de Rhys quando fomos. Não vejo como ser Grã-Senhora muda alguma coisa.

— Muda.

Coloquei as mãos no quadril, ignorando o gesto de Cassian para que continuasse.

— Por quê?

Cassian passou a mão pelo cabelo.

— Porque... porque, como parceira, ainda era... de Rhys para que protegesse. Ah, não me olhe assim. Ele também é seu para que o proteja. Eu teria dado a vida por você como parceira de Rhys, e como seu amigo. Mas você ainda era... dele.

— E como Grã-Senhora?

Cassian soltou um suspiro rouco.

— Como Grã-Senhora, é *minha*. E de Azriel, e de Mor, e de Amren. Pertence a todos nós, e nós pertencemos a *você*. Não a teríamos... colocado em tanto perigo.

— Talvez por isso Rhys quisesse manter segredo. Teria mudado seu foco.

— Isso é entre mim e você. E acredite, Rhys e eu já... *discutimos* a respeito.

Ergui uma sobrancelha.

— Está com raiva de mim?

Ele balançou a cabeça, fechando os olhos.

— Cassian.

Ele apenas ergueu a mão em uma ordem silenciosa para que eu continuasse.

Suspirei e recomecei. Somente depois que terminei 15 repetições e estava ofegando pesadamente Cassian falou:

— Você não achou que fosse essencial. Salvou nossa vida, sim, mas... não considerou que fosse essencial aqui.

Um-dois, um-dois, um-dois.

— Não sou. — Ele abriu a boca, mas avancei antes, falando entre os arquejos para tomar fôlego. — Todos vocês têm um... dever, são todos vitais. Sim, tenho minhas habilidades, mas... Você e Azriel estavam feridos, minhas irmãs estavam... você sabe o que aconteceu a elas. Fiz o que pude para nos livrar daquilo. Preferiria que tivesse sido eu a qualquer um de vocês. Não conseguiria viver com a alternativa.

As mãos erguidas de Cassian não recuaram enquanto eu as golpeava.

— Qualquer coisa poderia ter acontecido a você na Corte Primaveril.

Parei de novo.

— Se Rhys não está me enchendo com essa porcaria superprotetora, não entendo por que *você*...

— Não pense por um segundo que Rhys não ficou transtornado de preocupação. Ah, ele parece bem tranquilo, Feyre, mas o conheço. E durante cada momento que você esteve fora, ele ficou em *pânico*. Sim, ele sabia, e nós sabíamos, que você podia cuidar de si mesma. Mas isso não nos impedia de sentir enorme preocupação.

Sacudi as mãos doloridas e, depois, esfreguei os braços, que já ardiam.

— Você também estava com raiva de Rhys.

— Se não estivesse me curando, teria espancado Rhys de uma ponta a outra de Velaris.

Não respondi.

— Ficamos todos apavorados por você.

— Eu me virei bem.

— É óbvio que sim. Sabíamos que se viraria. Mas... — Cassian cruzou os braços. — Rhys fez a mesma merda há cinquenta anos. Quando foi para aquela maldita festa dada por Amarantha.

Ah. *Ah.*

— Nunca vou esquecer, sabe? — confessou Cassian, suspirando. — O momento em que ele falou com todos nós, mente por mente. Quando percebi o que estava acontecendo, e que... ele havia nos salvado. Nos prendera aqui e atara nossas mãos, mas... — Cassian coçou a têmpora. — Ficou silencioso... em minha mente. De uma forma que não tinha estado antes. Não desde... — Cassian semicerrou os olhos para o céu limpo. — Mesmo com o inferno absoluto que se espalhava aqui, por nosso território, simplesmente ficou... silencioso. — Cassian bateu com um dedo na lateral da cabeça e franziu a testa. — Depois de Hybern, a curandeira me manteve dormindo enquanto trabalhava em minhas asas. Então, quando acordei, duas semanas depois, foi quando eu soube. E, quando Mor me contou o que havia acontecido a você... Ficou silencioso de novo.

Engoli em seco o nó em minha garganta.

— Você me encontrou quando eu mais precisava, Cassian.

— Um prazer poder ser útil. — Ele me deu um sorriso sombrio. — Pode contar conosco, sabe? Os dois podem. Ele tem uma inclinação a fazer tudo sozinho... a *dar* tudo de si. Não suporta deixar que qualquer outro sacrifique qualquer coisa. — Aquele sorriso se dissipou. — Você também não.

— E você consegue?

— Não é fácil, mas sim. Sou o general dos exércitos de Rhys. Parte disso inclui saber delegar. Estou com Rhys há mais de quinhentos anos, e ele ainda tenta fazer tudo sozinho. Ainda acha que não é o bastante.

Eu sabia disso; bem demais. E ao pensar em Rhys, naquela guerra, tentando enfrentar tudo o que nos desafiava... Meu estômago se revirou em náusea.

— Ele dá ordens o tempo todo.

— Sim. E ele é bom em saber no que somos excepcionais. Mas, quando importa... — Cassian ajustou as ataduras nas mãos. — Se os Grão-Senhores e Keir não se apresentarem, Rhys enfrentará Hybern mesmo assim. E aparará o pior do golpe para que nós não precisemos.

Um tipo de aperto desconfortável, impossível de afastar, tomou conta de mim. Rhys sobreviveria — não ousaria sacrificar tudo para se certificar de que nós...

Rhys ousaria. Tinha feito isso com Amarantha, e faria de novo sem hesitar.

Afastei o pensamento. Enterrei-o. Passei a me concentrar na respiração.

Algo chamou a atenção de Cassian atrás de mim. E, mesmo que sua postura tenha permanecido casual, um brilho predatório lhe percorreu o olhar.

Não precisava me virar para saber quem estava parada ali.

— Gostaria de se juntar a nós? — ronronou Cassian.

— Não parece que estão exercitando qualquer coisa que não as línguas — respondeu Nestha.

Olhei por cima do ombro. Minha irmã usava um vestido azul-pálido que destacava sua pele reluzente, os cabelos estavam presos para o alto, e as costas pareciam uma coluna rígida. Tive vontade de dizer algo, pedir desculpas, mas... não na frente de Cassian. Ela não gostaria de ter aquela conversa na presença do guerreiro illyriano.

Cassian estendeu a mão enfaixada, e os dedos se fecharam fazendo um gesto para que Nestha se aproximasse.

— Está com medo?

Sabiamente, fiquei de boca fechada quando Nestha atravessou a porta em direção à luz ofuscante do pátio.

— Por que eu teria medo de um morcego gigante dado a chiliques?

Engasguei, e Cassian me lançou um olhar de aviso, me desafiando a rir. Mas procurei aquele laço na mente, abaixando os escudos mentais o suficiente para dizer a Rhysand, onde quer que ele estivesse na cidade: *Por favor, venha me salvar das provocações entre Cassian e Nestha.*

Um segundo depois, Rhys cantarolou: *Está se arrependendo de ter virado Grã-Senhora?*

Saboreei aquela voz... aquele humor. Mas enterrei o nervosismo quando repliquei: *Isto é parte de meus deveres?*

Uma risada sombria e sensual soou. *Por que acha que eu estava tão desesperado por uma parceira? Tive quase cinco séculos para lidar com isso sozinho. Nada mais justo que agora seja sua vez.*

— Parece que está um pouco irritadiça, Nestha — respondeu Cassian. — E saiu tão abruptamente ontem à noite... Posso ajudá-la a aliviar essa tensão de alguma forma?

Por favor, implorei a Rhys.

O que me dará em troca?

Não tinha certeza se conseguia *sibilar* pelo laço entre nós, mas, pela risada que ecoou em minha mente um segundo depois, soube que o sentimento fora comunicado. *Estou em uma reunião com os governadores dos Palácios. Talvez fiquem um pouco irritados se eu desaparecer.* Tentei não suspirar.

Nestha limpou as unhas.

— Amren vem me instruir em alguns...

Sombras ondularam do outro lado do pátio, interrompendo-a. E não foi Rhysand quem pousou entre nós, mas...

Mandei outro rostinho bonito para você admirar, falou Rhys. *Não tão lindo quanto o meu, lógico, mas está logo em segundo lugar.*

Quando as sombras que o encobriam se dissiparam, Azriel avaliou Nestha e Cassian, e então lançou um olhar sutilmente compreensivo em minha direção.

— Preciso começar sua lição mais cedo.

Uma mentira deslavada, mas respondi:

— Certo. Sem problemas.

Cassian olhou para mim com raiva, e, depois, para Azriel. Nós dois o ignoramos quando caminhei até o encantador de sombras, desenfaixando as mãos conforme seguia.

Obrigada, mandei pelo laço.

Pode me agradecer esta noite.

Tentei não corar diante da imagem que Rhys enviou para minha mente, detalhando exatamente como eu lhe agradeceria, e então fechei meus escudos mentais. Do outro lado, podia jurar que dedos com garras nas pontas desceram pelo adamantino preto em uma promessa sensual e silenciosa. Engoli em seco.

As asas de Azriel se desdobraram, tons de vermelho-escuro e dourado brilharam entre elas sob o sol forte, e ele abriu os braços para mim.

— A floresta de pinheiros será boa... aquela diante do lago.

— Por quê?

— Porque é melhor cair na água que em rocha dura — respondeu Cassian, cruzando os braços.

Meu estômago deu um nó. Mas deixei que Azriel me pegasse nos braços, seu cheiro, de fria névoa noturna e cedro, me envolveu quando Azriel bateu as asas uma vez, agitando a poeira do pátio.

Vi o olhar semicerrado de Cassian e abri um largo sorriso.

— Boa sorte — desejei, e Azriel, que o Caldeirão o abençoasse, disparou para o céu claro.

Nenhum de nós deixou de ouvir o xingamento sujo disparado por Cassian, embora não tivéssemos ousado comentar.

Cassian era um general; *o* general da Corte Noturna.

Certamente Nestha não era nada com que não pudesse lidar.

✣

— Deixei Amren na Casa no caminho — disse Azriel, ao aterrissarmos na margem de um lago montanhoso turquesa, flanqueado por pinheiros e granito. — Disse a ela que fosse imediatamente para o ringue de treino. — Um meio sorriso. — Quero dizer, depois de alguns minutos.

Ri com deboche e alonguei os braços.

— Pobre Cassian.

Azriel deu uma bufada de diversão.

— Realmente.

Arrastei os pés, e pequenas rochas cinzentas ao longo da margem rolaram sob minhas botas.

— Então...

Os cabelos pretos de Azriel pareciam absorver a luz do sol ofuscante.

— Para voar — disse ele, em tom sarcástico —, precisará de asas. Certo.

Meu rosto corou. Girei e estalei os pulsos.

— Faz um tempo desde que as conjurei.

O olhar penetrante de Azriel não se desviou de meu rosto, de minha postura. Tão imóvel e determinado quanto o granito no qual aquele lago fora escavado. Eu poderia muito bem ser uma borboleta flutuando em comparação a ele.

— Precisa que eu me vire? — Azriel ergueu uma sobrancelha castanha para dar ênfase.

Encolhi o corpo.

— Não. Mas... posso precisar de algumas tentativas.

— Começamos sua lição cedo, temos bastante tempo.

— Agradeço por se esforçar em fingir que não foi porque eu estava desesperada para evitar a implicância matinal de Cassian e Nestha.

— Jamais permitiria que minha Grã-Senhora sofresse aquilo. — Azriel disse isso com a expressão completamente impassível.

Eu ri, esfregando um ponto dolorido do ombro.

— Você está... pronto para se encontrar com Lucien esta tarde?

Azriel inclinou a cabeça.

— Eu *deveria* me preparar para isso?

— Não. Apenas... — Dei de ombros. — Quando partirá para buscar informações sobre os Grão-Senhores?

— Depois de falar com ele. — Os olhos de Azriel brilhavam, estavam acesos com interesse. Como se soubesse que eu ganhava tempo.

Expirei.

— Certo. Lá vamos.

Ao tocar aquela parte de mim, a parte que Tamlin me dera... Algum pedaço vital de meu coração se encolheu. Mesmo quando algo aguçado e cruel em meu estômago se orgulhou do que eu havia tomado. De tudo o que havia tomado.

Afastei os pensamentos, concentrando-me nas asas illyrianas. Eu as conjurara naquele dia nas estepes por pura memória e medo. Criá-las agora... Deixei que a mente deslizasse para as lembranças das asas de Rhys, para a sensação, como se moviam e pesavam...

— A estrutura precisa ser um pouco mais espessa — sugeriu Azriel, quando um peso começou a repuxar minhas costas. — Fortaleça os músculos dos quais se projetam.

Obedeci, minha magia ouvindo. Azriel me deu mais sugestões, onde acrescentar e de onde tirar, onde suavizar e onde deixar mais áspero.

Eu estava ofegante, e o suor escorria por minha espinha quando Azriel disse:

— Bom. — Ele pigarreou. — Sei que não é illyriana, mas... entre eles é considerado... inadequado tocar as asas de alguém sem permissão. Principalmente das fêmeas.

Entre *eles*. Não se incluiu.

Levei um momento para perceber o que Azriel pedia.

— Ah... ah. Vá em frente.

— Preciso avaliar se está apropriada.

— Certo. — Virei de costas para ele, e meus músculos reclamaram quando trabalharam para abrir as asas. Tudo, desde meu pescoço a meus ombros e as costelas, a coluna e a bunda... parecia que agora controlavam as asas, e reclamavam, protestando, com o peso do movimento.

Eu só as tive por alguns segundos com Lucien na estepe — não tinha percebido o quanto eram pesadas, o quanto os músculos eram complexos.

As mãos de Azriel, apesar de todas as cicatrizes, eram leves como penas quando ele segurou e tocou em algumas áreas, dando batidinhas e tamborilando em outras. Trinquei os dentes, e a sensação era como... se fizessem cócegas e cutucassem o arco da planta de meu pé. Mas Azriel foi rápido e girei os ombros de novo quando ele deu a volta até minha frente e murmurou:

— É... incrível. São iguais às minhas.

— Acho que a magia fez a maior parte do trabalho.

Ele fez que não com a cabeça.

— Você é uma artista, foi sua atenção aos detalhes.

Corei um pouco diante do elogio e apoiei as mãos no quadril.

— Então? Saltamos para o céu?

— Primeira lição: não deixe que elas se arrastem no chão.

Pisquei. Minhas asas estavam realmente apoiadas nas pedras.

— Por quê?

— Illyrianos acham que é preguiça, um sinal de fraqueza. E de um ponto de vista prático, o chão está cheio de coisas que poderiam ferir suas asas. Farpas, lascas de pedra... Podem não somente ficar presas e causar uma infecção, mas também impactar a forma como a asa recebe o vento. Então, mantenha-as fora do chão.

Uma dor lancinante como uma facada ondulou por minhas costas quando tentei erguer as asas. Consegui subir a esquerda. A direita só ficou caída como uma vela de navio frouxa.

— Precisa fortalecer os músculos das costas, e das coxas. E dos braços. E do abdômen.

— Então, preciso fortalecer tudo.

De novo, aquele sorriso silencioso e sarcástico.

— Por que acha que os illyrianos são tão musculosos?

— Por que ninguém me avisou sobre esse seu lado arrogante?

A boca de Azriel se repuxou para cima.

— As duas asas para o alto.

Uma exigência em voz baixa, mas irredutível.

Eu me encolhi, contorcendo o corpo de um lado e de outro enquanto lutava para fazer a asa direita se elevar. Sem sorte.

— Tente abri-las e depois fechá-las, se não conseguir subi-las dessa forma.

Obedeci e sibilei diante da dor aguda que percorreu cada músculo de minhas costas quando abri as asas. Mesmo a mais leve brisa do lago fez cócegas e repuxou, e apoiei os pés separados na margem rochosa, procurando algo que se assemelhasse a equilíbrio...

— Agora, dobre-as para dentro.

Eu o fiz, fechando as asas de súbito; o movimento foi tão rápido que tombei para a frente.

Azriel me segurou antes que eu comesse pedras, me agarrando com força por baixo do ombro e me puxando para cima.

— Fortalecer a musculatura do abdômen também ajudará com o equilíbrio.

— Então, de volta a Cassian.

Um aceno de cabeça.

— Amanhã. Hoje, concentre-se em erguer e dobrar, abrir e erguer. — As asas de Azriel reluziram com vermelho e dourado quando o sol lhe iluminou as bordas. — Assim. — Ele demonstrou, abrindo bem as asas, fechando-as, abrindo, inclinando, fechando. Diversas vezes.

Suspirando, acompanhei os movimentos de Azriel, com as costas latejando e doendo. Talvez aulas de voo fossem uma perda de tempo.

Capítulo 20

— Jamais estive em uma biblioteca — admiti para Rhys, depois do almoço, conforme descíamos andar após andar da Casa do Vento, e minhas palavras ecoaram pela pedra vermelha entalhada. Meu corpo latejava a cada passo e eu esfregava as costas para tentar aliviar um pouco.

Azriel me dera um tônico que ajudaria com a dor, mas eu sabia que, antes da noite cair, eu estaria choramingando. Se horas de busca por algum jeito de consertar aqueles buracos na muralha não me fizessem chorar antes.

— Quero dizer — expliquei —, sem contar com as bibliotecas particulares daqui e da Corte Primaveril, e minha família também tinha uma, mas não... Não uma de verdade.

Rhys me olhou de esguelha.

— Ouvi falar que os humanos têm bibliotecas gratuitas no continente, abertas a todos.

Eu não tinha certeza se era uma pergunta, mas assenti.

— Em um dos territórios, permitem a entrada de qualquer um, independentemente de posição ou linhagem. — Considerei as palavras de Rhys. — Vocês... havia bibliotecas antes da Guerra?

É evidente que sim, mas o que eu queria dizer...

— Sim. Ótimas bibliotecas, cheias de acadêmicos rabugentos capazes de encontrar tomos datados de milhares de anos. Mas os humanos não podiam entrar, a não ser se fossem escravizados de alguém em algum afazer, e, mesmo assim, vigiados de perto.

— Por quê?

— Porque os livros eram cheios de magia e de coisas que eles queriam esconder dos humanos. — Rhys deslizou as mãos para os bolsos, me guiando por um corredor iluminado apenas por esferas de luz feérica erguidas pelas mãos de belas estátuas femininas representando Grã-Feéricas e feéricas. — Os acadêmicos e os bibliotecários se recusavam a ter escravizados próprios, alguns por motivos pessoais, mas principalmente porque não queriam que tivessem acesso a livros e arquivos.

Rhys indicou outra escadaria curva. Devíamos estar muito abaixo da montanha, o ar estava seco e frio... e pesado. Como se tivesse ficado preso ali dentro durante eras.

— O que aconteceu com as bibliotecas depois da construção da muralha?

Rhys fechou as asas quando as escadas se tornaram mais estreitas, e o teto, mais baixo.

— A maioria dos acadêmicos teve tempo suficiente para fugir, e puderam atravessar com os livros. Mas, se não tivessem tempo ou força bruta... — Um músculo se contraiu no maxilar de Rhys. — Eles queimavam as bibliotecas. Em vez de deixar que os humanos tivessem acesso às preciosas informações.

Um calafrio percorreu minha coluna.

— Preferiam perder a informação para sempre?

Rhys assentiu, a luz fraca emoldurando seus cabelos preto-azulados.

— Além dos preconceitos, o medo era de que os humanos encontrassem feitiços perigosos, e de que os usassem contra nós.

— Mas nós... Quero dizer, *eles* não têm magia. Humanos não têm magia.

— Alguns têm. Em geral aqueles que têm ancestrais feéricos distantes. Mas alguns desses feitiços não requerem magia de quem os realiza, apenas as palavras certas, ou o uso de ingredientes.

As palavras de Rhys despertaram algo em minha mente.

— Eles podiam... bem, óbvio que o fizeram, mas... Humanos e feéricos um dia cruzaram. O que aconteceu com os herdeiros? Para onde iria um meio feérico e meio humano, depois que ergueram a muralha?

Rhys passou para um corredor ao pé das escadas, revelando uma ampla passagem de pedra vermelha escavada e um conjunto selado de portas de obsidiana, veios de prata corriam por ele. Lindo... apavorante. Como se alguma grande besta fosse mantida ali dentro.

— Não acabou bem para os de linhagem mista — revelou Rhys, depois de um momento. — Muitos eram filhos de uniões indesejadas. Em geral, a maioria escolhia ficar com as mães humanas, as famílias humanas. Mas, depois da muralha, entre os humanos, eram um... lembrete do que fora feito, dos inimigos à espreita além da barreira. Na melhor das hipóteses, eram isolados, párias, e seus filhos também, caso herdassem os traços físicos. Na pior das hipóteses... Os humanos estavam com raiva naqueles anos iniciais, e também a primeira geração depois. Queriam que alguém pagasse pela escravidão, pelos crimes contra eles. Mesmo que aqueles de linhagem mista não tivessem feito nada errado... Não acabou bem.

Rhys se aproximou das portas, que se abriram com um vento fantasma, como se a própria montanha vivesse para servi-lo.

— E aqueles acima da muralha?

— Foram considerados ainda menores que os feéricos inferiores. Ou eram malquistos em todos os lugares ou... muitos encontraram trabalho nas ruas. Vendendo o próprio corpo.

— Aqui em Velaris? — Minhas palavras mal passaram de um sussurro.

— Meu pai ainda era Grão-Senhor na época — respondeu Rhys, enrijecendo as costas. — Não tínhamos permitido qualquer humano, escravizado ou livre, em nosso território durante séculos. Ele não os deixou entrar, para se prostituir ou encontrar refúgio.

— E depois que você virou Grão-Senhor?

Rhys parou diante da luz fraca que se espalhava adiante.

— Àquela altura era tarde demais para a maioria. É difícil... oferecer refúgio a alguém sem poder explicar *onde* ficava esse lugar seguro. Revelar a verdade sem perder a ilusão de crueldade implacável. — A luz de estrelas tremeluziu nos olhos de Rhysand. — Ao longo dos anos, encontramos uns poucos. Alguns conseguiram chegar até aqui. Outros já... não podiam ser ajudados.

Algo se moveu na escuridão, além das portas, mas mantive a concentração no rosto de Rhysand, nos ombros tensos.

— Se a muralha cair, você...? — Não consegui terminar a frase.

Rhys passou os dedos entre os meus, entrelaçando nossas mãos.

— Sim. Se houver aqueles, humanos ou feéricos, que precisem de um lugar seguro... esta cidade estará aberta a eles. Velaris esteve fechada por tanto tempo... tempo de mais talvez. Acrescentar pessoas novas, de lugares diferentes, com histórias e culturas diferentes... Não vejo como isso poderia ser algo ruim. A transição pode ser mais complexa do que esperamos, mas... sim. Os portões desta cidade estarão abertos para aqueles que precisarem de sua proteção. Para qualquer um que consiga chegar até aqui.

Apertei a mão de Rhys, sentindo os calos penosamente adquiridos nela. Não, eu não deixaria que ele carregasse o fardo daquela guerra, seu custo, sozinho.

Rhys olhou para as portas abertas — para a figura encapuzada e coberta por uma túnica aguardando pacientemente nas sombras além. Cada tendão e osso dolorido se enrijeceu quando vi as vestes pálidas, o capuz coroado com uma pedra azul límpida, a tela que poderia ser abaixada sobre os olhos...

Sacerdotisa.

— Esta é Clotho — apresentou Rhys tranquilamente, soltando minha mão para me guiar até a fêmea à espera. O peso da mão em minha lombar me disse o suficiente sobre o quanto Rhys sabia que a visão de Clotho me abalaria. — É uma das dezenas de sacerdotisas que trabalham aqui.

Clotho abaixou a cabeça, fazendo uma reverência, mas não disse nada.

— Eu... eu não sabia que as sacerdotisas deixavam os templos.

— Uma biblioteca é como um templo — argumentou Rhys, com um sorriso sarcástico. — Mas as sacerdotisas daqui... — Quando entramos na biblioteca, luzes adequadas, douradas, se acenderam. Como se Clotho estivesse em total escuridão até que entrássemos. — São especiais. Únicas.

Ela inclinou a cabeça no que poderia ter sido interesse. O rosto da sacerdotisa permaneceu na sombra, e o corpo esguio estava escondido por aquelas vestes pálidas e pesadas. Silêncio... no entanto, vida dançava em torno da feérica.

Rhys deu um sorriso caloroso para a sacerdotisa.

— Encontrou os textos?

E somente quando Clotho agitou a cabeça em um movimento que indicava "mais ou menos" percebi que não podia ou não queria falar. A sacerdotisa indicou a esquerda — a biblioteca propriamente.

E desviei os olhos da sacerdotisa muda por tempo o bastante para observar a biblioteca.

Não era uma sala cavernosa em uma mansão. Nem de perto.

Aquilo era...

Era como se a base da montanha tivesse sido escavada por alguma besta imensa, deixando um poço que descia para o coração escuro do mundo. Em torno daquele buraco aberto, talhados da própria montanha, espiralavam vários níveis de estantes, livros e áreas de leitura, que davam para a escuridão de nanquim. Pelo que pude ver dos diversos níveis quando perambulei na direção do parapeito de pedra entalhada que se erguia sobre a queda, as estantes disparavam para longe, dentro da própria montanha, como os raios de uma roda gigantesca.

E em meio àquilo tudo, flutuando como asas de mariposas, havia o farfalhar de papel e pergaminho.

Silenciosa, mas viva. Desperta e murmurando inquieta, uma besta de muitos braços, trabalhando constantemente. Olhei para cima, descobrindo mais níveis na direção da Casa no alto. E espreitando bem abaixo... Escuridão.

— O que há no fundo do poço? — perguntei, quando Rhys chegou a meu lado, roçando o ombro no meu.

— Uma vez desafiei Cassian a voar até embaixo e ver. — Rhys apoiou as mãos no parapeito, olhando para baixo, para a escuridão.

— E?

— E ele subiu de volta mais rápido que jamais o vi voar, branco como a morte. Jamais me contou o que viu. Durante as primeiras semanas, achei que fosse uma brincadeira, apenas para aguçar minha curiosidade. Mas, quando finalmente decidi ver por conta própria, um mês depois, ele ameaçou me amarrar a uma cadeira. Disse que era melhor que algumas coisas não fossem vistas ou perturbadas. Faz duzentos anos, e Cassian ainda não quer me dizer o que viu. Se por acaso menciono, ele fica pálido e trêmulo e passa algumas horas sem falar.

Meu sangue gelou.

— É... algum tipo de monstro?

— Não faço ideia. — Rhys indicou Clotho com o queixo, a sacerdotisa pacientemente esperava alguns passos atrás, com o rosto nas sombras. — Elas não falam ou escrevem a respeito, então, se sabem... Certamente não me contarão. E, se ele não nos incomoda, não vou incomodá-lo. Se é que é um *ele*. Cassian jamais disse se viu algo vivo lá embaixo. Talvez seja algo totalmente diferente.

Considerando as coisas que eu já testemunhara... Não queria pensar no que jazia no fundo da biblioteca. Ou no que poderia deixar Cassian, que vira partes mais terríveis e mortais do mundo do que eu jamais poderia imaginar, tão apavorado.

Com as vestes farfalhando, Clotho seguiu para a passarela inclinada até o interior da biblioteca, e nós a acompanhamos. O piso era de pedra vermelha, como o restante do palácio, mas liso e polido. Eu me perguntei se alguma das sacerdotisas descera de trenó pelo caminho espiralado.

Não que eu saiba, respondeu Rhys em minha mente. *Mas Mor e eu certa vez tentamos quando crianças. Minha mãe nos pegou depois do terceiro nível, e fomos mandados para a cama sem jantar.*

Contive o sorriso. *Foi um crime tão grave?*

Foi, passamos óleo no chão, e os acadêmicos viviam caindo.

Tossi para acobertar a risada, abaixando a cabeça, mesmo com Clotho alguns passos adiante.

Passamos por fileiras de livros e pergaminhos, as prateleiras embutidas na própria pedra ou feitas de madeira escura e sólida. Corredores ladeados pelos dois tipos de prateleira sumiam para dentro da própria montanha, e, de vez em quando, uma pequena área de leitura surgia, cheia de mesas arrumadas, lâmpadas de vidro queimando luz tênue e poltronas e sofás de estofamento macio. Tapetes antigos de lã decoravam o piso abaixo deles, em geral dispostos diante das lareiras também escavadas da rocha, bem longe de qualquer prateleira, com grades de telas finas o suficiente para reter qualquer brasa que flutuasse.

Aconchegante, apesar do tamanho do espaço; quente, apesar do terror desconhecido que espreitava abaixo.

Quando os outros me irritam muito, gosto de descer aqui para ter um pouco de paz e silêncio.

Lancei um leve sorriso a Rhys, que continuou olhando para a frente enquanto conversávamos mente a mente.

Não sabem a esta altura que podem encontrar você aqui embaixo?

É óbvio. Mas nunca vou para o mesmo local duas vezes seguidas, então, em geral, levam tanto tempo para me encontrar que não se incomodam. Além do mais, sabem que, se estou aqui, é porque quero ficar sozinho.

Pobrezinho do Grão-Senhor, cantarolei. *Precisando fugir para encontrar a solidão perfeita e para ficar emburrado.*

Rhys beliscou minha bunda, e mordi o lábio para conter um gritinho.

Podia ter jurado que os ombros de Clotho estremeceram com risos.

Mas, antes que eu pudesse brigar com Rhys pela dor ondulante que os músculos doloridos de minhas costas sentiram depois do movimento repentino, Clotho nos levou para uma área de leitura cerca de três níveis abaixo; a imensa escrivaninha estava cheia de livros antigos e grossos, encapados com diversos tipos de couro escuro.

Uma pilha organizada de papéis estava disposta de um lado, junto a uma variedade de canetas, e as lâmpadas para leitura brilhavam com força total, alegres e reluzentes contra a escuridão. Uma bandeja prateada com utensílios de chá reluzia sobre uma mesa baixa entre dois sofás de couro diante da lareira crepitante, e vapor subia em espirais do bico arqueado da chaleira. Biscoitos e pequenos sanduíches enchiam a bandeja ao lado daquela, com uma gorda pilha de guardanapos que subitamente indicavam que deveríamos usá-los antes de tocar os livros.

— Obrigado — agradeceu Rhys à sacerdotisa, que apenas tirou um livro da pilha reunida, sem dúvida, por ela mesma e abriu em uma página marcada. A antiga fita de veludo tinha cor de sangue velho, mas foi a mão da sacerdotisa que me chocou quando encontrou a luz dourada das lâmpadas.

Os dedos da mulher eram tortos. Dobrados e retorcidos em tais ângulos que eu acreditaria que a sacerdotisa tinha nascido daquela forma, não fosse pelas cicatrizes.

Por um segundo, eu estava em um bosque de primavera. Por um segundo, ouvi o esmagar de pedra sobre carne e osso enquanto obrigava outra sacerdotisa a esmagar a própria mão. Diversas vezes.

Rhys colocou a mão em minha lombar. O esforço que Clotho devia ter feito para colocar tudo no lugar com aquelas mãos retorcidas...

Mas ela olhou para outro livro — ou pelo menos a cabeça da sacerdotisa se virou naquela direção —, e o exemplar deslizou até ela.

Magia. Certo.

Clotho gesticulou com um dedo torto para duas direções diferentes, a página que escolhera e, depois, o livro.

— Vou olhar — respondeu Rhys, e então inclinou a cabeça. — Chamaremos se precisarmos de alguma coisa.

Clotho fez uma reverência de novo e começou a caminhar para longe, com cuidado e em silêncio.

— Obrigada — agradeci.

A sacerdotisa parou, olhou para trás e fez uma reverência com a cabeça; o capuz oscilou.

Em segundos, Clotho tinha partido.

Olhei para onde ela foi, mesmo quando Rhys se sentou em uma das duas cadeiras diante das pilhas de livros.

— Há muito tempo, Clotho foi ferida muito gravemente por um grupo de machos — explicou Rhys, baixinho.

Não precisei de detalhes para saber o que aquilo significava. A tensão na voz de Rhys dizia muito.

— Cortaram sua língua para que não pudesse contar a ninguém quem a ferira. E lhes esmagaram as mãos para que não pudesse escrever. — Cada palavra parecia mais ríspida que a anterior, e a escuridão murmurou pelo pequeno espaço.

Meu estômago se revirou.

— Por que não a mataram?

— Porque dessa forma era mais divertido. Quero dizer, até que Mor a encontrou. E a trouxe até mim.

Quando Rhys sem dúvida olhou dentro da mente de Clotho e viu o rosto dos agressores.

— Deixei que Mor os caçasse. — As asas de Rhys se fecharam com força. — E, quando ela terminou, ficou aqui embaixo durante um mês. Ajudando Clotho a se curar do melhor jeito possível, mas também... limpando a mancha deles. — O trauma de Mor fora diferente, mas... entendi por que ela fez aquilo, porque quisera estar ali. E me perguntei se aquilo lhe dera algum tipo de conclusão.

— Cassian e Azriel se curaram por completo depois de Hybern. Nada pôde ser feito por Clotho?

— Os machos... a curavam conforme a feriam. Tornando os ferimentos permanentes. Quando Mor a encontrou, os danos já tinham sido feitos. Não tinham terminado as mãos de Clotho, então, pudemos salvá-las, dar algum uso, mas... Para curar a sacerdotisa, os ferimentos precisariam ser reabertos. Ofereci tirar a dor enquanto isso era feito, no entanto... Ela não podia suportar o que seria libertado em sua mente ao ter os ferimentos reabertos. No coração. Clotho mora aqui embaixo desde então, com outras como ela. A magia ajuda com a mobilidade.

Eu sabia que deveríamos começar a trabalhar, mas perguntei:

— Todas... as sacerdotisas nesta biblioteca são como ela?

— Sim.

A palavra continha séculos de ódio e dor.

— Transformei esta biblioteca em um refúgio para elas. Algumas vêm se curar, trabalham como acólitos, e então partem; outras fazem os juramentos ao Caldeirão e à Mãe para se tornarem sacerdotisas e permanecer aqui para sempre. Mas elas é que decidem se vão ficar uma semana ou a vida toda. Forasteiros têm permissão de usar a biblioteca para pesquisa, mas apenas se as sacerdotisas aprovarem. E apenas se fizerem juramentos irrevogáveis de não causarem mal enquanto visitam. Esta biblioteca pertence a elas.

— Quem estava aqui antes das sacerdotisas?

— Alguns acadêmicos velhos e rabugentos, que me amaldiçoaram profundamente quando os realoquei para outras bibliotecas da cidade. Eles ainda têm acesso, mas quando e onde é sempre aprovado antes pelas sacerdotisas.

Escolha. Sempre fora uma questão de minha escolha com ele. E para os demais também. Muito antes de Rhys aprender sobre isso do jeito mais difícil. A questão devia estar em meus olhos, porque Rhys acrescentou:

— Vim muito aqui naquelas semanas depois de Sob a Montanha.

Minha garganta se fechou em um nó quando me inclinei para dar um leve beijo em sua bochecha.

— Obrigada por compartilhar este lugar comigo.

— Pertence a você também agora. — E soube que Rhys queria dizer não apenas em termos de sermos parceiros, mas... das formas como pertencia às demais fêmeas ali. Que tinham sofrido e sobrevivido.

Dei um meio sorriso a ele.

— Suponho que seja um milagre que eu sequer suporte ficar no subterrâneo.

Mas as feições de Rhys permaneceram sérias, contemplativas.

— É. — Ele acrescentou baixinho: — Tenho muito orgulho de você.

Meus olhos arderam, e pisquei quando me virei para os livros.

— E suponho — falei, me esforçando para soar brincalhona — que seja um milagre que eu consiga realmente *ler* essas coisas.

O sorriso de Rhys em resposta foi lindo... e um pouquinho malicioso.

— Acredito que minhas liçõezinhas tenham ajudado.

— Sim, "*Rhysand é o melhor amante com que uma fêmea poderia sonhar*" foi sem dúvida como aprendi a ler.

— Só estava tentando lhe dizer o que agora sabe.

Meu sangue esquentou um pouco.

— Hummm... — Foi tudo o que eu disse, puxando um livro em minha direção.

— Tomarei esse *hummm* como um desafio. — A mão de Rhys deslizou por minha coxa e, então, segurou meu joelho em concha, o polegar acariciou a lateral. Mesmo sob a roupa de couro, o calor de Rhys escorria até meus ossos. — Talvez arraste você até o meio dessas estantes para ver se consegue se manter quieta.

— Hummm... — Folheei as páginas, sem ver o texto.

A mão de Rhys começou uma exploração letal e provocadora por minha coxa, os dedos roçaram pelo interior sensível. Mais e mais alto. Rhys se inclinou para puxar um livro para si, mas sussurrou ao meu ouvido:

— Ou talvez eu a jogue nesta mesa e a lamba até gritar tão alto que vai acordar o que quer que esteja no fundo da biblioteca.

Virei a cabeça para Rhys. Seus olhos estavam vítreos, as pálpebras pesadas.

— Eu estava totalmente comprometida com esse plano — falei, mesmo quando a mão de Rhys parou muito, *muito* perto da junção entre minhas coxas — até que você mencionou aquela *coisa* lá embaixo.

Um sorriso felino. Rhysand me encarou enquanto passava a língua pelo próprio lábio inferior.

Meus seios ficaram rígidos sob a camisa, e o olhar de Rhys desceu... observando.

— Achei — ponderou meu parceiro — que nossa brincadeira esta manhã seria suficiente para contê-la até a noite. — A mão de Rhys deslizou entre minhas pernas, apalpando-me atrevidamente, o polegar pressionou um ponto latejante. Um gemido baixo escapuliu de mim, e minhas bochechas coraram em seguida. — Aparentemente, não fiz um trabalho muito bom em satisfazê-la, se fica tão facilmente excitada depois de poucas horas.

— Canalha — sussurrei, mas a palavra saiu entrecortada. O polegar de Rhys pressionou com mais força, formando um círculo áspero.

Rhys se aproximou de novo, beijando meu pescoço — naquele ponto bem abaixo da orelha — e disse, contra minha pele:

— Vejamos de que nomes me chama quando minha cabeça estiver entre suas pernas, Feyre querida.

E, então, ele sumiu.

Atravessou para longe, levando metade dos livros consigo. Fiquei assustada, meu corpo pareceu estranho, frio, desorientado.

Onde diabo está você? Procurei em volta e não encontrei nada além de sombras, chamas alegres e livros.

Dois níveis abaixo.

E por que *está dois níveis abaixo?* Tomei impulso para sair da cadeira, e minhas costas doeram em protesto quando disparei para a passarela e a grade adiante, e, então, olhei para baixo, para a escuridão.

De fato, em uma área de leitura dois níveis abaixo, consegui ver o cabelo e as asas pretos; conseguia espiar Rhys recostado em uma cadeira diante de uma escrivaninha idêntica, com um tornozelo cruzado sobre um joelho. Rindo para mim.

Porque não consigo trabalhar com você me distraindo.

Olhei para ele com raiva. Eu *estou distraindo* você?

Se estiver sentada a meu lado, a última coisa em minha mente é ler livros velhos e empoeirados. Principalmente quando está usando todo esse couro justo.

Porco.

A risada de Rhys ecoou biblioteca acima, em meio aos papéis flutuantes e ao riscar das canetas das sacerdotisas que trabalhavam.

Como pode atravessar dentro da Casa? Achei que havia proteções contra isso.

Aparentemente, a biblioteca fez as próprias regras.

Ri com deboche.

Duas horas de trabalho, prometeu Rhys, voltando-se para a mesa e abrindo as asas — uma verdadeira tela para bloquear minha visão. E a visão que tinha de mim. *Depois, podemos brincar.*

Fiz um gesto vulgar para ele.

Eu vi isso.

Fiz de novo, e a risada de Rhys subiu até mim quando virei para os livros empilhados à frente e comecei a ler.

✠

Encontramos uma diversidade de informações sobre a muralha e sua formação. Quando comparamos as anotações duas horas depois, muitos dos textos eram divergentes, todos alegavam autoridade absoluta sobre o assunto. Mas havia alguns detalhes semelhantes e desconhecidos a Rhys.

Ele estava se curando no chalé nas montanhas quando formaram a muralha, quando assinaram aquele Tratado. As informações que surgiram eram obscuras, na melhor das hipóteses, mas os vários textos sobre o surgimento da muralha e suas regras desenterrados por Clotho concordavam em um ponto: ela jamais fora feita para durar.

Não, inicialmente, a muralha fora uma solução temporária... a fim de dividir humanos e feéricos até que a paz se estabelecesse por tempo bastante para depois reuni-los. E decidir como viveriam juntos — como um único povo.

Mas a muralha permanecera. Humanos tinham envelhecido e morrido, e seus filhos se esqueceram das promessas dos pais, dos avós, dos ancestrais. E os Grão-Feéricos que sobreviveram... era um mundo novo, sem escravizados. Feéricos menores substituíram aqueles que faziam o trabalho não remunerado; fronteiras territoriais foram redesenhadas a fim de acomodar os desalojados. Uma mudança tão grande no mundo naqueles primeiros séculos, tantos trabalhando para superar a guerra, para se curar, que a muralha... a muralha se tornou permanente. A muralha se tornou lenda.

— Mesmo que todas as sete cortes se aliem — comecei, enquanto comíamos uvas de uma vasilha de prata em uma sala silenciosa na Casa do Vento, depois de deixarmos a biblioteca escura atrás da muito necessária luz do sol —, mesmo que Keir e a Corte dos Pesadelos se juntem a nós... Teremos chances nessa guerra?

Rhys se recostou na cadeira bordada diante da janela de teto ao chão. Velaris era uma extensão brilhante abaixo e adiante: serena e linda, mesmo com as cicatrizes da batalha agora manchando-a.

— Exército contra exército, a possibilidade de vitória é pequena.

— Palavras diretas, sinceras.

Eu me virei na cadeira idêntica do outro lado da mesa baixa entre nós.

— Você poderia...? Se você e o rei de Hybern se enfrentassem cara a cara...

— Se eu venceria? — Rhys ergueu uma sobrancelha e observou a cidade. — Não sei. Ele foi esperto ao manter oculta a extensão do próprio poder. Mas precisou usar truques e ameaças para nos vencer naquele dia em Hybern. Tem milhares de anos de conhecimento e treino. Se ele e eu lutássemos... Duvido que o rei deixaria chegar a esse ponto. Ele tem mais chance de vitória certa ao nos massacrar em quantidade, ao nos sobrepujar. Se lutássemos corpo a corpo, se ele chegasse a aceitar um desafio meu... os danos seriam catastróficos. E isso sem que use o Caldeirão.

Meu coração retumbou. Rhys prosseguiu:

— Estou disposto a aceitar o fardo... se significar que os demais pelo menos se *unirão* a nós contra ele.

Agarrei os braços estofados da cadeira.

— Não deveria precisar.

— Pode ser a única escolha.

— Não aceito isso como opção.

Ele piscou para mim.

— Prythian pode precisar de mim como uma opção. — Porque, com aquele poder... Rhys enfrentaria o rei e o exército inteiro. Acabaria se esgotando até...

— *Eu* preciso de você. Como uma opção. Em *meu* futuro.

Silêncio. E, mesmo com o sol aquecendo meus pés, um frio terrível se espalhou por meu corpo.

Rhys engoliu em seco.

— Se isso significar dar um futuro a você, então estou disposto a fazer...

— Não fará tal *coisa*. — Ofeguei entre dentes, me inclinando para a frente na cadeira.

Rhys apenas observou, os olhos sombrios.

— Como pode pedir que eu não dê tudo o que tenho para garantir que você, que minha família e meu povo sobrevivam?

— Você já deu o *bastante*.

— Não o suficiente. Ainda não.

Era difícil respirar, ver além da ardência nos olhos.

— Por quê? De onde isso *vem*, Rhys?

Pela primeira vez, ele não respondeu.

E havia algo tão frágil na expressão de Rhys, alguma ferida antiga e aberta reluzindo ali, que suspirei, esfreguei o rosto e, então, falei:

— Apenas... trabalhe comigo. Com todos nós. *Juntos*. Esse não é um fardo só seu.

Ele pegou outra uva do cacho, mastigou. Os lábios de Rhys se repuxaram em um leve sorriso.

— Então, o que você propõe?

Ainda conseguia ver aquela vulnerabilidade nos olhos de Rhysand, ainda a sentia por aquele laço entre nós, mas inclinei a cabeça. Repassei tudo o que sabia, tudo o que acontecera. Considerei os livros que li na biblioteca abaixo. Uma biblioteca que abrigava...

— Amren nos avisou para jamais unir as duas metades do Livro — ponderei. — Mas nós... *eu* as uni. Ela falou que coisas mais antigas poderiam ser... despertadas por ele. Poderiam vir farejando.

Rhys cruzou o tornozelo sobre um joelho.

— Hybern pode ter os números — continuei. — Mas e se tivéssemos os monstros? Você disse que Hybern antecipará a chegada de uma aliança com todas as cortes, mas talvez não uma com coisas completamente desconectadas. — Inclinei o corpo. — E não estou falando dos monstros perambulando no mundo. Estou falando de um em particular, que não tem nada a perder e tudo a ganhar.

Um que eu faria tudo em meu poder para usar, em vez de deixar que Rhys enfrentasse aquele fardo sozinho.

Ele ergueu as sobrancelhas.

— Hã?

— O Entalhador de Ossos — expliquei. — Ele e Amren vêm buscando um caminho de volta aos respectivos mundos. — O Entalhador tinha sido insistente, irredutível, ao me perguntar naquele dia na Prisão sobre aonde eu fora durante a morte. Eu podia jurar que Rhys empalideceu, mas acrescentei: — Imagino se não estaria na hora de perguntar a ele o que daria pelo retorno ao lar.

Capítulo 21

Os músculos doloridos em minhas costas, no abdômen e nas coxas se revoltaram de vez quando Rhys e eu nos despedimos e meu parceiro foi buscar Cassian — que me acompanharia até a Prisão na manhã seguinte. Se fôssemos os dois, talvez parecesse muito... desesperado, muito vital. Mas, se a Grã-Senhora e seu general fossem visitar o Entalhador para fazer algumas perguntas hipotéticas...

Isso revelaria nossa jogada, mas talvez não tanto do quanto precisávamos de um pouco mais de ajuda. E Cassian, o que não foi surpresa, sabia mais sobre o Entalhador que qualquer outra pessoa, devido a alguma fascinação mórbida por todos os detentos da Prisão. Principalmente porque fora o responsável por aprisionar alguns deles.

Mas, enquanto Rhys buscava Cassian, eu tinha uma tarefa própria.

Estava estremecendo e chiando conforme caminhava pelos corredores vermelhos escuros da Casa para encontrar minha irmã e Amren. Para ver qual das duas ainda estava de pé depois da primeira lição. Entre outras coisas.

Eu as encontrei em um escritório silencioso e esquecido, encarando-se friamente.

Livros estavam espalhados sobre a mesa entre as duas. O tique-taque de um relógio ao lado dos armários empoeirados era o único barulho.

— Desculpem interromper o concurso de quem pisca por último — ironizei, permanecendo à porta. Esfreguei um ponto em minha lombar. — Queria ver como ia a primeira lição.

— Bem. — Amren não tirou os olhos de minha irmã, um leve sorriso brincando na boca vermelha.

Estudei Nestha, que olhava para Amren com uma expressão completamente inexpressiva.

— O que estão fazendo?

— Esperando — respondeu Amren.

— Pelo quê?

— Até que os enxeridos nos deixem em paz.

Enrijeci o corpo, pigarreei.

— Isso é parte do treinamento?

Amren virou a cabeça para mim com uma lentidão exagerada, e os cabelos escorridos na altura do queixo se moveram com o gesto.

— Rhys tem um método próprio para treiná-la. Eu tenho o meu. — Os dentes brancos de Amren brilharam com cada palavra. — Visitaremos a Corte dos Pesadelos amanhã à noite... ela precisa de *algum* treinamento básico antes de irmos.

— Como o quê?

Amren suspirou para o teto.

— Proteger-se. De mentes e poderes curiosos.

Pisquei. Deveria ter pensado nisso. Que, se Nestha se juntaria a nós, se estaria na Cidade Escavada... precisaria de defesas além do que podíamos oferecer.

Nestha, por fim, me olhou, com a expressão mais fria que nunca.

— Você está bem? — perguntei a minha irmã.

Amren emitiu um estalo com a língua.

— Sim. Teimosa como um asno, mas, como vocês são parentes, não me surpreende.

Fiz cara de irritação.

— Como eu deveria saber quais são seus métodos? Até onde sei, você adquiriu algumas técnicas horríveis naquela Prisão.

Cuidado. Muito, muito cuidado.

— Aquele lugar me ensinou muitas coisas, mas certamente não isto — sibilou Amren.

Inclinei a cabeça, a máscara da curiosidade.

— Chegou a interagir com os demais?

Quanto menos pessoas soubessem de minha visita ao Entalhador no dia seguinte, mais seguro seria; menos chances de que a informação chegasse a Hybern. Não por medo de traição, mas... sempre havia um risco.

Azriel, agora em busca de informações sobre a Corte Outonal, seria informado quando retornasse naquela noite. Mor... Eu falaria em algum momento. Mas Amren... Rhys e eu tínhamos decidido não contar a Amren por enquanto. Da última vez que fomos até a Prisão, ela ficara... difícil. Revelar nosso plano de libertar um dos colegas detentos? Talvez não fosse a melhor coisa a mencionar enquanto esperávamos que Amren encontrasse uma forma de consertar aquela muralha... e de treinar minha irmã.

Impaciência brilhou no rosto de Amren, e aqueles olhos prateados se incendiaram.

— Só conversávamos por sussurros e ecos através da pedra, menina. E fiquei feliz por isso.

— O que é a Prisão? — perguntou Nestha, por fim.

— Um inferno sepultado em uma rocha — respondeu Amren. — Cheia de criaturas que, agradeça à Mãe, não mais caminham livremente por este mundo.

Nestha franziu profundamente a testa, mas se calou.

— Como quem? — perguntei. Qualquer informação extra que Amren pudesse dar...

Ela exibiu os dentes.

— Estou dando uma aula de magia, não de história. — Amren gesticulou para me dispensar. — Se quer fofocar, vá encontrar um dos cães. Tenho certeza de que Cassian ainda está farejando no andar de cima.

Os lábios de Nestha se curvaram para cima.

Amren apontou para ela um dedo fino, encimado por uma unha afiada, pintada.

— *Concentre-se*. Órgãos vitais *devem* ser protegidos o tempo todo.

Bati com a mão no umbral da porta aberta.

— Vou continuar procurando por mais informações para você na biblioteca, Amren. — Sem resposta. — Boa sorte — acrescentei.

— Ela não precisa de sorte — respondeu Amren. Nestha conteve uma risada.

Tomei isso como o único adeus que receberia. Talvez deixar que Amren e Nestha treinassem juntas tivesse sido... uma má escolha. Mesmo que a ideia de libertar as duas contra a Corte dos Pesadelos... Sorri um pouco ao pensar naquilo.

Quando Mor, Rhys, Cassian e eu nos reunimos para jantar na casa da cidade — Azriel ainda estava fora, espionando —, meus músculos doíam tanto que mal consegui subir as escadas da entrada. Tanto que qualquer plano de visitar Lucien na Casa depois da refeição desapareceu. Mor estava irritadiça e calada o tempo todo, sem dúvida por antecipação à visita na noite seguinte.

Ela precisara trabalhar muitas vezes com Keir ao longo dos séculos, mas, no dia seguinte... Ela avisou a Rhys apenas uma vez, enquanto comíamos, que ele deveria considerar minuciosamente qualquer oferta de Keir em troca do exército. Rhys dera de ombros, dissera que pensaria a respeito quando chegasse o momento. Uma não resposta — e uma que fez Mor trincar os dentes.

Não a culpei. Muito antes da Guerra, a família de Mor a violentara de formas que eu não me permitia imaginar. Menos de um dia até que eu os encontrasse de novo... que *lhes* pedisse ajuda. Trabalhasse com eles.

Rhys, que a Mãe o abençoasse, deixou um banho de banheira a minha espera depois da refeição.

Eu precisaria de toda a minha força para o dia seguinte. Para os monstros que enfrentaria sob duas montanhas muito diferentes.

Não visitava aquele lugar havia meses. Mas as paredes de pedra escavada eram exatamente como as vira da última vez, e a escuridão ainda era interrompida por tochas presas a suportes.

Não era a Prisão. Era Sob a Montanha.

Mas, em vez do corpo mutilado de Clare empalado à parede alta acima de mim...

Os olhos azul-esverdeados ainda estavam arregalados de terror. Foram-se a frieza arrogante, a elevação majestosa do queixo.

Nestha. Tinham feito com ela exatamente o que fizeram com Clare, cada um dos ferimentos.

E atrás de mim, gritando e suplicando...

Eu me virei e vi Elain, nua e chorando, amarrada àquele poço imenso. O que certa vez me ameaçaram de sofrer. Feéricos de corpos retorcidos, mascarados, rodavam as manivelas de ferro, girando Elain...

Tentei me mover. Tentei avançar.

Mas estava paralisada. Completamente atada por correntes invisíveis no chão.

Uma risada feminina subiu do outro lado daquele salão do trono. Do altar. Agora vazio.

Vazio porque aquela era Amarantha, caminhando pela escuridão, por algum corredor que não estivera lá antes, mas que agora se estendia até o nada.

Rhysand seguia um passo atrás da feérica. Ia com Amarantha. Para aquele quarto.

Ele olhou por cima do ombro para mim, apenas uma vez.

Por cima das asas. As asas, que estavam abertas, que Amarantha veria e destruiria logo depois de...

Eu gritava para que Rhysand parasse. Debatendo-me por aquele laço. A súplica de Elain se elevou, mais e mais alta. Rhys continuou andando com Amarantha. Deixou que ela pegasse sua mão e o puxasse.

Eu não conseguia me mover, não conseguia impedir, nada daquilo...

Fui puxada para fora do sonho como um peixe que se debate em uma rede lançada no fundo do mar.

E quando emergi... Só estava ali pela metade. Metade dentro de meu corpo, metade Sob a Montanha, observando enquanto...

— Respire.

A palavra era uma ordem. Envolta naquele comando primitivo que ele tão raramente empunhava.

Mas meus olhos se concentraram. Meu peito se elevou. Voltei um pouco mais para o meu corpo.

— De novo.

E eu o fiz. Seu rosto surgiu, luzes feéricas murmurando ao ganhar vida dentro das lâmpadas e das tigelas de nosso quarto. Suas asas estavam fechadas com firmeza, emoldurando os cabelos embaraçados, o rosto pálido.

Rhys.

— De novo — disse ele, apenas. Obedeci.

Meus ossos tinham se tornado frágeis, meu estômago era uma confusão revirada. Fechei os olhos, combatendo a náusea. Terror ondulante manteve as garras bem enterradas. Eu ainda conseguia ver: a forma como ela o levou por aquele corredor. Até...

Tive ânsia, virei para a beira do colchão, e me segurei com força enquanto meu corpo tentava esvaziar seu conteúdo no tapete. A mão de Rhys foi imediatamente para minhas costas, fazendo círculos tranquilizadores. Completamente disposto a me permitir vomitar bem do lado da cama. Mas eu me concentrei na respiração.

Em abafar aquelas lembranças, uma a uma. Memórias pintadas de novo.

Fiquei com metade do corpo para fora da cama por vários minutos. Rhys esfregava minhas costas o tempo todo.

Quando finalmente consegui me mover, quando a náusea passou... Eu me virei de novo. E vi aquele rosto... Passei os braços por sua cintura, agarrando o mais forte que pude enquanto Rhys dava um beijo silencioso em meu cabelo, lembrando-me diversas vezes de que tínhamos saído. Tínhamos sobrevivido. Nunca mais... nunca mais eu deixaria que alguém o ferisse daquela forma. Que ferissem minhas irmãs daquela forma.

Nunca mais.

Capítulo 22

Senti a atenção de Rhys sobre mim enquanto me vestia na manhã seguinte e durante nosso farto café da manhã. Mas Rhys não insistiu, não exigiu saber o que me arrastara para aquele inferno histérico.

Fazia muito tempo desde que aqueles pesadelos tinham tirado qualquer um de nós do sono. Confundindo os limites.

Somente quando estávamos no saguão, esperando por Cassian para atravessarmos até a Prisão, Rhys me perguntou, de onde estava recostado contra o corrimão da escada:

— Precisa conversar a respeito?

Meu couro illyriano rangeu quando me virei para ele.

— Comigo... ou com qualquer um — elucidou Rhys.

Respondi com sinceridade, puxando a ponta da trança.

— Com tudo o que nos pressiona agora, tudo o que está em risco... — Deixei a trança cair. — Não sei. Acho que abriu alguma parte de mim que aos poucos estava cicatrizando. — Cicatrizando graças a nós dois.

Rhys assentiu, sem medo ou reprovação nos olhos.

Então, contei a ele. Tudo. Passando rápido pelas partes que ainda me deixavam enjoada. E, quando terminei, o tremor continuava, mas... Falar sobre aquilo, expor em voz alta para ele...

As garras selvagens daqueles horrores se afrouxaram. Se dissiparam como orvalho sob o sol. Soltei um longo suspiro, como se soprasse aqueles medos de dentro de mim, deixando o corpo relaxar em seguida.

Rhys se afastou silenciosamente do corrimão e me beijou. Uma vez. Duas.

Cassian passou pela porta da frente um segundo depois, e resmungou que era cedo demais para suportar a visão de nós dois nos beijando. Meu parceiro apenas grunhiu para seu general antes de nos pegar pela mão e atravessar conosco até a Prisão.

Rhys segurou meus dedos com mais força que o normal quando o vento ondulou ao redor, e Cassian agora se mantinha sabiamente silencioso. Quando emergimos daquele vento preto e espiralado, Rhys se inclinou para me beijar uma terceira vez, um beijo carinhoso e suave, antes que a luz cinzenta e o vento estrondoso nos recebessem.

Aparentemente, a Prisão era fria e nebulosa não importava a época do ano.

De pé à base da montanha rochosa e musguenta sob a qual a Prisão fora construída, Cassian e eu franzimos a testa para a encosta.

Apesar da roupa de couro illyriano, o frio alcançou meus ossos. Esfreguei os braços, erguendo as sobrancelhas para Rhys, que continuava com o traje de sempre, tão deslocado naquela mancha verde úmida e ventosa em meio a um mar cinzento.

O vento embaraçou os cabelos pretos de Rhys quando ele nos observou, e Cassian já avaliava a montanha, como se fosse algum oponente. Espadas illyrianas gêmeas cruzavam-se às costas musculosas do general.

— Quando estiver lá — disse Rhys, e as palavras foram quase inaudíveis por cima do vento e dos córregos prateados que desciam a encosta da montanha —, não conseguirá se comunicar comigo.

— Por quê? — Esfreguei as mãos já congeladas uma na outra antes de soprar meu hálito quente na concha formada por elas.

— Proteções e feitiços muito mais antigos que Prythian. — Foi a única resposta de Rhys. Ele indicou Cassian com o queixo. — Não se percam de vista.

Foi a seriedade intensa no tom de Rhys que me impediu de responder.

De fato, os olhos de meu parceiro brilhavam severos... sem hesitação. Enquanto estivéssemos ali, Rhys e Azriel discutiriam o que ele havia descoberto sobre as inclinações da Outonal naquela guerra. Então, ajustariam a estratégia para a reunião com os Grão-Senhores. Mas eu conseguia sentir aquele anseio em pedir que se juntasse a nós. Para que zelasse por nós.

— Dê um grito pelo laço quando saírem de novo — falou Rhys, com uma tranquilidade que não lhe alcançava os olhos.

Cassian olhou para trás por cima de um ombro.

— Volte para Velaris, sua mãe coruja. Ficaremos bem.

Rhys lançou outro olhar incomumente severo a Cassian.

— Lembre-se de quem colocou aqui dentro, Cassian.

Cassian apenas fechou as asas, como se cada músculo se preparasse para a batalha. Firme e sólido como a montanha que estávamos prestes a subir.

Com uma piscadela para mim, Rhys sumiu.

Cassian verificou as fivelas das espadas e indicou que eu começasse a longa caminhada montanha acima. Meu estômago deu um nó diante da subida à frente. Do vazio assustador daquele lugar.

— Quem você colocou aqui? — A terra musguenta amortecia meus passos.

Cassian levou um dedo coberto de cicatrizes aos lábios.

— Melhor deixar para outro momento.

Certo. Passei para seu lado, minhas coxas ardiam devido à caminhada íngreme. Névoa resfriava meu rosto. Conservando sua força, Cassian não desperdiçaria um pingo de energia nos protegendo da natureza.

— Acha mesmo que libertar o Entalhador ajudará contra Hybern?

— Você é o general — devolvi, ofegando. — Responda.

Cassian refletiu, enquanto o vento soprava os cabelos escuros sobre o rosto marrom.

— Mesmo que prometa encontrar uma forma de mandá-lo de volta ao próprio mundo com o Livro, ou que lhe dê qualquer que seja a coisa profana que deseje — ponderou Cassian —, acho melhor encontrar uma forma de controlá-lo *neste* mundo, ou enfrentaremos inimigos em todas as frentes. E sei qual nos esfolaria.

— O Entalhador é tão ruim assim?

— Pergunta isso logo antes de nos encontrarmos com ele?

— Presumi que Rhys teria negado terminantemente se fosse *tão* arriscado — sibilei.

— Rhys é conhecido por arquitetar planos que fazem meu coração parar — resmungou Cassian. — Então, não contaria com ele para ser a voz da razão.

Olhei para Cassian com raiva, o que me garantiu um sorriso lupino em resposta.

Mas Cassian observou o céu cinzento e pesado, como se caçasse olhos espiões. Então, olhou o musgo, a grama e as rochas sob nossas botas, como se buscasse ouvidos atentos abaixo.

— Havia vida aqui — disse ele, respondendo minha pergunta, por fim. — Antes de os Grão-Senhores tomarem Prythian. Velhos deuses é como os chamamos. Governavam as florestas, os rios e as montanhas, e alguns *eram* essas coisas. Então, a magia passou para os Grão-Feéricos, que trouxeram o Caldeirão e a Mãe consigo, e, embora os velhos deuses ainda fossem adorados por uma seleta minoria, a maioria das pessoas os esqueceu.

Eu me agarrei a uma grande rocha cinzenta quando a escalei.

— O Entalhador de Ossos era um antigo deus?

Cassian passou a mão pelo cabelo, o Sifão reluzindo à luz aquosa.

— É o que dizem as lendas. Assim como os rumores sobre a capacidade de varrer cem soldados com um sopro.

Um calafrio percorreu minha pele, nada relacionado ao vento gelado.

— Útil em um campo de batalha.

A pele marrom de Cassian empalideceu enquanto os olhos se agitaram diante daquela ideia.

— Não sem as precauções certas. Não sem que ele estivesse obrigado a nos obedecer sob o risco de perder a vida.

Algo em que eu também precisaria pensar, imaginei.

— Como ele acabou aqui, na Prisão?

— Não sei. Ninguém sabe. — Cassian me ajudou a subir um pedregulho, e a mão dele segurou a minha com força. — Mas *como* planeja libertá-lo da Prisão?

Encolhi o corpo.

— Suponho que nossa amiga saiba, pois ela saiu.

Cuidado... precisávamos tomar cuidado ao mencionar o nome de Amren ali.

O rosto de Cassian ficou sério.

— Ela não fala sobre como conseguiu, Feyre. Eu teria cuidado com a maneira como você a pressiona. — Ainda não tínhamos contado a Amren onde estávamos hoje. O que estávamos fazendo.

Pensei em dizer mais, porém adiante, bem no alto da encosta, o imenso portão de ossos se abriu.

✢

Eu tinha me esquecido — do peso do ar dentro da Prisão. Como caminhar pelo ar imóvel de um túmulo. Como roubar um fôlego da boca aberta de um crânio.

Cada um de nós levava uma lâmina illyriana em uma das mãos, a luz feérica tremeluzia adiante para mostrar o caminho, ocasionalmente dançando e deslizando pelo metal reluzente. Nossas outras mãos... Cassian agarrava meus dedos com tanta força quanto eu agarrava os dele conforme descíamos para a escuridão eterna da Prisão, e nossos passos esmagavam o chão seco. Não havia portas, nenhuma que pudéssemos ver.

Mas, por trás daquela rocha sólida e preta, ainda conseguia senti-las. Podia jurar que um leve ruído de arranhões preencheu a passagem. Do outro lado daquela rocha.

Como se alguém passasse as unhas por ela. Alguma coisa imensa... e antiga. E tão silenciosa quanto o vento por um campo de trigo.

Cassian se manteve em silêncio absoluto, rastreando algo, contando algo.

— Isso pode ser... uma ideia muito ruim — admiti, segurando sua mão com mais força.

— Ah, certamente é — respondeu Cassian, com um leve sorriso ao continuarmos mais e mais para baixo, dentro do silêncio escuro, pesado e latejante. — Mas isso é guerra. Não temos o luxo de poder ter boas ideias, apenas de escolher entre ideias ruins.

✢

A porta da cela do Entalhador de Ossos se abriu no momento em que a toquei com a palma da mão.

— Vale o sofrimento de ser a parceira de Rhys — brincou Cassian, quando os ossos brancos se abriram para a escuridão.

Uma risada baixa soou do lado de dentro.

A diversão se dissipou do rosto de Cassian diante do som... quando entramos na cela, ainda de mãos dadas.

A órbita de luz feérica oscilou adiante, iluminando a cela escavada na rocha.

Cassian grunhiu diante do que ela revelou. De quem revelou.

Completamente diferente, sem dúvida, do mesmo menino que agora sorria para mim.

Cabelos pretos, olhos de um azul-violeta encantador.

Encarei o rosto do menino — o que não reparara da primeira vez. O que não entendera.

Era o rosto de Rhysand. A cor, os olhos... era o rosto de meu parceiro.

Mas a boca carnuda e longa do Entalhador, curvada naquele sorriso assustador... Aquela boca era minha. De meu pai.

Os pelos dos meus braço se arrepiaram. O Entalhador inclinou a cabeça com uma reverência; reverência e confirmação, como se soubesse exatamente o que eu percebera. Quem eu vira e ainda via.

O filho do Grão-Senhor. Meu filho. *Nosso* filho. Caso sobrevivêssemos por tempo suficiente para concebê-lo.

Caso eu não fracassasse na tarefa de recrutar o Entalhador. Caso não fracassássemos em unificar os Grão-Senhores e a Corte dos Pesadelos. E em manter aquela muralha intacta.

Foi um esforço evitar que os joelhos fraquejassem. O rosto de Cassian estava tão pálido que eu soube que o que quer que ele estivesse vendo... não era um lindo menino.

— Estava me perguntando quando retornaria — disse o Entalhador, com aquela voz de menino doce, porém assustadora, por conta da criatura antiga à espreita. — Grã-Senhora — acrescentou ele para mim. — Por favor, aceite meus parabéns pela união. — Um olhar para Cassian. — Consigo sentir o cheiro do vento em você. — Outro pequeno sorriso. — Trouxe um presente para mim?

Levei a mão ao bolso do casaco e joguei uma pequena lasca de osso, não maior que minha mão, aos pés do Entalhador.

— Isso foi tudo o que restou do Attor depois que eu o atirei nas ruas de Velaris.

Aqueles olhos azuis se iluminaram com prazer profano. Nem mesmo sabia que tínhamos guardado aquele fragmento. Fora armazenado até agora... exatamente para aquele tipo de coisa.

— Tão sedenta por sangue, minha nova Grã-Senhora — ronronou o Entalhador, pegando o osso rachado e virando-o naquelas mãos pequenas e delicadas. Então, o Entalhador disse: — Sinto o cheiro de minha irmã em você, Quebradora da Maldição.

Minha boca secou. A irmã...

— Roubou dela? Ela teceu um fio de sua vida no tear?

A Tecelã do Bosque. Meu coração acelerou. Nenhuma tentativa de respirar regularmente conseguia acalmá-lo. A mão de Cassian se apertou em torno da minha.

— Se eu lhe contar um segredo, coração de guerreiro, o que me dará? — sibilou o Entalhador para Cassian.

Nenhum de nós falou. Cautela... precisaríamos enunciar as palavras e fazer aquilo com cautela.

O Entalhador acariciou a lasca de osso na palma da mão, a atenção fixa no rosto impassível de Cassian.

— E se eu lhe contar o que a rocha, a escuridão e o mar além sussurraram para mim, Senhor do Derramamento de Sangue? Como estremeceram de medo, naquela ilha do outro lado do mar. Como tremeram quando *ela* emergiu. Ela levou algo... algo precioso. Arrancou com os dentes.

O rosto marrom de Cassian perdeu a cor, as asas se fecharam com força.

— O que você despertou naquele dia em Hybern, Príncipe dos Bastardos?

Meu sangue congelou.

— O que saiu não foi o que entrou. — Uma risada rouca quando o Entalhador apoiou a lasca de osso no chão a seu lado. — Como é linda, nova como uma corça, mas antiga como o mar. Como ela o atrai. Uma rainha, como minha irmã um dia foi. Terrível e orgulhosa; linda como um alvorecer de inverno.

Rhys avisara sobre a capacidade dos detentos de mentir, de vender qualquer coisa, para serem libertados.

— Nestha — murmurou o Entalhador de Ossos. — *Nes-tha.*

Apertei a mão de Cassian. Bastava. *Bastava* daquela provocação. Mas ele não me olhou.

— Como o vento geme seu nome. Também consegue ouvir? Nestha. *Nestha. Nestha.*

Não tinha certeza se Cassian estava respirando.

— O que ela fez enquanto se afogava na escuridão eterna? O que ela *tomou*?

Foi o tom da última palavra que me fez perder o controle.

— Se deseja descobrir, talvez devesse se calar por tempo suficiente a fim de ouvir nossa explicação.

Minha voz pareceu sacudir Cassian de qualquer que fosse o transe em que ele estava. Sua respiração se intensificou, tensa e rápida, e o general observou meu rosto... com um pedido de desculpas nos olhos.

O Entalhador riu.

— É tão raro eu ter companhia. Perdoe-me por querer jogar conversa fora. — Ele cruzou os tornozelos. — E por que buscaram meus serviços?

— Obtivemos o Livro dos Sopros — respondi, causalmente. — Há... feitiços interessantes. Códigos dentro de códigos dentro de códigos. Alguém que conhecemos desvendou a maioria. Ela ainda busca outros. Feitiços que poderiam... mandar alguém como ela para casa. Outros como ela também.

Os olhos violeta do Entalhador se incendiaram como chama.

— Estou ouvindo.

Capítulo 23

— A guerra é iminente — confessei ao Entalhador. — Os boatos sugerem que você tem... dons potencialmente úteis no campo de batalha.

Ele abriu um sorriso para Cassian, como se compreendesse por que o general se juntara a mim.

— Em troca de um preço — ponderou o Entalhador.

— Razoável — replicou Cassian.

O Entalhador observou a cela.

— E acha que eu quero... voltar.

— Não quer?

O Entalhador cruzou as pernas sob o pequeno corpo.

— O lugar de onde viemos... Não acredito que seja nada além de poeira flutuando por uma planície agora. Não há casa para a qual voltar. Não uma que eu deseje.

Pois se ele já estava ali antes ainda de Amren ter chegado... Dezenas de milhares de anos... talvez mais tempo. Afastei a sensação de pesar no estômago.

— Então, talvez a melhora de suas... condições de habitação seja atrativa se é neste mundo que deseja ficar.

— Esta cela, Quebradora da Maldição, é onde desejo estar. — O Entalhador alisou a terra ao lado. — Acha que deixei que me aprisionassem sem um bom motivo?

O corpo inteiro de Cassian pareceu se mover... pareceu ficar ciente e concentrado. Pronto para nos levar para longe dali.

O entalhador traçou três círculos entrecruzados na terra.

— Já conheceu minha irmã, minha gêmea. A Tecelã, como agora a chama. Eu a conheci como Stryga. Ela e nosso irmão mais velho, Koschei. Como eles se deliciaram com este mundo quando caímos aqui. Como aqueles antigos feéricos os temiam e adoravam. Se eu fosse mais corajoso, poderia ter ganhado tempo, esperado seu poder se dissipar, até que aquela antiga guerreira feérica enganasse Stryga para que diminuísse o seu poder e acabasse confinada ao Meio. Koschei também, limitado e preso a seu pequeno lago no continente. Tudo antes de Prythian, antes que a terra fosse escavada e qualquer Grão-Feérico fosse coroado.

Cassian e eu esperamos, não ousamos interromper.

— Inteligente, aquela guerreira feérica. Sua linhagem se foi há muito tempo, embora vestígios ainda corram por algumas linhagens humanas. — O Entalhador sorriu, talvez um pouco deprimido. — Ninguém lembra seu nome. Mas eu lembro. Teria sido minha salvação, caso eu não tivesse feito minha escolha muito antes de ela andar sobre este mundo.

Esperei, esperei e esperei, destrinchando a história que ele expunha como migalhas de pão.

— Ela não conseguiu matá-los no final, eram fortes demais. Só puderam ser contidos. — O Entalhador passou a mão sobre os círculos que desenhara, apagando-os completamente. — Eu sabia disso muito antes de ela os prender, e me incumbi de encontrar um lugar aqui.

— Para poupar o mundo de você? — perguntou Cassian, franzindo a testa.

Os olhos do Entalhador queimavam, como a mais quente das chamas.

— Para *me esconder* de meus irmãos.

Pisquei.

— Por quê?

— São deuses da morte, garota — sibilou o Entalhador. — Você é imortal... ou vive por tempo bastante para parecer que o é. Mas meus irmãos e eu... Somos diferentes. E eles dois... mais fortes. Muito mais fortes do que eu jamais fui. Minha irmã... ela encontrou uma forma de devorar a própria vida. De se manter jovem e bela para sempre graças às vidas que rouba.

O tear; os fios dentro daquela casa, o telhado feito de cabelo... Fiz uma nota mental para atirar Rhys ao Sidra por ter me mandado até aquele chalé.

Mas o próprio Entalhador...

— Se são deuses da morte — comecei. — Então o que é você?

A morte. Ele me perguntara diversas vezes sobre a morte. Sobre o que esperava além dela, qual era a sensação. Para onde eu tinha ido. Achei que fosse mera curiosidade, mas...

O rosto daquele menino se enrugou com diversão. O rosto de meu filho. A visão do futuro um dia revelada a mim, tantos meses antes, como algum tipo de provocação ou personificação do que eu ainda não ousara admitir a mim mesma. Do que tinha menos certeza. E agora... agora, aquele menino... Um tipo diferente de provocação, sobre o futuro que eu podia perder.

— Sou esquecido, é isso o que sou. E é como prefiro ser. — O Entalhador apoiou a cabeça contra a parede de rocha atrás de si. — Então, vai descobrir que não desejo partir. Que não tenho desejo de lembrar minha irmã e meu irmão de que estou vivo e no mundo. Pois, por mais que estejam contidos e reduzidos, a influência dos dois ainda é... considerável.

— Se Hybern vencer esta guerra — disse Cassian, com aspereza —, pode encontrar os portões deste lugar escancarados. E sua irmã e seu irmão serão libertados dos respectivos territórios, e estarão interessados em fazer uma visita.

— Nem mesmo Hybern é tão tolo assim. — Ele soltou uma lufada satisfeita. — Tenho certeza de que há outros detentos aqui que acharão sua oferta... tentadora.

Meu sangue ferveu.

— Nem mesmo considerará nos auxiliar. — Gesticulei para a cela. — É isto o que prefere... pela eternidade?

— Se conhecesse meu irmão e minha irmã, Quebradora da Maldição, acharia que esta é uma alternativa muito mais sábia e mais confortável.

Abri a boca, mas Cassian apertou minha mão em aviso. Bastava. Tínhamos dito o suficiente, revelado o bastante. Parecer tão desesperados... Não ajudaria em nada.

— É melhor irmos — aconselhou Cassian, a imagem da calma inabalada. — Os prazeres da Cidade Escavada nos esperam.

De fato, nos atrasaríamos se não partíssemos imediatamente. Lancei um olhar para o Entalhador, como despedida, deixando que Cassian me levasse pela porta aberta da cela.

— Vão para a Cidade Escavada — disse o Entalhador, não exatamente uma pergunta.

— Não vejo como isso seja de sua conta — falei, por cima do ombro.

O segundo de silêncio do Entalhador ecoou ao redor. Nos fez parar sob o umbral.

— Uma última tentativa — ponderou o Entalhador, passando os olhos sobre nós — de reunir toda a Corte Noturna, suponho.

— De novo, não é de sua conta — rebati, friamente.

O Entalhador sorriu.

— Vão negociar com ele. — Um olhar para a tatuagem em minha mão direita. — Me pergunto qual será o preço pedido por Keir. — Uma risada baixa. — Interessante.

Cassian soltou um suspiro sofrido.

— Desembuche logo.

O Entalhador de Ossos ficou em silêncio, brincando com a lasca do osso do Attor na terra a seu lado.

— O curso do Caldeirão espirala de formas estranhas — murmurou o Entalhador, mais para si que para nós.

— Vamos embora — decidi, fazendo menção de me virar de novo, puxando Cassian comigo.

— Minha irmã tinha uma coleção de espelhos em seu castelo preto — revelou o Entalhador.

Paramos de novo.

— Ela se admirava dia e noite naqueles espelhos, se gabando da juventude e da beleza. Havia um espelho, o Uróboro, como ela o chamava. Era velho mesmo quando éramos jovens. Uma janela para o mundo. Tudo podia ser visto, tudo podia ser contado pela superfície escura do espelho. Keir o possui, uma herança de sua casa. Tragam-no para mim. Esse é meu preço. O Uróboro, e sou seu para que usem. Se conseguirem encontrar uma forma de me libertar. — Ele abriu um sorriso desprezível.

Troquei um olhar com Cassian, e demos de ombros para o Entalhador.

— Veremos. — Foi tudo o que eu disse antes de sairmos.

⁜

Cassian e eu nos sentamos em uma rocha que dava para um córrego prateado, inspirando a névoa fria. A Prisão se erguia a nossas costas, um peso terrível que bloqueava o horizonte.

— Você disse que sabia que o Entalhador era um antigo deus — ponderei baixinho. — Sabia que ele era um deus da morte?

O rosto de Cassian estava tenso.

— Suponho que sim. — Quando ergui uma sobrancelha, ele explicou: — Ele entalha mortes em ossos. Ele as vê. E se delicia com elas. Não foi difícil deduzir.

Sopesei.

— Foi você ou Rhys quem sugeriu que viesse comigo?

— Eu queria vir. Mas Rhys... ele também deduziu.

Por causa do que tínhamos visto nos olhos de Nestha naquele dia...

— Semelhante chama semelhante — murmurei.

Cassian assentiu, tenso.

— Acho que nem mesmo o Entalhador sabe o que Nestha é. Mas eu queria ver... só por precaução.

— Por quê?

— Quero ajudar.

Aquilo bastou como resposta.

Ficamos em silêncio, o córrego gorgolejava com o movimento rápido da água.

— Você teria medo dela se Nestha *fosse*... a Morte? Ou se seu poder viesse daí?

Cassian ficou em silêncio por muito tempo.

— Sou um guerreiro — disse ele, por fim. — Caminhei ao lado da Morte a vida inteira. Teria mais medo *por* ela, pelo fato de ela ter esse poder. Mas não teria medo *dela*. — Ele refletiu, e então acrescentou depois de um segundo: — Nada a respeito de Nestha poderia me assustar.

Engoli em seco e apertei a mão de Cassian.

— Obrigada.

Não tinha certeza de por que dissera aquilo, mas ele assentiu mesmo assim.

Senti-o antes que ele aparecesse, uma faísca de alegria beijada pelas estrelas se incendiando dentro de mim no momento que Rhys saiu do próprio ar.

— Então?

Cassian saltou da rocha, estendo a mão para me ajudar a descer.

— Não vai gostar do preço.

Rhys estendeu as duas mãos para nos atravessar de volta a Velaris.

— Se ele quiser os pratos chiques para as refeições, pode ficar com eles.

Nem Cassian, nem eu conseguimos rir quando esticamos os braços para as mãos estendidas de Rhys.

— É melhor usar suas habilidades de negociador esta noite. — Foi tudo o que Cassian murmurou para meu parceiro antes de desaparecer em sombras.

Capítulo 24

Quando voltamos para o solar, sob o ápice do calor da tarde de verão, Cassian e Azriel tiraram nos palitinhos quem ficaria em Velaris naquela noite.

Ambos queriam se juntar a nós na Cidade Escavada, mas alguém precisava vigiar a cidade — parte do antigo protocolo. E alguém precisava vigiar Elain, embora eu certamente não fosse dizer isso a Lucien. Cassian, xingando e irritadiço, tirou o palito menor, e Azriel apenas lhe deu um tapinha no ombro antes de seguir até a Casa para se preparar.

Eu o segui minutos depois, deixando Cassian contar a Rhys o resto do que o Entalhador dissera. O que ele queria.

Havia duas pessoas que eu precisava ver na Casa antes de partirmos. Deveria ter visitado Elain antes, deveria ter me lembrado de que seu casamento malfadado seria em poucos dias, mas... Eu me amaldiçoei por ter esquecido. E quanto a Lucien... Não faria mal, eu disse a mim mesma, checar onde ele estava. Saber como tinha sido a conversa com Azriel no dia anterior. E me certificar de que ele se lembrava das regras que havíamos estabelecido.

Mas, 15 minutos depois, eu tentava não estremecer enquanto caminhava pelos corredores da Casa do Vento, feliz por Azriel ter ido na frente. Eu tinha atravessado até o céu acima da varanda mais alta... e, como imaginei que era um momento tão bom quanto qualquer outro para praticar o voo, conjurei asas.

E despenquei 6 metros sobre pedra dura.

Um vento concentrado evitou que a queda quebrasse ossos, mas meus joelhos e meu orgulho estavam significativamente feridos pela queda nada graciosa pelos ares.

Pelo menos ninguém testemunhara aquilo.

Meus passos rígidos, mancos, ao menos se transformaram em um caminhar mais suave quando encontrei Elain na biblioteca da família.

Ainda encarando a janela, mas estava fora do quarto.

Nestha lia na poltrona de sempre, com um olho em Elain e outro no livro aberto no colo. Apenas Nestha olhou em minha direção quando passei pelas portas de madeira entalhada.

— Oi — murmurei. Depois, fechei as portas atrás de mim.

Elain não se virou. Ela usava um vestido rosa pálido que não combinava muito com a pele mortiça, os cabelos castanho-dourados estavam soltos, os cachos pesados desciam pelas costas esguias.

— Está um belo dia — comentei.

Nestha arqueou uma sobrancelha elegante.

— Onde está seu bando de amigos?

Voltei um olhar ríspido para ela.

— Aqueles amigos ofereceram abrigo e conforto a você. — E treino, ou o que quer que Amren estivesse fazendo. — Está pronta para esta noite?

— Sim. — Nestha apenas voltou a ler o livro no colo. Puro desprezo.

Soltei um risinho de escárnio que, eu sabia, a deixaria colérica, e caminhei até Elain. Nestha monitorou cada passo, como uma pantera se preparando para o ataque ao menor sinal de perigo.

— O que está olhando? — perguntei a Elain, mantendo a voz baixa. Casual.

Seu rosto estava macilento, os lábios, pálidos. Mas eles se moveram, quase nada, quando minha irmã disse:

— Consigo ver bem longe agora. Até o mar.

De fato, o mar além do Sidra era um brilho distante.

— É preciso tempo para se acostumar.

— Consigo ouvir as batidas de seu coração se ouvir com atenção. Consigo ouvir o coração dela bater também.

— Pode aprender a abafar os sons que a incomodam. — Eu tinha aprendido... sozinha. E me perguntei se Nestha também teria, ou se as duas sofriam, ouvindo o coração uma da outra dia e noite. Não olhei para minha outra irmã para confirmar.

Os olhos de Elain por fim se voltaram para os meus. A primeira vez que o fazia.

Mesmo devastada pelo luto e o desespero, a beleza de Elain era notável. Seu rosto colocaria reis de joelhos. No entanto, não havia alegria ali. Nenhuma luz. Nenhuma vida.

— Eu consigo ouvir o mar — disse Elain. — Mesmo à noite. Mesmo em meus sonhos. O mar quebrando... e os gritos de um pássaro feito de fogo.

Foi difícil não olhar para Nestha. Até mesmo a casa da cidade era longe demais para ouvir qualquer coisa da costa próxima. E quanto a um pássaro de fogo...

— Há um jardim... em minha outra casa — comentei. — Gostaria que viesse cuidar dele se estiver disposta.

Elain apenas se virou de novo para as janelas ensolaradas, a luz dançava em seus cabelos.

— Ouvirei as minhocas se contorcendo no solo? Ou o estender das raízes? O pássaro de fogo virá se sentar nas árvores para me observar?

Não tinha certeza se deveria responder. Foi difícil evitar um tremor.

Mas vi o olhar de Nestha, reparei no brilho de dor no rosto de minha irmã mais velha antes que ela o escondesse sob aquela máscara fria.

— Preciso que me ajude a encontrar um livro, Nestha — pedi, lançando um olhar para as estantes à esquerda.

Longe o bastante para termos privacidade, mas perto o suficiente para permanecermos próximas caso Elain precisasse de algo. Ou fizesse algo.

Algo em meu peito se partiu quando os olhos de Nestha também foram para as janelas diante de Elain.

Para verificar, como eu fiz, se poderiam ser facilmente abertas.

Ainda bem que estavam para sempre seladas, provavelmente como proteção contra algum tolo descuidado que, se esquecendo de fechá-las, destruísse os livros. Provavelmente Cassian.

Nestha, calada, apoiou o livro, me seguiu até o pequeno labirinto de estantes, e nós duas ficamos de olho na área principal.

Quando estávamos longe o bastante, eu nos envolvi em um escudo de vento forte. Mantendo qualquer som do lado de dentro.

— Como conseguiu que ela deixasse o quarto?

— Não fui eu — respondeu Nestha, recostando-se contra uma estante e cruzando os braços delicados. — Eu a encontrei aqui. Não estava na cama quando acordei.

Nestha devia ter entrado em pânico ao encontrar o quarto de Elain vazio...

— Ela comeu alguma coisa?

— Não. Consegui que tomasse ensopado ontem à noite. Recusou qualquer outra coisa. Ela tem falado por meio desses meio enigmas o dia todo.

Passei a mão pelo cabelo, soltando mechas da trança.

— Aconteceu alguma coisa para desencadear...

— Não sei. Sempre checo como ela está. — Nestha trincou o maxilar. — Mas fiquei fora por mais tempo ontem.

Enquanto treinava com Amren. Rhys me informara que, no fim, os escudos rudimentares de Nestha estavam sólidos o suficiente a fim de que Amren considerasse minha irmã pronta para aquela noite.

Mas ali, por baixo daquele comportamento frio... culpa. Pânico.

— Duvido que algo tenha acontecido — comentei, rapidamente. — Talvez seja apenas... parte do processo de recuperação. A adequação ao fato de ser feérica.

Nestha não pareceu convencida.

— Ela tem poderes? Como os meus.

E quais, exatamente, são esses poderes, Nestha?

— Não... não sei. Acho que não. A não ser que esse seja o primeiro sinal de algo se manifestando. — Foi um esforço não acrescentar: *Se você falasse sobre o que aconteceu dentro do Caldeirão, talvez entendêssemos melhor.* — Vamos dar um ou dois dias a ela... para ver o que acontece. Se ela melhora.

— Por que não ver agora?

— Porque vamos para a Cidade Escavada em algumas horas. E você não parece disposta a nos deixar nos meter em seus problemas — respondi, o mais inexpressivamente possível. — Duvido que Elain também esteja.

Nestha me encarou, sem um lampejo de emoção no rosto, e deu um aceno curto.

— Bem, pelo menos ela saiu do quarto.

— E da cadeira.

Trocamos um olhar raro, tranquilo.

Mas, então, falei:

— Por que não treina com Cassian?

As costas de Nestha se enrijeceram.

— Por que só posso treinar com Cassian? Por que não o outro?

— Azriel?

— Ele, ou a loira que não cala a boca.

— Se está se referindo a Mor...

— E por que preciso treinar? Não sou guerreira e não desejo ser.

— Poderia deixá-la mais forte...

— Há muitos tipos de força além da habilidade de empunhar uma lâmina e tirar vidas. Amren me disse isso ontem.

— Você disse que queria nossos inimigos mortos. Por que não os mata você mesma?

Ela observou as unhas.

— Por que me daria o trabalho quando outra pessoa pode fazê-lo por mim?

Evitei a vontade de esfregar as têmporas.

— Nós...

Mas as portas da biblioteca se abriram e desci a barreira de vento completamente ao ouvir o estampido de passos firmes e, depois, seu interromper súbito.

Segurei o braço de Nestha para mantê-la imóvel no momento que a voz de Lucien disparou:

— Você... você deixou o quarto.

Nestha se irritou, exibindo os dentes. Eu a segurei com mais força e ergui uma nova parede de ar, mantendo-a no lugar.

Semanas enclausurando Elain não tinham feito nada para melhorar seu estado. Talvez os meios enigmas fossem prova disso. E, mesmo que Lucien estivesse no momento quebrando as regras que tínhamos estabelecido...

Mais passos; sem dúvida para mais perto de onde Elain estava, na janela.

— Tem... tem alguma coisa que eu possa trazer para você?

Nunca ouvira a voz de meu amigo tão suave. Tão hesitante e preocupada.

Talvez aquilo me tornasse o mais desprezível dos seres, mas projetei a mente na direção dos dois. Na direção de Lucien.

E então, entrei no corpo do feérico, na mente.

Magra demais.

Não deve estar comendo nada.

Como consegue ficar de pé?

Os pensamentos fluíam pela mente de Lucien, um após o outro. O coração batia de forma violenta, retumbante, e ele não ousou sair do lugar, a apenas 1,5 metro. Elain ainda não se virara para ele, mas o estrago provocado pelo jejum era muito evidente.

Tocá-la, sentir seu cheiro, o gosto...

Os instintos eram como um rio correndo. Lucien fechou as mãos em punho ao lado do corpo.

Ele não esperava que Elain estivesse ali. A outra irmã — a víbora — era uma possibilidade, mas uma que Lucien estava disposto a arriscar. Exceto pela conversa com o encantador de sombras no dia anterior — que tinha sido tão irritante quanto ele esperava, embora Azriel parecesse um macho muito decente —, Lucien ficara entocado naquela Casa assolada pelo vento durante dois dias. Pensar em mais um dia fora o suficiente para fazer com que arriscasse a ira de Rhysand.

Só queria caminhar... e pegar alguns livros. Fazia uma era desde que tivera tempo livre para ler, ainda mais por prazer.

Mas ali estava ela.

Parceira.

Não era nada como Jesminda.

Jesminda fora cheia de risos e malícia, selvagem e livre demais para ser contida pela vida campestre na qual nascera. Ela o provocara, atraíra — seduzira Lucien tão completamente que ele não quisera nada além da jovem. Não o via como o sétimo filho de um Grão-Senhor, mas como um macho. Amara Lucien sem questionar, sem hesitar. Ela o escolhera.

Elain fora... atirada a ele.

Lucien olhou para a bandeja de chá disposta em uma mesa baixa próxima.

— Presumo que uma dessas xícaras pertença a sua irmã.

De fato, havia um livro largado na poltrona que a víbora costumava ocupar. Que o Caldeirão ajudasse o macho que acabasse acorrentado a ela.

— Você se importa se eu me servir da outra?

Lucien tentou parecer descontraído, confortável. Mesmo quando o coração acelerou mais e mais, tão rápido que o macho achou que fosse vomitar no tapete muito caro e muito antigo. De Sangravah, se a estampa e as cores exuberantes fossem algum indicativo.

Rhysand podia ser muitas coisas, mas certamente tinha bom gosto. Aquele lugar inteiro fora decorado com consideração e elegância, com uma inclinação para o conforto em vez da pompa.

Lucien não queria admitir que gostava. Não queria admitir que achava a cidade linda.

Que o círculo de pessoas que agora alegava ser a nova família de Feyre... Era como, havia muito tempo, ele achou que a vida na corte de Tamlin seria.

Uma dor como um golpe no peito percorreu Lucien, mas ele atravessou o tapete. Obrigou as mãos a ficarem firmes enquanto se servia de uma xícara de chá e se sentava na poltrona diante daquela deixada por Nestha.

— Tem um prato de biscoitos. Quer um?

Ele não esperava que Elain respondesse, e se deu mais um minuto antes de se levantar da poltrona e partir, com sorte evitando o retorno de Nestha.

Mas a luz do sol sobre ouro se refletiu subitamente do olho de Lucien — e Elain se virou devagar da vigília à janela.

Lucien não lhe vira o rosto inteiro desde aquele dia em Hybern.

Naquele momento, estivera pálido e apavorado, e, depois, completamente inexpressivo e entorpecido, os cabelos grudados à cabeça, os lábios azuis de frio e choque.

Ao olhar para Elain agora...

Ela estava pálida, sim. O vazio ainda lhe tocava as feições.

Mas Lucien não conseguiu respirar *quando Elain olhou diretamente para ele.*

Era a fêmea mais linda que já vira.

Traição, inquietante e oleosa, escorreu pelas veias de Lucien. Ele dissera o mesmo para Jesminda certa vez.

Mas, mesmo enquanto a vergonha lhe percorria o corpo, as palavras e a sensação cantavam: Minha. Você é minha, e eu sou seu. Parceira.

Os olhos de Elain eram castanhos como os pelos de uma corça. E ele podia ter jurado que algo brilhou ali quando Elain o encarou.

— Quem é você?

Lucien sabia, sem pedir explicação, que Elain sabia o que *ele era para ela.*

— Sou Lucien. Sétimo filho do Grão-Senhor da Corte Outonal.

E um monte de nada. Ele contara ao encantador de sombras tudo o que sabia — sobre os irmãos ainda vivos, sobre o pai. Sobre a mãe... guardara alguns detalhes, irrelevantes e totalmente pessoais, para si. Todo o resto — os aliados mais próximos do pai dele, os membros da corte e senhores mais ardilosos... Lucien entregou. De fato, estava alguns séculos desatualizado, mas durante o tempo como emissário, pela informação que reunira, não mudara muito. Todos agiram da mesma forma Sob a Montanha. E depois do que acontecera com os irmãos poucos dias antes... Não havia um pingo de culpa quando Lucien contou a Azriel o que sabia. Nada do que sentiu quando olhou para o sul... para as duas cortes que chamava de lar.

Por um longo momento, o rosto de Elain não se moveu, mas aqueles olhos pareceram se concentrar um pouco mais.

— Lucien — disse Elain, por fim, e ele apertou a xícara de chá para evitar estremecer ao ouvir o próprio nome na boca da parceira. — Das histórias de minha irmã. Amigo dela.

— Sim.

Mas Elain piscou devagar.

— Estava em Hybern.

— Sim. — Foi tudo o que ele conseguiu dizer.

— Você nos traiu.

Lucien desejou que Elain o tivesse empurrado da janela a suas costas.

— Foi... foi um erro.

Os olhos de Elain se tornaram sinceros e frios.

— Eu deveria me casar em alguns dias.

Lucien lutou contra a raiva, contra a vontade irracional de encontrar o macho que a reivindicara e destruí-lo. As palavras soaram roucas quando ele disse:

— Eu sei. Sinto muito.

Ela não o amava, não o queria, não precisava de Lucien. A noiva de outro macho.

A esposa de um homem mortal. Ou deveria ter sido.

Elain olhou naquela direção... na direção das janelas.

— Consigo ouvir seu coração — disse ela baixinho.

Ele não tinha certeza de como responder, então, não disse nada e terminou o chá, mesmo que lhe queimasse a boca.

— Quando durmo — murmurou Elain —, consigo ouvir seu coração batendo pela pedra. — Ela inclinou a cabeça, como se a vista da cidade tivesse alguma resposta. — Você consegue ouvir o meu?

Lucien não tinha certeza se Elain queria realmente se dirigir a ele, mas respondeu:

— Não, senhora. Não consigo.

Os ombros magros demais de Elain pareceram se curvar para dentro.

— Ninguém jamais ouve. Ninguém jamais olhou... não de verdade. — Uma confusão de palavras. A voz parecia tensa e sussurrada. — Ele olhou. Ele me viu. Não verá mais.

O polegar de Elain roçou o anel de ferro no dedo.

O anel de outro macho, outra marca de que ela fora reivindicada...

Bastava. Eu tinha ouvido o bastante, descoberto o bastante. Saí da mente de Lucien.

Nestha me olhava boquiaberta, mesmo enquanto o rosto perdia a cor a cada palavra proferida entre os dois.

— Você já entrou em *minha*...

— Não — respondi, com a voz rouca.

Não quis perguntar como ela sabia o que eu fizera. Não quando desci o escudo e segui para a área de estar.

Lucien, sem dúvida tendo ouvido nossos passos, ficou corado ao olhar de mim para Nestha. Não havia nenhum indicativo de que eu tinha entrado em sua mente. De que a tinha vasculhado, como um bandido na noite. Afastei a leve náusea.

— Saia — disse minha irmã mais velha simplesmente.

Olhei com raiva para Nestha, mas Lucien se levantou.

— Vim pegar um livro.

— Bem, encontre um e saia.

Elain apenas olhou pela janela, alheia... ou sem se importar.

Lucien não seguiu para as estantes. Apenas foi até as portas abertas. Ele parou entre as duas e disse para mim, para Nestha:

— Ela precisa de ar fresco.

— Nós decidiremos do que ela precisa.

Eu podia ter jurado que os cabelos rubi de Lucien brilharam como metal derretido quando ele se irritou. Mas aquilo se dissipou e o olho castanho-avermelhado se fixou em mim.

— Leve-a para o mar. Leve-a para algum jardim. Mas tire-a desta casa por uma ou duas horas.

Então, ele saiu.

Olhei para minhas duas irmãs. Enclausuradas ali em cima, no alto do mundo.

— Vocês vão se mudar para a casa na cidade agora mesmo — avisei a elas. E a Lucien, que parou no corredor escuro do lado de fora.

Nestha, para meu choque, não protestou.

Nem Rhys, quando mandei a ordem pelo laço, pedindo a ele, a Cassian e a Azriel que me ajudassem a fazer a mudança. Não, meu parceiro apenas prometeu designar dois quartos para minhas irmãs no fim do corredor, diante das escadas. E um terceiro para Lucien — de nosso lado do corredor. Bem longe do de Elain.

Trinta minutos depois, Azriel carregou Elain para baixo, e minha irmã estava silenciosa e inerte em seus braços.

Nestha parecera pronta para se jogar da varanda em vez de permitir que Cassian, já vestido e armado para vigiar o solar aquela noite, a segurasse, então a cutuquei na direção de Rhys, empurrei Lucien para Cassian, e voei de volta eu mesma.

Ou tentei — de novo. Planei por cerca de meio minuto, aproveitando o grito purificante do vento, antes que minhas asas estremecessem, minhas costas se repuxassem, e a queda se tornasse insuportavelmente fatal. Atravessei o resto do caminho até a casa na cidade, e arrumei vasos e miniaturas na sala de estar enquanto esperava por eles.

Azriel chegou primeiro, nenhuma sombra à vista, minha irmã era um emaranhado pálido e dourado em seus braços. Ele também vestia a armadura illyriana, os cabelos castanho-dourados de Elain se agarravam em algumas das escamas pretas sobre o peito e os ombros do encantador de sombras.

Ele apoiou Elain delicadamente no tapete da entrada, depois de carregá-la porta adentro.

Elain olhou para o rosto paciente e sério de Azriel.

Ele deu um leve sorriso.

— Gostaria que eu lhe mostrasse o jardim?

Ela parecia tão pequena diante de Azriel, tão frágil em comparação com as escamas do couro de combate, com a extensão dos ombros do guerreiro. Com as asas que se erguiam acima dos ombros.

Mas Elain não se encolheu diante de Azriel, não teve medo quando assentiu — apenas uma vez.

Azriel, com a graciosidade de qualquer cortesão, ofereceu o braço a minha irmã. Não soube dizer se ela olhava para o Sifão azul ou para a pele coberta de cicatrizes por baixo quando Elain sussurrou:

— Lindo.

As bochechas de Azriel ficaram ruborizadas, mas ele inclinou a cabeça em agradecimento e levou minha irmã na direção das portas dos fundos que davam para o jardim, e a luz do sol os banhou.

Um momento depois, Nestha entrou batendo os pés pela porta da frente, o rosto de um tom de verde notável.

— Preciso de... um banheiro.

Encontrei o olhar de Rhys quando ele caminhou para dentro atrás de minha irmã, com as mãos nos bolsos. *O que você fez?*

Rhys ergueu as sobrancelhas. Mas direcionei Nestha em silêncio para o lavabo sob as escadas, e ela desapareceu, batendo a porta atrás de si.

Eu? Rhys se recostou contra a trave mais baixa do corrimão. *Ela reclamou que eu estava voando deliberadamente devagar. Então, acelerei.*

Cassian e Lucien surgiram, nenhum dos dois se olhou. Mas a atenção de Lucien foi direto para o corredor que dava para os fundos, e as narinas se dilataram quando sentiram o rastro de Elain. E com quem ela saíra.

Ele emitiu um grunhido baixo...

— Relaxe — pediu Rhys. — Azriel não é do tipo violador.

Lucien lançou um olhar de fúria para ele.

Ainda bem, ou talvez não, o som de Nestha vomitando preencheu o silêncio. Cassian olhou boquiaberto para Rhys.

— O que você *fez*?

— Perguntei o mesmo — comentei, cruzando os braços. — Ele disse que "*acelerou*".

Nestha vomitou de novo — e depois, silêncio.

Cassian suspirou para o teto.

— Ela nunca mais vai voar.

A maçaneta girou, e tentamos — ou pelo menos Cassian e eu tentamos — não parecer que estávamos ouvindo. O rosto de Nestha ainda parecia verde pálido, mas... Os olhos queimavam.

Não havia como descrever aquele fogo; até mesmo pintá-lo poderia ser muito difícil.

Os olhos de Nestha permaneciam da mesma cor azul-acinzentada que os meus. Mas... Minério derretido era tudo em que eu conseguia pensar. Mercúrio em chamas.

Nestha avançou um passo em nossa direção. Toda a atenção fixa em Rhys.

Cassian casualmente se colocou no caminho, com as asas bem fechadas. Os pés, afastados no tapete. Uma posição de luta — casual, mas... os Sifões brilharam.

— Sabe — disse Cassian tranquilamente para minha irmã — que da última vez que entrei em uma briga nesta casa fui expulso por um mês?

O olhar incandescente de Nestha deslizou até ele, ainda indignada, mas com um toque de incredulidade.

— Foi culpa de Amren, é óbvio. — continuou Cassian. — Mas ninguém acreditou em mim. E ninguém ousou banir *Amren*.

Nestha piscou devagar.

Mas o olhar de minério incandescente e derretido se tornou mortal. Ou tão mortal quanto qualquer um de nós poderia ser.

Até que Lucien sussurrou:

— O que você é?

Cassian parecia não querer ousar tirar os olhos de Nestha. Mas minha irmã olhou devagar para Lucien.

— Eu o obriguei a dar algo em troca — respondeu Nestha, com uma tranquilidade apavorante. O Caldeirão. Os pelos de meu braço se arrepiaram. O olhar de Nestha se voltou para o tapete e, depois, para um ponto na parede. — Quero ir para meu quarto.

Levei um momento para perceber que minha irmã tinha falado comigo. Pigarreei.

— No alto das escadas, à direita. Segunda porta. Ou terceira, a que você quiser. O outro quarto é de Elain. Precisamos partir em... — Semicerrei os olhos para o relógio na sala. — Duas horas.

Um aceno breve foi o único reconhecimento e o agradecimento de Nestha.

Nós observamos conforme ela subia as escadas, o vestido lilás seguindo, uma das mãos esguias apoiada no corrimão.

— Desculpe — gritou Rhys atrás de Nestha.

A mão de minha irmã segurou o corrimão com força, o branco dos nós dos dedos despontou pela pele pálida, mas ela não disse nada ao prosseguir.

— Esse tipo de coisa é possível? — murmurou Cassian, quando a porta do quarto de Nestha se fechou. — Que alguém *tome* da essência do Caldeirão?

— Parece que sim — ponderou Rhys, e então disse a Lucien: — As chamas nos olhos não eram do mesmo tipo das suas, imagino.

Lucien fez que não com a cabeça.

— Não. Não se relacionaram a nada em meu arsenal. Aquilo era... Gelo tão frio que queimava. Gelo, no entanto... fluido como chamas. Ou chamas feitas de gelo.

— Acho que é a morte — falei baixinho.

Fixei os olhos nos de Rhys, como se fossem novamente o fio que me mantinha nesse mundo.

— Acho que o poder é a morte, a morte personificada. Ou qualquer que seja o poder que o Caldeirão tenha sobre essas coisas. Por isso, o Entalhador ouviu... ouviu a respeito.

— Pela Mãe! — exclamou Lucien, passando a mão pelos cabelos.

Cassian deu um aceno sério para ele.

Mas Rhys esfregou o maxilar, ponderando, pensando. Então, disse simplesmente:

— Mas Nestha não apenas conquistaria a morte. Ela a saquearia.

Não era à toa que ela não queria falar a respeito; não queria nos dar seu testemunho. Para nós, meros segundos se passaram enquanto ela estava fora.

Jamais perguntei a nenhuma de minhas irmãs quanto tempo havia passado para *elas* dentro daquele Caldeirão.

✠

— Azriel sabe que você está observando — avisou Rhys de onde estava, diante do espelho de nosso quarto, arrumando a lapela do casaco preto.

A casa na cidade parecia um turbilhão silencioso de atividades conforme nos preparávamos para partir. Mor e Amren tinham chegado meia hora antes, a primeira seguiu para a sala de estar, e a segunda trouxe um vestido para minha irmã. Não ousei pedir a Amren para ver o que havia escolhido para Nestha.

Treino, dissera Amren, dias antes. Havia objetos mágicos na Corte dos Pesadelos que minha irmã podia estudar naquela noite, enquanto nos ocupávamos com Keir. Eu me perguntei se o Uróboro era um deles — e fiz uma nota mental para perguntar a Amren o que ela sabia sobre o espelho tão desejado pelo Entalhador. Do qual eu de alguma forma precisaria convencer Keir a abrir mão naquela noite.

Lucien se oferecera para se fazer útil enquanto estivéssemos fora, lendo alguns dos textos agora empilhados nas mesas pela sala de estar. Amren apenas grunhiu diante da oferta, o que expliquei a Lucien se tratar de um sim.

Cassian já estava no telhado, casualmente afiando as lâminas. Eu havia perguntado a ele se *nove* espadas eram realmente necessárias, e Cassian apenas respondeu que estar preparado não fazia mal, e que, se eu tinha tempo suficiente para questioná-lo, então deveria ter tempo suficiente para mais um treino. Saí rapidamente, lançando um gesto vulgar na direção do general.

Com os cabelos ainda úmidos do banho que acabara de tomar, coloquei os pesados brincos nas orelhas e olhei pela janela do quarto, monitorando o jardim além.

Elain estava sentada silenciosamente a uma das mesas de ferro retorcido, com uma xícara de chá diante de si. Azriel estava esticado na espreguiçadeira sobre o piso de pedra cinzenta, bronzeando as asas e lendo o que parecia ser uma pilha de relatórios — provavelmente informações sobre a Corte Outonal que ele planejava apresentar a Rhys depois de revisar tudo. Ele já estava vestido para a Cidade Escavada — com a armadura bela e brutal, tão destoante do lindo jardim. E de minha irmã, sentada ali.

— Por que não fazer *deles* parceiros? — ponderei. — Por que Lucien?

— Eu não faria essa pergunta a Lucien.

— Estou falando sério. — Virei para Rhys e cruzei os braços. — O que decide isso? *Quem* decide?

Rhys esticou as lapelas antes de retirar um fiapo invisível do tecido.

— Destino, a Mãe, o curso espiral do Caldeirão...

— *Rhys*.

Ele me observou pelo reflexo no espelho quando caminhei até o armário, abrindo as portas para tirar de dentro o vestido escolhido. Retalhos de preto brilhante — uma versão um pouco mais modesta do que havia usado na Corte dos Pesadelos meses antes.

— Você disse que sua mãe e seu pai não eram certos um para o outro; *Tamlin* disse que os pais não eram certos um para o outro. — Tirei o roupão. — Então, não pode ser um sistema perfeito de pareamento. E se — inclinei o queixo para a janela, para minha irmã e o encantador de sombras no jardim — for *daquilo* que ela precisa? Não existe livre-arbítrio? E se Lucien desejar a união, mas ela não a desejar?

— Um laço de parceria pode ser rejeitado — respondeu Rhys, calmo, voltando os olhos para o espelho enquanto sorvia cada centímetro de pele nua que eu exibia. — Há escolha. E, às vezes, sim... o laço escolhe mal. Às vezes o laço não passa de algum... trabalho de adivinhação prévio sobre quem fornecerá a prole mais forte. No nível mais básico, talvez seja apenas isso. Alguma função natural, não uma indicação de verdadeiras almas pareadas. — Um sorriso para mim, para a raridade, talvez, do que tínhamos. — Mesmo assim — continuou Rhys —, sempre haverá um... puxão. Para as fêmeas, costuma ser mais fácil ignorá-lo, mas os machos... Podem enlouquecer. É seu fardo para que o combatam, mas alguns acreditam ter direito à fêmea. Mesmo depois que o laço é rejeitado, eles a veem como um pertence. Às vezes voltam para desafiar o macho escolhido pelas fêmeas. Às vezes termina em morte. É selvagem e feio e, ainda bem, não acontece com frequência, mas... Muitos parceiros tentam fazer funcionar, acreditando nos motivos do Caldeirão. Apenas anos depois percebem que, talvez, a parceria não tenha sido ideal em espírito.

Catei o cinto preto incrustado de joias de uma gaveta do armário e o prendi baixo sobre o quadril.

— Então, está dizendo que ela poderia dar as costas, e Lucien teria liberdade para matar quem quer que Elain quisesse para si.

Rhys virou o rosto do espelho, por fim, com as roupas pretas impecáveis... perfeitamente ajustadas ao corpo. Nenhuma asa naquela noite.

— Não liberdade, não em minhas terras. É ilegal em nosso território há muito, muito tempo, que machos façam isso. Mesmo antes de eu nascer. Em outras cortes, não. No continente, há territórios que acreditam que as fêmeas literalmente *pertencem* aos parceiros. Mas não aqui.

Elain teria proteção total se rejeitasse o laço. Mas ainda será um laço, mesmo que enfraquecido, que a acompanhará pelo resto da existência.

— Acha que ela e Lucien formam um bom par? — Peguei sandálias cujas tiras subiam até minhas coxas expostas, e as calcei antes de começar o trabalho de amarrá-las.

— Você os conhece melhor que eu. Mas direi que Lucien é leal, irredutivelmente.

— Azriel também.

— Azriel — falou Rhys — está preocupado com a mesma fêmea pelos últimos quinhentos anos.

— O laço de parceria não teria se encaixado para eles se existisse?

Os olhos de Rhys se fecharam.

— Acho que essa é a pergunta que Azriel tem feito a si mesmo todos os dias desde que conheceu Mor. — Rhys suspirou quando terminei um pé e comecei o outro. — Tenho permissão de pedir que *não* banque a casamenteira? Deixe que encontrem seu caminho.

Eu me levantei, apoiando as mãos no quadril.

— Eu jamais me intrometeria no relacionamento dos outros!

Rhys apenas ergueu uma sobrancelha em um desafio silencioso. E soube exatamente a que ele se referia.

Meu estômago se revirou quando me sentei diante da penteadeira e comecei a trançar os cabelos até formar uma coroa no alto da cabeça. Talvez eu fosse uma covarde, por não poder perguntar em voz alta, mas falei, pelo laço: *Foi uma violação... entrar na mente de Lucien daquela forma?*

Não posso responder isso por você. Rhys se aproximou e me deu um grampo de cabelo.

Eu o prendi em uma parte da trança. *Precisava ter certeza... de que ele não estava prestes a tentar levá-la, a nos entregar.*

Rhys me entregou outro. *E obteve uma resposta para isso?*

Trabalhamos ao mesmo tempo, prendendo meu cabelo no lugar. *Acho que sim. Não era só o que ele pensava — era a... sensação. Eu não senti má intenção, nenhum ardil. Apenas preocupação com ela. E... arrependimento. Desejo.* Balancei a cabeça. *Conto a Lucien? O que fiz?*

Rhys prendeu uma parte de meu cabelo difícil de alcançar. *Precisa julgar se o custo vale admitir a culpa.*

O custo era a confiança hesitante de Lucien em mim, nesse lugar. *Ultrapassei um limite.*

Mas fez isso para garantir a segurança das pessoas que ama.

Não percebi... Parei, balançando a cabeça de novo.

Rhys apertou meu ombro. *Não percebeu o quê?*

Encolhi os ombros, desabando no banquinho acolchoado. *Que seria tão complicado.* Meu rosto ficou quente. *Sei que parece terrivelmente ingênuo...*

Sempre é complicado, e nunca fica mais fácil, não importa há quantos séculos eu esteja fazendo isso.

Empurrei os outros grampos na penteadeira. *É a segunda vez que entro na mente de Lucien.*

Então, diga que foi a última, e acabe com isso.

Pisquei, erguendo a cabeça. Tinha pintado a boca com um tom de vermelho tão escuro que parecia quase preto, e agora meus lábios formavam uma fina linha.

Rhys elucidou: *O que está feito, está feito. Torturar-se por causa disso não vai mudar nada. Percebeu que era um limite que não gostaria de ultrapassar, então, não cometerá esse erro de novo.*

Eu me movi no banquinho. *Você teria feito?*

Rhys considerou. *Sim. E depois teria me sentido tão culpado quanto você.*

Ouvir aquilo apaziguou algo bem no fundo. Assenti uma vez... duas.

Se quer se sentir um pouco melhor, acrescentou ele, *Lucien tecnicamente quebrou as regras que estabelecemos. Então, tinha o direito de olhar dentro de sua mente, apenas para garantir a segurança de sua irmã. Ele ultrapassou o limite primeiro.*

Aquela coisa bem no fundo de mim se acalmou um pouco mais. *Está certo.*

E estava feito.

Observei Rhys no espelho quando uma coroa preta lhe surgiu nas mãos. Aquela de penas de corvo que o vira usar — ou sua gêmea feminina. Uma tiara... a qual Rhys cuidadosa e respeitosamente colocou sobre a trança que tínhamos prendido no alto de minha cabeça. A coroa original... surgiu no alto da cabeça de Rhys um momento depois.

Juntos, encaramos nossos reflexos. Senhor e Senhora da Noite.

— Pronta para ser maligna? — ronronou Rhys a meu ouvido.

Meus dedos dos pés se curvaram diante da carícia daquela voz... da lembrança da última vez que fomos à Corte dos Pesadelos. Como eu me sentei no colo de Rhys... por onde seus dedos passearam.

Eu me levantei do banco, encarando Rhys diretamente. Suas mãos percorriam a pele exposta em minhas costelas. Entre meus seios. Pelo exterior de minhas coxas. Ah, ele também se lembrava.

— Dessa vez — sussurrei, beijando a gavinha de tatuagem que despontou logo acima do colarinho do casaco preto de Rhys —, eu faço Keir implorar.

CAPÍTULO 25

Amren não vestira Nestha com teias de aranha e poeira estelar, como Mor e eu estávamos vestidas. E não vestira Nestha com o próprio estilo, calça larga e blusa expondo a barriga.

Mantivera o traje simples. Brutal.

O vestido de um preto impenetrável escorria até o piso preto de mármore do salão do trono da Cidade Escavada, justo no corpo e nas mangas, com o decote delineando a base do pescoço pálido de minha irmã. Os cabelos de Nestha tinham sido presos em um penteado simples para revelar as maçãs do rosto, a lucidez selvagem dos olhos enquanto minha irmã observava a multidão reunida, as pilastras entalhadas imponentes e as bestas escamosas que se entrelaçavam ali, e, depois, o poderoso altar e o trono em cima dele... e isso sem se retrair.

De fato, o queixo de Nestha apenas se erguia a cada passo que ela dava na direção daquele altar.

Somente um trono, percebi; aquele poderoso trono com as escamosas bestas entalhadas e entrelaçadas.

Rhys também se deu conta. Planejara aquilo.

Minha irmã e os demais se afastaram do pé do altar, ocupando posições de flanco na base. Sem medo, sem alegria, sem luz nos rostos. Azriel, ao lado de Mor, parecia mortalmente calmo enquanto observava aqueles ali reunidos. Enquanto avaliava Keir, que esperava ao lado de uma mulher de cabelos dourados que só podia ser a mãe de Mor, olhando para nós com escárnio. *Não prometa nada a eles*, avisara Mor a mim.

Rhys estendeu a mão para que eu subisse os degraus do altar. Mantive a cabeça erguida, e as costas, eretas, quando peguei seus dedos e subi os poucos degraus. Na direção daquele trono solitário.

Rhys apenas piscou um olho quando graciosamente me escoltou até o trono, o movimento simples e suave como uma dança.

A multidão murmurou quando me sentei, e a pedra preta estava gelada contra minhas coxas expostas.

Todos imediatamente arquejaram quando Rhys apenas se recostou no braço do trono, lançou um sorriso debochado a mim e disse à Corte dos Pesadelos:

— Curvem-se.

Porque eles não tinham se curvado. E comigo sentada naquele trono...

O rosto dos cortesãos era ainda uma mistura de choque e desdém quando todos se ajoelharam.

Evitei olhar para Nestha quando ela não teve escolha a não ser imitar.

Mas me obriguei a olhar para Keir, para a fêmea a seu lado, para qualquer um que ousasse me encarar. E me obriguei a me lembrar do que tinham feito a Mor, que agora se curvava com um sorriso no rosto, quando mal passava de uma criança. Alguns membros da corte desviaram o olhar.

— Interpretarei a ausência de dois tronos como consequência do fato de que esta visita aconteceu às pressas — disse Rhys, com uma calma letal. — E deixarei que todos escapem sem ser esfolados como *meu* presente de parceria a *vocês*. Nossos súditos leais — acrescentou Rhys, com um leve sorriso.

Passei um dedo pela espiral escamosa de uma das bestas que compunham os braços do trono. Nossa corte. Parte dela.

E precisávamos que lutassem conosco. Que concordassem com isso... aquela noite.

A boca que eu pintara de um vermelho tão, tão escuro se abriu em um sorriso preguiçoso. Gavinhas de poder serpentearam na direção do altar, mas não ousaram ultrapassar o primeiro degrau. Estavam me testando... para saber que poder eu teria. Mas sem chegar perto o suficiente para ofender Rhysand.

Deixei que rastejassem para mais perto, farejando, quando falei para Rhys, para o salão do trono:

— Certamente, meu amor, eles gostariam de se levantar agora.

Rhys sorriu para mim, e depois, para a multidão.

— Levantem-se.

E eles se levantaram. E algumas daquelas gavinhas de poder ousaram subir o primeiro degrau.

Golpeei.

Três arquejos soaram pelo salão murmurante, sufocados, quando choquei magia afiada como uma garra contra aqueles poderes curiosos demais. Enterrei profunda e violentamente. Um gato com um pássaro sob a pata. Diversos pássaros.

— Desejam isto de volta? — perguntei, em voz baixa, para ninguém em especial.

Perto do pé do altar, Keir olhava com raiva por cima do ombro, a coroa prateada reluzia sobre os cabelos loiros. Alguém soluçou no fundo do salão.

— Não sabem — ronronou Rhys para a multidão — que não é educado tocar uma dama sem permissão?

Em resposta, enterrei ainda mais aquelas garras escuras, e a magia de quem quer que tenha ousado me testar se debatia e pinoteava.

— Comportem-se — cantarolei para a multidão.

E soltei.

Três borrões separados de movimento disputaram minha atenção. Alguém tinha atravessado imediatamente, fugindo. Outra pessoa desmaiara. E uma terceira se agarrava a quem quer que estivesse ao lado, tremendo. Marquei todos os rostos.

Amren e Nestha se aproximaram do pé do altar. Minha irmã encarava como se jamais tivesse me visto. Não ousei tirar a máscara de frieza divertida. Não ousei perguntar se os escudos de Nestha estavam de pé — se alguém acabara de tentar testá-la também. A expressão imponente da própria Nestha não exibia nada.

Amren fez uma reverência com a cabeça para Rhys, para mim.

— Peço dispensa, Grão-Senhor.

Rhys gesticulou com a mão desinteressada.

— Vão. Divirtam-se. — Ele indicou a multidão atenta com o queixo. — Comida e música. Agora.

Rhys foi obedecido. Imediatamente.

Minha irmã e Amren sumiram antes que a multidão pudesse começar a se dispersar, caminhando direto para aquelas portas imponentes, para dentro da escuridão. A fim de brincar com parte do tesouro mágico guardado ali; a fim de dar a Nestha algum treino para quando Amren descobrisse como consertar a muralha.

Algumas cabeças se voltaram na direção das duas — depois, rapidamente, se desviaram quando Amren reparou nelas.

Quando exibiu parte do monstro dentro de si.

Ainda não tínhamos contado a Amren sobre o Entalhador de Ossos — sobre a visita à Prisão. Algo parecido com culpa se enroscou em meu estômago. Mas eu supus que precisaria me acostumar com aquilo quando Rhys flexionou o dedo na direção de Keir e falou:

— Sala do conselho. Em dez minutos.

Os olhos de Keir se semicerraram diante da ordem, e a fêmea a seu lado manteve a cabeça baixa; o retrato da subserviência. O que Mor deveria ter sido.

Minha amiga, de fato, observava os pais com indiferença fria no rosto. Azriel manteve-se um passo atrás, monitorando tudo.

Não me deixei parecer interessada demais — preocupada demais — quando Rhys me ofereceu a mão e nos levantamos do trono. E fomos conversar sobre guerra.

✠

A câmara do conselho da Cidade Escavada era quase tão grande quanto o salão do trono. Era escavada da mesma rocha preta, e as pilastras imitavam aquelas bestas enroscadas.

Muito abaixo do teto alto em domo, uma mesa imensa de vidro preto dividia o salão em dois, como um relâmpago, os cantos foram deixados prolongados e irregulares. Afiados como uma lâmina.

Rhys ocupou um assento na cabeceira da mesa. Ocupei aquele na ponta oposta. Azriel e Mor encontraram assentos de um dos lados, e Keir se acomodou no assento do outro lado.

Uma cadeira a seu lado permaneceu vazia.

Rhys se recostou na cadeira, girando o vinho que fora servido por um criado de rosto impassível um momento antes. Fora difícil para mim não agradecer ao macho que enchera minha taça.

Mas, ali, eu não agradecia a ninguém.

Ali, tomava o que era meu, e não oferecia gratidão ou desculpas.

— Sei por que está aqui — falou Keir, sem rodeios.

— Ah? — A sobrancelha de Rhys se ergueu lindamente.

Keir nos observou, desprazer estampado naquele belo rosto.

— Hybern está se agitando. Suas legiões — um olhar de desprezo para Azriel, para os illyrianos que ele representava — estão se reunindo. — Keir entrelaçou os longos dedos e os apoiou no vidro. — Quer pedir que meus Precursores da Escuridão se juntem a seu exército.

Rhys bebericou do vinho.

— Bem, ao menos me poupou o esforço de tocar no assunto com cerimônias.

Keir manteve o olhar fixo, sem piscar.

— Confesso ter... empatia pela causa de Hybern.

Mor se moveu sutilmente na cadeira. Azriel apenas fixou aquele olhar gélido, onisciente, em Keir.

— Não seria o único — replicou Rhys, friamente.

Keir franziu a testa para o candelabro de obsidiana, moldado como uma guirlanda de flores noturnas; o centro brilhava com luz feérica prateada.

— Há muitas semelhanças entre o povo de Hybern e o meu. Ambos estamos presos, estagnados.

— Até onde sei — interrompeu Mor —, você sempre esteve livre para fazer o que quiser há séculos. Mais até.

Keir nem sequer olhou para a filha, o que garantiu um olhar de ódio de Azriel diante do desprezo.

— Ah, mas *somos* livres aqui? Nem mesmo a totalidade desta montanha nos pertence, não com seu palácio no alto.

— *Tudo* isto pertence a mim, devo lembrá-lo — respondeu Rhys, com sarcasmo.

— É essa mentalidade que me faz ver o povo engessado de Hybern como... semelhante.

— Quer o palácio lá no alto, Keir, então é seu. — Rhys cruzou as pernas. — Não sabia que o cobiçava há tanto tempo.

O sorriso de resposta de Keir foi quase viperino.

— Deve precisar desesperadamente de minha ajuda, Rhysand. — De novo, aquele olhar odioso para Azriel. — Os morcegos gigantes não dão mais conta do recado?

— Venha treinar com eles — disse Azriel, baixinho. — E descobrirá por conta própria.

Durante seus séculos de existência miserável, Keir certamente dominara a arte de rir com desprezo.

E a forma como o fazia para Azriel... Os dentes de Mor brilharam à luz tênue. Foi difícil evitar fazer o mesmo.

— Não tenho dúvidas — respondeu Rhys, o retrato do glorioso tédio — de que já decidiu qual será seu preço.

Keir olhou para a ponta da mesa... para mim. Deliciando-se com o olhar enquanto eu o encarava de volta.

— Decidi.

Meu estômago se revirou diante daquele olhar, das palavras.

Poder sombrio ressoou pela câmara, fazendo o lustre de ônix tilintar.

— Cuidado, Keir.

Keir apenas sorriu para mim e, depois, para Rhys. Mor ficara completamente imóvel.

— O que me daria por uma tentativa de ganhar esta guerra, Rhys? Você se prostituiu para Amarantha, mas... e quanto a sua parceira?

Ele não se esquecera de como o havíamos tratado. De como o havíamos humilhado meses antes.

E Rhys... havia apenas morte eterna e impiedosa em seu rosto, na escuridão que se reunia atrás da cadeira.

— O acordo que nossos ancestrais fizeram garante a você o direito de escolher como e quando seu exército auxiliará o meu. Mas não lhe garante o direito de se manter com vida, Keir, quando eu me cansar de sua existência.

Como se em resposta, garras invisíveis sulcaram marcas profundas na mesa, e o vidro rangeu. Eu me encolhi. Keir empalideceu diante das linhas agora a centímetros dele.

— Mas achei que pudesse... hesitar em me ajudar — prosseguiu Rhys. Eu jamais o vira tão calmo. Não calmo, mas cheio de um ódio gélido.

Do tipo que, às vezes, lampejava nos olhos de Azriel.

Rhys estalou os dedos e disse a ninguém em particular:

— Tragam-no.

As portas se abriram com um vento fantasma.

Não sabia para onde olhar quando um criado acompanhou a alta figura masculina.

Para Mor, cujo rosto ficou branco de medo. Para Azriel, que levou a mão à adaga — Reveladora da Verdade — com cada centímetro de si alerta, concentrado, mas nada surpreso. Sem um pingo de choque.

Ou para Eris, o herdeiro da Corte Outonal, quando ele caminhou para dentro da sala.

CAPÍTULO 26

Era para ele o último assento vago.

E Rhys...

Ele permaneceu jogado na cadeira, bebericando do vinho.

— Bem-vindo de volta, Eris — disse Rhys, tranquilamente. — Faz o quê... cinco séculos desde que colocou os pés aqui?

Mor desviou o olhar para Rhys. Traição e... mágoa. Era mágoa que lampejava ali.

Por não ter nos avisado. Por aquela... surpresa.

Eu me perguntei se tinha dominado minhas feições com mais sucesso que minha amiga quando Eris reivindicou o assento vago à mesa, sem se dar o trabalho de acenar para um Keir de olhar cauteloso.

— De fato, faz tempo.

Ele se curara desde aquele dia no gelo; não havia um sinal do ferimento na barriga provocado por Cassian. Os cabelos ruivos estavam soltos, uma cortina sedosa sobre a casaca cor de cobalto.

O que ele está fazendo aqui?, disparei pelo laço, sem me incomodar em esconder o que corria por minhas veias.

Assegurando que Keir concordará em ajudar, foi tudo o que Rhys respondeu, as palavras tensas e curtas. Contidas.

Como se ainda dominasse todo o poder do ódio.

Sombras se enroscaram em torno dos ombros de Azriel, lhe sussurrando ao ouvido enquanto o encantador encarava Eris.

— Você um dia quis formar laços com a Outonal, Keir — disse Rhys, apoiando a taça de vinho. — Bem, eis sua chance. Eris está disposto a oferecer uma aliança formal, em troca de seus serviços na guerra.

Como diabo conseguiu que ele concordasse com isso?

Rhys não respondeu.

Rhysand.

Keir se recostou no assento.

— Não é o suficiente.

Eris riu com escárnio, servindo-se de uma taça de vinho do decantador no centro da mesa.

— Eu tinha esquecido por que fiquei tão aliviado quando nosso acordo se desfez da última vez.

Rhys lhe lançou um olhar de aviso. Eris apenas bebeu intensamente.

— O que quer então, Keir? — ronronou Rhys.

Eu tinha a sensação de que, se Keir sugerisse de novo que me queria, acabaria estatelado na parede.

Mas Keir também devia saber. E apenas respondeu a Rhysand:

— Quero sair. Quero espaço. Quero que meu povo seja livre desta montanha.

— Tem todos os confortos — rebati, por fim. — E mesmo assim não basta?

Keir também me ignorou. Como tenho certeza de que ignorava a maioria das mulheres em sua vida.

— Você andou guardando segredos, Grão-Senhor — argumentou Keir, com um sorriso odioso, entrelaçando as mãos e apoiando-as na mesa danificada. Bem em cima do sulco mais próximo. — Sempre me perguntei... para onde todos vocês *iam* quando não estavam aqui. Hybern respondeu essa pergunta por fim... graças a um ataque a... qual é o nome? Velaris. Sim. A Velaris. A Cidade de Luz Estelar.

Mor ficou completamente imóvel.

— Quero acesso à cidade — decretou Keir. — Para mim e minha corte.

— Não — respondeu Mor. A palavra ecoou pelas pilastras, pelo vidro, pela rocha.

Eu estava disposta a concordar. Mas só de pensar naquelas pessoas, em Keir, soltas em Velaris... Maculando-a com sua presença, com o ódio e as mentes fechadas, com o desdém e a crueldade...

Rhys não negou. Não descartou a sugestão.

Você não pode estar falando sério.

Rhys apenas observou Keir enquanto respondia pelo laço: *Previ isso... e tomei precauções.*

Refleti.

A reunião com os governadores do Palácio... Estava ligada a isto?

Sim.

— Haveria condições — avisou Rhys.

Mor abriu a boca, mas Azriel apoiou a mão coberta de cicatrizes sobre a dela.

Mor puxou a mão de volta, como se tivesse sido queimada; queimada como ele fora.

A máscara fria de Azriel nem sequer hesitou diante da rejeição. Apesar de Eris ter rido baixinho. O suficiente para fazer os olhos de Azriel brilharem com ódio quando os fixou no filho do Grão-Senhor. Eris apenas inclinou a cabeça para o encantador de sombras.

— Quero acesso irrestrito — disse Keir a Rhys.

— Não o terá — respondeu Rhys. — Haverá estadias limitadas, quantidades limitadas de pessoas. Isso será decidido depois.

Mor voltou os olhos suplicantes para Rhys. Sua cidade... o lugar que tanto amava...

Eu quase conseguia ouvir. A cisão prestes a estourar em nosso círculo.

Keir olhou para Mor por fim... e percebeu o desespero e o ódio. E sorriu.

Não tinha real intenção de sair dali.

Apenas o desejo de tomar algo que, sem dúvida, soubera que a filha adorava.

Eu poderia ter alegremente dilacerado o pescoço de Keir quando ele respondeu:

— Feito.

Rhys nem mesmo sorriu. Mor apenas encarava meu parceiro, com aquela expressão de súplica lhe franzindo o rosto.

— Há mais uma coisa — acrescentei, esticando os ombros. — Mais um pedido.

Keir se dignou a reconhecer minha presença.

— Hã?

— Preciso do espelho Uróboro — avisei, desejando que minhas veias permanecessem frias. — Imediatamente.

Interesse e surpresa se incendiaram nos olhos castanhos de Keir. Os olhos de Mor.

— Quem lhe disse que eu o tenho? — perguntou Keir, baixinho.

— Isso importa? Eu o quero.

— Pelo menos sabe o que é o Uróboro?

— Cuidado com o tom, Keir — avisou Rhys.

Keir se inclinou para a frente, apoiando os antebraços na mesa.

— O espelho... — Ele riu em voz baixa. — Considere meu presente de parceria. — E acrescentou, com um veneno adocicado: — Se conseguir pegá-lo.

Não uma ameaça para enfrentar Keir, mas...

— O que quer dizer?

Keir ficou de pé, sorrindo, como um gato com um canário na boca.

— Para pegar o Uróboro, para reivindicá-lo, precisa primeiro olhar para ele. — Keir seguiu para as portas, sem esperar ser dispensado. — E todos os que tentaram fazê-lo ficaram loucos ou foram irreparavelmente destruídos. Até mesmo um ou dois Grão-Senhores, se a lenda é verdadeira. — Um gesto de ombros. — Então, é seu, se ousar enfrentá-lo. — Keir parou sob o portal quando as portas se abriram com um vento fantasma. Ele disse a Rhys, talvez o mais perto que chegaria de pedir permissão para sair: — Lorde Thanatos está com... dificuldades com a filha de novo. Requer minha assistência. — Rhys apenas gesticulou com a mão, como se não tivesse acabado de entregar nossa cidade ao macho. Keir indicou Eris com o queixo. — Desejarei falar com você... em breve.

Depois que terminasse de se gabar da vitória naquela noite. Do que tínhamos lhe entregado.

E perdido.

Se o Uróboro não podia ser recuperado, pelo menos não sem um risco terrível... Afastei o pensamento, selando-o para mais tarde, quando Keir saiu. Deixando nosso grupo sozinho com Eris.

O herdeiro da Outonal apenas bebericou o vinho.

E eu tive a sensação terrível de que Mor tinha ido para um lugar muito, muito distante quando Eris apoiou a taça e disse:

— Você parece bem, Mor.

— Não fale com ela — respondeu Azriel, baixinho.

Eris deu um sorriso amargo.

— Vejo que ainda guarda rancor.

— Esse acordo, Eris — replicou Rhys —, depende somente de que você fique de boca fechada.

Eris conteve uma risada.

— E não fiz um excelente trabalho? Nem mesmo meu pai suspeitou quando parti esta noite.

Olhei de meu parceiro para Eris.

— Como isso aconteceu?

Eris me olhou da cabeça aos pés. Para a coroa e o vestido.

— Não achou que eu sabia que seu encantador de sombras viria xeretar para descobrir se eu havia contado a meu pai sobre seus... poderes? Principalmente depois que meus irmãos tão misteriosamente *se esqueceram* também. Eu sabia que seria uma questão de tempo antes que um de vocês aparecesse para cuidar de minha memória. — Eris bateu na lateral da cabeça com um longo dedo. — Uma pena para você que eu tenha aprendido uma ou duas coisas sobre daemati. Uma pena para meus irmãos que jamais me dei ao trabalho de ensinar-lhes.

Meu peito se apertou. *Rhys.*

Para me manter a salvo da ira de Beron, para evitar que a potencial aliança com os Grão-Senhores ruísse antes de começar... *Rhys.*

Foi um esforço conter as lágrimas nos olhos.

Uma carícia suave pelo laço foi a única resposta.

— É óbvio que não contei a meu pai — continuou Eris, bebendo mais vinho. — Por que desperdiçar esse tipo de informação com o desgraçado? A resposta seria caçá-la e matá-la, sem perceber a merda em que estamos enterrados com Hybern, e que você pode ser a chave para impedir isso.

— Então, ele planeja se juntar a nós — respondeu Rhys.

— Não se descobrir sobre nosso segredinho. — Eris riu.

Mor piscou, como se percebesse que o contato de Rhys com Eris, o convite para que ele viesse até nós... O olhar que ela me deu, direto e determinado, me disse o bastante. Mágoa e ódio ainda espiralavam ali, mas a compreensão também.

— Então, qual é o preço, Eris? — indagou Mor, apoiando os braços expostos no vidro escuro. — Outra noivinha para você torturar?

Algo lampejou nos olhos de Eris.

— Não sei quem contou essas mentiras a você para início de conversa, Morrigan — disse ele, com uma calma maligna. — Provavelmente os desgraçados de que se cerca. — Um olhar de desprezo para Azriel.

Mor grunhiu, fazendo o vidro chacoalhar.

— Jamais deu qualquer prova em contrário. Certamente não quando me deixou naquele bosque.

— Havia forças em ação que você nunca considerou — respondeu Eris, friamente. — E não vou desperdiçar meu fôlego explicando-as a você. Acredite no que quiser a meu respeito.

— Você me caçou como se fosse um animal — interrompi. — Acho que escolheremos acreditar no pior.

O rosto pálido de Eris corou.

— Recebi uma ordem. E fui enviado para executá-la com dois de meus... irmãos.

— E quanto ao irmão que caçou a meu lado? Aquele cuja amante você ajudou a executar diante de seus olhos?

Eris bateu com a palma da mão na mesa.

— Não sabe de *nada* sobre o que aconteceu naquele dia. *Nada*.

Silêncio.

— Explique. — Foi tudo o que eu disse.

Eris me encarou. Encarei de volta.

— Como acha que ele chegou à fronteira da Primaveril? — falou Eris, em voz baixa. — Eu não estava lá... quando fizeram aquilo. Pergunte a ele. Eu me recusei. Foi a primeira e única vez que neguei algo a meu pai. Ele me puniu. E quando me libertei... Também o matariam. Eu me certifiquei de que não o fizessem. De que Tamlin recebesse o recado, anonimamente, para correr para a própria fronteira.

Onde dois dos irmãos de Eris tinham sido mortos. Por Lucien e Tamlin.

Eris puxou um fio solto no casaco.

— Nem todos tivemos a sorte com amigos e família que você teve, Rhysand.

O rosto de Rhys era uma máscara de tédio.

— Parece que não.

E nada disso apagava por completo o que Eris tinha feito, mas...

— Qual foi o preço pedido? — repeti.

— A mesma coisa que eu disse a Azriel quando o encontrei xeretando no bosque de meu pai ontem.

O olhar de Mor foi tomado pela mágoa quando ela virou a cabeça para o encantador de sombras. Mas Azriel nem ao menos demonstrou reconhecer a presença dela ali quando anunciou:

— Quando a hora chegar... devemos apoiar a reivindicação de Eris ao trono.

Mesmo enquanto Azriel falava, aquele ódio congelado lhe tomava o rosto. E Eris era esperto o suficiente para, por fim, empalidecer ao perceber. Talvez por isso Eris tivesse guardado para si o conhecimento de meus poderes. Não apenas para esse tipo de acordo, mas para evitar a ira do encantador de sombras. A lâmina na lateral do corpo.

— O pedido ainda está de pé, Rhysand — disse Eris, controlando-se. — Para matar meu pai e acabar logo com isso. Posso reunir tropas agora mesmo.

Pela Mãe. Ele nem mesmo tentava esconder... mostrar qualquer remorso. Foi difícil evitar que minha boca se escancarasse à mesa diante da determinação, da casualidade com que falara.

— Tentador, mas problemático demais — respondeu Rhys. — Beron ficou do nosso lado na Guerra. Espero que se incline para o mesmo lado de novo. — Um olhar significativo para Eris.

— Ele se inclinará — prometeu Eris, passando o dedo por uma das marcas sulcadas na mesa. — E eu permanecerei felizmente ignorante aos... dons de Feyre.

Um trono... em troca do silêncio. E do apoio.

— Não prometa a Keir nenhuma coisa com a qual você se importa — disse Rhys, gesticulando com a mão em dispensa.

Eris apenas se levantou.

— Veremos. — Ele franziu a testa para Mor quando virou o vinho e apoiou a taça. — Fico surpreso por ainda não conseguir se controlar diante dele. Tinha todas as emoções estampadas nesse seu rostinho lindo.

— Cuidado — avisou Azriel.

Eris olhou de um para outro, com um leve sorriso. Secretamente. Como se soubesse algo que Azriel não sabia.

— Eu não teria tocado em você — disse ele a Mor, que empalideceu de novo. — Mas, quando você trepou com aquele outro desgraçado... — Um grunhido saiu da garganta de Rhys diante daquilo. E da minha. — Eu soube por que fez aquilo. — De novo, aquele sorriso secreto que fez Mor encolher. *Encolher*. — Então, dei a você a liberdade, acabando com o noivado sem deixar dúvidas.

— *E o que aconteceu a seguir* — grunhiu Azriel.

Uma sombra percorreu o rosto de Eris.

— Há poucas coisas de que me arrependo. Aquela é uma delas. Mas... talvez um dia, agora que somos aliados, eu conte por quê. O que me custou.

— Não dou a mínima — respondeu Mor, em voz baixa. Ela apontou para a porta. — Saia.

Eris fez uma reverência debochada para Mor. Para todos nós.

— Vejo vocês na reunião em 12 dias.

CAPÍTULO 27

Encontramos Nestha e Amren esperando do lado de fora do salão do trono, ambas parecendo irritadiças e cansadas.

Bem, erámos seis, então.

Não duvidei da alegação de Keir sobre o espelho... e me atrever a olhar para ele... Nenhum de nós podia correr aquele risco. De ser destruído. De ficar louco. Nenhum de nós; não no momento. Talvez o Entalhador de Ossos soubesse disso e tivesse me mandado em uma tarefa inútil apenas para se divertir.

Não nos demos o trabalho de nos despedir da corte murmurante quando atravessamos para a casa na cidade. Para Velaris... a paz e a beleza agora infinitamente mais frágeis.

Cassian tinha descido do telhado em algum momento para se juntar a Lucien na sala de estar, e os livros da parede estavam espalhados na mesa baixa diante dos dois. Ambos se levantaram diante das expressões em nosso rosto.

Cassian estava a meio caminho de Mor quando ela se virou para Rhys e falou:

— *Por quê?*

E a voz falhou.

E algo em meu peito também se partiu diante das lágrimas que começaram a escorrer pelo rosto de Mor.

Rhys apenas ficou parado ali, encarando a prima. A expressão indecifrável.

Observando enquanto Mor lhe batia com as mãos no peito e gritava:

— *Por quê?*

Rhys recuou um passo.

— Eris encontrou Azriel... nossas mãos estavam atadas. Fiz o melhor que pude nessa situação. — Ele engoliu em seco. — Desculpe.

Cassian os observava, congelado no meio da sala. E presumi que Rhys estava contando a ele pela mente, presumi que estava contando a Amren, e talvez até para Lucien e Nestha, pelo modo como piscavam os olhos, surpresos.

Mor se virou para Azriel.

— *Por que não disse nada?*

Azriel a encarou, sem hesitar. Nem mesmo farfalhou as asas.

— Porque você teria tentado impedir. E não podemos nos dar ao luxo de perder a aliança de Keir ou enfrentar a ameaça de Eris.

— Está trabalhando com aquele porco — interrompeu Cassian, depois de ter sido inteirado, aparentemente. Ele passou para o lado de Mor, a mão nas costas da feérica. Então, balançou a cabeça para Azriel e Rhys, o nojo lhe contraindo o lábio. — Devia ter empalado a cabeça maldita de Eris nos portões da frente.

Azriel apenas os observou com aquela indiferença gélida. Mas Lucien cruzou os braços, recostando-se no sofá.

— Preciso concordar com Cassian. Eris é uma cobra.

Talvez Rhys não o tivesse inteirado de tudo, então. A respeito do que Eris alegara sobre salvar o irmão mais novo de qualquer forma possível. Da própria desobediência.

— Sua família inteira é desprezível — disse Amren a Lucien, de onde ela e Nestha permaneciam à porta. — Mas Eris pode se provar uma alternativa melhor. Se puder encontrar uma forma de matar Beron e se certificar de que o poder passe para ele.

— Tenho certeza de que encontrará — respondeu Lucien.

Mas Mor ainda encarava Rhys, com aquelas lágrimas silenciosas escorrendo pelas bochechas vermelhas.

— Não é Eris — retrucou Mor, a voz falhando. — É *aqui*. — Ela indicou com a mão a casa, a cidade. — Este é meu *lar*, e vai deixar Keir *destruí-lo*.

— Tomei precauções — assegurou Rhys, com um tom tenso na voz que eu não ouvia fazia um tempo. — Muitas delas. Começando com a reunião com os governadores dos Palácios, e conseguindo que concordassem em jamais servir, abrigar ou entreter qualquer um da Corte dos Pesadelos.

Mor piscou. A mão de Cassian passou para o ombro da prima e apertou.

— Estão passando as notícias para todos os donos de estabelecimentos da cidade — continuou Rhys. — Todos os restaurantes, lojas e propriedades. Então, Keir e sua laia podem vir até aqui... Mas não acharão que é um lugar acolhedor. Ou um em que podem sequer encontrar alojamento.

— Ele ainda assim vai destruí-la — sussurrou Mor, balançando a cabeça.

Cassian deslizou o braço em volta dos ombros dela, com a expressão mais severa do que eu jamais vira, enquanto observava Rhys. E depois, Azriel.

— Devia ter nos avisado.

— Eu devia — respondeu Rhys, embora não parecesse arrependido. Azriel apenas permaneceu a 30 centímetros de distância, as asas bem fechadas e os Sifões reluzindo.

Eu me intrometi por fim.

— Imporemos limites sobre quando e com que frequência virão.

Mor balançou a cabeça, ainda sem olhar para qualquer direção que não a de Rhys.

— Se Amarantha estivesse viva... — A palavra serpenteou pela sala, escurecendo os cantos. — Se estivesse viva e eu me oferecesse para *trabalhar* com ela... mesmo que fosse para salvar a todos nós... como você se sentiria?

Nunca... nunca tinham chegado tão perto de discutir o que acontecera com Rhys.

Eu me aproximei de Rhys, roçando os dedos contra os dele. E os dedos de Rhys entrelaçaram os meus.

— Se Amarantha nos oferecesse uma chance ínfima de sobrevivência — disse Rhys, com o olhar fixo. — Então, eu não daria a *mínima* para o fato de ela ter me obrigado a transar com ela durante todos aqueles anos.

Cassian se retraiu. A *sala* inteira se retraiu.

— Se Amarantha aparecesse naquela porta agora mesmo — grunhiu Rhys, apontando na direção da entrada do saguão — e dissesse que poderia nos dar uma chance de derrotar Hybern, de manter todos *vocês* vivos, *eu agradeceria ao maldito Caldeirão*.

Mor balançou a cabeça, lágrimas escorrendo livremente de novo.

— Não está falando sério.

— Estou.

Rhys.

Mas o laço, a ponte entre nós... era um vazio uivante. Uma tempestade revolta, sombria.

Longe demais; aquilo os levava longe demais. Tentei atrair o olhar de Cassian, mas ele os monitorava de perto, com a pele marrom sobrenaturalmente pálida. As sombras de Azriel se reuniram, meio que o ocultando de vista. E Amren...

Amren se colocou entre Rhys e Mor. Os dois eram mais altos que ela.

— Evitei que esta unidade se desfizesse durante 49 anos — disse Amren, com os olhos brilhando forte como relâmpago. — Não vou deixar que a dilacerem agora. — Ela encarou Mor. — Trabalhar com Keir e Eris não é o mesmo que perdoá-los. E, quando esta guerra terminar, eu os caçarei e os estriparei com você se for o que desejar. — Mor não disse nada, embora, por fim, tivesse desviado o olhar de Rhys.

— Meu pai vai envenenar esta cidade.

— Não permitirei que o faça — replicou Amren.

Acreditei nela.

E acho que Mor também, pois as lágrimas que continuaram escorrendo... pareceram se alterar, de alguma forma.

Amren se virou para Rhys cuja expressão agora se aproximava de... devastação.

Deslizei a mão pela dele. *Vejo você*, falei, dando a Rhys as palavras que eu certa vez sussurrara, tantos meses antes. *E não me assusta.*

— Você é um filho da mãe ardiloso — disse Amren a ele. — Sempre foi e provavelmente sempre será. Mas isso não o exime, menino, de não nos ter avisado. Avisado a ela, não quando aqueles dois monstros estavam envolvidos. Sim, tomou a decisão certa... agiu bem. Mas também agiu mal.

Algo como vergonha escureceu o olhar de Rhys.

— Desculpe.

As palavras... para Mor, para Amren.

Os cabelos pretos de Amren oscilaram quando ela as avaliou. Mor apenas balançou a cabeça, por fim; mais em aceitação que em recusa.

Engoli em seco, com a voz áspera, quando falei:

— Isso é guerra. Nossos aliados são poucos e já não confiam em nós. — Encarei cada um deles, minha irmã, Lucien, Mor e Azriel, e Cassian. Então, Amren. E, depois, meu parceiro. Apertei sua mão diante da culpa que agora o consumia profundamente. — Todos vocês já foram à guerra e voltaram, enquanto eu nem coloquei os pés em um campo de batalha. Mas... preciso imaginar que não duraremos muito se... houver uma ruptura entre nós. De dentro para fora.

Palavras trôpegas, quase incoerentes, mas Azriel disse, por fim:

— Ela está certa.

Mor nem sequer olhou na direção dele. Eu podia ter jurado que culpa anuviara os olhos de Azriel, surgira e sumira em um piscar de olhos.

Amren recuou para o lado de Nestha quando Cassian me perguntou:

— O que aconteceu com o espelho?

Balancei a cabeça.

— Keir disse que é meu se eu ousar pegá-lo. Aparentemente, o que se vê dentro dele destrói a pessoa... ou a deixa louca. Ninguém jamais saiu ileso.

Cassian xingou.

— Exatamente — falei. Era um risco que talvez nenhum de nós estivesse totalmente pronto para enfrentar. Não quando éramos todos necessários, cada um de nós.

Mor acrescentou, com a voz um pouco rouca, ajustando as pregas e faixas de tecido ébano do vestido esvoaçante:

— Meu pai disse a verdade em relação a isso. Fui criada com lendas do espelho. Nenhuma era agradável. Ou bem-sucedida.

Cassian franziu a testa para mim, para Rhys.

— Então, o que...

— Estão falando do Uróboro — interrompeu Amren.

Pisquei. Merda. *Merda...*

— O que querem com aquele espelho? — A voz assumira um timbre grave.

Rhys passou a mão livre para o bolso.

— Se a honestidade é o tema da noite... O Entalhador de Ossos pediu por ele.

As narinas de Amren se dilataram.

— Vocês foram à Prisão.

— Seus velhos amigos disseram oi — revelou Cassian, recostando um ombro contra o portal arqueado da sala de estar.

A expressão de Amren se contraiu, e Nestha olhou de um para outro... com cautela. Estudando-nos. Principalmente quando os olhos de mercúrio de Amren giraram.

— Por que foram?

Abri a boca, mas o ouro do olho de Lucien me chamou a atenção. Fisgou-a.

Minha hesitação devia ter sido indicativa de minha cautela.

Com o maxilar trincado devido à frustração, Lucien pediu licença e foi para o quarto. Frustração... e talvez desapontamento. Eu bloqueei a sensação, o que aquilo fazia a meu estômago.

— Tínhamos algumas perguntas para o Entalhador. — Cassian deu a Amren um breve sorriso depois que Lucien se foi. — E temos algumas para você.

Os olhos cheios de fumaça de Amren se incendiaram.

— Vão libertar o Entalhador.

— Sim — respondi, simplesmente. Um exército de um monstro só.

— Isso é impossível.

— Devo lembrar-lhe de que *você*, doce Amren, escapou? — replicou Rhys, suavemente. — E permaneceu livre. Então, isso pode ser feito. Talvez você possa nos contar como o fez.

Cassian tinha se posicionado à porta, percebi, para ficar mais perto de Nestha. Para pegá-la caso Amren decidisse que não gostava do rumo daquela conversa. Ou que não tinha apreço pela mobília da sala.

Exatamente por isso Rhys agora se colocara do outro lado de Amren — para atrair sua atenção para longe de mim, e de Mor atrás de nós, cada músculo do corpo esguio alerta.

Cassian encarava Nestha; tão concentrado que minha irmã por fim se virou para ele. Encarou-o de volta. Cassian inclinou a cabeça... sutilmente. Uma ordem silenciosa.

Nestha, para meu choque, obedeceu. Passou para o lado de Cassian quando Amren respondeu para Rhys:

— Não.

— Não foi um pedido.

Certa vez, Rhysand admitira que só questionar Amren fora algo que ela lhe permitira apenas recentemente. Mas dar uma ordem a ela, pressioná-la daquela forma...

— Feyre e Cassian falaram com o Entalhador de Ossos. Ele quer o Uróboro em troca de nos servir, de combater Hybern para nós. Mas precisamos que explique como soltá-lo. — O acordo que Rhys ou eu faríamos com o Entalhador seria o bastante para que ele fizesse nossa vontade.

— Mais alguma coisa? — A voz de Amren estava calma demais, doce demais.

— Quando terminarmos com tudo isso — falou Rhys —, então, minha promessa de meses atrás ainda está de pé: use o Livro para se mandar para casa se quiser.

Amren encarou Rhys. O silêncio era tão profundo que o relógio na sala de estar podia ser ouvido. E além dele, a fonte no jardim...

— Chame seu cachorro de volta — ordenou Amren, com aquele tom letal.

Porque a sombra no canto atrás de Amren... aquilo era Azriel. O cabo de obsidiana da Reveladora da Verdade estava na mão coberta de cicatrizes. Azriel se movera sem que eu percebesse, embora eu não tivesse dúvidas de que os demais provavelmente estivessem cientes.

Amren exibiu os dentes para Azriel. O lindo rosto do guerreiro nem tremeu.

Rhys permaneceu onde estava e perguntou a Amren:

— Por que não nos conta?

Cassian casualmente passou Nestha para trás de si, os dedos agarrando a saia do vestido preto. Como se para se assegurar de que Nestha não estivesse no caminho direto de Amren. Minha irmã apenas ficou na ponta dos pés para olhar por cima de seu ombro.

— Porque a pedra sob esta casa tem ouvidos, o vento tem ouvidos... tudo está escutando — respondeu Amren. — E, se relatarem de volta... Eles se lembrarão, Rhys, de que não me pegaram. E não os deixarei me colocarem naquele poço escuro de novo.

Meus ouvidos pareceram tapados quando um escudo foi erguido.

— Ninguém vai ouvir além desta sala.

Amren observou os livros esquecidos na mesa baixa da sala de estar. As sobrancelhas se franziram.

— Precisei abrir mão de algo. Precisei abrir mão de *mim*. Para sair, precisei me tornar outra coisa totalmente diferente, algo que a Prisão não reconheceria. Então, eu... eu me aprisionei neste corpo.

Jamais tinha ouvido Amren gaguejar uma palavra antes.

— Disse que outra pessoa a prendeu — indagou Rhys, com cautela.

— Menti... para acobertar o que fizera. Para que ninguém soubesse. Para escapar da Prisão, eu me fiz mortal. Imortal como vocês, mas... mortal em comparação com... com o que eu era. E o que eu era... Não sentia da forma como vocês sentem. Da forma como sinto agora. Algumas coisas... lealdade, ira e curiosidade, mas não tanta variedade. — De novo, aquele olhar longínquo. — Eu era perfeita, de acordo com alguns. Não me arrependia, não ficava de luto... e dor... Eu não a sentia. Mas... mas acabei *aqui*, porque não era exatamente como os demais. Mesmo como... como o que eu era, eu era diferente. Curiosa demais. Questionadora demais. No dia em que a falha apareceu no céu... foi a curiosidade que me impulsionou. Meus irmãos e minhas irmãs fugiram. Sob as ordens de nosso governante, tínhamos acabado de devastar duas cidades, massacrando-as completamente até virarem escombros na planície, mas eles *fugiram* a partir daquela falha no mundo. No entanto, eu queria ver. Eu *queria*. Não fui feita ou gerada para sentir coisas tão egoístas quanto *querer*. Tinha visto o que acontecera com aqueles de meu tipo que se desgarravam, que aprendiam a colocar as próprias necessidades em primeiro plano. Que desenvolviam... sentimentos. Mas passei pela falha no céu. E aqui estou.

— E abriu mão de tudo isso para sair da Prisão? — perguntou Mor, baixinho.

— Entreguei minha graciosidade, minha imortalidade perfeita. Eu sabia que depois que o fizesse... Sentiria dor. E arrependimento. Eu quereria e queimaria por querer. Eu... cairia. Mas estava... O tempo que fiquei trancafiada ali... Não me importava. Não sentira o vento no rosto, o cheiro da chuva... Nem mesmo me lembrava de qual era a sensação. Não me lembrava da luz do sol.

Foi para Azriel que a atenção de Mor se voltou; a escuridão do encantador de sombras recuou e revelou olhos compreensivos. *Trancafiada*.

— Então, me aprisionei neste corpo. Enterrei minha graciosidade incandescente bem no fundo. Abri mão de tudo o que eu era. A porta da cela simplesmente... se abriu. Então, saí.

Uma graciosidade incandescente... Que ainda queimava bem no fundo de Amren, visível apenas na fumaça dos olhos cinzentos.

— Esse será o custo de libertar o Entalhador — explicou Amren. — Precisarão prendê-lo a um corpo. Torná-lo... feérico. E duvido que ele concorde. Principalmente sem o Uróboro.

Ficamos em silêncio.

— Deviam ter me perguntado antes de ir — admoestou ela, com aquela rispidez de volta à voz. — Eu os teria poupado da visita.

Rhysand engoliu em seco.

— Você pode ser... libertada?

— Não por mim.

— O que aconteceria se o fosse?

Amren o encarou por um longo tempo. Depois, encarou a mim. Cassian. Azriel. Mor. Nestha. Finalmente, encarou de volta meu parceiro.

— Eu não me lembraria de você. Não me importaria com nenhum de vocês. Eu os destruiria ou abandonaria. O que sinto agora... seria estranho para mim, não teria força. Tudo o que sou, este corpo... deixaria de existir.

— O que você *era?* — sussurrou Nestha, dando a volta por Cassian para se colocar ao lado do general.

Amren brincou com um dos brincos de pérola negra.

— Uma mensageira... e soldado-assassina. De um deus vingativo que governava um mundo jovem.

Eu conseguia sentir as perguntas fervilhando nos outros. Os olhos de Rhys quase brilhavam com elas.

— Seu nome era Amren? — perguntou Nestha.

— Não. — A fumaça espiralou nos olhos de Amren. — Não me lembro do nome que recebi. Usei Amren porque... É uma longa história.

Quase implorei para que ela contasse, mas passos suaves ecoaram, então...

— Oh.

Elain se sobressaltou, tanto que percebi que não conseguia nos ouvir. Não fazia ideia de que estávamos ali, graças ao escudo que aprisionava o som.

Ele imediatamente desceu. Mas minha irmã permaneceu perto das escadas. Ela cobriu a camisola com um xale de seda do azul mais pálido, os dedos se agarravam ao tecido, como Elain agarrava o próprio corpo.

Fui imediatamente até ela.

— Precisa de alguma coisa?

— Não. Eu... eu estava dormindo, mas ouvi... — Ela balançou a cabeça. Piscou para nossas roupas formais, para a coroa preta sobre minha cabeça, e a de Rhysand. — Não ouvi vocês.

Azriel avançou um passo.

— Mas ouviu outra coisa.

Elain parecia prestes a assentir, mas apenas recuou.

— Acho que estava sonhando — murmurou ela. — Acho que estou sempre sonhando ultimamente.

— Vou buscar leite quente para você — falei, colocando a mão no cotovelo de Elain para levá-la até a sala de estar.

Mas Elain se desvencilhou, voltando para as escadas. Ela disse, ao subir os primeiros degraus:

— Eu consigo ouvi-la... chorando.

Segurei forte a trave inferior do corrimão.

— Quem?

— Todos acham que ela está morta. — Elain continuou andando. — Mas não está. Apenas... diferente. Transformada. Como eu fui.

— Quem? — insisti.

Mas Elain continuou subindo as escadas, aquele xale caindo pelas costas. Nestha saiu do lado de Cassian para se aproximar de mim. Nós duas inspiramos, para dizer o que, não sei, mas...

— O que você viu? — exigiu Azriel, e tentei não me encolher quando o notei do meu outro lado sem tê-lo visto se mover. De novo.

Elain parou no meio das escadas. Devagar, ela se virou para encarar Azriel.

— Eu vi mãos jovens se enrugarem com a idade. Vi uma caixa de pedra preta. Vi uma pena de fogo cair na neve e derretê-la.

Meu estômago deu um nó. Um olhar para Nestha confirmou que ela também sentia. Via.

Louca. Elain podia muito bem estar louca...

— Estava com raiva — disse Elain baixinho. — Estava com muita, muita raiva por algo ter sido levado. Então, levou algo como punição.

Não dissemos nada. Não sabia *o que* dizer; o que perguntar ou indagar. Se o Caldeirão fizera algo a *ela* também...

Encarei Azriel, expondo a palma das mãos para ele.

— O que isso *quer dizer*?

Os olhos cor de avelã de Azriel se agitavam enquanto ele estudava minha irmã, o corpo magro demais. E, sem dizer uma palavra, o encantador de sombras atravessou. Mor olhou o espaço onde ele estivera durante muito tempo depois de Azriel partir.

Esperei até que os demais partissem — Cassian e Rhys foram considerar as possibilidades ou a ausência de nossos potenciais aliados; Amren saiu batendo os pés para se livrar definitivamente de nós; e Mor foi passear para aproveitar o que ela considerava os últimos dias de paz naquela cidade, ainda com raiva na voz — para encurralar Nestha na sala.

— O que aconteceu na Cidade Escavada... com você e Amren? Você não mencionou.

— Foi tudo bem.

Trinquei o maxilar.

— O que aconteceu?

— Ela me levou para uma sala cheia de tesouros. Objetos estranhos. E a sala... — Nestha puxou a manga do vestido. — Alguns objetos queriam nos *ferir*. Como se estivessem vivos, conscientes. Como... como em todas aquelas histórias e mentiras que nos contavam do outro lado da muralha.

— Você está bem? — Não conseguia encontrar sinais de ferimentos em nenhuma das duas, e nenhuma dissera algo para sugerir...

— Foi um exercício de treino. Com uma forma de magia feita para repelir intrusos. — As palavras foram recitadas. — Como a muralha provavelmente o será. Ela queria que eu ultrapassasse as defesas... encontrasse fraquezas.

— E as consertasse?

— Apenas encontrar as fraquezas. Consertar é outra coisa — respondeu Nestha, com os olhos ficando distantes quando franziu a testa para os livros ainda abertos na mesa baixa diante da lareira.

Suspirei.

— Então... aquilo foi bem, pelo menos.

Os olhos de Nestha ficaram afiados como lâminas de novo.

— Fracassei. Todas as vezes. Então, não. Não foi bem.

Eu não sabia o que dizer. Empatia provavelmente me garantiria um sermão. Então, escolhi outro caminho.

— Precisamos fazer algo a respeito de Elain.

Nestha enrijeceu o corpo.

— E que solução propõe, exatamente? Deixar seu parceiro entrar na mente de nossa irmã para confundir as coisas?

— Eu jamais faria isso. Não acho que Rhys sequer pode... consertar as coisas assim.

Nestha caminhou de um lado para o outro diante da lareira apagada.

— Tudo tem um custo. Talvez o custo da juventude e da imortalidade tenha sido perder parte da sanidade.

Meus joelhos fraquejaram tanto que me sentei no sofá de estofamento fofo.

— Qual foi seu custo?

Nestha parou de se mover.

— Talvez tenha sido ver Elain sofrer, enquanto eu saí ilesa.

Fiquei de pé.

— Nestha...

— Não se dê ao trabalho. — Mas eu a segui enquanto minha irmã caminhava para as escadas. Até onde Lucien agora descia os degraus... e estremeceu ao ver Nestha se aproximar.

Ele abriu bastante espaço quando Nestha passou disparada. Um olhar para o rosto tenso de Lucien fez com que eu me preparasse... e voltasse para a sala de estar.

Afundei na poltrona mais próxima, surpresa ao me ver ainda com o vestido preto quando o tecido roçou contra minha pele exposta. Há quanto tempo tinha voltado da Cidade Escavada? Trinta minutos? Menos? E a Prisão fora naquela mesma manhã?

Parecia dias antes. Apoiei a cabeça contra o encosto bordado da poltrona e observei Lucien ocupar um assento no rolo que compunha o braço do sofá mais próximo.

— Dia longo?

Resmunguei em resposta.

O olho de metal se repuxou.

— Achei que a Prisão fosse outro mito.

— Bem, não é.

Ele analisou meu tom de voz e cruzou os braços.

— Me deixe fazer alguma coisa. Com relação a Elain. Ouvi... do quarto. Tudo o que acabou de acontecer. Não faria mal que um curandeiro a examinasse. Externa e internamente.

Eu estava tão cansada que mal consegui reunir fôlego para perguntar:

— Acha que o Caldeirão a deixou louca?

— Acho que ela passou por algo terrível — replicou Lucien, com cautela. — E não faria mal que seu melhor curandeiro fizesse um exame completo.

Esfreguei a mão no rosto.

— Tudo bem. — Minha respiração bloqueou as palavras. — Amanhã de manhã. — Consegui assentir de leve, reunindo forças para me levantar da cadeira. Peso... Havia um peso antigo em meu corpo. Como se por mais que dormisse cem anos, ainda não bastasse.

— Por favor, me diga — pediu Lucien, quando atravessei o portal até o saguão. — O que o curandeiro explicar. E se... se precisar que eu faça algo.

Dei um último aceno com a cabeça para Lucien, as palavras subitamente me abandonando.

Eu sabia que Nestha não estava dormindo quando passei por seu quarto. Sabia que tinha ouvido cada palavra de nossa conversa graças àquela audição feérica. E sabia que tinha ouvido quando parei a fim de escutar à porta de Elain, bati uma vez, e depois coloquei a cabeça para dentro e vi minha irmã dormindo, respirando.

Mandei um pedido a Madja, a curandeira preferida de Rhys, para que viesse no dia seguinte, às 11 horas. Não expliquei por quê, ou quem, ou o quê. Então, fui para o quarto, deitei no colchão e chorei.

Não soube bem por quê.

Mãos fortes e largas massagearam minha coluna; abri os olhos e encontrei o quarto completamente escuro, Rhysand encostado no colchão a meu lado.

— Quer alguma coisa para comer? — A voz era suave, hesitante.

Não tirei a cabeça do travesseiro.

— Eu me sinto... pesada de novo — sussurrei, a voz falhando.

Rhys não disse nada quando me pegou nos braços. Ainda usava o casaco, como se tivesse acabado de chegar de onde estivera conversando com Cassian.

No escuro, inspirei seu cheiro, saboreei o calor.

— Você está bem?

Rhys ficou em silêncio por um longo minuto.

— Não.

Passei os braços por ele, segurando-o com força.

— Deveria ter encontrado outra forma — admitiu Rhys.

Acariciei os cabelos sedosos de meu parceiro com os dedos.

— Se ela... — murmurou Rhysand. Ele engoliu em seco audivelmente. — Se ela aparecesse nesta casa... — Eu sabia de quem estava falando. — Eu a mataria. Sem nem deixar que falasse. Eu a mataria.

— Eu sei. — Eu faria o mesmo.

— Você me perguntou na biblioteca — sussurrou Rhys. — Por que eu... Por que eu preferiria suportar tudo aquilo sozinho. Esta noite foi o motivo. Ver Mor *chorar* é o motivo. Tomei uma decisão ruim. Tentei encontrar alguma outra forma de contornar essa merda em que estamos. — E perdera algo, *Mor* perdera algo, no processo.

Nós nos abraçamos em silêncio durante minutos. Horas. Duas almas, entrelaçadas no escuro. Abaixei meus escudos, deixei que Rhys entrasse por completo. A mente se enroscou na minha.

— Você se arriscaria a olhar dentro dele... do Uróboro? — perguntei.

— Ainda não. — Foi tudo o que Rhys falou, me segurando mais forte. — Ainda não.

Capítulo 28

Eu me arrastei para fora da cama por pura força de vontade na manhã seguinte.

Amren disse que o Entalhador não se aprisionaria a um corpo feérico — *afirmara* isso.

Mas não faria mal tentar. Se nos desse a mínima chance de resistir, de evitar que Rhys desse tudo...

Ele já estava fora quando acordei. Trinquei os dentes quando vesti a roupa de couro e atravessei até a Casa do Vento.

Estava com as asas prontas quando alcancei os escudos da Casa, e consegui planar de forma bem decente até o ringue de treino a céu aberto no topo plano.

Cassian já aguardava, as mãos nos quadris. Observando enquanto eu descia aos poucos, cada vez mais baixo...

Rápido demais. Meus pés quicaram no piso de terra, me impulsionando cada vez mais para cima...

— *Bata as asas para trás...*

O aviso veio tarde demais.

Eu me choquei contra uma parede carmesim antes de dar com a cara na rocha avermelhada, mas... xinguei; meu orgulho estava tão esfolado quanto a palma das mãos quando cambaleei para trás, as asas atrapalhadas atrás do corpo. Os ombros de Cassian tremeram quando ele controlou a risada, e respondi com um gesto vulgar.

— Se vai aterrissar dessa forma, certifique-se de que tem espaço.

Exibi uma expressão irritada.

— Lição aprendida.

— Ou espaço para dar uma guinada e circular até reduzir a v...

— Entendi.

Cassian estendeu as mãos, mas a diversão se dissipou quando ele me observou dispensar as asas e me aproximar.

— Quer treinar forte hoje, ou de leve?

Achei que os demais não davam crédito o suficiente a Cassian — por ele sentir a mudança na corrente emocional de uma pessoa. Para comandar legiões, supus, ele precisava ler esse tipo de coisa, julgar quando os soldados ou inimigos estavam fortes, ou a ponto de sucumbir, ou arrasados.

Eu me voltei para dentro, para aquele lugar onde agora me sentia como se estivesse em areia movediça, e respondi:

— Forte. Quero sair mancando daqui. — Tirei a jaqueta de couro e enrolei as mangas da camisa branca.

— Também me ajuda... a atividade física, o treino — murmurou Cassian, me lançando um olhar observador. Ele girou os ombros quando comecei a me alongar. — Sempre me ajudou a me concentrar e me manter centrado. E depois de ontem à noite... — Cassian prendeu os cabelos. — Definitivamente preciso disso.

Puxei a perna flexionada atrás do corpo, meus músculos protestaram contra o alongamento.

— Suponho que existam métodos piores para lidar com isso.

Um sorriso torto.

— De fato há.

A próxima lição de Azriel consistiu em ficar de pé sob uma brisa e memorizar as instruções que me dera sobre correntes e ventos descendentes, sobre como calor e frio podiam modificar o vento e a velocidade. Durante tudo isso, ele ficou calado... distante. Mesmo para os padrões de Azriel.

Cometi o erro de perguntar se tinha falado com Mor desde que partira na noite anterior.

Não, não tinha. E isso era tudo.

Mesmo que, ao responder, flexionasse a mão cheia de cicatrizes na lateral do corpo — como se estivesse se lembrando da sensação da mão de Mor. Como ela a afastara de seu toque durante aquela reunião. Diversas vezes. Não ousei dizer a Azriel que ele tomara a decisão certa, que, talvez, devesse falar com Mor em vez de deixar que a culpa o corroesse. Os dois tinham muitas questões entre si sem que eu me intrometesse.

Eu estava, de fato, mancando quando voltei à casa na cidade horas depois e encontrei Mor à mesa de jantar, fazendo um lanchinho com um doce gigante que comprara em uma confeitaria no caminho até ali.

— Você parece que foi pisoteada por uma tropa de cavalos — comentou Mor, enquanto mastigava.

— Que bom — respondi, tomando o doce de sua mão e acabando com ele. Mor gritou, indignada, mas estalou os dedos e um prato de melão cortado da cozinha no fim do corredor apareceu sobre a mesa polida diante de si.

Bem sobre uma pilha do que pareciam ser cartas em diversos tipos de papel timbrado.

— O que é isso? — perguntei, ao limpar as migalhas da boca.

— As primeiras respostas dos Grão-Senhores — respondeu Mor, a voz meiga, pegando uma fatia da fruta verde e mordendo um pedaço. Nenhum indício do ódio e do medo da noite anterior.

— São agradáveis assim, é?

— A de Helion chegou primeiro, esta manhã. Entre todos os rodeios, acho que ele disse que estaria disposto a... se juntar a nós.

Ergui as sobrancelhas.

— Isso é bom... não é?

Um gesto de ombros.

— Com Helion, não estávamos preocupados. Os outros dois... — Mor terminou o melão, fazendo ruídos aquosos de mastigação. — Thesan diz que irá, mas somente se for em um local realmente neutro e seguro. Kallias... ele não confia em nenhum de nós depois... de Sob a Montanha. Quer trazer guardas armados.

Diurna, Crepuscular e Invernal. Nossos aliados mais próximos.

— Nenhuma palavra de mais ninguém? — Meu estômago se apertou.

— Não. Primaveril, Outonal e Estival não mandaram resposta.

— Não temos muito tempo até a reunião. E se eles se recusarem a responder? — Não tive coragem de me perguntar em voz alta se Eris cumpriria a palavra e obrigaria o pai a participar, e a se juntar a nossa causa. Não com a alegria de volta ao rosto de Mor.

Mor pegou outra fatia de melão.

— Então, precisaremos decidir se Rhys e eu os traremos pelo pescoço até a reunião, ou se a faremos sem eles — declarou ela.

— Eu sugeriria a segunda opção. — Mor franziu a testa. — A primeira — expliquei — não parece que nos levará a uma aliança de fato. Embora eu tivesse ficado surpresa por Tarquin não ter respondido. Mesmo com a vendeta contra nós... O macho que eu conheci, que ainda admirava tanto... Certamente gostaria de se aliar contra Hybern. A não ser que agora quisesse se aliar *a* eles para garantir que Rhys e eu desaparecêssemos do mapa para sempre.

— Veremos. — Foi tudo o que Mor disse.

Soltei o ar pelo nariz.

— Quanto a ontem à noite...

— Tudo bem. Não tem problema. — A rapidez da réplica sugeriu o contrário.

— Tem problema. Você tem *permissão* de se sentir daquela forma.

Mor afofou o cabelo.

— Bem, não vai nos ajudar a vencer esta guerra.

— Não. Mas... não tenho certeza do que dizer.

Mor encarou a janela por um longo momento.

— Entendo por que Rhys fez aquilo. A posição em que estávamos. Eris é... Sabe como ele é. E, se estava realmente ameaçando entregar informação sobre seus dons para o pai... Pela Mãe, *eu* teria feito o mesmo acordo com Eris para evitar que Beron a caçasse. — Algo em meu peito se afrouxou quando ouvi aquilo. — É que... Meu pai sabia... assim que ouviu falar deste lugar, provavelmente soube o que significava para mim. Não haveria outro preço para a ajuda de meu pai nesta guerra. Nenhum. Rhys também sabia disso. Tentou trazer Eris para a mesa a fim de tornar o acordo mais atraente para meu pai e, possivelmente, evitar de vez esse desfecho com Velaris.

Ergui as sobrancelhas com uma pergunta silenciosa.

— Nós conversamos... Rhys e eu. Esta manhã. Enquanto Cassian a espancava.

Ri com deboche.

— E quanto a Azriel? — E lá se foi a decisão de não me meter.

Mor voltou a mexer no melão.

— Az... Ele tinha uma escolha difícil a fazer quando Eris o encontrou. Ele... — Ela mordeu o lábio. — Não sei por que eu esperava que ele ficasse do meu lado, por que me pegou tão desprevenida. — Eu me segurei para não sugerir que Mor dissesse isso a ele. Ela deu de ombros. — É que... tudo isso me pegou de surpresa. E jamais ficarei feliz com nenhum desses termos, mas... Meu pai vence, Eris vence, todos os machos como eles *vencem* se eu deixar que isso me afete. Se eu deixar que afete minha alegria, minha vida. Meus relacionamentos com todos vocês. — Mor suspirou para o teto. — Odeio a guerra.

— Eu também.

— Não apenas por causa das mortes e dos horrores — continuou ela. — Mas por causa do que faz conosco. Essas decisões.

Assenti, mesmo que estivesse apenas começando a entender. As escolhas e os custos.

Abri a boca, mas uma batida soou na porta da frente. Olhei para o relógio na sala de estar diante do saguão. Certo. A curandeira.

Havia mencionado a Elain naquela manhã que Madja viria vê-la às 11 horas, e recebera de volta uma resposta pouco interessada. Melhor que uma recusa veemente, supus.

— Vai atender à porta, ou devo eu?

Fiz um gesto vulgar para a pergunta desaforada de Mor, mas minha amiga segurou minha mão quando me levantei.

— Se precisar de alguma coisa... Estarei bem aqui.

Dei um sorriso breve e grato a Mor.

— Assim como eu.

Ela ainda estava sorrindo quando respirei fundo antes de seguir para a porta.

✠

A curandeira não encontrou nada.

Acreditei em Madja — somente porque era uma das poucas Grã-Feéricas que eu vira cuja pele escura estava repuxada por rugas, os cabelos ralos devido à idade. Os olhos castanhos ainda eram atentos e cheios de um calor interior, e as mãos calejadas permaneceram firmes conforme as passou pelo corpo de Elain enquanto minha irmã ficou pacientemente deitada, em silêncio, na cama.

Magia, doce e refrescante, latejava da fêmea, preenchendo o quarto de Elain. E quando ela cuidadosamente pôs as mãos de cada lado da cabeça de Elain, eu me assustei, e Madja apenas sorriu sarcasticamente por cima do ombro magro, me dizendo para relaxar.

Nestha, de olhos atentos no canto, ficou calada.

Depois de um longo minuto, Madja nos pediu que a ajudássemos a pegar uma xícara de chá para Elain — com um olhar significativo para a porta. Nós duas aceitamos o convite e deixamos nossa irmã no quarto ensolarado.

— Como assim não tem *nada* errado com ela? — sibilou Nestha, sussurrando, quando a fêmea anciã apoiou a mão no corrimão da escada para descer. Eu fiquei ao lado da curandeira, a mão a uma pequena distância de seu cotovelo, caso fosse necessária.

Madja, lembrei a mim mesma, curara Cassian e Azriel — e incontáveis ferimentos além daqueles. Curara as asas de Rhys durante a guerra. Parecia idosa, mas eu não duvidava da disposição da curandeira... ou da simples vontade de ajudar os pacientes.

Madja não ousou responder Nestha até estarmos na base das escadas. Lucien já esperava na sala de estar, Mor ainda se demorava na sala de jantar. Os dois se levantaram, mas permaneceram nas respectivas salas, de cada lado do saguão.

— O que quero dizer — continuou Madja, por fim, observando Nestha, e depois a mim — é que não consigo encontrar nada de errado com ela. O corpo está bem, magro demais e precisando de mais comida e ar fresco, mas não há nada de errado. E quanto à mente... Não consigo entrar nela.

Pisquei.

— Ela tem um escudo?

— É Feita pelo Caldeirão — explicou a curandeira, olhando de novo para Nestha. — Vocês não são como o resto de nós. Não posso penetrar os lugares onde o Caldeirão deixou as marcas mais profundas. — A mente. A alma. Ela me lançou um olhar de aviso. — E eu não tentaria se fosse você, senhora.

— Mas acha que tem algo errado, mesmo que não haja sinais? — insistiu Nestha.

— Já vi as vítimas de trauma. Os sintomas de sua irmã se encaixam bem com muitos daqueles ferimentos invisíveis. Mas... ela também foi Feita por algo que não entendo. Há algo de errado com ela? — Madja refletiu sobre as palavras. — Não gosto dessa palavra... *errado*. Diferente, talvez. Transformado.

— Ela precisa de mais ajuda? — disse Nestha, entre dentes.

A curandeira idosa indicou Lucien com o queixo.

— Veja o que ele pode fazer. Se alguém consegue sentir se há algo faltando, é um parceiro.

— Como? — A palavra mal passou de um comando latido.

Eu me preparei para avisar a Nestha que fosse educada, mas Madja disse para minha irmã, como se ela fosse uma criança pequena:

— O laço de parceria. É uma ponte entre almas.

O tom de voz da curandeira fez minha irmã enrijecer o corpo, mas Madja já se arrastava para a porta. Ela apontou para Lucien conforme saía.

— Tente se sentar com ela. Apenas conversar... sentir. Veja o que capta. Mas não insista. — E então, ela se foi.

Eu me virei para Nestha.

— Um pouco de *respeito*, Nestha...

— Chame outra curandeira.

— Não se você for espantá-la desta casa.

— Chame outra curandeira.

Mor caminhou até nós com uma calma fingida, e Nestha lhe lançou um olhar desencorajador.

Encarei Lucien.

— Você tentaria?

— Nem mesmo *tente*... — grunhiu Nestha.

— Cale a boca — disparei.

Nestha piscou.

Exibi os dentes para ela.

— Ele vai *tentar*. E, se não encontrar nada errado, consideraremos trazer outra curandeira.

— Vai simplesmente arrastá-la até aqui?

— Vou convidá-la.

Nestha encarou Mor, que ainda observava do umbral.

— E o que *você* vai fazer?

Mor lançou um meio sorriso a minha irmã.

— Eu me sentarei com Feyre. Ficarei de olho nas coisas.

Lucien murmurou algo sobre não precisar ser monitorado, e todos olhamos para ele com as sobrancelhas erguidas.

O macho apenas levantou as mãos, alegou que precisava se lavar, e seguiu para o fim do corredor.

Capítulo 29

Foram os trinta minutos mais desconfortáveis de que me lembro.

Mor e eu tomamos chá de menta gelado diante da janela projetada para fora, com as respostas dos três Grão-Senhores empilhadas na pequena mesa entre nossas cadeiras gêmeas, fingindo observar a rua envolta em verão, as crianças, Grã-Feéricas e feéricas, correndo com pipas, serpentinas e todo o tipo de brinquedos.

Fingindo, enquanto Lucien e Elain se sentavam em um silêncio solene diante da lareira apagada, com uma bandeja de chá intocada entre eles. Não ousei perguntar se Lucien tentava entrar na mente de minha irmã, ou se sentia um laço semelhante àquela preta ponte adamantina entre a mente de Rhys e a minha. Se um laço de parceria normal seria completamente diferente.

Uma xícara de chá chacoalhou e raspou em um pires, e Mor e eu olhamos.

Elain tinha pego a xícara de chá, e agora bebia sem olhar para Lucien.

Na sala de jantar do outro lado do corredor, eu sabia que Nestha esticava o pescoço para olhar.

Eu sabia porque Amren brigou com minha irmã para que prestasse atenção.

Estavam construindo muralhas — na mente, dissera Amren quando ordenou que Nestha se sentasse à mesa de jantar, diante dela.

Muralhas que Amren ensinava Nestha a sentir — a encontrar os buracos inseridos por ela em sua extensão. E a consertá-los. Se os objetos malignos da Corte dos Pesadelos não tinham permitido a minha irmã sentir o que devia ser feito, então essa era a próxima tentativa; um caminho diferente, invisível. Nem toda magia era raio e brilho, declarara Amren, e depois me expulsou dali.

Mas qualquer sinal daquele poder dentro de minha irmã... Eu não escutei, vi ou senti. E nenhuma das duas ofereceu uma explicação para o que era, exatamente, que tentavam chamar de dentro de Nestha.

Do lado de fora da casa, um movimento mais uma vez chamou nossa atenção, e vimos Rhys e Cassian entrando pelo portão da frente, voltando da primeira reunião com os comandantes do exército Precursor da Escuridão de Keir — já se reunindo e se preparando. Pelo menos isso dera certo no dia anterior.

Os dois nos viram à janela em um segundo. E pararam subitamente.

Não entrem, avisei a Rhys pelo laço. *Lucien está tentando sentir o que há de errado com Elain. Pelo laço.*

Rhys murmurou meu alerta a Cassian, que agora inclinava a cabeça, bem parecido com o que, eu não tinha dúvida, Nestha fizera, para olhar além de nós.

Rhys falou com sarcasmo: *Elain sabe disso?*

Ela foi convidada a descer para o chá. Então, estamos tomando chá.

Rhys murmurou de novo para Cassian, que engasgou com uma risada e se virou imediatamente, seguindo para a rua. Rhys se demorou, levando as mãos aos bolsos. *Ele vai beber. Estou inclinado a me juntar a ele. Quando posso retornar sem temer por minha vida?*

Fiz um gesto vulgar para Rhys pela janela. *Que guerreiro illyriano grande e forte.*

Guerreiros illyrianos sabem que batalhas escolher. E com Nestha observando tudo como um gavião e vocês duas circundando como abutres... Sei quem vai sair vivo dessa briga.

Fiz o gesto de novo, e Mor entendeu o suficiente do que estava sendo dito para imitar o movimento. Rhys deu uma risada baixa e fez uma reverência.

Os Grão-Senhores mandaram respostas, revelei quando ele saiu andando. *Diurna, Crepuscular e Invernal virão.*

Eu sei, respondeu ele. *E acabo de saber por Cresseida que Tarquin está considerando.*

Melhor que nada. Foi tudo o que eu disse.

Rhys sorriu para mim por cima do ombro. *Aproveite o chá, sua dama de companhia insuportável.*

Eu precisava de uma dessas perto de você, sabe?

Tinha quatro *nesta casa.*

Sorri quando Rhys finalmente chegou ao portão baixo da entrada, onde Cassian esperava, aparentemente usando o atraso momentâneo para alongar as asas, para a alegria de meia dúzia de crianças que agora as olhavam boquiabertas.

— *Concentração* — sibilou Amren da outra sala.

A mesa de jantar chacoalhou. O som pareceu assustar Elain, que rapidamente apoiou a xícara de chá. Ela ficou de pé, e Lucien também.

— Desculpe — disparou ele.

— O que... o que foi aquilo?

Mor levou a mão a meu joelho para evitar que eu também me levantasse.

— Foi... foi um puxão. No laço.

— *Não*... menina travessa — disparou Amren.

Então, Nestha estava de pé ao portal.

— O que você fez? — As palavras soaram afiadas como uma faca.

Lucien olhou para ela, e depois, para mim. Um músculo estremeceu em seu maxilar.

— Nada — respondeu Lucien, e mais uma vez se virou para a parceira. — Desculpe... se aquilo a incomodou.

Elain passou para o lado de Nestha, que parecia a ponto de explodir.

— Pareceu... estranho — sussurrou Elain. — Como se puxasse um fio preso a uma costela.

Lucien expôs a palma das mãos para ela.

— Desculpe.

Elain apenas o encarou por um longo momento. E qualquer lucidez se dissipou assim que ela balançou a cabeça, piscou duas vezes e disse a Nestha:

— Corvos gêmeos estão chegando, um branco e um preto.

Nestha escondeu bem o desapontamento. A frustração.

— O que posso trazer para você, Elain?

Somente com Elain ela usava aquela voz.

Mas Elain balançou a cabeça de novo.

— Luz do sol.

Nestha me lançou um olhar furioso antes de levar nossa irmã pelo corredor... até o jardim ensolarado nos fundos.

Lucien esperou até que a porta de vidro tivesse sido aberta e fechada antes de soltar um longo suspiro.

— Há um laço... é um verdadeiro fio — disse ele, mais para si que para nós.

— E? — perguntou Mor.

Lucien passou as duas mãos pelos longos cabelos vermelhos. A pele era mais escura — marrom, em comparação à palidez das cores de Eris.

— E eu cheguei até a ponta de Elain do fio quando ela fugiu.

— Sentiu alguma coisa?

— Não... não tive tempo. Eu a *senti*, mas... — Um rubor manchou as bochechas de Lucien. O que quer que tivesse sentido, não era o que estávamos procurando. Mesmo que não tivéssemos ideia, exatamente, do que era.

— Podemos tentar de novo... outro dia — sugeri.

Lucien assentiu, mas pareceu pouco convencido.

— Alguém vá buscar sua irmã — gritou Amren, da sala de jantar. — A lição não acabou.

— Sim, Amren — suspirei.

A atenção de Lucien passou para trás de mim, para as diversas cartas de diferentes estilos e tipos de papel. Aquele olho dourado se semicerrou. Como emissário de Tamlin, ele sem dúvida as reconhecia.

— Deixem-me adivinhar: disseram que sim, mas escolher o local vai ser a dor de cabeça agora.

Mor franziu a testa.

— Alguma sugestão?

Lucien prendeu o cabelo com uma faixa de couro marrom.

— Tem um mapa?

Supus que com isso só restava eu para buscar Nestha.

— Aquele pinheiro não estava ali há um momento.

Azriel soltou uma risada baixa de onde estava sentado, sobre uma pedra, dois dias depois, me observando tirar folhas de pinheiro dos cabelos e do casaco.

— A julgar pelo tamanho, eu diria que está aí há... duzentos anos pelo menos.

Fiz cara de raiva, limpando as lascas de tronco e meu orgulho ferido.

Aquela frieza, aquela distância que estiveram ali logo após o ódio e a rejeição de Mor... Tinham arrefecido. Talvez porque Mor escolhera se sentar ao lado de Azriel no jantar na noite anterior — uma oferta silenciosa de perdão — ou simplesmente porque precisava de tempo para se recuperar. Mesmo que eu jurasse que alguma semente de culpa lampejava sempre que Azriel olhava para Mor. O que Cassian tinha pensado a respeito, seu ódio, mesmo com relação a Azriel... O general era todo sorrisos e comentários lascivos. Que bom que tudo voltara ao normal; pelo menos por enquanto.

Minhas bochechas queimaram quando subi na pedra em que Azriel se apoiava; a queda era de pelo menos 4,5 metros até a floresta abaixo, e o lago era uma extensão brilhante que despontava entre os pinheiros. Incluindo a árvore na qual eu colidira na mais recente tentativa de saltar da pedra e simplesmente *planar* até o lago.

Apoiei as mãos no quadril, examinando a queda, as árvores, o lago além.

— O que fiz de errado?

Azriel, que estava afiando a Reveladora da Verdade no colo, voltou os olhos cor de avelã para mim.

— À exceção da árvore?

O encantador de sombras tinha senso de humor. Era sarcástico e tranquilo, mas... quando estávamos sozinhos esse lado surgia muito mais frequentemente do que em meio ao grupo.

Eu tinha passado os dois últimos dias debruçada sobre livros antigos em busca de algum indício sobre como consertar a muralha a fim de mostrar a Amren ou Nestha, que continuavam silenciosa e invisivelmente construindo e reparando muralhas na mente, ou debatendo com Rhys e os demais sobre como responder à saraivada de cartas que agora era trocada com os demais Grão-Senhores com relação ao local da reunião. Lucien tinha, de fato, nos dado uma localização inicial, e muitas mais conforme elas eram rejeitadas. Mas isso era esperado, dissera Lucien, como se tivesse organizado essas coisas incontáveis vezes. Rhys apenas assentia em concordância... e aprovação.

E, quando não estava fazendo isso... eu folheava *mais* livros, todo e qualquer livro que Clotho pudesse encontrar sobre o Uróboro. Sobre como dominá-lo.

O espelho era notório. Todos os filósofos conhecidos haviam refletido a respeito. Alguns tinham ousado encará-lo... e ficaram loucos. Outros tinham se aproximado e fugido de terror.

Eu não consegui encontrar um relato de alguém que o tivesse conquistado. Enfrentado o que espreitava dentro do espelho e saído de posse do objeto.

Exceto pela Tecelã do Bosque — que certamente parecia bastante louca, talvez graças ao espelho tão amado. Ou, talvez, qualquer que fosse o mal à espreita dentro da criatura tivesse maculado o espelho também. Alguns dos filósofos sugeriam isso, embora não soubessem seu nome; apenas que uma rainha sombria certa vez o possuíra, o adorara. Espiara o mundo com o espelho... e o usara para caçar lindas donzelas e se manter eternamente jovem.

Supus que o fato de a família de Keir estar de posse do Uróboro havia milênios sugeria que a probabilidade de conseguir o espelho era baixa. Não era encorajador. Não quando todos os textos concordavam em uma coisa: não havia forma de contornar. Nenhuma brecha. Enfrentar o terror dentro do artefato... era o único caminho para reivindicar o espelho.

O que significava que eu talvez precisasse considerar alternativas — outras formas de atrair o Entalhador de Ossos para nosso lado. Quando chegasse o momento.

Azriel embainhou a lendária faca de caça e examinou as asas que eu abrira.

— Está tentando manobrar com os braços. Os músculos estão nas próprias asas e em suas costas. Seus braços são desnecessários, são mais para equilíbrio que qualquer outra coisa. E mesmo isso é mais um conforto mental.

Eram mais palavras do que eu jamais ouvira de Azriel.

Ele ergueu uma sobrancelha para minha boca aberta, e eu a fechei. Franzi a testa diante da queda à frente.

— De novo? — resmunguei.

Uma risada baixa.

— Podemos encontrar uma beirada mais baixa da qual saltar, se você quiser.

Eu me retraí.

— Você disse que *esta* era baixa.

Azriel se recostou nas mãos e esperou. Paciente, frio.

Mas senti a casca do tronco rasgar minhas mãos, o choque dos joelhos na lateral áspera...

— Você é imortal — disse Azriel, baixinho. — É muito difícil de quebrar. — Uma pausa. — Foi o que eu disse a mim mesmo.

— Difícil de quebrar — repeti, desapontada. — Mas ainda assim *dói*.

— Diga isso à árvore.

Contive o riso.

— Sei que a queda não é longa, e sei que não vai me matar. Não pode simplesmente... me *empurrar*?

Pois era aquele salto inicial de pura confiança, aquele tropeção inicial para o movimento que fazia pernas e braços travarem.

— Não. — Uma resposta simples.

Eu ainda assim hesitei.

Inútil... aquele medo. Eu tinha enfrentado o Attor, caído pelo céu por 300 metros.

E o ódio dessa lembrança, do que o Attor fizera com a própria vida miserável, do que outros como ele poderiam fazer de novo, me fez trincar os dentes e saltar da pedra.

Estendi bem as asas, minhas costas protestaram quando o vento bateu em sentido contrário, mas minha metade inferior começou a descer, as pernas eram um peso morto quando a musculatura abdominal cedeu...

A árvore infernal se ergueu diante de mim e desviei rapidamente para a direita.

Direto contra outra árvore.

Batendo com as asas primeiro.

O som de osso e cartilagem sobre madeira, e depois sobre terra, me atingiu antes que a dor viesse. Assim como o xingamento baixinho de Azriel.

Um pequeno ruído saiu de dentro de mim. O ardor na palma das mãos foi registrado primeiro... depois, nos joelhos.

Então, nas costas...

— Merda! — Foi tudo o que consegui dizer quando Azriel se ajoelhou diante de mim.

— Você está bem. Apenas atordoada.

O mundo ainda estava se reorganizando.

— Desviou bem — elogiou Azriel.

— Direto para outra árvore.

— Estar ciente dos arredores é metade do trabalho de voar.

— Você já disse isso — retruquei. Azriel dissera. Uma dezena de vezes só naquela manhã.

Azriel apenas se sentou sobre os calcanhares e me ofereceu a mão. Minha carne queimava quando lhe segurei os dedos, um número assustador de agulhas de pinheiro e farpas caiu de cima de mim. Minhas costas latejavam tanto que abaixei as asas, sem me importar se elas arrastavam na terra quando Azriel me levou na direção da beira do lago.

Sob o sol ofuscante refletido na água turquesa, as sombras de Azriel tinham sumido, e o rosto parecia evidente e nítido. Mais... humano que eu jamais o vira.

— De maneira alguma conseguirei voar com as legiões, não é? — perguntei, ajoelhando ao lado de Azriel enquanto ele cuidava de minhas palmas esfoladas com habilidade e carinho. O sol era brutal contra as cicatrizes do encantador de sombras; não ocultava uma mancha espiralada e ondulada.

— Provavelmente não — respondeu Azriel. Meu peito murchou. — Mas não faz mal treinar até o último minuto. Nunca se sabe quando qualquer nível de treino será útil.

Estremeci quando ele tirou uma enorme farpa de minha palma e, depois, a lavou.

— Aprender a voar foi muito difícil para mim — disse Azriel. Não ousei retrucar. — A maioria dos illyrianos aprende na infância. Mas... presumo que Rhysand tenha lhe contado os detalhes da minha.

Assenti. Azriel terminou uma das mãos e começou a outra.

— Como eu era tão velho, tinha medo de voar, e não confiava em meus instintos. Era... uma vergonha aprender tão tarde. Não apenas para mim, mas para todos no acampamento de guerra depois que eu cheguei. Mas consegui, em geral saindo sozinho. Cassian, é óbvio, me encontrou primeiro. Debochou de mim, me espancou muito e, então, se ofereceu para me treinar. Rhys estava lá no dia seguinte. Eles me ensinaram a voar.

Azriel terminou minha outra mão e se sentou na margem, e as pedras murmuraram quando se moveram sob o guerreiro. Fiquei sentada a seu lado, apoiando as palmas doloridas para cima, sobre os joelhos, deixando minhas asas relaxadas atrás do corpo.

— E como foi um esforço tão grande... Alguns anos após a Guerra, Rhys me contou uma história. Foi um presente... a história. Para mim. Ele... ele foi ver Miryam e Drakon no novo lar de ambos, a visita foi tão secreta que nem mesmo nós soubemos do encontro até ele voltar. Sabíamos que o povo dos dois não se afogara no mar, como todos acreditavam, como quiseram que os outros acreditassem. Veja bem, Miryam libertou seu povo da rainha da Terra Sombria, liderou todos, quase cinquenta mil deles, pelo deserto, até o litoral do mar Erythrian, a legião aérea de Drakon deu cobertura. Mas chegaram ao mar e descobriram que os navios preparados para os transportar pelo estreito canal até o reino seguinte haviam sido destruídos. Destruídos pela própria rainha, que mandara os exércitos restantes a fim de recuperar os antigos escravizados.

"O povo de Drakon, os serafins, são alados. Como nós, mas as asas têm penas. E diferentemente de nós, o exército e sua sociedade permitem que mulheres liderem, lutem, governem. Todos têm o dom da magia poderosa do vento e do ar. E, quando viram aquele exército na ofensiva, souberam que suas forças eram pequenas demais para enfrentá-lo. Então, partiram o próprio mar, fizeram um caminho pela água, até o canal, e ordenaram que os humanos corressem.

"Eles o fizeram, mas Miryam insistiu em ficar para trás até que o último de seu povo tivesse atravessado. Ela não deixaria um humano para trás. Nem um. Estavam no meio da passagem quando o exército os alcançou. Os serafins estavam exaustos, sua magia mal conseguia segurar a passagem pelo mar. E Drakon sabia que, se a mantivessem por mais tempo... aquele exército atravessaria e massacraria os humanos do outro lado. Os serafins combateram a vanguarda no leito do mar, e foi sangrento, brutal e caótico... E, durante a confusão, não viram Miryam ser perfurada pela própria rainha. Drakon não viu. Ele achou que Miryam tivesse atravessado, carregada por um dos soldados. Ordenou que o mar dividido descesse para afogar as forças inimigas.

"Mas uma jovem cartógrafa serafim chamada Nephelle viu Miryam cair. A amante de Nephelle era uma entre os generais de Drakon, e foi ela que percebeu que Miryam e Nephelle estavam sumidas. Drakon ficou alucinado, mas a magia se desgastara, e nenhuma força no mundo podia conter o avanço do mar, e ninguém podia chegar à parceira de Drakon a tempo. Mas Nephelle chegou.

"Nephelle, veja bem, era cartógrafa porque fora rejeitada pelas tropas de luta da legião. Tinha as asas pequenas demais, a direita com um tipo de deformidade. E era pequena, baixa o suficiente para se tornar uma falha perigosa em uma parede de escudos. Drakon permitira que Nephelle fizesse o teste para a legião como cortesia à amante da cartógrafa, mas Nephelle foi reprovada. Ela mal conseguia carregar o escudo seráfico, e as asas menores não eram fortes o suficiente para acompanhar os demais. Então, Nephelle se tornou valiosa como cartógrafa durante a Guerra, ajudando Drakon e a própria amante a encontrar vantagens geográficas nas batalhas. E se tornou a mais cara amiga de Miryam durante aqueles longos meses também.

"E naquele dia no leito do mar, Nephelle lembrou que a amiga estava na retaguarda da linha de combate. Ela voltou por Miryam, mesmo quando todos os demais fugiram para a costa distante. Ela encontrou Miryam atravessada pela lança da rainha, sangrando. A parede do mar começou a cair na margem oposta. Matando primeiro o exército que se aproximava, disparando até elas.

"Miryam disse a Nephelle que se salvasse. Mas Nephelle não abandonaria a amiga. Ela pegou Miryam nos braços e voou."

A voz de Azriel estava baixa com assombro.

— Quando Rhys falou com Drakon sobre isso, anos depois, o rei ainda não tinha palavras para descrever o que acontecera. Desafiava a lógica, todo o treinamento. Nephelle, que jamais fora forte o bastante para segurar um escudo seráfico, carregou Miryam, que tinha o triplo do peso. E mais que isso... Ela *voou*. O mar estava desabando sobre as duas, mas Nephelle voou como a melhor das guerreiras serafins. O leito do mar era um labirinto de rochas irregulares, estreito demais para que os serafins voassem por ele. Tentaram durante a fuga e se chocaram contra as pedras. Mas Nephelle, com as asas menores... Se fossem *2 centímetros* mais longas, ela não teria cabido. Melhor... com Miryam morrendo em seus braços, Nephelle disparou entre as pedras, tão rápida e habilidosa quanto o mais forte dos serafins. Nephelle, que fora dispensada, que fora esquecida... Ela foi mais rápida que a própria morte. Não havia 30 centímetros entre a cartógrafa e a água de cada lado quando Nephelle disparou do leito do mar; nem metade disso se erguendo sob seus pés. E, mesmo assim, a envergadura pequena demais das asas de Nephelle, aquela asa deformada... não lhe falharam. Nem uma vez. Nem por um bater de asas.

Meus olhos queimaram.

— Ela conseguiu. Basta dizer que a amante desposou Nephelle naquela noite, e Miryam... Bem, está viva hoje por causa de Nephelle. — Azriel pegou uma pedra branca chata e a virou nas mãos. — Rhys me contou essa história quando voltou. E, desde então, temos adaptado secretamente a Filosofia Nephelle em nossos exércitos.

Ergui uma sobrancelha, e Azriel deu de ombros.

— Nós, Rhys, Cass e eu, de vez em quando nos lembramos de que o que achamos ser nossa maior fraqueza pode ser, às vezes, nossa maior força. E que a pessoa mais improvável pode mudar o curso da história.

— A Filosofia Nephelle.

Azriel assentiu.

— Aparentemente, todo ano naquele reino, organizam a Corrida Nephelle para honrar o voo. Em terra firme, mas... Ela e a esposa coroam um novo vencedor em comemoração ao que aconteceu naquele dia. — Azriel jogou a pedra de volta entre as demais na margem, e o som ecoou pela água. — Então, treinaremos, Feyre, até o último dia possível. Porque jamais saberemos se apenas uma hora a mais fará diferença.

Eu sopesei as palavras, a história de Nephelle. Fiquei de pé e abri as asas.

— Então, vamos tentar de novo.

Gemi enquanto mancava para nosso quarto naquela noite, e encontrei Rhys sentado à escrivaninha, debruçado sobre mais livros.

— Avisei que Azriel é um filho da mãe rigoroso — disse ele, sem me olhar. Rhys ergueu uma das mãos, e água gorgolejou no banheiro adjacente.

Resmunguei um agradecimento e arrastei os pés até lá, trincando os dentes contra a dor nas costas, nas coxas, nos ossos. Cada parte minha *doía*, e, como os músculos precisavam ser refeitos em torno das asas, eu precisava carregá-las também. O ruído das asas se arrastando pela madeira e tapete, e, depois, pela madeira de novo foi o único som além de meus pés cansados. Olhei para a banheira fumegante, o equilíbrio necessário para que eu entrasse, e choraminguei.

Mesmo me despir exigiria usar músculos quase mortos.

Uma cadeira raspou o chão do quarto, seguida por pés suaves como os de um gato, então...

— Tenho certeza de que já sabe disso, mas precisa de fato entrar na banheira para se limpar, não apenas olhar para ela.

Não tive forças para lhe lançar nem mesmo um olhar atravessado, e consegui dar um passo trôpego e rígido na direção da água até que ele me segurasse.

Minhas roupas sumiram, possivelmente para a lavanderia abaixo, e Rhys me pegou nos braços, abaixando meu corpo nu na água. Com as asas, ficava apertado e...

Gemi do fundo da garganta ao sentir o delicioso calor, e não me dei o trabalho de fazer outra coisa que não recostar a cabeça na borda da banheira.

— Volto logo — disse Rhys, e saiu do banheiro, e depois, do próprio quarto.

Quando ele voltou, eu só soube que tinha caído no sono graças à mão que Rhys colocou em meu ombro.

— Fora — exigiu ele, mas me levantou, me secou e me levou para a cama.

Rhys me deitou de barriga para baixo, e reparei nos óleos e nos bálsamos que ele apoiara ali, o leve odor de alecrim e de... algo que eu estava cansada demais para identificar, mas tinha um cheiro delicioso, fluíram até mim. As mãos de Rhys brilharam quando aplicou uma quantidade generosa nas palmas, e então essas mãos estavam em mim.

Meu gemido foi tão vulgar quanto possível conforme Rhys pressionou os músculos doloridos de minhas costas. As áreas mais sensíveis me arrancaram soluços bastante patéticos, mas Rhys as esfregou com cuidado, até que a tensão fosse uma dor fraca, em vez de forte e lancinante.

E, então, ele começou a trabalhar em minhas asas.

Alívio e êxtase, conforme músculos se aliviavam e aquelas áreas sensíveis eram maravilhosa e provocadoramente alisadas.

Meus dedos dos pés se curvaram, e, no momento que Rhys chegou àquele ponto delicado que fazia meu estômago dar um nó, ele deslizou as mãos até minhas panturrilhas. Rhys começou uma progressão lenta, mais e mais alta, para cima das coxas, entre elas, com carícias provocantes que me deixaram sem ar. Ele subiu até meu traseiro, onde a massagem foi ao mesmo tempo profissional e pecaminosa. E, depois, mais para cima, pela lombar, até as asas.

O toque ficou diferente. Exploratório. Carícias longas e leves como uma pena, arcos, redemoinhos e linhas retas, incandescentes.

Meu núcleo se aqueceu, se derreteu, e mordi o lábio quando Rhys raspou devagar uma unha tão, tão perto daquele ponto interior sensível.

— Uma pena estar tão dolorida por causa do treino — refletiu Rhys, formando círculos preguiçosos, lentos.

Eu só consegui imaginar uma sequência confusa de palavras que eram tanto uma súplica quanto um insulto.

Rhys se aproximou, o hálito aqueceu a pele entre minhas asas.

— Já disse que você tem a boca mais suja que já ouvi?

Murmurei palavras que apenas ofereceram mais provas dessa alegação.

Rhys riu e roçou a beirada daquele ponto sensível, no momento que a outra mão deslizou entre minhas pernas.

Ousadamente, ergui o quadril em uma exigência silenciosa. Mas Rhys apenas circundou com o dedo, tão preguiçoso quanto as carícias em minha asa. Ele beijou minha coluna.

— Como farei amor com você esta noite, Feyre querida?

Eu me contorci, roçando contra as dobras dos cobertores sob meu corpo, desesperada por qualquer fricção enquanto Rhys me deixava pendurada naquele limiar.

— Tão impaciente — ronronou ele, e deslizou aquele dedo para dentro de mim. Gemi, a sensação foi excessiva, desgastante demais,

Rhys tinha uma das mãos entre minhas pernas, e a outra, acariciando mais e mais perto daquele ponto na asa, um predador cercando a presa.

— Será que algum dia vai passar? — refletiu ele, mais para si que para mim quando outro dedo se juntou àquele que deslizava para dentro e para fora de mim com carícias provocadoras, indolentes. — Desejar você, a cada hora, com cada suspiro. Não acho que suporto mil anos disso. — Meu quadril se movia com Rhys, guiando-o mais para dentro. — Pense no quanto minha produtividade vai cair.

Grunhi algo para ele que provavelmente *não* era muito romântico, e Rhys riu, deslizando os dois dedos para fora. Choraminguei, em protesto.

Até que a boca de Rhys substituiu os dedos, e as mãos agarraram meu quadril para me erguer, para facilitar o acesso enquanto Rhys se banqueteava em mim. Gemi, o som foi abafado pelo travesseiro, e ele apenas mergulhou mais profundamente, provocador e excitante a cada carícia.

Um gemido baixo se libertou de mim, meu quadril ondulou. Rhys o segurou com mais força, me mantendo parada para que continuasse sua tarefa.

— Jamais consegui pegá-la na biblioteca — disse ele, arrastando a língua bem para meu centro. — Precisamos consertar isso.

— Rhys. — O nome foi como uma súplica em meus lábios.

— Hummm. — Foi tudo o que Rhys disse, o som reverberando contra mim... Ofeguei, os dedos se fechando em punhos nos lençóis.

As mãos de Rhys saíram de meu quadril por fim, e mais uma vez sussurrei seu nome, em agradecimento, alívio e antecipação de que Rhys finalmente me desse o que eu queria...

Mas sua boca se fechou em torno do aglomerado de nervos no ápice de minha coxa enquanto a mão... Rhys foi direto para aquele maldito ponto na beirada interior de minha asa esquerda, e acariciou com leveza.

Meu clímax irrompeu de dentro de mim com um grito rouco, me lançou em disparada para fora do corpo. E, quando a ondulação dos tremores e a luz de estrelas se dissiparam...

Uma exaustão até os ossos se assentou sobre mim, permanente e infinita, como o laço de parceria entre nós. Rhys se enroscou na cama atrás de mim, fechando minhas asas para que pudesse me aninhar contra o corpo.

— Foi um experimento divertido — murmurou Rhys em meu ouvido.

Eu conseguia sentir Rhys contra minhas costas, rígido, pronto, mas, quando fiz menção de estender o braço para ele, os braços de Rhys apenas me envolveram.

— Durma, Feyre — disse ele para mim.

Então, apoiei a mão em seu antebraço, me deliciando com a força delineada abaixo, e aninhei a cabeça contra o peito de meu parceiro.

— Eu queria ter dias para passar com você... assim. — Consegui dizer antes que minhas pálpebras se fechassem. — Só eu e você.

— Nós teremos. — Rhys beijou meu cabelo. — Nós teremos.

Capítulo 30

No dia seguinte, ainda estava tão dolorida que precisei avisar a Cassian que não treinaria com ele. Ou com Azriel.

Um erro, talvez, considerando que os dois apareceram na porta da casa na cidade minutos depois, exigindo saber qual diabo era o problema comigo, o último trazendo uma lata de bálsamo para ajudar com as dores nas costas.

Agradeci a Azriel pelo bálsamo e disse a Cassian que cuidasse da própria vida.

Então, pedi que ele voasse com Nestha até a Casa do Vento por mim, pois eu certamente não poderia carregá-la até lá — nem mesmo por poucos metros depois de atravessar.

Minha irmã, ao que parecia, não encontrara nada nos livros sobre consertar a muralha — e como ninguém mostrara a ela a biblioteca ainda... eu me ofereci. Principalmente porque Lucien partira antes do café da manhã para uma biblioteca do outro lado da cidade, a fim de procurar qualquer coisa sobre o conserto da muralha, uma tarefa que eu estava mais que disposta a delegar. Talvez me sentisse culpada por jamais ter dado a ele um tour decente por Velaris, mas... Lucien parecia ansioso. Mais que ansioso — ele parecia impaciente para ir sozinho até a cidade.

Os dois illyrianos pararam de me inspecionar tempo suficiente a fim de notar minhas irmãs terminando o café da manhã; Nestha com um vestido cinza-pálido que ressaltava a prata nos olhos, Elain usando rosa esmaecido.

Os dois machos ficaram um pouco imóveis. Mas Azriel esboçou uma reverência — enquanto Cassian saiu batendo os pés até a mesa, estendeu o braço por cima do ombro de Nestha e pegou um bolinho da pequena cesta.

— Bom dia, Nestha — cumprimentou ele, com a boca cheia de limão com mirtilo. — Elain.

As narinas de Nestha se dilataram, mas Elain ergueu o olhar para Cassian, piscando duas vezes.

— Ele partiu suas asas, quebrou seus ossos.

Tentei afastar o som do grito de Cassian — a lembrança do sangue jorrando.

Nestha encarou o prato. Elain, pelo menos, saíra do quarto, mas...

— Será preciso mais que isso para me matar — disse Cassian, com um risinho que não alcançou os olhos.

— Não, não será — respondeu Elain, apenas.

As sobrancelhas escuras de Cassian se franziram. Passei a mão no rosto antes de seguir até Elain e lhe tocar o ombro ossudo demais.

— Posso arrumar um lugar para você no jardim? As ervas que plantou estão crescendo bem.

— Posso ajudá-la — anunciou Azriel, aproximando-se da mesa quando Elain se levantou silenciosamente. Nenhuma sombra nas orelhas, nenhuma escuridão envolvendo os dedos do encantador quando ele estendeu a mão.

Nestha o monitorou, como um gavião, mas manteve-se calada enquanto Elain aceitava a mão de Azriel e os dois saíam.

Cassian terminou o bolinho, lambendo os dedos. Eu podia ter jurado que Nestha observou a coisa toda com um olhar de esguelha. Ele sorriu para ela, como se também soubesse.

— Pronta para voar, Nes?

— Não me chame assim.

A coisa errada a dizer, pela forma como os olhos de Cassian se iluminaram.

Escolhi aquele momento para atravessar até o céu acima da Casa, rindo quando o vento me carregou pelo mundo. Uma retribuição fraterna, supus. Pela atitude geral de Nestha.

Ainda bem que ninguém testemunhou minha ligeiramente melhor aterrissagem-queda na varanda, e, quando a figura escura de Cassian surgiu no céu, os cabelos de Nestha brilhantes como bronze ao sol da manhã, eu já havia limpado a poeira das vestes de couro.

O rosto de minha irmã estava corado pelo vento quando Cassian a apoiou com cuidado. Então, ela saiu andando para as portas de vidro sem um único olhar para trás.

— De nada — gritou Cassian atrás de Nestha, com mais que um tom afiado na voz. As mãos se fecharam e relaxaram ao lado do corpo, como se tentasse remover a sensação de Nestha das palmas.

— Obrigada — agradeci a ele, mas Cassian não se deu o trabalho de se despedir quando se lançou para o céu e desapareceu nas nuvens.

A biblioteca sob a casa estava escura, silenciosa. As portas se abriram para nós, da mesma forma que se abriram quando Rhys e eu a visitamos pela primeira vez.

Nestha não disse nada, apenas observou cada estante, nicho e lustre pendurado enquanto eu a levava até o andar em que Clotho encontrara aqueles livros. Mostrei a minha irmã a pequena área de leitura que eu ocupava, e indiquei a escrivaninha.

— Sei que Cassian a irrita, *mas* também estou curiosa. Como *sabe* o que procurar com relação à muralha?

Nestha passou um dedo pela mesa de madeira antiga.

— Porque simplesmente sei.

— Como?

— Não sei como. Amren me disse apenas para... ver se a informação se encaixa. — E, talvez, isso a assustasse. Intrigasse, mas assustasse. E Nestha não contara a Cassian não por desprezo, mas porque não queria revelar essa vulnerabilidade. Essa falta de controle.

Não insisti. Mesmo ao encará-la por um momento. Não sabia como... como abordar aquele assunto, como perguntar se ela estava bem, se eu podia ajudar. Eu nunca fora carinhosa com Nestha, jamais a abraçara. Beijara sua bochecha. Não sabia por onde começar. Então, apenas falei:

— Rhys me deu o desenho da disposição das estantes. Acho que pode haver mais de uma sobre o Caldeirão e a muralha alguns andares abaixo. Pode esperar aqui ou...

— Ajudo você a procurar.

Seguimos pelo caminho íngreme em silêncio; o farfalhar de papel e o ocasional sussurro das vestes de uma sacerdotisa no piso de pedra eram os únicos ruídos. Em voz baixa, expliquei a ela quem eram as sacerdotisas... por que estavam ali. Expliquei que Rhys tinha planejado oferecer santuário a qualquer humano capaz de chegar a Velaris.

Ela não disse nada, estava cada vez mais silenciosa conforme avançávamos e aquele poço preto à direita parecia ficar mais denso.

Mas chegamos a um trecho de estantes que se curvava para dentro da montanha, formando um longo corredor, e luzes feéricas se acenderam dentro de esferas de vidro na parede conforme passamos. Nestha observou as prateleiras enquanto caminhávamos, e li os títulos — um pouco mais devagar, ainda levando mais tempo para processar o que para minha irmã era instintivo.

— Eu não sabia que você não sabia ler de verdade — confessou Nestha, ao parar diante de uma seção comum, reparando na forma como eu silenciosamente dizia as palavras de um título. — Não sabia em que ponto estava com suas aulas... quando tudo aconteceu. Presumi que podia ler tão facilmente quanto nós.

— Bem, eu não podia.

— Por que não nos pediu que a ensinássemos?

Passei um dedo pela fileira organizada de lombadas.

— Porque duvidava que vocês concordariam em ajudar.

Nestha enrijeceu, como se eu tivesse lhe batido, a frieza floresceu naqueles olhos. Então, minha irmã puxou um livro da prateleira.

— Amren disse que Rhysand a ensinou a ler.

Minhas bochechas coraram.

— Ensinou. — E ali, bem no fundo do mundo, com apenas a escuridão como companhia, eu perguntei: — Por que você afasta todo mundo menos Elain? — *Por que sempre* me *afastou?*

Alguma emoção tremeluziu nos olhos de Nestha. Ela engoliu em seco. Nestha fechou os olhos por um momento, inspirando profundamente.

— Porque...

As palavras cessaram.

Eu senti no mesmo momento que ela.

A ondulação e o tremor. Como... como se algum pedaço do mundo tivesse se alterado, como se alguma corda desafinada estivesse sendo arrancada.

Nós nos viramos na direção do caminho iluminado que tínhamos acabado de percorrer, pelas estantes e, depois, para a escuridão muito, muito além.

As luzes feéricas pelo teto começaram a tremeluzir e se apagar. Uma a uma.

Mais e mais perto de nós.

Eu só tinha uma faca illyriana na lateral do corpo.

— O que é isso? — sussurrou Nestha.

— Corra! — Foi tudo o que eu disse.

Não dei a ela a chance de protestar quando a segurei pelo cotovelo e disparei para as estantes adiante. Luzes feéricas se acenderam quando passamos — apenas para serem devoradas pela escuridão que avançava até nós.

Lenta; minha irmã era tão lenta com o vestido, com a total falta de exercícios...

Rhys.

Nada.

Se os feitiços em torno da Prisão eram espessos o bastante para manter a comunicação de fora... Talvez o mesmo se aplicasse ali dentro.

Uma muralha estava próxima... com um corredor à frente. Um segundo declive: para a esquerda, uma subida, para a direita, um mergulho para baixo...

A escuridão serpenteava do alto até o fundo. Mas as trevas como nanquim que levavam para as profundezas... pareciam arejadas e abertas.

Tomei a direita.

— Mais rápido — chamei a atenção de Nestha. Se conseguíssemos levar quem quer que fosse mais para baixo, talvez pudéssemos dar a volta pelo poço. Eu atravessaria...

Atravessar. Eu podia atravessar *agora*...

Segurei o braço de Nestha.

No mesmo momento, a escuridão atrás de nós cessou, e dois Grão-Feéricos saíram de dentro do breu. Ambos machos.

Um de cabelos escuros, outro de cabelos claros. Ambos usando casacos cinza bordados com fio branco como osso.

Eu conhecia aquele brasão sobre o ombro direito. Conhecia seus olhos mortos.

Hybern. Hybern estava *ali*...

Não fui rápida o bastante quando um deles soprou contra nós.

Quando aquela poeira azul de veneno feérico foi borrifada em meus olhos, na boca, e minha magia morreu.

O arquejo de Nestha me informou que ela sentiu algo semelhante.

Mas foi em minha irmã que os dois se concentraram quando cambaleei para trás, minhas lágrimas faziam escorrer a poeira dos olhos, cuspindo o veneno feérico. Agarrei o braço de Nestha, tentando atravessar. Nada.

Atrás dos dois, uma sacerdotisa encapuzada estava caída no chão.

— Tão fácil entrar na mente delas depois que nosso mestre nos permitiu passar pelas proteções — disse um dos machos, o de cabelos pretos. — Fazer com que pensassem que éramos acadêmicos. Tínhamos planejado vir atrás de você... Mas parece que nos encontrou primeiro.

Tudo isso dito a minha irmã. O rosto de Nestha estava quase branco, embora os olhos não mostrassem medo.

— Quem são vocês?

O de cabelos brancos abriu um largo sorriso quando eles se aproximaram.

— Somos os Corvos do rei. Os olhos voadores, suas garras. E viemos pegá-la de volta.

O rei... seu mestre. Ele tinha... Pela Mãe.

Será que o rei estava ali, em Velaris?

Rhys. Bati com minha mão mental contra o laço. Diversas vezes. *Rhys*.

Nada.

A respiração de Nestha começou a acelerar. Espadas pendiam do quadril dos machos — duas de cada lado. Os ombros dos Grão-Feéricos eram largos, e os braços, grandes o suficiente para indicar que músculos fortes preenchiam aquelas roupas delicadas.

— Não vão levá-la a lugar algum — falei, pegando a faca. Como o rei tinha conseguido... Chegado até ali sem ser notado, destroçado nossas proteções? E se ele estava em Velaris... Afastei o terror ao pensar naquilo. No que ele poderia estar fazendo além dessa biblioteca, invisível e escondido...

— Você também é um tesouro inesperado — disse o de cabelos pretos para mim. — Mas sua irmã... — Um sorriso que exibiu os dentes brancos demais. — Você levou algo daquele Caldeirão, menina. O rei quer de volta.

Por isso o Caldeirão não podia destruir a muralha. Não porque seu poder se esgotara.

Mas porque Nestha roubara poder demais.

Capítulo 31

Analisei as alternativas diante de mim.

Duvidava de que os Corvos do rei fossem burros o bastante para continuar falando até que meus poderes voltassem. E, se o rei estava de fato ali... Precisava avisar a todos. *Imediatamente.*

Aquilo me deixava com três opções.

Enfrentá-los em combate corpo a corpo com apenas uma faca, enquanto cada um dos machos estava armado com lâminas gêmeas e era musculoso o suficiente para saber como usá-las.

Começar a correr, e tentar sair da biblioteca — e arriscar mais traumas ou a vida das sacerdotisas nos andares acima.

Ou...

— Se quiser o que tomei — dizia Nestha. — Que venha buscar ele mesmo.

— Está ocupado demais para isso — ronronou o macho de cabelos brancos, avançando mais um passo.

— Aparentemente, vocês não estão.

Segurei os dedos de Nestha com a mão livre. Ela me olhou.

Preciso que confie em mim, tentei comunicar a minha irmã.

Nestha leu as emoções em meus olhos... e deu um ínfimo aceno com o queixo.

— Cometeram um grande erro vindo até aqui — avisei a eles. — Até *minha* casa.

Os dois riram com deboche.

Sorri, debochada, ao dizer:

— E espero que ele dilacere os dois até virarem retalhos ensanguentados.

Então corri, puxando Nestha comigo. Não na direção dos andares superiores.

Mas para baixo.

Até a escuridão eterna do poço no coração da biblioteca.

E para os braços do que quer que espreitasse ali.

Em volta e para baixo, em volta e para baixo...

Prateleiras, papel, mobília e escuridão, o cheiro ficava almiscarado e úmido, o ar, mais espesso, a escuridão parecia orvalho em minha pele...

O fôlego de Nestha saía irregular, a saia farfalhava a cada passo acelerado.

Tempo... era apenas uma questão de tempo antes que uma daquelas sacerdotisas entrasse em contato com Rhys.

Mas até mesmo um minuto poderia ser tarde demais.

Não havia escolha. Nenhuma.

Luzes feéricas pararam de surgir adiante.

Uma risada baixa, terrível, soou atrás de nós.

— Não é tão fácil, é... Encontrar o caminho na escuridão.

— Não pare — falei, ofegante, para Nestha, impulsionando nós duas mais para dentro da escuridão.

Um arranhar agudo soou. Como garras em pedra.

— Sabem o que aconteceu com elas... as rainhas? — cantarolou um dos Corvos.

— Continue — sussurrei, apoiando a mão na parede para me equilibrar.

Em breve; chegaríamos ao fundo em breve, e então... E então enfrentaríamos um horror tão terrível que Cassian não ousava nomear.

Dos males, o menor — ou o maior.

— A mais jovem, aquela vadia de expressão afetada, entrou no Caldeirão primeiro. Praticamente pisoteou as outras para entrar depois que viu o que ele fez com você e sua irmã.

— Não pare — repeti, quando Nestha tropeçou. — Se eu cair, *corra*.

Era uma escolha que eu não precisava debater. Não me assustava. Nem por um segundo.

Pedra rangeu sob conjuntos idênticos de garras.

— Mas o Caldeirão... Ah, ele *sabia* que algo lhe fora tirado. Não tinha consciência, mas... sabia. E, quando aquela jovem rainha entrou...

Os Corvos riram. Riram enquanto a ladeira se nivelava e nos vimos no fundo da biblioteca.

— Ah, ele lhe concedeu a imortalidade. Transformou-a em feérica. Mas, como algo tinha sido levado... o Caldeirão tomou da rainha o que lhe era mais caro: a juventude. — Os dois riram de novo. — Uma jovem entrou... mas uma velha enrugada saiu.

Das profundezas de minha memória, a voz de Elain soou: *Vi mãos jovens se enrugarem com a idade.*

— As outras rainhas não querem entrar no Caldeirão por terror de que o mesmo lhes aconteça. E a mais jovem... Ah, deveria ouvir como ela fala, Nestha Archeron. As coisas que *ela* quer fazer com você quando Hybern tiver terminado...

Corvos gêmeos estão vindo.

Elain soubera. *Sentira*. Tentara nos avisar.

Havia prateleiras antigas ali embaixo. Ou, pelo menos, eu as senti quando nos chocamos contra inúmeras quinas durante a corrida indistinta. Onde estava, onde *estava*...

Nós nos embrenhamos na escuridão.

— Estamos ficando entediados com essa perseguição — disse um deles. — Nosso mestre está esperando que a levemos de volta.

Ri alto o bastante para que ouvissem.

— Estou chocada que ele tenha sequer conseguido quebrar as proteções... ele parece precisar de uma arca de objetos mágicos para fazer o trabalho por ele.

O outro sibilou, garras arranhando mais alto:

— De quem acha que era o livro de feitiços que Amarantha roubou tantas décadas atrás? Quem sugeriu a brincadeira de colocar máscaras nos rostos da Primaveril como punição? Outro pequeno feitiço, o que ele gastou hoje, para atravessar suas proteções aqui. Só poderia ser usado uma vez... que pena.

Estudei o leve fiapo de luz que conseguia discernir — muito, muito longe, e bem no alto.

— Corra na direção da luz — sussurrei para Nestha. — Vou segurá-los.

— Não.

— Não tentem ser nobres, se é sobre isso que estão sussurrando — grasnou um dos Corvos, atrás de nós. — Pegaremos as duas de qualquer jeito.

Não tínhamos tempo... para que o que quer que estivesse ali embaixo nos encontrasse. Não tínhamos tempo...

— *Corra* — sussurrei. — Por favor.

Nestha hesitou.

— *Por favor* — implorei a ela, a voz falhando.

Nestha apertou minha mão uma vez.

E, entre um fôlego e outro, ela disparou para o lado... na direção do centro do poço. A luz estava alta acima.

— O que... — Um dos Corvos disparou, mas eu golpeei.

Cada osso em meu corpo gritou de dor quando me choquei contra uma das estantes. Depois, de novo. E de novo.

Até que a estante se inclinou e tombou, desabando sobre outra estante ao lado. E na seguinte. E na seguinte.

Bloqueando o caminho que Nestha tomara.

E qualquer chance que eu tivesse de escapar também. Madeira rangeu e se quebrou, livros caíram na pedra.

Porém, adiante...

Raspei e tateei o chão conforme mergulhei mais para o centro do chão do poço. Minha magia era como uma casca oca nas veias.

— Mesmo assim a pegaremos, não se preocupe — cantarolou um dos Corvos. — Não queremos separar irmãs queridas.

Onde você está onde você está onde você está

Não vi a parede à frente.

Meus dentes tiniram quando me choquei de cara. Tateei sem enxergar, procurando uma falha, um canto...

A parede prosseguia. Sem saída. Se era um corredor sem saída...

— Nenhum lugar aonde ir, Senhora — disse um dos Corvos.

Continuei em frente, os dentes trincados, medindo o poder ainda congelado dentro de mim. Nem mesmo uma brasa para conjurar e iluminar o caminho, para mostrar onde eu estava...

Para mostrar qualquer buraco adiante...

O terror fez meus ossos travarem. Não. Não, continue em movimento, continue em frente...

Estendi as mãos, desesperada em busca de uma prateleira em que me agarrar. Certamente não colocariam uma prateleira perto de um buraco aberto na terra...

Escuridão vazia encontrou meus dedos, passou entre eles. De novo e de novo.

Tropecei um passo.

Couro encontrou meus dedos; couro sólido. Agitei as mãos, lombadas duras de livros encontraram minhas palmas, e contive o soluço de alívio. Um bote salva-vidas em um mar violento; apalpei o caminho até a estante, agora correndo. Ela acabou rápido demais. Dei mais um passo indistintamente para a frente, e tateei até virar na quina de outra estante. No momento em que os Corvos sibilaram com insatisfação.

O som disse o bastante.

Eles tinham me perdido... por enquanto.

Prossegui centímetro a centímetro, mantendo as costas contra uma prateleira, acalmando os pulmões ofegantes até que minha respiração ficasse quase silenciosa.

— Por favor — soprei para a escuridão, e mal passou de um sussurro. — Por favor, me ajude.

Ao longe, um *bum* estremeceu o piso antigo.

— Grã-Senhora da Corte Noturna — cantarolou um dos Corvos. — Que tipo de jaula nosso rei construirá para você?

O medo me faria ser morta, o medo...

Uma voz baixa sussurrou em meu ouvido: *Você é a Grã-Senhora?*

A voz era ao mesmo tempo jovem e velha, horrível e linda.

— S-sim — sussurrei.

Eu não conseguia detectar calor corporal, nenhuma presença física, mas... Eu o senti atrás de mim. Mesmo com as costas para a escuridão, senti sua massa espreitando atrás de mim. Ao meu redor. Como um manto.

— Sentimos seu cheiro — disse o outro Corvo. — Como seu parceiro se revoltará quando descobrir que a levamos.

— Por favor — sussurrei para a coisa agachada atrás de mim, acima de mim.

O que me dará?

Uma pergunta tão perigosa. Jamais faça um acordo, avisara Alis certa vez para mim, antes de Sob a Montanha. Mesmo que os acordos que eu tivesse feito... eles nos salvaram. E me levaram até Rhys.

— O que você quer?

— Com quem ela está falando? — perguntou um dos Corvos.

A pedra e o vento ouvem tudo, falam tudo. Eles sussurraram para mim sobre seu desejo de controlar o Entalhador. De negociar.

Meu fôlego saía forte e rápido.

— E daí?

Eu o conheci certa vez... há muito tempo. Antes que tantas coisas rastejassem sobre a terra.

Os Corvos estavam próximos... próximos demais quando um deles sibilou:

— O que ela está balbuciando?

— Será que ela conhece um feitiço, como o mestre conhecia?

— Qual é seu preço? — sussurrei para a escuridão atrás de mim.

Os passos dos Corvos soaram tão próximos que não podiam estar a mais de 6 metros.

— Com quem está falando? — indagou um deles.

Companhia. Mande companhia para mim.

Abri a boca, mas então eu disse:

— Para... comer?

Uma risada que fez minha pele se arrepiar.

Para me falar sobre a vida.

O ar adiante mudou... quando os Corvos de Hybern se aproximaram.

— Aí está você — disse um deles, irritado.

— Temos um acordo — sussurrei. A pele em meu antebraço esquerdo formigou. A coisa atrás de mim... Podia ter jurado que a senti sorrir.

Devo matá-los?

— P-por favor.

Um brilho se acendeu diante de mim, e pisquei diante da esfera ofuscante de luz feérica.

Vi os Corvos gêmeos primeiro, com aquela luz feérica na altura dos ombros... para me iluminar quando me levassem.

A atenção dos dois se voltou para mim. Depois, passou para cima de meu ombro. Minha cabeça.

Terror absoluto, irrefreável, tomou aqueles rostos. Diante do que estava atrás de mim.

Feche os olhos, ronronou a coisa em meu ouvido.

Obedeci, trêmula.

Então, só ouvi gritos.

Gritos agudos e súplicas. Ossos se partindo, sangue jorrando como chuva, tecido se rasgando e gritos, gritos, *gritos*...

Fechei os olhos com tanta força que doeu. Fechei com tanta força que tremi.

Então, havia mãos quentes e ásperas sobre mim, me arrastando para longe, e a voz de Cassian a meu ouvido dizia:

— Não olhe. *Não olhe*.

Não olhei. Deixei que ele me levasse embora. No momento em que senti Rhys chegar. Senti quando ele aterrissou no chão do poço com tanta força que a montanha inteira estremeceu.

Abri os olhos então. E o vi disparando em nossa direção, com a noite ondulando do corpo, tanta fúria no rosto...

— Tire-as daqui.

A ordem foi dada a Cassian.

Os gritos ainda ecoavam atrás de nós.

Avancei na direção de Rhys, mas ele já se fora, com uma nuvem de escuridão emanando do corpo.

Para bloquear a visão daquilo contra o que avançou.

Sabendo que eu olharia.

Os gritos pararam.

No silêncio terrível, Cassian me puxou para fora — na direção do centro mal iluminado do poço. Nestha estava parada ali, os braços em volta do corpo, os olhos arregalados.

Cassian apenas esticou um braço para ela. Como se em transe, Nestha foi direto para o lado do guerreiro. Os braços de Cassian se apertaram em volta de nós duas, os Sifões se acenderam, emoldurando a escuridão com luz vermelho-sangue.

Então, disparamos para cima.

No momento que os gritos recomeçaram.

Capítulo 32

Cassian deu a nós duas um copo de *brandy*. Um copo alto.

Sentada em uma poltrona na biblioteca da família, no alto, Nestha bebeu o seu em um gole.

Ocupei a cadeira diante de minha irmã, tomei um gole, estremeci ao sentir o gosto, e fiz menção de apoiar o copo na mesa baixa entre nós.

— Continue bebendo — ordenou Cassian. A ira não estava direcionada a mim.

Não; estava direcionada ao que quer que estivesse abaixo. O que acontecera.

— Está ferida? — perguntou Cassian a mim. Cada palavra soou breve, brutal.

Fiz que não com a cabeça.

O fato de ele não ter perguntado a Nestha... devia tê-la encontrado primeiro. Verificara por conta própria.

— O rei... a cidade... — falei.

— Nenhum sinal dele. — Um músculo se contorceu no maxilar de Cassian.

Ficamos sentados em silêncio. Até Rhys aparecer entre as portas abertas, com sombras ao encalço.

Sangue cobria as mãos de meu parceiro... e nada mais.

Tanto sangue, brilhante como rubi sob o sol do meio da manhã.

Como se Rhys tivesse dilacerado os dois com as próprias mãos.

Seus olhos estavam completamente congelados de ódio.

Mas se voltaram para meu braço esquerdo, a manga estava imunda, mas ainda enrolada...

Como uma fina pulseira de ferro preto em torno de meu antebraço, uma tatuagem se estampava ali.

É *costume em minha corte que acordos sejam permanentemente marcados na pele*, explicara Rhys Sob a Montanha.

— O que deu a ele? — Eu não ouvia aquela voz desde a visita à Corte de Pesadelos.

— Ele... disse que queria companhia. Alguém que lhe falasse sobre a vida. Eu disse sim.

— Você *se* voluntariou?

— Não. — Entornei o restante do brandy diante do tom de voz, da expressão impassível de Rhys. — Ele só disse *alguém*. E não especificou *quando*. — Fiz uma careta para a sólida pulseira preta, que não era mais espessa que meu dedo, interrompida apenas por duas falhas finas perto da lateral de meu antebraço. Tentei ficar de pé, ir até ele, pegar aquelas mãos ensanguentadas. Mas meus joelhos ainda estavam tão fracos que eu não consegui me mover. — Os Corvos do rei estão mortos?

— Quando cheguei, estavam quase. Aquela criatura poupou o bastante da mente deles para que eu olhasse. E matasse os dois depois de acabar.

Cassian estava com a expressão inexpressiva, olhando das mãos ensanguentadas de Rhys para os olhos frios como gelo do Grão-Senhor.

Mas foi para minha irmã que meu parceiro se virou.

— Hybern a caça por causa daquilo que tomou do Caldeirão. As rainhas a querem morta por vingança... por lhes ter tomado a imortalidade.

— Eu sei. — A voz de Nestha soou rouca.

— O que você tomou?

— Não sei. — As palavras mal passaram de um sussurro. — Nem mesmo Amren conseguiu descobrir.

Rhys a encarou com irritação. Mas Nestha se virou para mim... e eu podia ter jurado que medo lampejou ali, e culpa e... algum outro sentimento.

— Você me mandou correr.

— Você é minha irmã. — Foi tudo o que eu disse. Certa vez Nestha tentara atravessar a muralha para me salvar.

Mas ela prosseguiu.

— Elain...

— Elain está bem — interrompeu Rhys. — Azriel está na casa da cidade; Lucien, a caminho; e Mor, quase lá. Sabem da ameaça.

Nestha recostou a cabeça contra a almofada da poltrona, ficando um pouco inerte.

— Hybern se infiltrou em nossa cidade. De novo — revelei a Rhys.

— O desgraçado se agarrou àquele feitiço passageiro até precisar de verdade.

— Feitiço passageiro?

— Um feitiço de poder grandioso, capaz de ser usado apenas uma vez, com grandes consequências. Um capaz de quebrar proteções... Devia estar ganhando tempo.

— As defesas aqui...

— Amren está no momento adaptando-as contra essas coisas. Depois começará a varrer a cidade para descobrir se o rei infiltrou algum outro seguidor antes de sumir.

Por baixo do ódio frio, havia uma rispidez... tão aguçada que falei: *Qual é o problema?*

— Qual é o problema? — respondeu Rhys, verbalmente, como se não conseguisse mais distinguir. — O problema é que aqueles dois *merdas* entraram em minha casa e atacaram minha *parceira*. O problema é que minhas próprias malditas proteções funcionaram contra mim, e você precisou negociar com aquela *coisa* para evitar ser levada. O problema...

— Calma — pedi, baixinho, mas não sem firmeza.

Os olhos de Rhys brilharam como raio que cai no oceano. Mas ele inspirou profundamente, expirando pelo nariz, e relaxou os ombros... levemente.

— Você viu o que era... aquela coisa lá embaixo?

— Supus o suficiente a seu respeito para fechar os olhos — respondeu Rhys. — Só os abri quando a coisa se afastou dos corpos.

A pele de Cassian estava pálida. Ele a vira. Vira de novo. Mas não disse nada.

— Sim, o rei passou por nossas defesas — argumentei. — Sim, as coisas não foram bem. Mas não nos ferimos. E os Corvos revelaram alguns fragmentos cruciais de informação.

Descuidado, percebi. Rhys fora descuidado ao matá-los. Normalmente, ele os teria mantido vivos para que Azriel os interrogasse. Mas tomara aquilo de que precisava, rápida e brutalmente, e acabara com tudo. Mostrara mais controle com o Attor...

— Sabemos por que o Caldeirão não funciona com força total agora — continuei. — Sabemos que Nestha é prioridade para o rei. Mais que eu.

Rhys refletiu.

— Hybern mostrou parte das cartas ao mandá-los até aqui. Ele deve ter um pingo de dúvida sobre a vitória se arriscou isso.

Nestha parecia prestes a vomitar. Cassian, mudo, lhe encheu o copo de novo.

— Como... como soube que estávamos em perigo? — perguntei.

— Clotho — respondeu Rhys. — Há um sino enfeitiçado dentro da biblioteca. Ela o tocou, e ele soou para todos nós. Cassian chegou primeiro.

Eu me perguntei o que acontecera naqueles momentos iniciais, quando ele encontrou minha irmã.

Como se tivesse lido meus pensamentos, Rhys mandou a imagem para mim; sem dúvida, uma cortesia de Cassian.

Pânico... e ódio. Era tudo o que ele sentia quando disparou para o coração do poço, lançando-se contra aquela escuridão antiga que certa vez o abalara até a medula.

Nestha estava lá... e Feyre.

Foi Nestha quem ele viu primeiro, tropeçando para fora da escuridão, os olhos arregalados, seu medo emanando um cheiro que envolvia o ódio de Cassian em algo tão aguçado que ele mal conseguia pensar, mal conseguia respirar...

Ela soltou um ruído baixo, animalesco — como um cervo ferido — quando o viu. Quando Cassian aterrissou com tanta força que os joelhos estalaram.

O general não disse nada quando Nestha se atirou em sua direção, o vestido imundo e em frangalhos, os braços o buscando. Cassian abriu os próprios braços para ela, incapaz de impedir a aproximação, o abraço...

Mas Nestha segurou as vestes do general.

— Feyre — disse ela, a voz rouca, apontando para trás com a mão livre, sacudindo Cassian fortemente com a outra. Força, uma força tão incontrolável naquele corpo esguio e lindo. — Hybern.

Foi tudo o que Cassian precisou ouvir. Ele sacou a espada, e, depois, Rhys disparava até eles, o poder como uma maldita erupção vulcânica. Cassian avançou para a escuridão, seguindo o grito...

Eu me afastei, sem querer ver mais. Ver o que Cassian tinha testemunhado lá embaixo.

Rhys caminhou até mim, ergueu uma das mãos para acariciar meus cabelos, mas parou quando viu o sangue que formava crostas em seus dedos. Rhys estudou a tatuagem que agora marcava meu braço esquerdo.

— Contanto que não tenhamos de convidá-lo para o jantar do solstício, posso conviver com ele.

— *Você* pode conviver com ele? — Ergui as sobrancelhas.

Rhys estampou um leve sorriso, mesmo com tudo o que acontecera, que agora estava diante de nós.

— Pelo menos agora, se um de vocês fizer malcriação, conheço a punição perfeita. Descer até lá para *falar* com aquela coisa por uma hora.

Nestha fez careta de desprezo, mas Cassian soltou uma risada sombria.

— Prefiro esfregar privadas, obrigado.

— Seu segundo encontro pareceu menos aterrorizante que o primeiro.

— Ele não estava tentando me *comer* dessa vez. — Mas sombras ainda encobriam os olhos do general.

Rhys também as viu. Viu e disse baixinho, mais uma vez com aquela voz de Grão-Senhor:

— Avise a quem precisar saber que fique dentro de casa esta noite. Crianças, fora das ruas ao pôr do sol, e nenhum dos Palácios permanecerá aberto além do nascer da lua. Qualquer um nas ruas enfrentará as consequências.

— De quê? — perguntei, com a bebida agora queimando meu estômago.

O maxilar de Rhys se contraiu, e ele observou a cidade brilhante além das janelas.

— De Amren à caça.

Elain estava aninhada ao lado de uma Mor casual demais no sofá da sala de estar quando chegamos à casa na cidade. Nestha passou por mim, foi direto a Elain e sentou do outro lado da irmã, antes de voltar a atenção para onde permanecíamos, no saguão. Esperando... de alguma forma sentindo a reunião prestes a ocorrer.

Lucien, posicionado à janela da frente, tirou o olhar da rua. Ele a monitorava. Com uma espada e uma adaga penduradas no cinto. Nenhum humor, nenhum calor lhe tocava o rosto — apenas determinação destemida e sombria.

— Azriel está descendo do telhado — avisou Rhys, para ninguém em especial, recostando-se contra o arco que dava para a sala de estar e cruzando os braços.

E como se o tivesse conjurado, Azriel saiu de um bolsão de sombras próximo às escadas e nos observou da cabeça aos pés. Os olhos se detiveram no sangue que coagulava nas mãos de Rhys.

Ocupei um lugar à porta oposta enquanto Cassian e Azriel permaneceram entre nós.

Rhys ficou calado por um momento, antes de dizer:

— As sacerdotisas manterão silêncio sobre o que aconteceu hoje. E o povo desta cidade não saberá *por que* Amren está agora se preparando para caçar. Não podemos correr o risco de que os outros Grão-Senhores saibam. Isso os deixaria nervosos e desestabilizaria a imagem que trabalhamos tanto para criar.

— O ataque a Velaris — replicou Mor, de onde estava, no sofá — já mostrou onde somos vulneráveis.

— Aquilo foi um ataque-surpresa, com o qual lidamos rapidamente — argumentou Cassian, com os Sifões brilhando. — Az se certificou de que a informação divulgada *nos* retratasse como os vencedores, capazes de derrotar qualquer desafio lançado por Hybern.

— Fizemos isso hoje — falei.

— É diferente — explicou Rhys. — Da primeira vez, tivemos o elemento surpresa para nos desculpar. Dessa segunda vez... faz com que pareça que estamos despreparados. Vulneráveis. Não podemos arriscar que isso se torne público antes da reunião em dez dias. Então, para manter as aparências, permaneceremos inabalados enquanto nos preparamos para a guerra.

Mor afundou nas almofadas do sofá.

— Uma guerra em que não temos aliados além de Keir, seja em Prythian ou além.

Rhys lançou um olhar afiado para ela. Mas Elain falou, baixinho:

— A rainha talvez venha.

Silêncio.

Elain estava encarando a lareira apagada, os olhos perdidos naquela névoa vazia.

— Que rainha? — exigiu Nestha, mais rispidamente do que costumava falar com nossa irmã.

— Aquela que foi amaldiçoada.

— Amaldiçoada pelo Caldeirão — expliquei para Nestha, me afastando do arco. — Quando o Caldeirão deu o chilique depois que vocês... partiram.

— Não. — Elain me observou, e, depois, Nestha. — Não aquela. A outra.

Nestha respirou para se acalmar, e abriu a boca para mandar Elain para cima ou para mudar de assunto.

Mas Azriel perguntou, baixinho, dando um único passo na direção do portal, para a sala de estar:

— Que outra?

As sobrancelhas de Elain se franziram.

— A rainha... com as penas de chamas.

O encantador de sombras inclinou a cabeça.

Lucien murmurou para mim, os olhos ainda fixos em Elain:

— Nós deveríamos... ela precisa...?

— Ela não precisa de nada — respondeu Azriel, sem olhar para Lucien.

Elain encarava o mestre espião agora, sem piscar.

— Somos nós que precisamos... — Azriel se interrompeu. — Clarividente — disse ele, mais para si que para nós. — O Caldeirão fez você clarividente.

Capítulo 33

Clarividente.

A palavra ecoou por meu corpo.

Ela sabia. Tinha *avisado* a Nestha sobre os Corvos. E, em meio ao caos do ataque, aquela percepção me escapou. Escapou... O modo como a realidade e o sonho escapavam e se entrelaçavam para Elain. *Clarividente.*

Elain se virou para Mor, que agora encarava boquiaberta minha irmã de seu lugar no sofá.

— É isso então?

E as palavras, o tom... soaram tão *normais* que meu peito se apertou.

O olhar de Mor percorreu o rosto de minha irmã, como se sopesasse as palavras, a pergunta, a verdade ou a mentira ali contidas.

Mor, por fim, piscou, entreabrindo a boca. Como se aquela sua magia tivesse por fim solucionado algum quebra-cabeça. Devagar, com objetividade, Mor assentiu. Lucien silenciosamente se sentou em uma das cadeiras diante da janela, e aquele olho de metal rangeu quando se voltou para minha irmã.

Fazia sentido, supus, que apenas Azriel a ouvisse. O macho que ouvia coisas que outros não conseguiam... Talvez ele também tivesse sofrido como Elain antes de compreender o próprio dom.

— Há outra rainha? — perguntou Azriel a minha irmã.

Elain semicerrou os olhos, como se a pergunta exigisse algum explicação interna, alguma... rota certa a tomar para o que quer que a confundisse e perturbasse.

— Sim.

— A sexta rainha — sussurrou Mor. — A que a dourada disse não estar doente...

— Ela disse para não confiar nas outras rainhas por causa disso — acrescentei.

E assim que as palavras deixaram minha boca... Foi como se eu recuasse diante de uma pintura e visse o todo. De perto, as palavras eram obscuras e confusas. Mas de longe...

— Você roubou do Caldeirão — expliquei a Nestha, que parecia pronta a se colocar entre todos nós e Elain. — Mas... e se o Caldeirão *deu* algo a Elain?

O rosto de Nestha empalideceu.

— O quê?

Igualmente pálido, Lucien parecia inclinado a repetir a pergunta rouca de Nestha.

Mas Azriel assentiu.

— Você sabia — disse ele a Elain. — Sobre a jovem rainha ter se tornado uma velha.

Elain piscou e piscou, e os olhos se tornaram claros de novo. Como se a compreensão, *nossa* compreensão... a tivesse libertado de qualquer que fosse o reino nebuloso em que estivera.

— A sexta rainha está viva? — perguntou Azriel, calmo e equilibrado, com a voz de mestre espião do Grão-Senhor, que dobrara inimigos e encantara aliados.

Elain inclinou a cabeça, como se ouvisse uma voz interior.

— Sim.

Lucien apenas encarava minha irmã como se a visse pela primeira vez.

Virei o rosto para Rhys. *Uma potencial aliada?*

Não sei, respondeu ele. *Se as demais a amaldiçoaram...*

— Que tipo de maldição? — perguntou meu parceiro, antes de terminar de falar comigo.

Elain virou o rosto para ele. E piscou de novo.

— Elas a venderam... para... para alguma escuridão, para algum... mestre feiticeiro... — Elain balançou a cabeça. — Jamais consigo vê-lo. O que ele é. Ele possui uma caixa de ônix, mais vital que qualquer coisa... exceto por elas. As garotas. Ele tem outras garotas... outras tão parecidas com ela, mas ela... Durante o dia, tem uma forma, e à noite, é humana de novo.

— Um pássaro de penas incandescentes — falei.

— Pássaro de fogo durante o dia — ponderou Rhys. — Mulher à noite... Então, ela é mantida em cativeiro por esse mestre feiticeiro?

Elain balançou a cabeça.

— Não sei. Eu a ouço... os gritos. Com ódio. Puro ódio... — Elain estremeceu.

Mor se aproximou.

— Sabe por que as outras rainhas a amaldiçoaram... a venderam para ele?

Elain estudou a mesa.

— Não. Não... isso é tudo névoa e sombras.

Rhys exalou.

— Consegue sentir onde ela está?

— Há um... um lago. Bem no centro do... do continente, acho. Escondido entre montanhas e florestas antigas. — Elain engoliu em seco. — Ele mantém todas no lago.

— Outras mulheres como ela?

— Sim... e não. Suas penas são brancas como neve. Deslizam pela água... enquanto ela dispara pelos céus acima.

— Que informação temos sobre essa sexta rainha? — perguntou Mor a Rhysand.

— Pouca — respondeu Azriel por ele. — Sabemos pouco. Jovem... com 20 e poucos anos. Scythia fica ao longo da muralha, a leste. É o menor entre os reinos das rainhas humanas, mas é rico em comércio e armas. Ela atende pelo nome Vassa, mas jamais consegui um relatório com o nome completo.

Rhys refletiu.

— Deve ter representado uma ameaça considerável se as rainhas se voltaram contra Vassa. E considerando seus planos...

— Se conseguirmos encontrar Vassa — interrompi —, ela poderia ser vital em convencer as forças humanas a lutar. E nos dar um aliado no continente.

— *Se* conseguirmos encontrá-la — replicou Cassian, passando para o lado de Azriel, as asas se debatendo de leve. — Isso pode levar meses. Sem contar que enfrentar seu carcereiro pode ser mais difícil que o esperado. Não podemos correr todos esses riscos. Ou arriscar o tempo que isso levaria. Deveríamos nos concentrar na reunião com os outros Grão-Senhores primeiro.

— Mas teríamos muito a ganhar — disse Mor. — Talvez ela tenha um exército...

— Talvez tenha — interrompeu Cassian. — Mas, se é amaldiçoada, quem o liderará? E se seu reino fica tão longe... eles vão ter de viajar do modo mortal. Lembre-se de como eram lentos, da rapidez com que morriam...

— Vale tentar — argumentou Mor.

— Você é necessária aqui — disse Cassian. Azriel parecia inclinado a concordar, mesmo ao se manter calado. — Preciso de você em um campo de batalha, não passeando pelo continente. Por sua metade *humana*. Se aquelas rainhas reuniram exércitos para oferecer a Hybern, sem dúvida esses exércitos estão entre você e a rainha Vassa.

— Você não me dá ordens...

— Não, mas eu dou — retrucou Rhys. — Não me olhe assim. Ele está certo, precisamos de você aqui, Mor.

— Scythia — ponderou Mor, balançando a cabeça. — Eu me lembro deles. São um povo dos cavalos. Uma cavalaria montada poderia viajar muito mais rápido...

— Não. — Pura determinação brilhou nos olhos de Rhys. A ordem era final.

Mas Mor tentou de novo.

— Há um motivo pelo qual Elain está vendo essas coisas. Estava certa com relação à outra rainha envelhecer, sobre o ataque dos Corvos, *por que* está recebendo essa imagem? *Por que* está ouvindo essa rainha? Deve ser vital. Se a ignorarmos, talvez mereçamos fracassar.

Silêncio. Eu os observei, todos. Vital. Cada um era vital *ali*. Mas eu...

Inspirei.

— Eu vou.

Lucien estava encarando Elain quando falou.

Todos olhamos para ele.

Lucien voltou a atenção para Rhys, para mim.

— Eu vou — repetiu ele, se levantando. — Encontrar essa sexta rainha.

Mor abriu e fechou a boca.

— O que o faz pensar que poderia encontrá-la? — perguntou Rhys. Não com grosseria, mas... sob a perspectiva de um comandante. Considerando as habilidades que Lucien oferecia contra os riscos, os potenciais benefícios.

— Este olho... — Lucien indicou o dispositivo metálico. — Pode ver coisas que outros... não podem. Feitiços, encantamentos... Talvez possa me ajudar a encontrá-la. E quebrar a maldição. — Ele olhou para Elain, que de novo olhava para o colo. — Não sou necessário aqui. Lutarei se precisar que eu o faça, mas... — Lucien me deu um sorriso sombrio. — Não pertenço à Corte Outonal. E estou disposto a apostar que não sou mais bem-vindo em c... na Corte Primaveril. — *Casa*, ele quase dissera. — Mas não posso me sentar aqui e fazer *nada*. Aquelas rainhas com seus exércitos... Há uma ameaça com relação a isso também. Então, usem-me. Mandem-me. Eu encontrarei Vassa, verei se ela pode... trazer ajuda.

— Você irá para o território humano — avisou Rhys. — Não posso abrir mão de uma força para protegê-lo...

— Não preciso de uma. Viajo mais rápido sozinho. — O queixo de Lucien se ergueu. — Eu a encontrarei. E, se houver um exército para trazer de volta, ou pelo menos alguma forma de a história de Vassa fazer as forças humanas mudarem de lado... Encontrarei uma forma de fazê-lo também.

Meus amigos se entreolharam.

— Será... muito perigoso — avisou Mor.

Um meio sorriso curvou a boca de Lucien.

— Que bom. Seria entediante se não fosse.

Apenas Cassian devolveu o sorriso.

— Eu lhe darei algumas armas de aço illyriano.

Elain agora observava Lucien com cautela. Piscando vez ou outra. Ela não revelou qualquer indício do que poderia estar vendo, sentindo. Nada.

Rhys se afastou do arco.

— Atravessarei com você o mais perto que pudermos chegar... para onde quer que precise estar para começar sua caçada. — Lucien andara, de fato, estudando todos aqueles mapas ultimamente. Talvez sob o pedido silencioso de qualquer que fosse a força que nos guiava a todos. Meu parceiro acrescentou: — Obrigado.

Lucien deu de ombros. E esse gesto me fez dizer, por fim:

— Tem certeza?

Lucien apenas olhou para Elain cujo rosto parecia novamente um vazio tranquilo enquanto ela traçava um dedo pelo bordado das almofadas do sofá.

— Sim. Deixe-me ajudar como puder.

Até mesmo Nestha pareceu relativamente preocupada. Não com ele, sem dúvida, mas com o fato de que, se Lucien fosse ferido ou morto... O que isso faria com Elain? A quebra do laço de parceria... Afastei o pensamento do que faria comigo.

— Quando quer partir? — perguntei a Lucien.

— Amanhã. — Não o ouvira soar tão determinado havia... muito tempo. — Vou me preparar durante o resto do dia de hoje, e partirei depois do café amanhã. — Ele acrescentou para Rhys: — Se não houver problemas para você.

Meu parceiro gesticulou com a mão livre.

— Pelo que está prestes a fazer, Lucien, não vejo problemas.

Silêncio recaiu de novo. Se ele conseguisse encontrar aquela rainha perdida, e talvez trazer de volta algum tipo de exército humano, ou pelo menos tirar as forças mortais dos encantos de Hybern... Se eu conseguisse encontrar uma forma de fazer com que o Entalhador lutasse do nosso lado, uma que não envolvesse usar aquele terrível espelho... Seria o bastante?

A reunião com os Grão-Senhores, ao que parecia, decidiria isso.

Rhys indicou Azriel com o queixo, e o encantador tomou isso como uma ordem para sumir... para, sem dúvida, verificar Amren.

— Descubram se Keir e os Precursores da Escuridão foram atacados — ordenou meu parceiro a Mor e Cassian, que assentiram e partiram também. Sozinhos com minhas irmãs e Lucien, Rhys e eu encaramos Nestha.

E, pela primeira vez, minha irmã se levantou e foi até nós, e nós três subimos, não muito sutilmente. Deixando Lucien e Elain sozinhos.

Foi difícil não permanecer no alto da escada para ouvir o que era dito. Se é que algo foi dito.

Mas eu me obriguei a tomar a mão de Rhys, estremecendo diante do sangue ainda seco em sua pele, e o levei para nosso banheiro. A porta do quarto de Nestha se fechou no fim do corredor.

Rhys silenciosamente me observou quando abri a torneira da banheira e peguei uma toalha do armário contra a parede. Eu me sentei na beira da banheira, testei a temperatura da água no pulso e dei tapinhas na borda de porcelana a meu lado.

— Sente.

Ele obedeceu, abaixando a cabeça ao se sentar.

Peguei uma das mãos de Rhys, levei-a até a corrente de água gorgolejante e segurei-a ali embaixo.

Vermelho fluiu da pele de Rhys, escorrendo na água. Peguei a toalha e esfreguei devagar, mais sangue se desprendeu, e água borrifou nas mangas ainda imaculadas de seu casaco.

— Por que não protegeu suas mãos?

— Eu queria sentir... a vida dos Corvos se esvaindo sob meus dedos.

Palavras frias, inexpressivas.

Esfreguei as unhas de Rhys, o sangue estava preso nas fissuras em que encontravam a pele. Nos arcos abaixo.

— Por que foi diferente dessa vez? — Diferente da emboscada do Attor, do ataque de Hybern no bosque, do ataque a Velaris... Tudo isso. Eu o vira colérico antes, mas nunca... nunca tão distante. Como se moralidade e bondade fossem coisas que espreitassem em uma superfície muito, muito além das profundezas congeladas para as quais Rhys mergulhara.

Eu voltei a palma de sua mão para o jato de água, alcançando o espaço entre os dedos.

— Qual é o objetivo — falou Rhys — de todo esse poder... Se não consigo proteger aqueles mais vulneráveis em minha cidade? Se não consigo detectar um ataque iminente?

— Nem mesmo Azriel soube...

— O rei usou um feitiço arcaico e entrou pela *porta da frente*. Se não posso... — Rhys balançou a cabeça, e abaixei a mão agora limpa, pegando a outra. Mais sangue manchou a água. — Se não posso protegê-los aqui... Como poderei... — Rhys engoliu em seco. Ergui seu queixo com uma das mãos. Ódio gélido tinha se transformado em algo um pouco destruído, doloroso. — Aquelas sacerdotisas já sofreram o bastante. Fracassei com elas hoje. Aquela biblioteca... não parecerá mais segura para elas. O único lugar que tinham para si, onde se sabiam protegidas... Hoje Hybern tomou isso.

E tomou também de meu parceiro. Rhys já havia ido até aquela biblioteca pela própria necessidade de se curar... pela segurança.

— Talvez seja punição por tirar Velaris de Mor... — sugeriu Rhys — ao garantir o acesso de Keir à cidade.

— Não pode pensar assim, não acabará bem. — Terminei de limpar a outra mão de Rhys, enxaguei o tecido e, então, comecei a esfregá-lo no pescoço, nas têmporas... Fazendo pressão reconfortante, carinhosa, não para limpar, mas para relaxar.

— Não estou com raiva por causa do acordo — disse Rhys, fechando os olhos quando passei o tecido por sua testa. — Caso esteja... preocupada.

— Eu não estou.

Rhys abriu os olhos, como se pudesse ouvir o sorriso em minha voz, e me observou quando joguei a toalha na banheira com um ruído úmido e fechei a torneira.

Meu parceiro ainda me estudava quando lhe segurei o rosto com as mãos molhadas.

— O que aconteceu hoje não foi culpa sua — falei, e as palavras preencheram o banheiro ensolarado. — Nada disso. Tudo recai sobre Hybern, e, quando enfrentarmos o rei de novo, nos lembraremos desses ataques, desses ferimentos a nosso povo. Esquecemos o livro de feitiços de Amarantha, uma perda nossa. Mas temos um Livro próprio, e espero que ele contenha o feitiço de que precisamos. E, por enquanto... por enquanto, nos prepararemos, enfrentaremos as consequências. Por enquanto, seguiremos em frente.

Rhys virou a cabeça para beijar a palma de minha mão.

— Me lembre de aumentar seu salário.

Soltei um arquejo.

— Por quê?

— Pelo conselho sábio, e os outros serviços vitais que me oferece. — Ele piscou um olho.

Eu ri com sinceridade e apertei o rosto de Rhys quando dei um beijo rápido na boca de meu parceiro.

— Flerte desavergonhado.

O calor voltou aos olhos de Rhys, por fim.

Então, peguei uma toalha marfim e envolvi suas mãos, agora limpas e quentes, nas dobras do tecido macio.

Capítulo 34

Amren não encontrou outros assassinos ou espiões de Hybern em Velaris durante a longa noite de caça. Como os procurou, como discerniu amigo de inimigo... Algumas pessoas, Mor me contou na manhã seguinte — depois que *todos* passamos a noite em claro — pintaram as ombreiras das portas com sangue de carneiro. Um tipo de oferenda a Amren. E pagamento para que ficasse longe. Outras deixaram cálices do sangue à porta.

Como se todos na cidade soubessem que a imediata do Grão-Senhor, aquela fêmea de ossos pequenos... era o monstro que os defendia dos outros horrores do mundo.

Rhys passara grande parte do dia anterior garantindo às sacerdotisas que estavam seguras, explicando a elas as novas proteções. A sacerdotisa que os deixou entrar... por algum motivo Hybern a deixou viva. Ela permitiu que Rhys entrasse em sua mente e visse o que acontecera: depois que o rei quebrou as proteções com aquele feitiço passageiro, os Corvos surgiram como dois velhos acadêmicos a fim de fazer a sacerdotisa abrir a porta, e, então, forçaram caminho para dentro de sua mente, de forma que a sacerdotisa os recebesse sem veto. Somente essa violação... Rhys passara horas com aquelas sacerdotisas no dia anterior. Mor também.

Falando, ouvindo aquelas que *podiam* falar, segurando as mãos daquelas que não podiam.

E, quando por fim partiram... havia uma paz entre meu parceiro e a prima. Alguma tensão afiada remanescente que fora de alguma forma apaziguada.

Não tínhamos muito tempo. Eu sabia disso. Senti com cada fôlego. Hybern não estava vindo. Hybern já havia *chegado*.

Faltava mais de uma semana para nossa reunião com os Grão-Senhores — e Nestha ainda se recusava a se juntar a nós.

Mas tudo bem. Daríamos um jeito. Eu daria um jeito.

Não tínhamos escolha.

Por isso me vi parada no saguão na manhã seguinte, observando Lucien colocar a pesada sacola no ombro. Ele usava couro illyriano sob um casaco mais pesado, com camadas de roupas por baixo para ajudá-lo a sobreviver em climas variados. Tinha trançado os cabelos ruivos para trás, a extensão da trança serpenteava pelas costas — bem diante da espada illyriana presa à coluna.

Cassian dera liberdade a Lucien na tarde anterior para saquear seu armeiro pessoal, embora meu amigo tivesse sido econômico com relação àquelas que escolhera. A espada, mais uma espada curta e uma variedade de adagas. Uma aljava de flechas e um arco sem a corda estavam presos à sacola.

— Sabe exatamente aonde quer que Rhys o leve? — perguntei, por fim.

Lucien assentiu, olhando para onde meu parceiro agora esperava, à porta da entrada. Ele levaria Lucien para o limite do continente humano; para onde quer que Lucien tivesse decidido que seria o melhor ponto de aterrissagem. Não além, Azriel insistira. Os relatórios do encantador indicavam que era vigiado demais, perigoso demais. Mesmo para um de nós. Mesmo para o Grão-Senhor mais poderoso da história.

Dei um passo adiante e não dei tempo a Lucien para recuar quando o abracei com força.

— Obrigada — agradeci, tentando não pensar nas armas que carregava, se precisaria usá-las.

— Estava na hora — disse Lucien, em voz baixa, me apertando. — De eu fazer algo.

Eu me afastei, observando o rosto cheio de cicatrizes.

— Obrigada — repeti. Era tudo que conseguia pensar em dizer.

Rhys estendeu a mão para Lucien.

Lucien a observou... e depois olhou para o rosto de meu parceiro. Eu quase via todas as palavras de ódio que os dois trocaram. Pendendo entre eles, entre aquela mão estendida e a mão de Lucien.

Mas Lucien apertou a mão de Rhys. Aquela oferta silenciosa não apenas do transporte.

Antes que o vento sombrio soprasse, Lucien olhou para trás.

Não para mim, percebi... para alguém atrás de mim.

Pálida e magra, Elain estava no alto das escadas.

O olhar deles se fixou um no outro e permaneceu ali.

Mas Elain não disse nada. Nem mesmo deu um passo para baixo.

Lucien inclinou a cabeça em uma reverência, e o movimento escondeu o brilho em seu olho; o desejo e a tristeza.

E, quando Lucien se virou para sinalizar para que Rhys partisse, ele não olhou de volta para Elain.

Não viu o meio passo que ela deu na direção das escadas... como se fosse falar com Lucien. Impedi-lo.

Então, Rhys se fora, e levara Lucien consigo.

Quando me virei para oferecer café da manhã a Elain, minha irmã tinha dado as costas.

Esperei no saguão até que Rhys retornasse.

Na sala de jantar à esquerda, Nestha silenciosamente treinava construir aquelas muralhas invisíveis na mente; e não havia nenhum sinal de Amren desde a caçada na noite anterior. Quando perguntei se estava fazendo progresso, minha irmã apenas respondeu:

— Amren acha que estou me aproximando o suficiente para começar a tentar algo tangível.

E foi isso. Deixei Nestha em paz, sem me dar o trabalho de perguntar se Amren *também* tinha chegado perto de encontrar algum tipo de feitiço no Livro para consertar aquela muralha.

Em silêncio, contei os minutos, um a um.

Então, um vento escuro familiar espiralou pelo saguão, e respirei aliviada quando Rhys surgiu no meio do tapete do corredor. Não havia nenhum indício de perigo, nenhum sinal de ferimentos, mas lhe envolvi a cintura com os braços, precisando senti-lo perto, sentir seu cheiro.

— Tudo correu bem?

Rhys deu um leve beijo no alto de minha cabeça.

— Tão bem quanto esperado. Ele está agora no continente, seguindo para leste.

Rhys observou Nestha estudando na mesa de jantar.

— Como está nossa nova clarividente?

Eu me afastei para explicar que tinha deixado Elain com os próprios pensamentos, mas Nestha disse:

— Não a chame assim.

Rhys me deu um olhar de incredulidade, mas Nestha apenas voltou a folhear um livro, a expressão ficou vazia — enquanto praticava com quaisquer que fossem os exercícios de construção de muralha que Amren tinha mandado. Cutuquei Rhys nas costelas. *Não a provoque.*

Um dos cantos de sua boca se repuxou — a expressão estava cheia de prazer malicioso. *Posso provocar você, então?*

Fechei a boca para conter um sorriso...

A porta da frente se escancarou, e Amren entrou como uma tempestade.

Rhys a encarou de imediato.

— O que houve?

A diversão maliciosa se fora, assim como a postura relaxada.

O rosto pálido de Amren permaneceu calmo, mas os olhos... Neles espiralava ódio.

— Hybern atacou a Corte Estival. Adriata está sitiada neste momento.

Capítulo 35

Hybern fez o grande movimento, enfim. E não o prevíramos.

Eu sabia que Azriel se culparia. Um olhar para o encantador de sombras quando ele passou pela porta da frente do solar minutos depois, com Cassian ao encalço, me disse que já se culpava.

Ficamos no saguão, com Nestha permanecendo à mesa de jantar atrás de mim.

— Tarquin pediu ajuda? — perguntou Cassian a Amren.

Nenhum de nós ousou perguntar como ela sabia.

O maxilar de Amren se contraiu.

— Não sei. Recebi a mensagem e... nada mais.

Cassian assentiu uma vez e se virou para Rhys.

— A Corte Estival tinha uma força de combate móvel quando você estava lá?

— Não — respondeu Rhys. — A armada estava espalhada pela costa. — Um olhar para Azriel.

— Metade está em Adriata... o resto está disperso — explicou o encantador de sombras. — O exército terrestre foi deslocado para a Corte Primaveril... depois de Feyre. A legião mais próxima deve estar a três dias de marcha. Poucos conseguem atravessar.

— Quantos navios? — perguntou Rhys.

— Vinte em Adriata, totalmente armados.

Um olhar calculado para Amren.

— Os números de Hybern?

— Não sei. Muitos. Eu... acho que estão sobrepujados.

— Qual foi a mensagem exata? — Um comando puro, irredutível em cada palavra.

Os olhos de Amren brilharam como prata nova.

— Foi um aviso. De Varian. Para prepararmos nossas defesas.

Silêncio absoluto.

— O príncipe Varian lhe mandou um aviso? — perguntou Cassian, em voz baixa.

Amren olhou com raiva para ele.

— É uma coisa que amigos fazem.

Mais silêncio.

Encarei Rhys, senti o peso, a apreensão e a raiva sob a expressão serena.

— Não podemos deixar que Tarquin os enfrente sozinho — falei. Talvez Hybern tivesse mandado os Corvos no dia anterior como uma distração, para que não olhássemos além de nossas fronteiras. Para nos concentrarmos em Hybern, não em nossos litorais.

A atenção de Rhys se voltou para Cassian.

— Keir e o exército Precursor da Escuridão não estão nem prontos para marchar. Quando as legiões illyrianas podem voar?

Rhys imediatamente atravessou Cassian para os acampamentos de guerra a fim de dar as ordens ele mesmo. Azriel desapareceu com os dois, adiantando-se para fazer o reconhecimento em Adriata, levando consigo os espiões de maior confiança.

Náusea revirou meu estômago quando Cassian e Azriel bateram nos Sifões sobre as mãos e aquela armadura escamosa se abriu pelo corpo. Quando sete Sifões surgiram em cada um dos guerreiros. Quando as mãos cheias de cicatrizes do encantador de sombras verificaram as fivelas do boldrié e a aljava enquanto Rhys conjurava mais lâminas illyrianas para Cassian — duas às costas, uma de cada lado.

Então, eles se foram, os rostos impassíveis e firmes. Prontos para o derramamento de sangue.

Mor chegou momentos depois, pesadamente armada, os cabelos trançados para trás e cada centímetro do corpo latejando com impaciência.

Mas Mor e eu esperamos... pela ordem de partir. Para nos juntarmos a eles. Cassian posicionara as legiões illyrianas mais perto da fronteira sul durante as semanas em que estive fora, mas, mesmo assim, não conseguiriam voar sem algumas horas de preparação. E seria preciso que Rhys os atravessasse até lá. *Todos* eles. Até Adriata.

— Vai lutar?

Nestha estava agora de pé a poucos passos da escada da casa na cidade, observando enquanto Mor e eu nos preparávamos. Em breve... Azriel e Rhys nos contatariam em breve com o aval para atravessarmos até Adriata.

— Lutaremos se for preciso — respondi, verificando mais uma vez o cinto de facas no quadril.

Mor usava couro illyriano também, mas as lâminas na armadura eram diferentes. Mais finas, leves, algumas eram levemente curvadas. Como um raio que ganhou corpo. Lâminas seráficas, ela me disse. Presenteadas a Mor pelo próprio príncipe Drakon durante a Guerra.

— O que você sabe sobre batalha?

Não sabia dizer se o tom de voz de minha irmã era de insulto ou apenas curioso.

— Sabemos muito — respondeu Mor, tensa, arrumando a longa trança entre as lâminas cruzadas às costas. Elain e Nestha permaneceriam ali, com Amren vigiando-as. E vigiando Velaris, com uma pequena legião de illyrianos que Cassian havia ordenado que acampassem nas montanhas acima da cidade. Mor passara por Amren ao entrar, a pequena fêmea aparentemente se dirigia ao açougueiro a fim de se abastecer de provisões antes de voltar e permanecer ali, pelo tempo que estivéssemos em Adriata. Se é que retornaríamos.

Encarei Nestha de novo. Apenas uma distância cautelosa me recebeu.

— Mandaremos notícias quando pudermos.

Um estrondo de meia-noite roçou minhas paredes mentais. Um sinal silencioso, lançado por terra e montanhas. Como se a concentração de Rhys estivesse agora completamente voltada a outro lugar; e ele não ousaria quebrá-la.

Meu coração deu um galope. Segurei o braço de Mor, e as escamas de couro arranharam a palma de minha mão.

— Eles chegaram. Vamos.

Mor se virou para minha irmã, e nunca a vi tão... guerreira. Eu sabia que aquilo espreitava sob a superfície, mas ali estava a Morrigan. A fêmea que *lutara* na Guerra. Que sabia como tomar vidas com lâmina e magia.

— Não é nada de que não possamos dar conta — disse Mor a Nestha com um sorriso arrogante, e depois partimos.

Vento preto rugiu e me dilacerou, e me agarrei a Mor quando ela nos atravessou pelas cortes, com a respiração parecendo uma batida entrecortada em meu ouvido...

Então, luz ofuscante, e calor sufocante, e gritos, e estrondos ressoantes, e metal contra metal...

Oscilei, afastando os pés e pisquei ao observar os arredores.

Rhys e os illyrianos tinham se juntado à confusão.

Mor nos atravessou até o topo desértico de uma das colinas que flanqueavam a baía em meia-lua de Adriata, oferecendo uma vista perfeita da cidade-ilha no centro e da cidade no continente abaixo.

As águas da baía estavam vermelhas.

Fumaça em retorcidas colunas pretas se elevava de construções e navios naufragando.

Pessoas gritavam, soldados berravam...

Muitos.

Não tinha previsto a quantidade de soldados existentes. De cada lado.

Achei que seriam fileiras organizadas. Não caos por toda parte. Não illyrianos nos céus acima da cidade e do porto, disparando poder e flechas contra o exército hyberniano que descia o inferno sobre a cidade. Navio após navio se posicionava no horizonte, delineando cada entrada para a baía. E na baía...

— Aqueles são os navios de Tarquin — avisou Mor, o rosto tenso ao apontar para as velas brancas que colidiam com força terrível contra as velas cinzentas da frota de Hybern. Completamente sobrepujados, e, no entanto, plumas de magia, água, vento e açoites de gavinhas continuavam atacando qualquer barco que se aproximava. E aqueles que atravessavam a magia enfrentavam soldados armados com lanças, arcos e espadas.

E adiante deles, forçando contra a frota... as fileiras illyrianas.

Muitas. Rhys os atravessara até ali — todos eles. O esgotamento de seu poder...

Mor engoliu em seco.

— Ninguém mais veio — murmurou ela. — Nenhuma outra corte.

Nenhum sinal de Tamlin e da Corte Primaveril do lado de Hybern também.

Um estrondo retumbante de poder preto se chocou contra a frota de Hybern, dispersando navios, mas não muitos. Como se...

— Ou o poder de Rhys já está quase esgotado ou... têm algo trabalhando contra ele — falei. — Mais daquele veneno feérico?

— Seria burrice não o usar. — Os dedos de Mor se fecharam e se abriram na lateral do corpo. Suor formava gotas em suas têmporas.

— Mor?

— Eu sabia que estava se aproximando — murmurou ela. — Outra guerra, em algum momento. Sabia que haveria batalhas para *esta* guerra. Mas... Tinha me esquecido do quanto é terrível. Os sons. Os cheiros.

De fato, mesmo da elevação rochosa tão acima, era... avassalador. O cheiro do sangue, as súplicas e os gritos... Entrar no meio daquilo...

Alis. Alis deixara a Corte Primaveril, temendo que o inferno recaísse ali; apenas para vir para cá. Para *isso*. Rezei para que ela não estivesse nos limites da cidade, rezei para que ela e os sobrinhos continuassem em segurança.

— Vamos para o palácio — disse Mor, esticando os ombros. Não ousei desviar a concentração de Rhysand ao abrir um canal pelo laço, mas parecia que ele ainda era capaz de dar ordens. — Soldados chegaram ao lado norte, e as defesas estão cercadas.

Assenti uma vez, e Mor sacou a lâmina esguia e curva. A arma reluziu tão forte quanto os olhos de Amren, aquele aço seráfico.

Desembainhei a lâmina illyriana das costas, o metal era escuro e antigo em comparação à chama de prata viva na mão de Mor.

— Ficaremos próximas, você não sai de minha vista — disse Mor, com suavidade e precisão. — Não tomaremos um corredor ou uma escada sem avaliar primeiro.

Assenti de novo, sem palavras. Meu coração martelava, a palma das mãos suava. Água... desejei ter água comigo. Minha boca havia ficado seca como um deserto.

— Se não conseguir matar — acrescentou Mor, sem um pingo de julgamento. — Então, proteja minha retaguarda.

— Eu consigo... matar — assegurei, rouca. Fizera bastante disso naquele dia em Velaris.

Mor observou a mão com que eu empunhava a espada, a posição de meus ombros.

— Não pare e não se detenha. Avançamos até que eu diga para recuarmos. Deixe os feridos para os curandeiros.

Nenhum deles gostava daquilo, percebi. Meus amigos... tinham ido e voltado de guerras, e não achavam que eram dignas de glorificação, não deixaram que as lembranças se tingissem de rosa ao longo dos séculos seguintes. Mas estavam dispostos a mergulhar naquele inferno de novo por Prythian.

— Vamos — falei. Cada momento que desperdiçávamos ali poderia selar o destino de alguém naquele palácio reluzente à baía.

Mor engoliu em seco uma vez e atravessou conosco até o palácio.

✢

Ela devia ter visitado o palácio algumas vezes ao longo dos séculos, pois sabia por onde chegar.

Os andares medianos do palácio de Tarquin serviam de espaço comum entre os andares inferiores, para os quais os criados e os feéricos menores eram empurrados, e as alas residenciais reluzentes acima, lar dos Grão-Feéricos. Quando por fim vi o amplo salão de recepção, a luz estava clara e branca, refletindo-se das paredes incrustadas de conchas, dançando ao longo dos rios que corriam embutidos no piso. O mar além das altas janelas fora um dia turquesa e manchado com safira vibrante.

Agora, aquele mar parecia sufocado por navios grandiosos e sangue, e os céus, limpos, cheios de guerreiros illyrianos descendo sobre eles em fileiras determinadas e destemidas. Escudos de metal espesso reluziam conforme os illyrianos mergulhavam e subiam, emergindo cobertos de sangue a cada vez. Isso quando voltavam para o céu.

Mas minha tarefa era ali dentro. Naquela construção.

Observamos o andar, ouvindo.

Murmúrios frenéticos ecoavam escada acima, com estampidos pesados.

— Estão formando uma barricada nos níveis superiores — observou Mor, quando minha testa se franziu.

Deixando os feéricos inferiores presos abaixo. Sem ajuda.

— Malditos — sussurrei.

Os feéricos inferiores não tinham tanta magia, não da forma como os Grão-Feéricos a tinham.

— Por aqui — chamou Mor, indicando com o queixo as escadas descendentes. — Estão três níveis abaixo e subindo. Cinquenta deles. Um navio inteiro.

Capítulo 36

A primeira e a segunda mortes foram as mais difíceis. Não desperdicei força física no aglomerado de cinco soldados hybernianos — Grão--Feéricos, não subalternos semelhantes ao Attor — forçando caminho para dentro de um quarto barricado, cheio de criados aterrorizados.

Não, mesmo quando meu corpo hesitou diante das mortes, minha magia não o fez.

Os dois soldados mais perto de mim tinham escudos fracos. Eu os destruí com uma parede sibilante de fogo. Um fogo que depois encontrou seu rumo, descendo pela garganta dos guerreiros e queimando cada centímetro do caminho.

E, então, o fogo chiou pela pele, pelos tendões e ossos, e arrancou as cabeças dos corpos.

Mor simplesmente matou o soldado mais próximo com a boa e velha decapitação.

Depois, se virou, enquanto a cabeça do soldado ainda caía, e arrancou a cabeça daquele mais perto de nós.

O quinto e último soldado parou de atacar a porta destruída. Olhou entre nós duas com olhos inexpressivos, iluminados pelo ódio.

— Vão em frente — convidou ele, com um sotaque muito parecido com aquele dos Corvos.

A espada grossa que ele levava se ergueu, e sangue escorreu para a parte mais larga do sulco da arma.

Alguém choramingou de terror do outro lado daquela porta.

O soldado avançou contra nós, e a espada de Mor reluziu.

Mas golpeei primeiro, lançando uma víbora de água pura contra seu rosto — atordoando-o. Então, eu a atirei pela boca aberta do soldado, pela garganta, pelo nariz. Selando qualquer entrada de ar.

O homem desabou no chão, agarrando o pescoço, como se fosse abrir uma passagem para a água que agora o afogava.

Deixamos o soldado sem olhar para trás, o grunhido de sufocamento logo se tornou silencioso.

Mor me lançou um olhar de esguelha.

— Me lembre de não a contrariar.

Gostei da tentativa de fazer uma piada, mas... rir era algo estranho. Havia apenas ar em meus pulmões ofegantes e corrente de magia nas veias, além da determinação obstinada e irredutível em minha visão, observando tudo.

Encontramos mais oito em meio à matança e aos ataques, um dormitório que se tornara o doentio salão dos prazeres de Hybern. Não quis pensar no que faziam, e apenas avaliei para saber com que rapidez e facilidade matar.

Aqueles que apenas matavam morreram rápido.

Com os demais... Mor e eu nos demoramos. Não muito, mas aquelas mortes foram mais lentas.

Deixamos dois deles vivos — feridos e desarmados, mas vivos — para que os feéricos sobreviventes os matassem.

Dei duas facas illyrianas a eles para que o fizessem.

Os soldados hybernianos começaram a gritar antes de deixarmos o andar.

O corredor no andar abaixo estava encharcado de sangue. O estrondo era terrível. Uma dúzia de soldados com a armadura prata e azul da corte de Tarquin enfrentava a maior parte da força de Hybern, guardando o corredor.

Estavam quase sendo empurrados para as escadas das quais acabávamos de emergir, constantemente sobrepujados pelo volume de combatentes que os enfrentava, e os soldados de Hybern passavam por cima dos — pisavam *nos* — corpos dos guerreiros caídos da Corte Estival.

Os soldados de Tarquin estavam se cansando, mesmo enquanto continuavam golpeando, continuavam lutando. O mais próximo nos olhou — abriu a boca para mandar que corrêssemos. Mas, então, reparou na armadura e no sangue em nós e em nossas lâminas.

— Não tenha medo — pediu Mor, quando estendi a mão e a escuridão caiu.

Soldados dos dois lados gritaram, recuando, as armaduras tilintando.

Mas transformei meus olhos, fiz com que enxergassem na noite. Como fizera naquela floresta illyriana quando derramei sangue hyberniano pela primeira vez.

Mor, acho, nasceu capaz de enxergar na escuridão.

Nós atravessamos pelo corredor envolto em ébano com avanços curtos.

Eu conseguia ver o terror dos soldados conforme os matávamos. Mas eles não conseguiam me ver.

Sempre que surgíamos diante de soldados hybernianos, frenéticos na escuridão impenetrável, cabeças caíam. Uma depois da outra. Atravessar; cortar. Atravessar; golpear.

Até que não restou nenhum, apenas a pilha de corpos, as poças de sangue.

Bani a escuridão do corredor, descobrindo que os soldados da Corte Estival estavam ofegantes e boquiabertos. Para nós. Para o que tínhamos feito em questão de um minuto.

Não olhei por muito tempo para a carnificina. Mor também não.

— Onde mais? — Foi tudo o que perguntei.

Limpamos o palácio até os andares mais baixos. Então, fomos para as ruas da cidade, onde a colina íngreme se abria para a luta aquática com os soldados hybernianos.

O sol da manhã subiu mais, batendo sobre nós, tornando nossa pele pegajosa e inchada de suor por baixo das vestes de couro. Parei de discernir entre o suor nas palmas e o sangue que as cobria.

Parei de ser capaz de sentir muitas coisas conforme matávamos e matávamos, às vezes entrando em combate direto, às vezes com magia, às vezes obtendo hematomas e pequenos ferimentos próprios.

Mas o sol seguiu seu arco pelo céu, e a batalha prosseguiu na baía, com as fileiras illyrianas enfrentando a frota hyberniana do alto enquanto a armada de Tarquin forçava por trás.

Devagar, limpamos as ruas de soldados hybernianos. Eu só sentia o sol assando o sangue que cobria minha pele, o odor acobreado se agarrava a minhas narinas.

Tínhamos acabado de limpar uma rua estreita, e Mor caminhava entre os soldados hybernianos caídos para se certificar de que qualquer sobrevivente... deixasse de sobreviver. Eu me apoiei em uma muralha de pedra banhada em sangue do lado de fora da vitrine quebrada de um alfaiate, observando a lâmina de mercúrio de Mor subir e descer com lampejos fortes como raio.

Além de nós, ao redor, os gritos dos feridos eram como as badaladas intermináveis dos sinos de aviso da cidade.

Água; eu precisava de água. Ao menos para lavar o sangue da boca.

Não meu sangue, mas aquele dos soldados que havíamos cortado. Sangue que respingara em minha boca, em meu nariz, nos olhos, quando os matamos.

Mor chegou ao último dos mortos, e Grão-Feéricos e feéricos aterrorizados por fim colocaram a cabeça para fora das portas e janelas que acompanhavam a rua de paralelepípedo. Nenhum sinal de Alis, dos sobrinhos ou da prima — ou de qualquer um que se assemelhasse a eles, entre os vivos ou caídos. Uma pequena bênção.

Precisávamos seguir em frente. Havia mais... muitos mais.

Conforme Mor começou a caminhar de volta para mim, as botas agitando poças de sangue, estendi a mão mental pelo laço. Na direção de Rhys... na direção de qualquer coisa que fosse sólida e familiar.

Vento e escuridão me responderam.

Eu estava ciente apenas em parte da rua estreita, do sangue e do sol quando olhei pela ponte entre nós. *Rhys.*

Nada.

Eu me atirei pelo laço, tropeçando indistintamente por aquela tempestade revolta de noite e sombras. Se o laço às vezes parecia uma faixa viva de luz, agora se tornara uma ponte de obsidiana beijada por gelo.

E erguendo-se na outra ponta... a mente de Rhysand. As paredes... seus escudos... tinham se tornado uma fortaleza.

Apoiei a mão mental no preto adamantino, e meu coração retumbava. O que estaria enfrentando — o que estaria *vendo* para ter tornado os escudos tão impenetráveis?

Não consegui sentir Rhys do outro lado.

Havia apenas a pedra, o escuro e o vento.

Rhys.

Mor tinha quase me alcançado quando a resposta de Rhys chegou.

Uma rachadura no escudo — tão breve que não tive tempo de fazer nada além de avançar contra ela antes que se fechasse atrás de mim. E me selasse dentro com Rhys.

As ruas, o sol e a cidade desapareceram.

Havia apenas o aqui — apenas Rhys. E a batalha.

Olhando pelos olhos de Rhysand, como fizera naquele dia Sob a Montanha... senti o calor do sol, o suor e o sangue lhe escorrendo pelo rosto, descendo pelo colarinho da armadura illyriana preta; senti o cheiro da maresia e o odor de sangue ao redor. Senti a exaustão que o dilacerava, nos músculos e na magia.

Senti o navio de guerra illyriano estremecer sob Rhysand quando ele aterrissou no convés principal, com uma espada illyriana em cada mão.

Seis soldados morreram imediatamente, as armaduras e os corpos se tornaram névoa vermelha e prateada.

Os demais pararam, percebendo quem aterrissara entre eles, no coração da armada.

Devagar, Rhys observou as cabeças protegidas por elmos diante de si, e contou as armas. Não que isso importasse. Todos em breve seriam névoa carmesim ou comida para as bestas que circundavam as águas em torno da armada de guerra. E, então, aquele navio viraria farpas nas ondas.

Depois que ele terminasse. Não eram os soldados de infantaria comuns que Rhys procurava.

Porque, em vez do poder de Rhys devastá-los, havia um murmúrio abafado. Preso.

Rhys a rastreara até ali; aquela contenção estranha de seu poder, do poder do Sifão. Como se algum tipo de feitiço tivesse tornado o poder de Rhys oleoso ao próprio toque. Mais difícil de empunhar.

Por isso a batalha se estendia tanto. O golpe limpo e preciso que Rhys pretendera dar ao chegar — o único disparo que teria salvado tantas vidas — tinha escapulido de suas mãos.

Então, Rhys saiu à caça... daquela contenção. Lutou para avançar por Adriata e chegar até aquele navio. E agora, com a exaustão começando a arrasá-lo, os soldados armados em volta de Rhysand se afastaram... e ele apareceu.

Presa dentro da mente de um Rhysand com poderes contidos e corpo exausto, não havia nada que eu pudesse fazer além de observar enquanto o rei de Hybern saía de um aposento sob o convés e sorria para meu parceiro.

Capítulo 37

Sangue escorreu da ponta das espadas gêmeas de Rhys para o convés. Uma gota... duas. Três.

Pela Mãe. O rei...

O rei de Hybern usava as cores da própria corte: cinza-grafite bordado com fios da cor de ossos. Não levava uma arma. Nem uma mancha de sangue.

Dentro da mente de Rhys, não havia fôlego para que eu tomasse, nenhuma batida de coração para retumbar em meu peito. Não havia nada que eu pudesse fazer a não ser observar; observar e ficar calada, para não o distrair, não arriscar tirar a concentração de meu parceiro nem por um segundo...

Rhys encarou os olhos pretos do rei, brilhantes sob sobrancelhas espessas, e sorriu.

— Bom ver que ainda não trava as próprias batalhas.

O sorriso de resposta do rei pareceu um golpe violento de cor branca.

— Estava esperando que uma presa mais interessante me encontrasse. — A voz do rei era mais fria que o mais alto dos picos das montanhas illyrianas.

Rhys não ousou desviar o olhar. Não quando a magia se libertou, estudando cada forma de matar o rei. Uma armadilha; fora uma armadilha para descobrir que Grão-Senhor caçaria a fonte daquela contenção primeiro.

Rhys sabia que um deles — o rei, os seguidores — estaria à espera ali. Ele soubera e fora. Soubera e não pedira que nós o *ajudássemos*...

Se eu fosse esperto, disse Rhys para mim, com a voz calma e equilibrada, *encontraria uma forma de levá-lo com vida, fazer com que Azriel o obrigasse a falar... fazer com que ele entregasse o caldeirão. E o tornaria um exemplo para os outros desgraçados que estão pensando em derrubar aquela muralha.*

Não, implorei a Rhys. *Apenas mate-o; mate-o e acabe com isso, Rhys. Acabe com esta guerra antes que possa realmente começar.*

Uma pausa para considerar. *Mas uma morte aqui, rápida e brutal... Seus seguidores usariam isso contra mim, sem dúvida.*

Se ele conseguisse. O rei não estava lutando. Não esgotara as reservas de poder. Mas Rhys...

Senti Rhys sopesar as chances a meu lado. *Deixe que um de nós chegue a você. Não o enfrente sozinho...*

Porque tentar capturar o rei com vida sem acesso total ao próprio poder...

Informação ondulou por mim, transbordando com tudo o que Rhys tinha visto e descoberto. Levar o rei com vida dependia da possibilidade de contar com Azriel. Ele e Cassian tinham sido feridos também, mas... nada com que não pudessem lidar. Nada que assustaria os illyrianos ainda lutando sob seu comando. Ainda.

— Parece que a maré está mudando — observou Rhys, quando a armada em volta de ambos de fato empurrou as forças hybernianas para o mar. Rhys não vira Tarquin. Ou Varian e Cresseida. Mas a Corte Estival ainda lutava. Ainda empurrava Hybern mais e mais para trás do porto.

Tempo. Rhys precisava de *tempo*...

Ele avançou contra a mente do rei... e encontrou *nada*. Nenhum vestígio ou sussurro. Era como se não passasse de pensamentos cruéis e malícia antiga...

O rei emitiu um estalo com a língua.

— Ouvi falar que era um encantador, Rhysand. Mas aqui está, me apalpando e arranhando, como um novato.

Um dos cantos da boca de Rhys se ergueu.

— É sempre um prazer desapontar Hybern.

— Ah, pelo contrário — disse o rei, cruzando os braços, os músculos se acomodando. — Você sempre foi uma fonte muito boa de entretenimento. Principalmente para minha querida Amarantha.

Eu senti... o pensamento que escapou de Rhys.

Ele queria apagar aquele nome da memória dos que viviam. Talvez um dia conseguisse. Um dia apagaria aquele nome de todas as mentes do mundo, uma a uma, até que Amarantha não fosse mais ninguém, nada.

Mas o rei sabia disso. Pelo sorriso, ele sabia.

E tudo o que tinha feito... Tudo aquilo...

Mate-o, Rhys. Mate-o e acabe com isso.

Não é tão fácil, foi a resposta calma de meu parceiro. *Não sem vasculhar este navio, sem revistar o rei em busca da fonte do feitiço sobre nosso poder, e destruí-la.*

Mas... se ele se demorasse mais... Eu não duvidava de que o rei tinha alguma surpresa desagradável à espera. Preparada para entrar em ação a qualquer momento. Eu tinha certeza de que Rhys também sabia disso.

Sabia porque ele reuniu a própria magia, avaliando e considerando, como uma víbora que prepara o bote.

— No último relatório que recebi de Amarantha — continuou o rei, levando as mãos aos bolsos —, ela ainda se divertia com você. — Os soldados riram.

Meu parceiro se acostumara àquilo... à risada. Mesmo que ela me incitasse a rugir para eles, despedaçá-los. Mas Rhys nem mesmo trincou os dentes, embora o rei tivesse sorrido, traindo o conhecimento do tipo de cicatrizes que permaneciam ali. Como meu parceiro distraíra Amarantha. Por que o fizera.

Rhys sorriu com escárnio.

— Uma pena que não acabou tão bem para ela. — A magia de Rhys ondulou pelo navio, caçando aquela coleira de poder que segurava nossas forças...

Mate-o... mate-o agora. As palavras eram um canto em meu sangue, minha mente.

Na de Rhys também. Eu as conseguia ouvir, tão nítidas quanto meus pensamentos.

— Uma garota notável, sua parceira — observou o rei. Sem emoção, sem sequer um pouco de raiva além daquela diversão fria. — Primeiro Amarantha; depois, meu bicho de estimação, o Attor... E, então, ela quebrou todas as proteções em meu palácio para ajudar você a escapar. Sem falar... — Uma risada baixa. — Em minha sobrinha e meu sobrinho. — Ódio... era ódio que começava a lhe escurecer os olhos. — Ela dilacerou Dagdan e Brannagh, e por que motivo?

— Talvez devesse perguntar a Tamlin. — Rhys ergueu uma sobrancelha. — Onde ele está, aliás?

— Tamlin. — Hybern saboreou o nome, o som. — Ele tem planos para você, depois do que você e sua parceira fizeram com ele. Com sua corte. Que confusão para Tamlin limpar... embora ela certamente tenha facilitado que eu posicionasse mais tropas em suas terras.

Pela Mãe... Pela Mãe, eu *tinha* feito aquilo...

— Ela ficará feliz ao saber.

Tempo demais. Rhys se demorara tempo demais, e enfrentá-lo agora... Lutar ou correr. Correr ou lutar.

— De onde vieram seus dons, me pergunto? Ou de quem?

O rei sabia. O que eu era. O que eu possuía.

— Sou um macho de sorte por tê-la como parceira.

O rei sorriu de novo.

— Durante o pouco tempo que lhe resta.

Eu podia ter jurado que Rhys bloqueou essas palavras.

— Será preciso tudo, sabe? — prosseguiu o rei, casualmente. — Para tentar me impedir. Tudo o que você tem. E, ainda assim, não será o bastante. E, depois que houver dado tudo e encontrar a morte, Rhysand, quando sua parceira estiver chorando sobre seu cadáver, vou tomá-la.

Rhys não deixou um lampejo de emoção passar, colocando aquela máscara fria de diversão sobre o ódio vociferante que me cercava diante daquele pensamento, daquela ameaça. Que se assentou diante de mim, como uma besta pronta para avançar, para defender.

— Ela derrotou Amarantha e o Attor — replicou Rhys. — Duvido que você dê muito trabalho.

— Veremos. Talvez eu a entregue a Tamlin depois que terminar.

Fúria aqueceu o sangue de Rhys. E o meu.

Ataque ou fuja, Rhys, implorei de novo. *Mas faça-o... agora.*

Rhys reuniu o poder, e eu o senti subir dentro de meu parceiro, senti Rhys se esforçando para manter o controle sobre ele.

— O feitiço vai passar — disse o rei, gesticulando. — Mais um truque que aprendi enquanto apodrecia em Hybern.

— Não sei do que está falando — falou Rhys, calmamente.

Eles apenas sorriram um para o outro.

— Por quê? — perguntou Rhys, então.

O rei sabia do que se tratava.

— Havia espaço à mesa para todos, foi o que você e os seus alegaram. — O rei riu com deboche. — Para humanos, feéricos inferiores, para aqueles de linhagem mista. Nesse seu novo mundo, havia lugar à mesa para todos, contanto que pensassem como vocês. Mas os Legalistas... Como sentiram prazer em acabar conosco. Em nos olhar com desprezo. — O rei indicou os soldados que os monitoravam, a batalha na baía. — Quer saber por quê? Porque sofremos quando vocês nos sufocaram, quando nos afastaram. — Alguns dos soldados grunhiram em concordância. — Não tenho interesse em passar mais cinco séculos vendo meu povo se curvar diante de porcos humanos, vendo-os se matar para sobreviver, enquanto você protege e acaricia aqueles mortais, dando a eles nossos recursos e nossa riqueza em troca de *nada*. — O rei inclinou a cabeça. — Então, reivindicaremos o que é nosso. O que sempre foi e sempre será nosso.

Rhys ofereceu um sorriso malicioso para o rei.

— Certamente pode tentar.

Meu parceiro não se incomodou em dizer mais nada quando disparou uma fina lança de poder contra o rei; e o disparo foi preciso como uma flecha.

Quando chegou ao rei...

Passou direto através dele.

O rei ondulou... e depois se firmou.

Uma ilusão. Uma sombra.

O rei soltou uma risada abafada.

— Achou mesmo que eu estaria presente nesta batalha? — Ele gesticulou na direção dos soldados que ainda observavam. — Uma degustação... esta batalha é apenas uma degustação. Para atiçar seu apetite.

Então, ele sumiu.

A magia escorreu pelo navio, e sua cobertura oleosa sobre o poder de Rhys... também sumiu.

Rhys permitiu aos soldados de Hybern a bordo no navio, a bordo dos navios em torno daquele, a honra de ao menos erguer as espadas.

Então, ele transformou todos em nada além de neblina vermelha e farpas boiando nas ondas.

Capítulo 38

Mor me sacudia. Só notei porque Rhys me expulsou de sua mente assim que avançou contra aqueles soldados.

Você ficou muito tempo aqui, foi tudo o que ele disse, acariciando meu rosto com uma garra preta. Então, eu saí aos tropeços pelo laço, e o escudo de Rhys se fechou atrás de mim.

— Feyre — dizia Mor, com os dedos se enterrando em meus ombros, nas vestes de couro. — *Feyre.*

Pisquei, e o sol, o sangue e a rua estreita entraram em foco.

Pisquei e depois vomitei nos paralelepípedos entre nós.

As pessoas, abaladas e petrificadas, apenas encararam.

— Por aqui — disse Mor, e passou o braço por minha cintura quando me levou por um beco empoeirado e vazio. Para longe dos olhos observadores. Mal vi a cidade, a baía e o mar adiante, mal reparei que um poderoso tornado de escuridão, água e vento agora empurrava a frota de Hybern de volta ao horizonte. Como se os poderes de Tarquin e de Rhys tivessem sido libertados pelo desaparecimento do rei.

Cheguei a uma pilha de escombros da construção em ruínas ao lado e, então, vomitei de novo. E de novo.

Mor apoiou a mão em minhas costas, formando círculos tranquilizadores enquanto eu vomitava.

— Fiz o mesmo depois de minha primeira batalha. Todos fizemos.

Nem mesmo era uma batalha — não da forma como imaginei: exército contra exército em algum campo de batalha incrível, caótico e enlameado. Mesmo a batalha verdadeira hoje tinha ocorrido no mar... de onde os illyrianos agora planavam para a terra firme.

Eu não suportava começar a contagem de quantos fizeram a viagem de volta.

Não sabia o quanto Mor, ou Rhys, ou Cassian ou Azriel conseguiam suportar.

E o que eu acabara de ver...

— O rei estava aqui — sussurrei.

A mão de Mor parou em minhas costas.

— O quê?

Apoiei a testa contra o tijolo da construção diante mim, amornado pelo sol, e contei a ela o que vira na mente de Rhys.

O rei... estava aqui e não estava. Outro truque... outro feitiço. Não por acaso Rhys não conseguiu atacar sua mente: o rei não estava presente para que aquilo fosse feito.

Fechei os olhos ao terminar, pressionando a testa com mais força contra o tijolo.

Sangue e suor ainda me cobriam. Tentei me lembrar de como minha alma se encaixava normalmente no corpo, da prioridade das coisas, de minha forma de ver o mundo. O que fazer com braços e pernas na quietude. Como eu costumava posicionar as mãos sem uma espada entre elas? Como eu *parava* de me mover?

Mor apertou meu ombro, como se entendesse os pensamentos acelerados, a estranheza de meu corpo. A Guerra se deflagrara por sete anos. *Anos*. Quanto tempo essa duraria?

— Deveríamos encontrar os outros — sugeriu Mor, e me ajudou a me erguer antes de atravessar nós duas de volta ao palácio que avultava acima.

Eu não conseguia mandar outro pensamento pelo laço. Descobrir onde Rhys estava. Não queria que ele me visse — me *sentisse* — em tal estado. Mesmo sabendo que ele não me julgaria.

Rhysand também derramara sangue no campo de batalha naquele dia. E em muitos outros antes desse. Todos os meus amigos o fizeram.

E consegui entender — apenas por um segundo, conforme o vento soprava a nossa volta — por que alguns governantes, humanos e feéricos, tinham se curvado diante de Hybern. Curvaram-se para não enfrentar aquilo.

Não era apenas o custo da vida dilacerada, devastada e dividida. Era a mudança de alma que a acompanhava — a percepção de que eu poderia talvez voltar a Velaris, talvez ver a paz ser conquistada, e as cidades, reconstruídas... mas essa batalha, a guerra... *Eu* seria a coisa para sempre transformada.

A guerra permaneceria comigo por muito tempo depois de acabar, alguma cicatriz invisível que talvez esmaecesse, mas nunca desapareceria por completo.

Mas, por meu lar, por Prythian e pelo território humano e tantos outros...

Eu limparia minhas lâminas e lavaria o sangue da pele.

E faria isso de novo, e de novo, e de novo.

O andar intermediário do prédio era uma confusão de emoções: soldados da Corte Estival, ensopados de sangue, mancavam em volta de curandeiros e criados que corriam para ajudar os feridos dispostos no chão.

O rio no centro do salão corria vermelho.

Mais e mais atravessavam, levados até ali por Grão-Feéricos de olhos arregalados.

Alguns illyrianos — igualmente ensanguentados, mas com os olhos límpidos — levavam os próprios feridos para dentro, pelas janelas abertas e as portas das varandas.

Mor e eu observamos o espaço, a multidão, o fedor da morte e os gritos dos feridos.

Tentei engolir, mas minha boca estava seca demais.

— Onde estão...

Reconheci o guerreiro no mesmo momento em que ele me viu.

Varian, ajoelhado diante de um soldado ferido, a coxa dilacerada, ficou completamente imóvel quando nos encaramos. A pele marrom estava manchada de sangue tão forte quanto os rubis que enviara para nós, e os cabelos brancos estavam colados na cabeça, como se tivesse acabado de tirar o elmo.

Varian assobiou com os dentes trincados, e um soldado surgiu a seu lado, tomando seu lugar e amarrando um torniquete na coxa do macho ferido. O príncipe de Adriata se levantou.

Não tinha magia restante em mim para um escudo. Depois de ver Rhys com o rei, havia apenas um poço vazio onde antes meu medo era como um mar revolto dentro do corpo. Mas senti o poder de Mor se colocar entre nós.

Havia uma promessa de morte sobre minha cabeça. Da parte deles.

Varian se aproximou... devagar. Contido. Como se o corpo inteiro doesse. Apesar de o belo rosto não revelar nada. Apenas a exaustão dos ossos.

A boca de Varian se abriu... e depois se fechou. Eu também não tinha palavras.

Então, Varian disse, com a voz tão rouca que eu soube que ele estivera gritando por um longo tempo:

— Ele está na sala de jantar de carvalho.

Aquela onde eu jantei com eles pela primeira vez.

Apenas assenti para o príncipe e comecei a caminhar pela multidão, Mor se mantendo bem a meu lado.

Achei que Varian falava de Rhysand.

Mas era Tarquin quem vestia armadura prateada coberta de sangue à mesa de jantar, com mapas e esquemas diante de si e feéricos da Corte Estival ensopados de sangue ou imaculados lotando o cômodo ensolarado.

O Grão-Senhor da Corte Estival ergueu o rosto da mesa quando paramos sob a ombreira da porta. Ele me observou, e depois, Mor.

A bondade e a consideração que eu vira pela última vez no rosto do Grão-Senhor haviam sumido. Foram substituídas por uma coisa sombria e fria capaz de revirar meu estômago.

Sangue coagulara em um corte espesso em seu pescoço, e os fragmentos secos caíram quando Tarquin olhou para as pessoas na sala e ordenou:

— Deixem-nos.

Ninguém ousou olhar duas vezes para ele quando saíram em fileira.

Eu fizera algo terrível da última vez que tínhamos estado ali. Tinha mentido e roubado. Invadira a mente de Tarquin e o enganara para que me acreditasse inocente. Inofensiva. Não o culpava pelo rubi de sangue enviado. Mas, se queria cobrar a vingança agora...

— Soube que vocês duas limparam o palácio. E ajudaram a limpar a ilha.

As palavras saíram baixas... sem vida.

Mor inclinou a cabeça.

— Seus soldados lutaram bravamente ao nosso lado.

Tarquin a ignorou, os olhos turquesa devastadores sobre mim. Observando o sangue, os ferimentos, as vestes de couro. Depois, o anel da parceria em meu dedo, a safira estelar opaca, com sangue incrustado entre os delicados sulcos e os arcos do metal.

— Achei que tivesse vindo terminar o serviço — disse Tarquin para mim.

Não ousei me mover.

— Soube que Tamlin a levou. Então, soube que a Corte Primaveril caiu. Desabou de dentro para fora. O povo se revoltou. E você desapareceu. E, quando vi a legião illyriana entrando... Achei que tivesse vindo atrás de mim também. Para ajudar Hybern a acabar conosco.

Varian não contara a ele... sobre a mensagem que mandara a Amren. Não um pedido de ajuda, mas um aviso desesperado para que Amren se salvasse. Tarquin não sabia que viríamos.

— Jamais nos aliaríamos a Hybern! — exclamou Mor.

— Estou falando com Feyre Archeron.

Eu jamais ouvira Tarquin usar aquele tom. Mor fechou a cara, mas não disse nada.

— Por quê? — indagou Tarquin, com luz do sol se refletindo na armadura cujas escamas delicadas e sobrepostas imitavam as de um peixe.

Não sabia do que ele estava falando. Por que o tínhamos enganado e roubado? Por que tínhamos vindo ajudar? Por que fazer os dois?

— Nossos sonhos são os mesmos. — Foi tudo em que consegui pensar.

Um reino unido, no qual feéricos inferiores não seriam mais isolados. Um mundo melhor.

O oposto daquilo por que Hybern lutava. Pelo que seus aliados lutavam.

— É assim que justifica ter roubado de mim?

Meu coração deu um salto.

Rhysand falou, atrás de mim, sem dúvida depois de atravessar até ali:

— Minha parceira e eu tínhamos nossos motivos, Tarquin.

Meus joelhos quase cederam diante da tranquilidade da voz, do rosto salpicado de sangue que, ainda assim, não exibia sinais de um grande ferimento, da armadura escura — idêntica às de Azriel e Cassian — que se mantinha intacta apesar de alguns poucos arranhões profundos, para os quais eu mal suportava olhar. *Cassian e Azriel?*

Bem. Supervisionando os illyrianos feridos e montando acampamento nas colinas.

Tarquin olhou de Rhys para mim.

— Parceira.

— Não era óbvio? — perguntou Rhysand, com uma piscadela. Mas havia tensão nos olhos, aguçada e assombrada.

Meu peito se apertou. *O rei deixou algum tipo de armadilha para...*

Rhys passou a mão por minhas costas. *Não. Não... estou bem. Transtornado por não ter visto que era uma ilusão, mas... bem.*

O rosto de Tarquin nem mesmo se alterou daquela ira fria.

— Quando foi para a Corte Primaveril e enganou também Tamlin sobre sua verdadeira natureza, quando lhe destruiu o território... deixou a porta aberta para Hybern. Eles aportaram em seu cais. — Sem dúvida para esperar que a muralha caísse e, então, velejar para o sul. Tarquin grunhiu: — Foi uma viagem fácil até minhas portas. Você fez isso.

Eu podia jurar que senti Rhys se encolher pelo laço. Mas meu parceiro disse, calmamente:

— Não fizemos nada. Hybern escolhe suas ações, não nós. — Ele indicou Tarquin com o queixo. — Minha força permanecerá acampada nas colinas até que você tenha determinado se a cidade está segura. Então, partiremos.

— E planeja roubar algo antes de ir?

Rhys ficou completamente calado. Pensando, percebi, se pediria desculpas. Explicaria.

Eu o poupei da escolha.

— Cuide de seus feridos, Tarquin.

— Não me dê ordens.

O rosto do antigo almirante da Corte Estival... do príncipe que comandara a frota no porto até que o título lhe fora imposto. Observei a exaustão que lhe embaçava os olhos, o ódio e o luto.

Pessoas tinham morrido. Muitas pessoas. A cidade que Tarquin lutara tanto para reconstruir, o povo que tentava lutar para superar as cicatrizes de Amarantha...

— Estamos à disposição — falei para Tarquin, e saí.

Mor continuou por perto, e passamos para o corredor a fim de encontrar um grupo de conselheiros e soldados nos observando com atenção. Atrás de nós, Rhys falou para Tarquin:

— Eu não tive escolha. Fiz aquilo para tentar *evitar* isto, Tarquin. Para impedir Hybern antes que chegasse a esse ponto. — Sua voz estava tensa.

— Saia — retrucou Tarquin, apenas. — E leve seu exército junto. Podemos vigiar a baía agora que eles não têm o elemento surpresa.

Silêncio. Mor e eu nos demoramos do lado de fora das portas abertas, sem virar para trás, mas nós duas ouvimos. Ouvimos quando Rhysand falou:

— Eu vi o bastante de Hybern na Guerra para dizer a você que este ataque foi apenas uma fração do que o rei planeja libertar. — Uma pausa. — Venha para a reunião, Tarquin. Precisamos de você... Prythian precisa de você.

Outro segundo de silêncio. Então, Tarquin falou:

— Saia.

— A oferta de Feyre se mantém: estamos à disposição.

— Leve sua parceira e saia. E sugiro avisá-la que não dê ordens a Grão-Senhores.

Enrijeci o corpo, prestes a me virar, quando Rhys falou:

— Ela é Grã-Senhora da Corte Noturna. Pode fazer o que quiser.

A parede de feéricos diante de nós recuou levemente. Agora me observavam, alguns boquiabertos. Um burburinho ondulou entre eles. Tarquin soltou uma risada baixa e amarga.

— Você gosta mesmo de cuspir nas tradições.

Rhys não disse mais nada, seus passos determinados soaram sobre o piso de azulejo até que a mão de meu parceiro aquecesse meu ombro. Ergui o rosto para ele, ciente de todos os que nos olhavam, chocados. Olhavam para mim.

Rhys deu um beijo em minha têmpora suada e com uma crosta de sangue, e sumimos.

Capítulo 39

O acampamento illyriano permaneceu nas colinas acima de Adriata.

Principalmente porque havia tantos feridos que não os podíamos transferir até que tivessem se curado o suficiente para sobreviver à mudança.

Asas destroçadas, tripas para fora, rostos dilacerados...

Não sei como meus amigos ainda estavam de pé enquanto cuidavam dos feridos como podiam. Eu mal vi Azriel, que montara uma tenda para organizar as informações reunidas pelos batedores: a frota de Hybern tinha recuado. Não para a Corte Primaveril, mas para o outro lado do mar. Nenhum sinal de qualquer outra força esperando para atacar. Nenhum sussurro sobre Tamlin ou Jurian.

Cassian, no entanto... Ele mancava entre os feridos dispostos no piso rochoso e seco, oferecendo palavras de motivação ou conforto para os soldados ainda à espera de atendimento. Com os Sifões, podia fazer reparos rápidos no campo de batalha, mas... nada extenso. Nada complexo.

O rosto de Cassian, sempre que nos cruzávamos quando eu buscava suprimentos para os incansáveis curandeiros, estava sério. Exausto. Ainda usava a armadura, e, embora tivesse limpado o sangue da pele, algum ainda se agarrava perto do colarinho do peitoral. O vazio em seus olhos cor de avelã espelhava o dos meus. E os de Mor.

Mas Rhys... Os olhos estavam atentos. Alertas. A expressão sombria, mas... Era nele que os soldados se inspiravam. E Rhys era tudo o que deveria ser: um Grão-Senhor confiante na vitória, cujas forças tinham destruído a frota de Hybern e salvado uma cidade de inocentes. O fardo daquilo sobre os soldados de Rhys era pesado, mas um custo que valia a vitória. Ele caminhava pelo acampamento — cuidando de feridos, da informação que Azriel fornecia, verificando os comandantes —, ainda usando a armadura illyriana. Mas as asas não estavam ali. Tinham sumido antes de Rhys aparecer na câmara de Tarquin.

O sol se pôs, deixando um manto de escuridão sobre a cidade abaixo. Muito mais escura que quando eu a vira pela última vez, viva e brilhante com luz. Mas aquela nova escuridão... Nós a tínhamos visto em Velaris depois do ataque... E agora a conhecíamos bem demais.

Luzes feéricas tremeluziam sobre nosso acampamento, emoldurando as garras de todas aquelas asas illyrianas conforme se moviam ou descansavam, feridas. Eu sabia que muitos olhavam para mim — a Grã-Senhora.

Mas não consegui estampar a tranquilidade de Rhys. O triunfo silencioso.

Então, continuei buscando tigelas de água fresca e continuei movendo os ensanguentados. Ajudei a segurar soldados que gritavam até que meus dentes trincassem devido à força de suas convulsões.

Eu me sentei apenas quando minhas pernas não mais conseguiam me manter de pé, sobre um balde virado do lado de fora da tenda dos curandeiros. Apenas por alguns minutos — eu me sentaria por apenas alguns minutos...

Acordei dentro de outra tenda, deitada em uma pilha de peles, a luz feérica estava tênue e suave.

Rhys estava sentado a meu lado, pernas cruzadas, os cabelos incomumente embaraçados. Manchados de sangue — como se ele tivesse passado as mãos ensanguentadas por eles.

— Por quanto tempo fiquei apagada? — Minhas palavras saíram ásperas.

Ele ergueu a cabeça de onde estudava uma variedade de papéis espalhados nas peles adiante.

— Três horas. O alvorecer ainda está longe... você devia dormir.

Mas me apoiei nos cotovelos.

— Você está acordado.

Rhys deu de ombros, bebendo da taça de água ao lado.

— Não fui eu quem caiu de um balde de cara na lama. — O sorriso sarcástico sumiu. — Como está se sentindo?

Eu quase disse *bem*, mas...

— Ainda estou tentando entender como me sentir.

Um aceno cauteloso.

— A guerra deflagrada é assim... Leva um tempo para decidir como lidar com tudo o que ela traz. Os custos.

Eu me sentei de vez, observando os papéis que Rhys dispusera. Listas de fatalidades. Aproximadamente uns cem nomes, mas...

— Você os conhecia... os que morreram.

Os olhos violeta de Rhys se fecharam.

— Alguns. Tarquin perdeu muitos mais que nós.

— Quem conta às famílias?

— Cassian. Ele enviará listas depois do alvorecer, quando virmos quem sobreviverá à noite. E visitará as famílias daqueles que ele conhecia.

Eu me lembrei de que, certa vez, Rhys me contou ter buscado entre as listas de fatalidades na Guerra os nomes de amigos... O pesar que todos sentiam, o medo de encontrar um nome familiar.

Tantas sombras embaçavam aqueles olhos violeta. Coloquei a mão na de Rhys. Ele estudou meus dedos sobre os dele, os arcos de sujeira sob minhas unhas.

— O rei só veio hoje — disse Rhys, por fim — para me provocar. O ataque à biblioteca, esta batalha... Era uma forma de brincar comigo. Conosco.

Toquei-lhe o maxilar. Frio; a pele de Rhys estava fria, apesar da noite quente de verão que nos envolvia.

— Não vai morrer nesta guerra, Rhysand.

Sua atenção se voltou para mim.

Segurei o rosto de Rhys com as duas mãos agora.

— Não dê atenção a uma palavra que ele disser. Ele sabe...

— Ele sabe sobre nós. Nossas histórias.

E aquilo apavorava Rhys.

— E conhecia a biblioteca... Ele a escolheu pelo que ela representa para *mim*, não apenas para levar Nestha.

— Então, aprenderemos onde atingi-lo, e golpearemos com força. Melhor ainda, nós o mataremos antes que possa fazer mais mal.

Rhys balançou a cabeça levemente, retirando o rosto de minhas mãos.

— Se fosse apenas o rei a quem enfrentar... Mas com o Caldeirão em seu arsenal...

E era a forma como os ombros de Rhys começaram a se curvar, a forma como o queixo abaixou tão devagar... Segurei as mãos de Rhys de novo.

— Precisamos de aliados — falei, com os olhos ardendo. — Não podemos enfrentar sozinhos o fardo desta guerra.

— Eu sei. — As palavras eram pesadas, cautelosas.

— Adiante a reunião com os Grão-Senhores. Três dias a partir de hoje.

— Farei isso. — Jamais tinha ouvido aquele tom, aquela quietude.

E foi exatamente por causa disso que falei:

— Amo você.

Rhys levantou a cabeça, e os olhos se encheram de lágrimas.

— Houve uma época em que sonhei ouvir isso — murmurou meu parceiro. — Quando jamais achei que ouviria de você. — Rhys indicou a tenda, Adriata além dela. — Nossa viagem até aqui foi a primeira vez que me permiti... ter esperanças.

Às estrelas que ouvem... e aos sonhos que são atendidos.

No entanto, hoje, com Tarquin...

— O mundo deveria saber — comecei. — O mundo deveria saber o quanto você é bom, Rhysand... O quanto todos vocês são maravilhosos.

— Não sei dizer se deveria ficar preocupado por dizer essas coisas tão boas sobre mim. Talvez as provocações do rei a *tenham* afetado.

Belisquei seu braço, e Rhys soltou uma risada baixa antes de levantar meu rosto e observar meus olhos. Ele inclinou a cabeça.

— Eu *deveria* me preocupar?

Coloquei a mão na bochecha de Rhys mais uma vez, a pele sedosa agora parecia quente.

— Você é altruísta, e corajoso, e bondoso. É mais do que jamais sonhei para mim, mais que eu... — Engasguei com as palavras e engoli em seco, inspirando profundamente. Não tinha certeza se Rhys precisava ouvir aquilo depois do que dissera o rei, mas *eu* precisava falar. Luz estelar agora dançava em seus olhos. Mas continuei: — Nessa reunião com os Grão-Senhores, que papel interpretará?

— O de sempre.

Assenti, tendo antecipado a resposta.

— E os demais interpretarão os papéis de sempre também.

— E?

Tirei a mão do rosto de Rhys e a coloquei sobre seu coração.

— Acho que chegou a hora de retirarmos as máscaras. De pararmos de interpretar.

Ele esperou, prestando atenção.

— Velaris não é mais segredo. O rei sabe muito sobre nós, sobre quem somos. O que somos. E... se nos aliaremos aos demais Grão-Senhores... Acho que precisam da verdade. Precisarão da verdade para confiar em nós. A verdade sobre quem você realmente é, quem Mor, Cassian e Azriel realmente são. Olhe como as coisas foram mal com Tarquin hoje. Não podemos... não podemos permitir que continue assim. Então, chega de máscaras, chega de papéis interpretados. Iremos como nós mesmos. Como uma família.

Se a provocação do rei me ensinou uma coisa, foi isso. Os jogos tinham acabado. Não haveria mais disfarces, nenhuma mentira. Talvez ele achasse que aquilo nos levaria a continuar com tais coisas. Mas... para ter uma chance... Talvez a vitória estivesse na direção oposta. Na honestidade. Com nosso grupo unido, exatamente como éramos.

Esperei que Rhys me dissesse que eu era jovem e inexperiente, que eu não sabia nada sobre política e guerra.

Mas Rhys apenas roçou minha bochecha com o polegar.

— Eles podem se ressentir das mentiras com que os alimentamos ao longo dos séculos.

— Então, explicaremos que entendemos, e explicaremos que não tínhamos um modo alternativo de proteger nosso povo.

— Mostraremos a eles a Corte dos Sonhos — disse Rhys, baixinho.

Assenti. Nós a mostraríamos também a Keir, Eris e Beron. Mostraríamos quem éramos para nossos aliados... e para nossos inimigos.

Estrelas reluziram e queimaram naqueles lindos olhos.

— E quanto a seus poderes? — O rei também soubera sobre eles, ou adivinhara.

Eu soube pelo tom cauteloso de Rhys que ele já tinha uma opinião formada. Mas a escolha era minha, Rhys a aceitaria a meu lado, não importava o que eu decidisse.

Enquanto pensei a respeito...

— Acho que a revelação de nosso lado bom pode ser considerada uma forma de manipulação. Ainda mais se revelarmos que sua parceira roubou poder de todos. Se o rei planeja usar essa informação contra nós... Lidaremos com isso depois.

— Tecnicamente, esse poder lhe foi *dado*, mas... você está certa. Navegamos águas traiçoeiras... Nossa imagem, como contaremos a história de modo a não julgarem se tratar de um embuste ou ardil. Mas, quando se trata de você... — Escuridão apagou as estrelas nos olhos de Rhys. A escuridão de assassinos e ladrões, a escuridão da morte implacável. — Você poderia inclinar a balança em favor de Hybern se algum dos Grão-Feéricos estiver considerando uma aliança. Beron pode tentar matá-la, com ou sem guerra. Duvido que até mesmo Eris consiga impedi-lo.

Eu podia ter jurado que o acampamento de guerra estremeceu diante do poder que despertou com um murmúrio... da ira. Vozes do lado de fora da tenda se tornaram sussurros. Ou silêncio total.

Mas eu me aproximei e beijei Rhys suavemente.

— Lidaremos com isso — falei contra sua boca.

Rhys afastou os lábios dos meus, o rosto sério.

— Esconderemos todos os seus poderes, exceto o que dei a você. Como minha Grã-Senhora, é esperado que tenha recebido algum poder.

Engoli em seco, assentindo, e tomei um longo gole da taça de água de Rhys. Chega de mentiras, chega de ilusão... exceto por minha magia. Que Tarquin fosse a primeira e última vítima de nosso artifício.

Mordi o lábio.

— E quanto a Miryam e Drakon? Descobriu algo sobre onde podem estar? — *Assim como aquela legião de guerreiros feéricos alados?*

A pergunta pareceu tirar Rhys de qualquer que fosse o lugar para onde tinha ido enquanto contemplava o que estava diante de nós.

Rhys suspirou, observando aquelas listas de fatalidades de novo. A tinta escura parecia absorver a luz feérica.

— Não. Os espiões de Az não encontraram sinais deles em nenhum dos territórios ao redor. — Rhys esfregou a têmpora. — Como se some com um povo inteiro?

— Suponho que a tática de Jurian para atraí-los tenha funcionado contra ele. — Jurian... não houvera um sussurro seu na batalha de hoje.

— Parece que sim. — Rhys balançou a cabeça, e a luz dançou nas mechas pretas como corvos de seus cabelos. — Eu deveria ter estabelecido protocolos com eles... séculos atrás. Formas de contatá-los, de sermos contatados se precisássemos de ajuda.

— Por que não o fez?

— Eles queriam ser esquecidos pelo mundo. E, quando vi o quanto Cretea se tornou pacífica... Não queria que o mundo se intrometesse com eles também. — Um músculo se contraiu no maxilar de Rhys.

— Se de alguma forma os encontrássemos... Isso bastaria? Se primeiro pudermos impedir que a muralha desabe, quero dizer. Nossas forças e as de Drakon, talvez até mesmo as da rainha Vassa se Lucien conseguir encontrá-la, contra toda Hybern?

Contra quaisquer truques ou feitiços que o rei ainda planejasse libertar.

Rhys ficou calado por um momento.

— Talvez precise bastar.

Foi a forma como a voz ficou rouca, o modo como os olhos estremeceram, que me fez dar um beijo na boca de Rhys e apoiar a mão em seu peito e o empurrar para o chão, onde estavam as peles.

Rhys levantou as sobrancelhas, mas um meio sorriso lhe surgiu nos lábios.

— Há pouca privacidade em um acampamento de guerra — avisou Rhys, e parte da luz voltou a seus olhos.

Eu apenas montei Rhys, abri o botão do alto do casaco preto. Depois, o seguinte.

— Então, acho que precisará fazer silêncio — argumentei, desabotoando a frente do casaco até que se abrisse e revelasse a camisa por baixo. Passei o dedo pelo arabesco de tatuagem que despontava perto do pescoço de Rhys. — Quando o vi enfrentar o rei hoje...

Rhys acariciou minhas coxas com os dedos.

— Eu sei. Senti você.

Puxei a bainha da camisa, e Rhys se apoiou nos cotovelos, me ajudando a tirar seu casaco e, depois, a camisa por baixo. Um hematoma manchava as costelas, um borrão violento...

— Está tudo bem — disse Rhys, antes que eu conseguisse falar. — Um golpe de sorte.

— Com *o quê*?

De novo, aquele meio sorriso.

— Uma lança?

Meu coração parou.

— Uma... — Acariciei delicadamente o hematoma, engolindo em seco.

— Com veneno feérico na ponta. Meu escudo bloqueou a maior parte... mas não o bastante para evitar o impacto.

Pesar revirou meu estômago. Mas eu me abaixei e beijei o ferimento.

Rhys soltou um longo suspiro, e seu corpo pareceu se acomodar. Calmo.

Então, beijei o ferimento de novo. Desci mais. Rhys desenhou círculos preguiçosos em meu ombro, minhas costas.

Senti o escudo se posicionar em volta da tenda quando desabotoei a calça de Rhys e desci beijando a superfície musculosa de sua barriga.

Mais baixo. As mãos de Rhys deslizaram para meus cabelos quando o resto das roupas sumiu.

Acariciei com a mão uma vez, duas — me deliciando com a sensação de Rhys, por saber que ele estava ali, que *nós dois* estávamos. Seguros.

Então, imitei o movimento com a boca.

Os grunhidos de prazer de Rhys preencheram a tenda, abafando os gritos distantes dos feridos e dos moribundos. Vida e morte; pairando tão perto, sussurrando em nossos ouvidos.

Mas provei Rhys e o adorei com as mãos e a boca e, então, o corpo — e esperei que esse resquício de vida que oferecíamos, essa luz inextinguível entre nós, afastasse um pouco mais a morte. Pelo menos por mais um dia.

Poucos illyrianos a mais morreram durante a noite. Mas, no alto das colinas, os gritos e as lamúrias do povo de Tarquin se elevavam até nós nas nuvens de fumaça dos incêndios ainda acesos iniciados por Hybern.

Eles continuavam queimando quando partimos, nas horas iniciais após o alvorecer, atravessando de volta a Velaris.

Cassian e Azriel ficaram para liderar as legiões illyrianas até o novo acampamento em nossas fronteiras ao sul — e o general voou de lá em direção às estepes. Para oferecer condolências a algumas daquelas famílias.

Nestha estava à espera no saguão da casa da cidade, com uma impaciente Amren sentada em uma cadeira diante da lareira apagada da sala de estar.

Nenhum sinal de Elain, mas antes que eu pudesse perguntar, Nestha indagou:

— O que aconteceu?

Rhys olhou para mim e, então, para Amren, que tinha se levantado e agora nos observava com a mesma expressão de Nestha.

— Houve uma batalha. Vencemos — respondeu meu parceiro.

— Sabemos disso — falou Amren, com os pequenos pés quase silenciosos sobre os tapetes quando caminhou até nós. — O que aconteceu com Tarquin?

Mor inspirou para dizer algo sobre Varian que provavelmente não acabaria bem para nenhum de nós, e então, interrompi:

— Bem, ele não tentou nos matar assim que nos viu, então... as coisas foram relativamente bem?

Rhys me lançou um olhar divertido.

— A família real permanece viva e bem. A armada de Tarquin sofreu perdas, mas Cresseida e Varian saíram ilesos.

Algo tenso na expressão de Amren pareceu relaxar diante das palavras — palavras cuidadosas, diplomáticas.

Mas Nestha olhava entre nós todos, com as costas ainda rígidas, a boca formando uma linha fina.

— Onde ele está?

— Quem? — cantarolou Rhys.

— Cassian?

Achei que jamais ouviria tal nome sair dos lábios de Nestha. Cassian sempre fora *ele* ou *aquele lá*. E Nestha estava... andando de um lado para o outro no saguão.

Como se estivesse preocupada.

Abri a boca, mas Mor foi mais rápida.

— Está ocupado.

Jamais tinha ouvido sua voz tão... afiada. Gélida.

Nestha encarou Mor. Minha irmã contraiu o maxilar, depois relaxou e, então, tensionou outra vez — como se travasse alguma batalha para manter as perguntas dentro de si. Mor não desviou o olhar.

Mor jamais parecera incomodada com a menção das amantes passadas de Cassian. Talvez porque jamais tinham significado tanto; não da forma que importava. Mas, se o guerreiro illyriano não mais servisse de tampão físico e emocional entre ela e Azriel... E pior, se a pessoa que causasse essa ausência fosse Nestha...

— Quando ele voltar, guarde essa língua bifurcada atrás dos dentes — disse Mor, inexpressiva.

Meu coração bateu furioso, e meus braços ficaram inertes ao lado do corpo diante do insulto, da ameaça.

— Mor — admoestou Rhys, no entanto.

Ela, devagar, muito devagar, olhou para ele.

Não havia nada além de determinação irredutível na expressão de Rhys.

— Agora partiremos para a reunião em três dias. Mande mensageiros para os demais Grão-Senhores para informá-los. E chega de discutir onde nos encontraremos. Escolha um lugar e acabe com isso.

Mor encarou Rhys por um segundo e, depois, voltou os olhos para minha irmã.

O rosto de Nestha não tinha se alterado, a frieza que o delineava não cedera. Estava tão imóvel que mal parecia respirar. Mas não se moveu. Não desviou o olhar de Morrigan.

Mor desapareceu mais rápido que um piscar de olhos.

Nestha apenas se virou e foi para a sala de estar, onde reparei que livros estavam dispostos na mesa baixa diante da lareira.

Amren seguiu minha irmã com leveza, lançando um olhar para Rhys por cima do ombro. O movimento agitou a blusa cinza de Amren o suficiente para que eu visse o brilho vermelho despontando sob o tecido.

O colar de rubis que usava, escondido sob a camisa. Presente de Varian.

Mas Rhys assentiu para Amren, e a fêmea perguntou a minha irmã:

— Onde estávamos?

Nestha se sentou na poltrona, segurando os braços com tanta força que os nós dos dedos marcaram a pele.

— Estava explicando como os limites territoriais foram formados entre as cortes.

As palavras soaram distantes, entrecortadas. E... *Elas também começaram aulas de história?*

Estou tão chocado quanto você que esta casa ainda esteja de pé.

Sufoquei o riso, dando o braço a Rhys e puxando-o pelo corredor. Fazia tempo desde que eu o vira tão... sujo. Nós dois precisávamos de um banho, mas havia algo que eu devia fazer primeiro. Precisava fazer.

— Cassian foi à guerra muitas vezes, menina — murmurou Amren para Nestha, atrás de nós. — Não é general das forças de Rhys à toa. Esta batalha foi uma brincadeira em comparação ao que está por vir. Provavelmente está visitando as famílias dos mortos enquanto conversamos. Voltará antes da reunião.

— Não me importo — replicou Nestha.

Pelo menos estava falando de novo.

Segurei Rhys no meio do corredor.

Com tantos ouvidos atentos na casa, eu disse pelo laço: *Me leve à Prisão. Agora mesmo.*

Rhys não fez perguntas.

Capítulo 40

Não tinha osso para levar. E, embora cada passo para cima daquela colina, e depois para baixo na escuridão, me dilacerasse e pesasse sobre mim, continuei me movendo. Continuei colocando um pé diante do outro.

Tinha a sensação de que Rhys fazia o mesmo.

Duas horas depois, de pé diante do Entalhador de Ossos, o antigo deus da morte ainda usando a pele de meu provável futuro filho, eu disse:

— Encontre outro objeto que deseja.

Os olhos violeta se incendiaram.

— Por que o Grão-Senhor ficou no corredor?

— Ele tem pouco interesse em vê-lo.

Parcialmente verdade. Rhys se perguntou se o golpe contra o orgulho do Entalhador funcionaria a nosso favor.

— Você fede a sangue... e a morte. — O Entalhador inspirou uma grande lufada de ar. De meu cheiro.

— Escolha outro objeto que não o Uróboro! — Foi tudo o que eu disse.

Hybern sabia sobre nossas histórias, nossos possíveis aliados. Restava um pingo de esperança de que não anteciparíam o Entalhador.

— Não desejo nada além de minha janela para o mundo.

Evitei o anseio de fechar as mãos em punho.

— Poderia oferecer tantas outras coisas a você. — Minha voz ficou baixa, contida.

— Tem medo de reivindicar o espelho. — O Entalhador de Ossos inclinou a cabeça. — Por quê?

— Você não tem medo dele?

— Não. — Um pequeno sorriso. Ele se inclinou para o lado. — Também tem medo do espelho, Rhysand?

Meu parceiro não se deu o trabalho de responder do corredor, embora tenha se aproximado e se recostado contra o batente da porta, de braços cruzados. O Entalhador suspirou ao ver Rhysand... ao ver a poeira, o sangue e as roupas amassadas. Então, falou:

— Ah, prefiro você ensanguentado.

— Escolha outra coisa — respondi. *E não uma tarefa inútil desta vez.*

— O que me daria? Riquezas não têm serventia para mim aqui. Poder não tem influência contra pedra. — Ele riu. — E quanto a seu primeiro filho? — Um sorriso obscuro quando ele gesticulou com aquela mão de menino para si mesmo.

A atenção de Rhys passou para mim. Surpresa — surpresa e algo mais profundo, mais carinhoso — lhe percorria o rosto. *Não apenas um menino qualquer, então.*

Minhas bochechas coraram. *Não. Não apenas um menino qualquer.*

— É grosseiro, Majestades, falar quando ninguém consegue ouvir.

Lancei um olhar de irritação para o Entalhador.

— Não há nada mais, então. — *Nada mais que não me destruirá se eu sequer olhar para o objeto?*

— Traga-me o Uróboro e sou seu. Tem minha palavra.

Sopesei a expressão beatífica no rosto do Entalhador antes de sair andando.

— Onde está meu osso? — A exigência interrompeu a escuridão.

Continuei andando. Mas Rhys atirou algo ao Entalhador.

— Do almoço.

O chiado de indignação do Entalhador quando um osso de galinha quicou no chão nos acompanhou até a saída.

Em silêncio, começamos a caminhada pela Prisão. O espelho... Precisava encontrar alguma forma de obtê-lo. Depois do encontro... Só por precaução, caso ele me destruísse.

Como ele é?

A pergunta foi baixa... hesitante. Eu sabia de quem ele estava falando.

Entrelacei os dedos com os de Rhysand e apertei forte. *Deixe-me mostrar.*

E conforme caminhávamos pela escuridão, na direção daquela luz distante, ainda oculta, eu mostrei.

Estávamos famintos quando voltamos para a casa na cidade. Mas como nenhum de nós sentiu vontade de esperar a comida ser preparada, Rhys e eu seguimos direto para a cozinha, passando por Amren e Nestha, e dando a elas nada mais que um aceno.

Minha boca já estava aguando quando Rhys abriu com o ombro a porta vaivém para a cozinha.

Olhamos o que havia dentro, e paramos subitamente.

Elain estava entre Nuala e Cerridwen na longa bancada. Todas as três, cobertas de farinha. Havia algum tipo de bagunça com massa na superfície diante delas.

As duas aias espiãs se curvaram imediatamente para Rhys, e Elain...

Havia um brilho fraco nos olhos castanhos.

Como se estivesse se divertindo com as duas.

Nuala engoliu em seco.

— A senhora disse que estava com fome; então, fomos fazer algo para ela. Mas... ela disse que queria aprender, então... — Mãos enroscadas em sombras se ergueram em um gesto de impotência, e farinha flutuou delas como véus de neve. — Estamos fazendo pão.

Elain nos encarava, e, quando seus olhos começaram a se fechar, dei um grande sorriso e falei:

— Espero que fique pronto logo, estou faminta.

Elain ofereceu um sorriso fraco como resposta e assentiu.

Ela estava com fome. Estava... fazendo algo. *Aprendendo* algo.

— Vamos tomar banho — anunciei, mesmo quando meu estômago roncou. — Deixaremos vocês com a cozinha.

Puxei Rhys para o corredor antes de elas terminarem de se despedir, e a porta da cozinha se fechou atrás de nós.

Levei a mão ao peito, recostando-me contra os painéis de madeira da parede da escada. A mão de Rhys cobriu a minha um segundo depois.

— Foi o que senti — disse ele. — Quando vi você sorrir naquela noite em que jantamos diante do Sidra.

Eu me aproximei, apoiando a testa contra seu peito, bem sobre o coração.

— Ela ainda tem um longo caminho pela frente.

— Todos temos.

Rhys acariciou minhas costas. Inclinei o corpo na direção do toque, saboreando o calor e a força.

Durante longos minutos, ficamos ali. Até que eu disse:

— Vamos encontrar outro lugar para comer... fora.

— Hummm. — Rhys não dava indícios de que me soltaria.

Olhei para cima por fim. Encontrei seus olhos brilhando com aquela luz familiar, maliciosa.

— Acho que estou com fome de outra coisa — ronronou Rhys.

Meus dedos dos pés se fecharam dentro das botas, mas ergui as sobrancelhas e falei, tranquilamente:

— Hã?

Rhys mordiscou o lóbulo de minha orelha e, depois, sussurrou em meu ouvido conforme nos atravessou para o quarto, onde duas bandejas de comida agora esperavam sobre a escrivaninha.

— Devo a você por ontem à noite, parceira.

Rhys me deu a cortesia, pelo menos, de escolher o que ele consumiria primeiro: eu ou a comida.

Escolhi sabiamente.

✢

Nestha estava esperando à mesa do café na manhã seguinte.

Não por mim, percebi quando o olhar de minha irmã passou direto por mim, como se eu fosse mais uma criada. Mas por outra pessoa.

Fiquei de boca fechada, não me dei o trabalho de dizer que Cassian ainda estava nos acampamentos de guerra. Se ela não perguntaria... não me meteria naquilo.

Não quando Amren alegava que minha irmã estava perto — tão perto — de dominar qualquer que fosse a potencial habilidade de consertar a muralha. Se ela apenas se *libertasse*, dissera Amren. Não ousei sugerir que talvez o mundo ainda não estivesse pronto para aquilo.

Tomei o café da manhã em silêncio, raspando o garfo no prato. Amren disse que estava perto de encontrar o que precisávamos no Livro também... qualquer que fosse o feitiço que minha irmã lançaria. Como Amren sabia, eu não fazia ideia. Não pareceu sábio perguntar.

Nestha só falou quando me levantei.

— Vai para aquela reunião em dois dias.

— Sim.

Eu me preparei para o que ela pretendia dizer.

Nestha olhou para as janelas da frente, como se ainda esperasse, ainda vigiasse.

— Você foi para a batalha. Sem pensar duas vezes. Por quê?

— Porque precisei. Porque as pessoas precisavam de ajuda.

Os olhos azul-acinzentados pareciam quase prateados sob a tênue luz da manhã. Mas Nestha não disse mais nada, e, depois de esperar por mais um momento, parti, atravessando até a Casa para minha lição de voo com Azriel.

Capítulo 41

Os dois dias seguintes foram tão ocupados que a lição com Azriel foi o único momento de treino. O mestre espião voltara, após enviar as mensagens que Mor tinha escrito sobre a mudança na reunião. Tinham concordado com a data, pelo menos. Mas a declaração de Mor do local, apesar da linguagem irredutível, fora universalmente rejeitada. E assim continuou o vaivém interminável entre as cortes.

Sob a Montanha fora antes o local neutro de reuniões.

Mesmo que não estivesse selado, ninguém parecia disposto a se encontrar lá agora.

Então, o debate prosseguiu com relação a quem, entre todos os Grão-Senhores, seria o anfitrião da reunião.

Bem, entre seis deles. Beron, por fim, ousara se juntar. Mas nenhuma notícia viera da Corte Primaveril, embora soubéssemos que as mensagens foram recebidas.

Todos nós iríamos; exceto por Amren e Nestha que, conforme insistia a primeira, precisava treinar mais. Principalmente depois que Amren havia encontrado, na noite anterior, uma passagem no livro que *poderia* ser aquilo de que precisávamos para consertar a muralha.

Com apenas algumas horas para o fim da noite, ficou finalmente acordado que a reunião aconteceria na Corte Crepuscular. Era perto o bastante do meio do continente, e como Kallias, Grão-Senhor da Invernal, não permitiria ninguém em seu território depois dos horrores que Amarantha infligira ao povo, era a única outra área fronteiriça àquela terra central neutra.

Rhys e Thesan, Grão-Senhor da Corte Crepuscular, se davam bem o bastante. A Crepuscular era geralmente neutra em qualquer conflito, mas, como uma das três Cortes Solares, sua lealdade sempre se inclinava na direção das outras duas. Não era um aliado tão forte quanto Helion Quebrador de Feitiços da Corte Diurna, mas forte o bastante.

Isso não impediu Rhys, Mor e Azriel de se reunir em volta da mesa de jantar na casa da cidade na noite anterior, a fim de revisar todo fragmento de informação conhecida sobre o palácio de Thesan; sobre possíveis obstáculos e armadilhas. E rotas de fuga.

Foi difícil não caminhar de um lado para o outro, não perguntar se, talvez, os riscos eram maiores que os benefícios. Tanto dera errado em Hybern. Tanto estava dando errado no mundo. Sempre que Azriel falava, eu ouvia o rugido de dor quando aquela lança lhe perfurava o peito. Sempre que Mor rebatia um argumento, eu a via de rosto pálido, se afastando do rei. Sempre que Rhys pedia minha opinião, eu o via ajoelhado no sangue dos amigos, implorando ao rei que não partisse nosso laço.

Nestha e Amren paravam de praticar na sala de estar de vez em quando, para que a última pudesse se intrometer com algum conselho ou aviso sobre a reunião. Ou para que Amren pudesse brigar com Nestha a fim de que se concentrasse, se esforçasse mais. Enquanto ela mesma folheava o Livro.

Mais alguns dias, declarou Amren, quando Nestha, por fim, subiu, reclamando de dor de cabeça. Mais alguns dias e minha irmã, por qualquer que fosse o misterioso poder, talvez conseguisse *fazer* alguma coisa. Isso se, acrescentou Amren, *ela* conseguisse desvendar aquela seção promissora do Livro a tempo. E com isso, a fêmea de cabelos pretos nos deu boa noite — para ler até que os olhos sangrassem, conforme alegou.

Considerando quanto o Livro era terrível, não tive tanta certeza de que estivesse brincando.

Os outros também não.

Mal toquei no jantar. E mal dormi naquela noite, me revirando nos lençóis até que Rhys acordou e pacientemente me ouviu murmurar meus temores até que não passassem de sombras.

O alvorecer chegou, e, enquanto me vestia, a manhã evoluiu para um dia ensolarado e seco.

Embora fôssemos para a reunião como realmente éramos, nossas vestes habituais permaneceram as mesmas: Rhys com a calça e o casaco pretos preferidos, Azriel e Cassian com as armaduras illyrianas, todos os sete Sifões polidos e reluzentes. Mor abandonara o vestido vermelho habitual em favor de um azul como a meia-noite. O corte tinha as mesmas faixas reveladoras e as saias transparentes esvoaçantes, mas havia algo... contido nele. Majestoso. Uma princesa do reino.

As vestes de sempre... exceto as minhas.

Não tinha encontrado um vestido novo. Pois não havia outro vestido que poderia se sobressair àquele que eu agora usava no saguão enquanto o relógio sobre a lareira da sala de estar soava 11 horas.

Rhys ainda não descera, e não havia sinal de Amren ou Nestha para as despedidas. Tínhamos nos reunido alguns minutos mais cedo, mas... Abaixei o rosto para me olhar de novo. Mesmo sob a morna luz feérica do saguão, o vestido reluzia e brilhava como uma joia recém-lapidada.

Tínhamos redesenhado meu vestido da Queda das Estrelas, acrescentando cortes de seda translúcida aos ombros e às costas, e o material brilhoso era como luz estelar bordada conforme fluía atrás de mim no lugar de um véu ou uma capa. Se Rhysand era a Noite Triunfante, eu era a estrela que só brilhava graças a sua escuridão, a luz apenas visível por sua causa.

Olhei com irritação para as escadas. Isso se ele se desse o trabalho de aparecer a tempo.

Meus cabelos, Nuala prendera com um arco elegante, ornamentado, sobre a cabeça, e diante dele...

Vi Cassian me olhar pela terceira vez em menos de um minuto, e indaguei:

— O quê?

Seus lábios se repuxaram nos cantos.

— Você parece tão...

— Lá vamos nós — murmurou Mor, de onde limpava as unhas pintadas de vermelho contra o corrimão da escada. Anéis brilhavam em cada articulação, em cada dedo; fileiras de pulseiras tilintavam umas contra as outras nos dois pulsos.

— Oficial — explicou Cassian, com um olhar incrédulo em sua direção. Ele gesticulou com a mão encimada com um Sifão. — *Chique.*

— Mais de quinhentos anos — disse Mor, balançando a cabeça com tristeza —, um guerreiro e general habilidoso, famoso por todos os territórios, e elogiar damas ainda lhe é algo quase impossível. Lembre-me do porquê o levamos a reuniões diplomáticas.

Azriel, envolto em sombras diante da porta da frente, riu baixinho. Cassian lançou um olhar irritado a ele.

— Não vejo *você* disparando poesias, irmão.

Azriel cruzou os braços, ainda com um leve sorriso.

— Não preciso recorrer a elas.

Mor soltou uma risada semelhante a um grasnido, e eu ri com deboche, o que me garantiu um cutucão nas costelas dado por Cassian. Afastei sua mão, mas contive o empurrão que queria dar no general apenas porque era a primeira vez que o via desde de Adriata, e porque sombras ainda lhe obscureciam os olhos — e por causa da coisa de sensação duvidosa em minha cabeça.

A coroa.

Rhys me coroara em todas as reuniões e todos os eventos que tivemos, muito antes de eu ser sua parceira, muito antes de eu ser Grã-Senhora. Mesmo Sob a Montanha.

Eu jamais questionara as tiaras, os diademas e as coroas que Nuala ou Cerridwen entrelaçavam em meus cabelos. Jamais protestei contra elas — mesmo antes de as coisas entre nós estarem daquela forma. Mas essa coroa... Olhei para o alto das escadas quando os passos tranquilos, lentos, de Rhys soaram no carpete.

Essa coroa era mais pesada. Não era indesejada, mas... estranha. E, quando Rhys surgiu no alto das escadas, esplendoroso naquele casaco preto, com as asas estendidas e brilhando como se as tivesse polido, eu estava de novo naquele quarto para o qual ele me levara tarde da noite na véspera, depois que eu o acordei, ao me debater e revirar na cama.

O quarto ficava um andar acima da biblioteca na Casa do Vento e era protegido por tantos feitiços que Rhys levou alguns momentos para passar por eles. Apenas ele e eu — e quaisquer futuros filhos, acrescentou Rhys, com um sorriso sutil — podíamos entrar. A não ser que levássemos convidados.

A câmara era uma escuridão fria — como se tivéssemos entrado na mente de alguma besta adormecida. E dentro do espaço redondo reluziam ilhas brilhantes de luz. De joias.

Dez mil anos em tesouros.

Era perfeitamente organizada, com plataformas e gavetas abertas, e bustos, e estantes.

— As joias da família — anunciara Rhys, com um sorriso malicioso. — Algumas das peças de que não gostamos são guardadas na Corte de Pesadelos para que eles não fiquem irritadinhos, e porque, às vezes, nós as emprestamos à família de Mor, mas estas... estas são para a família.

Ele me levou além de vitrines que brilhavam como pequenas constelações, o valor de cada uma... Mesmo como filha de um mercador, não podia calcular o valor de nenhuma delas.

E, nos fundos da câmara, envolta em uma escuridão mais pesada...

Tinha ouvido falar de catacumbas no continente, onde crânios de entes queridos ou de pessoas famosas eram guardados em pequenas alcovas; dezenas ou centenas em uma parede.

O conceito aqui era o mesmo: entalhada na rocha havia uma parede inteira de coroas. Cada uma tinha o próprio descanso, coberto com veludo preto, cada uma iluminada por...

— Lagartas luminosas — disse Rhys, conforme as minúsculas esferas azuladas incrustadas nos arcos de cada nicho pareceram brilhar como o céu noturno. Na verdade... O que julguei serem pequenas luzes feéricas no teto alto... Eram todas lagartas luminosas. Azul-pálido e turquesa, a luz era sedosa como o luar, iluminando as joias com o antigo e silencioso fogo.

— Escolha uma — sussurrou Rhys em meu ouvido.

— Uma lagarta luminosa?

Ele mordiscou o lóbulo de minha orelha.

— Engraçadinha. — Rhys me virou de volta na direção da parede de coroas, cada uma completamente diferente, tão únicas quanto caveiras. — Escolha qualquer coroa de que gostar.

— Não posso simplesmente... pegar uma.

— Claro que pode. Elas pertencem a você.

Ergui uma sobrancelha.

— Não pertencem... não de verdade.

— Pela lei e pela tradição, isto é tudo seu. Venda, derreta, use-as, faça o que quiser.

— Não se importa com elas? — Indiquei o tesouro que valia mais que a maioria dos reinos.

— Ah, tenho peças preferidas que posso convencê-la a poupar, mas... Isto é seu. Até o último pedaço.

Nossos olhos se encontraram, e eu soube que Rhys também se lembrava das palavras sussurradas meses antes. Que cada pedaço de meu coração ainda cicatrizante lhe pertencia. Sorri e acariciei o braço de Rhys com a mão antes de me aproximar da parede de coroas.

Eu me senti apavorada certa vez, na corte de Tamlin, por receber uma coroa. Detestara a ideia. E supus que, de fato, nunca me preocupara com isso quando se tratava de Rhys. Como se alguma pequena parte de mim sempre soubesse que ali era onde eu devia estar: a seu lado, como sua igual. Sua rainha.

Rhys inclinou a cabeça, como para dizer sim; ele viu, entendeu e sempre soube.

Agora, descendo as escadas da casa na cidade, a atenção de Rhys foi direto para aquela coroa no alto de minha cabeça. E a emoção que iluminou seu semblante foi suficiente para fazer com que até mesmo Mor e Cassian virassem o rosto.

Eu tinha permitido que a coroa me chamasse. Não escolhera por estilo ou conforto, mas pela atração que senti por ela, como se fosse aquele anel no chalé da Tecelã.

Minha coroa era feita de prata e diamantes, toda desenhada com arabescos de estrelas e várias fases da lua. O ápice em arco sustentava uma lua crescente de diamante sólido, acompanhada por duas estrelas explodindo. E com o vestido reluzente da Noite das Estrelas...

Rhys desceu das escadas e tomou minha mão.

Noite Triunfante... e a Eternidade de Estrelas.

Se ele era a escuridão doce e aterrorizante, eu era a luz reluzente revelada apenas pelas sombras de Rhys.

— Achei que estavam partindo — interrompeu a voz de Nestha do alto das escadas.

Eu me preparei, desviando a atenção de Rhys.

Nestha estava com um vestido do mais escuro azul, nenhuma joia à vista, os cabelos presos e sem adornos também. Suponho que, com a beleza arrebatadora, não precisasse de ornamentos. Teria sido como colocar joias em um leão. Mas, para estar vestida daquela forma...

Nestha desceu as escadas, e, quando os demais ficaram em silêncio, percebi...

Tentei não parecer tão descarada quando olhei para Cassian.

Os dois não tinham se visto desde Adriata.

Mas o guerreiro apenas a olhou dos pés à cabeça e se virou para Azriel a fim de dizer algo. Mor observava os dois com atenção — o aviso que dera a minha irmã ainda ecoava silenciosamente entre as duas. E Nestha, pela maldição da Mãe, pareceu se lembrar. Pareceu controlar quaisquer palavras que estivesse prestes a cuspir, e apenas se aproximou de mim.

E quase fez meu coração parar com choque quando falou:

— Você está linda.

Pisquei para ela.

— Isso, Cassian, é o que você estava tentando dizer — falou Mor.

Ele resmungou algo que escolhemos não ouvir.

— Obrigada. Você também — respondi a Nestha.

Nestha apenas deu de ombros.

— Por que *está* tão bem-vestida? — insisti. — Não devia estar treinando com Amren?

Senti a atenção de Cassian se voltar para nós, senti todos olharem quando Nestha respondeu:

— Vou com vocês.

Capítulo 42

Ninguém disse nada.

Nestha apenas ergueu o queixo.

— Eu... — Jamais vira minha irmã sem palavras. — Não quero ser lembrada como uma covarde.

— Ninguém diria isso — sugeri, em voz baixa.

— Eu diria. — Nestha observou todos nós, pulando Cassian com o olhar. Não para desprezá-lo, mas... para evitar seu olhar de resposta. Aprovação... mais que isso. — Era uma coisa distante — explicou minha irmã. — A guerra. A batalha. E... não é mais. Ajudarei se puder. Se isso significar... contar a eles o que aconteceu.

— Você já sacrificou o bastante — argumentei, o vestido farfalhando quando dei um passo solitário na direção de Nestha. — Amren disse que você está perto de dominar a habilidade de que precisa. Devia ficar... se concentrar nisso.

— Não. — A palavra saiu firme, direta. — Um dia ou dois de atraso no treinamento não farão qualquer diferença. Talvez, quando voltarmos, Amren tenha decodificado aquele feitiço do Livro. — Nestha encolheu um ombro. — Vocês foram para a batalha por uma corte que mal conhecem, que mal os vê como amigos. Amren me mostrou o rubi de sangue. E, quando perguntei por quê... você disse que era a coisa certa. As pessoas precisavam de ajuda. — Nestha engoliu em seco. — Ninguém vai lutar para salvar os humanos abaixo da muralha. Ninguém se importa. Mas eu me importo. — Ela brincou com um vinco do vestido. — Eu me importo.

Rhys passou para meu lado.

— Como Grã-Senhora, Feyre não é mais minha emissária no mundo humano. — Ele deu um sorriso hesitante para Nestha. — Quer o cargo?

O rosto de Nestha não demonstrou nada, mas eu podia ter jurado que uma faísca se acendeu.

— Considere esta reunião um teste. E farei você esvaziar os cofres para pagar por meus serviços.

Rhys esboçou uma reverência.

— Eu não esperaria menos de uma irmã Archeron. — Eu o cutuquei nas costelas, e Rhys conteve uma risada. — Bem-vinda à corte — disse Rhys a Nestha. — Está prestes a ter um primeiro dia e tanto.

E, para minha total perplexidade, um sorriso repuxou os cantos da boca de Nestha.

— Não tem volta agora — disse Cassian a Rhys, indicando as asas de meu parceiro.

Rhys colocou as mãos nos bolsos.

— Imagino que seja hora de o mundo saber quem realmente tem a maior envergadura de asa.

Cassian riu, e até mesmo Azriel sorriu. Mor me lançou um olhar que me fez morder o lábio para conter uma risada.

— Aposto vinte moedas de ouro que haverá uma briga na primeira hora — disse Cassian, ainda sem olhar direito para Nestha.

— Trinta moedas, e aposto em 45 minutos — replicou Mor, cruzando os braços.

— Lembrem-se de que há votos e proteções de neutralidade — disse Rhys, casualmente.

— Vocês não precisam de punhos ou magia para brigar — disparou Mor.

— Cinquenta, e aposto em 30 minutos — falou Azriel, à porta. — Iniciada pela Outonal.

Rhys revirou os olhos.

— Tentem *não* demonstrar que estão todos apostando neles. E nada de trapacear provocando brigas. — Os sorrisos de resposta do grupo não foram nada reconfortantes. Rhys suspirou. — Aposto cem moedas que haverá uma briga nos primeiros 15 minutos.

Nestha soltou uma risada baixa. Mas todos me olharam, esperando. Dei de ombros.

— Rhys e eu somos uma equipe. Ele pode apostar todo nosso dinheiro nessa palhaçada.

Todos pareceram profundamente ofendidos.

Rhys entrelaçou o braço no meu.

— Uma rainha na aparência...

— Nem termine essa frase — respondi.

Ele riu.

— Vamos?

Rhys atravessaria comigo, Mor levaria Cassian *e* Nestha, e Azriel iria sozinho. Rhys olhou para o relógio da sala de estar e acenou para o encantador de sombras.

Azriel imediatamente sumiu. Ele seria o primeiro a chegar — o primeiro a ver se alguma armadilha nos esperava.

Em silêncio, aguardamos. Um minuto. Dois.

Então, Rhys expirou e disse:

— Caminho livre. — Ele entrelaçou os dedos nos meus, segurando com força.

Mor se curvou um pouco, as joias brilharam com o movimento, e foi dar o braço a Cassian.

Mas ele por fim se aproximara de Nestha. E, quando o mundo começou a se transformar em sombras, vi Cassian de pé diante de minha irmã, vi o queixo de Nestha se erguer de modo desafiador, e ouvi Cassian resmungar:

— Oi, Nestha.

Rhys pareceu parar a travessia quando minha irmã falou:

— Então, você está vivo.

Cassian exibiu os dentes em um sorriso selvagem, abrindo levemente as asas.

— Estava esperando o contrário?

Mor observava... observava com tanta atenção, cada músculo tenso. Ela mais uma vez estendeu o braço para o do general, mas Cassian se esquivou, sem tirar os olhos do olhar incandescente de Nestha.

— Você não veio... — disparou ela, então se conteve.

O mundo pareceu ficar completamente imóvel com aquela frase interrompida, nada e ninguém mais quieto que Cassian. Ele observou o rosto de minha irmã como se lesse intensamente um relatório de batalha.

Mor apenas observou enquanto Cassian pegava a mão fina de Nestha, entrelaçando os dedos de ambos; enquanto o general fechava as asas e, indistintamente, estendia a outra mão para trás, na direção da amiga, com uma ordem silenciosa para que os transportasse.

Os olhos de Cassian não deixaram os de Nestha; e os dela não deixaram os dele. Não havia calor, nenhum carinho, no rosto dos dois. Apenas aquela intensidade voraz, aquela mistura de desprezo, compreensão e fogo.

Rhys começou a nos atravessar de novo, e, no momento que o vento escuro soprou, ouvi Cassian dizer a Nestha, com voz baixa e áspera:

— Da próxima vez, Emissária, virei cumprimentá-la.

Tinha aprendido o suficiente com Rhys sobre o que esperar da Corte Crepuscular, mas mesmo as paisagens que ele pintara não faziam jus à vista.

Foram as nuvens o que vi primeiro.

Imensas nuvens fluindo pelo céu cor de cobalto, macias e magnânimas, ainda tingidas pelo vestígio rosado do alvorecer, as bordas arredondadas emolduradas pela luz dourada. O frescor orvalhado da manhã permanecia no ar morno quando olhamos para o palácio montanhoso que espiralava até o céu acima.

Se o palácio acima da Corte de Pesadelos fora feito de pedra da lua, esse era feito de... pedra do sol. Eu não tinha palavras para a pedra dourada quase opalescente que parecia conter o brilho de mil alvoreceres.

Degraus, sacadas, arcos, varandas e pontes uniam as torres e os domos folheados a ouro do palácio, ipomeias violeta subiam pelas pilastras e pelos blocos perfeitamente cortados de pedra para absorver a neblina dourada que soprava.

Soprava porque a montanha sobre a qual ficava o palácio... Havia um motivo para eu ter visto as nuvens primeiro.

A varanda na qual surgimos estava vazia, exceto por Azriel e um criado de quadril estreito usando o uniforme dourado e rubi da Crepuscular. Vestes leves e largas — em camadas, mas que torneavam o corpo.

O macho fez uma reverência, a pele marrom era lisa com juventude e beleza.

— Por aqui, Grão-Senhor.

Até mesmo a voz do homem era tão linda quanto o primeiro brilho dourado no horizonte. Rhys respondeu à reverência com um aceno breve e me ofereceu o braço.

Mor murmurou atrás de nós, caminhando ao lado de Nestha:

— Se algum dia tiver vontade de construir uma nova casa, Rhys, vamos usar esta como inspiração.

Rhys lançou um olhar de incredulidade por cima do ombro para a prima. Cassian e Azriel riram baixinho.

Olhei para Nestha quando o criado nos levou não para o arco além da varanda, mas para as escadas espiraladas que subiam... ao longo da face exposta de uma torre.

Nestha pareceu tão deslocada quanto todos nós; exceto por Mor, mas...

Havia assombro no rosto de minha irmã.

Assombro completo diante do castelo nas nuvens, do campo verdejante que ondulava longe abaixo, salpicado de cidadezinhas com telhado vermelho e rios amplos e reluzentes. Um campo exuberante, eterno, com a abundância do verão ao seu redor.

E eu me perguntei se minha expressão se assemelhara àquela — no dia em que vi Velaris pela primeira vez. A mistura de assombro e raiva, e a percepção de que o mundo era grande, e lindo, e às vezes tão arrebatador em suas maravilhas que era impossível sorvê-lo de uma vez.

Havia outros palácios dentro do território da Crepuscular — posicionados em pequenas cidades que se especializavam em funilaria, e coisas inteligentes. Ali... além daquelas cidades aninhadas nas colinas e campo não havia indústria. Nada além do palácio, do céu e das nuvens.

Subimos as escadas espiraladas; a queda do precipício próximo descia até a rocha de cores quentes, salpicada de aglomerados de rosas pálidas e fofas peônias de cor magenta. Uma linda e colorida morte.

A cada passo me preparava conforme subíamos mais e mais a torre, e a mão de Rhys na minha não se movia.

As asas permaneciam abertas. Ele não hesitou um único passo.

Os olhos de Rhys se voltaram para mim, divertidos e inquisidores. Ele falou, pelo laço: *E você acha que eu preciso redecorar nossa casa?*

Passamos por câmaras a céu aberto cheias de gordas almofadas de seda e tapetes felpudos, passamos por janelas cujos painéis estavam organizados em misturas coloridas, por urnas transbordando com lavanda e fontes gorgolejando a água mais cristalina sob os raios tênues de sol.

Não é uma competição, ralhei com ele.

A mão de Rhys apertou a minha. *Bem, mesmo que Thesan tenha um palácio mais bonito, sou o único abençoado com uma Grã-Senhora a meu lado.*

Não consegui conter o rubor nas bochechas.

Principalmente quando Rhys acrescentou: *Esta noite, quero que use essa coroa na cama. Somente a coroa.*

Devasso.

Sempre.

Sorri, e Rhys se aproximou suavemente para dar um leve beijo em minha bochecha.

Mor murmurou uma súplica para livrá-la de parceiros.

Vozes abafadas chegaram até nós da câmara a céu aberto no alto da torre de pedra solar — algumas graves, outras agudas, umas animadas —, antes de terminarmos a última volta a seu redor, as janelas arqueadas e sem vidro não forneciam uma barreira para a conversa do lado de dentro.

Três outros já chegaram, avisou Rhys, e tive a sensação de que era o que Azriel agora murmurava para Mor e Cassian. *Helion, Kallias e Thesan.*

Os Grão-Senhores da Diurna e Invernal, e nosso anfitrião da Crepuscular.

O que significava que a Outonal e a Estival — Beron e Tarquin — ainda não haviam chegado. Ou a Primaveril.

Ainda duvidava de que Tamlin fosse aparecer, mas Beron e Tarquin... Talvez a batalha tivesse feito Tarquin mudar de ideia. E Beron era ruim o suficiente para talvez já ter se aliado a Hybern, independentemente da manipulação de Eris.

Vi Rhys engolir em seco quando subimos os últimos degraus até o portal aberto. Uma longa ponte conectava a outra metade da torre ao interior do palácio, o parapeito estava carregado com glicínias pálidas como o alvorecer. Eu me perguntei se os demais foram conduzidos por aquelas escadas, ou se por algum motivo isso deveria ser um insulto.

Levantou os escudos?, perguntou Rhys, mas eu sabia que ele estava ciente de que os meus estavam erguidos desde Velaris.

Assim como eu estava ciente de que ele tinha erguido um escudo, mental e físico, em volta de todos nós, com ou sem os termos de paz.

E, embora a expressão de Rhys estivesse tranquila, e os ombros, relaxados, eu disse: *Vejo você inteiro, Rhys. E não há uma só parte que eu não ame com tudo o que sou.*

A mão de Rhys apertou a minha em resposta, antes de ele colocar meus dedos em seu braço, erguendo-o tanto que provavelmente tenhamos passado uma imagem bastante refinada quando entramos na câmara.

Você não se curva para ninguém, foi tudo o que Rhys respondeu.

Capítulo 43

A câmara era e não era o que eu esperava. Cadeiras de carvalho com acolchoamento macio foram dispostas em um imenso círculo no coração da sala — suficientes para todos os Grão-Senhores e suas delegações. Algumas, percebi, tinham sido moldadas para acomodar asas.

Parecia que não era incomum: aglomerados em torno de um macho esguio de quem eu imediatamente me lembrei de Sob a Montanha, estavam feéricos alados. Se os illyrianos tinham asas como as de morcego, essas... eram como as de pássaros.

Os peregrinos são parentes distantes do povo serafim de Drakon e fornecem a Thesan uma pequena legião alada, me disse Rhys, em relação aos machos e às fêmeas musculosos com armadura dourada. *O macho à esquerda é o capitão e amante de Thesan.* De fato, o belo macho estava um pouco mais perto de seu Grão-Senhor, com uma das mãos na espada refinada ao lado do corpo. *Ainda sem laço de parceria*, continuou Rhys, *mas acho que Thesan não ousou reconhecer enquanto Amarantha reinava. Ela sentia prazer ao lhes arrancar as penas... uma a uma. Fez um vestido com elas certa vez.*

Tentei não estremecer quando passamos para o piso de mármore polido, a pedra aquecida pelo sol que entrava pelos arcos abertos. Os demais tinham olhado em nossa direção, alguns murmurando ao ver as asas de Rhys, mas minha atenção se voltou para a verdadeira joia da câmara: o espelho de água.

Em vez de uma mesa ocupando o espaço no meio daquele círculo de cadeiras, um espelho de água raso e circular fora entalhado no próprio chão. A água escura estava cheia de ninfeias rosa e douradas com folhas largas e chatas como a mão de um macho, e, sob as flores, peixes coral e marfim nadavam preguiçosamente.

Disso, admiti a Rhys, *eu posso precisar.*

Um pulso de humor sarcástico percorreu o laço. *Farei uma nota mental para seu aniversário.*

Mais glicínias envolviam as pilastras que ladeavam o espaço, e, ao longo das mesas postas contra as poucas paredes, buquês de peônias da cor de vinho desabrochavam suas camadas sedosas. Entre os vasos, bandejas e cestos de comida haviam sido dispostos; pequenos pães, carnes curadas e arranjos de frutas nos atraíam diante de úmidos jarros de estanho contendo algum refresco.

E havia os três Grão-Senhores.

Não éramos os únicos bem-vestidos.

Rhys e eu paramos no meio do aposento.

Eu conhecia todos — me lembrava deles daqueles meses Sob a Montanha. Rhys me contara suas histórias enquanto treinávamos. Eu me perguntei se sentiam o poder dentro de mim quando voltaram a atenção para nós.

Thesan deslizou para a frente, os exóticos sapatos bordados silenciosos no chão. A túnica era justa sobre o peito esguio, mas as calças esvoaçantes — bem parecida com as preferidas de Amren — sussurravam com o movimento enquanto Thesan se aproximava. A pele e os cabelos marrons reluziam, como se o alvorecer os tivesse permanentemente folheado, mas os olhos repuxados para cima, com o castanho exuberante de campos recém-arados, eram a mais bela característica. Thesan parou a poucos metros, observando Rhys e a mim, nosso grupo. As asas que Rhys manteve fechadas às costas.

— Bem-vindos — anunciou Thesan, a voz grossa e exuberante como aqueles olhos. O amante do Grão-Senhor monitorava cada fôlego, poucos metros atrás, sem dúvida ao perceber que nossos companheiros faziam o mesmo atrás de nós. — Ou — Thesan refletiu —, como você convocou esta reunião, talvez devesse receber os convidados?

Um leve sorriso se estampou no rosto perfeito de Rhys, as sombras se entrelaçando às mechas dos cabelos. Rhys tinha afrouxado o controle sobre o poder; apenas um pouco. Todos tinham.

— Eu posso ter convocado a reunião, Thesan, mas você teve a graciosidade de oferecer sua linda residência.

Thesan deu um aceno de agradecimento, talvez julgando ser deselegante perguntar a respeito das asas recém-reveladas de Rhysand, e depois se virou para mim.

Nós nos encaramos enquanto meus companheiros fizeram uma reverência atrás de mim. Como a esposa de um Grão-Senhor deveria tê-los imitado.

Mas eu simplesmente permaneci de pé. E encarei.

Rhys não interferiu — não nesse primeiro teste.

Crepuscular... o dom da cura. Foi o dom de Thesan que me permitiu salvar a vida de Rhysand. Que me mandou para o Suriel, naquele dia quando descobri a verdade que mudaria minha eternidade.

Ofereci um sorriso contido a Thesan.

— Seu lar é lindo.

Mas a atenção de Thesan tinha passado para a tatuagem. Eu sabia que ele havia percebido quando reparou a tinta na mão errada. Então, viu a coroa sobre minha cabeça. As sobrancelhas de Thesan se ergueram.

Rhys apenas deu de ombros.

Os outros dois Grão-Senhores tinham se aproximado agora.

— Kallias — disse Rhys àquele de cabelos brancos, cuja pele era tão pálida que parecia congelada. Até mesmo os avassaladores olhos azuis pareciam lascas lapidadas de uma geleira enquanto estudava as asas de Rhys, parecendo imediatamente ignorá-las. Ele usava um casaco azul-marinho bordado com linha prateada, o colarinho e as mangas eram forrados com pele de coelho branca. Imaginei que era quente demais para o dia ameno, principalmente as botas marrons forradas de pele na altura dos joelhos, mas, considerando o gelo completo da expressão do Grão-Senhor, talvez seu sangue circulasse congelado. Um trio de Grão-Feéricos de cores semelhantes permaneceu nos assentos, um deles era uma jovem fêmea que olhou diretamente para Mor... e sorriu.

Mor devolveu o sorriso, saltitando quando Kallias abriu a boca...

E, então, minha amiga deu um gritinho.

Um gritinho.

As duas fêmeas dispararam uma para a outra, e o gritinho de Mor se tornou um choro baixo quando ela passou os braços em volta da estranha elegante e a abraçou forte. Os braços da fêmea tremiam quando esta segurou Mor.

Então, as duas riram e choraram e dançaram em volta uma da outra, parando a fim de observar os rostos uma da outra, para limpar lágrimas, e, então, se abraçavam de novo.

— Você não mudou nada — dizia a estranha, sorrindo de orelha a orelha. — Acho que esse é o mesmo vestido que a vi usar em...

— *Você* não mudou nada! Usando pele no meio do verão... tão obviamente típico...

— Trouxe os comparsas de sempre, ao que parece...

— Ainda bem que a companhia se tornou mais agradável com algumas chegadas recentes... — Mor gesticulou para que eu me aproximasse. Fazia eras desde que eu a vira tão alegre. — Viviane, te apresento Feyre. Feyre, te apresento Viviane... esposa de Kallias.

Olhei para Thesan e Kallias; o último observava a esposa e Mor com as sobrancelhas erguidas.

— Tentei sugerir que ela ficasse em casa — disse Kallias, sarcasticamente. — Mas ela ameaçou congelar minhas bolas.

Rhys soltou uma risada sombria.

— Parece familiar.

Voltei um olhar irritado para ele por cima de um dos ombros brilhantes — bem a tempo de ver o risinho do rosto de Kallias desaparecer quando ele observou Rhys de verdade. Não apenas as asas dessa vez. A diversão de meu parceiro diminuiu, algum fio tenso foi puxado entre ele e Kallias...

Mas eu chegara até onde estavam Mor e Viviane, e tirei a curiosidade do rosto quando apertei a mão da fêmea, surpresa ao senti-la morna. Os cabelos prateados de Viviane brilhavam ao sol, como neve fresca.

— Esposa — disse Viviane, emitindo um estalo com a língua. — Sabe, ainda parece estranho para mim. Sempre que alguém diz, olho por cima do ombro como se para outra pessoa.

— Ainda não decidi se acho um insulto. Pois ela diz isso todo dia — retrucou Kallias, para ninguém em especial, de onde estava, diante de Rhys, as costas rígidas.

Viviane mostrou a língua para ele.

Mas Mor segurou o ombro de Viviane e o apertou.

— Já estava na hora.

Um rubor manchou o rosto pálido de Viviane.

— Sim, bem... tudo estava diferente depois de Sob a Montanha. — Os olhos cor de safira se voltaram para os meus quando Viviane fez uma reverência com a cabeça. — Obrigada... por me devolver meu parceiro.

— Parceiros? — sibilou Mor, olhando de um para outro. — Casados *e* parceiros?

— Vocês duas entendem que esta é uma reunião séria? — indagou Rhys.

— E que os peixes no lago são muito sensíveis a sons agudos? — acrescentou Kallias.

Viviane fez um gesto vulgar para os dois, o que me fez gostar dela imediatamente.

Rhys olhou para Kallias com o que presumi ser algum tipo de expressão de sofrimento solidário de machos. Mas o Grão-Senhor não correspondeu.

Ele apenas encarou Rhys, de novo, a diversão se fora... aquela frieza se estampou no rosto.

Havia... tensão com a Corte Invernal, explicara Mor quando resgataram a mim e a Lucien do gelo. Uma raiva remanescente por causa de algo acontecido Sob a Montanha...

Mas o terceiro Grão-Senhor por fim se aproximou do outro lado do espelho de água.

Meu pai certa vez comprou e vendeu um pingente dourado com lápis-lazúli que vinha das ruínas de um reino árido no sudeste, onde os feéricos governaram como deuses em meio a tamareiras oscilantes e palácios varridos pela areia. Eu ficara hipnotizada pelas cores, pelo artesanato, mas ficara mais interessada no carregamento de mirra e figos que acompanharam o pingente — alguns dos últimos meu pai sorrateiramente me deu enquanto eu estava em seu escritório. Mesmo agora, ainda conseguia sentir o gosto doce na língua, o cheiro de terra e não conseguia explicar muito bem por que, mas... me lembrei daquele antigo colar e das iguarias exóticas conforme ele caminhava até nós.

As roupas tinham sido feitas de um único pedaço de tecido branco — não era uma túnica, não era um vestido, mas algo intermediário, plissado e drapeado sobre o corpo musculoso. Um bracelete de ouro em forma de serpente em riste circundava o poderoso bíceps, ressaltando a pele escura quase brilhante, e uma coroa radiante de espinhos dourados — os raios do sol, percebi — reluzia sobre o cabelo cor de ônix.

O sol personificado. Poderoso, lento na graciosidade, capaz de bondade e ira. Quase tão belo quanto Rhysand. E, de alguma forma... de alguma forma mais frio que Kallias.

Seu grupo de Grão-Feéricos era quase tão grande quanto o nosso, com vestes semelhantes de variadas cores exuberantes — cobalto, carmesim e ametista —, alguns com olhos habilidosamente delineados, todos em forma e transbordando saúde.

Mas talvez o poder físico deles — *dele* — fosse a destreza manual, pois o outro título de Helion era Quebrador de Feitiços, e suas mil bibliotecas, diziam os boatos, continham o conhecimento do mundo. Talvez todo aquele conhecimento o tivesse feito consciente demais, frio demais por trás daqueles olhos brilhantes.

Ou talvez isso tivesse vindo depois que Amarantha saqueara algumas daquelas bibliotecas para si. Eu me perguntei se Helion teria recuperado o que ela roubou; ou se ficara de luto pelo que Amarantha queimara.

Até mesmo Mor e Viviane interromperam o reencontro quando Helion parou a uma distância sábia.

Foi seu poder que tirou meus amigos de Hybern. Era esse poder que me fazia brilhar sempre que Rhys e eu estávamos entrelaçados e cada batida do coração doía de felicidade.

Helion indicou o queixo quadrado para Rhys; o único, ao que parecia, nada surpreso pelas asas de meu parceiro. Mas os olhos de Helion — de um tom âmbar espantoso — recaíram sobre mim.

— Tamlin sabe o que ela é?

A voz era, de fato, mais fria que a de Kallias. E a pergunta... tão cuidadosamente formulada.

— Se quer dizer linda e inteligente, então, sim... acho que sabe — respondeu Rhys.

Helion olhou inexpressivamente para Rhys.

— Ele sabe que ela é sua parceira... e Grã-Senhora?

— *Grã-Senhora?!* — exclamou Viviane com um gritinho, mas Mor a calou, puxando a amiga de lado para sussurrar.

Thesan e Kallias me observaram. Devagar.

Cassian e Azriel casualmente se aproximaram, sem passar de uma brisa noturna.

— Se ele chegar — falou Rhys, tranquilamente —, suponho que descobriremos.

Helion soltou uma risada sombria. Perigoso; ele era completamente letal, aquele Grão-Senhor beijado pelo sol.

— Sempre gostei de você, Rhysand.

Thesan se aproximou, sempre o bom anfitrião. Pois aquela risada prometia violência. O amante e os demais peregrinos pareceram assumir posições defensivas — para proteger o Grão-Senhor, ou simplesmente para nos lembrar de que éramos convidados na casa.

Mas a atenção de Helion se voltou para Nestha.

E se deteve ali.

Ela apenas o encarou de volta. Inabalada, pouco impressionada.

— Quem é sua convidada? — perguntou o Grão-Senhor da Diurna, em um tom um pouco baixo demais para meu gosto.

Cassian não revelou nada; nem mesmo um lampejo de que *conhecia* Nestha. Mas não se moveu um centímetro da posição defensiva casual. Nem Azriel.

— É minha irmã e nossa emissária nas terras humanas — respondi, por fim, passando para o lado de Nestha. — E contará sua história quando os demais chegarem.

— Ela é feérica.

— Como assim?! — murmurou Viviane, e o risinho de Mor foi interrompido quando Kallias ergueu as sobrancelhas para as duas. Helion as ignorou.

— Quem a Fez? — perguntou Thesan, educadamente, inclinando a cabeça.

Nestha observou Thesan. Depois, Helion. E então, Kallias.

— Hybern — revelou Nestha, simplesmente. Não havia uma faísca de medo nos olhos, no queixo erguido.

Silêncio atônito.

Mas eu estava farta de que devorassem minha irmã com os olhos. Dei o braço a ela, seguindo para as cadeiras de encosto baixo, que presumi serem para nós.

— Eles a atiraram no Caldeirão — expliquei. — Com minha outra irmã, Elain. — Eu me sentei, posicionando Nestha a meu lado, e olhei para os três Grão-Senhores reunidos, sem um pingo de modos, educação ou lisonjas. — Depois que a Grã-Sacerdotisa Ianthe e Tamlin venderam Prythian e minha família a eles.

Nestha assentiu em uma confirmação silenciosa.

Os olhos de Helion se acenderam como uma forja.

— Essa é uma acusação grave, principalmente em se tratando de seu ex-amante.

— Não é acusação — retruquei, unindo as mãos no colo. — Estávamos todos lá. E agora vamos fazer algo a respeito.

Orgulho estremeceu pelo laço. Então...

— Por que *eu* não posso ser Grã-Senhora também? — murmurou Viviane para Kallias, acotovelando-o nas costelas.

Os demais chegaram atrasados.

Ocupamos nossos assentos em torno do espelho de água, e os criados impecavelmente educados de Thesan nos trouxeram pratos de comida e taças de sucos exóticos das mesas próximas à parede. A conversa parava e fluía, e Mor e Viviane sentaram-se uma ao lado da outra para colocar em dia o que pareciam ser cinquenta anos de fofocas.

Viviane não estivera Sob a Montanha. Como amigo de infância, Kallias fora superprotetor em relação a Viviane ao longo dos anos; colocara a fêmea de mente aguçada para trabalhar na fronteira durante décadas a fim de evitar os ardis da corte. Ele não a deixou chegar perto de Amarantha também. Não deixou ninguém farejar seus sentimentos pela amiga de cabelos brancos, que ignorava — completamente — que Kallias a amara a vida inteira. E naqueles últimos momentos, quando o poder do macho foi arrancado por aquele feitiço... Kallias disparou os resquícios para avisar Viviane. Para dizer que a amava. E, depois, para implorar que ela protegesse seu povo.

E Viviane o fez.

Como Mor e meus amigos haviam protegido Velaris, Viviane escondera e vigiara a pequena cidade sob sua guarda, oferecendo porto seguro àqueles que ali chegassem.

Sem jamais se esquecer do Grão-Senhor e amigo preso Sob a Montanha, sem jamais interromper a busca por uma forma de libertar Kallias. Principalmente enquanto Amarantha lançava seus horrores sobre a corte de Kallias para arrasá-los, para puni-los. Mas Viviane os manteve unidos. E, durante aquele reinado de terror — durante todos aqueles anos —, ela percebeu o que Kallias era para ela, o que também sentia por ele.

No dia em que Kallias voltou para casa, atravessou direto para Viviane.

Ela o beijou antes que o Grão-Senhor pudesse dizer uma palavra. Kallias então se ajoelhou e pediu que Viviane se tornasse sua esposa.

Uma hora depois, visitaram um templo e fizeram os votos. E naquela noite — *durante você sabe o quê*, dissera Viviane, sorrindo, para Mor — o laço de parceria por fim se encaixou.

A história ocupou nosso tempo enquanto esperávamos, pois Mor queria detalhes. Muitos. Detalhes que ultrapassavam os limites do decoro e faziam Thesan engasgar com o vinho de sambuco. Mas Kallias sorriu para a esposa e parceira com tanto calor e felicidade que, apesar das cores gélidas, *ele* deveria ser o Grão-Senhor da Diurna.

Não o implacável Helion de língua afiada, que observava minha irmã e a mim feito uma águia. Uma imensa águia dourada — com garras muito afiadas.

Eu me perguntei qual seria sua forma bestial; se desenvolvia asas, como Rhysand. E garras.

Se Thesan também — asas brancas como os vigilantes peregrinos que se mantinham calados, como seu próprio amante de olhos destemidos, que não proferia uma palavra. Talvez todos os Grão-Senhores das Cortes Solares possuíssem asas sob a pele, um presente dos céus dos quais as cortes reivindicaram posse.

Levou uma hora até que Thesan anunciasse:

— Tarquin está aqui.

Minha boca secou. Um silêncio desconfortável recaiu.

— Soube dos rubis de sangue. — Helion lançou um sorriso debochado a Rhys, brincando com o bracelete dourado no bíceps. — *Essa* é uma história que quero que conte.

Rhys gesticulou com a mão livre.

— Tudo a seu tempo. — *Canalha*, disse Rhys para mim, piscando um olho.

Mas, então, Tarquin subiu o último degrau até a câmara, Varian e Cresseida o flanqueavam.

Varian olhou para nós, em busca de alguém ausente — e esboçou raiva ao ver Cassian, sentado à esquerda de Nestha. O general apenas abriu um sorriso arrogante.

Eu destruí um prédio, dissera Cassian certa vez a respeito da última visita à Corte Estival. Da qual ele agora estava *banido*. Aparentemente, nem mesmo o fato de ele tê-los ajudado na batalha revogou a punição.

Tarquin ignorou Rhysand e a mim — ignorou todos nós, inclusive as asas de Rhys — quando deu desculpas vagas pelo atraso, culpando o ataque. Talvez fosse verdade. Ou ele estava se decidindo até o último minuto se iria, apesar de ter aceitado o convite.

Ele e Helion pareciam igualmente tensos, e apenas Thesan mostrava boa vontade com Tarquin. Neutro de fato. Kallias se tornara ainda mais frio... distante.

Mas as apresentações tinham sido feitas, e então...

Um criado sussurrou para Thesan que Beron e *todos* os seus filhos tinham chegado. O sorriso imediatamente sumiu da boca de Mor, de seus olhos.

E dos meus também.

A violência emanando de meus amigos era suficiente para ferver o espelho de água diante de nossos pés quando o Grão-Senhor da Outonal entrou pelo arco, seguido pelos filhos em fila, e a esposa, mãe de Lucien, ao lado. Os olhos avermelhados da feérica observaram o cômodo, como se procurando aquele filho perdido. Eles se detiveram, então, em Helion, que esboçou uma reverência com a cabeça escura. Ela imediatamente desviou o olhar.

A Senhora da Outonal salvou minha vida uma vez — Sob a Montanha. Em troca de que eu poupasse a de Lucien.

Será que se perguntava onde estava o filho perdido? Será que ouvira os boatos que eu havia inventado, as mentiras que disseminara? Não podia contar a ela que Lucien agora caçava no continente, evadindo exércitos, atrás de uma rainha encantada. Para encontrar um pingo de salvação.

Beron — de rosto fino e cabelos castanhos — não se deu o trabalho de olhar para qualquer outro lugar que não para os Grão-Senhores reunidos. Mas os filhos restantes nos olharam com desprezo. Tanto desprezo que os peregrinos agitaram as penas. Até mesmo Varian exibiu os dentes em aviso diante do olhar lascivo que Cresseida recebeu de um deles. O pai não se incomodou em repreendê-los.

Mas Eris o fez.

Um passo atrás do pai, Eris murmurou:

— Basta! — E os irmãos mais jovens se comportaram. Todos os três.

Se Beron notou ou se importou, não deixou transparecer. Não, apenas parou a meio caminho do cômodo, as mãos cruzadas diante do corpo, e fez cara feia, como se fôssemos um bando de vira-latas.

Beron, o mais velho entre nós. O mais terrível.

Rhys o cumprimentou suavemente, embora o poder fosse como uma montanha escura estremecendo sob nós:

— Não é surpresa que esteja atrasado, considerando que seus filhos foram lentos demais para pegar minha parceira. Suponho que seja de família.

Os lábios de Beron se retraíram levemente quando ele olhou para mim, para minha coroa.

— Parceira... e Grã-Senhora.

Voltei um olhar inexpressivo, entediado, para Beron. E, depois, para seus desprezíveis filhos. Para Eris.

Eris apenas sorriu para mim, divertido e casual. Será que usaria aquela máscara quando acabasse com a vida do pai e roubasse o trono?

Cassian observava o aspirante a Grão-Senhor, como um gavião estudando a próxima refeição. Eris ousou olhar para o general illyriano e inclinou a cabeça em um convite, dando um tapinha sutil na barriga. Pronto para o segundo round.

Então, a atenção de Eris se voltou para Mor, percorrendo-a com um desdém que fez meu sangue ferver. Mor apenas o encarou inexpressiva. Entediada.

Até mesmo Viviane mordia o lábio. Então, ela sabia o que fora feito com Mor — o que a presença de Eris desencadearia.

Ignorando a reunião que já acontecera, a aliança profana que havia sido feita. Azriel ficou tão imóvel que não tive certeza se respirava. Se

Mor reparou, se soube que, embora tivesse tentado superar o acordo que fizéramos, a culpa ainda assombrava Azriel, não deixou transparecer.

Eles se sentaram, ocupando as últimas cadeiras.

Não restou uma cadeira vazia.

Aquilo dizia o bastante sobre os planos de Tamlin.

Tentei não me afundar na cadeira enquanto os criados atendiam à Corte Outonal, enquanto todos nos acomodávamos.

Thesan, como anfitrião, começou.

— Rhysand, você convocou esta reunião. Insistiu para que nos reuníssemos mais cedo que o pretendido. Agora é o momento de explicar o que é tão urgente.

Rhys piscou... devagar.

— Certamente os exércitos invasores aterrissando em nossas praias explicam tudo.

— Então, nos chamou para fazer o quê, exatamente? — desafiou Helion, apoiando os antebraços nas coxas musculosas e reluzentes. — Levantar um exército unificado?

— Entre outras coisas — disse Rhys, calmamente. — Nós...

Foi quase igual... a entrada.

Quase igual àquela noite no antigo chalé de minha família, quando a porta havia sido destruída e uma besta avançou junto ao frio congelante, rugindo para nós.

Ele não se incomodou em aterrissar na varanda, ou com os acompanhantes. Não tinha um grupo.

Como um estalo de relâmpago, cruel como uma tempestade de primavera, ele atravessou para dentro da própria câmara.

E meu sangue correu mais frio que o gelo de Kallias quando Tamlin surgiu e sorriu como um lobo.

Capítulo 44

Silêncio absoluto. Quietude absoluta.

Senti o tremor da magia percorrer a sala conforme escudo após escudo se formou em torno de cada Grão-Senhor e de sua delegação. Aquele que Rhysand já subira em volta de nós, agora reforçado... ódio envolvia a essência do escudo. Ira e ódio. Mesmo que o rosto de meu parceiro parecesse entediado... preguiçoso.

Tentei controlar minhas feições e estampar a precaução fria com que Nestha o via, ou o leve desprezo de Mor. Eu tentei — e fracassei terrivelmente.

Eu conhecia seus humores, o temperamento.

Ali estava o Grão-Senhor que despedaçara aqueles naga em fragmentos ensanguentados, ali estava o Grão-Senhor que havia empalado Amarantha com a espada de Lucien e lhe dilacerado a garganta com os dentes.

Tudo isso reluzia naqueles olhos verdes quando se fixaram em mim, em Rhys. Os dentes de Tamlin estavam brancos como ossos limpos por corvos quando ele abriu um grande sorriso.

Thesan se levantou, e seu capitão permaneceu sentado ao lado do Grão-Senhor... apesar de manter a mão na espada.

— Não estávamos esperando você, Tamlin. — Thesan indicou os criados retraídos com a mão fina. — Peguem uma cadeira para o Grão-Senhor.

Tamlin não desviou o olhar de mim. De nós.

Seu sorriso ficou completamente controlado, porém, de alguma forma, mais irritante. Mais cruel.

Tamlin usava a túnica verde habitual — sem coroa, sem adornos. Nenhum sinal de outro boldrié para substituir aquele que eu roubara.

— Admito, Tamlin — falou Beron —, que estou surpreso por vê-lo aqui. — Tamlin não tirou a concentração de mim. De cada fôlego que eu tomava. — De acordo com os boatos, sua lealdade agora está em outro lugar.

O olhar de Tamlin se desviou... para baixo. Para o anel em meu dedo. Para a tatuagem que adornava minha mão direita, fluindo sob a manga azul reluzente e pálida de meu vestido. Depois, se ergueu... direto para a coroa que eu tinha escolhido para mim.

Não sabia o que dizer. O que fazer com meu corpo, com minha respiração.

Bastava de máscaras, bastava de mentiras e decepções. A verdade, agora exposta, nua e crua, diante de Tamlin. O que eu fizera com meu ressentimento, as mentiras com que o alimentara. O povo e a terra que deixei vulneráveis a Hybern. E, então, havia voltado para minha família, meu parceiro...

Minha ira derretida resfriou, tornando-se algo afiado e quebradiço.

Os criados puxaram uma cadeira; dispondo-a entre um dos filhos de Beron e o grupo de Helion. Nenhum deles pareceu contente com isso, embora não fossem burros a ponto de se retrair quando Tamlin se sentou.

Ele não disse nada. Nem uma palavra.

Helion gesticulou com a mão coberta de cicatrizes.

— Vamos prosseguir, então.

Thesan pigarreou. Ninguém olhou em sua direção.

Não quando Tamlin observava a mão que Rhys apoiara em meu joelho reluzente.

O ódio parecia irradiar dos olhos de Tamlin.

Ninguém, nem mesmo Amarantha, me olhara com tanto ódio.

Não, Amarantha não me conhecera de verdade — seu ódio era superficial, movido por uma história pessoal que tudo envenenava. Tamlin... Tamlin me conhecia. E agora odiava cada centímetro do que eu era.

Ele abriu a boca, e eu me preparei.

— Parece que devo minhas felicitações.

As palavras soaram inexpressivas; inexpressivas, mas afiadas como as garras que ele agora mantinha escondidas sob a pele.

Não respondi.

Rhys apenas encarava Tamlin. Mantinha-se ali com o rosto gélido, mas ódio absoluto se acumulava por baixo. Ódio cataclísmico, avançando e se contorcendo pelo laço entre nós.

Entretanto, meu parceiro se dirigiu a Thesan, que ocupara o assento de novo, mas parecia longe de se sentir confortável:

— Podemos discutir o assunto em pauta depois.

— Não parem por minha causa — falou Tamlin, tranquilamente.

A luz nos olhos de Rhys se extinguiu, como se aquela mão de escuridão tivesse apagado as estrelas. Mas ele se recostou no assento, retirando a mão de meu joelho para traçar círculos preguiçosos no braço de madeira da cadeira.

— Não tenho hábito de discutir nossos planos com inimigos.

Helion, do outro lado do espelho d'água, sorriu feito um leão.

— Não — respondeu Tamlin, com igual simplicidade. — Apenas o hábito de foder com eles.

Todos os pensamentos e os sons escorreram para fora de minha mente.

Cassian, Azriel e Mor estavam parados como a morte — a fúria emanava deles em ondas silenciosas. Mas, se Tamlin reparou ou se importou com o fato de que três das pessoas mais letais do cômodo no momento contemplavam sua morte, não deixou transparecer.

Rhys deu de ombros, sorrindo de leve.

— Parece uma alternativa muito menos destrutiva à guerra.

— E, no entanto, aqui está você, tendo-a iniciado.

O piscar de olhos foi o único sinal da confusão de Rhysand.

Uma garra deslizou para fora do dedo de Tamlin.

Kallias ficou tenso, a mão passou para o braço da cadeira de Viviane — como se fosse se atirar diante da parceira. Mas Tamlin apenas raspou aquela garra levemente pelo braço entalhado da própria cadeira, tal qual um dia fizera por minha pele. Ele sorriu, ciente da lembrança exata que aquilo suscitava, mas respondeu a meu parceiro:

— Se você não tivesse roubado minha noiva na calada da noite, Rhysand, eu não teria sido forçado a tomar medidas tão drásticas para recuperá-la.

— O sol estava brilhando quando deixei você — corrigi, baixinho.

Aqueles olhos verdes se voltaram para mim, brilhantes e estranhos. Ele soltou uma risada baixa e, então, desviou o olhar de novo.

Uma dispensa.

— Por que está aqui, Tamlin? — perguntou Kallias.

A garra de Tamlin prendeu na madeira, se enterrando profundamente apesar de a voz permanecer tranquila. Não tinha dúvidas de que aquele gesto fora direcionado a mim também.

— Negociei acesso a minhas terras para recuperar a mulher que amo de um sádico capaz de se entreter com mentes como se fossem brinquedos. Tinha a intenção de enfrentar Hybern, de encontrar uma forma de contornar o acordo selado com o rei depois que ela voltasse. Mas Rhysand e os comparsas a haviam transformado em um deles. E ela se deliciou em partir meu território para que Hybern invadisse. Tudo por um ressentimento tolo, dela ou de seu... mestre.

— Você não tem o direito de reescrever a história — sussurrei. — Não tem o direito de virar isso a seu favor.

Tamlin apenas inclinou a cabeça para Rhys.

— Quando transa com ela, já reparou naquele barulhinho que faz logo antes de atingir o clímax?

Senti o rosto corar. Aquilo não era uma batalha deflagrada, mas a destruição crescente e cuidadosa da minha dignidade, minha credibilidade. Beron sorriu, deliciando-se, enquanto Eris monitorava com cautela.

Rhys virou a cabeça, me olhou da cabeça aos pés. Depois, de volta para Tamlin. Uma tempestade prestes a ser libertada.

Mas foi Azriel quem disse, a voz fria como a morte:

— Cuidado com o que fala da minha Grã-Senhora.

Surpresa acendeu os olhos de Tamlin... e, depois, sumiu. Sumiu, engolida por pura fúria quando ele percebeu o que era aquela tatuagem que cobria minha mão.

— Não bastava se sentar a meu lado, não é? — Um sorriso odioso lhe curvou os lábios. — Uma vez me perguntou se seria minha Grã-Senhora e, quando eu respondi que não... — Uma risada baixa. — Talvez eu a tenha subestimado. Por que servir em minha corte, quando poderia governar a dele?

Tamlin, por fim, encarou os demais Grão-Senhores reunidos e as delegações.

— Eles nos oferecem histórias sobre defender nossa terra e a paz. Mas *ela* veio até minhas terras e as expôs a Hybern. *Ela* tomou minha Grã-Sacerdotisa e lhe deturpou a mente, depois de quebrar seus ossos por inveja. E, se estão se perguntando o que aconteceu com aquela garota humana que foi Sob a Montanha nos salvar... Olhem para o macho sentado a seu lado. Perguntem o que ele tem a ganhar, o que *eles* têm a ganhar com esta guerra, ou a ausência dela. Enfrentaríamos Hybern apenas para ter uma rainha e um rei de Prythian? Ela provou sua ambição, e viram como ele ficou mais que feliz em servir Amarantha a fim de permanecer ileso.

Foi difícil não grunhir, não me agarrar aos braços da cadeira e rugir para Tamlin.

Rhys soltou uma risada sombria.

— Bela jogada, Tamlin. Está aprendendo.

Ira contraiu as feições de Tamlin diante da condescendência. Mas ele se virou para Kallias.

— Perguntou por que estou aqui? Poderia perguntar o mesmo a você. — Ele indicou com o queixo o Grão-Senhor da Invernal e Viviane, e os demais membros da delegação que permaneciam em silêncio. — Quer dizer que depois de Sob a Montanha ainda suportam trabalhar com ele? — Um dedo apontou na direção de Rhysand.

Eu queria arrancar aquele dedo da mão de Tamlin. E dar de comer ao Verme de Middengard.

O brilho prateado em torno de Kallias se apagou.

Até mesmo Viviane pareceu deprimida.

— Viemos decidir isso por conta própria.

Mor encarava a amiga com uma pergunta silenciosa. Viviane, pela primeira vez desde que tínhamos chegado, não olhou para ela. Apenas para o parceiro.

— Não tive envolvimento naquilo. Nenhum — disse Rhys baixinho a eles, a todos.

Os olhos de Kallias se incendiaram como chamas azuis.

— Você estava ao lado do trono de Amarantha quando a ordem foi dada.

Observei, meu estômago revirando, quando Rhys empalideceu.

— Tentei impedir.

— Diga isso aos pais das duas dúzias de crianças que ela massacrou — respondeu Kallias. — Que você *tentou*.

Eu tinha esquecido. Esquecido aquele trecho da história desprezível de Amarantha. Aconteceu enquanto eu estava na Corte Primaveril — um relatório que um dos contatos de Lucien na Corte Invernal conseguiu contrabandear. Sobre duas dúzias de crianças mortas pela "praga". Por Amarantha.

A boca de Rhys se contraiu.

— Não se passa um dia em que eu não me lembre — disse ele a Kallias, a Viviane. Aos companheiros. — Nem um dia.

Eu não sabia.

Rhys me contara certa vez, tantos meses antes, que havia memórias que ele não conseguiria compartilhar... nem comigo. Presumi que eram apenas com relação ao que Amarantha fizera com ele. Não... o que poderia ter sido forçado a testemunhar também. Forçado a suportar, amarrado, preso.

E ficar parado, encoleirado a Amarantha, enquanto ela ordenava o assassinato daquelas crianças...

— Lembrar — falou Kallias — não as traz de volta, traz?

— Não — respondeu Rhys, simplesmente. — Não, não traz. E agora estou lutando para me certificar de que isso jamais aconteça de novo.

Viviane olhou do marido para Rhys.

— Eu não estava presente Sob a Montanha. Mas gostaria de ouvir, Grão-Senhor, como tentou... impedi-la. — Dor lhe contraiu a expressão. Viviane também tinha sido incapaz de impedir enquanto protegia a pequena porção de território.

Rhys não falou nada.

Beron riu com escárnio.

— Finalmente sem palavras, Rhysand?

Coloquei a mão no braço de Rhys. Não tinha dúvida de que Tamlin tinha observado. E não me importava. Eu disse a meu parceiro, sem me incomodar em manter a voz baixa:

— Acredito em você.

— Diz a mulher — replicou Beron — que deu o nome de uma menina inocente no lugar do dela... para que Amarantha também a massacrasse.

Bloqueei as palavras, a lembrança de Clare.

Rhys engoliu em seco. Apertei seu braço com mais força.

A voz de meu parceiro saiu rouca quando ele disse para Kallias:

— Quando seu povo se rebelou... — Eu me lembrava. A Invernal tinha se rebelado contra Amarantha. E as crianças... aquilo fora a resposta de Amarantha. A punição pela desobediência. — Ela ficou furiosa. Queria vê-lo morto, Kallias.

O rosto de Viviane ficou lívido.

— Eu... a convenci de que não ajudaria muito — continuou Rhys.

— Quem diria — observou Beron — que um pau poderia ser tão persuasivo?

— Pai. — A voz de Eris saiu baixa com o aviso.

Cassian, Azriel, Mor e eu fixamos o olhar sobre Beron. E nenhum de nós ria.

Talvez Eris se tornasse Grão-Senhor antes do planejado.

Mas Rhys prosseguiu, para Kallias:

— Ela desistiu da ideia de matá-lo. Seus rebeldes estavam mortos, e eu a convenci de que aquilo bastava. Achei que fosse o fim. — A respiração de Rhys acelerou levemente. — Só descobri quando você descobriu. Acho que ela interpretou minha defesa como um sinal de aviso, e não me contou nada. E me manteve... confinado. Tentei entrar na mente dos soldados que Amarantha enviou, mas seu controle sobre meu poder era forte demais para detê-los... e já estava feito. Ela... ela mandou um daemati com eles. Para... — hesitou Rhys. A mente das crianças... tinha sido esmagada. Rhys engoliu em seco. — Acho que Amarantha queria que você suspeitasse de mim. Para evitar que nos aliássemos contra ela.

O que ele devia ter testemunhado dentro da mente daqueles soldados...

— Onde ela o confinou? — A pergunta veio de Viviane cujos braços envolviam o próprio corpo.

Não estava completamente pronta para a resposta quando Rhys falou:

— Em seu quarto.

Meus amigos não esconderam o ódio, o luto diante dos detalhes que Rhys ocultara até mesmo deles.

— Histórias e palavras — disse Tamlin, esticado na cadeira. — Tem alguma prova?

— *Prova*... — grunhiu Cassian, levantando metade do corpo da cadeira, as asas começando a se abrir.

— Não — interrompeu Rhys, quando Mor bloqueou Cassian com um braço, obrigando-o a se sentar. Rhys acrescentou, para Kallias: — Mas juro... pela vida de minha parceira. — A mão, por fim, repousou sobre a minha.

Pela primeira vez desde que o conheci, a pele de Rhys estava suada.

Estendi minha mente pelo laço, até mesmo enquanto Rhys encarava Kallias. Eu não tinha palavras. Tinha somente eu mesma, somente minha alma, quando me enrosquei contra seus escudos imponentes de adamantino preto.

Rhys sabia o que estar ali, o que nos apresentar como éramos, lhe custaria. O que poderia precisar revelar além das asas que tanto amava.

Tamlin revirou os olhos. Foi preciso cada gota de controle para evitar que eu avançasse contra ele... que arrancasse aqueles olhos.

Mas o que quer que Kallias tivesse lido na expressão de Rhys, em suas palavras... Ele fixou Tamlin com um olhar severo e perguntou, de novo:

— Por que está *aqui*, Tamlin?

Um músculo estremeceu no maxilar de Tamlin.

— Estou aqui para ajudá-los a lutar contra Hybern.

— Mentira — murmurou Cassian.

Tamlin o encarou com raiva. Cassian, fechando bem as asas ao se recostar na cadeira de novo, apenas ofereceu um sorriso torto em resposta.

— Vai nos perdoar — interrompeu Thesan, graciosamente — por estarmos desconfiados. E hesitantes em compartilhar planos.

— Mesmo quando tenho informação sobre os movimentos de Hybern?

Silêncio. Tarquin, do outro lado do espelho de água, observava e ouvia; ou porque era o mais jovem deles, ou talvez porque sabia que havia alguma vantagem em nos deixar disputar tudo sozinhos.

Tamlin sorriu para mim.

— Por que acha que os convidei para casa? Para minhas terras? — Ele soltou um grunhido baixo, e senti Rhys ficar tenso quando Tamlin disse para mim: — Eu disse uma vez a você que lutaria contra a tirania, contra aquele tipo de mal. Achou que *você* era suficiente para me desviar daquilo? — Os dentes brilharam brancos como osso. — Foi tão *fácil* para você me chamar de monstro, apesar de tudo o que fiz por você, por sua família. — Um riso de escárnio na direção de Nestha, que franzia a testa com desprezo. — Mas você testemunhou tudo o que *ele* fez Sob a Montanha e ainda assim abriu as pernas. Adequado, suponho. Ele se prostituiu para Amarantha durante décadas. Por que você não seria sua prostituta em troca?

— Cuidado com o que diz — disparou Mor. Eu estava com dificuldades para engolir, respirar.

Tamlin a ignorou por completo e gesticulou na direção das asas de Rhysand.

— Às vezes me esqueço... do que você é. As máscaras caíram agora, ou isto é apenas mais um ardil?

— Está começando a ficar entediante, Tamlin — avisou Helion, apoiando a cabeça na mão. — Leve esse rancor de amante rejeitado para outro lugar, e deixe o restante de nós discutir a guerra.

— Você ficaria muito feliz com a guerra, considerando o quanto se saiu bem da última.

— Ninguém disse que a guerra não pode ser lucrativa — replicou Helion. O lábio de Tamlin se contraiu em um grunhido silencioso que me fez especular se ele teria procurado Helion para quebrar meu acordo com Rhys, se Helion teria se recusado.

— Basta! — exclamou Kallias. — Temos nossas opiniões sobre como o conflito com Hybern deveria ser abordado. — Aqueles olhos glaciais se tornaram severos quando se voltaram de novo para Tamlin. — Está aqui como aliado de Hybern ou de Prythian?

O sorriso debochado e cheio de ódio se dissipou em uma determinação de granito.

— Estou contra Hybern.

— Prove — desafiou Helion.

Tamlin ergueu a mão, e uma pilha de papéis surgiu na pequena mesa ao lado de sua cadeira.

— Cartas de exércitos, munição, estoques de veneno feérico... Tudo cuidadosamente reunido nos últimos meses.

Tudo isso direcionado a mim, e eu me recusei a sequer abaixar o queixo. Minhas costas doíam por me manter tão reta; sentia uma pontada de dor de cada lado da coluna.

— Por mais nobre que pareça — prosseguiu Helion. — Quem garante que essa informação está correta, ou que você não é o agente de Hybern tentando nos enganar?

— Quem garante que Rhysand e seus seguidores não são agentes de Hybern, e que tudo isso não é um ardil para fazer com que se rendam sem perceber?

— Não pode estar falando sério — murmurou Nestha. Mor olhou para minha irmã de uma forma que dizia que ele estava, sim.

— Se precisamos nos aliar contra Hybern — falou Thesan. — Está fazendo um bom trabalho para nos convencer a não nos unirmos, Tamlin.

— Estou apenas avisando que eles podem estampar o disfarce da honestidade e da amizade, mas a verdade é que *ele* aqueceu a cama de Amarantha por cinquenta anos, e só trabalhou contra ela quando a maré pareceu mudar. Estou avisando que, embora ele alegue que a própria cidade foi atacada por Hybern, eles se saíram notavelmente bem, como se antecipassem o ataque. Não achem que ele não sacrificaria algumas construções e feéricos inferiores para atraí-los para uma aliança, para que pensem que têm um inimigo comum. Por que apenas a Corte Noturna soube sobre o ataque a Adriata, e foram os únicos que chegaram a tempo de bancar os salvadores?

— Eles souberam — interrompeu Varian, friamente — porque *eu* os avisei.

Tarquin virou a cabeça para o primo, as sobrancelhas erguidas em surpresa.

— Talvez você também esteja trabalhando com eles — disse Tamlin ao príncipe de Adriata. — É o próximo na sucessão, afinal de contas.

— Você é louco — sussurrei para Tamlin, quando Varian exibiu os dentes. — Está ouvindo o que *diz*? — Apontei para Nestha. — Hybern transformou minhas irmãs em feéricas... depois que a *vadia* de sua sacerdotisa as vendeu!

— Talvez a mente de Ianthe já estivesse sob o domínio de Rhysand. E que tragédia permanecer jovem e linda. Você é uma boa atriz, tenho certeza de que essa característica é de família.

Nestha soltou uma risada baixa.

— Se quer alguém para culpar por tudo isso — disse ela a Tamlin. — Talvez devesse olhar primeiro no espelho.

Tamlin rosnou para Nestha.

— *Cuidado* — rosnou Cassian de volta.

Tamlin olhou de minha irmã para Cassian, o olhar se deteve nas asas de Cassian, fechadas atrás do corpo. E riu com deboche.

— Parece que outras preferências também correm no sangue Archeron.

Meu poder começou a murmurar... um gigante se levantando, bocejando ao despertar.

— O que você quer? — sibilei. — Um pedido de desculpas? Que eu rasteje de volta para sua cama e banque a esposa boazinha?

— Por que eu ia querer receber de volta uma mercadoria estragada?

Minhas bochechas coraram.

— O instante em que deixou que ele te comesse como uma... — grunhiu Tamlin.

Em um segundo, as palavras envenenadas estavam escorrendo pela boca de Tamlin... onde presas cresciam.

Depois, cessaram.

A boca de Tamlin simplesmente parou de emitir *sons*. Ele fechou a boca, abriu e tentou de novo.

Nenhum som, nem mesmo um grunhido, saiu.

Não havia sorriso no rosto de Rhysand, nenhum pingo daquela diversão irreverente quando ele apoiou a cabeça contra o encosto da cadeira.

— O visual boquiaberto de peixe fora d'água cai bem em você, Tamlin.

Os demais, que assistiam com desprezo, interesse e tédio, agora se viraram para meu parceiro. Agora possuíam uma sombra de medo nos olhos quando perceberam quem e o quê, exatamente, estava sentado entre eles.

Confrades, porém não semelhantes. Tamlin era um Grão-Senhor, tão poderoso quanto qualquer um desses líderes.

Exceto por aquele a meu lado. Rhys era tão diferente deles quanto humanos são de feéricos.

Eles se esqueciam, às vezes, da profundidade daquele poço de poder. Que tipo de poder Rhys empunhava.

Mas, quando Rhysand tirou de Tamlin a habilidade de falar, eles se lembraram.

Capítulo 45

Somente meus amigos não pareceram surpresos.

Os olhos de Tamlin eram como chama verde, luz dourada tremeluzia a sua volta conforme a magia tentava se desvencilhar do controle de Rhysand. Conforme ele tentava mais e mais falar.

— Se querem provas de que não estamos tramando com Hybern — disse Rhysand, diretamente, para todos. — Considerem o fato de que seria muito menos trabalhoso invadir a mente de vocês e obrigá-los a fazer minha vontade.

Apenas Beron foi burro o bastante para dar uma risada de deboche. Eris apenas virou o corpo na cadeira, bloqueando o caminho até a mãe.

— E, no entanto, aqui estou — continuou Rhysand, sem se dignar a dar a Beron qualquer atenção. — Aqui estamos todos nós.

Silêncio absoluto.

Então, Tarquin, calado e vigilante, pigarreou.

Esperei... pelo golpe que certamente nos condenaria. Éramos ladrões e o enganamos, fomos até sua casa, em paz, e roubamos, invadimos suas mentes para garantir nosso sucesso.

Mas Tarquin disse para mim, para Rhysand:

— Apesar do aviso não autorizado de Varian... — Um olhar de irritação para o primo, que nem sequer parecia arrependido. — Vocês foram os únicos que vieram ajudar. Os únicos. E não pediram nada em troca. Por quê?

A voz de Rhys saiu um pouco rouca quando ele perguntou:

— Não é isso que fazem os amigos?

Uma sugestão sutil, silenciosa.

Tarquin o olhou de cima a baixo. Depois, para mim. E para os demais.

— Revogo os rubis de sangue. Que não restem dívidas entre nós.

— Não espere que Amren devolva o dela — murmurou Cassian. — Ficou bastante apegada.

Eu podia jurar que um sorriso repuxou os lábios de Varian.

Mas Rhys encarou Tamlin cuja boca permanecia fechada. Os olhos ainda estavam lívidos. E meu parceiro disse:

— Acredito em você. Que lutará por Prythian.

Kallias não pareceu tão convencido. Nem Helion.

Rhys soltou as amarras sobre a voz de Tamlin. Eu só percebi porque ele soltou um grunhido baixo. Mas Tamlin não fez menção de atacar, de sequer falar.

— A guerra chegou — declarou Rhysand. — Não tenho interesse em desperdiçar energia discutindo entre nós.

O homem — macho — mais sensato. O controle, a escolha de palavras... Tudo era um retrato cuidadoso da razão e do poder. Mas Rhysand... Eu sabia que fora sincero no que dissera. Mesmo que Tamlin tivesse participação no assassinato de sua família, mesmo com o papel que teve em Hybern... Por nosso lar, por Prythian, ele passaria por cima daquilo. Um sacrifício que não feriria ninguém, apenas a alma de Rhys.

Mas Beron falou:

— Você pode estar disposto a acreditar nele, Rhysand, mas como alguém que compartilha a fronteira com a corte de Tamlin, não me convenço tão facilmente. — Um olhar sarcástico. — Talvez meu filho errante possa explicar. Ora, onde ele está?

Até mesmo Tamlin olhou em nossa direção... em minha direção.

— Ajudando a vigiar nossa cidade. — Foi tudo o que eu disse. Não era uma mentira, não por completo.

Eris riu, debochado, e observou Nestha, que o encarou de volta com uma expressão de aço.

— Uma pena que não tenha trazido a irmã. Soube que a parceira de nosso caçula é uma beldade.

Se eles sabiam que Elain era parceira de Lucien... Agora estavam seguindo outro caminho, percebi, bastante aterrorizada. Aquela era outra forma de atingir o irmão mais novo que eles odiavam com tanta determinação, tão irracionalmente. O acordo de Eris conosco não incluía proteção a Lucien. Minha boca secou.

Mas Mor respondeu, tranquilamente:

— Você realmente gosta de se ouvir falar, Eris. Bom saber que algumas coisas não mudam ao longo dos séculos.

A boca de Eris se contraiu em um sorriso diante das palavras, um jogo cuidadoso de fingir que não se viam havia anos.

— Bom saber que depois de quinhentos anos você ainda se veste como uma vadia.

Em um momento, Azriel estava sentado.

No seguinte, ele avançou pelo escudo de Eris com um clarão de luz azul e o derrubou de costas, madeira se partiu sob os dois.

— Merda — disparou Cassian, e foi imediatamente até lá...

E se chocou contra uma parede azul.

Azriel selara os dois ali dentro, e, no momento em que as mãos cheias de cicatrizes se fechavam em torno do pescoço de Eris, Rhys falou:

— Basta.

Azriel apertou, Eris se debatia sob o guerreiro. Nenhum combate físico; havia uma regra contra isso, mas Azriel, com qualquer que fosse o poder concedido por aquelas sombras...

— *Basta*, Azriel — ordenou Rhys. Talvez aquelas sombras que agora deslizavam e se retraíam em volta do encantador o *escondessem* da ira da magia irrevogável. Os demais não fizeram menção de interferir, como se estivessem contemplando essa questão.

Azriel enterrou o joelho — e todo o peso do corpo — contra o estômago de Eris. Ele estava em silêncio, silêncio absoluto, enquanto arrancava o ar do corpo de Eris. As chamas de Beron atingiram o escudo azul diversas vezes, mas o fogo ricocheteou e se extinguiu na água. Quaisquer chamas que passassem eram destruídas pelas sombras.

— Chame seu morcego gigante de volta — ordenou Beron a Rhys.

Rhys estava se divertindo, com ou sem o acordo com Eris — poderia ter acabado com aquilo segundos antes. Ele me olhou como se para dizer isso. E como um convite.

Eu me levantei com os joelhos surpreendentemente firmes.

Senti todos ficarem tensos, o olhar de Tamlin era como um ferrete enquanto eu caminhava até o encantador de sombras, com o vestido brilhante sibilando pelo chão atrás de mim. Quando coloquei a mão tatuada na curva dura, quase invisível, do escudo e falei:

— Venha, Azriel.

Azriel parou.

Eris puxou o ar quando aquelas mãos cheias de cicatrizes se afrouxaram. Quando Azriel virou o rosto em minha direção...

O ódio congelado ali me deixou fixa no chão.

Mas, por baixo, eu quase conseguia ver as imagens que o assombravam: a mão que Mor tinha afastado dele, o rosto choroso e transtornado enquanto gritava com Rhys.

E agora, atrás de nós, Mor tremia na cadeira. Estava pálida e trêmula.

Apenas estendi a mão a Azriel.

— Venha se sentar a meu lado.

Nestha já arrastara a cadeira, e outra surgiu ao lado da minha.

Não deixei minha mão tremer enquanto a mantive estendida. E esperei.

Os olhos de Azriel se voltaram para Eris, para o filho do Grão-Senhor que ofegava sob ele. E o encantador de sombras se abaixou para sussurrar algo ao ouvido de Eris que o fez empalidecer ainda mais.

Mas o escudo desceu. As sombras se dispersaram, deixando o sol passar.

Beron golpeou — apenas para que o fogo ricocheteasse em uma barreira minha. Ergui o olhar para o Grão-Senhor da Outonal.

— Já é a segunda vez que acabamos com vocês. Achei que enjoaria da humilhação.

Helion riu. Mas minha atenção se voltou para Azriel, que pegou minha mão ainda estendida e se levantou. As cicatrizes pareceram ásperas contra meus dedos, mas a pele era como gelo. Puro gelo.

Mor abriu a boca para dizer algo a Azriel, mas Cassian colocou a mão no joelho exposto da amiga e balançou a cabeça. Levei o encantador de sombras para a cadeira vazia a meu lado — depois, fui até a mesa para servir uma taça de vinho para ele.

Ninguém falou até que eu oferecesse o vinho a Azriel e me sentasse.

— Eles são minha família — expliquei, para as sobrancelhas erguidas que recebi ao servir o encantador de sombras. Tamlin apenas balançou a cabeça, enojado, e, por fim, deslizou aquela garra de volta para dentro. Mas encontrei o olhar incandescente de Eris, e minha voz soou tão fria quanto a expressão de Azriel quando falei: — Não me importo se somos aliados nesta guerra. Se insultar minha amiga de novo, não o impedirei da próxima vez.

Apenas Eris sabia até que ponto aquela aliança se estendia; informações que poderiam condenar a reunião se qualquer dos lados as revelassem. Informações que poderiam fazer com que o pai de Eris sumisse com o filho da face da terra.

Mor encarava Azriel sem parar, ele se recusava a olhar para ela, se recusava a fazer qualquer coisa que não encarar Eris com ódio mortal.

Eris, sabiamente, desviou os olhos.

— Peço desculpas, Morrigan — disse ele.

O pai chegou a escancarar a boca diante das palavras. Mas algo como aprovação brilhou no rosto da Senhora da Outonal quando o filho mais velho se sentou de novo.

Thesan esfregou as têmporas.

— Isso é um mau sinal.

Mas Helion deu um risinho para a própria delegação, cruzando um tornozelo sobre o joelho e exibindo aquelas coxas poderosas e lustrosas.

— Acho que me deve dez moedas.

Parecia que não tínhamos sido os únicos a fazer apostas. Mesmo que ninguém do grupo de Helion tivesse respondido a seu sorriso debochado.

Helion gesticulou com a mão, e as pilhas de papéis que Tamlin compilara flutuaram até ele em um vento fantasma. Com um estalar dos dedos — salpicados de cicatrizes devido ao treino com espada —, outras pilhas surgiram diante de cada cadeira na sala. Inclusive a minha.

— Cópias — disse ele, sem erguer o rosto ao folhear os documentos.

Um truque útil... para um macho cujo tesouro não era ouro, mas conhecimento.

Ninguém fez menção de tocar os papéis diante de nós.

Helion emitiu um estalo com a língua.

— Se tudo isso é verdade — anunciou ele, e Tamlin grunhiu para o tom de provocação. — Então sugiro duas coisas: primeiro, destruir os estoques de veneno feérico de Hybern. Não duraremos muito se os transformaram em armas tão versáteis. Vale o risco de destruí-los.

Kallias arqueou uma sobrancelha.

— Como sugere que o façamos?

— Nós cuidaremos disso — ofereceu Tarquin. Varian assentiu. — Devemos isso a eles, por Adriata.

— Não há necessidade — explicou Thesan.

Todos piscamos em surpresa. Até mesmo Tamlin. O Grão-Senhor da Diurna apenas cruzou as mãos no colo.

— Uma de minhas mestres funileiras esteve esperando durante as últimas horas. Gostaria que ela se juntasse a nós agora.

Antes que alguém pudesse responder, uma fêmea Grã-Feérica surgiu no limite do círculo. Ela fez uma reverência tão breve que mal vi nada além de pele marrom-clara e longos e sedosos cabelos pretos. A fêmea usava roupas semelhantes às de Thesan; no entanto... as mangas tinham sido puxadas até os antebraços, e a túnica, abotoada até o peito. A mão...

Adivinhei quem era antes que se levantasse. A mão direita era de ouro sólido... mecânica. Como o olho de Lucien. A mão clicou e rangeu baixinho, atraindo os olhos de todos os imortais na sala quando a funileira se voltou para seu Grão-Senhor. Thesan sorriu, de forma acolhedora.

Mas o rosto da funileira... Eu me perguntei se Amren teria moldado as próprias feições com base em uma linhagem semelhante quando se prendeu ao corpo feérico: o queixo marcado, as bochechas redondas, os arrasadores olhos repuxados. Mas se os de Amren eram de um cinza profano, os dessa fêmea eram escuros como ônix. E atentos — absolutamente atentos a nós, boquiabertos para sua mão, para sua chegada — quando ela disse a Thesan:

— Meu senhor.

Thesan gesticulou para a fêmea de pé diante do grupo reunido.

— Nuan é uma de minhas artesãs mais habilidosas.

Rhys se recostou no assento, erguendo as sobrancelhas em reconhecimento ao ouvir o nome, e indicou Beron e Eris com o queixo.

— Talvez a conheçam como a pessoa responsável por dar a seu... filho errante, como o chamou, a habilidade de usar o olho esquerdo depois que Amarantha o removeu.

Nuan assentiu uma vez em confirmação, contraindo os lábios em uma linha fina ao observar a família de Lucien. A fêmea nem sequer se virou na direção de Tamlin — e ele certamente não se deu o trabalho de reconhecer a presença de Nuan, independentemente do passado que os unia, do amigo em comum.

— E o que isso tem a ver com o veneno feérico? — indagou Helion. O amante de Thesan fechou a cara diante do tom de voz do Grão-Senhor da Diurna, mas um olhar de Thesan fez o macho relaxar.

Nuan se virou, os cabelos pretos deslizaram sobre um ombro enquanto ela estudava Helion. E não pareceu impressionada.

— Encontrei uma solução para ele.

Thesan gesticulou.

— Ouvimos rumores sobre veneno feérico ter sido usado nesta guerra, usado no ataque a sua cidade, Rhysand. Achamos melhor investigar o assunto antes que se tornasse uma fraqueza letal para todos nós. — Ele assentiu para Nuan. — Além de ser uma funileira sem igual, Nuan é uma habilidosa alquimista.

Nuan cruzou os braços, e o sol se refletiu na mão metálica.

— Graças a amostras obtidas depois do ataque a Velaris, pude criar um... antídoto, de certa forma.

— Como conseguiu essas amostras? — indagou Cassian.

Um rubor tomou as bochechas de Nuan.

— Eu... ouvi os boatos e presumi que Lucien Vanserra estivesse morando em Velaris depois... do que aconteceu. — Ela ainda não olhava para Tamlin, que permaneceu calado e emburrado. — Consegui contatá-lo há alguns dias, pedi que mandasse amostras. Ele mandou... e não contou a você — acrescentou Nuan, rapidamente, para Rhysand. — Não queria lhe dar esperanças. Não até que eu encontrasse uma solução.

Não era à toa que ele estava tão ansioso para seguir sozinho até Velaris naquele dia em que fora nos ajudar a pesquisar. Disparei um olhar para Rhys. *Parece que Lucien ainda consegue bancar a raposa.*

Rhys não me olhou, mas os lábios se repuxaram quando respondeu: *De fato.*

— A Mãe nos forneceu tudo de que precisamos nesta terra — prosseguiu Nuan. — Então, foi uma questão de descobrir o que, exatamente, ela nos deu em Prythian para combater um material de Hybern capaz de acabar com nossos poderes.

Helion se moveu, impaciente, aquele tecido branco reluzente deslizando sobre o peito musculoso.

Thesan também notou essa impaciência e falou:

— Nuan conseguiu rapidamente criar um pó para ingerirmos com bebida, comida, como quisermos. Garante imunidade ao veneno feérico. Já tenho trabalhadores em três das cidades fabricando o máximo possível para distribuir a nossos exércitos unificados.

Até mesmo Rhys pareceu impressionado com o segredo, com a revelação. *Fico surpresa por você não ter também uma grande revelação para fazer hoje*, brinquei pelo laço.

Grã-Senhora cruel e linda, ronronou ele, os olhos brilhando.

— Mas e quanto a objetos físicos feitos de veneno feérico? — perguntou Tarquin. — Eles tinham manoplas no campo de batalha para destruir escudos. — Tarquin indicou Rhys com o queixo. — E quando atacaram sua cidade.

— Contra isso — respondeu Nuan — só têm sua inteligência como escudo. — Ela não deixou de encarar Tarquin, e ele se empertigou, como se tivesse ficado surpreso com a declaração da fêmea. — O composto que fiz protegerá apenas vocês e seus poderes de serem anulados pelo veneno feérico. Talvez, se forem perfurados com uma arma embebida em veneno feérico, ter o composto no sistema anule o impacto.

Silêncio recaiu.

— E devemos confiar em você — disse Beron, um olhar para Thesan, e depois, para Nuan — com essa... substância que ingeriremos no escuro.

— Preferiria enfrentar Hybern sem qualquer poder? — indagou Thesan. — Meus mestres alquimistas e funileiros não são tolos.

— Não — retrucou Beron, franzindo a testa. — Mas de onde ela veio? *Quem* é você? — A última parte foi direcionada a Nuan.

— Sou a filha de dois Grão-Feéricos de Xian, que se mudaram para cá a fim de dar aos filhos uma vida melhor, se é o que exige saber — respondeu Nuan, tensa.

— O que isso tem a ver com qualquer coisa? — indagou Helion a Beron.

Beron deu de ombros.

— Se a família dela é de Xian, que, devo lembrar, lutou pelos Legalistas, então, a que interesse ela serve?

Os olhos cor de âmbar de Helion brilharam.

— Devo lembrar a *você*, Beron — interrompeu Thesan, rispidamente — que minha mãe veio de Xian. E a maioria de minha corte também. Cuidado com o que diz.

Antes que Beron conseguisse sibilar uma réplica, Nuan disse ao Grão-Senhor da Outonal, com o queixo erguido:

— Sou uma filha de Prythian. Nasci aqui, nesta terra, assim como seus filhos.

A expressão de Beron ficou sombria.

— Cuidado com o tom de voz, menina.

— Ela não precisa tomar cuidado com nada — interrompi. — Não quando você joga esse tipo de porcaria contra ela. — Olhei para a alquimista. — Tomarei seu antídoto.

Beron revirou os olhos.

— Pai! — exclamou Eris.

Beron ergueu uma sobrancelha.

— Tem algo a acrescentar?

Eris não recuou, mas pareceu escolher as palavras com muito, muito cuidado.

— Já vi os efeitos do veneno feérico. — Ele assentiu em minha direção. — Realmente nos incapacita de acessar nosso poder. Se for usado contra nós na guerra ou depois dela...

— Se for, enfrentaremos. Não arriscarei meu povo ou minha família testando uma *teoria*.

— Não é teoria — argumentou Nuan, com aquela mão mecânica clicando e rangendo quando se fechou em punho. — Não estaria parada aqui a não ser que tivesse sido comprovado sem sombra de dúvida.

Uma fêmea de orgulho e que trabalhava duro.

— Eu tomarei — decidiu Eris.

Foi a coisa mais... decente que ouvi Eris dizer. Até mesmo Mor piscou, incrédula, diante daquilo.

Beron observou o filho com um escrutínio que fez uma parte muito pequena de mim se perguntar se Eris poderia ter crescido e se tornado um bom macho caso tivesse tido um pai diferente. Se havia um espreitando ali, sob séculos de envenenamento.

Porque Eris... Como fora para ele, Sob a Montanha? Que jogos teria jogado — o que suportara? Preso por 49 anos. Duvidava que arriscaria tal coisa de novo. Mesmo que o colocasse em oposição ao pai, ou talvez por causa disso.

— Não, você não vai — disse Beron, apenas. — Embora eu tenha certeza de que seus irmãos ficarão tristes ao ouvir isso.

De fato, os demais pareciam bastante desapontados porque seu primeiro obstáculo ao trono não estava prestes a arriscar a vida testando a solução de Nuan.

— Então, não tome — declarou Rhys, simplesmente. — Eu tomarei. Minha corte inteira tomará, assim como meus exércitos. — Ele assentiu em agradecimento a Nuan.

Thesan fez o mesmo — em agradecimento e como dispensa —, e a mestre funileira fez outra reverência e partiu.

— Pelo menos tem soldados a quem dar — observou Tamlin, calmamente, quebrando o silêncio prolongado. E sorriu para mim. — Talvez fosse parte do plano. Incapacitar minhas forças enquanto as suas assumiam. Ou apenas queria ver meu povo sofrer?

Uma dor de cabeça começava a latejar em minha têmpora direita.

Aquelas garras despontaram pelos dedos de Tamlin de novo.

— Certamente sabia que, quando voltasse suas forças contra mim, deixaria meu povo indefeso contra Hybern.

Eu não disse nada. Mesmo quando bloqueei as imagens da mente.

— Você preparou a queda de minha corte — acusou Tamlin, com uma quietude venenosa. — E ela caiu. Aquelas cidades que queria tanto ajudar a reconstruir? Não passam de cinzas agora.

Também bloqueei isso. Ele disse que permaneceriam intocadas, que Hybern tinha *prometido*...

— Enquanto andam fazendo antídotos e se lançando como salvadores, eu venho reunindo minhas forças, recuperando sua confiança, meus números. Tentando reunir meu povo no leste, para onde Hybern ainda não marchou.

— Então, você não vai tomar o antídoto — ironizou Nestha.

Tamlin a ignorou, mesmo quando as garras se enterraram no braço da cadeira. Mas acreditei nele quando disse que tinha movido o máximo de pessoas possível para o limite leste do território. Ele dissera isso muito antes de eu voltar para casa.

Thesan pigarreou e disse a Helion:

— Você falou que tinha duas sugestões com base na informação que analisou.

Helion deu de ombros, e o sol se refletiu nos fios dourados do bordado da túnica.

— De fato, embora pareça que Tamlin já se adiantou. A Corte Primaveril precisa ser evacuada. — Os olhos cor de âmbar se voltaram de Tarquin para Beron. — Decerto seus vizinhos do norte os acolherão.

O lábio de Beron se contraiu.

— Não temos recursos para tal coisa.

— Certo — disse Viviane. — Porque estão todos tão ocupados polindo cada joia daquele seu tesouro.

Beron lançou um olhar para ela que fez Kallias ficar tenso.

— Esposas foram convidadas como cortesia, não como consultoras.

Os olhos cor de safira de Viviane brilharam, como se atingidos por um raio.

— Se esta guerra acabar mal, estaremos sangrando bem ao lado de vocês; então, acho que podemos muito bem dar nossa maldita opinião sobre as coisas.

— Hybern fará coisas muito piores que matá-la — replicou Beron, friamente. — Uma coisinha jovem e bela como você, principalmente.

O grunhido de Kallias ondulou pela água do espelho, seguido pelo grunhido da própria Mor.

Beron sorriu de leve.

— Apenas três de nós estávamos presentes na última guerra. — Um aceno para Rhys e Helion cuja expressão se fechou. — Não se esquece com facilidade o que Hybern e os Legalistas fizeram com as fêmeas capturadas em seus acampamentos de guerra. O que reservaram para as fêmeas Grã-Feéricas que lutaram pelos humanos, ou tinham famílias que lutaram. — Ele colocou a mão pesada no braço fino demais da esposa. — Suas duas irmãs demoraram a fugir quando as forças de Hybern fizeram uma emboscada em suas terras. As duas jovens jamais saíram daquele acampamento de guerra.

Helion observava Beron atentamente, o olhar reprovador.

A Senhora da Corte Outonal manteve a concentração no espelho de água. Qualquer vestígio de cor foi drenado de seu rosto. Dagdan e Brannagh passaram por minha mente — assim como os cadáveres daqueles humanos. O que tinham feito com eles antes e depois de morrerem.

— Abrigaremos seu povo — interrompeu Tarquin, em voz baixa, para Tamlin. — Independentemente de seu envolvimento com Hybern... seu povo é inocente. Há bastante espaço em meu território. Abrigaremos todos eles se for preciso.

Um aceno breve foi o único reconhecimento e gratidão de Tamlin.

— Então, as Cortes Sazonais se tornarão ossuários e pensões — disse Beron. — Enquanto as Cortes Solares permanecem intocadas aqui no norte?

— Hybern concentrou seus esforços na parte sul — explicou Rhys. — Para estar perto da muralha... e das terras humanas.

Com isso, Nestha e eu trocamos olhares.

— Por que se dar o trabalho de atravessar os climas setentrionais, os territórios feéricos no continente — prosseguiu Rhys —, quando se pode tomar o Sul e usá-lo para ir diretamente às terras humanas do continente?

— E acredita que os exércitos humanos ali se curvarão a Hybern? — perguntou Thesan.

— As rainhas nos entregaram — disse Nestha. Ela ergueu o queixo, confiante como qualquer emissário. — Para obter o dom da imortalidade, as rainhas humanas permitirão que Hybern destrua qualquer resistência. Podem muito bem entregar o controle dos exércitos a ele. — Nestha olhou para mim, para Rhys. — Para onde vão os humanos em nossa ilha? Não podemos evacuá-los para o continente, e com a muralha intacta... Muitos podem preferir arriscar e esperar a atravessar a muralha, de toda forma.

— O destino dos humanos abaixo da muralha — interrompeu Beron — não é de nossa conta. Principalmente em um pingo de terra sem rainha, sem exército.

— É de minha conta — rebati, e a voz que saiu de mim não foi de Feyre, a caçadora, ou de Feyre, a Quebradora da Maldição, mas de Feyre, a Grã-Senhora. — Humanos são quase completamente indefesos contra nosso povo.

— Então, vá desperdiçar seus soldados defendendo-os — atalhou Beron. — Não mandarei minhas forças para proteger gado.

Meu sangue ferveu, e inspirei para esfriá-lo, para esfriar a magia que estalava ao ouvir o insulto. Não adiantou nada. Se era tão impossível assim conseguir que todos se aliassem contra Hybern...

— Você é um covarde — sussurrei para o Grão-Senhor da Outonal. Até mesmo Rhys ficou tenso.

— O mesmo pode ser dito sobre você — respondeu Beron, apenas.

Meu estômago se revirou.

— Não preciso me explicar a você.

— Não, mas talvez para a família daquela jovem... Mas eles também estão mortos, não estão? Massacrados e queimados vivos nas próprias camas. Engraçado que agora queira defender humanos quando ficou muito feliz em oferecê-los para se safar.

A palma de minhas mãos se aqueceu, como se sóis gêmeos crescessem e rodopiassem sob elas. *Calma*, ronronou Rhys. *Ele é um velho desgraçado e rabugento.*

Mas mal consegui ouvir as palavras por trás da confusão de imagens: o corpo mutilado de Clare pregado à parede; as cinzas da casa dos Beddor manchando a neve como fiapos de sombras; o sorriso do Attor quando ele me carregou por aqueles corredores de pedra Sob a Montanha...

— Como disse minha senhora — disse Rhys, lentamente —, ela não precisa se explicar a você.

Beron se recostou na cadeira.

— Então, suponho que não precise explicar minhas motivações também.

Rhys ergueu uma sobrancelha.

— Excluindo sua generosidade espantosa, *vai* se juntar a nossas forças?

— Ainda não decidi.

Eris chegou a olhar quase com reprovação para o pai. Por estar genuinamente alarmado, ou pelo que aquela recusa poderia significar para *nossa* aliança secreta, eu não sabia dizer.

— Leva tempo para reunir exércitos — disse Cassian. — Você não tem o luxo de ficar sentado sem fazer nada. Precisa reunir seus soldados agora.

Beron apenas riu com desprezo.

— Não recebo ordens dos bastardos de vadias feéricas inferiores.

Meu coração batia tão descontroladamente que eu conseguia ouvi-lo em cada canto do corpo: sentia latejar em meus braços, meu estômago. Mas não era nada comparado à ira no rosto de Cassian, ou ao ódio gélido nos de Azriel e de Rhys. E ao nojo na expressão de Mor.

— Esse desgraçado — disse Nestha, com absoluta frieza, embora os olhos tivessem começado a queimar — pode acabar sendo a única barreira entre as forças de Hybern e seu povo.

Ela nem mesmo olhou para Cassian quando disse isso. Mas ele a encarou como se jamais a tivesse visto antes.

Aquela discussão era inútil. E não me importava quem eram ou quem eu era quando me dirigi a Beron:

— Saia se não será prestativo.

Ao lado do pai, Eris teve a esperteza de parecer realmente preocupado. Mas Beron continuou a ignorar o olhar lancinante do filho e sibilou para mim:

— Sabia que, enquanto seu *parceiro* aquecia a cama de Amarantha, a maior parte de nosso povo estava trancada sob aquela montanha?

Não me dignei a responder.

— Sabia que, enquanto ele estava com a cabeça entre as pernas dela, a maioria de nós lutava para evitar que nossas famílias se tornassem o entretenimento da noite?

Tentei afastar as imagens. A fúria ofuscante diante do que fora feito, do que ele fizera para manter Amarantha distraída; os segredos que ainda guardava por vergonha ou por não querer compartilhar, eu não sabia. Cassian agora tremia, duas cadeiras adiante, tentando se controlar. E Rhys não disse nada.

— Chega, Beron — murmurou Tarquin.

Tarquin, que adivinhara o sacrifício de Rhysand, seus motivos.

Beron o ignorou.

— E agora Rhysand quer bancar o herói. A vadia de Amarantha se torna o Destruidor de Hybern. Mas, se der errado... — Um sorriso frio, cruel. — Ele vai se ajoelhar para Hybern? Ou apenas abrir as...

Parei de ouvir as palavras. Parei de ouvir qualquer coisa que não fosse meu coração, minha respiração.

Fogo explodiu para fora de mim.

Chamas revoltas, quentes e brancas dispararam contra Beron, como uma lança.

Capítulo 46

Beron mal se protegeu rápido o bastante para me bloquear, mas o ricochete cingiu o braço de Eris... atravessou o tecido. E o pálido e lindo braço da mãe de Lucien.

Os demais gritaram, ficando de pé, mas eu não conseguia pensar, não conseguia ouvir *nada* além das palavras de Eris, ver aqueles momentos Sob a Montanha, ver aquele pesadelo em que Amarantha levava Rhys pelo corredor, o que Rhys suportara...

Feyre.

Ignorei Rhys quando levantei. E lancei uma onda de água do espelho para envolver Beron e sua cadeira. Uma bolha sem ar.

Chamas se chocaram contra ela, transformando água em vapor, mas eu pressionei mais.

Eu o mataria. Mataria e acabaria com aquilo alegremente.

Feyre.

Não sabia dizer se Rhysand estava gritando, se estava murmurando pelo laço. Talvez ambos.

A barreira de chamas de Beron se chocou contra minha água, com tanta força que ondas começaram a se formar, vapor subindo entre elas.

Então, exibi os dentes e lancei um punho de luz branca contra aquele escudo incandescente: a luz branca da Diurna. Quebradora da Maldição. Destruidora de Proteções.

Os olhos de Beron se arregalaram quando seus escudos começaram a se desintegrar. Quando aquela água entrou.

Então, mãos estavam em meu rosto. E olhos violeta estavam diante dos meus, calmos, porém insistentes.

— Já provou o que queria dizer, meu amor — contemporizou Rhys. — Mate-o e o terrível Eris tomará seu lugar.

Então, matarei todos eles.

— Por mais que possa ser um experimento interessante — cantarolou meu parceiro —, apenas complicaria a questão diante de nós.

Para minha mente, ele sussurrou: *Amo você. As palavras daquele desgraçado rancoroso não significam nada. Ele não tem nenhuma felicidade na vida. Nada bom. Nós temos.*

Comecei a ouvir coisas — a água gotejando no espelho, o estalar de chamas, a respiração acelerada daqueles ao redor, os xingamentos de Beron, preso naquele casulo cada vez menor de luz e água.

Amo você, disse Rhys, de novo.

E soltei minha magia.

As chamas de Beron explodiram, como uma flor desabrochando, e quicaram, inofensivas, no escudo que Rhys projetara em volta de nós.

Não para nos proteger de Beron.

Mas dos outros Grão-Senhores que agora estavam de pé.

— Foi assim que passou por minhas proteções — murmurou Tarquin.

Beron ofegava tão forte que parecia prestes a cuspir fogo.

Mas Helion esfregou o maxilar ao se sentar de novo.

— Eu me perguntei para onde teria ido... aquele pedacinho. Tão pequeno, como um peixe que perdeu uma única escama. Mas ainda sentia sempre que alguma coisa roçava por aquele ponto vazio. — Um risinho para Rhys. — Não é à toa que a fez Grã-Senhora.

— Eu a fiz Grã-Senhora — disse Rhys, simplesmente, abaixando as mãos de meu rosto, mas sem deixar meu lado — porque a amo. Seu poder foi a última coisa que considerei.

Eu estava sem palavras, desprovida dos sentimentos mais básicos.

— Você sabia dos poderes dela? — perguntou Helion a Tamlin.

Tamlin apenas observava Rhys e a mim, a declaração de meu parceiro pendia entre nós.

— Não era da conta de vocês. — Foi tudo o que Tamlin disse a Helion. A todos eles.

— O poder pertence a *nós*. Acho que é da nossa conta, sim — argumentou Beron, irritado.

Mor lançou um olhar para Beron que faria machos inferiores saírem correndo.

A Senhora da Outonal agarrava o braço, a pele branca como a lua corada de raiva. Não havia nenhum lampejo de dor naquele rosto, no entanto. Eu disse a ela, ao tomar meu assento:

— Desculpe.

Seus olhos se ergueram para os meus, redondos como pires.

— Não fale com ela, imundície humana — disparou Beron.

Rhys destruiu o escudo de Beron, o fogo, as defesas.

Destruiu como uma pedra atirada a uma janela, e chocou o próprio poder escuro contra Beron com tanta força que o Grão-Senhor caiu de volta na cadeira. Então, a cadeira se desintegrou, transformando-se em poeira preta e reluzente sob Beron.

Fazendo com que ele caísse de bunda.

Poeira brilhante de ébano flutuou para longe com um vento fantasma, manchando o casaco carmesim de Beron, agarrando-se aos cabelos castanhos, como montes de cinzas.

— Nunca mais — disse Rhys, levando as mãos aos bolsos — fale com minha parceira dessa forma.

Beron se levantou de súbito, sem se dar o trabalho de limpar a poeira, e declarou para ninguém em especial:

— Esta reunião acabou. Espero que Hybern massacre todos vocês.

Mas Nestha se levantou de sua cadeira.

— Esta reunião *não* acabou.

Até mesmo Beron parou diante de seu tom de voz. Eris mediu a distância entre minha irmã e o pai.

Nestha se ergueu imponente, um pilar de aço.

— Vocês são tudo o que há — disse ela a Beron, a todos nós. — Vocês são tudo o que há entre Hybern e o fim de tudo que é bom e decente. — Nestha fixou o olhar em Beron, determinada e destemida. — Você lutou contra Hybern na última guerra. Por que se recusa a fazê-lo agora?

Beron não ousou responder. Mas não partiu. Eris sutilmente gesticulou para que os irmãos se sentassem.

Nestha observou o gesto... e hesitou. Como se percebesse que, de fato, tinha atenção total. Que cada palavra importava.

— Podem nos odiar. Não me importo se odeiam. Mas eu me importo se permitirem que inocentes sofram e morram. Pelo menos os defendam. Seu povo. Pois Hybern fará de vocês um exemplo... o fará de todos nós.

— E como sabe disso? — perguntou Beron, com desprezo.

— Entrei no Caldeirão — respondeu Nestha, simplesmente. — Ele me mostrou o coração do rei. Ele vai derrubar a muralha e massacrar aqueles dos dois lados dela.

Verdade ou mentira, eu não sabia. O rosto de Nestha não revelava nada. E ninguém ousou contradizê-la.

Ela olhou para Kallias e Viviane.

— Sinto muito pela perda daquelas crianças. A perda de uma é terrível. — Nestha balançou a cabeça. — Mas abaixo da muralha testemunhei crianças, famílias inteiras, morrerem de fome. — Ela indicou o queixo para mim. — Se não fosse por minha irmã... eu estaria entre eles.

Meus olhos arderam, mas pisquei e afastei as lágrimas.

— Muito tempo — continuou Nestha. — Por muito tempo, humanos sob a muralha sofreram e morreram enquanto vocês em Prythian prosperaram. Não durante o reinado daquela... rainha. — Ela se encolheu, como se odiasse sequer dizer o nome de Amarantha. — Mas muito antes. Se lutam por alguma coisa... lutem agora, para proteger aqueles de quem se esqueceram. Deixem que saibam que não estão esquecidos. Apenas desta vez.

Thesan pigarreou.

— Embora seja um sentimento nobre, os detalhes do Tratado não exigiam que sustentássemos nossos vizinhos humanos. Eles deveriam ser deixados em paz. Então, obedecemos.

Nestha permaneceu de pé.

— O passado é o passado. Eu me importo com a estrada adiante. Eu me importo em me certificar de que nenhuma criança, feérica ou humana, seja ferida. Vocês foram incumbidos de proteger esta terra. — Ela observou os rostos ao redor. — Como podem não lutar por ela?

Ela olhou para Beron e a família deste quando terminou. Apenas a Senhora e Eris pareciam refletir... até mesmo impressionados com a mulher estranha que se exaltava diante deles.

Não tinha palavras... para explicar o que estava em meu coração. Cassian parecia sentir o mesmo.

— Vou considerar — disse Beron, apenas. Com um olhar para a família, eles sumiram.

Eris foi o último a atravessar, algo conflituoso lhe dançava pelo rosto, como se aquele não fosse o resultado que planejara. Que esperara.

Mas, depois, ele também se foi, e o espaço em que estavam ficou vazio, exceto por aquela poeira preta e reluzente.

Devagar, Nestha se sentou, o rosto novamente frio — como se fosse uma máscara para esconder o que quer que tivesse se revoltado dentro de si diante do desaparecimento de Beron.

— Dominou o gelo? — perguntou Kallias, em voz baixa.

Assenti brevemente.

— Todos eles.

Kallias esfregou o rosto quando Viviane colocou a mão no braço do marido.

— Faz diferença, Kal?

— Não sei — admitiu ele.

Com aquela rapidez, a aliança se desfez. Com aquela rapidez — por causa de minha falta de controle, minha...

Teria sido isso ou outra coisa, assegurou Rhys, de onde estava, ao lado de minha cadeira, com uma das mãos brincando com as faixas brilhantes às costas de meu vestido. *Melhor agora que mais tarde. Kallias não vai recuar... Só precisa entender tudo sozinho.*

— Você nos salvou Sob a Montanha — disse Tarquin. — Perder uma semente de poder parece um pagamento digno.

— Parece que ela levou muito mais que isso — argumentou Helion. — Se conseguiu chegar a segundos de afogar Beron apesar das proteções.

Talvez eu as tivesse ultrapassado apenas por ter sido Feita, por estar fora de qualquer coisa que as proteções sabiam reconhecer.

O poder de Helion, morno e claro, roçou contra o escudo, tateando pelo ar entre nós. Como se testasse, procurando um fio. Como se eu fosse algum parasita, roubando seu poder. E o Grão-Senhor ficaria satisfeito em partir esse fio.

— O que está feito, está feito — declarou Thesan. — Exceto por matá-la — o poder de Rhys rodopiou pela sala diante das palavras —, não há nada que possamos fazer.

Não era totalmente apaziguador o tom de Thesan. Palavras de paz, mas o tom era breve. Como se, caso não fosse por Rhys e seu poder, ele considerasse me amarrar em um altar e me abrir para ver onde estava o próprio poder, e como tomá-lo de volta.

Fiquei de pé, encarando Thesan. Depois, Helion. Tarquin. Kallias. Exatamente como Nestha fizera.

— Não tomei seus poderes. Vocês os deram a mim, assim como o dom de minha vida imortal. Sou grata por ambos. Mas eles são meus agora. E farei o que quiser com eles.

Meus amigos tinham se levantado, estavam em fileira atrás de mim, Nestha à esquerda. Rhys passou para minha direita, mas não me tocou. Deixou que eu ficasse só, que encarasse todos eles.

Eu falei, em voz baixa, mas não fraca:

— Usarei esses poderes, *meus* poderes, para esmagar Hybern. Eu os queimarei, e afogarei, e congelarei. Usarei esses poderes para curar os feridos. Para destruir as proteções de Hybern. Já o fiz... e farei de novo. E se acham que o fato de eu estar de posse de uma semente de seus poderes é seu maior problema, então suas prioridades estão *seriamente* comprometidas.

Uma onda de orgulho percorreu o laço. Os Grão-Senhores e as delegações não disseram nada.

Mas Viviane assentiu, com o queixo erguido, e ficou de pé.

— Lutarei com você.

Cresseida se levantou um segundo depois.

— Eu também.

As duas olharam para os machos de suas cortes. Tarquin e Kallias se levantaram.

Depois Helion, dando risinhos para Rhys e para mim.

E, por fim, Thesan — Thesan e Tamlin, que nem mesmo respirou em minha direção, que mal se movera ou falara nos últimos minutos. Era a última de minhas preocupações, contanto que estivessem todos de pé.

Seis de sete. Rhys riu pelo laço. *Nada mal, Quebradora da Maldição. Nada mal mesmo.*

Capítulo 47

Nossa aliança não começou bem.

Embora tivéssemos conversado durante boas duas horas depois... as implicâncias e as indiretas continuaram. Com Tamlin ali, ninguém declararia os próprios números, as armas, as fraquezas.

Conforme a tarde virou noite, Thesan afastou a cadeira.

— Todos são bem-vindos a passar a noite e retomar esta discussão pela manhã, a não ser que queiram voltar para casa.

Ficaremos, disse Rhysand. *Preciso falar com alguns dos outros sozinho.*

De fato, os demais pareceram pensar igual, pois todos decidiram ficar.

Até mesmo Tamlin.

Fomos levados para as suítes que nos foram designadas — a pedra solar se tornou de um dourado intenso no sol do fim da tarde. Tamlin foi acompanhado para fora primeiro, pelo próprio Thesan e por um criado trêmulo. Ele escolheu sabiamente não atacar Rhys ou a mim durante o debate, embora a recusa em nem notar nossa presença não passou despercebida. E, quando Tamlin se foi, com as costas rígidas e os passos tensos, ele não disse uma palavra. Que bom.

Então, Tarquin foi levado para fora e, depois, Helion. Até que apenas o grupo de Kallias e o nosso restaram.

Rhys se levantou da cadeira e passou a mão pelo cabelo.

— Correu tudo bem. Parece que *nenhum* de nós ganhou a aposta sobre quem brigaria primeiro.

Azriel encarou o chão, o rosto inexpressivo.

— Desculpe. — A palavra saiu sem emoção, distante.

Ele não falara, mal se movera, desde o violento ataque. Mor precisou de trinta minutos para se recuperar e parar de tremer.

— Ele mereceu — concedeu Viviane. — Eris é um merda.

Kallias se virou para a parceira com as sobrancelhas erguidas.

— O quê? — Ela levou a mão ao peito. — Ele é.

— Seja como for — disse Kallias, com um humor frio —, ainda resta a questão sobre se Beron lutará conosco.

— Se todos os demais se aliarem — disse Mor, rouca, as primeiras palavras em horas. — Beron se unirá. É esperto demais para arriscar se aliar a Hybern e perder. E tenho certeza de que, se as coisas forem mal, ele facilmente mudará de lado.

Rhys assentiu, mas encarou Kallias.

— Quantas tropas tem?

— Não o suficiente. Amarantha fez bem seu trabalho. — De novo, aquela onda de culpa que pulsou pelo laço. — Temos o exército que Viv comandou e escondeu, mas não muito mais. Você?

Rhys não revelou um pingo da tensão que me pressionou, como se fosse minha.

— Temos forças consideráveis. A maioria legiões illyrianas. E alguns milhares de Precursores da Escuridão. Mas precisaremos de todos os soldados que puderem marchar.

Viviane foi até Mor, que estava sentada, ainda pálida, e apoiou as mãos no ombro de minha amiga.

— Sempre soube que lutaríamos lado a lado um dia.

Mor ergueu os olhos castanhos. Mas observou Kallias, que parecia fazer o melhor para não demonstrar preocupação. Mor lançou um olhar para o Grão-Senhor, como se dissesse: *Vou cuidar dela*, antes de sorrir para Viviane.

— Quase faz com que eu sinta pena de Hybern.

— Quase. — Viviane deu um sorriso malicioso. — Mas não exatamente.

Fomos levados até uma suíte construída ao redor de uma área de estar exuberante e de uma sala de jantar particular. Tudo isso entalhado naquela pedra do sol, decorado com tecidos nas cores de joias, almofadas largas amontoadas pelos tapetes espessos, e vigiado por gaiolas douradas ornamentadas cheias de pássaros de todos os formatos e tamanhos. Eu tinha visto pavões passeando pelos inúmeros pátios e jardins conforme caminhamos pela casa de Thesan, alguns de penas abertas à sombra de figueiras plantadas em vasos.

— Como Thesan evitou que Amarantha destruísse este lugar? — perguntei a Rhys, enquanto observávamos a sala de estar que se abria para a extensão preguiçosa do campo, muito, muito abaixo.

— É sua residência particular. — Rhys dispensou as asas e afundou em uma pilha de almofadas esmeralda perto da lareira escura. — Provavelmente a protegeu da mesma forma que Kallias e eu.

Uma decisão que pesaria sobre eles durante muitos séculos, eu não tinha dúvidas.

Mas olhei para Azriel, no momento encostado à parede ao lado da janela do chão ao teto, com sombras tremeluzindo em volta do corpo. Até mesmo os pássaros nas gaiolas tinham permanecido em silêncio.

Eu perguntei pelo laço: *Ele está bem?*

Rhys apoiou a cabeça nas mãos, mas contraiu a boca. *Provavelmente não, mas se tentarmos conversar sobre o assunto, só piorará as coisas.*

Mor estava, de fato, esparramada em um sofá — com um olho cauteloso sobre Azriel. Cassian sentara a seu lado, segurando os pés de Mor no colo. Ele ocupara o lugar mais próximo de Azriel, bem entre os dois. Como se fosse saltar no caminho de ambos se necessário.

Você lidou muito bem com as coisas, acrescentou Rhys. *Com tudo.*

Apesar da explosão?

Por causa da explosão.

Eu o encarei, sentindo as emoções rodopiando abaixo quando ocupei um assento em uma poltrona fofa perto da pilha de almofadas de meu parceiro. *Eu sabia que você era poderoso. Mas não sabia que tinha tanta vantagem sobre os outros.*

Os olhos de Rhys se fecharam, mesmo quando ele me deu um meio sorriso. *Não tenho certeza se até mesmo Beron sabia até hoje. Suspeitava, talvez, mas... Ele agora deve estar desejando ter encontrado uma forma de me matar no berço.*

Um calafrio percorreu minha espinha. *Ele sabe sobre Elain ser parceira de Lucien. Se fizer um movimento para ferir ou levá-la, morrerá.*

Uma determinação irredutível percorreu as estrelas nos olhos de Rhys. *Eu o matarei com as próprias mãos se ele o fizer. Ou o segurarei por tempo o bastante para que você faça o trabalho. Acho que eu gostaria de assistir.*

Vou guardar isso para seu próximo aniversário. Tamborilei os dedos no braço polido da cadeira, a madeira era tão lisa quanto vidro. *Acredita mesmo na afirmação de Tamlin de que está trabalhando para nosso lado?*

Sim. Um momento de silêncio pelo laço. *E talvez tenhamos feito um desserviço a ele ao nem mesmo considerar tal possibilidade. Talvez até eu tenha começado a vê-lo como um guerreiro troglodita.*

Eu me sentia cansada; até os ossos, o fôlego. *Mas isso muda alguma coisa?*

De algumas formas, sim. De outras... Rhys me observou. *Não. Não, não muda.*

Pisquei, percebendo que estava perdida no laço, mas vi que Azriel ainda estava à janela, e Cassian agora esfregava os pés de Mor. Nestha fora para o próprio quarto sem dizer uma palavra; e permaneceu ali. Eu me perguntei se a partida de Beron apesar das palavras de minha irmã... Talvez aquilo a tivesse contrariado.

Eu me levantei, alisando as faixas do vestido reluzente. *Preciso ver Nestha. Conversar com ela.*

Rhys se aninhou mais profundamente nas almofadas, colocando as mãos atrás da cabeça. *Ela se saiu bem hoje.*

Orgulho tremeluziu diante do elogio quando atravessei a sala. Mal cheguei ao portal do saguão quando uma batida ressoou na porta que dava para o corredor ensolarado. Parei, os painéis transparentes do vestido oscilaram, brilhando como fogo azul-pálido sob luz dourada.

— Não abra — avisou Mor, do lugar no sofá. — Mesmo com o escudo, não abra.

Rhys se levantou.

— Inteligente — disse ele, passando por mim até a porta da frente. — Mas desnecessário. — Ele abriu a porta, revelando Helion... sozinho.

Helion apoiou a mão na ombreira da porta e sorriu.

— Como convenceu Thesan a lhe dar a melhor vista?

— Ele acha meus machos mais bonitos que os seus, acredito.

— Acho que é um fetiche com asas.

Rhys riu e abriu mais a porta, convidando Helion para entrar.

— Você dominou com maestria o papel de canalha arrogante, aliás. Muito bem feito.

A túnica de Helion oscilou com os passos graciosos, roçando contra as coxas fortes. Ele me notou, parada diante da mesa redonda no centro do saguão, e fez uma reverência. Profunda.

— Peço desculpas pelo papel de canalha — disse ele para mim. — É aquela coisa dos velhos hábitos.

Ali estava; diversão e alegria nos olhos cor de âmbar. A leveza que me fazia brilhar quando eu me perdia na felicidade absoluta. Helion franziu a testa para Rhys.

— *Você* se comportou incomumente bem hoje. Apostei que Beron estaria morto no final, não pode imaginar meu choque por ele ter saído com vida.

— Minha parceira sugeriu que nos beneficiaria se viéssemos como realmente somos.

— Ora, agora eu pareço tão mau quanto Beron. — Helion passou por mim com uma piscadinha, seguindo para a sala de estar. Ele sorriu para Azriel. — Você humilhando Eris será minha nova fantasia à noite, aliás.

Azriel nem se deu o trabalho de olhar por cima do ombro para o Grão-Senhor. Mas Cassian riu com escárnio.

— Eu estava me perguntando quando começariam as cantadas.

Helion desabou no sofá diante de Cassian e Mor. Tinha largado aquela coroa radiante em algum lugar, mas mantivera o bracelete dourado com a serpente em riste.

— Faz o quê... quatro séculos agora, e vocês três ainda não aceitaram minha oferta.

Mor virou a cabeça para o lado.

— Não gosto de dividir, infelizmente.

— Nunca se sabe até tentar — ronronou Helion.

Os três na cama... com ele? Eu devia estar piscando como uma tola, pois Rhys disse para mim: *Helion sente atração tanto por machos quanto por fêmeas. Em geral juntos em sua cama. E está cercando esse trio há séculos.*

Refleti — a beleza de Helion e os demais... *Por que diabo eles não aceitaram?*

Rhys deu uma risada que fez todos olharem para meu parceiro com as sobrancelhas erguidas.

Ele apenas passou para trás de mim e deslizou o braço em volta de minha cintura, dando um beijo em meu pescoço. *Gostaria que alguém se juntasse a nós na cama, Feyre querida?*

Minha pele pareceu se retesar sobre os ossos diante do tom, da sugestão. *Você é incorrigível.*

Acho que você gostaria de ter machos a adorando.

Meus dedos dos pés se contraíram.

Mor pigarreou.

— O que quer estejam dizendo mente a mente, ou compartilhem ou vão para outro cômodo para não precisarmos ficar sentados aqui mergulhados em seus cheiros.

Mostrei a língua. Rhys riu de novo, beijou meu pescoço novamente e disse:

— Peço desculpas por ofender suas sensibilidades delicadas, prima.

Eu me desvencilhei do abraço, para longe do toque que ainda me deixava tão tonta que os pensamentos mais básicos se tornavam difíceis, e ocupei um assento ao lado do sofá de Mor e de Cassian.

— Suas forças estão prontas? — perguntou Cassian a Helion.

A diversão de Helion se dissipou, reconfigurando-se naquele exterior severo e calculista.

— Sim. Elas se encontrarão com as suas nas Myrmidons.

A cadeia montanhosa que compartilhávamos em nossa fronteira. Ele se recusara a divulgar tal informação mais cedo.

— Que bom — disse Cassian, massageando o arco do pé de Mor. — Seguiremos para o sul dali.

— E onde será o último acampamento? — perguntou Mor, puxando o pé das mãos de Cassian para baixo do próprio corpo. Helion acompanhou a curva da perna exposta de Mor, os olhos cor de âmbar pareciam um pouco vítreos quando ele a encarou.

Mor não desviou do olhar quente. E um tipo aguçado de alerta pareceu tomar conta da feérica — como se cada nervo do corpo tivesse despertado. Não ousei olhar para Azriel.

Devia haver múltiplos escudos em volta do quarto, em volta de cada fenda e abertura em que olhos e ouvidos espiões poderiam estar à espreita, pois Cassian respondeu:

— Nós nos uniremos às forças de Thesan; então, por fim montaremos acampamento na fronteira sudoeste de Kallias, perto da Corte Estival.

Helion tirou o olhar de Mor por tempo suficiente para perguntar a Rhys:

— Você e o bonitinho do Tarquin tiveram um momento intenso hoje. Acha mesmo que ele se juntará a nós?

— Se quer dizer na cama, definitivamente não — respondeu Rhys, com um sorriso sarcástico quando, novamente, se deitou no tapete de almofadas. — Mas, se quer dizer nesta guerra... Sim. Acredito que tenha a intenção de lutar. Beron, por outro lado...

— Hybern está concentrada no sul — falou Helion. — E independentemente do que *você* ache que Tamlin esteja tramando, a Corte Primaveril está agora praticamente toda ocupada. Beron deve saber que a própria corte será um campo de batalha se não se juntar a nós para avançar até o sul, principalmente se a Estival se juntou a nós.

O que significava que a Corte Primaveril e as terras humanas veriam o pior das batalhas.

— Mas será que Beron escolherá ouvir a razão? — ponderou Mor.

Helion bateu com um dedo no braço entalhado do sofá.

— Ele fez joguetes na Guerra, e aquilo lhe custou... muito. O povo ainda se lembra daquelas escolhas, daquelas perdas. A própria mulher se lembra.

Helion tinha olhado repetidas vezes para a Senhora da Outonal durante a reunião.

— O que quer dizer? — perguntei, com cautela e casualmente.

Mor balançou a cabeça; não para o que eu disse, mas pelo que tinha acontecido.

Helion fixou a atenção total em mim. Foi difícil não me encolher sob o peso daquela concentração, da intensidade. O corpo musculoso era apenas uma máscara... para esconder a mente aguçada por baixo. Eu me perguntei se Rhys teria copiado aquilo dele.

Helion cruzou o tornozelo sobre um joelho.

— As duas irmãs mais velhas da Senhora da Corte Outonal foram de fato... — Ele buscou uma palavra. — Massacradas. Atormentadas e, depois, massacradas durante a Guerra.

Afastei os gritos de Nestha, afastei os choros de Elain enquanto ela era arrastada até aquele Caldeirão.

As tias de Lucien. Mortas antes de ele sequer existir. Será que a mãe lhe contara a história?

— Forças de Hybern invadiram nossas terras àquela altura — explicou Rhys.

Helion contraiu o maxilar.

— A Senhora da Corte Outonal foi mandada para ficar com as irmãs, e os filhos mais novos foram enviados a outros parentes. Para dividir a linhagem. — Ele passou a mão pelos cabelos pretos. — Hybern atacou a propriedade. As irmãs da senhora ganharam tempo para que ela fugisse. Não porque era casada com Beron, mas porque se amavam. Intensamente. Ela tentou ficar, mas as irmãs a convenceram a partir. Então, ela foi... correu e correu, mas as bestas de Hybern ainda eram mais rápidas. Mais fortes. Elas a encurralaram em uma ravina, onde a senhora ficou presa no alto de uma saliência, com as bestas tentando morder-lhe os pés.

Helion não falou por um longo momento.

Detalhes demais. Ele sabia detalhes demais.

— Você a salvou — disse eu, baixinho. — Você a encontrou, não foi?

Uma coroa de luz pareceu brilhar sobre aquele cabelo espesso.

— Salvei.

Havia tanto peso, ódio e outra coisa naquela palavra que estudei o Grão-Senhor da Diurna.

— O que aconteceu?

Helion não desviou os olhos de mim.

— Eu dilacerei as bestas com as mãos.

Um calafrio percorreu minha espinha.

— Por quê?

Ele podia ter acabado com aquilo de mil modos diferentes. Modos mais fáceis. Mais limpos.

As mãos ensanguentadas de Rhys depois do ataque dos Corvos passaram por minha mente.

Helion nem mesmo se moveu na cadeira.

— Ela ainda era jovem... embora fosse casada com aquele macho encantador havia quase duas décadas. Casada jovem demais, o casamento fora arranjado quando ela tinha 20 anos.

As palavras saíam entrecortadas. E 20... tão jovem. Quase tão jovem quanto Mor quando a família tentou casá-la com Eris.

— E? — Uma pergunta perigosa, provocadora.

E como os olhos de Helion queimaram diante daquilo, incandescentes como sóis.

Mas foi Mor quem disse, friamente:

— Ouvi um boato certa vez, Helion, de que ela esperou antes de concordar com aquele casamento. Por um certo alguém que conheceu por acaso em um baile de equinócio no ano anterior.

Tentei não piscar, não deixar que meu interesse crescente emergisse. O fogo se extinguiu até virar brasa, e Helion deu um meio sorriso na direção de Mor.

— Interessante. Eu ouvi que a família queria laços internos com o poder, e que não deram escolha a ela antes de vendê-la a Beron.

Vendê-la. As narinas de Mor se dilataram. Cassian passou a mão pela nuca. Azriel nem mesmo se virou da vigília à janela, embora eu pudesse ter jurado que as asas se fecharam um pouco mais retesadas.

— Uma pena que eram apenas rumores — interrompeu Rhys, suavemente. — E não podem ser confirmados por ninguém.

Helion apenas brincou com o bracelete dourado no braço esculpido, girando a serpente no centro do bíceps. Mas franzi a testa.

— Beron sabe que você salvou sua mulher na Guerra? — Ele não mencionara nada durante a reunião.

Helion soltou uma risada sombria.

— Pelo Caldeirão, não. — Havia tanto humor sarcástico e carregado que enrijeci o corpo.

— Você teve... um caso depois de a resgatar?

A diversão apenas aumentou, e Helion levou um dedo aos lábios em um aviso debochado.

— Cuidado, Grã-Senhora. Até mesmo os pássaros se reportam a Thesan aqui.

Franzi a testa para os pássaros nas gaiolas pelo quarto, ainda silenciosos na presença sombria de Azriel.

Ergui escudos em torno deles, disse Rhys, pelo laço.

— Quanto tempo durou o caso? — perguntei. Aquela fêmea retraída... Eu não conseguia imaginar.

Helion riu com escárnio.

— Essa é uma pergunta educada para uma Grã-Senhora fazer?

Mas a forma como ele falou, aquele sorriso...

Eu só esperei, usando o silêncio para instigar Helion.

Ele deu de ombros.

— Íamos e voltávamos ao longo de décadas. Até que Beron descobriu. Dizem que a senhora era só luz e sorrisos antes disso. E, depois que Beron terminou de castigá-la... Você viu como ela é.

— O que ele fez com ela?

— As mesmas coisas que faz agora. — Helion gesticulou com a mão. — Ele a diminui, deixa hematomas onde ninguém além dele pode ver.

Trinquei os dentes.

— Se você era seu amante, por que não impediu?

A coisa errada a dizer. Completamente errada, pela fúria escura que ondulou pelo rosto de Helion.

— Beron é um Grão-Senhor, e ela é sua esposa e mãe de seus herdeiros. Ela escolheu ficar. *Escolheu*. E, com os protocolos e as regras, *Senhora*, descobrirá que a maioria das situações na qual esteve *não* acabam bem para os que interferem.

Não recuei, não pedi desculpas.

— Você quase não olhou para ela hoje.

— Temos assuntos mais importantes a tratar.

— Beron jamais o reprimiu por isso?

— Fazer isso publicamente seria admitir que sua *propriedade* o fez de tolo. Então, continuamos nossa pequena dança, tantos séculos depois. — De alguma forma eu duvidava que, por baixo daquele charme e irreverência maliciosos, Helion achava que aquilo era uma dança.

Mas, se tinha terminado séculos antes e ela jamais o vira de novo, deixara que Beron a tratasse de forma tão abominável...

O que quer que tenha acabado de entender, falou Rhys, *é melhor parar de parecer tão chocada com isso.*

Forcei um sorriso no rosto.

— Vocês Grão-Senhores gostam mesmo de melodrama, não é?

O sorriso do próprio Helion não chegou aos olhos. Mas Rhys perguntou:

— Em suas bibliotecas, já encontrou menção de como a muralha pode ser consertada?

Helion começou a perguntar por que queríamos saber, o que Hybern estava fazendo com o Caldeirão... E Rhys respondeu, com facilidade e tranquilidade.

Enquanto ele falava, eu disse pelo laço: *Helion é pai de Lucien.*

Rhys ficou calado. Então...

Bendito inferno em chamas.

O choque de Rhys foi como uma estrela cadente entre nós.

Deixei meu olhar se desviar pela sala, prestando atenção em parte às ponderações de Helion sobre a muralha e como consertá-la, então ousei estudar o Grão-Senhor por um segundo. *Olhe para ele. O nariz é igual, o sorriso. A voz. Até mesmo a pele de Lucien é mais escura que a dos irmãos.* Marrom, em comparação com as cores pálidas dos outros.

Isso explicaria por que o pai e os irmãos o odeiam tanto — por que o atormentaram a vida inteira.

Meu coração se apertou diante daquilo. *E por que Eris não queria Lucien morto. Ele não era uma ameaça ao poder de Eris, ao trono.* Engoli em seco. *Helion não faz ideia, faz?*

Parece que não.

O filho preferido da Senhora da Outonal... não apenas por causa da bondade de Lucien. Mas porque era o filho que ela sonhou ter... com o macho que sem dúvida amava.

Beron deve ter descoberto o caso quando ela estava grávida de Lucien. Ele provavelmente suspeitava, mas não tinha como provar; não se ela compartilhava sua cama também. A repulsa de Rhys era como um gosto forte em minha boca. *Não tenho dúvidas de que Beron pensou em matar a esposa pela traição, e até mesmo depois. Quando Lucien poderia se passar por filho — apenas o suficiente para fazer com que Beron duvidasse de quem teria gerado seu último herdeiro.*

Tentei entender aquilo. Lucien não era filho de Beron, mas de Helion. *Mas o poder dele é chama. Eles consideraram que o título de Beron poderia ir para ele.*

A família da mãe é forte — por isso Beron queria uma noiva dessa linhagem. O dom pode ser da fêmea.

Jamais suspeitou?

Nem sequer uma vez. Estou envergonhado por jamais ter considerado. Mas o que isso significa?

Nada; absolutamente nada. A não ser pelo fato de que Lucien pode ser o único herdeiro de Helion.

E isso... não mudava nada nessa guerra. Principalmente não com Lucien no continente, caçando aquela rainha encantada. Um pássaro de chamas... e um senhor de fogo. Eu me perguntei se já teriam se encontrado.

Uma porta se abriu e fechou no saguão adiante, e me preparei quando Nestha apareceu. Helion parou de debater sobre a muralha para observá-la atentamente, como fizera mais cedo.

Quebrador de Feitiços. Era o título de Helion.

Nestha *o* observou com o desdém de sempre.

Mas Helion ofereceu a mesma reverência que me oferecera, embora o sorriso estivesse envolto em tanta sensualidade que até meu coração acelerou um pouco. Não era à toa que a Senhora da Outonal não tivesse conseguido resistir.

— Não acho que fomos apresentados adequadamente mais cedo — cantarolou ele para Nestha. — Sou...

— Não me importo — respondeu Nestha, girando o pulso, passando direto por Helion e parando a meu lado. — Gostaria de uma palavra — disse ela. — Agora.

Cassian mordia os dedos para evitar rir... da total surpresa e do choque no rosto de Helion. Não era todo dia, supus, que alguém de qualquer sexo o dispensava tão completamente. Lancei um olhar de desculpas ao Grão-Senhor e levei minha irmã para fora do cômodo.

— O que foi? — perguntei, quando Nestha e eu entramos no quarto dela, o espaço decorado com seda cor-de-rosa e ouro, com toques de marfim espalhados pelo cômodo. O luxo do quarto realmente envergonhava nossas diversas casas.

— Precisamos ir embora — disse Nestha. — Agora mesmo.

Cada sentido meu ficou alerta.

— Por quê?

— Parece errado. Alguma coisa parece errada.

Observei Nestha, o céu limpo além das janelas imponentes emolduradas por cortinas.

— Rhys e os demais teriam sentido. Você provavelmente só está captando o poder reunido aqui.

— Alguma coisa está *errada* — insistiu Nestha.

— Não duvido de que se sinta dessa forma, mas... Se nenhum dos outros está captando...

— Não sou *como* os outros. — Ela engoliu em seco. — Precisamos partir.

— Posso mandar você de volta a Velaris, mas temos coisas a discutir aqui...

— Não me importo comigo, eu...

A porta se abriu, e Cassian saiu entrando, o rosto severo. A visão das asas, da armadura illyriana naquele quarto opulento coberto de rosa ficou plantada em minha mente, e a pintura já tomava forma quando ele exigiu:

— O que houve?

Ele estudou cada centímetro de Nestha. Como se não houvesse nada nem mais ninguém ali, ou em qualquer lugar.

— Ela sente algo errado — respondi. — Diz que precisamos partir agora mesmo.

Esperei pela dispensa, mas Cassian inclinou a cabeça.

— O que, exatamente, parece errado?

Nestha enrijeceu o corpo, contraindo os lábios ao analisar o tom de voz do general.

— Parece que tem um... nó. Essa sensação de que... de que esqueci alguma coisa, mas não sei o que é.

Cassian a encarou por mais um momento.

— Direi a Rhys.

E ele disse.

Em questões de minutos, Rhys, Cassian e Azriel tinham sumido, deixando Mor e Helion em um silêncio alerta. Esperei com Nestha. Cinco minutos. Dez. Quinze.

Trinta minutos depois, eles voltaram, balançando as cabeças. Nada.

Não no palácio, não nas terras em volta, não nos céus acima ou na terra abaixo. Não por vários e vários quilômetros. Nada. Rhys até mesmo falou com Amren, e não descobriu nada estranho em Velaris — Elain, estava bem, ainda sã e salva.

Nenhum deles, no entanto, era burro o bastante para sugerir que Nestha inventara aquilo. Não com aquele poder sobrenatural nas veias de minha irmã. Ou que talvez o tal nó fosse um efeito duradouro de seu tempo em Hybern. Como o pânico esmagador que eu lutara para enfrentar, que ainda me assombrava certas noites.

Então, ficamos. Comemos em nossa sala de jantar privada, e Helion se juntou a nós, mas não houve nenhum sinal de Tarquin ou de Thesan; e, sem dúvida, não de Tamlin.

Kallias e Viviane apareceram no meio da refeição, e Mor chutou Cassian para fora da cadeira para abrir espaço para a amiga. Elas tagarelaram e fofocaram, embora Mor ficasse olhando para Helion.

E o Grão-Senhor da Diurna ficasse olhando para ela.

Azriel pouco falava, aquelas sombras ainda se empoleiravam em seus ombros. Mor mal olhava para o illyriano.

Mas jantamos e bebemos durante horas, até que a noite chegou. Embora Rhys e Kallias estivessem tensos, cautelosos perto um do outro... Ao fim da refeição estavam ao menos se falando.

Nestha foi a primeira a deixar a mesa, ainda reservada e ansiosa. Os demais verificaram uma última vez a propriedade antes de nos jogarmos nos lençóis de seda das camas macias como nuvens.

Rhys e eu deixamos Mor e Helion conversando, os joelhos se encostando, nas almofadas da sala de estar, Viviane e Kallias tinham voltado havia muito tempo para sua suíte. Eu não fazia ideia de para onde Azriel tinha ido — ou Cassian, na verdade.

E, quando terminei de me lavar no banheiro marfim e dourado e o murmúrio grave de Helion e a risada abafada de Mor entraram vindos do corredor... quando passaram por nossa porta e, então, a porta *dela* se entreabriu e se fechou...

As asas de Rhys estavam bem fechadas enquanto ele observava as estrelas além das janelas do quarto. Mais silenciosas e menores ali, por algum motivo.

— Por quê?

Ele sabia do que eu estava falando.

— Mor fica assustada. E o que Az fez hoje quase a matou de susto.

— A violência?

— A violência como resultado do que ele sente, resquícios de culpa pelo acordo com Eris, e o que nenhum dos dois quer encarar.

— Não acha que já faz tempo demais? E que levar Helion para a cama é provavelmente a *pior* coisa a se fazer?

Mas eu não tinha dúvidas de que Helion precisava de uma distração tanto quanto Mor. De pensar demais nas pessoas que amavam... que não podiam ter.

— Mor e Azriel tiveram amantes ao longo dos séculos — disse Rhys, movendo levemente as asas. — A única diferença aqui é a proximidade.

— Você parece aceitar o fato surpreendentemente bem.

Rhys olhou por cima de um ombro para onde eu estava, ao pé da imensa cama de marfim cuja cabeceira fora entalhada com lótus sobrepostos.

— É a vida deles, o relacionamento deles. Ambos tiveram muitas oportunidades de confessar o que sentem. Mas não confessaram. Mor principalmente. Por motivos pessoais, tenho certeza. Minha intromissão não vai ajudar em nada.

— Mas... mas ele a *ama*. Como pode simplesmente não fazer nada?

— Ele acha que Mor está mais feliz sem ele. — Os olhos de Rhys brilharam com a lembrança... da própria escolha de não fazer nada. — Acha que não é digno dela.

— Parece uma característica illyriana.

Rhys riu com sarcasmo, voltando a encarar as estrelas. Fui até seu lado e passei o braço por sua cintura. Ele abriu o braço para mim, segurando meu ombro em concha quando apoiei a cabeça contra aquele ponto macio onde o ombro encontrava o peito. Um segundo depois, a asa de Rhys também se curvou a meu redor, me envolvendo em calor sombrio.

— Virá um dia em que Azriel precisará decidir se vai lutar por Mor, ou deixá-la livre. E não será porque outro macho a insulta ou a leva para a cama.

— E quanto a Cassian? Ele está envolvido... e permitindo essa loucura.

Um sorriso sarcástico.

— Cassian precisará decidir algumas coisas também. Em um futuro próximo, acho.

— Ele e Nestha são...?

— Não sei. Até que o laço se encaixe, é difícil detectar. — Rhys engoliu em seco uma vez, com o olhar fixo nas estrelas. Eu apenas esperei. — Tamlin ainda ama você, sabe?

— Eu sei.

— Aquele foi um encontro ruim.

— Tudo foi ruim — respondi. O que Beron e Tamlin tinham mencionado com Amarantha, o que Rhys fora forçado a revelar... — Você está bem? — Eu ainda sentia o suor de sua mão na minha enquanto Rhys falava sobre o que Amarantha havia feito.

Ele acariciou meu ombro com o polegar.

— Não foi... fácil. — E então acrescentou: — Achei que vomitaria no chão.

Abracei meu parceiro com mais força.

— Sinto muito por ter precisado compartilhar aquelas coisas, sinto muito que você... sinto muito por tudo, Rhys. — Inspirei seu cheiro, puxando-o para o fundo de meus pulmões. Escapado... tínhamos escapado. — E sei que provavelmente não quer dizer nada, mas... sinto orgulho de você. Por ter sido corajoso o bastante para contar a eles.

— Quer dizer muita coisa — respondeu Rhys, baixinho. — Que você se sinta assim em relação a mim... em relação a hoje. — Ele beijou minha têmpora, e calor percorreu o laço. — Significa... — A asa de Rhys se curvou mais próxima a mim. — Não tenho palavras para expressar o que significa. — Mas, quando aquele amor, aquela alegria e luz percorreram o laço... eu entendi.

Rhys olhou para mim.

— E você... está bem?

Aninhei a cabeça mais para o meio de seu peito.

— Só me sinto... cansada. Triste. Triste por ter acabado tão mal, mas... mas *furiosa* com tudo o que aconteceu comigo, com minhas irmãs. Eu... — Expirei longamente. — Quando estava na Corte Primaveril... — Engoli em seco. — Procurei... pelas asas delas.

Rhys ficou completamente imóvel, e lhe peguei a mão, apertando com força quando meu parceiro apenas disse:

— Você as encontrou? — As palavras mal passavam de um sopro de ar.

Balancei a cabeça, mas disse, antes que o luto no rosto de Rhys aumentasse:

— Descobri que ele as queimou... há muito tempo.

Rhys não disse nada por um momento, e sua atenção retornou às estrelas.

— Obrigado por chegar a pensar... por se arriscar a procurar por elas. — O único vestígio, os restos assustadores, da mãe e da irmã. — Eu não... Fico feliz porque ele as queimou — admitiu Rhys. — Eu podia alegremente matá-lo por tantas coisas, mas... — Rhys esfregou o peito. — Fico feliz por ter oferecido a elas essa paz, pelo menos.

Assenti.

— Eu sei. — Passei o polegar pelo dorso da mão de Rhys. E talvez por causa do silêncio puro, aguçado, confessei: — É estranho compartilhar um quarto, uma cama, com você sob o mesmo teto que ele.

— Posso imaginar.

Pois em algum lugar daquele palácio, Tamlin *estava* deitado na cama — muito ciente de que eu estava prestes a dormir naquela com Rhysand. O passado se revirou e grunhiu, e eu sussurrei:

— Não acho... não acho que consigo fazer amor aqui. Com ele tão perto. — Rhys permaneceu calado. — Desculpe se...

— Não precisa pedir desculpas. Jamais.

Ergui o rosto, encontrando o olhar de Rhys sobre mim; não com raiva ou frustrado, mas... triste. Compreensivo.

— Mas quero compartilhar esta cama com você — sussurrei. — Quero que me abrace.

Estrelas se acenderam, ganhando vida, nos olhos de Rhys.

— Sempre — prometeu ele, beijando minha testa, as asas agora me envolvendo por completo. — Sempre.

CAPÍTULO 48

Helion saiu de fininho do quarto de Mor antes de acordarmos — embora eu certamente os tenha ouvido durante a noite. Tanto que Rhys colocou um escudo em volta do nosso quarto. Azriel e Cassian não voltaram.

Mor não parecia uma fêmea que andara se agarrando com um lindo Grão-Senhor, no entanto, enquanto beliscava o café da manhã. Havia algo vazio nos olhos castanhos, uma palidez incomum em sua pele.

Cassian depois chegou empertigado e cumprimentou Mor com uma piadinha:

— Você parece terrível. Helion a manteve acordada a noite toda?

Ela lhe jogou a colher. Depois, o mingau.

Cassian pegou a primeira e se protegeu com um escudo do segundo; o Sifão brilhou como uma brasa atiçada. Mingau escorreu para o chão.

— Helion queria que você se juntasse a nós — respondeu ela, calmamente, se servindo de mais chá. — Muito.

— Talvez da próxima vez — prometeu Cassian, sentando-se a meu lado. — Como está sua irmã?

— Parecia bem... ainda preocupada. — Não perguntei onde ele e Azriel tinham passado a noite toda. Apenas porque não tinha certeza se Mor queria ouvir a resposta.

Cassian se serviu das bandejas de frutas e pães, franzindo a testa para a ausência de carne.

— Prontos para mais um dia de discussões e tramoias?

Mor e eu resmungamos. Rhys entrou, os cabelos ainda úmidos do banho, e sorriu.

— Esse é o espírito.

Apesar do dia ruim adiante, sorri para meu parceiro.

Ele tinha me abraçado a noite inteira, aninhada contra o peito, sua asa fechada sobre meu corpo. Um tipo de intimidade diferente do sexo — mais profunda. Nossas almas entrelaçadas, abraçando-se forte.

Eu tinha acordado com a asa de Rhys ainda sobre mim, e seu hálito fazia cócegas em minha orelha. Minha garganta deu um nó quando estudei o rosto de Rhys dormindo, e meu peito se apertou a ponto de sentir dor. Estava bastante ciente de quão intensamente o amava, mas ao olhar para Rhys ali... Senti em cada poro do corpo, senti como se pudesse me esmagar, me consumir. E da próxima vez que alguém o insultasse...

O pensamento ainda espreitava em minha mente quando terminamos o café da manhã, nos vestimos e voltamos para aquela câmara no alto do palácio. Para começar a formar a espinha dorsal daquela aliança.

Mantive a coroa do dia anterior, mas troquei o vestido da Noite das Estrelas por um preto brilhante; o vestido era todo de seda ébano, com uma camada de tecido transparente e reluzente de obsidiana. As saias fluíam atrás de mim, as mangas justas se afinavam em pontas que tocavam o centro de minha mão e se prendiam com uma volta no dedo médio por um anel de ônix embutido. Se eu era uma estrela caída ontem, hoje o misterioso alfaiate de Rhys tinha me transformado em Rainha da Noite.

O resto de meus companheiros se vestiu de acordo.

No dia anterior, tínhamos sido nós mesmos — sinceros, amigáveis e afetuosos. Hoje, mostraríamos às outras cortes o que lançaríamos contra nossos inimigos. Do que éramos capazes se provocados.

Helion estava de volta à indiferença cortante e aguerrida, relaxado na cadeira quando entramos naquela linda câmara no alto de uma das muitas torres douradas do palácio. Ele deu um olhar extra a Mor, curvando os lábios com uma diversão sensual. Estava resplandecente com a túnica cor de cobalto, com bordas em dourado que destacavam a pele marrom reluzente, e sandálias douradas nos pés. Azriel, com as sombras emanando dos ombros e descendo até os pés, ignorou Helion quando passou. O encantador de sombras não mostrara um lampejo de emoção para Mor, quando nos encontrou no saguão.

Ela não perguntara onde ele estivera durante toda a noite e a manhã, e Azriel não revelara nada. Mas não parecia disposto a ignorar Mor, pelo menos. Não, ele apenas se acomodou de novo no silêncio vigilante habitual, e Mor estava satisfeita em deixar que Azriel o fizesse, expirando um pouco em alívio assim que ele se virou para nos levar para a reunião, provavelmente depois de ter feito um reconhecimento do caminho minutos antes.

Thesan foi a única pessoa que se incomodou em nos cumprimentar quando passamos por aquele arco coberto por glicínias, mas examinou nossas roupas, nossos rostos, e murmurou uma oração ao Caldeirão. O amante, mais uma vez usando a armadura de capitão, nos olhou de cima a baixo, abrindo levemente as asas, mas se manteve sentado com os demais peregrinos.

Tamlin chegou por último, percorrendo a todos com o olhar quando se sentou. Não me dei o trabalho de reconhecer sua presença.

E Helion não esperou Thesan dar o sinal para que a reunião começasse. Ele simplesmente cruzou o tornozelo sobre um joelho e disse:

— Revisei completamente os mapas e os números que compilou, Tamlin.

— E? — disparou Tamlin. Aquele dia seria *incrivelmente* bom, então.

— E — respondeu Helion, simplesmente, sem sinal do macho risonho e tranquilo da noite anterior. — Se for capaz de reunir suas forças rapidamente, você e Tarquin podem segurar a linha de frente por tempo o bastante para que nós, acima do Meio, levemos as tropas maiores.

— Não é tão fácil — argumentou Tamlin, entre dentes. — Resta um terço comigo. — Um olhar de ódio em minha direção. — Depois que Feyre destruiu a confiança que depositavam em mim.

Eu tinha feito isso; em meio ao ódio, à necessidade de vingança... Não pensara no longo prazo. Não considerara que talvez *precisássemos* daquele exército. Mas...

Nestha soltou um ruído sussurrado e afiado, e se levantou da cadeira.

Avancei até ela, quase tropeçando na saia do vestido quando Nestha cambaleou para trás, uma das mãos no peito.

Outro passo a teria feito cair no espelho de água, mas Mor saltou para a frente, segurando minha irmã.

— O que foi? — indagou Mor, segurando minha irmã de pé enquanto seu rosto se contraía com o que parecia ser... dor. Confusão e dor.

Suor gotejou na testa de Nestha, embora o rosto parecesse mortalmente pálido.

— Alguma coisa... — A palavra foi interrompida por um gemido baixo. Nestha se curvou, e Mor a pegou por inteiro, observando o rosto de Nestha. Cassian estava imediatamente ali, com a mão às costas de minha irmã, os dentes expostos para a ameaça invisível.

— Nestha — chamei, estendendo a mão para ela.

Nestha me segurou e depois passou direto por Cassian para esvaziar o estômago no espelho de água.

— Veneno? — perguntou Kallias, empurrando Viviane para trás de si. Ela simplesmente deu a volta pelo braço do marido. Tamlin permaneceu sentado, o maxilar contraído, monitorando todos nós.

Mas Helion e Thesan se aproximaram, sombrios e concentrados. O poder de Helion tremeluziu em torno de si, como vaga-lumes de luz ofuscante, disparando para minha irmã, repousando cuidadosamente sobre ela.

Thesan, brilhando dourado e rosado, apoiou a mão no braço de Nestha. Cura.

— Nada — disseram eles juntos.

Nestha apoiou a cabeça no ombro de Mor, a respiração estava ofegante.

— Algo está errado. — Foi o que conseguiu dizer. — Não comigo. Não eu.

Mas com o Caldeirão.

Rhys tinha algum tipo de conversa silenciosa com Azriel e Cassian, o último monitorava cada fôlego que minha irmã tomava. Mas os dois illyrianos assentiram para Rhys e começaram a caminhar para as janelas abertas... para voar além.

Nestha gemeu, e seu corpo ficou tenso como se ela fosse vomitar de novo. Mas, então, sentimos.

Um tremor pela terra. Pelo ar, pela pedra e as plantas, coisas que cresciam.

Como se algum grandioso deus tivesse soprado pela terra.

Então, veio o impacto.

Rhys se atirou sobre mim tão rápido que não cheguei a registrar direito o *tremor* da própria montanha, a *oscilação* do prédio. Caímos nas pedras, e escombros desceram, e senti Rhys se preparando para atravessar...

Então, parou.

Gritos se ergueram do vale abaixo. Mas silêncio reinava no palácio. Entre nós.

Nestha vomitou de novo, e Mor deixou que ela desabasse no chão dessa vez.

— O que *diabo*... — começou Helion.

Mas Rhys afastou o corpo do meu, o rosto parecendo ter perdido a cor. Os lábios estavam pálidos quando ele encarou o sul. Muito, muito longe ao sul.

Senti a magia de Rhys ser lançada dele, uma estrela cadente pela terra.

E, quando Rhys olhou de volta para nós, os olhos foram diretamente até mim. Foi o medo ali — tristeza e medo — que fez minha boca secar por completo. Que fez meu sangue gelar.

Rhys engoliu em seco. Uma vez. Duas. Então, ele disse, com voz rouca:

— O rei de Hybern acaba de usar o Caldeirão para atacar a muralha.

Murmúrios; alguns arquejos.

Rhys engoliu em seco uma terceira vez, e o chão deslizou sob meus pés quando ele explicou:

— A muralha se foi. Destruída. Ao longo de Prythian e no continente. — Ele falou de novo, como se tentasse se convencer: — Nos atrasamos muito, fomos muito lentos. Hybern acaba de destruir a muralha.

Capítulo 49

A conexão de Nestha com o Caldeirão, refletia Rhys enquanto nos reuníamos em torno da mesa de jantar da casa na cidade, havia lhe permitido sentir que o rei de Hybern reunia o poder do artefato.

Da mesma forma que eu era capaz de usar a conexão com os Grão--Senhores para rastrear os vestígios de seus poderes, e para encontrar o Livro e o Caldeirão, o poder da própria Nestha — sua imortalidade — estava tão ligada ao Caldeirão que a presença terrível do objeto, quando despertado, também percorria o corpo de minha irmã.

Por isso, ele a caçava. Não apenas pelo poder que Nestha levara... mas pelo fato de que ela era um sinal de aviso.

Todos tínhamos deixado a Corte Diurna em minutos, e Thesan prometeu grandes carregamentos do antídoto contra o veneno feérico a cada Grão-Senhor e seus exércitos em dois dias, e que seus peregrinos começariam a se preparar sob o comando do capitão... para se juntarem aos illyrianos nos céus.

Kallias e Helion juraram que seus exércitos terrestres marchariam o mais rápido possível. Apenas Tamlin, cuja fronteira sul ladeava toda a muralha, não deu satisfações — estava com os exércitos em farrapos.

— Tire seu povo de lá — disse Helion a Tamlin, antes deste partir. — Traga a tropa que conseguir reunir.

O que quer que tivesse restado depois de mim.

Tarquin repetiu o pedido, assim como a promessa de oferecer porto seguro à Corte Primaveril. Tamlin não respondeu a nenhum dos dois. Não confirmou que levaria forças antes de atravessar... sem me olhar. Um pequeno alívio, pois eu não tinha decidido se exigiria um juramento pela ajuda ou se cuspiria em Tamlin.

As despedidas foram breves. Viviane deu um abraço apertado em Mor — depois, em mim, para minha surpresa. Kallias apenas apertou a mão de Rhys, um gesto tenso, hesitante, e sumiu com a parceira. Depois, Helion, com um piscar do olho para todos nós. Tarquin foi o último a partir, com Varian e Cresseida atrás. A armada de Tarquin, ficara decidido, vigiaria suas cidades, enquanto a maior parte dos soldados marcharia em terra.

Os olhos arrasadoramente azuis de Tarquin se iluminaram quando ele reuniu o poder para atravessar os três. Mas Varian disse... para mim, para Rhys:

— Digam a ela "obrigado". — Ele levou a mão ao peito, o requintado fio dourado e prateado do casaco azul reluzia ao sol matinal. — Digam a ela... — O príncipe de Adriata balançou a cabeça. — Eu mesmo direi da próxima vez que a vir. — Aquilo pareceu mais uma promessa de que Varian *veria* Amren novamente, com ou sem guerra. Então, eles se foram.

Nenhuma notícia veio de Beron antes de proferirmos nossas despedida e gratidão a Thesan. Nenhum sussurro sobre Beron ter mudado de ideia. Ou de que Eris tenha persuadido o pai.

Mas essa não era minha preocupação. Ou a de Nestha.

Se a muralha tinha desabado... Tarde demais. Tínhamos chegado tarde demais. Toda a pesquisa... eu deveria ter insistido que, se Amren julgava Nestha quase pronta, então deveríamos ter ido direto para a muralha. Visto o que ela podia fazer, com ou sem o feitiço do Livro.

Talvez fosse minha culpa, por querer proteger Nestha, deixar que se fortalecesse, por permitir que permanecesse retraída. Mas, se eu tivesse insistido e insistido...

Mesmo agora, sentada à mesa de jantar do solar de Velaris, não tinha decidido se o potencial de destruir permanentemente minha irmã valia o custo de salvar vidas. Não sabia como Rhys e os demais tinham tomado tais decisões; durante anos. Principalmente durante o reinado de Amarantha.

— Deveríamos ter evacuado meses atrás — disse Nestha, seu prato de frango assado e legumes intocado. Foram as primeiras palavras que qualquer um de nós proferiu em minutos, enquanto todos brincávamos com a comida.

Elain tinha sido inteirada... por Amren. Estava agora sentada à mesa, mais empertigada e com os olhos mais atentos que eu jamais a vira exibir. Será que pressentira aquilo em quaisquer das jornadas que aquela nova visão interior lhe dava? Será que o Caldeirão lhe sussurrara sobre isso enquanto estávamos fora? Eu não tinha coragem de perguntar.

— Podemos ir para sua propriedade esta noite — dizia Rhys a Nestha. — Evacuar sua casa e trazê-los de volta para cá.

— Eles não virão.

— Então, provavelmente morrerão.

Nestha arrumou o garfo e a faca na lateral do prato.

— Não pode transportá-los para algum lugar do sul... longe daqui?

— Toda aquela gente? Não sem antes encontrar um lugar seguro, o que levaria um tempo que não temos — ponderou Rhys. — Se conseguirmos um navio, podemos velejar...

— Eles exigirão que os amigos e familiares os acompanhem.

Um segundo de silêncio. Não era uma opção. Então, Elain disse, em voz baixa:

— Poderíamos deslocá-los para a propriedade de Graysen.

Todos a encaramos devido ao tom de voz equilibrado.

Elain engoliu em seco, a garganta magra estava muito pálida, e então explicou:

— O pai tem muros altos, feitos de pedra espessa. Com espaço para muita gente e suprimentos. — Todos fizemos questão de *não* olhar para o anel que ela ainda usava. Elain prosseguiu: — O pai de Graysen vem se planejando para algo assim... há muito tempo. Eles têm defesas, mantimentos... — Um fôlego breve. — E uma plantação de freixo, com um estoque de armas feitas das árvores.

Cassian deu um grunhido. Apesar do poder, da grandiosidade... Como quer que aquelas árvores tenham sido feitas, algo na madeira do freixo perfurava diretamente as defesas feéricas. Eu vira em primeira mão — eu matara uma das sentinelas de Tamlin com uma flechada no pescoço.

— Se os feéricos que atacarem possuírem magia — rebateu Cassian, e Elain se encolheu diante do tom de voz ríspido. — Então, muros massivos não ajudarão muito.

— Há túneis de fuga — sussurrou Elain. — Talvez seja melhor que nada.

Uma troca de olhares entre os illyrianos.

— Podemos montar uma guarda... — começou Cassian.

— Não — interrompeu Elain, a voz mais alta do que eu tinha ouvido em meses. — Eles... Graysen e o pai...

Cassian trincou o maxilar.

— Então, esconderemos...

— Eles têm cães. Criados e treinados para caçar vocês. Detectá-los.

Uma tensão silenciosa quando meus amigos contemplaram como, exatamente, aqueles cães teriam sido treinados.

— Não pode querer deixar o castelo indefeso — sugeriu Cassian, com um tom mais suave. — Mesmo com o freixo, não será suficiente. Precisaríamos montar proteções, no mínimo.

— Posso falar com ele — considerou Elain.

— Não — retruquei... ao mesmo tempo que Nestha.

Mas Elain nos interrompeu.

— Se... se vocês e... eles — ela olhou para Rhys, meus amigos — vierem comigo, seus rastros feéricos podem distrair os cães.

— Você também é feérica — lembrou Nestha.

— Me encante — pediu Elain a Rhys. — Faça com que eu pareça humana. Apenas por tempo suficiente para convencer Graysen a abrir os portões àqueles que buscarem refúgio. E talvez até mesmo para deixá-lo montar aquelas proteções em volta da propriedade.

E com os nossos cheiros para confundir os cães...

— Isso poderia acabar muito mal, Elain.

Ela passou o polegar sobre o anel de noivado de ferro e diamante.

— Já terminou mal. Agora é só uma questão de decidir como enfrentaremos as consequências.

— Sábias palavras — observou Mor, sorrindo levemente para Elain. Ela olhou para Cassian. — Precisa deslocar as legiões illyrianas hoje.

Cassian assentiu, mas disse a Rhys:

— Com a queda da muralha, precisamos que explique algumas coisas para os illyrianos. Preciso de você no acampamento comigo, para um de seus belos discursos antes de partirmos.

A boca de Rhys se esticou, formando um sorriso.

— Podemos todos ir, e, depois, seguir para as terras humanas. — Ele nos observou, e, em seguida, a casa na cidade. — Temos uma hora para nos preparar. Me encontrem aqui, então partiremos.

Mor e Azriel imediatamente atravessaram, Cassian saiu atrás de Rhys para perguntar sobre os soldados da Corte de Pesadelos e sua preparação.

Nestha e eu nos dirigimos a Elain, ambas falando ao mesmo tempo.

— Tem certeza? — indaguei, ao mesmo tempo em que Nestha disse:

— Eu posso ir... deixe que eu fale com ele.

Elain ficou de pé.

— Ele não conhece você — disse ela para mim. Então, se voltou para Nestha com uma expressão sincera e divertida. — E ele odeia você.

Alguma parte maldosa dentro de mim se perguntou se o noivado desfeito não seria para o melhor, então. Ou se Elain teria, por algum motivo, sugerido essa visita logo depois de Lucien ter deixado Prythian a fim de ter alguma chance... Não me permiti concluir esse pensamento.

Contemplei o espaço do qual meus amigos tinham desaparecido da casa na cidade, e disse:

— Preciso que entenda, Elain, que, se isso der errado... se ele tentar feri-la, ou a qualquer um de nós...

— Eu sei. Você defenderá os seus.

— Defenderei *você*.

O vazio anuviou os olhos de minha irmã. Mas Elain ergueu o queixo.

— Não importa o que acontecer, não o mate. Por favor.

— Tentaremos...

— *Jure*. — Jamais tinha ouvido aquele tom de voz em Elain. Nunca.

— Não posso fazer essa promessa. — Eu não cederia, não nisso. — Mas farei tudo em meu poder para evitar.

Elain pareceu perceber também. Ela abaixou o rosto para se olhar, para ver o simples vestido azul que usava.

— Preciso me vestir.

— Eu ajudo — ofereceu Nestha.

Mas Elain fez que não com a cabeça.

— Nuala e Cerridwen me ajudarão.

Então, ela se foi — os ombros um pouco mais retos.

Nestha engoliu em seco.

— Não foi sua culpa a muralha ter caído antes de podermos impedir — murmurei.

Um olhar de aço se voltou para mim.

— Se eu tivesse ficado para treinar...

— Então simplesmente estaria aqui enquanto esperava que voltássemos da reunião.

Nestha alisou o vestido escuro.

— O que eu faço agora?

Um propósito, percebi. Incumbi-la da tarefa de encontrar um modo de consertar os buracos na muralha... dera a minha irmã algo que talvez nossa vida humana jamais lhe concedeu: um significado.

— Você virá conosco, para a propriedade de Graysen, e depois viajará com o exército. Se está ligada ao Caldeirão, então precisaremos que fique por perto. Precisaremos que nos diga se está sendo usado de novo.

Não era bem uma missão, mas Nestha assentiu mesmo assim.

No momento que Cassian tocou o ombro de Rhys e caminhou em nossa direção, parando a meio metro, então franziu a testa.

— Vestidos não são bons para voar, moças.

Nestha não respondeu.

Ele ergueu uma sobrancelha.

— Nenhum latido ou mordida hoje?

Mas Nestha nem olhou para ele, ainda estava com o rosto pálido e macilento.

— Nunca usei calça. — Foi tudo o que minha irmã disse.

Eu podia ter jurado que preocupação percorreu o rosto de Cassian. Mas ele afastou o sentimento e falou:

— Não tenho dúvida de que começaria uma revolta se o fizesse.

Nenhuma reação. Será que o Caldeirão...

Cassian se colocou no caminho de Nestha quando ela tentou passar direto por ele. Colocou a mão marrom e calejada na testa de minha irmã. Ela se desvencilhou do toque, mas Cassian segurou o pulso de Nestha, obrigando-a a encará-lo.

— Se algum daqueles porcos humanos fizer menção de feri-la — sussurrou ele. — Mate-os.

Cassian não iria; não, ele reuniria todo o poder das legiões illyrianas. Mas Azriel se juntaria a nós.

Cassian colocou uma das facas na mão de Nestha.

— Freixo pode matá-la agora — lembrou ele, com uma calma letal enquanto minha irmã olhava para a lâmina. — Um arranhão pode deixar você zonza o suficiente para ficar vulnerável. Lembre-se de onde estão as saídas em todos os cômodos, em todas as cercas e nos pátios, observe-as quando entrar, e observe quantos homens estão a sua volta. Observe onde estão Rhys e os demais. Não se esqueça de que é mais forte e mais rápida. Mire as partes mais macias — acrescentou ele, fechando os dedos de Nestha em torno do cabo. — E se alguém a agarrar... — Minha irmã não respondeu quando Cassian mostrou a ela as áreas sensíveis de um homem. Não apenas a virilha, mas a sola do pé, um beliscão na coxa, usar o cotovelo como arma. Quando terminou, Cassian recuou um passo, e os olhos cor de avelã se agitavam com alguma emoção que eu não conseguia identificar.

Nestha observou a fina adaga na mão. Então, ergueu a cabeça para olhar Cassian.

— Eu disse para vir treinar — lembrou Cassian, com um sorriso arrogante, e saiu caminhando.

Eu estudei Nestha, a adaga, o rosto quieto, imóvel.

— Nem comece — avisou minha irmã, e seguiu para as escadas.

Encontrei Amren em seu apartamento, xingando o Livro.

— Sairemos em uma hora — anunciei. — Tem tudo de que precisa aqui?

— Sim. — Amren ergueu a cabeça, aqueles repuxados olhos prateados se agitavam com ira. Não direcionada a mim, percebi, com bastante alívio. Mas ao fato de que Hybern nos vencera até a muralha. Vencera *Amren*.

Aquilo não era problema meu.

Não conforme as palavras daquela reunião com os Grão-Senhores se dissipavam. Não quando me lembrei de Beron dando as costas, sem prometer feéricos ou ajuda. Não quando ouvi Rhys e Cassian discutindo como eram poucos os soldados dos outros em comparação com as forças de Hybern.

A provocação do rei estava se revirando em minha mente havia dias.

Hybern esperava que Rhys desse tudo — *tudo* — para impedi-los. Alegara apenas que nos daria uma chance de lutar. E eu conhecia meu parceiro. Talvez melhor que conhecia a mim mesma. Eu sabia que Rhys se desgastaria, se destruiria, se isso significasse uma chance de vencer. De sobreviver.

Os demais Grão-Senhores... Não podia arriscar contar com eles. Helion, por mais forte que fosse, nem mesmo se intrometeu para salvar a própria amante. Tarquin, talvez. Mas os demais... Eu não os conhecia. Não tinha tempo de conhecer. E não apostaria na aliança hesitante. Não apostaria Rhys.

— O que quer? — disparou Amren, quando continuei a encará-la.

— Há uma criatura sob a biblioteca. Você a conhece?

Amren fechou o Livro.

— O nome dela é Bryaxis.

— O que é?

— Não queira saber, menina.

Puxei a manga de meu vestido ébano; seu requinte destoava muito do apartamento, da bagunça.

— Fiz um acordo com a criatura. — Mostrei a Amren o bracelete tatuado no antebraço. — Então, acho que quero saber, sim.

Amren ficou de pé, limpando a poeira da calça cinza.

— Soube disso. Menina tola.

— Não tive escolha. E agora estamos presos um ao outro.

— E daí?

— Quero propor outro acordo. Preciso que você examine as proteções que prendem a criatura ali... e que explique as coisas. — Não me dei o trabalho de parecer agradável. Ou desesperada. Ou grata. Não me dei o trabalho de tirar do rosto a máscara fria e severa quando acrescentei: — Você vem comigo. Agora mesmo.

Capítulo 50

Não havia sacerdotisa esperando para nos levar até o poço escuro no coração da biblioteca. E Amren, pelo menos uma vez, ficou calada.

Chegamos àquele nível inferior, àquela escuridão impenetrável, nossos passos eram o único som.

— Quero falar com você — soltei para a escuridão, que chamava além do fim da luz filtrada bem do alto.

Não sou convocado.

— Eu o convoco. Estou aqui para oferecer companhia. Como parte de nossa barganha.

Silêncio.

Então, senti aquela coisa serpenteando e se contorcendo ao nosso redor, devorando a luz. Amren xingou baixinho.

Você trouxe... o que é isso que trouxe?

— Alguém como você. Ou você é como ela.

Você fala em charadas.

A mão fria e abstrata de algo roçou contra minha nuca, e tentei não recuar na direção da luz.

— Bryaxis. Seu nome é Bryaxis. E alguém o prendeu aqui há muito tempo.

A escuridão hesitou.

— Estou aqui para oferecer outro acordo.

Amren permaneceu imóvel e quieta, como eu tinha dito, me oferecendo um único aceno em confirmação. Ela podia, de fato, quebrar as proteções que mantinham Bryaxis ali embaixo... quando chegasse o momento.

— Há uma guerra — comecei, lutando para manter a voz firme. — Uma guerra terrível, prestes a ser deflagrada pelos territórios. Se eu puder libertá-lo, lutará por mim? Por mim e por meu Grão-Senhor?

A coisa — Bryaxis — não respondeu.

Cutuquei Amren com o cotovelo.

Ela falou, com a voz jovem e antiga como a da criatura:

— Ofereceremos sua liberdade deste lugar em troca.

Um acordo. Magia simples, poderosa. Tão grandiosa quanto qualquer outra que o Livro pudesse reunir.

Este é meu lar.

Refleti.

— Então, o que quer em troca?

Silêncio.

Luz do sol. E luar. As estrelas.

Abri a boca para dizer que não tinha tanta certeza se mesmo como Grã-Senhora da Corte Noturna poderia prometer tais coisas, mas Amren se intrometeu e murmurou:

— Uma janela. Bem alta.

Não um espelho, como o Entalhador queria. Mas uma janela na montanha. Precisaríamos escavar bem, bem alto, mas...

— Só isso?

Dessa vez Amren me deu um pisão no pé.

Bryaxis sussurrou em meu ouvido: *Conseguirei caçar sem restrições nos campos de batalha? Beber o medo e o pesar até estar saciado?*

Eu me senti um pouco mal por Hybern ao responder:

— Sim... apenas Hybern. E apenas até a guerra acabar. — De um jeito ou de outro.

Um segundo de silêncio. *O que quer que eu faça, então?*

Gesticulei para Amren.

— Ela explicará. Desfará as proteções... quando precisarmos de você.

Então, aguardarei.

— Então, é um acordo. Obedecerá a nossas ordens nesta guerra, lutará por nós até não precisarmos mais de você, e em troca... traremos o sol, a lua e as estrelas até você. Em seu lar. — Outro prisioneiro que tinha passado a amar a cela. Talvez Bryaxis e o Entalhador devessem se conhecer. Um antigo deus da morte e o rosto dos pesadelos. A pintura, terrível, porém hipnotizante, começou a se enraizar no fundo de minha mente.

Mantive os ombros relaxados, a postura o mais casual possível, quando a escuridão deslizou ao redor, rodopiou entre mim e Amren, e sussurrou em meu ouvido: *Temos um acordo.*

Fiz a hora valer. Depois que estávamos todos reunidos no saguão da casa na cidade para atravessar até o acampamento illyriano, coloquei as vestes de luta de couro, com a nova tatuagem escondida sob elas.

Ninguém me perguntou aonde eu fora. Embora Mor tivesse me olhado de cima a baixo e perguntado:

— Onde está Amren?

— Ainda debruçada sobre o Livro — respondi, no momento que Rhys atravessou para a casa na cidade. Não era uma mentira. Amren permaneceria ali, até que precisássemos dela nos campos de batalha.

Rhys inclinou a cabeça.

— Procurando pelo quê? A muralha se foi.

— Por qualquer coisa — respondi. — Outra forma de anular o Caldeirão que não envolva o conteúdo de minha cabeça escorrer pelo nariz.

Rhys se encolheu e abriu a boca para protestar, mas eu interrompi.

— Deve haver outra forma, Amren acha que *deve* haver outra forma. Não faz mal procurar. E fazer com que ela busque qualquer outro feitiço que possa impedir o rei.

E quando Amren não estivesse fazendo isso... ela derrubaria aquelas proteções complexas que continham Bryaxis sob a biblioteca — para serem partidas apenas quando eu chamasse a criatura. Apenas quando o poder do exército de Hybern estivesse completamente contra nós. Se eu não podia obter o Uróboro para o Entalhador... então Bryaxis era melhor que nada.

Eu não tinha certeza absoluta de por que eu não mencionara isso aos demais.

Os olhos de Rhys brilharam, sem dúvida porque ele avaliava o papel que qualquer outra solução poderia requerer de mim com relação ao Caldeirão, mas meu parceiro assentiu.

Entrelacei os dedos nos de Rhys, e ele apertou uma vez.

Atrás de mim, Mor pegou Nestha e Cassian pela mão, preparando-se para atravessar com eles para o acampamento, enquanto sombras se reuniram em torno de Azriel, com Elain ao lado, os olhos arregalados com o espetáculo do mestre espião.

Mas hesitamos... todos nós. E me permiti absorver aquilo uma última vez, a mobília, a madeira e a luz do sol. Ouvir os sons de Velaris, a risada de crianças nas ruas, o canto das gaivotas.

No silêncio, eu sabia que meus amigos faziam o mesmo.

Rhys pigarreou e assentiu para Mor. Então, ela se foi, levando Cassian e Nestha consigo. Depois, Azriel, pegando cuidadosamente a mão de Elain, como se temesse que as cicatrizes a ferissem.

Sozinha com Rhys, eu me deliciei com o sol cálido filtrado pelas vidraças da porta. Inspirei o cheiro de pão que Nuala e Cerridwen tinham assado naquela manhã com Elain.

— A criatura na biblioteca — murmurei. — O nome dela é Bryaxis.

Rhys ergueu uma sobrancelha.

— Hã?

— Ofereci um acordo a ela. Para que lutasse conosco.

Estrelas dançaram naqueles olhos violeta.

— E o que Bryaxis disse?

— Apenas que quer uma janela, para ver as estrelas, a lua e o sol.

— Você explicou que precisamos que ele destrua nossos inimigos, não explicou?

Empurrei Rhys com o quadril.

— A biblioteca é o lar dele. Só queria que fizéssemos alguns ajustes.

Um sorriso torto repuxou a boca de Rhys.

— Bem, suponho que, se agora preciso redecorar minha moradia para que ela se iguale ao esplendor da de Thesan, posso muito bem acrescentar uma janela para a pobre criatura.

Dei uma cotovelada nas costelas de Rhys dessa vez. Ele ainda usava as roupas requintadas da reunião. Meu parceiro riu.

— Então, acrescentamos um ao nosso exército. Pobre Cassian, jamais vai se recuperar quando vir o mais novo recruta.

— Com alguma sorte, Hybern também não.

— E o Entalhador?

— Ele pode apodrecer na Prisão. Não tenho tempo para seus jogos. Bryaxis terá de ser o suficiente.

Rhys olhou para meu braço, como se pudesse ver o novo bracelete ao lado do primeiro. Meu parceiro ergueu nossas mãos unidas e deu um beijo no dorso da minha.

De novo, olhamos silenciosamente ao redor da casa na cidade, observando cada detalhe, o silêncio que agora caía sobre ela, como uma camada de poeira.

— Eu me pergunto se a veremos de novo — murmurou Rhys.

Eu sabia que não estava falando apenas da casa. Mas fiquei na ponta dos pés e beijei a bochecha de Rhys.

— Veremos — prometi, quando um vento escuro soprou para nos levar ao acampamento de guerra illyriano. Eu segurei Rhys com força quando acrescentei: — Veremos tudo de novo.

E, quando aquele vento beijado pela noite nos atravessou para longe, bem longe, para o coração da guerra, tão longe, para o perigo desconhecido... Rezei para que minha promessa fosse verdadeira.

PARTE TRÊS

GRÃ-SENHORA

CAPÍTULO 51

Mesmo no alto verão, o acampamento illyriano nas montanhas estava úmido. Frio. Havia dias realmente lindos, assegurou-me Rhys quando fiz uma careta ao chegarmos, mas o tempo gelado era melhor em se tratando de um exército. O calor atiçava os humores. Principalmente quando estava quente demais para dormir confortavelmente. E, considerando que os illyrianos eram um bando irritadiço... Era uma bênção que o céu estivesse nublado e o vento soprasse uma névoa.

Mas nem mesmo o tempo ajudou a comitiva de boas-vindas a parecer agradável.

Só reconheci um dos musculosos illyrianos de armadura completa que nos aguardava. Lorde Devlon. A expressão de escárnio ainda estampada no rosto — embora mais amena em comparação ao desprezo evidente que deformava as feições de alguns. Como Azriel e Cassian, tinham cabelos e olhos escuros de diferentes tons de avelã e castanho. E como meus amigos, a pele tinha tons diversos de marrom, alguns salpicados de cicatrizes brancas como ossos, de ferimentos de gravidades variadas.

Mas, diferentemente de meus amigos, apenas um ou dois Sifões lhes adornavam as mãos. Os sete que Azriel e Cassian usavam pareciam quase grosseiros em comparação.

Mas os machos reunidos olharam apenas para Rhys, como se os dois illyrianos que o acompanhavam passassem de pouco mais que árvores. Mor e eu flanqueávamos Nestha, que optara por um vestido mais prático, azul-escuro, e agora observava o acampamento, os guerreiros alados, o mero *tamanho* da horda reunida no acampamento ao redor...

Mantivemos Elain meio escondida atrás da parede formada por nossos corpos. Considerando a visão deturpada que os illyrianos tinham das fêmeas, sugeri que ficássemos à margem daquela reunião — literalmente. Havia apenas algumas guerreiras fêmeas na legião... Não era o momento de testar a tolerância dos illyrianos. Mais tarde; mais tarde, se vencêssemos essa guerra. Se sobrevivêssemos.

— É verdade então — falava Devlon. — A muralha caiu.

— Uma falha temporária — cantarolou Rhys. Ele ainda usava o casaco e a calça requintados da reunião com os Grão-Senhores. Por qualquer que fosse o motivo, escolhera não usar o couro illyriano. Ou as asas.

Porque já sabem que treinei com eles, sou um deles. Precisam se lembrar de que também sou o Grão-Senhor. E não tenho intenção de afrouxar a coleira.

As palavras me soaram como um raspar de unhas cobertas em seda.

Rhys começou a dar instruções determinadas e frias a respeito do avanço iminente para o sul. A voz do Grão-Senhor; a voz de um guerreiro que lutara na Guerra e não tinha intenção de perder essa. Cassian frequentemente acrescentava ordens e explicações próprias.

Azriel... Azriel apenas os encarava com irritação. Não quis ir ao acampamento meses antes. Não gostava de estar de volta ali. Odiava aquele povo, sua ascendência.

Os outros lordes ficavam olhando para o encantador de sombras com pesar, ódio e desprezo. Ele apenas correspondia com aquele olhar letal.

E eles prosseguiram, até que Devlon olhou por cima do ombro de Rhys... para onde estávamos.

Um olhar de raiva para Mor. Um franzir de testa para mim; eu estava sabiamente retraída. Então, ele reparou em Nestha.

— O que é *aquilo?* — perguntou Devlon.

Nestha apenas o encarou, com uma das mãos segurando a barra da túnica cinza contra o peito. Um dos outros lordes do acampamento se benzeu.

— *Aquilo* — respondeu Cassian com uma voz baixa demais — não é de sua conta.

— Ela é uma bruxa?

Abri a boca, mas Nestha respondeu, inexpressivamente:

— Sim.

E observei quando nove lordes guerreiros illyrianos adultos e experientes se encolheram.

— Ela pode agir como uma às vezes — elucidou Cassian. — Mas não, é Grã-Feérica.

— Ela é tão Grã-Feérica quanto nós — replicou Devlon.

Uma pausa que se prolongou por tempo demais. Até mesmo Rhys pareceu não ter palavras. Devlon tinha reclamado, quando nos conhecemos, que Amren e eu éramos *Outras*. Como se ele tivesse algum sentido especial para essas coisas.

— Mantenha-a longe das fêmeas e das crianças — murmurou Devlon.

Apertei a mão livre de Nestha, em um aviso silencioso para que permanecesse calada.

Mor soltou um riso que fez os illyrianos enrijecerem. Mas ela se moveu, revelando Elain atrás de si. Elain apenas piscava, de olhos arregalados, para o acampamento. Para o exército.

Devlon soltou um grunhido ao vê-la. Mas Elain apenas apertou mais a própria túnica azul sobre o corpo, desviando os olhos de todos aqueles guerreiros altos e musculosos no acampamento que se agitava até o horizonte... Era uma rosa em um campo lamacento. Cheio de cavalos galopando.

— Não tenha medo deles — disse Nestha, as sobrancelhas franzidas.

Se Elain era uma flor naquele acampamento de guerra, então Nestha... ela era uma espada recém-forjada, esperando para tirar sangue.

Leve as duas para nossa tenda de guerra, disse Rhys silenciosamente para mim. *Devlon pode realmente ter um ataque se precisar encarar Nestha por mais um minuto.*

Eu pagaria caro para ver isso.

Eu também.

Escondi o sorriso.

— Vamos encontrar algo quente para beber — convidei minhas irmãs, chamando Mor para se juntar a nós. Seguimos para a maior das tendas do acampamento; uma bandeira preta, bordada com uma montanha e três estrelas prateadas, ondulava no alto. Guerreiros e fêmeas trabalhando em volta das fogueiras nos monitoraram silenciosamente. Nestha encarou todos. Elain manteve a concentração no chão seco e rochoso.

O interior da tenda era simples, porém luxuoso: tapetes espessos cobriam a plataforma de madeira baixa na qual a tenda fora erguida para manter afastada a umidade; vasilhas com luz feérica tremeluziam ao redor, e cadeiras e algumas espreguiçadeiras estavam espalhadas pela área, cobertas com grossas peles. Uma enorme mesa com várias cadeiras ocupava uma metade do espaço principal. E atrás de uma cortina nos fundos... presumi que nossa cama nos esperava.

Mor se jogou na espreguiçadeira mais próxima.

— Bem-vindas a um acampamento de guerra illyriano, senhoras. Tentem esconder o espanto.

Nestha foi até a mesa, que estava repleta de mapas.

— Qual é a diferença — perguntou ela, para nenhuma de nós em especial — entre um feérico e uma bruxa?

— Bruxas reúnem poder além de sua reserva natural — respondeu Mor, com uma seriedade súbita. — Usam feitiços e ferramentas arcaicas para reunir mais poder do que o Caldeirão designou, e usam esse poder para o que quiserem, o bem ou o mal.

Elain silenciosamente observou a tenda, voltando a cabeça para trás. O volumoso cabelo castanho-dourado oscilou com o movimento, a luz feérica dançou entre as mechas sedosas. Tinha prendido apenas parte dos cabelos; o penteado fora pensado para esconder as orelhas caso os encantamentos falhassem na propriedade de Graysen. Os de Tamlin não tinham funcionado em Nestha, e talvez Graysen e o pai tivessem uma imunidade semelhante a tais coisas.

Elain, por fim, se sentou na cadeira ao lado da de Mor, e o vestido rosa como o alvorecer — mais refinado que os que usava de costume — se amassou sob o corpo.

— Muitos... muitos desses soldados morrerão?

Eu me encolhi, mas Nestha respondeu:

— Sim. — Quase vi as palavras não ditas, contidas por Nestha. *Mas seu parceiro pode morrer antes deles.*

— Quando estiver pronta, Elain, encantarei você — avisou Mor.

— Vai doer? — perguntou Elain.

— Não doeu quando Tamlin encantou suas memórias — lembrou Nestha, recostada à mesa.

— Não. Pode... formigar — respondeu Mor, mesmo assim. — Apenas aja como se fosse humana.

— É como eu ajo agora. — Elain começou a repuxar os dedos finos.

— Sim — emendei. — Mas... tente manter a conversa de clarividente... para você mesma. Enquanto estivermos lá. — Acrescentei rapidamente: — A não ser que seja algo que não consiga...

— Eu consigo — respondeu Elain, endireitando os ombros magros. — Manterei.

Mor abriu um leve sorriso.

— Respire fundo.

Elain obedeceu. Pisquei, e estava feito.

Sumira o leve brilho da saúde imortal; o rosto se tornara mais demarcado. Sumiram as orelhas pontudas, a graciosidade. Abafada. Insípida; ou na medida que alguém tão linda quanto Elain podia ser insípida. Até mesmo os cabelos pareciam ter perdido o brilho, o dourado lembrava agora estanho, o castanho estava esmaecido.

Elain observou as mãos, virando-as.

— Eu não tinha percebido... o quanto parecia medíocre.

— Ainda está linda — elogiou Mor, com um pouco de carinho.

Elain deu um meio sorriso.

— Suponho que a guerra torne insignificante querer coisas desse tipo.

Mor ficou calada por um segundo.

— Talvez. Mas não deveria, jamais, deixar que a guerra roube isso de você, independentemente de tudo.

A palma da mão de Elain estava suada na minha quando Rhys nos atravessou para as terras humanas; Mor levou Azriel e Nestha. E achei que o rosto de minha irmã estava calmo quando nos vimos piscando para o calor e o sol de um alto verão mortal; o aperto que Elain dava em minha mão era tão forte quanto o anel de ferro em seu dedo.

O calor estava abafado sobre a propriedade que agora encarávamos; a guarita de pedra era a única abertura que eu via em qualquer das direções.

A única abertura no imponente muro de pedra que se erguia diante de nós, sólido como uma besta gigante, tão alto que precisei inclinar o pescoço para trás a fim de ver as lanças projetando-se do alto.

Os guardas nos grossos portões de ferro...

Rhys colocou as mãos nos bolsos, um escudo já estava em torno de nós. Mor e Azriel nos flanqueavam em posições defensivas.

Doze guardas naquele portão. Todos armados, os rostos ocultos sob capacetes espessos, apesar do calor. O corpo deles, até as botas, estavam igualmente cobertos por armaduras compostas de placas.

Qualquer um de nós poderia acabar com a vida deles sem erguer a mão. E o muro que vigiavam, os portões que guarneciam... Também não achei que durariam muito.

Mas... se conseguíssemos colocar proteções ali, talvez montar um bastião de guerreiros feéricos... Além daqueles portões abertos, vi terras extensas, campos, pastos, mangues e um lago... E além dele... uma fortaleza sólida e robusta de pedra marrom-escura.

Nestha estava certa. Aquele lugar era como uma prisão. O lorde tinha se preparado para sobreviver à tempestade do lado de dentro, reinar sobre aqueles recursos. Mas havia espaço. Muito espaço para pessoas.

E a ex-futura senhora daquela prisão... De cabeça erguida, Elain disse aos guardas, à dúzia de flechas que estava agora apontada para seu pescoço fino:

— Digam a Graysen que sua prometida veio até ele. Digam... digam que Elain Archeron implora por refúgio.

Capítulo 52

Esperamos do lado de fora dos portões enquanto um guarda montava um cavalo e galopava pela longa estrada empoeirada até a própria fortaleza. Um segundo muro externo cercava a construção robusta. Com nossa visão feérica, podíamos ver *aqueles* portões se abrirem e, depois, outros dois.

— Como o *conheceu* — murmurei para Elain, quando permanecemos sob a sombra dos carvalhos imponentes do lado de fora do portão. — Se ele fica trancado lá em cima?

Elain apenas encarava a fortaleza distante.

— Em um baile... o baile do pai.

— Já fui a funerais que eram mais alegres — murmurou Nestha.

Elain olhou para ela.

— Esta casa precisa de um toque feminino há anos.

Nenhuma de nós disse que parecia improvável que esse toque seria de Elain.

Azriel se manteve afastado alguns passos, pouco mais que a sombra de um dos carvalhos atrás de nós. Mas Mor e Rhys... Eles monitoravam tudo. Os guardas estavam apavorados... o odor salgado e úmido desse medo lhes cobria cada nervo.

Mas se mantiveram firmes. Apontaram aquelas flechas de freixo contra nós.

Longos minutos se passaram. Então, por fim, uma bandeira amarela foi erguida nos distantes portões da fortaleza. Nós nos preparamos.

Mas um dos guardas diante de nós grunhiu:

— Ele sairá para vê-la.

✠

Não teríamos permissão de entrar na fortaleza. De ver suas defesas, os recursos.

A guarita era nosso limite.

Eles nos levaram para dentro, e, embora tivéssemos tentado manter a estranheza a um mínimo... Os cães presos às paredes do lado de dentro rosnaram. Com tanta crueldade que os guardas os levaram para fora.

A sala principal da guarita era abafada e entulhada, mais ainda com todos nós ali dentro, e, embora eu tivesse oferecido a Elain um assento ao lado da janela selada, ela permaneceu de pé — à frente de nosso grupo. Encarando a porta de ferro fechada.

Eu sabia que Rhys ouvia cada palavra que os guardas proferiam do lado de fora, as gavinhas de poder esperando para sentir qualquer mudança nas intenções dos homens. Duvidei que a pedra e o ferro da construção conseguissem confinar qualquer um de nós, certamente não juntos, mas... Deixar que nos fechassem ali para esperar... atiçou algum nervo. Deixou meu corpo inquieto, um suor frio gotejava. Pequeno demais, sem ar suficiente...

Está tudo bem, acalmou-me Rhys. *Este lugar não pode contê-la.*

Assenti, embora Rhys não tivesse falado, e tentei engolir a sensação das paredes e do teto se fechando sobre mim.

Nestha me observava com atenção.

— Às vezes... tenho problemas com espaços pequenos — admiti para ela.

Nestha me observou por um longo momento. Então disse, igualmente baixo, embora todos pudéssemos ouvir:

— Não consigo mais entrar em uma banheira. Tenho de usar baldes.

Eu não sabia; nem mesmo pensei que se banhar, que mergulhar na água...

Eu sabia que não deveria tocar a mão de Nestha. Mas falei:

— Quando chegarmos em casa, instalaremos outra coisa para você.

Eu podia ter jurado ver gratidão em seus olhos, que Nestha diria mais uma coisa, mas cavalos se aproximaram.

— Duas dúzias de guardas — murmurou Azriel para Rhys. E olhou para Elain. — E Lorde Graysen e o pai, Lorde Nolan.

Elain ficou imóvel como uma corça com o estalar de passos do lado de fora. Olhei para Nestha, vi a compreensão ali e assenti.

Qualquer tentativa de ferir Elain... Não me importava o que tinha prometido a minha irmã. Eu deixaria que Nestha o despedaçasse. De fato, os dedos de minha irmã mais velha tinham se fechado... como se garras invisíveis surgissem na ponta deles.

Mas a porta se abriu com um estrondo e...

O jovem ofegante era tão... humano.

Belo, cabelos castanhos, olhos azuis, mas... humano. De compleição sólida sob a armadura leve, alto — talvez a fantasia mortal de um cavaleiro que colocaria a linda donzela no cavalo e cavalgaria em direção ao pôr do sol.

Tão destoante da força selvagem dos illyrianos, da letalidade cultivada de Mor e de Amren. De como eu rasgava e dilacerava — assim como Nestha.

Mas um ruído baixo saiu de Elain quando ela viu Graysen. Quando o homem puxou fôlego, observando Elain da cabeça aos pés. Ele cambaleou um passo na direção de minha irmã...

A mão larga e coberta de cicatrizes segurou as costas da armadura de Graysen, fazendo-o parar.

O homem que segurou o jovem lorde entrou de vez na sala entulhada. Alto e magro, com nariz aquilino e olhos cinzentos...

— O que significa isto?

Todos o encaramos com testas franzidas.

Elain estava trêmula.

— Senhor... Lorde Nolan... — As palavras lhe falharam quando minha irmã, mais uma vez, olhou para o prometido, que não tirara os olhos azuis sinceros de Elain nem por um segundo.

— A muralha caiu — disse Nestha, passando para o lado de Elain.

Graysen olhou para Nestha ao ouvir isso. Choque se incendiou diante do que ele viu: as orelhas, a beleza, o... poder sobrenatural que latejava em torno dela.

— Como? — indagou o humano, com a voz baixa e áspera.

— Fui sequestrada — respondeu Nestha, friamente, sem um lampejo de medo nos olhos. — Fui levada pelo exército que invadirá estas terras, e fui transformada contra minha vontade.

— Como? — repetiu Nolan.

— Há um Caldeirão... uma arma. Dá ao dono poder para... fazer tais coisas. Eu fui um teste. — Nestha então iniciou uma breve e ríspida explicação sobre as rainhas, Hybern, o motivo de a muralha ter caído.

Quando ela terminou, Lorde Nolan apenas indagou:

— E quem são seus companheiros?

Era uma aposta; sabíamos que era. Dizer quem éramos, quando sabíamos muito bem o terror que *qualquer* feérico, ainda mais Grão-Senhores...

Mas dei um passo à frente.

— Meu nome é Feyre Archeron. Sou Grã-Senhora da Corte Noturna. Este é Rhysand, meu... marido. — Duvidava que *parceiro* seria um termo bem aceito.

Rhys passou para meu lado. Alguns dos guardas se moveram e murmuraram com terror. Outros se encolheram diante da mão que Rhys ergueu para gesticular para trás.

— Nossa terceira na hierarquia, Morrigan. E nosso mestre espião, Azriel.

Lorde Nolan, numa atitude louvável, não empalideceu. Graysen, sim, mas permaneceu firme.

— Elain — sussurrou Graysen. — Elain... por que está *com* eles?

— Porque ela é nossa irmã — respondeu Nestha, com os dedos ainda fechados naquelas garras invisíveis. — E não há lugar mais seguro para ela durante esta guerra que conosco.

— Graysen, viemos implorar... — sussurrou Elain. Um olhar de súplica para o pai do lorde. — A vocês dois... Abram os portões para quaisquer humanos que consigam chegar aqui. Para famílias. Com a queda da muralha... Nós... eles acreditam... Não resta tempo para uma evacuação. As rainhas não mandarão ajuda do continente. Mas aqui... podem ter uma chance.

Nenhum dos homens respondeu, embora Graysen agora olhasse para o anel de noivado de Elain. Os olhos azuis ondularam com dor.

— Eu estaria disposto a acreditar em você — disse o jovem lorde, em voz baixa. — Se não estivesse mentindo para mim com cada palavra.

Elain piscou.

— Eu... eu não estou, eu...

— Achou — interrompeu Lorde Nolan, e Nestha e eu nos aproximamos de Elain quando ele deu um passo em nossa direção — que poderia vir até *minha* casa e me enganar com sua magia feérica?

— Não nos importamos com o que acredita — falou Rhys. — Viemos apenas pedir que ajude aqueles que não podem se defender.

— O que ganham? O que arriscam?

— Você tem um arsenal de armas de freixo — argumentei. — Acho que o risco para nós é evidente.

— E para sua irmã também — disparou Nolan na direção de Elain. — Não se esqueça de incluí-la.

— Qualquer arma pode ferir um mortal — disse Mor inexpressivamente.

— Mas ela não é mortal, é? — rebateu Nolan, com desprezo. — Não, soube de fonte confiável que foi Elain Archeron a primeira a ser transformada em feérica. E que agora tem o filho de um Grão-Senhor como *parceiro*.

— E quem, exatamente, lhe contou isso? — exigiu Rhys, ao erguer a sobrancelha, sem mostrar um pingo de ira, de surpresa.

Passos soaram.

Mas todos pegamos nossas armas quando Jurian entrou na guarita e falou:

— Eu contei.

Capítulo 53

Jurian ergueu as mãos, e novos calos lhe pontuavam as palmas e os dedos. Novos... para o corpo refeito que Jurian precisara treinar a fim de manejar armas durante aqueles meses.

— Vim sozinho — avisou Jurian. — Podem parar de grunhir.

Elain começou a tremer; diante da verdade revelada, ou das lembranças que a invadiram, que invadiram Nestha, quando viu Jurian. Ele inclinou a cabeça para minhas irmãs.

— Damas.

— Elas não são damas — disparou, com escárnio, Lorde Nolan.

— Pai — advertiu Graysen.

Nolan o ignorou.

— Ao chegar, Jurian me explicou o que tinha sido feito com você, com vocês *duas*. O que as rainhas no continente desejam.

— E o que é? — perguntou Rhys, com um tom fingido na voz.

— Poder. Juventude — respondeu Jurian, dando de ombros. — As coisas de sempre.

— Por que está *aqui?* — indaguei. Matá-lo... deveríamos matá-lo *agora* antes que pudesse nos ferir mais, matá-lo por aquela flecha que enterrou no peito de Azriel e pela ameaça que fizera a Miryam e Drakon, responsável, talvez, pelo sumiço dos dois e pela consequência: lutarmos aquela guerra sozinhos...

— As rainhas são cobras — disse Jurian, reclinando-se contra a borda de uma mesa encostada na parede. — Merecem ser massacradas pela traição. Não foi preciso esforço de minha parte quando Hybern me mandou atraí-las para nossa causa. Apenas uma delas foi nobre o suficiente para entrar no jogo, para saber que tínhamos recebido uma vantagem de merda e para usá-la da melhor forma possível. Mas, quando ajudou vocês, as outras descobriram. E a deram ao Attor. — Os olhos de Jurian brilharam forte, não com loucura, percebi.

Com lucidez.

E tive a sensação de que o mundo deslizava sob meus pés quando Jurian falou:

— Ele me ressuscitou para atraí-las para a própria causa, acreditando que eu tinha ficado louco durante os quinhentos anos pelos quais Amarantha me prendeu. Então, renasci e me vi cercado de meus antigos inimigos, rostos que um dia marcara para matar. Eu me vi do lado errado de uma muralha, com o reino humano pronto a ser esmagado abaixo dela.

Jurian olhou diretamente para Mor, cuja boca era uma linha tensa.

— Você era minha amiga — disse ele, a voz falhando. — Lutamos lado a lado durante algumas batalhas. Mas acreditou no primeiro olhar; acreditou que eu me deixaria *convencer* por eles.

— Você ficou louco com... com Clythia. Foi *loucura*. Aquilo o destruiu.

— E fiquei feliz por fazê-lo — grunhiu Jurian. — Fiquei *feliz* por fazer aquilo em troca de uma vantagem naquela guerra. Não me *importava* com o que faria comigo, com o que destruiria dentro de mim. Se significava que poderíamos ser *livres*. E tive quinhentos anos para pensar a respeito. Enquanto era mantido prisioneiro por meu inimigo. Quinhentos anos, Mor. — A forma como Jurian pronunciou seu nome, tão familiar e casual...

— Você bancou o vilão de forma muito convincente, Jurian — ronronou Rhys.

Jurian voltou o rosto para Rhys.

— Deveria ter olhado. Eu esperava que você *olhasse* dentro de minha mente, para ver a verdade. Por que não olhou?

Rhys ficou calado por um longo momento. Então ele disse, baixinho:

— Por que não queria vê-la.

Ver qualquer traço de Amarantha.

— Está querendo dizer — insistiu Mor — que andou trabalhando para *nos* ajudar durante esse tempo todo?

— Onde melhor planejar a queda do inimigo, aprender suas fraquezas, que ao lado desse inimigo?

Ficamos em silêncio enquanto Lorde Graysen e o pai observavam — ou pelo menos o último observava. Graysen e Elain apenas se encaravam.

— Por que essa obsessão em encontrar Miryam e Drakon? — perguntou Mor.

— É o que o mundo espera de mim. O que Hybern espera. E, se ele conceder o preço que pedi para encontrá-los... Drakon tem uma legião capaz de mudar o rumo da batalha. Por isso me aliei a ele durante a Guerra. Não duvido que Drakon ainda a tenha treinada e pronta. A notícia deve ter chegado a ele agora. Principalmente que os estou procurando.

Um aviso. A única forma de Jurian mandar um aviso... tornando-se o caçador.

— Não quer matar Miryam e Drakon? — perguntei a Jurian.

Havia uma intensa honestidade nos olhos de Jurian quando ele balançou a cabeça uma vez.

— Não — respondeu ele, com voz áspera. — Quero implorar por perdão.

Olhei para Mor. Mas lágrimas lhe enchiam os olhos, e ela piscou furiosamente para limpá-las.

— Miryam e Drakon sumiram — disse Rhys. — Levaram o povo consigo.

— Então, encontre-os! — exclamou Jurian. Ele indicou Azriel com o queixo. — Mande o encantador de sombras, mande quem quer que seja de sua confiança, mas *encontre-os*.

Silêncio.

— Olhe em minha mente — pediu Jurian a Rhys. — Olhe e veja por conta própria.

— Por que agora? — indagou Rhys. — Por que aqui?

Jurian o encarou de volta.

— Porque a muralha caiu, e agora posso me mover livremente a fim de avisar os humanos aqui. Porque... — Jurian expirou longamente. — Porque Tamlin correu de volta para Hybern depois que sua reunião terminou esta manhã. Direto para o acampamento deles na Corte Primaveril, onde Hybern agora planeja lançar um ataque por terra à Estival amanhã.

Capítulo 54

Jurian não era meu inimigo.

Não conseguia aceitar isso. Mesmo depois que Rhys *e* eu olhamos.

Não permaneci muito tempo.

A dor, a culpa e o ódio, o que ele vira e sofrera...

Mas Jurian disse a verdade. Ele expôs tudo para nós.

Sabia em que ponto eles planejavam atacar. Onde, quando e quantos.

Azriel sumiu sem olhar para qualquer um de nós — para avisar Cassian e mover a legião.

— Não mataram a sexta rainha — dizia Jurian a Mor. — Vassa. Ela percebeu minhas intenções, ou o que achou que fossem minhas intenções, desde o princípio. Aconselhou as outras a não me dar ouvidos. Disse que, se eu tinha renascido, aquilo era um mau sinal, e que reunissem os exércitos para enfrentar a ameaça antes que ficasse grande demais. Mas Vassa é impetuosa demais, jovem demais. Ela não entrou no jogo como a dourada, Demetria, entrou. Não viu a cobiça nos olhos das outras quando eu contei a elas sobre os poderes do Caldeirão. Não percebeu que assim que comecei a contar as mentiras de Hybern... as demais se tornaram inimigas dela. Não podiam matar Vassa, pois a próxima na linha de sucessão é ainda mais determinada. Então, encontraram um velho senhor da morte acima da muralha, com uma quedinha por aprisionar jovens mulheres. Ele a amaldiçoou e a levou embora... O mundo inteiro acredita que Vassa andou doente nos últimos meses.

— Sabemos — disse Mor, e nenhum de nós ousou olhar Elain. — Descobrimos.

E, mesmo com a verdade exposta... nenhum de nós contou a Jurian que Lucien tinha ido atrás da rainha.

Elain pareceu se lembrar, no entanto. Quem caçava aquela rainha desaparecida. E disse a Graysen, com o rosto impassível e pesaroso em meio àquilo tudo:

— Não tive a intenção de enganá-lo.

— Acho difícil acreditar nisso — respondeu o pai dele.

Graysen engoliu em seco.

— Achou que podia voltar aqui... viver comigo com essa... mentira?

— Não. Sim. Eu... não sei o que queria...

— E está presa a algum... macho feérico. O filho de um Grão-Senhor.

Herdeiro de um Grão-Senhor diferente, provavelmente, eu queria dizer.

— O nome é Lucien. — Não tinha certeza se eu já ouvira o nome de Lucien nos lábios de Elain.

— Não me importo com seu nome. — As primeiras palavras afiadas de Graysen. — Você é *parceira* dele. Por acaso sabe o que isso significa?

— Não significa *nada* — respondeu Elain, a voz falhando. — Não significa *nada*. Não me *importo* com quem decidiu isso, ou por que decidiu...

— Você pertence a *ele*.

— Não pertenço a *ninguém*. Mas meu coração pertence a *você*.

A expressão de Graysen ficou mais severa.

— Não o quero.

Teria sido melhor que ele tivesse batido em Elain, de tão profunda a mágoa em seus olhos. E ao ver o rosto de minha irmã se fechar...

Eu me aproximei, empurrando Elain para trás de mim.

— Eis o que vai acontecer. Vai aceitar qualquer pessoa que consiga chegar até aqui. Nós forneceremos proteções a esses muros.

— Não precisamos delas — dispensou Nolan, com escárnio.

— Devo demonstrar a você o quanto está errado? — perguntei. — Ou aceitará minha palavra quando digo que poderia reduzir este muro a escombros com meio pensamento? E isso sem falar de meus amigos. Vai descobrir, Lorde Nolan, que *quer* nossas proteções... e nossa ajuda. Tudo isso em troca de acolher quaisquer humanos que precisem de segurança.

— Não quero a ralé perambulando por aqui.

— Então apenas os ricos e escolhidos passarão pelos portões? — perguntou Rhys, arqueando a sobrancelha. — Não consigo imaginar a aristocracia feliz em trabalhar em sua terra e pescar em seu lago ou abater sua carne.

— Temos muitos trabalhadores aqui para fazer isso.

Estava acontecendo de novo. Outra discussão com gente de cabeça fechada e cheia de ódio...

— Lutei ao lado de seu ancestral — disse Jurian, no entanto, aos lordes. — E ele teria vergonha se você trancafiasse do lado de fora aqueles que passam necessidades. Fazer isso seria como cuspir em seu túmulo. Tenho uma posição de confiança em Hybern. Uma palavra minha e me certificarei de que sua legião faça uma visita. A você.

— Ameaça trazer o mesmo inimigo do qual quer nos proteger?

Jurian deu de ombros.

— Também posso convencer Hybern a ficar longe. Ele confia em mim nesse nível. Deixe as pessoas entrarem... Farei o possível para manter os exércitos longe.

Jurian olhou para Rhys, desafiando-o a duvidar.

Ainda estávamos chocados demais para tentar parecer neutros.

— Não finjo ter um grande exército — disse Nolan. — Apenas uma unidade considerável de soldados. Se o que diz é verdade... — Um olhar na direção de Graysen. — Nós os acolheremos. Quem conseguir chegar até aqui.

Eu me perguntei se o lorde mais velho não seria aquele com quem se podia, de fato, conversar. Principalmente quando Graysen disse a Elain:

— Tire esse anel.

Os dedos de Elain se curvaram em um punho.

— Não.

Feio. Aquilo estava prestes a ficar feio da pior forma possível...

— Tire. O. Anel.

Foi a vez de Nolan murmurar um aviso ao filho. Graysen ignorou o pai. Elain não se moveu.

— *Tire-o!* — As palavras rugidas ecoaram pelas pedras.

— Basta — exigiu Rhys, com a voz mortalmente calma. — A dama fica com o anel se o quiser. Embora nenhum de nós se sentiria especialmente triste ao vê-lo ir embora. Fêmeas tendem a preferir ouro ou prata a ferro.

Graysen encarou Rhysand com um olhar de ódio.

— É assim que começa? Vocês *machos* feéricos virão tomar nossas mulheres? As de vocês não são trepáveis o bastante?

— Cuidado com a língua, menino — disse o pai do jovem lorde. Elain empalideceu ao ouvir o linguajar chulo.

— Não vou me casar com você — disse Graysen, apenas. — Nosso noivado acabou. Acolherei qualquer pessoa que ocupe suas terras. Mas você não. Jamais *você*.

Lágrimas começaram a escorrer pelo rosto de Elain, e seu cheiro preencheu a sala com sal.

Nestha deu um passo adiante. Depois, outro. E mais um.

Até que estava diante de Graysen, mais rápido que qualquer um conseguiu ver.

Então, Nestha o acertou com tanta força que a cabeça do lorde virou para o lado.

— Você nunca a mereceu — grunhiu Nestha em meio ao silêncio de espanto, enquanto Graysen segurava o rosto e xingava, curvando-se. Nestha apenas olhou de volta para mim. Raiva, descontrolada e incandescente, lampejou em seus olhos. Mas a voz saiu fria como uma pedra quando ela me disse: — Presumo que tenhamos terminado aqui.

Assenti para ela sem dizer nada. E, orgulhosa como qualquer rainha, Nestha pegou o braço de Elain e levou-a para fora da guarita. Mor seguiu, vigiando a retaguarda das duas quando passaram para o autêntico campo de armas, com cães rosnando à espera do lado de fora.

Os dois lordes se foram sem nem dizer adeus.

— Diga ao encantador de sombras que sinto muito pela flecha no peito — falou Jurian, ao ficar para trás.

Rhys balançou a cabeça.

— Qual é o próximo passo então? Presumo que esteja fazendo mais que avisar humanos para fugir ou se esconder.

Jurian se afastou da mesa.

— O próximo passo, Rhysand, é minha volta àquele acampamento de guerra hyberniano para dar um ataque porque minha busca pelo paradeiro de Miryam e Drakon foi inútil. Meu passo depois desse será fazer outra viagem ao continente e semear a discórdia entre as cortes das rainhas. Deixar que algumas coisas *vitais* escapem a respeito de seus objetivos. Quem realmente apoiam. O que realmente querem. Eu as manterei ocupadas... preocupadas demais com os conflitos internos para pensarem em velejar para cá. E depois que isso estiver feito... quem sabe? Talvez me junte a você no campo de batalha.

Rhys esfregou as têmporas com o polegar e o indicador, as mechas dos cabelos deslizaram para a frente quando ele abaixou a cabeça.

— Eu não acreditaria em uma palavra, mas olhei dentro dessa sua mente.

Jurian tamborilou na ombreira da porta.

— Diga a Cassian que ataque o flanco esquerdo com tudo amanhã. Hybern vai colocar os nobres sem treino desse lado para adquirirem experiência; são mimados e inexperientes. Feche o cerco ali e vai assustar os brutamontes. Ataque com tudo o que tem, e rápido, não dê tempo a eles de se recompor ou de encontrar coragem. — Jurian me deu um sorriso sombrio. — Jamais parabenizei você por massacrar Dagdan e Brannagh. Eles foram tarde.

— Fiz isso por aqueles Filhos dos Abençoados — confessei. — Não pela glória.

— Eu sei — respondeu Jurian, erguendo as sobrancelhas. — Por que acha que decidi confiar em você?

CAPÍTULO 55

— Estou velha demais para esse tipo de surpresa — reclamou Mor sob os rangidos da tenda de guerra contra o vento uivante da montanha, na fronteira norte da Corte Invernal, onde o exército illyriano se acomodava para passar a noite. Para esperar pelo ataque do dia seguinte. Tinham voado o dia todo, e nossa localização era remota o bastante para manter até mesmo um exército do tamanho do nosso oculto. Até o dia seguinte, pelo menos.

Tínhamos avisado Tarquin e mandado mensagens a Helion e Kallias para que se juntassem a nós... se conseguissem chegar a tempo. Mas, quando a hora que precede o alvorecer soasse, a legião illyriana tomaria os céus e voaria direto para aquele campo de batalha ao sul. Eles aterrissariam, esperávamos, antes que começasse. No momento que Keir e seus comandantes atravessassem com a legião Precursora da Escuridão da Corte Noturna.

E, então, o massacre teria início. Dos dois lados.

Se o que Jurian havia dito fosse verdade. Cassian engasgara quando contamos a ele sobre o conselho de batalha de Jurian. Uma reação mais leve, dissera Azriel, que a resposta inicial do general.

— Jamais suspeitou que Jurian pudesse ser... bom? — perguntei a Mor de onde estava sentada, ao pé da espreguiçadeira coberta com pele que compartilhávamos.

Ela tomou um gole do vinho e se recostou contra as almofadas empilhadas diante do apoio de cabeça. Minhas irmãs estavam em outra tenda, não tão grande, mas igualmente luxuosa; suas acomodações eram ladeadas pelas tendas de Cassian e de Azriel, e a de Mor ficava à frente. Ninguém chegaria a minhas irmãs sem que meus amigos soubessem. Mesmo que Mor estivesse comigo no momento.

— Não sei — respondeu ela, puxando um pesado cobertor de lã sobre as pernas. — Nunca fui tão próxima de Jurian quanto alguns dos outros, mas... Nós lutamos juntos. Salvamos um ao outro. Apenas presumi que Amarantha o tivesse arrasado.

— Partes dele estão arrasadas — falei, e estremeci ao me lembrar das memórias que vira, dos sentimentos. Puxei parte do cobertor de Mor para meu colo.

— Estamos todos arrasados — ponderou Mor. — De nosso próprio jeito, e em lugares que talvez ninguém veja.

Inclinei a cabeça como pergunta, mas Mor indagou:

— Elain está... bem?

— Não. — Foi tudo o que eu disse. Elain não estava bem.

Tinha chorado baixinho enquanto atravessávamos. E nas horas seguintes, enquanto o exército chegava e o acampamento era reconstruído. Não tirou o anel. Apenas se deitou na cama da tenda, aninhada entre peles e cobertores, e olhou para o nada.

Qualquer indício de melhora, qualquer avanço... se fora. Pensei em voltar para quebrar cada osso do corpo de Graysen, mas resisti; porque isso daria a Nestha aval para avançar contra ele. E a morte pelas mãos de Nestha... Eu me perguntei se precisariam inventar uma nova palavra para *matar* quando ela tivesse terminado com Graysen.

Então, Elain chorou silenciosamente, as lágrimas tão infinitas que me perguntava se era algum sinal de que seu coração sangrava. Algum fiapo de esperança que se desfizera naquele dia. De que Graysen ainda a amasse, de que ainda se casaria com ela... e de que aquele amor pudesse até mesmo desenvolver um laço de parceria.

Um último fio tinha sido partido... com a vida de Elain nas terras humanas.

Apenas nosso pai, onde quer que estivesse, permanecia como um tipo de conexão.

Mor interpretou o que estava em meu rosto e apoiou o vinho na pequena mesa de madeira ao lado da espreguiçadeira.

— Deveríamos dormir. Nem mesmo sei por que estou bebendo.

— Hoje foi... inesperado.

— É tão mais difícil — disse ela, gemendo, quando jogou o resto do cobertor em meu colo e se levantou. — Quando inimigos se tornam amigos. E o oposto, suponho. O que não vi? O que ignorei ou dispensei? Isso sempre faz com que eu *me* analise mais que a eles.

— Outra das alegrias da guerra?

Ela riu, seguindo para a entrada da tenda.

— Não... da vida.

Mal dormi naquela noite.

Rhys não voltou para a tenda — nem uma vez.

Saí de nossa cama quando a escuridão começava a ceder lugar ao cinza, acompanhando o puxão do laço de parceria como tinha feito naquele dia Sob a Montanha.

Ele estava no alto de uma elevação rochosa incrustada com trechos de gelo, observando as estrelas se apagarem uma a uma sobre o acampamento ainda adormecido.

Calada, passei o braço pela cintura de Rhys, e ele moveu as asas para me aninhar ao lado do corpo.

— Muitos soldados morrerão hoje — anunciou Rhys em voz baixa.

— Eu sei.

— Isso nunca fica mais fácil — sussurrou ele.

As feições marcadas do rosto de Rhys estavam tensas, e os olhos, cheios de lágrimas enquanto meu parceiro estudava as estrelas. Apenas ali, apenas agora, Rhys mostraria aquele luto: aquela preocupação e a dor. Nunca diante dos exércitos; jamais diante dos inimigos.

Ele soltou um longo suspiro.

— Está pronta? — Eu ficaria perto da retaguarda com Mor para ter uma noção da batalha. Do fluxo, do terror e da estrutura. Minhas irmãs permaneceriam no acampamento até que fosse seguro atravessar com elas depois. Se as coisas não desandassem de vez antes.

— Não — admiti. — Mas não tenho escolha a não ser estar pronta.

Rhys beijou o alto de minha cabeça, e encaramos as estrelas moribundas em silêncio.

— Sou grato — disse Rhys depois de um tempo, conforme o acampamento sob nós se agitava com a luz que aumentava. — Por ter você a meu lado. Não sei se algum dia lhe disse isso, o quanto sou grato por tê-la comigo.

Pisquei para afastar a ardência nos olhos, e tomei a mão de meu parceiro. Levei-a até o coração, deixando que Rhys sentisse as batidas enquanto eu o beijava uma última vez, conforme o restante das estrelas sumia e o exército abaixo de nós acordava para travar a batalha.

Capítulo 56

Jurian estava certo.

Tínhamos visto dentro de sua mente, mas ainda duvidávamos. Ainda nos perguntávamos se chegaríamos e descobriríamos que Hybern havia mudado de posição, ou atacado em outro lugar.

Mas a horda de Hybern estava exatamente onde Jurian alegou que estaria.

E, quando o exército illyriano avançou contra ela enquanto Hybern marchava pela fronteira da Primaveril até a Estival... as forças hybernianas pareceram realmente chocadas.

Rhys ocultara nossas forças; todas elas. Suor lhe escorria da têmpora devido ao esforço de manter nosso contingente oculto da vista e dos ouvidos e do nariz conforme voávamos quilômetro após quilômetro. Minhas asas não eram fortes o bastante — então, Mor atravessou comigo pelo céu, acompanhando-os.

Mas chegamos juntos. E, quando Rhys desceu o escudo da visão, revelando illyrianos sedentos pela batalha disparando dos céus em fileiras organizadas, precisas... Quando ele revelou a legião dos Precursores da Escuridão de Keir atacando por terra, envolta em fiapos de noite e armada com aço brilhante como as estrelas... Foi difícil não me sentir arrogante diante do pânico que ondulou pela massa hyberniana que marchava.

Mas o exército de Hybern... Ele se estendia ao longe — profundo e extenso. Com a intenção de varrer tudo no caminho.

— *ESCUDOS!* — berrou Cassian na linha de frente.

Um a um, escudos vermelhos, azuis e verdes lampejaram ao ganhar vida em volta dos illyrianos e de suas armas, sobrepondo-se como as escamas de um peixe. Sobrepondo-se como os escudos sólidos de metal que cada um levava no braço esquerdo, se encaixando dos tornozelos aos ombros.

Abaixo, as tropas de Keir ondulavam com escudos sombreados, faiscando em posição diante delas.

Mor nos atravessou até a colina protegida pelas árvores, que dava para o campo onde Cassian julgou ser o melhor lugar para atingi-los com base no reconhecimento de Azriel. Havia um declive na grama... para nossa vantagem. Tínhamos o terreno elevado; um rio estreito e raso não ficava muito longe do exército de Hybern. O sucesso na batalha, explicara Cassian a mim naquela manhã, durante um breve café da manhã, costumava ser decidido não pelos números, mas pela escolha de onde lutar.

O exército de Hybern pareceu perceber a desvantagem em instantes

Mas os illyrianos tinham aterrissado ao lado dos soldados de Keir. Cassian, Azriel e Rhys se dispersaram entre a linha de frente, todos vestidos com armaduras illyrianas escuras, todos armados como os demais soldados alados: escudo preso na mão esquerda, espada illyriana na direita, uma variedade de adagas pelo corpo e elmos.

Os elmos eram os únicos indicativos de quem eram. Diferentemente dos domos lisos dos demais, Rhys, Azriel e Cassian usavam elmos pretos cujas proteções do rosto haviam sido moldadas e voltadas para cima, como asas de corvos. Eram asas de corvos afiadas como lâminas, que se projetavam para o alto de cada lado do elmo, até logo acima da orelha, mas... O efeito, admiti, era assustador. Principalmente com as duas outras espadas cruzadas às costas, as manoplas que cobriam cada centímetro das mãos, e os Sifões brilhando em meio às armaduras de ébano de Cassian e Azriel.

O poder do próprio Rhys rodopiava a sua volta, preparando-se para golpear o flanco direito, enquanto Cassian mirava o esquerdo. Rhys deveria conservar seu poder... para o caso de o rei chegar. Ou pior: o Caldeirão.

Aquele exército, por mais que fosse enorme... Não parecia que o rei sequer estava ali para liderá-lo. Ou Tamlin. Ou Jurian. Era apenas uma invasão, indicativa da força iminente, mas considerável o suficiente para que os danos... Podíamos facilmente ver os danos atrás do exército, as nuvens de fumaça que manchavam o céu limpo de verão.

Mor e eu falamos pouco nas horas que se seguiram.

Não tinha forças para as palavras, para qualquer tipo de discurso coerente enquanto assistíamos. Talvez pelo elemento surpresa ou por pura sorte, não havia sinal daquele veneno feérico. Eu estava quase agradecendo à Mãe por isso.

Ainda que cada soldado em nosso acampamento naquela manhã tivesse misturado o antídoto de Nuan no mingau, ele não faria nada para *impedir* armas com veneno feérico de destruírem escudos. Impedia apenas a supressão da magia, caso entrasse em contato: por meio daquele maldito pó... ou pela perfuração por uma arma cuja ponta era feita dele. Por sorte, por sorte não fora usado hoje.

Porque, ao ver a carnificina, a linha tênue de controle... não havia lugar para mim naquelas linhas de frente, onde os illyrianos lutavam com a força da espada, o poder e a confiança no macho a seu lado. Até mesmo os soldados de Keir lutavam como se fossem uma unidade; obedientes e determinados, atacando com sombras e aço. Eu teria sido uma falha naquela armadura impenetrável — e no que Cassian e os illyrianos liberavam sobre Hybern...

Cassian se chocou contra aquele flanco esquerdo. Sifões liberaram rompantes de poder que às vezes ricocheteavam de escudos, às vezes encontravam seu alvo e destruíam carne e osso.

Mas onde os escudos mágicos de Hybern se sustentavam... Rhys, Azriel e Cassian lançavam disparos do próprio poder para destruí-los. Tornando-os, então, vulneráveis àqueles Sifões... ou ao puro aço illyriano. E se aquilo não os derrubasse... Keir e os Precursores da Escuridão limpavam o restante. Com precisão. Frieza.

O campo de batalha se tornou um lamaçal encharcado de sangue. Corpos reluziam ao sol da manhã, a luz se refletia das armaduras. Os soldados hybernianos entraram em pânico diante das impenetráveis fileiras illyrianas que os empurravam cada vez mais para trás. Que os derrotavam.

E, quando aquele flanco esquerdo se dispersou, quando os nobres caíram ou se viraram e fugiram... os demais soldados hybernianos começaram a entrar em pânico também.

Havia um comandante montado que não caiu tão facilmente. Que não virou o cavalo na direção do rio para fugir.

Cassian escolheu esse como seu oponente.

Mor segurou minha mão com força suficiente para machucar quando Cassian deixou a impenetrável linha de frente de escudos e espadas — os soldados em volta imediatamente fecharam o buraco. Lama e sangue sujavam o elmo escuro de Cassian, sua armadura.

O general largou o escudo alto em favor de um redondo, preso às costas e feito do mesmo material cor de ébano.

Então, disparou em uma corrida.

Eu podia ter jurado que até mesmo Rhys parou do outro lado do campo de batalha para observar conforme Cassian abria caminho entre os soldados inimigos, mirando o comandante hyberniano montado. O qual, percebendo o que e quem vinha em sua direção, começou a procurar uma arma melhor.

Cassian nascera para aquilo: aqueles campos, aquele caos, a brutalidade e o cálculo.

Ele não parou de se mover, parecia saber onde cada oponente lutava, tanto na vanguarda quanto na retaguarda, parecia inspirar o fluxo da batalha ao redor. Até mesmo deixou que descessem o escudo dos Sifões... para se aproximar, para *sentir* o impacto das flechas que defendia com aquele escudo de ébano. Quando Cassian chocava o escudo contra um soldado, o outro braço já golpeava com a espada o oponente seguinte.

Eu jamais vira algo assim — a habilidade e a precisão. Era como uma dança.

Eu devo ter dito isso em voz alta, pois Mor respondeu:

— Para ele, a batalha é isso. Uma sinfonia.

Os olhos de Mor não se desviaram da dança da morte de Cassian.

Três soldados foram corajosos ou burros o bastante para tentar atacá-lo. Cassian os derrubou e matou com quatro golpes.

— Pela Mãe! — sussurrei.

Era aquele meu treinador. Por isso feéricos tremiam ao ouvir seu nome.

Por isso os guerreiros illyrianos bem-nascidos tinham tanta inveja que o queriam morto.

Mas ali estava Cassian, ninguém entre ele e o comandante.

O comandante encontrara uma lança largada. Ele a atirou.

Com agilidade e precisão, meu coração quase parou quando a lança disparou contra Cassian.

Seus joelhos se dobraram, as asas se fecharam bem, o escudo girou...

Cassian se defendeu da lança com o escudo em um impacto que eu podia jurar ter ouvido; depois quebrou a arma e continuou correndo.

Em um segundo, Cassian havia embainhado o escudo e a espada às costas.

E eu teria perguntado por que, mas o general já pegara outra lança caída.

E já a jogava, o corpo inteiro se projetando com o arremesso, e o movimento foi tão perfeito que eu soube: um dia o pintaria.

Os dois exércitos pareceram parar com o arremesso.

Mesmo de longe, a lança de Cassian acertou.

Atravessou direto o peito do comandante, com tanta força que derrubou o macho do cavalo.

Quando ele terminou de cair, Cassian estava lá.

A espada de Cassian refletiu a luz do sol quando ele a ergueu e mergulhou.

Cassian escolhera bem seu alvo. Hybern se retirava agora. Descaradamente se virou e fugiu para o rio.

Mas Hybern encontrou o exército de Tarquin esperando na margem oposta, exatamente onde Cassian ordenara que surgisse.

Presos com os illyrianos e a Precursora da Escuridão de Keir às costas, e os dois mil soldados de Tarquin do outro lado do rio estreito...

Foi mais difícil assistir... àquele massacre.

— Acabou — avisou Mor.

O sol estava alto no céu, o calor subia a cada minuto.

— Não precisa ver isso — acrescentou ela.

Porque alguns dos soldados de Hybern se rendiam. De joelhos.

Como era o território de Tarquin, Rhys abriu mão da decisão sobre o destino dos prisioneiros.

De longe, discerni Tarquin pela armadura — mais ornamentada que a de Rhysand, mas ainda assim brutal. Barbatanas de peixe e escamas pareciam ser o tema, e o manto azul flutuava pela lama atrás do

Grão-Senhor conforme ele ultrapassava corpos caídos para chegar às poucas centenas de inimigos vivos.

Tarquin olhou fixamente para onde o inimigo se ajoelhava, o elmo lhe escondia as feições.

Perto dali, Rhys, Cassian e Azriel monitoravam, falando com Keir e os capitães illyrianos. Não vi muitas asas entre os caídos no campo. Uma misericórdia.

A única misericórdia, parecia, quando Tarquin fez um gesto com a mão.

Alguns dos soldados hybernianos começaram a gritar por clemência, as ofertas de vender informações ecoavam, até mesmo para nós.

Tarquin apontou para alguns, e estes foram levados por seus soldados. Para serem interrogados. E eu duvidava de que isso seria agradável.

Mas os demais...

Tarquin esticou a mão em sua direção.

Levei um segundo para perceber que os soldados hybernianos estavam se debatendo e se agredindo, alguns tentavam rastejar para longe. Mas, então, um deles desabou, e a luz do sol iluminou o rosto do macho. E, mesmo de longe, percebi... percebi que era água que borbulhava para fora de seus lábios.

Fora dos lábios de todos os soldados hybernianos enquanto Tarquin os afogava em terra firme.

✠

Não vi Rhys ou os demais durante horas — não quando ele deu a ordem para mover o acampamento de guerra illyriano da fronteira da Corte Invernal para o limite do campo de batalha. Então, Mor e eu atravessamos entre os acampamentos conforme a migração começava. Trouxemos minhas irmãs por último, esperando até que muitos dos corpos tivessem sido transformados em poeira preta por Rhysand. O sangue e a lama permaneceram, mas o acampamento estava em uma posição boa demais para que abríssemos mão... ou para que desperdiçássemos tempo procurando outro lugar.

Elain não pareceu se importar. Não pareceu sequer notar que a tínhamos atravessado. Simplesmente foi da tenda dela para os braços de Mor, e depois, para a mesma tenda reconstruída no novo acampamento.

Nestha, no entanto... Contei a ela quando chegou que estavam todos bem. Mas quando atravessamos para o campo de batalha... Ela encarou aquela planície sangrenta e enlameada. As armas que soldados das duas cortes tiravam dos inimigos caídos.

Nestha ouviu os soldados illyrianos inferiores sussurrando a respeito da habilidade de Cassian com aquela lança, como ele ceifara soldados feito talos de trigo; tal qual Enalius — seu deus-guerreiro mais antigo e o primeiro dos illyrianos.

Fazia um tempo, parecia, desde que tinham visto Cassian em um confronto aberto. Desde que tinham percebido que o general era jovem durante a Guerra, e que agora... os olhares lançados a Cassian conforme ele passava... eram os mesmos que aqueles Grão-Senhores deram a Rhys quando testemunharam seu poder. Como eles, mas Outro.

Nestha observava e ouvia tudo aquilo enquanto o acampamento era reconstruído a nossa volta.

Ela não perguntou para onde tinham ido os corpos antes de sua chegada. Ignorou completamente o acampamento que Keir e os Precursores da Escuridão construíram ao lado do nosso — os soldados de armadura de ébano que olharam com desprezo para Nestha, para mim, para os illyrianos. Não, Nestha apenas se certificou de que Elain estivesse dormindo na tenda, e então se ofereceu para ajudar a cortar tecido para as ataduras.

Estávamos fazendo exatamente isso em volta da fogueira no início da noite quando Rhys e Cassian se aproximaram, ainda de armadura; nenhum sinal de Azriel.

Rhys ocupou um assento no tronco em que eu estava sentada, a armadura tilintou, e ele silenciosamente beijou minha têmpora. Rhys fedia a metal, sangue e suor.

Seu elmo bateu no chão ao lado de nossos pés. Eu silenciosamente entreguei a meu parceiro uma jarra de água e fiz menção de pegar um copo, mas Rhys apenas ergueu o recipiente de latão e bebeu direto dali. O líquido transbordou pelos lados, água escorreu contra o metal preto que lhe cobria as coxas, e, quando por fim apoiou a jarra, ele parecia... cansado. Pelos olhos, Rhys parecia exausto.

Mas Nestha se levantara com um salto, encarando Cassian, o elmo que este enfiara debaixo do braço, as armas que ainda despontavam acima dos ombros e que precisavam ser limpas. Os cabelos escuros pendiam sem movimento devido ao suor, o rosto estava sujo de lama onde nem mesmo o elmo conseguira proteger.

Mas minha irmã observou os sete Sifões, as pedras vermelhas de brilho tênue.

— Você está ferido — disse por fim.

Rhys ficou alerta ao ouvir aquilo.

O rosto de Cassian estava sombrio, os olhos, vítreos.

— Está tudo bem. — Até mesmo as palavras pareciam envoltas em exaustão.

Mas minha irmã pegou seu braço, o braço do escudo.

Cassian pareceu hesitar, mas ofereceu o braço a Nestha, batendo no Sifão localizado sobre a palma da mão. A armadura deslizou levemente pelo antebraço, revelando...

— Sabe que não deve sair por aí com um ferimento — censurou Rhys, um pouco tenso.

— Eu estava ocupado — disse Cassian, sem tirar os olhos de Nestha enquanto ela observava o punho inchado. Como minha irmã detectara aquilo sob a armadura... Talvez tivesse visto nos olhos, nos movimentos de Cassian.

Não tinha percebido que Nestha observava o general illyriano o suficiente para reparar em seus trejeitos.

— E estará melhor de manhã — acrescentou Cassian, desafiando Rhys a dizer o contrário.

Mas os dedos pálidos de Nestha suavemente pressionaram a pele marrom de Cassian e ele sibilou.

— Como eu conserto? — perguntou ela. Os cabelos de Nestha tinham sido presos em um coque frouxo no alto da cabeça no início do dia, e, durante as horas que trabalhamos preparando e distribuindo suprimentos para os curandeiros em meio ao calor e à umidade, alguns fios se soltaram, cacheando em volta da têmpora e da nuca de minha irmã. Um leve rubor lhe manchava as bochechas por conta do sol, e os antebraços, expostos sob as mangas arregaçadas, estavam sujos de lama.

Cassian se sentou devagar no tronco em que Nestha estava sentada um momento antes, gemendo baixinho; como se até mesmo aquele movimento fosse difícil.

— Gelo costuma ajudar, mas enfaixar vai colocar no lugar por tempo suficiente para que a torção se cure sozinha...

Nestha estendeu a mão para o cesto de bandagens que estava preparando e, depois, para a jarra a seus pés.

Eu estava cansada demais para fazer qualquer coisa além de assistir enquanto Nestha limpava o pulso de Cassian, a mão; os dedos de minha irmã trabalhavam com cuidado. Estava cansada demais para perguntar se Nestha possuía a magia para curar o pulso ela mesma. Cassian também parecia exausto demais para falar enquanto minha irmã lhe enfaixava o pulso com bandagens, apenas resmungando para confirmar se estava apertado ou frouxo demais, se tinha ajudado. Mas ele a observou... Não tirou os olhos do rosto de Nestha, a testa franzida e os lábios contraídos em concentração.

Quando ela terminou de amarrar firme e o pulso de Cassian estava enfaixado de branco, Nestha fez menção de recuar, mas Cassian segurou os dedos de minha irmã com a mão boa. Ela o encarou.

— Obrigado — agradeceu Cassian, a voz rouca.

Nestha não puxou a mão.

Não abriu a boca para dar uma resposta malcriada.

Apenas o encarou, observou a extensão dos ombros do general, ainda mais poderosos com aquela linda armadura preta, observou a coluna forte que o pescoço formava acima, as asas de Cassian. E, então, observou os olhos cor de avelã, ainda voltados para seu rosto.

Cassian acariciou o dorso da mão de Nestha com o polegar.

Nestha abriu a boca por fim, e me preparei...

— Está ferido?

Ao som da voz de Mor, Cassian puxou a mão de volta e se virou para a amiga com um sorriso preguiçoso.

— Nada que a faça chorar, não se preocupe.

Nestha tirou os olhos do rosto do general; abaixou-os para a própria mão, agora vazia, os dedos ainda fechados como se a palma da mão de Cassian ainda repousasse ali. Ele não olhou para Nestha quando ela se levantou, pegou a jarra e murmurou algo sobre buscar mais água dentro da tenda.

Cassian e Mor começaram as implicâncias, rindo e provocando um ao outro sobre aquela batalha e as que seriam travadas no futuro.

Nestha não saiu de novo por um bom tempo.

+

Ajudei com os feridos noite adentro, e Mor e Nestha trabalharam comigo.

Um longo dia para todos nós, sim, mas os demais... tinham lutado durante horas. Pelo ângulo tenso do maxilar de Mor enquanto ela cuidava igualmente de Precursores da Escuridão e de illyrianos feridos, eu soube que as diversas histórias da batalha pesavam sobre ela — não por causa de contos de glória e sangue, mas pelo simples fato de que Mor não estivera ali para lutar a seu lado.

Mas entre as forças dos Precursores da Escuridão e os illyrianos... Eu me perguntei onde ela lutaria. Quem comandaria ou a quem serviria. Definitivamente não Keir, mas... Eu ainda remoía essa questão quando, por fim, deitei entre os lençóis quentes da cama e enrosquei o corpo contra o de Rhys.

Seu braço imediatamente deslizou sobre minha cintura, me puxando para perto.

— Você tem cheiro de sangue — murmurou Rhys na escuridão.

— Desculpe — respondi. Tinha lavado as mãos e os antebraços antes de deitar, mas um banho completo... Mal conseguira andar pelo acampamento momentos antes.

Rhys acariciou minha cintura até o quadril.

— Deve estar exausta.

— E *você* deveria estar dormindo — brinquei, me aproximando mais, deixando que o calor e o cheiro de Rhys me envolvessem.

— Não consigo — admitiu ele, roçando minha têmpora com os lábios.

— Por quê?

A mão de Rhys passeou até minhas costas, e arqueei o corpo com as carícias demoradas e sequenciais por minha espinha.

— Leva um tempo... para eu relaxar depois da batalha. — Fazia horas e horas que a luta terminara. Os lábios de Rhys começaram uma jornada da minha têmpora até o maxilar.

E, mesmo com o peso da exaustão sobre mim, quando a boca de Rhys roçou meu queixo, quando ele mordiscou meu lábio inferior... Eu sabia o que estava pedindo.

Rhys inspirou quando tracejei os contornos da barriga definida, quando me maravilhei com a maciez daquela pele, com a força dos músculos, logo abaixo.

Meu parceiro deu um beijo leve como uma pena em meus lábios.

— Se estiver cansada demais — começou Rhys, mesmo quando ficou completamente imóvel conforme meus dedos continuavam a jornada, além dos músculos esculpidos do abdômen.

Respondi com um beijo. E outro. Até que a língua de Rhys deslizou pela borda de meus lábios e eu os abri para ele.

Nossa união foi rápida e forte, e eu lhe arranhava as costas antes de o fim avassalador percorrer nosso corpo, passando as mãos pelas asas de Rhys.

Durante longos minutos depois, ficamos ali, minhas pernas jogadas por cima de seus ombros, o subir e o descer do peito de Rhys empurrando meu peito em um eco reminiscente dos nossos movimentos.

Então, ele recuou, abaixando cuidadosamente minhas pernas. Rhys beijou o interior de cada um de meus joelhos ao fazer isso, apoiando-os de cada lado do corpo ao se levantar para se ajoelhar diante de mim.

As tatuagens nos joelhos de Rhys estavam quase ocultas pelos lençóis amassados, o desenho deformado pela posição. Mas passei os dedos pelo alto daquelas montanhas, as três estrelas pintadas sobre elas, enquanto Rhys permaneceu ajoelhado entre minhas pernas, olhando para mim de cima.

— Pensei em você durante cada momento que estive no campo de batalha — confessou Rhys, baixinho. — Isso me concentrou, me deixou centrado... me ajudou a enfrentá-la.

Acariciei aquelas tatuagens nos joelhos de novo.

— Fico feliz. Acho... Acho que parte de mim estava lá naquele campo de batalha com você também. — Olhei para a armadura de meu parceiro, limpa e exposta em um manequim perto do pequeno trocador. O elmo alado de Rhys brilhava, como uma estrela preta na escuridão. — Ver a batalha de hoje... Pareceu diferente daquela em Adriata. — Rhys apenas ouviu, aqueles olhos salpicados de estrelas cintilavam pacientes. — Em Adriata eu não... — Lutei em busca das palavras. — O caos da batalha em Adriata foi fácil, de alguma forma. Não *fácil*, quero dizer...

— Sei o que quer dizer.

Suspirei, sentando-me de forma que ficamos joelho a joelho e cara a cara.

— O que estou tentando explicar, e fracassando terrivelmente, é que ataques como os que ocorreram em Adriata, em Velaris... Posso lutar naqueles. Há pessoas a defender, e a desordem... eu posso... Eu luto satisfeita em batalhas como aquelas. Mas o que vi hoje, o tipo de guerra... — Engoli em seco. — Terá vergonha de mim se eu admitir que não tenho certeza se estou pronta para esse tipo de luta? — Fileira contra fileira, golpeando e esfaqueando até que eu não conseguisse diferenciar alto e baixo, até que lama e sangue embaçassem o limite entre quem eram nossos inimigos, dependendo tanto dos guerreiros a meu lado quanto de minhas próprias habilidades. E a proximidade de tudo, os sons e a mera escalada do banho de sangue...

Rhys segurou meu rosto, me beijando uma vez.

— Nunca. Jamais sentirei vergonha de você. Com certeza não por isso. — Ele manteve a boca perto da minha, compartilhávamos o fôlego. — A batalha de hoje *foi* diferente de Adriata e de Velaris. Se tivéssemos mais tempo para treiná-la com uma unidade, poderia facilmente lutar entre as fileiras e se proteger. Mas apenas se quisesse. E agora, essas batalhas iniciais... Estar naquele matadouro não é algo que desejo para você. — Rhys me beijou de novo. — Somos um par — disse ele, contra meus lábios. — Se algum dia quiser lutar do meu lado, será minha honra.

Recuei a cabeça, franzindo a testa para ele.

— Sinto-me como uma covarde agora.

Rhys acariciou minha bochecha com o polegar.

— Ninguém jamais acharia isso de você, não com tudo o que fez, Feyre. — Uma pausa. — A guerra é feia, e suja, e impiedosa. Os soldados na linha de frente são apenas uma fração dela. Não subestime o impacto de poderem ver você aqui, vê-la cuidando dos feridos e participando dessas reuniões e desses conselhos.

Refleti, deixando os dedos percorrerem as tatuagens illyrianas sobre o peito e os ombros de Rhys.

E talvez fosse a felicidade remanescente de nossa união, talvez fosse a batalha do dia, mas... acreditei nele.

O exército de Tarquin não se misturou ao nosso como o de Keir, mas preferiu acampar ao lado deste. Azriel liderou equipe após equipe de batedores a fim de encontrar o restante da horda de Hybern, para descobrir seu movimento seguinte... Mas não conseguiu nenhuma informação.

Eu me perguntei se Tamlin estaria com eles, se teria sussurrado a Hybern tudo o que fora discutido naquela reunião. As fraquezas entre as cortes. Não ousei perguntar mais.

Mas ousei questionar Nestha sobre sua conexão com o Caldeirão... Se ela sentia o poder se agitando. Ainda bem que ela relatou não notar nada fora do lugar. Mesmo assim... Eu sabia que Rhys estava frequentemente verificando com Amren em Velaris — perguntando se tinha feito alguma descoberta com o Livro.

E, mesmo que encontrasse alguma forma alternativa de impedir o Caldeirão, precisávamos saber onde o rei escondia o restante do exército primeiro. E não para que pudéssemos enfrentá-lo — não sozinhos. Não, para que pudéssemos trazer outros e terminar o serviço.

Mas apenas depois que soubéssemos onde estava o restante do exército de Hybern, onde eu deveria soltar Bryaxis. Não ajudaria que Hybern descobrisse a existência de Bryaxis e ajustasse os planos. Não, somente quando aquele exército inteiro estivesse sobre nós... Somente nesse instante eu lançaria aquela coisa contra eles.

Nos primeiros três dias depois da batalha, os exércitos curaram os feridos e descansaram. No quarto, Cassian delegou tarefas simples para dissipar qualquer inquietude e a chance de atritos perigosos. A primeira ordem: cavar uma trincheira em volta do acampamento.

Ao quinto dia, com a trincheira pela metade... Azriel surgiu, ofegante, no meio de nossa tenda de guerra.

Hybern tinha, de alguma forma, se esquivado completamente de nós e marchara com uma força pela fronteira entre as cortes Outonal e Estival. Estava seguindo para a Invernal.

Não conseguimos desvendar o motivo. Azriel não descobrira também. Estavam a meio dia de voo de nós. Ele já mandara avisos para Kallias e Viviane.

Rhys, Tarquin e os demais debateram durante horas, considerando as possibilidades. Se abandonássemos aquele ponto perto da fronteira, poderíamos entrar no jogo de Hybern. Mas, se deixássemos aquele exército a caminho do norte sem supervisão, ele poderia continuar rumando para o norte o quanto quisesse. Não podíamos arriscar dividir nosso exército em dois — não havia soldados suficientes para disponibilizar.

Até que Varian teve uma ideia.

Ele dispensou todos os capitães e generais — Keir e Devlon não pareceram nada satisfeitos com a ordem ao saírem —, dispensou todos menos a irmã, Tarquin e minha família.

— Marcharemos para o norte *e* permaneceremos aqui.

Rhys ergueu uma sobrancelha. Cassian franziu a testa.

Mas Varian apontou com um dedo para o mapa aberto sobre a mesa em torno da qual nos reunimos.

— Temos de jogar um encantamento, um bom. De forma que, se alguém passar por aqui, verá e sentirá o cheiro de um exército. Coloque quaisquer feitiços para de fato repelir a vinda de qualquer um. Mas deixe que os olhos de Hybern relatem nossa estada aqui. Que escolhemos permanecer aqui.

— Enquanto marchamos para o norte sob um escudo de visão — murmurou Cassian, esfregando o maxilar. — Poderia funcionar. — Ele acrescentou, com um sorriso para Varian: — Se algum dia se cansar daquele sol todo, pode brincar conosco em Velaris.

Embora Varian tivesse franzido a testa, algo brilhou em seu olhar.

— Poderia fazer tal ilusão? — disse Tarquin a Rhys.

Rhys assentiu e piscou um olho para mim.

— Com ajuda de minha parceira.

Rezei para que tivesse descansado o suficiente quando todos me olharam.

✠

Eu estava quase exausta quando Rhys e eu terminamos naquela noite. Segui suas instruções, memorizando rostos e detalhes, desejando que aquela magia de metamorfose os conjurasse do nada, que desse a eles vida própria.

Foi como... aplicar um fino filme sobre todos aqueles no acampamento, que então se separaria quando partíssemos — se separaria e cresceria até se tornar uma entidade própria, caminhando, falando e fazendo ali todo o tipo de coisa. Enquanto marchávamos para interceptar o exército de Hybern, escondidos da vista por Rhys.

Mas funcionou. Cresseida, também habilidosa em encantamentos, trabalhou pessoalmente nos soldados da Corte Estival. Ambas estávamos ofegantes e suadas horas depois, e assenti em agradecimento quando ela me entregou um cantil com água. Cresseida não era uma guerreira treinada, como o irmão, mas era uma presença sólida e necessária entre o exército; os soldados recorriam a ela em busca de orientação e estabilidade.

Partimos de novo, e éramos uma besta muito maior que aquela que voara até ali. Os soldados da Corte Estival e a legião de Keir não podiam voar, mas Tarquin revolveu até o fundo do reservatório de magia e os atravessou conosco. Estaria completamente esgotado quando chegássemos ao inimigo, mas ele insistiu ser melhor ao lutar com as espadas.

Encontramos o exército hyberniano no limite norte da poderosa floresta que se estendia pela fronteira leste da Corte Estival.

Azriel fizera o reconhecimento do terreno adiante para Cassian, descrevendo-o em detalhes precisos. A tarde estava tão avançada que Hybern se preparava a fim de repousar para a noite.

Antecipando isso, Cassian deixara que nosso exército descansasse o dia todo. Sabendo que, ao fim de um longo dia de marcha, as forças de Hybern estariam exaustas, zonzas. Outra regra da guerra, ele me disse. Saber *quando* escolher as batalhas era tão importante quanto escolher onde travá-las.

Com nuvens carregadas de chuva vindo do leste e o sol mergulhando na direção das árvores atrás de nós — figueiras e carvalhos que se erguiam altos —, aterrissamos. Rhys retirou o encantamento que nos cercava.

Ele queria que a notícia se espalhasse; queria que fosse disseminado entre as forças de Hybern *quem* os encontrava a cada curva. Massacrando-os.

Mas já sabiam.

De novo, observei do acampamento, em uma elevação que se debruçava acima do pequeno vale gramado onde Hybern planejara descansar. Elain se entocou na tenda assim que os guerreiros illyrianos a armaram.

Apenas Nestha caminhou até o limite das barracas para assistir à batalha no leito do vale abaixo. Mor se juntou a ela, e depois, eu.

Nestha não se encolheu diante do clangor e do estampido da batalha. Olhava apenas para uma figura em armadura preta, que liderava as fileiras, a ocasional ordem de *avance* ou *mantenha esse flanco* ecoando pela batalha.

Porque para aquela batalha... Hybern estivera pronto. E a aparência de um exército cansado, pronto para descansar por aquela noite... fora um ardil, como o nosso.

Os soldados de Keir começaram a cair rapidamente, como sombras que se extinguiam. A linha de frente cedia.

Mor observava com o rosto sério. Eu não tinha dúvida de que esperava a queda do pai, uma adição à crescente pilha de mortos. Mesmo quando Keir conseguiu reunir os Precursores, recompor aquela linha de frente — somente depois que Cassian rugiu que a refizesse. E do outro lado do campo...

Rhys e Tarquin estavam tão exaustos que de fato combatiam os soldados espada a espada. E, de novo, nenhum sinal do rei, de Jurian ou de Tamlin.

Mor saltava de um pé para outro, me olhando de vez em quando. O derramamento de sangue, a brutalidade — aquilo a atraía. Estar ali comigo... não era onde queria estar.

Mas aquilo... aquela perseguição entre exércitos, a luta pela vantagem...

Aquilo não seria a solução. Não por muito tempo.

Os céus se abriram, e a batalha se tornou um deflagrado massacre lamacento. Sifões brilhavam, soldados morriam. Hybern empunhava a própria magia sobre nossas forças, flechas com veneno feérico finalmente faziam sua aparição, assim como nuvens da substância que, ainda bem, não perduravam na chuva. E não nos afetavam — nem um pouco — com o antídoto de Nuan em nosso corpo; apenas aquelas flechas, habilidosamente evitadas com escudos ou com a simples destruição das pontas, a pedra venenosa caindo inofensivamente do céu.

Ainda assim, Cassian, Azriel e Rhys continuaram lutando, continuaram matando. Tarquin e Varian mantiveram suas posições — dispersando os soldados para ajudar a fileira de Keir, que mais uma vez sucumbia.

Tarde demais.

De longe, em meio à chuva, podíamos ver perfeitamente conforme a linha escura dos soldados de Keir sucumbia ao massacre da cavalaria de Hybern.

— Merda — sussurrou Mor, segurando meu braço com força suficiente para ferir. Chuva morna de verão ensopou nossas roupas, nossos cabelos. — *Merda.*

Como uma represa rompida, os soldados de Hybern invadiram, partindo a força de Keir ao meio. Os gritos de Cassian eram audíveis mesmo do alto da colina. Depois, o general estava voando, desviando de flechas e lanças, os Sifões tão apagados que mal o protegiam. Eu podia jurar que Rhys gritou alguma ordem para ele — que Cassian ignorou quando aterrissou no meio, no *meio* daquelas forças inimigas em nossas linhas, e atacou.

Nestha inspirou profundamente, com um arquejo alto.

Mais e mais — Hybern nos dispersava para longe. O poder de Rhys se chocou contra o flanco da horda, tentando empurrá-lo para trás. Mas ele estava drenado, exausto da noite passada. Dezenas caíram sob o açoite daquelas sombras, em vez de centenas.

— Reformem as linhas — murmurava Mor, me soltando para caminhar de um lado para o outro, a chuva lhe escorrendo pelo rosto. — Reformem as malditas linhas!

Cassian estava tentando. Azriel avançara para a confusão, nada mais que sombras delimitadas por luz azul, lutando até onde Cassian combatia, completamente cercado.

— Pela Mãe! — exclamou Nestha, baixinho. Ela não estava espantada. Não... não, era temor em sua voz.

E na minha, quando falei:

— Eles podem consertar isso.

Ou eu rezava para que pudessem.

Mesmo que aquela batalha... aquilo ainda não era a força total de Hybern contra nós.

Não era tudo o que tinham; no entanto, éramos rechaçados mais e mais...

Vermelho se acendeu no coração da batalha, como uma brasa que explodia. Um círculo de soldados morreu.

E mais dos soldados hybernianos cercavam Cassian. Nem mesmo Azriel conseguiu chegar até o amigo. Meu estômago se revirou, de novo e de novo.

Hybern havia escondido a maior parte das forças em algum lugar. Nossos batedores não conseguiram encontrá-las. *Azriel* não conseguiu encontrá-las. E Elain... Ela não conseguia ver aquele poderoso exército, dissera minha irmã. Em seus sonhos, nos que sonhava acordada ou dormindo.

Eu sabia pouco sobre a guerra, sobre a batalha. Mas aquilo... parecia que tapávamos buracos em um barco naufragando.

Conforme a chuva nos ensopava, conforme Mor caminhava de um lado a outro e xingava o massacre, os corpos começavam a se acumular de nosso lado, as linhas se confundiam... Percebi o que precisava fazer, se não podia estar lá embaixo, lutando.

Quem eu precisava caçar... e perguntar sobre a localização do verdadeiro exército de Hybern.

O Suriel.

Capítulo 57

— De jeito algum! — protestou Mor, quando eu a afastei de Nestha alguns metros e o barulho da batalha e da chuva abafava nossas vozes. — *De jeito algum.*

Indiquei com a cabeça o vale abaixo.

— Vá se juntar a eles. Seu talento está sendo desperdiçado aqui. Precisam de você. — Era verdade. — Cassian e Az *precisam* de você para manter as linhas de frente. — Pois os Sifões de Cassian começavam a se apagar.

— Rhys vai me *matar* se eu a deixar aqui.

— Rhys não fará isso, e você sabe. Ele tem proteções em torno deste acampamento, e não sou completamente indefesa, sabe?

Eu não estava *mentindo* exatamente, mas... O Suriel poderia muito bem não aparecer se Mor estivesse ali. E se eu contasse a ela aonde iria... Não tinha dúvidas de que Mor *insistiria* em me acompanhar.

Não tínhamos o luxo de esperar que Jurian nos desse informações. Sobre muitas coisas. Eu precisava partir... já.

— Vá lutar. Faça aqueles porcos hybernianos gritarem um pouco.

Nestha tirou os olhos do massacre por tempo suficiente para acrescentar:

— Ajude-os.

Pois lá estava Cassian, avançando mais uma vez contra um comandante hyberniano. Esperando assustar os soldados de novo.

Mor franziu a testa intensamente e ficou na ponta dos pés uma vez.

— Apenas... tomem cuidado. Vocês duas.

Lancei a ela um olhar sarcástico; logo antes de Mor correr para a própria tenda. Esperei até ela reaparecer, afivelando armas, e me cumprimentar antes de atravessar. Para o campo de batalha. Para o lado de Azriel — no momento que um soldado quase lhe acertava as costas.

Mor enterrou a espada no pescoço do soldado antes que ele conseguisse finalizar o golpe.

Então, Mor começou a abrir caminho até Cassian, na direção da linha de frente desfeita além do general, os cabelos loiros encharcados pareciam um raio de sol em meio à lama e às armaduras pretas.

Soldados começaram a gritar. Gritaram um pouco mais quando Azriel, com os Sifões azuis incandescentes, se colocou ao lado de Mor. Juntos, eles abriram caminho até Cassian... ou tentaram.

Avançaram talvez 3 metros antes de serem novamente cercados. Antes que a prensa de corpos fizesse os cabelos de Mor sumirem sob chuva e lama.

Nestha apoiou a mão no pescoço exposto e molhado de chuva. Cassian começou outro ataque contra um capitão hyberniano; dessa vez mais lento que antes.

Agora. Eu precisava sair agora; rapidamente. Dei um passo para longe do aclive.

Minha irmã franziu a testa para mim.

— Vai embora?

— Volto logo. — Foi tudo o que eu disse. Não ousei me perguntar quanto de nosso exército restaria quando eu voltasse.

Quando consegui me afastar, Nestha já assistia novamente à batalha e chuva lhe grudava os cabelos à cabeça. Retomando a vigília interminável sobre o general que batalhava no leito do vale abaixo.

✢

Eu precisava encontrar o Suriel.

E, embora Elain não pudesse ver o exército de Hybern... valia a pena tentar.

A tenda estava escura, silenciosa; os sons do massacre, longínquos, oníricos.

Ela estava acordada, encarando inexpressivamente o teto de lona.

— Preciso que encontre algo para mim — avisei, molhando tudo quando apoiei um mapa nas coxas de minha irmã. Talvez eu não tenha sido tão cuidadosa quanto deveria, mas pelo menos ela se sentou com meu tom de voz. Piscou para o mapa de Prythian. — Ele é chamado de Suriel, é um de muitos que carregam esse nome. Mas... mas tem essa aparência — expliquei, e estendi a mão até a dela para mostrar a Elain. Hesitei. — *Posso* mostrar a você?

Os olhos castanhos de minha irmã estavam vítreos.

— Plantar a imagem em sua mente — expliquei. — Para que saiba onde procurar.

— Não sei como procurar — murmurou Elain.

— Pode tentar. — Devia ter pedido que Amren a treinasse também.

Mas Elain me observou, depois observou mapa e assentiu.

Ela não possuía escudos mentais, nenhuma barreira. Os portões para a mente de minha irmã... Ferro sólido, coberto por trepadeiras floridas; ou deveriam ser. As flores estavam todas seladas, botões adormecidos acomodados em emaranhados de folhas e espinhos.

Dei um passo para além deles, logo dentro da antecâmara da mente de Elain, e plantei a imagem do Suriel ali, tentando envolvê-la com segurança... com a verdade: embora parecesse aterrorizante, ele não me ferira.

Mesmo assim, Elain estremeceu quando me afastei.

— Por quê?

— Ele tem respostas de que preciso. Imediatamente. — Ou talvez não nos *sobre* um exército para lutar contra aquela horda inteira de Hybern depois de a localizarmos.

Elain olhou para o mapa de novo. Para mim. Então, fechou os olhos.

Seus olhos estremeceram sob as pálpebras, a pele tão delicada e pálida que as veias azuis abaixo eram como pequenos rios.

— Ele se move... — sussurrou Elain. — Ele se move pelo mundo como... como o sopro do vento oeste.

— Para onde vai?

Seu dedo se ergueu, pairando sobre o mapa, as cortes.

Devagar, Elain o encostou.

— Lá — sussurrou ela. — Vai para lá. Agora.

Olhei para onde Elain tinha pousado o dedo, e senti o sangue esvair de meu rosto.

O Meio.

O Suriel estava se dirigindo para aquela antiga floresta no Meio. Logo ao sul... talvez a apenas alguns quilômetros...

Da Tecelã do Bosque.

✢

Atravessei com cinco saltos. Estava sem fôlego, meu poder quase drenado graças aos encantamentos do dia anterior, às chamas conjuradas que usei para me secar, e à travessia que me levara da batalha até o coração daquele antigo bosque.

O ar pesado e pútrido era tão terrível quanto eu me lembrava; a floresta, densa com um musgo que sufocava as faias retorcidas e as pedras cinzentas espalhadas por ela. Então, veio o silêncio.

Eu me perguntei se deveria ter, de fato, levado Mor comigo enquanto ouvia... enquanto sentia com a magia que me restava, em busca de sinais do Suriel.

O musgo amortecia meus passos conforme eu passava para um leve caminhar. Observando, ouvindo. O quão longe estava, o quão pequena parecia aquela batalha ao sul.

Engoli em seco, o som alto nos ouvidos.

Coisas além da Tecelã espreitavam naquele bosque. E a própria Tecelã... Stryga, como a chamara o Entalhador de Ossos. Irmã. Os dois eram irmãos de uma terrível criatura masculina à espreita em outra parte do mundo.

Saquei a espada illyriana, o metal tiniu no ar espesso.

— Veio me matar ou suplicar por minha ajuda novamente, Feyre Archeron? — perguntou, então, uma voz antiga e rouca atrás de mim.

Capítulo 58

Eu me virei, mas não embainhei a espada às costas.

O Suriel estava parado a poucos metros, vestindo não a túnica que eu lhe dera meses antes, mas uma diferente — mais pesada e mais escura, o tecido já rasgado e esfarrapado. Como se o vento no qual a criatura viajasse houvesse destruído a túnica com garras invisíveis.

Apenas alguns meses se passaram desde que o vira pela última vez... quando o Suriel me contou que Rhys era meu parceiro. Poderia muito bem ter sido há uma vida.

Os dentes grandes demais estalaram de leve.

— Por três vezes agora, nos encontramos. Por três vezes agora, você me caçou. Dessa vez, mandou a corça trêmula me encontrar. Não esperava ver aqueles olhos de gamo me olhando do outro lado do mundo.

— Desculpe se foi uma violação — pedi, o mais firmemente possível. — Mas é um assunto urgente.

— Quer saber onde Hybern esconde seu exército.

— Sim. E outras coisas. Mas vamos começar com isso.

Um sorriso terrível, horroroso.

— Nem mesmo eu consigo vê-lo.

Meu estômago se revirou.

— Consegue ver tudo, exceto isso?

O Suriel inclinou a cabeça e me lembrei de que ele era, de fato, um predador. E de que, dessa vez, não havia arapuca para segurá-lo.

— Ele usa magia para ocultá-lo... magia muito mais antiga que eu.

— O Caldeirão.

Outro sorriso horrível.

— Sim. Aquela coisa cruel e poderosa. Aquela tigela de vida e morte. — O Suriel estremeceu com o que eu juraria ser prazer. — Você já tem uma que pode encontrar Hybern.

— Elain diz que não pode ver... ver além da magia do rei.

— Então, use a outra para rastreá-lo.

— Nestha. Usar *Nestha* para encontrar o Caldeirão?

— Semelhante chama semelhante. O rei de Hybern não viaja sem o Caldeirão. Então, onde estiver, ele e o exército estarão. Diga à linda ladra que o encontre.

Os pelos de meu braço se arrepiaram.

— Como?

O Suriel inclinou a cabeça, como se ouvisse.

— Se for inábil... ossos falarão por ela.

— Adivinhação... está falando de adivinhação pela leitura de ossos?

— Sim. — Aquelas vestes surradas oscilaram com um vento fantasma. — Ossos e pedras.

Engoli em seco de novo.

— Por que o Caldeirão não reagiu quando uni o Livro e proferi o feitiço para anular seu poder?

— Porque você não aguentou muito tempo.

— Estava me matando.

— Achou que poderia libertar o poder sem um custo?

Meu coração estremeceu.

— Eu preciso... morrer para que ele seja impedido?

— Tão dramática, coração humano. Mas sim, sim, aquele feitiço teria drenado sua vida.

— Existe... existe outro feitiço que possa usar no lugar daquele? Para anular os poderes do Caldeirão.

— Se houvesse tal coisa, você ainda precisaria se aproximar o suficiente do Caldeirão para fazê-lo. Hybern não cometerá esse erro duas vezes.

Engoli em seco.

— Mesmo que anulemos o Caldeirão... Isso bastará para impedir Hybern?

— Depende de seus aliados. Se eles sobreviverem por tempo suficiente para lutar depois.

— O Entalhador de Ossos faria diferença? — *E Bryaxis.*

O Suriel não tinha pálpebras. Mas os olhos leitosos brilharam com surpresa.

— Não consigo ver... não ele. Ele não é... nascido nesta terra. O fio não foi tecido. — A boca retorcida do Suriel se contraiu. — Deseja tanto salvar Prythian que arriscaria libertá-lo.

— Sim. — Assim que localizasse aquele exército, libertaria Bryaxis sobre ele. Mas quanto ao Entalhador... — Ele queria um... presente. Em troca. O Uróboro.

O Suriel soltou um ruído que podia ter sido um arquejo; de prazer ou terror, eu não soube dizer.

— O Espelho de Começos e Fins.

— Sim, mas... não posso recuperá-lo.

— Tem medo de olhar. De ver o que está dentro.

— Ele vai me deixar... louca? Me destruir?

Foi difícil não me encolher diante daquele rosto monstruoso, dos olhos leitosos e da boca sem lábios. Tudo isso concentrado em mim.

— Apenas você pode decidir o que a destrói, Quebradora da Maldição. Apenas você. — Não uma resposta... não de verdade. Certamente não o bastante para que eu arriscasse recuperar o espelho. O Suriel ouviu mais uma vez aquele vento fantasma. — Diga à mensageira de olhos prateados que a resposta está na segunda e na penúltima página do Livro. Juntas, elas têm a chave.

— A chave para *o quê*?

O Suriel estalou os dedos ossudos, como os muitos membros articulados de um crustáceo se movendo uns contra os outros.

— A resposta para o que precisa para impedir Hy...

Levei um segundo para registrar o que aconteceu.

Para identificar a coisa de madeira enfiada no pescoço do Suriel como uma flecha de freixo. Para perceber que o que jorrara em meu rosto, caíra em minha língua e tinha gosto de terra era sangue preto.

Para perceber que os estampidos antes de o Suriel sequer conseguir gritar... eram mais flechas.

O Suriel caiu de joelhos, um ruído de engasgo saindo daquela boca.

Ele estava com medo dos naga naquele dia no bosque. Sabia que podia ser morto.

Avancei em sua direção, segurando uma faca na mão esquerda, a espada em riste.

Outra flecha disparada, e me abaixei atrás de uma árvore retorcida.

O Suriel soltou um grito ao sentir o impacto. Pássaros se dispersaram, voando, e meus ouvidos apitavam...

Então, a respiração difícil e úmida do Suriel tomou conta do bosque. Até que uma melódica voz feminina cantarolou:

— Por que ele fala com você, Feyre, quando nem se digna a falar comigo?

Eu conhecia aquela voz. Aquela risada por baixo das palavras.

Ianthe.

Ianthe estava ali. Com dois soldados hybernianos atrás de si.

Capítulo 59

Escondida atrás de uma árvore, observei o entorno. Estava exausta, mas... Eu poderia atravessar. Poderia atravessar e ir embora. Mas as flechas de freixo que lançaram contra o Suriel...

Eu o encarei enquanto ele estava deitado ali, sangrando no musgo.

As mesmas flechas de freixo que haviam derrubado Rhys. Mas as de meu parceiro foram cuidadosamente posicionadas para neutralizá-lo.

As do Suriel tinham o objetivo de matar.

Aquela boca com dentes grandes demais formou uma palavra silenciosa. *Fuja.*

— O rei de Hybern levou *dias* para desfazer o que você me fez — ronronou Ianthe, e a voz se aproximava. — Ainda não consigo usar a minha mão perfeitamente.

Não respondi. Atravessar... eu devia atravessar.

Sangue preto escorreu do pescoço do Suriel, aquela ponta de flecha parecia grosseira ao despontar da pele fina. Eu não podia curar o Suriel — não com aquelas flechas de freixo ainda em seu corpo. Não até que tivessem sido retiradas.

— Eu soube por Tamlin como você capturou este aqui — prosseguiu Ianthe, mais e mais próxima. — Então, adaptei seus métodos. E ele não me dizia *nada*. Mas como fez contato tantas vezes, a túnica que *eu* dei a ele... — Consegui ouvir o sorriso na voz de Ianthe. — Um simples feitiço de rastreamento, um presente do rei. Para ser ativado em sua presença. Se viesse visitá-lo de novo.

Fuja, falou o Suriel, sem som, mais uma vez, com sangue escorrendo pelos lábios murchos.

Aquilo em seus olhos era dor. Dor verdadeira, tão fatal quanto qualquer criatura. E, se Ianthe o levasse com vida para Hybern... O Suriel sabia que era uma possibilidade. Ele me implorara por liberdade uma vez... mas estava disposto a ser levado. Para que eu fugisse.

Os olhos leitosos do Suriel se semicerraram — com dor e compreensão. *Sim*, era o que ele parecia dizer. *Vá*.

— O rei colocou escudos em minha mente — continuou Ianthe — para evitar que você me ferisse de novo quando eu a encontrasse.

Olhei pelo outro lado da árvore e a vi de pé na margem da clareira, franzindo a testa para o Suriel. Ela usava a túnica pálida, aquela pedra azul lhe coroava o capuz. Apenas dois guardas a acompanhavam. Mesmo depois de todo aquele tempo... Ainda me subestimava.

Eu me abaixei antes que Ianthe pudesse me ver. Encarei o Suriel mais uma vez.

E deixei que ele lesse cada uma das emoções solidificadas em mim com objetividade.

O Suriel começou a balançar a cabeça. Ou tentou.

Mas dei a ele um sorriso de adeus. E fui até a clareira.

— Devia ter cortado sua garganta naquela noite na tenda — falei para a sacerdotisa.

Um dos guardas disparou uma flecha contra mim.

Eu a bloqueei com uma parede de ar sólida que imediatamente estremeceu. Foi drenada... quase totalmente drenada. E, se fosse atingida de novo por uma flecha de freixo...

A expressão de Ianthe se contraiu.

— Melhor repensar o modo como fala comigo. Serei sua melhor defensora em Hybern.

— Suponho que precisará me pegar primeiro — ironizei, friamente, e corri.

Eu podia ter jurado que aquela floresta antiga se moveu para me acomodar.

Podia ter jurado que ela também leu meus pensamentos finais para o Suriel, e me abriu caminho.

Mas não para eles.

Reuni cada gota de força nas pernas, para me manter de pé, conforme corria pelas árvores, saltando pedras e córregos, desviando de pedregulhos cobertos de musgo.

Mas aqueles guardas, mas *Ianthe*, conseguiram me seguir de perto, mesmo ao xingarem os galhos que se partiam e pareciam interromper seu caminho, as pedras que se soltavam sob os pés do trio. Eu só precisava ser mais rápida por um tempo.

Apenas alguns quilômetros. Afastá-los do Suriel, ganhar tempo para que a criatura fugisse.

E me certificar de que eles *pagassem* por suas ações. Por tudo.

Abri meus sentidos, deixando que indicassem o caminho. A floresta fez o resto.

Talvez ela estivesse me esperando. Talvez tivesse ordenado que o bosque abrisse caminho.

Os guardas de Hybern se aproximavam de mim. Meus pés pareciam voar sob o corpo, ligeiros como os de um cervo.

Comecei a reconhecer as árvores, as rochas. Ali eu parara com Rhys... ali flertamos. Ali Rhys se deitara sobre um galho a minha espera.

O ar atrás de mim se partiu: uma flecha.

Desviei para a esquerda, quase me chocando contra uma árvore. A flecha passou direto.

A luz mudou adiante... mais brilhante. A clareira.

Soltei um chorinho de alívio que me certifiquei de que ouvissem.

E deixei o limite das árvores com um salto, os joelhos estalaram quando voei por cima das pedras que levavam àquele chalé tecido com cabelos.

— *Me ajude* — sussurrei, certificando-me de que ouviriam também.

A porta de madeira já estava semiaberta. O mundo ficou lento e mais nítido a cada passo, cada batida do coração, enquanto eu disparava para além da soleira da porta.

E para dentro do chalé da Tecelã.

CAPÍTULO 60

Segurei a maçaneta quando passei pela soleira, enterrando os calcanhares no chão e jogando cada gota de força nos braços para evitar que aquela porta se fechasse. Que me trancasse do lado de dentro.

Mãos invisíveis a empurraram, mas trinquei os dentes e apoiei um pé na parede, o ferro feria minhas mãos.

A sala atrás de mim estava escura.

— Ladra — entoou uma linda voz na escuridão.

— Você sabe — cantarolou Ianthe do lado de fora do chalé, reduzindo os passos a uma caminhada — que teremos de matar quem estiver aí dentro com você. Quanto egoísmo, Feyre.

Ofeguei, segurando a porta aberta, certificando-me de que não podiam me ver do outro lado.

— Você viu meu gêmeo — sibilou a Tecelã baixinho, com um toque de espanto. — Sinto seu cheiro em você.

Do lado de fora, Ianthe e o guarda se aproximavam. Mais e mais.

Em algum lugar no fundo da sala, eu *senti* quando ela se moveu. Senti quando ficou de pé. E deu um passo em minha direção.

— O que é você? — sussurrou a Tecelã.

— Feyre, você pode ser muito entediante — comentou a sacerdotisa. Bem do lado de fora. Eu mal conseguia discernir a túnica pálida pela fenda entre a porta e o batente. — Acha que pode nos emboscar aí dentro? Vi seu escudo. Você está esgotada. E não pense que seu truque de *brilhar* vai ajudar.

O vestido da Tecelã farfalhou quando ela se aproximou mais na escuridão.

— Quem você trouxe, lobinha? Quem trouxe para mim?

Ianthe e os dois guardas passaram pela soleira da porta. Então, deram outro passo. Cruzaram de vez a porta. Não me viram nas sombras atrás da madeira.

— Jantar — respondi à Tecelã, dando a volta pela porta, para a face externa. E soltei a maçaneta.

Assim que a porta bateu com tanta força a ponto de chacoalhar o chalé, vi a esfera de luz feérica que Ianthe ergueu para iluminar a sala.

Vi o rosto horrível da Tecelã, aquela boca com os tocos de dentes se abrindo toda com prazer e uma fome profana. Uma antiga deusa da morte... faminta por vida. Com uma bela sacerdotisa diante de si.

Eu já disparava para as árvores quando os guardas e Ianthe começaram a gritar.

⁜

Os gritos intermináveis me seguiram por quase meio quilômetro. Quando cheguei ao local onde vira o Suriel cair, tinham se dissipado.

Estatelado, o peito ossudo do Suriel subia e descia irregularmente, as inspirações escasseavam.

Ele estava morrendo.

Eu me ajoelhei diante da criatura, afundando no musgo ensanguentado.

— Deixe-me ajudá-lo. Posso curá-lo.

Eu faria da forma como ajudara Rhysand. Retiraria aquelas flechas... e lhe oferecia meu sangue.

Estendi a mão para a primeira flecha, mas a mão seca e ossuda se apoiou em meu pulso.

— Sua magia — disse o Suriel, rouco — se exauriu. Não... a desperdice.

— Posso salvá-lo.

O Suriel apenas segurou meu pulso.

— Eu já fui.

— O que... o que posso fazer? — As palavras soaram frágeis... quebradiças.

— Fique... — sussurrou o Suriel. — Fique... até o fim.

Eu segurei sua mão.

— Sinto muito. — Foi tudo que consegui concatenar. Eu tinha feito aquilo... eu o atraíra até ali.

— Eu sabia — disse o Suriel, arquejando, sentindo a mudança em meus pensamentos. — O rastreamento... eu sabia.

— Então, por que veio?

— Você... foi bondosa. Você... lutou contra seu medo. Você foi bondosa — repetiu o Suriel.

Comecei a chorar.

— E você foi bom comigo — falei, sem limpar as lágrimas que caíram na túnica ensanguentada e esfarrapada. — Obrigada... por me ajudar. Quando ninguém mais ajudou.

Um pequeno sorriso naquela boca sem lábios.

— Feyre Archeron. — Ele tomou fôlego, com dificuldade. — Eu disse... para ficar com o Grão-Senhor. E você ficou.

O aviso do Suriel para mim da primeira vez que nos vimos.

— Você... estava se referindo a Rhys. Todo esse tempo. Todo esse tempo...

— Fique com ele... e viva para ver tudo se acertar.

— Sim. Eu fiquei... e tudo se acertou.

— Não... ainda não. *Fique com ele*.

— Ficarei. — Eu sempre ficaria.

O peito do Suriel se elevou e, depois, caiu.

— Nem mesmo sei seu nome — sussurrei. O Suriel... era um título, um nome para sua espécie.

Aquele pequeno sorriso de novo.

— Isso importa, Quebradora da Maldição?

— Sim.

Os olhos do Suriel perderam o brilho, mas ele não me contou. Apenas disse:

— Deveria ir agora. Coisas piores... coisas piores estão vindo. O sangue... as atrai.

Apertei a mão ossuda, a pele coriácea ficava mais fria.

— Posso ficar um pouco mais.

Eu tinha matado animais suficientes para saber quando um corpo estava próximo da morte. Em breve... seria uma questão de algumas respirações.

— Feyre Archeron — disse o Suriel, de novo, olhando para a folhagem densa, o céu despontando por ali. Ele inspirou com dificuldade. — Um pedido.

Eu me aproximei.

— Qualquer coisa.

Outra respiração entrecortada.

— Deixe este mundo... um lugar melhor do que o encontrou.

E, quando o peito se elevou e parou de vez, quando o ar escapou dele em um suspiro derradeiro, entendi por que o Suriel fora ao meu auxílio repetidas vezes. Não apenas por bondade... Mas porque ele era um sonhador.

E foi o coração de um sonhador que parou de bater dentro daquele peito monstruoso.

O silêncio ecoou para dentro de meu coração.

Deitei a cabeça em seu peito, sobre aquela, agora silenciosa, caixa de ossos, e chorei.

Chorei e chorei, até que a mão forte de alguém tocasse meu ombro.

Eu não conhecia o cheiro, a sensação daquela mão. Mas conhecia a voz quando Helion me disse, baixinho:

— Vamos, Feyre. Não é seguro aqui. Venha.

Ergui a cabeça. Helion estava ali, com as feições sombrias e a pele marrom lívida.

— Não posso deixá-lo aqui assim — expliquei, recusando-me a soltar a mão do Suriel. Não me importava como Helion tinha me encontrado. Por que tinha me encontrado.

Ele olhou para a criatura caída, e contraiu a boca.

— Vou cuidar dele.

Queimá-lo... com o poder do sol.

Deixei que Helion me ajudasse a ficar de pé. Deixei que estendesse a mão na direção daquele corpo...

— Espere.

Helion obedeceu.

— Me dê sua túnica, por favor.

Franzindo as sobrancelhas, Helion soltou a requintada túnica carmesim presa aos ombros.

Não me dei o trabalho de explicar por que tinha coberto o corpo do Suriel com o tecido refinado. Muito mais refinado que os retalhos odiosos presenteados por Ianthe. Prendi a túnica do Grão-Senhor com delicadeza em volta dos ombros largos, dos braços ossudos do Suriel.

— Obrigada — agradeci uma última vez ao Suriel, e me afastei.

As chamas de Helion eram de um branco puro e ofuscante.

Elas queimaram o Suriel até ele virar cinzas em um segundo.

— Vamos — chamou Helion de novo, estendendo a mão. — Vamos levá-la até o acampamento.

Foi a bondade em sua voz que partiu meu coração. Mas tomei a mão de Helion.

Quando uma luz morna nos recolheu para longe, eu podia jurar que a pilha de cinzas foi agitada por um vento fantasma.

Capítulo 61

Helion atravessou comigo para o acampamento. Direto para a tenda de guerra de Rhys.

Meu parceiro estava pálido. Imundo e coberto de sangue, na pele, na armadura e nos cabelos.

Abri a boca... para perguntar como fora a batalha, para contar o que tinha acontecido, não sei.

Mas Rhys apenas estendeu a mão para mim e me aconchegou contra o peito.

E com seu cheiro, o calor e a solidez... comecei a chorar de novo.

Não sabia quem estava na tenda. Quem sobrevivera à batalha. Mas todos saíram.

Saíram enquanto meu parceiro me segurava, me embalando gentilmente, enquanto eu chorava e chorava.

✠

Rhys só me contou o que aconteceu depois que minhas lágrimas cessaram. Depois que ele lavou o sangue preto do Suriel de minhas mãos, de meu rosto.

Saí da tenda um segundo depois, disparando pela lama, desviando de soldados exaustos e esgotados. Rhys estava um passo atrás de mim, mas não disse nada enquanto puxei as abas de outra barraca e vi o que e quem estava diante de mim.

Mor e Azriel, parados diante da cama, monitoravam cada movimento da curandeira sentada a seu lado.

Enquanto a mulher mantinha as mãos sobre Cassian.

Eu entendi então... o silêncio que Cassian mencionara para mim certa vez.

Estava agora em minha cabeça quando olhei para o rosto enlameado e com expressão de dor; dor, embora estivesse inconsciente. Quando ouvi a respiração difícil, úmida.

Quando vi o corte que se curvava do umbigo de Cassian até a base do esterno. A carne aberta. O sangue; praticamente apenas um fiapo.

Cambaleei... e Rhys me segurou sob os cotovelos.

A curandeira não se virou para me olhar quando a testa se franziu com concentração e as mãos se acenderam com luz branca. Sob elas, devagar, as beiradas do ferimento se estendiam na direção uma da outra.

Se estava ruim assim agora...

— Como — comecei, rouca. Rhys me contara três coisas um momento antes: tínhamos vencido; por pouco. Tarquin havia novamente decidido o que fazer com os sobreviventes. E Cassian fora gravemente ferido.

— Onde você estava? — Foi tudo o que Mor disse para mim. Ela estava ensopada, ensanguentada e coberta de lama. Azriel também. Nenhum sinal de ferimentos além de cortes pequenos, ainda bem.

Balancei a cabeça. Tinha deixado Rhys entrar em minha mente enquanto ele me abraçava. Mostrara tudo a meu parceiro — explicara Ianthe, o Suriel e a Tecelã. O que ele me dissera. Os olhos de Rhys ficaram distantes por um momento, e soube que Amren estava a caminho, com o Livro na mão. Para ajudar Nestha a encontrar aquele Caldeirão... ou tentar. Ele poderia explicar a Mor.

Rhys só soubera que eu partira depois do fim da batalha — quando ele percebeu que Mor estava lutando. E que eu não me encontrava mais no acampamento. Rhys acabara de chegar à tenda de Elain quando Helion mandou a notícia de que me encontrara. Usando qualquer que fosse o dom que possuía e que lhe permitia sentir tais coisas. E que estava me levando de volta. Detalhes vagos, breves.

— Ele... ele vai... — Não consegui terminar a frase. As palavras tinham se tornado estranhas e tão difíceis de usar quanto tocar as estrelas.

— Não — respondeu a curandeira, sem me olhar. — Mas ficará dolorido por alguns dias.

De fato, ela conseguira que os dois lados do ferimento se tocassem... e agora começavam a se entremear.

Bile subiu por minha garganta quando vi aquela carne exposta.

— Como? — perguntei de novo.

— Ele não esperava por nós — disse Mor, inexpressiva. — Continuava avançando, tentando recompor a linha. Um dos comandantes inimigos o atacou. Ele não recuou. Quando Az chegou, Cassian já estava caído.

O rosto de Azriel estava impassível, mesmo enquanto os olhos de avelã se fixavam, determinadamente, naquele ferimento que se fechava.

— Aonde você *foi*? — perguntou Mor, novamente.

— Se estão prestes a brigar — disse a curandeira, em tom afiado —, façam isso lá fora. Meu paciente não precisa ouvir.

Nenhum de nós se moveu.

Rhys passou a mão por meu braço.

— Você é, como sempre, livre para ir aonde e quando quiser. Mas o que acho que Mor está dizendo é... tente deixar um bilhete da próxima vez.

As palavras soaram casuais, mas havia pânico nos olhos. Não... não o medo controlador ao qual Tamlin certa vez sucumbira, mas... um terror genuíno por não saber onde eu estava, se precisava de ajuda. Assim como eu iria querer saber onde ele estava, se precisava de ajuda, caso Rhys desaparecesse enquanto nossos inimigos nos cercavam.

— Desculpe — pedi. Para ele, para os outros.

Mor nem mesmo me olhou.

— Não tem por que se desculpar — respondeu Rhys, deslizando a mão para tocar minha bochecha. — Decidiu fazer as coisas por conta própria, e obteve informação valiosa no processo. Mas... — O polegar de Rhys acariciou minha maçã do rosto. — Temos tido sorte — sussurrou ele. — Nos mantemos um passo à frente, fora das garras de Hybern. Mesmo que hoje... hoje não tenha sido um dia afortunado no campo de batalha. Mas o cínico dentro de mim se pergunta se nossa sorte está prestes a acabar. E eu preferiria que não acabasse para você.

Todos deviam achar que eu era jovem e inconsequente.

Não, disse Rhys, pelo laço, e percebi que havia deixado meus escudos abertos. *Acredite, se soubesse metade das merdas que Cassian e Mor já aprontaram, entenderia por que não achamos isso. Só... deixe um bilhete. Ou me conte da próxima vez.*

Teria me deixado ir se eu tivesse contado?

Não deixo você fazer as coisas. Rhys ergueu meu rosto, e Mor e Azriel desviaram o olhar. *Você é dona de si, faz as próprias escolhas. Mas somos parceiros — eu sou seu, e você é minha. Não é como se precisássemos permitir que o outro faça as coisas como se ditássemos nossos movimentos. Mas... eu poderia ter insistido em ir junto. Mais para meu bem-estar mental, só para saber que estava segura.*

Você estava ocupado.

O vestígio de um sorriso. *Se você estava determinada a ir ao Meio, eu teria me desocupado da batalha.*

Esperei que Rhys brigasse comigo por não esperar até que tivessem terminado, por tudo aquilo, mas... ele inclinou a cabeça.

— Me pergunto se agora a Tecelã a perdoa — ponderou ele, em voz alta.

Até mesmo a curandeira pareceu se sobressaltar com o nome... as palavras.

Um calafrio percorreu minha coluna.

— Não quero saber.

Rhys soltou uma risada grave.

— Então, que jamais descubramos.

Mas a diversão se dissipou quando ele novamente olhou para Cassian. Para o ferimento agora selado.

O Suriel não foi culpa sua.

Expirei quando as pálpebras de Cassian começaram a se mover e estremecer. *Eu sei.*

Já acrescentara sua morte à crescente lista de coisas pelas quais em breve eu faria Hybern pagar.

Longos minutos se passaram, e ficamos parados em silêncio. Não perguntei onde estava Nestha. Mor nem pareceu notar a minha presença. E Rhys...

Ele se sentou ao pé da cama quando os olhos de Cassian por fim se abriram, e o general soltou um grunhido de dor.

— É isso que consegue — brigou a curandeira, recolhendo suas provisões — por se jogar na frente de uma espada. — Ela franziu a testa para Cassian. — Descanse esta noite e amanhã. Sei bem que não devo insistir por um terceiro dia depois disso, mas tente *não* saltar na frente de espadas tão cedo.

Cassian apenas piscou bastante confuso para ela antes de a curandeira fazer uma reverência para Rhys e para mim, e sair.

— Quão ruim? — perguntou ele, com a voz rouca.

— Quão ruim é seu ferimento — disse Rhys, calmamente —, ou quão ruim foi a surra que levamos?

Cassian piscou de novo. Devagar. Como se qualquer que fosse o sedativo que tivessem dado a ele ainda fizesse efeito.

— Para responder à segunda pergunta — prosseguiu Rhys, e Mor e Azriel recuaram um passo ou dois quando algo se afiou no tom de voz de meu parceiro —, nós nos viramos. Keir foi pesadamente atingido, mas... vencemos. Por pouco. Para responder à primeira... — Rhys exibiu os dentes. — Nunca *mais* faça esse tipo de merda de novo.

A tontura se dissipou do olhar de Cassian quando ele ouviu o desafio, o ódio, e tentou se sentar. O general sibilou, olhando para baixo com irritação para o violento corte vermelho no peito.

— Suas tripas estavam para fora, seu babaca imbecil — disparou Rhys. — Az as segurou para você.

De fato, as mãos do encantador de sombras estavam cobertas de sangue... o sangue de Cassian. E o rosto... frio de... ira.

— Sou um soldado — disse Cassian, inexpressivamente. — Isso faz parte do serviço.

— Dei uma ordem para que você *esperasse* — grunhiu Rhys. — Você a ignorou.

Olhei para Mor, para Azriel — uma pergunta silenciosa sobre se deveríamos ficar. Eles estavam ocupados demais observando Rhys e Cassian a fim de repararem.

— A fileira estava se desfazendo — respondeu Cassian. — Sua ordem era estúpida.

Rhys apoiou as mãos de cada um dos lados das pernas de Cassian e grunhiu contra o rosto do general:

— Sou seu *Grão-Senhor*. Não pode ignorar ordens das quais não gosta.

Cassian se sentou dessa vez, xingando devido à dor que lhe tomava o corpo.

— Não venha usar hierarquia porque está irritado...

— Você e seu maldito teatro no campo de batalha quase o *mataram*. — E, mesmo quando Rhys atirou as palavras como lanças... aquilo era pânico, de novo, nos olhos. Na voz. — Não estou irritado, estou *furioso*.

— Então, pode se irritar com nossas escolhas ao proteger *você*, e nós não podemos ficar furiosos com a merda dos *seus* sacrifícios?

Rhys apenas o encarou. Cassian encarou de volta.

— Você poderia ter morrido! — Foi tudo o que Rhys falou, com a voz áspera.

— Você também.

Outro segundo de silêncio... e, depois, o ódio passou.

— Mesmo depois de Hybern... não suporto isso — disse Rhys, em voz baixa.

Vê-lo ferido. Qualquer um de nós ferido.

E pela forma como Rhys falou, a forma como Cassian se inclinou para a frente, encolhendo o corpo de novo, e segurou o ombro de Rhys...

Saí da tenda. Deixei que eles conversassem. Azriel e Mor me seguiram.

Semicerrei os olhos diante da luz aquosa — os últimos resquícios antes da verdadeira escuridão. Quando minha visão se ajustou... Nestha estava de pé perto da tenda mais próxima, um balde de água vazio entre os pés. Os cabelos encharcados eram uma confusão no alto da cabeça cheia de lama. Ao nos ver sair, com expressões sombrias...

— Ele está bem. Curado e acordado — avisei rapidamente.

Os ombros de Nestha relaxaram um pouco.

Ela me poupara o trabalho de procurá-la para perguntar a respeito de rastrear o Caldeirão. Era melhor fazer isso logo, com alguma privacidade. Principalmente antes de Amren chegar.

— Não deveria encher esse balde de novo? — perguntou Mor friamente, porém.

Nestha enrijeceu o corpo. Olhou Mor de cima a baixo. Mas Mor não recuou diante daquele olhar.

Depois de um momento, Nestha pegou o balde, com lama até as canelas, e seguiu em frente, as passadas afundando na lama.

Eu me virei e vi Azriel se dirigindo à tenda dos comandantes, mas Mor...

Lívida. Estava absolutamente *lívida* enquanto me encarava.

— Ela não se deu o trabalho de contar a ninguém que você havia partido.

Por isso o ódio.

— Nestha pode ser muitas coisas, mas certamente é leal.

Mor não sorriu. Nem mesmo ao dizer:

— Você mentiu.

Ela disparou para a própria tenda, e, com *aquele* comentário... não tive escolha a não ser segui-la.

O espaço estava praticamente todo ocupado pela cama e uma pequena mesa cheia de armas e mapas.

— Não *menti* — rebati, encolhendo o corpo. — Só... não contei o que planejava fazer.

Mor me olhou boquiaberta.

— Me incitou a *deixá-la*, insistiu que estaria segura *no acampamento*.

— Desculpe — pedi.

— Desculpe? *Desculpe?* — Ela abriu os braços, e montes de lama voaram.

Não sabia o que fazer com meus braços — não era nem capaz de encarar Mor. Eu já a vira irritada, mas nunca... jamais comigo. Nunca tive uma amiga com quem discutir, uma que se importasse o suficiente para tanto.

— Sei tudo o que está prestes a dizer, cada desculpa para eu não a ter acompanhado — disparou Mor. — Mas nada disso a isenta por haver *mentido* para mim. Se tivesse explicado, eu a teria deixado ir, se tivesse *confiado* em mim, eu a teria deixado ir. Ou talvez convencido a não executar uma ideia idiota que quase a *matou*. Você está sendo *caçada*. Querem colocar as mãos em você para *usá-la*. *Feri-la*. E só viu um *lampejo* do que Hybern pode fazer, com o que sentem prazer. E para dobrá-la à vontade dele, o rei faria *qualquer* coisa.

Eu não sabia o que dizer a não ser:

— Precisávamos dessa informação.

— É claro que sim. Mas sabe qual foi a sensação de encarar Rhys e dizer a ele que eu *não fazia ideia* de onde você estava? Perceber, eu mesma, que você tinha *sumido*, e provavelmente me enganara para que eu permitisse seu sumiço? — Mor esfregou o rosto sujo, manchando-o mais ainda de lama e sangue. — Achei que fosse mais inteligente que isso. *Melhor* que esse tipo de coisa.

As palavras dispararam uma linha de fogo por minha visão, queimando até minha espinha.

— Não vou ouvir isso.

Eu me virei para partir, mas Mor já estava ali, agarrando meu braço.

— Ah, vai sim. Rhys pode ser todo sorrisos e perdão, mas você ainda precisa responder a *nós*. Você é minha *Grã-Senhora*. Entende o que significa quando demonstra que não confia em nós para ajudá-la? Para respeitar seus desejos se quiser fazer algo sozinha? Quando *mente* para nós?

— Quer falar sobre mentira? — Eu nem mesmo sabia o que estava saindo de minha boca. Queria ter matado Ianthe com as próprias mãos, ao menos para me livrar do ódio que se contorcia em meus ossos. — E quanto ao fato de que mente para si mesma e para nós *todos os dias*?

Mor ficou imóvel, mas não soltou meu braço.

— Não sabe do que está falando.

— Por que nunca tomou uma atitude em relação a Azriel, Mor? Por que chamou Helion para sua cama? Obviamente não sentiu prazer naquilo... Vi sua aparência no dia seguinte. Então, antes de me acusar de ser uma mentirosa, sugiro que olhe profundamente para *si mesma*...

— Basta.

— Basta? Não gosta quando alguém a pressiona por causa disso? Por *suas* escolhas? Bem, eu também não.

Mor soltou meu braço.

— Saia.

— Tudo bem.

Nem mesmo olhei para trás quando saí. Eu me perguntei se ela conseguia ouvir o estrondo de meu coração a cada passo tempestuoso pelo acampamento enlameado.

Amren me encontrou vinte passos depois, com um volume embrulhado nos braços.

— Sempre que vocês me deixam em casa, *alguém* é estripado.

CAPÍTULO 62

Não consegui me obrigar a sorrir para Amren. Mal consegui manter o queixo erguido.

Ela olhou para trás de mim, como se pudesse ver a trilha que eu havia tomado a partir da tenda de Mor, sentir o cheiro da briga em mim.

— Cuidado com a forma como a pressiona — avisou Amren, quando passei a caminhar a seu lado seguindo para nossa tenda de novo. — Há algumas verdades que nem mesmo Morrigan encarou.

A raiva rapidamente se dissolvia em algo frio, esquisito e pesado.

— Todos brigamos de vez em quando, menina — ponderou Amren. — Você duas deveriam esfriar a cabeça. Conversem amanhã.

— Tudo bem.

Amren me lançou um olhar astuto, os cabelos oscilaram com o movimento, mas tínhamos chegado a minha tenda.

Rhys e Azriel seguravam Cassian entre si enquanto cuidadosamente o sentavam em uma cadeira à mesa cheia de papéis. O rosto do general ainda parecia cinzento, mas alguém tinha lhe encontrado uma camisa — e limpado seu sangue. Pela forma como Cassian afundou naquela cadeira... Ele mesmo devia ter insistido em comparecer. E, pela forma como Rhys alisava os cabelos ao seguir para o outro lado da mesa... aquela ferida também tinha sido fechada.

Rhys ergueu uma sobrancelha quando entrei, ainda batendo um pouco os pés. Balancei a cabeça. *Conto mais tarde.*

Uma carícia das garras percorreu meu escudo mais interno; um toque de conforto.

Amren apoiou o Livro na mesa, e um estampido ecoou pela terra sob nossos pés.

— A segunda e a penúltima página — anunciei, tentando não me encolher diante do poder do Livro, serpenteando pela tenda. — O Suriel afirmou que a chave que busca está aí. Para anular o poder do Caldeirão.

Presumi que Rhys tivesse contado a Amren o que acontecera — e presumi que tivesse mandado alguém buscar Nestha, pois ela abriu as pesadas abas da entrada da tenda um momento depois.

— Você os trouxe? — perguntou Rhys a Amren, quando Nestha se aproximou silenciosamente da mesa.

Ainda coberta de lama até as canelas, minha irmã parou do outro lado; longe de onde Cassian estava sentado. Olhou para ele de cima a baixo. O rosto não revelava nada, mas as mãos... Podia ter jurado que um leve tremor ondulou pelos dedos de Nestha antes de ela os fechar em punhos e encarar Amren. Cassian observou Nestha por mais um momento antes de virar a cabeça para Amren também. Por quanto tempo Nestha ficara no alto daquela colina, observando a batalha? Será que o vira cair?

Amren levou a mão ao bolso da túnica acobreada e jogou uma bolsa de veludo preto na mesa. O objeto estalou e emitiu estampidos ao atingir a madeira.

— Ossos e pedras.

Nestha apenas inclinou a cabeça ao ver a bolsa.

Sua irmã veio imediatamente quando expliquei do que precisávamos, falou Rhys. *Acho que ver Cassian ferido a convenceu a não começar uma briga hoje.*

Ou convenceu minha irmã a começar uma briga com alguém totalmente diferente.

Nestha ergueu a bolsa.

— Então, jogo isso como se fosse uma charlatã em um beco e encontraremos o Caldeirão?

Amren soltou uma risada baixa.

— Algo assim.

Havia arcos de lama sob as unhas de Nestha. Ela não pareceu reparar ao desatar a pequena sacola e despejar seu conteúdo. Três pedras, quatro ossos. Os últimos eram castanhos e brilhavam devido à idade; as primeiras eram brancas como a lua e lisas como vidro, e cada uma tinha uma letra fina, estreita, que não reconheci.

— Três pedras para os rostos da Mãe — disse Amren, ao ver as sobrancelhas erguidas de Nestha. — Quatro ossos... para qualquer que seja o motivo inventado pelas *charlatãs*, e que não vou me dar o trabalho de lembrar.

Nestha riu com escárnio. Rhys ecoou o sentimento.

— E então... eu os agito nas mãos e jogo? Como vou interpretar tudo isso? — perguntou minha irmã.

— Podemos decifrar — respondeu Cassian, a voz áspera e exausta. — Mas comece segurando-os nas mãos e pensando no Caldeirão.

— Não *pense* somente — corrigiu Amren. — Precisa projetar sua mente *na direção do artefato*. Encontre o laço que os une.

Até mesmo eu travei ao ouvir aquilo. E Nestha, com pedras e ossos agora nas mãos... Ela não fez menção de fechar os olhos.

— Eu... devo... tocá-lo?

— Não — avisou Amren. — Apenas se aproxime. Encontre-o, mas não interaja.

Nestha mesmo assim não se moveu. Ela não conseguia usar a banheira, tinha me dito. Porque as lembranças que incitava...

— Nada pode ferir você aqui — assegurou Cassian. Ele inspirou, gemendo baixinho, e se levantou. Azriel tentou impedir o general, mas Cassian o afastou e caminhou até minha irmã. Ele apoiou a mão na mesa quando, por fim, parou. — Nada pode feri-la — repetiu ele.

Nestha ainda encarava Cassian quando, por fim, fechou os olhos. Eu me movi, e o ângulo me permitiu ver o que não havia notado antes.

Nestha estava diante do mapa, com um punho cheio de ossos e pedras fechado sobre ele. Cassian permanecia a seu lado, a mão na lombar de Nestha.

E fiquei maravilhada com o toque que Nestha permitiu — tanto quanto com a mão coberta de lama que ela estendeu. A concentração que se estampou em seu rosto.

Os olhos de Nestha se moviam sob as pálpebras, como se varrendo o mundo.

— Não vejo nada.

— Vá mais fundo — pediu Amren. — Encontre aquele fio entre vocês.

Nestha enrijeceu o corpo, mas Cassian se aproximou, e minha irmã relaxou de novo.

Um minuto se passou. Depois, outro.

Um músculo estremeceu na testa de Nestha. A mão tremeu.

O fôlego de minha irmã vinha rápido e com dificuldade, os lábios se retraíam enquanto ofegava entre dentes.

— Nestha — avisou Cassian.

— Calado — disparou Amren.

Um ruído baixo saiu de Nestha; um de terror.

— Onde está, menina? — perguntou Amren. — Abra a mão. Deixe-nos ver.

Os dedos de Nestha apenas seguraram com mais força, os nós estavam brancos como as pedras que ela segurava.

Profundo demais — o que quer que Nestha tivesse feito...

Avancei até ela. Não fisicamente, mas com a mente.

Se os portões mentais de Elain eram como um jardim adormecido, os de Nestha...

Pertenciam a uma fortaleza antiga, pontiagudos e brutais. O tipo em que eu imaginava pessoas sendo empaladas.

Mas estavam escancarados. E do lado de dentro...

Escuridão.

Escuridão como eu jamais conhecera, até mesmo com Rhysand.

Nestha.

Dei um passo para sua mente.

As imagens se chocaram contra mim.

Uma após a outra, eu as vi.

O exército que se estendia no horizonte. As armas, o ódio, a enorme extensão.

Vi o rei curvado sobre um mapa em uma tenda de guerra, flanqueado por Jurian e vários outros comandantes, o Caldeirão apoiado no centro da sala atrás deles.

E ali estava Nestha.

De pé naquela tenda, observando o rei, o Caldeirão.

Congelada no lugar.

Com medo irresoluto.

— Nestha.

Ela não parecia me ouvir enquanto os encarava.

Peguei sua mão.

— Você o encontrou. Estou vendo... vejo onde está.

O rosto de Nestha estava pálido. Mas ela, por fim, voltou a atenção para mim.

— Feyre.

Surpresa iluminou os olhos arregalados de terror de minha irmã.

— Vamos voltar — chamei.

Nestha assentiu, e nos viramos. Mas sentimos... nós duas sentimos.

Não o rei ou os comandantes tramando com ele. Não Jurian ao fazer o jogo fatal da traição. Mas o Caldeirão. Como se alguma grande besta dormente tivesse aberto um olho.

O Caldeirão parecia nos sentir observando. Ele nos sentia *ali*.

Eu o senti se agitar... como se fosse avançar em Nestha. Peguei minha irmã e fugi.

— Abra a mão — ordenei a Nestha quando disparamos para os portões de ferro que davam em sua mente. — Abra *agora*.

Nestha apenas ofegava, e aquela força monstruosa avultava atrás de nós, uma onda preta se erguia.

— Abra *agora*, ou ele vai entrar aqui. Abra *agora*, Nestha!

Ouvi as palavras quando me joguei para fora de sua mente; ouvi porque estava gritando naquela tenda.

Com um arquejo, os dedos de Nestha se abriram totalmente, espalhando pedras e ossos sobre o mapa.

Cassian a pegou com um braço em volta da cintura quando Nestha cambaleou. Ele sibilou de dor com o movimento.

— O que *diabos*...

— Olhem — sussurrou Amren.

Nenhuma jogada poderia ter feito aquilo... Exceto aquela abençoada pela magia.

As pedras e os ossos formavam um círculo perfeito, pequeno, em torno de um ponto no mapa.

Nestha e eu empalidecemos. Tinha visto o tamanho daquele exército; nós duas tínhamos. Enquanto Hybern nos mandava para o norte, permitindo que os caçássemos naquelas duas batalhas...

O rei reunira sua horda no limite leste do território humano.

Talvez a não mais de 150 quilômetros da propriedade de nossa família.

✠

Rhys chamou Tarquin e Helion para lhes mostrar o que havíamos descoberto.

Muito poucos. Tínhamos muito poucos soldados, mesmo com três exércitos ali, para enfrentar aquela horda. Eu mostrara a Rhysand o que vi, e ele mostrou aos demais.

— Kallias chegará em breve — declarou Helion, passando as mãos pelo cabelo cor de ônix.

— Precisaria trazer quarenta mil soldados — argumentou Cassian. — Duvido de que tenha metade disso.

Rhys encarava sem parar aquele aglomerado de pedras e ossos no mapa. Eu podia sentir a ira emanando de meu parceiro — não apenas contra Hybern, mas contra si mesmo, por não ter pensado que Hybern poderia estar, deliberadamente, brincando conosco. Posicionando nossas forças ali.

Tínhamos conquistado a vantagem nas duas batalhas; Hybern conquistara a vantagem na guerra.

Ele sabia o que esperava no Meio.

E o rei de Hybern agora tinha obrigado nossas forças a se reunirem ali — naquele local — para que ele e seu exército monstruoso pudessem nos mandar para o norte. Um golpe certeiro pelo sul, que por fim nos empurrou até o Meio, obrigando-nos a nos separar para evitar o emaranhado letal de árvores e residentes.

E, se levássemos a batalha até eles... talvez cortejaríamos a morte.

Nenhum de nós era tolo o bastante para arriscar qualquer plano com base em Jurian, independentemente de onde repousasse sua lealdade. Nossa melhor chance era ganhar tempo até que outros aliados chegassem. Kallias. Thesan.

Tamlin escolhera quem apoiar nessa guerra. E, mesmo que escolhesse Prythian, teria restado a ele o problema de reunir uma força da Corte Primaveril depois que eu pulverizara a confiança depositada no Grão-Senhor.

E Miryam e Drakon... *Não há tempo suficiente*, disse Rhys. *Para ir atrás deles, encontrá-los, e trazer de volta seus exércitos. Poderíamos retornar e descobrir que Hybern nos varreu do mapa.*

Mas havia o Entalhador... se eu ousasse recuperar seu prêmio. Não mencionei, não me ofereci. Não até que pudesse ter certeza... até que não estivesse prestes a desmaiar de exaustão.

— Vamos descansar, pensar sobre isso — disse Tarquin, exalando. — Nos encontramos ao alvorecer de amanhã. Tomar uma decisão depois de um longo dia nunca ajudou ninguém.

Helion concordou e saiu. Era difícil não encarar, não comparar as feições com as de Lucien. O nariz era igual — estranhamente idêntico. Como ninguém jamais chamara sua atenção para aquilo?

Supus que era a menor de minhas preocupações.

— Encontraremos uma forma de enfrentar isso — declarou Tarquin, franzindo a testa para o mapa uma última vez.

Rhys assentiu, enquanto a boca de Cassian se repuxou para o lado. Tinha voltado a sentar para a discussão, e agora se demorava com uma caneca de alguma bebida curativa trazida por Azriel.

Tarquin deu as costas para a mesa no momento em que as abas da tenda se abriram para a passagem de ombros largos...

Varian. Ele nem mesmo olhou para o Grão-Senhor, sua concentração direcionada a Amren, sentada à cabeceira da mesa. Como se o príncipe sentisse que ela estava ali... ou como se alguém o tivesse avisado. E Varian viera correndo.

Os olhos de Amren se ergueram do Livro quando Varian parou. Um sorriso tímido lhe contraiu os lábios.

Ainda havia sangue e terra na pele marrom de Varian, cobrindo a armadura prateada e os cabelos curtos. O príncipe não pareceu notar ou se importar quando caminhou até Amren.

E nenhum de nós ousou falar quando Varian se ajoelhou diante da cadeira de Amren, segurou o rosto chocado nas mãos largas e a beijou intensamente.

Capítulo 63

Nenhum de nós durou muito depois do jantar.

Amren e Varian nem mesmo se deram o trabalho de se juntar a nós. Não, ela apenas enroscou as pernas em volta da cintura de Varian, bem ali na nossa frente, e ele se levantou, erguendo Amren com um movimento ágil. Não soube muito bem como o príncipe conseguiu carregá-la para fora da tenda enquanto ainda a beijava, as mãos de Amren lhe acariciando os cabelos, os dois soltando ruídos irritantemente semelhantes ao ronronar de gatos conforme sumiam pelo acampamento.

Rhys soltou uma risada baixa enquanto todos observavam, boquiabertos, o casal.

— Suponho que seja essa a forma como Varian decidiu agradecer a Amren por ela nos ter enviado a Adriata.

Tarquin encolheu o corpo.

— Faremos um revezamento de quem precisará lidar com eles nos feriados.

Cassian deu uma risada rouca e olhou para Nestha, que permaneceu pálida e calada. O que ela vira, o que *eu* vira em sua mente...

O tamanho daquele exército...

— Comida ou cama? — perguntou Cassian a Nestha, e, sinceramente, eu não soube dizer se aquilo era algum tipo de convite. Pensei em dizer ao general que ele não estava em condições.

— Cama — disse apenas Nestha. E, certamente, *não* havia convite na resposta exausta.

Rhys e eu conseguimos comer, discutindo em voz baixa o que tínhamos visto. O cansaço tornava cada fôlego pesado, e mal consegui terminar meu prato de cordeiro assado antes de rastejar até a cama e desmaiar sobre os cobertores. Rhys me acordou apenas para tirar minhas botas e jaqueta.

Amanhã de manhã. Descobriríamos como lidar com tudo amanhã de manhã. Eu falaria com Amren sobre finalmente convocar Bryaxis para nos ajudar a devastar aquele exército.

Talvez houvesse outra coisa que nos escapava. Alguma chance adicional de salvação além daquele feitiço de anulação.

Meus sonhos foram como um jardim emaranhado, espinhos me perfurando conforme eu tropeçava sobre eles.

Sonhei com o Suriel sangrando e sorrindo. Sonhei com a boca aberta da Tecelã dilacerando Ianthe enquanto ela ainda gritava. Sonhei com Lorde Graysen — tão mortal e jovem — de pé no limite do acampamento, chamando Elain. Dizendo que iria buscá-la. Para que fosse para casa com ele. Que tinha encontrado uma forma de desfazer o que fora feito a ela... torná-la humana de novo.

Sonhei com aquele Caldeirão na tenda de guerra do rei de Hybern, tão escuro e dormente... Despertando enquanto Nestha e eu estávamos paradas ali, invisíveis, não detectadas.

Como o Caldeirão observara de volta. Como nos *reconhecera*.

Eu conseguia sentir o artefato me observando, mesmo agora. Nos sonhos. Sentia o Caldeirão estender uma gavinha preta e antiga até mim...

Acordei sobressaltada.

O corpo nu de Rhys estava enroscado no meu, o rosto, suavizado pelo sono. Na escuridão da tenda, ouvi.

Fogueiras crepitando do lado de fora. Os murmúrios sonolentos das sentinelas. O vento suspirando pelas tendas de lona, açoitando as bandeiras sobre elas.

Fiz uma varredura pela escuridão, ouvindo.

Os pelos de meu braço se eriçaram.

— Rhys.

Ele acordou imediatamente... e se sentou.

— O que foi?

— Alguma coisa... — Ouvi com tanta atenção que minhas orelhas se repuxaram. — Tem alguma coisa aqui. Alguma coisa está errada.

Ele se moveu, vestiu a calça e o boldrié. Eu segui, ainda tentando ouvir, os dedos trêmulos sobre as fivelas.

— Sonhei — confessei. — Sonhei com o Caldeirão... que ele nos *observava* de novo.

— *Merda.* — A palavra saiu como um sussurro.

— Acho que abrimos uma porta — sussurrei, enfiando os pés nas botas. — Acho... acho... — Não consegui terminar a frase enquanto corria até as abas da tenda, com Rhys ao encalço. Nestha. Precisava encontrar Nestha...

Cabelos castanho-dourados reluziram à luz das fogueiras, e ela já estava lá, correndo para mim, ainda de camisola.

— Você também está ouvindo — disse Nestha, ofegante.

Ouvir... Eu não conseguia ouvir, apenas *sentir*...

A pequena figura de Amren saiu de trás de uma barraca, vestida no que parecia ser a camisa de Varian. Batia-lhe nos joelhos, e o dono a seguia, o peito nu como Rhys, os olhos arregalados.

Os pés descalços de Amren estavam sujos de lama e grama.

— Veio até aqui... o poder. Posso sentir... serpenteando por aqui. *Procurando.*

— O Caldeirão — disse Varian, franzindo a testa. — Mas... ele é *senciente*?

— Nós cutucamos demais — disse Amren. — Apesar da batalha, ele sabe onde estamos tanto quanto agora sabemos sua localização.

Nestha ergueu a mão.

— *Ouçam.*

E ouvi então.

Era uma canção e um convite, um aglomerado de notas cantado por uma voz masculina e feminina, jovem e velha, assustadora e atraente, e...

— Não consigo ouvir nada — disse Rhys.

— Você não foi Feito — disparou Amren. Mas nós tínhamos sido. Nós três...

De novo, o Caldeirão cantou sua canção de sereia.

Meus ossos pareceram se encolher.

— O que ele *quer*?

Senti o Caldeirão recuar, senti quando deslizou para a noite.

Azriel saiu de uma sombra.

— O que é isso? — sibilou ele.

Minhas sobrancelhas se ergueram.

— Você ouve?

Uma negativa com a cabeça.

— Não, mas as sombras, o vento... Eles se encolhem.

O Caldeirão cantou de novo.

Distante... recuando.

— Acho que está indo embora — sussurrei.

Cassian tropeçou e cambaleou até nós um momento depois, a mão no peito, Mor nos calcanhares. Ela nem mesmo me olhou, e nem eu a ela, quando Rhys contou a eles. De pé, juntos, na calada da noite...

O Caldeirão cantou uma última nota; depois, se calou.

A presença, o peso... sumiu.

Amren expirou.

— A esta altura, Hybern sabe que estamos aqui. O Caldeirão provavelmente queria ver por conta própria. Depois que o provocamos.

Esfreguei o rosto.

— Vamos rezar para que seja a última vez que o vemos.

Varian inclinou a cabeça.

— Então, vocês três... porque foram *Feitas*, conseguem ouvir? Senti-lo?

— Ao que tudo indica, sim — respondeu Amren, parecendo inclinada a arrastar Varian de volta ao buraco de onde tinham saído, a fim de terminar o que, sem dúvida, ainda queriam fazer.

— E quanto a Elain? — perguntou Azriel, baixinho.

Algo frio percorreu meu corpo. Nestha apenas encarou Azriel. Encarou e encarou...

Então, saiu correndo.

Os pés descalços de Nestha deslizavam pela lama, me sujando conforme disparávamos para a tenda de minha irmã.

— Elain... — Nestha escancarou a tenda.

Ela parou subitamente, tão rápido que me choquei contra minha irmã. A tenda... a tenda estava vazia.

Nestha se atirou para dentro, revirando cobertores, como se Elain tivesse, de alguma forma, mergulhado no chão.

— *Elain!*

Eu me virei para o acampamento, observando as tendas próximas. Um olhar para Rhys informou o que tínhamos encontrado do lado de dentro. Uma lâmina illyriana surgiu em sua mão logo antes de Rhys atravessar.

Azriel caminhou até meu lado, até o interior da tenda em que Nestha agora se levantava do chão. Ele fechou bem as asas quando se espremeu para dentro do espaço apertado, ignorando o grunhido de aviso de Nestha, e se ajoelhou diante da cama.

Ele passou a mão coberta de cicatrizes pelos cobertores revirados.

— Ainda estão mornos.

Do lado de fora, Cassian gritava ordens, o acampamento se agitava.

— O Caldeirão — sussurrei. — O Caldeirão estava se dissipando... indo para algum lugar...

Nestha já se movia, disparando para onde tínhamos ouvido aquela voz. *Atraindo* Elain para fora.

Eu sabia como ele havia conseguido.

Sonhara com aquilo.

Graysen de pé no limite do acampamento, chamando-a, prometendo amor e cura a Elain.

Chegamos ao aglomerado de árvores no limite do acampamento, no momento que Rhys surgiu do meio da noite, a lâmina agora embainhada às costas. Trazia algo nas mãos. Nenhuma emoção no rosto cuidadosamente neutro.

Nestha soltou um ruído que poderia ter sido um soluço quando percebi o que Rhys encontrara na beira da floresta. O que o Caldeirão deixara para trás na pressa de retornar ao acampamento de guerra. Ou como um presente debochado.

A túnica azul-escura de Elain, ainda quente pelo contato com sua pele.

CAPÍTULO 64

Nestha sentou com a cabeça apoiada nas mãos dentro de minha tenda. Ela não falou, não se moveu. Curvada, lutando para se manter inteira; era assim que ela parecia. Como eu me sentia.

Elain... levada para o exército de Hybern.

Nestha tinha roubado algo vital do Caldeirão. E, naqueles momentos em que Nestha o caçara para nós... o Caldeirão descobrira o que era vital para *ela*.

Então, o Caldeirão roubara algo em troca.

— Nós a traremos de volta — garantiu Cassian, rouco, de onde estava encostado, no braço arredondado da espreguiçadeira, no outro lado da pequena área de estar, observando Nestha cautelosamente. Rhys, Amren e Mor estavam em reunião com os outros Grão-Senhores, informando-os sobre o que fora feito. Descobrindo se sabiam de alguma coisa. Se tinham alguma forma de ajudar.

Nestha abaixou as mãos, ergueu a cabeça. Os olhos estavam vermelhos, os lábios, tensos.

— Não, não a trarão. — Nestha apontou para o mapa na mesa. — Vi aquele exército. O tamanho, quem está nele. Eu *vi*, e não há qualquer chance de *qualquer* um de vocês invadi-lo. Nem mesmo você — acrescentou ela, quando Cassian abriu a boca de novo. — *Principalmente* não quando está ferido.

E o que Hybern faria com Elain, o que já podia estar fazendo...

— Vou trazê-la de volta — disse Azriel, dentre as sombras perto da entrada da tenda, como se respondendo a algum debate não proferido.

Nestha voltou o olhar para o encantador de sombras. Os olhos cor de avelã de Azriel brilharam nas sombras.

— Então, você vai morrer — decretou Nestha.

— Vou trazê-la de volta — repetiu Azriel, apenas, com ódio emanando do olhar.

Com as sombras, ele podia ter a chance de entrar. Mas havia proteções a considerar, e magia antiga, e o rei com aqueles feitiços, e o Caldeirão...

Por um momento, vi os conjuntos de tinta que Elain comprara para mim, certa vez, com o dinheiro que havia guardado. O vermelho, amarelo e azul com os quais me deliciei, que usei para pintar aquela cômoda no chalé. Não pintava havia anos então, não ousara gastar o dinheiro comigo... Mas Elain ousara.

Fiquei de pé. Encarei os olhos cheios de ira de Azriel.

— Vou com você — anunciei.

Azriel apenas assentiu.

— Jamais entrará o suficiente no acampamento — avisou Cassian.

— Vou caminhar para dentro dele.

Quando os dois semicerraram os olhos, eu me transformei. Não um encantamento, mas uma verdadeira transformação de feições.

— Merda — sussurrou Cassian, depois que terminei.

Nestha se levantou.

— Talvez já saibam que ela está morta.

Pois era o rosto de Ianthe, seus cabelos, que eu agora possuía. Quase drenou o que restava de minha magia exaurida. Qualquer coisa a mais... Talvez eu não tivesse o bastante para manter o rosto no lugar. Mas havia outras formas. Caminhos. Para fazer o necessário.

— Preciso de um de seus Sifões — pedi a Azriel. O azul era um pouco mais intenso, mas à noite... talvez não reparassem na diferença.

Ele estendeu a palma da mão, uma pedra azul redonda e chata surgiu ali, e Azriel a atirou para mim. Fechei os dedos em volta da pedra morna, e o poder latejava em minhas veias, como as batidas de um coração sobrenatural, quando olhei para Cassian.

— Onde está o ferreiro?

✠

O ferreiro do acampamento não fez perguntas quando entreguei a ele os candelabros de prata de minha tenda e o Sifão de Azriel. Quando pedi a ele que fizesse aquela tiara. Imediatamente.

Um ferreiro mortal podia ter levado um tempo, dias. Mas um feérico...

Quando ele terminou, Azriel tinha ido à sacerdotisa do acampamento buscar uma túnica sobressalente. Talvez não fosse idêntica à de Ianthe, mas era parecida. Como Grã-Sacerdotisa, ninguém ousaria olhar com muita atenção para ela. Fazer perguntas.

Eu tinha acabado de colocar a tiara sobre o capuz quando Rhys entrou em nossa tenda. Azriel afiava a Reveladora da Verdade com uma concentração impassível, e Cassian afiava as armas que eu prenderia sob a túnica... sobre o couro illyriano.

— Ele vai sentir seu poder — avisei a Rhys, antes que meu parceiro falasse.

— Eu sei — respondeu Rhys, com voz rouca. E percebi... percebi que os demais Grão-Senhores não deram soluções.

Minhas mãos começaram a tremer. Eu sabia das chances. Sabia o que enfrentaria lá. Vira na mente de Nestha horas antes.

Rhys cobriu a distância entre nós, segurou minhas mãos. Olhando para *mim*, não para o rosto de Ianthe, como se pudesse ver a alma por baixo.

— Há proteções em volta do acampamento. Não pode atravessar. Precisa entrar andando... e sair. Então, pode saltar de volta para cá.

Assenti.

Ele deu um leve beijo em minha testa.

— Ianthe entregou suas irmãs — disse Rhys, com o tom de voz afiado e ríspido. — É muito adequado que a use para recuperar Elain.

Ele segurou as laterais de meu rosto, aproximando o nariz do meu.

— Não se distraia. Não se demore. É uma guerreira, e guerreiros sabem quais batalhas devem travar.

Assenti, e nossos hálitos se misturaram.

Rhys grunhiu.

— Eles tomaram o que é nosso. E não permitimos que esses crimes fiquem sem punição.

O poder de Rhys ondulou e rodopiou em torno de mim.

— Não tema — sussurrou Rhys. — Não hesite. Não ceda. Entre, pegue-a e saia de novo.

Assenti mais uma vez, ainda encarando meu parceiro.

— Lembre-se de que você é uma loba. E não pode ser enjaulada.

Rhys beijou minha testa mais uma vez, meu sangue latejava e fervia dentro do corpo, uivando por sangue.

Comecei a prender as armas que Cassian havia organizado em fileiras perfeitas na mesa, Rhys me ajudava com as fivelas e os nós, posicionando-os de forma que não ficassem visíveis sob a túnica. A única que não consegui encaixar foi a espada illyriana — não tinha como escondê-la e conseguir sacá-la com facilidade. Cassian me deu uma adaga sobressalente para compensar a falta da espada.

— Entre com Feyre, e saia com as duas, encantador de sombras — disse Rhys a Azriel, quando passei para o lado do mestre espião, sentindo o peso das armas com o balanço da túnica pesada. — Não me importa quantos precise matar para isso. As duas saem.

Azriel deu um aceno severo, firme.

— Eu juro, Grão-Senhor.

Palavras formais, títulos formais.

Segurei a mão coberta de cicatrizes de Azriel, o peso do Sifão fazia pressão contra minha testa pelo capuz. Olhamos para Rhys, para Cassian e Nestha, para Mor — no momento em que ela apareceu, ofegante, à entrada da tenda. Seus olhos se voltaram para mim, então para o encantador de sombras, e se incendiaram com choque e medo...

Mas nós partimos.

A brisa escura de Azriel era diferente da de Rhys. Mais fria. Mais precisa. Cortou o mundo, como uma lâmina, nos fazendo disparar na direção daquele acampamento do exército.

A noite ainda caía acima, o alvorecer devia chegar em duas horas, quando Azriel aterrissou conosco em uma floresta densa no alto de uma colina debruçada sobre o limite do poderoso acampamento.

O rei usara os mesmos feitiços que Rhys conjurara em torno de Velaris e de nossas forças. Feitiços para escondê-lo de vista e repelir pessoas que se aproximassem demais.

Aterrissamos dentro dos feitiços, graças aos detalhes de Nestha. Com uma visão perfeita da cidade de soldados que se estendia pela noite.

Fogueiras queimavam, tão numerosas quanto as estrelas. Bestas mordiam e grunhiam, puxando coleiras e correntes. E mais e mais além aquele exército se estendia, um terror presente, sorvendo a vida da terra.

Azriel silenciosamente se dissolveu em escuridão — até que fosse minha sombra, e nada mais.

Alisei a túnica pálida da sacerdotisa, ajustei a tiara no alto da cabeça e comecei a abrir caminho colina abaixo.

Para o coração do exército de Hybern.

Capítulo 65

O primeiro teste seria o mais perigoso — e informativo.

Passar pelos guardas posicionados no limite do acampamento... e descobrir se sabiam sobre a morte de Ianthe. Descobrir que tipo de poder a sacerdotisa realmente detinha ali.

Congelei as feições naquela bela máscara beatífica que ela sempre estampava no rosto, a cabeça erguida, o anel da parceria virado para baixo na mão contrária. Nos pulsos, algumas pulseiras de prata que Azriel pegara emprestado da sacerdotisa do acampamento. Deixei que tilintassem alto, como Ianthe fizera, como um gato com um sino na coleira.

Um bicho de estimação; supus que Ianthe não passava de um bicho de estimação do rei.

Não podia ver Azriel, mas podia senti-lo, como se o Sifão que fazia as vezes de joia de Ianthe fosse um fio. Ele estava em cada bolsão de sombra, disparando à frente e atrás.

Os seis guardas que flanqueavam a entrada do acampamento avaliaram Ianthe, caminhando para fora da escuridão, com um desprezo descarado. Preparei o coração, *me tornei* a sacerdotisa, orgulhosa e tímida, vaidosa e predadora, santa e sensual.

Não me impediram quando caminhei por eles e cheguei à longa avenida que atravessava o infinito acampamento. Não pareceram confusos ou ansiosos.

Não ousei relaxar os ombros, nem mesmo suspirar com puro alívio. Não conforme seguia pela ampla estrada principal ladeada por tendas e forjas, fogueiras e... coisas para as quais não olhei, e nem mesmo me virei na direção dos ruídos que me alcançavam.

Aquele lugar fazia a Corte de Pesadelos parecer uma sala de estar humana, cheia de donzelas castas bordando almofadas.

E, em algum lugar naquele poço infernal... Elain. Será que o Caldeirão a presenteara ao rei? Ou estava em algum limbo, presa em qualquer que fosse o mundo sombrio ocupado pelo Caldeirão?

Eu vira a tenda do rei na leitura de Nestha. Não parecera tão longe quanto parecia agora, erguendo-se como uma gigantesca besta espinhosa no centro do acampamento. Entrar representaria outra série de obstáculos.

Se chegássemos tão longe sem sermos notados.

A hora da noite funcionava em nossa vantagem. Os soldados ainda acordados estavam envolvidos em atividades horrorosas diversas... ou de guarda, desejando participar dessas atividades. O resto dormia.

Era estranho, percebi, com cada passo ritmado e tilintar de joias em direção ao coração do acampamento, considerar que Hybern, de fato, precisava de descanso.

Por algum motivo, eu presumira que seus soldados estavam acima disso — que eram míticos, com força e ódio infinitos.

Mas eles também se cansavam. E comiam. E dormiam.

Talvez não tão facilmente quanto a maioria dos humanos, mas faltando duas horas para o alvorecer, demos sorte. Depois que o sol afugentasse as sombras, no entanto... Depois que evidenciasse algumas falhas em minha roupa...

Era difícil analisar as tendas conforme passávamos, difícil me concentrar nos ruídos do acampamento enquanto fingia ser alguém completamente acostumada a eles. Nem mesmo sabia se Ianthe *tinha* uma tenda ali — se era permitido que se aproximasse do rei sempre que quisesse.

Eu duvidava... duvidava que conseguiríamos entrar em sua tenda pessoal e descobrir onde diabos estava Elain.

Uma imensa fogueira queimava e crepitava perto do centro do acampamento, e o som de comemorações chegava até nós muito antes de conseguirmos ver algo.

Eu soube, em alguns segundos, que a maioria dos soldados *não* estava dormindo.

Estava ali.

Celebrando.

Alguns dançavam, formando círculos travessos em torno da fogueira, as silhuetas contorcidas eram pouco mais que sombras deturpadas se atirando noite adentro. Alguns bebiam de enormes barris de carvalho com cerveja que eu reconheci: direto dos estoques de Tamlin. Alguns se contorciam juntos... outros apenas observavam.

Mas, em meio às risadas, à cantoria e à música, por cima do rugido do fogo... Gritos.

Uma sombra segurou meu ombro, lembrando-me de não correr.

Ianthe não correria, não demonstraria alarme.

Minha boca secou quando aquele grito soou de novo.

Não pude suportar... deixar que prosseguisse, ver o que era feito...

A mão de sombra de Azriel segurou a minha, me puxando para mais perto. Ódio emanou da forma invisível.

Percorremos as festividades vagarosamente, outras partes se tornaram nítidas. Os gritos...

Não era Elain.

Não era Elain pendurada em um poste próximo a um altar improvisado de granito.

Era uma jovem dos Filhos dos Abençoados, jovem e esguia...

Meu estômago se revirou, ameaçando despejar o conteúdo pela garganta. Duas outras estavam acorrentadas a seu lado. Pela forma como estavam penduradas, os ferimentos nos corpos nus...

Clare. Era como Clare, o que fora feito com elas. E, como Clare, tinham sido deixadas ali para apodrecer, deixadas para os corvos que certamente viriam ao alvorecer.

Aquela aguentara mais tempo.

Eu não podia. Não podia... não podia *deixá-la* ali...

Mas, se permanecesse tempo demais, eles veriam. E chamar atenção...

Poderia viver com aquilo? Certa vez, matei dois inocentes para salvar Tamlin e seu povo. Seria o mesmo que matá-la, se a deixasse ali para salvar minha irmã...

Estranha. Era uma *estranha*...

— Ele anda procurando por você — soou o som arrastado de uma severa voz masculina.

Eu me virei e vi Jurian saindo do espaço entre duas tendas, afivelando o cinto da espada. Olhei para o altar. E, como se a mão invisível de alguém tivesse limpado a fumaça...

Ali estava o rei de Hybern... jogado na cadeira, a cabeça apoiada no punho, o rosto, uma máscara de leve diversão enquanto observava o festejo, a tortura e o tormento. A adulação da plateia que ocasionalmente se virava para brindar ou se curvar a ele.

Obriguei minha voz a se suavizar, adaptei aquela melodia.

— Andei ocupada com minhas irmãs.

Jurian me encarou por um longo momento, voltando os olhos para o Sifão no alto de minha cabeça.

Eu soube assim que ele percebeu quem eu era. Aqueles olhos castanhos brilharam... de leve.

— Onde ela está? — Foi tudo o que sussurrei.

Jurian sorriu, arrogante. Não para mim, mas para qualquer um que nos observasse.

— Anda me seduzindo há semanas — ronronou Jurian. — Aja como tal.

Minha garganta fechou. Mas apoiei a mão em seu antebraço, piscando quando me aproximei.

Um riso de escárnio divertido.

— Acho difícil acreditar que foi assim que conquistou o coração de Rhysand.

Tentei não fazer careta.

— *Onde* ela está?

— A salvo. Intocada.

Meu peito pesou com a palavra.

— Não por muito tempo — avisou Jurian. — Ele ficou chocado quando ela apareceu diante do Caldeirão. Ele a prendeu. Veio até aqui para pensar no que fazer com ela. E como fazer você pagar por isso.

Acariciei seu braço e, depois, deitei a mão sobre o coração de Jurian.

— Onde. Ela. Está?

Jurian se aproximou, como se fosse me beijar, e levou a boca a meu ouvido.

— Foi esperta o bastante para matá-la antes de lhe tomar a pele?

Minhas mãos se fecharam no casaco de Jurian.

— Ela teve o que mereceu.

Consegui sentir o sorriso de Jurian contra meu ouvido.

— Está na tenda do rei. Acorrentada com aço e um pequeno feitiço de seu livro preferido.

Merda. *Merda.* Talvez eu devesse ter trazido Helion, que podia quebrar quase todos...

Jurian segurou meu queixo entre o polegar e o indicador.

— Venha para minha tenda comigo, Ianthe. Quero ver o que essa boquinha linda sabe fazer.

Foi difícil não me encolher, mas deixei que Jurian colocasse a mão em minha lombar. Ele riu.

— Parece que já está levando aço. Não precisa do meu.

Dei a ele um sorriso lindo como o sol.

— E quanto à jovem no poste?

Escuridão percorreu aqueles olhos.

— Houve muitas antes, e muitas virão depois.

— Não posso deixá-la aqui — falei, entre dentes.

Jurian me levou pelo labirinto de tendas, seguindo para aquele círculo interior.

— Sua irmã ou ela... não poderá sair com duas.

— Leve-me até ela e farei acontecer.

— Diga que gostaria de rezar diante do Caldeirão antes de nos recolhermos — murmurou Jurian.

Pisquei, e percebi que havia guardas... guardas e aquela gigantesca tenda cor de osso diante de nós.

— Antes de... nos recolhermos, gostaria de rezar diante do grande Caldeirão. Dar graças pelo butim de hoje — disse a Jurian, e uni as mãos diante do corpo.

Jurian fingiu irritação; um homem no cio deixado à espera.

— Seja rápida — disse ele, indicando com o queixo os guardas de cada lado das abas da tenda. Vi o olhar que Jurian lhes lançou, de macho para macho. Não se incomodaram em esconder as expressões lascivas quando passei.

E como eu era *Ianthe*... dei a cada um meu sorriso provocador, avaliando-os para uma conquista diferente daquela que os levara até Prythian.

O sorriso de resposta do guarda da direita me informou que ele era meu se eu quisesse.

Depois, obriguei meus olhos a dizerem. *Quando terminar com o humano.*

O guarda arrumou o cinto quando entrei na tenda.

Sombria... fria. Como o céu antes do alvorecer, era essa a sensação da tenda.

Nenhum braseiro crepitante, nenhuma luz feérica. E, no centro do imenso espaço... uma escuridão que devorava a luz. O Caldeirão.

Os pelos de meu braço se arrepiaram.

— Tem cinco minutos para tirá-la daqui — sussurrou Jurian em meu ouvido. — Leve-a para o limite oeste, há um penhasco que dá para o rio. Encontrarei vocês lá.

Pisquei para ele.

O sorriso de Jurian foi como um rasgo de branco na escuridão.

— Se ouvir gritos, não entre em pânico. — A distração que ele criaria. Jurian riu para as sombras. — Espero que consiga carregar três, encantador de sombras.

Azriel não confirmou que estava ali, que ouvira.

Jurian me estudou por mais um segundo.

— Guarde uma adaga para seu coração. Se a pegarem com vida, o rei irá... — Ele balançou a cabeça. — Não deixe que a peguem com vida.

Então, ele se foi.

Azriel surgiu das sombras profundas no canto da tenda um segundo depois. Ele indicou com o queixo as cortinas ao fundo. Comecei a entoar uma das muitas orações de Ianthe, um discurso bonito que eu ouvira milhares de vezes na Corte Primaveril.

Corremos pelos tapetes, desviando de mesas e móveis. Entoava a oração o tempo todo.

Azriel puxou a cortina...

Elain estava de camisola. Amordaçada, os punhos atados em aço que brilhava violeta. Os olhos se arregalaram quando nos viu — Azriel e *eu*...

Eu havia transformado o rosto de volta, levei a mão aos lábios enquanto Azriel se ajoelhava diante de minha irmã. Prossegui com a ladainha, suplicando ao Caldeirão que tornasse meu útero fértil, e assim por diante...

Azriel retirou cuidadosamente a mordaça da boca de Elain.

— Está ferida?

Ela balançou a cabeça, devorando a visão de Azriel, como se não acreditasse.

— Você veio me buscar. — O encantador de sombras apenas inclinou a cabeça.

— Rápido — sussurrei, então retomei a oração. Tínhamos o tempo que ela durasse.

Os Sifões de Azriel se incendiaram, aquele no alto de minha cabeça ficou quente.

A magia não fez nada quando entrou em contato com aquelas amarras. Nada.

Restavam apenas mais alguns versos de minha oração.

Os punhos e os tornozelos de Elain estavam atados. Ela não podia fugir assim.

Estendi a mão para minha irmã, buscando um fio do poder de Helion para desfazer o feitiço do rei sobre as correntes. Mas minha magia ainda estava esgotada, arrasada...

— Não temos tempo — murmurou Azriel. — Ele está vindo.

Os gritos e urros começaram.

Azriel pegou Elain, passando seus braços amarrados pelo pescoço.

— Segure firme — ordenou o encantador de sombras — e não dê um pio.

Latidos e urros tomaram a noite. Tirei a túnica e guardei no bolso o Sifão de Azriel antes de pegar duas facas.

— Pelos fundos?

Um aceno de cabeça.

— Prepare-se para correr.

Meu coração acelerou. Elain olhou para nós, mas não tremeu. Não se encolheu.

— Corra e não pare — disse Azriel para mim. — Dispararemos para a margem oeste, para o penhasco.

— Se Jurian não estiver lá com a jovem a tempo...

— Então, você vai. Eu a pego.

Expirei, me preparando.

Os latidos e os grunhidos ficaram mais altos... mais próximos.

— Agora! — sibilou Azriel, e corremos.

Seus Sifões brilharam, e a lona dos fundos da tenda se dissolveu em nada. Disparamos por ali antes de os guardas próximos repararem.

Não reagiram a nós. Apenas olharam pelo buraco.

Azriel nos tornara invisíveis... envoltos pela sombra.

Corremos por entre as tendas, os pés voando sobre grama e terra.

— Rápido — sussurrou ele. — As sombras não durarão muito.

Pois no leste, atrás de nós... o sol começava a nascer.

Um uivo lancinante partiu a noite que morria. E soube que haviam percebido o que tínhamos feito. Que estávamos *ali*. E mesmo que não pudessem ver... os cães do rei de Hybern podiam sentir nosso cheiro.

— *Mais rápido* — grunhiu Azriel.

A terra estremeceu atrás de nós. Não ousei virar.

Chegamos perto de uma estante de armas. Embainhei as facas, livrando as mãos ao passarmos em disparada, e peguei um arco e uma aljava de flechas. Flechas de *freixo*.

As flechas estalaram quando passei a aljava pelo ombro. Encaixei uma flecha no arco.

Azriel cortou para a direita, desviando de uma tenda.

E com o ângulo... eu me virei e disparei.

O cão mais próximo... não era um cão, percebi, quando a flecha seguiu espiralando para a cabeça da criatura.

Era algum primo dos naga — alguma coisa monstruosa e escamosa que avançava sobre quatro patas; o rosto viperino grunhia, cheio de dentes brancos capazes de destroçar ossos.

Minha flecha atravessou o pescoço da criatura.

Ela caiu, e demos a volta pela tenda, correndo para aquele horizonte oeste ainda sombrio.

Lancei outra flecha.

Mais três. Mais três em nosso encalço, mais próximos a cada passo daquelas garras...

Eu conseguia senti-los a nossa volta: comandantes hybernianos correndo com os cães, rastreando as bestas porque ainda não podiam nos ver. Aquela flecha disparada informou muito bem a eles da distância. Mas, assim que os cães nos alcançassem... aqueles comandantes surgiriam. E nos matariam ou capturariam.

Fileira após fileira de tendas, vagarosamente despertando com o alarde no centro do acampamento.

O ar ondulou, e ergui o rosto, vendo a chuva de flechas de freixo disparadas por trás, e havia muitas porque aquilo era uma tentativa aleatória de atingir *qualquer* alvo...

O escudo azul de Azriel estremeceu com o impacto, mas se manteve. No entanto, nossas sombras tremeram e se dissiparam.

Os cães se aproximaram, dois se desgarraram e cortaram pelas laterais. Para nos arrebanhar.

Pois ali estava o *penhasco* no outro limite do acampamento. Um penhasco com uma queda muito, *muito* profunda, e um rio implacável abaixo.

E de pé na borda, aninhada em uma capa escura...

Estava a garota.

Jurian a deixara lá... para nós. Para onde ele fora... Não vi sinal de Jurian.

Mas atrás de nós, preenchendo o ar, como se usasse magia para tal... o rei.

— Que ladrões intrépidos — disse ele, lentamente, as palavras por todo lado e, ao mesmo tempo, em lugar algum. — Como devo puni-los?

Não tinha dúvidas de que as proteções terminavam logo além da margem do penhasco. Isso foi confirmado pelos grunhidos dos cães, que pareciam sentir a iminência da fuga de sua presa. Menos de 100 metros... se pudéssemos saltar longe o bastante para nos afastar.

— *Tire-a daqui, Azriel* — implorei a ele, ofegante. — Eu pego a outra.

— Vamos *todos*...

— É uma ordem.

Uma chance, um caminho livre até a beira daquele penhasco, e para a liberdade além...

— Você precisa... — Minhas palavras foram interrompidas.

Senti o impacto antes da dor. A dor lancinante, *incandescente* que irrompeu de meu ombro. Uma flecha de freixo...

Meus pés cederam sob o corpo, sangue jorrou, e caí no chão rochoso com tanta força que meus ossos reclamaram. Azriel xingou, mas, com Elain nos braços, lutar...

Os cães chegaram em um segundo.

Disparei uma flecha contra um, o ombro gritou com o movimento. O cão caiu, liberando a vista atrás dele.

Revelando o rei, caminhando pela fileira de tendas, sem pressa e certo de nossa captura, com um arco pendendo da mão. O arco com o qual lançara a flecha que agora atravessava meu corpo.

— Torturar você seria tão entediante — ponderou o rei, a voz ainda ampliada. — Pelo menos o tipo tradicional de tortura. — Cada passo era lento, intencional. — Como Rhysand se revoltaria. Como entraria em pânico. Sua parceira por fim veio me ver.

Antes que eu pudesse avisar a Azriel que corresse, dois outros cães estavam sobre mim.

Um saltou direto contra mim. Ergui o arco para travar sua mandíbula.

O cão o partiu em dois, jogando longe a madeira. Levei a mão a uma faca, no momento em que o segundo cão saltou...

Um rugido abalou meus tímpanos, fazendo minha cabeça zumbir. No momento que um dos cães foi atirado de cima de mim.

Eu conhecia aquele rugido, sabia...

Uma besta de pelos dourados e chifres enroscados dilacerou os cães.

— Tamlin — falei, mas os olhos verdes se semicerraram. *Corra*, ele pareceu dizer.

Era quem nos flanqueava. Tentando nos encontrar.

Tamlin rasgou e dilacerou, e os cães se atiraram, todos, contra ele. O rei parou, e, embora permanecesse longe, eu podia nitidamente discernir a surpresa que lhe deixou o rosto inexpressivo.

Já. Eu precisava partir *já*.

Fiquei de pé com dificuldade, retirando a flecha com um grito contido. Azriel já estava ali, não tinham se passado mais que alguns segundos...

Azriel me agarrou pelo colarinho, e uma teia de luz azul se prendeu em meu ombro, estancando o sangue como uma atadura até um curandeiro...

— Você precisa voar — ofegou.

Mais seis cães se aproximaram. Tamlin ainda lutava contra os outros, ganhando vantagem... contendo a linha.

— Precisamos voar — disse Azriel, um dos olhos agora no rei enquanto este retomava a aproximação debochadamente lenta. — Consegue?

A jovem ainda estava de pé na beira do penhasco. Ela nos observava com olhos arregalados, cabelos pretos açoitando o rosto.

Eu jamais decolara correndo. Mal conseguira me manter no céu. Mesmo que Azriel pegasse a jovem com o braço livre...

Não me permiti considerar a alternativa. Eu *voaria*. Apenas por tempo suficiente para planar sobre aquele penhasco, e atravessar para fora quando tivéssemos passado pelo limite das proteções.

Tamlin soltou um grito que parecia ser de dor, seguido por outro rugido de estremecer a terra. O restante dos cães o alcançara. Ele não hesitou, não cedeu um centímetro às criaturas...

Conjurei as asas. O puxão e o peso... Mesmo com a atadura do Sifão, dor queimou meus sentidos com o puxão nos músculos.

Ofeguei entre dentes quando Azriel mergulhou à frente, começando a bater as asas. Não havia espaço suficiente na projeção do penhasco para que fizéssemos aquilo lado a lado. Absorvi os detalhes da decolagem de Azriel, o bater das asas, o ângulo do corpo do encantador.

— *Agarre-se a ele!* — ordenou Elain à humana de olhos arregalados, quando Azriel disparou em sua direção. A jovem parecia uma corça prestes a ser derrubada por um lobo.

E ela não abriu os braços quando os dois se aproximaram.

— *Se quiser viver, faça isso agora!* — gritou Elain.

A jovem soltou o manto e abriu bem os braços.

Os cabelos pretos voaram atrás de Azriel, se enroscando entre as asas do feérico quando o encantador de sombras praticamente jogou a jovem no céu. Mas eu vi, mesmo enquanto corria, as mãos pálidas de Elain se esticarem — segurando a menina pelo pescoço, segurando-a o mais forte possível.

E bem a tempo.

Um dos cães fugiu de Tamlin em um salto poderoso. Eu me abaixei, me preparando para o impacto.

Mas eu não era o alvo. Com dois passos saltados pela beirada rochosa e outro pulo...

O rugido de Azriel ecoou pelas rochas quando o cão se chocou contra ele, raspando aquelas garras dilaceradoras pela espinha do encantador de sombras, pelas asas...

A jovem gritou, mas Elain agiu. Enquanto Azriel lutava para manter todos no ar, para continuar segurando as duas, minha irmã deu um chute destemido no focinho da besta. No olho. E outro. E outro.

O animal gritou, e Elain golpeou o pé descalço e enlameado em seu focinho mais uma vez. O golpe foi certeiro.

Com um ganido de dor, o animal soltou as garras — e mergulhou na ravina.

Tão rápido. Tudo aconteceu tão rápido. E sangue... sangue jorrou das costas, das asas de Azriel...

Mas ele permaneceu no ar. Luz azul se espalhou pelos ferimentos. Estancando o sangue, estabilizando as asas. Eu ainda corria na direção do penhasco quando Azriel se virou, revelando um rosto envolto em dor, enquanto segurava as duas mulheres com força.

Mas o encantador de sombras viu o que avançava contra mim. A corrida à frente. E, pela primeira vez desde que o conheci, havia terror nos olhos de Azriel enquanto ele me observava naquela corrida.

Bati as asas, e uma corrente ascendente elevou meus pés, então bati com eles na rocha. Tropecei, mas continuei correndo, continuei batendo as asas, minhas costas reclamavam...

Outro dos cães passou pela guarda de Tamlin. Veio disparado por aquele trecho estreito de rocha, as garras sulcando a pedra abaixo. Eu podia ter jurado que o rei riu atrás.

— *Mais rápido!* — rugiu Azriel, com sangue escorrendo a cada batida de asas. Eu conseguia ver o nascer do sol entre os rasgos nas membranas. — *Impulsione o corpo para cima!*

A pedra ecoou com os passos estrondosos do cão em meu encalço.

A beira da rocha surgiu. Queda livre esperava além. E eu sabia que o cão saltaria comigo. O rei o faria me pegar de qualquer modo necessário, mesmo que meu corpo estivesse partido no rio bem abaixo. Àquela altura, eu me estatelaria como um ovo jogado de uma torre.

E ele guardaria o que restasse de mim, assim como Jurian fora guardado, vivo e consciente.

— *Segure-as no alto!*

Estendi as asas o máximo possível. Trinta passos entre mim e a beirada.

— *Pernas para cima!*

Vinte passos. O sol irrompeu no horizonte leste, emoldurando a armadura ensanguentada de Azriel em dourado.

O rei disparou outra flecha — duas. Uma para mim, outra para as costas expostas de Elain. Azriel jogou as duas longe com um escudo azul. Não olhei para ver se aquele escudo se estendeu até Tamlin.

Dez passos. Bati as asas, meus músculos gritavam, sangue escorria até mesmo pela atadura do Sifão. Eu as bati quando lancei uma onda de vento subindo por baixo do corpo, o ar inflou a membrana flexível, mesmo quando ossos e tendões se tensionaram até quase se partirem.

Meus pés se levantaram do chão. Então, caíram de novo. Empurrei com o vento, batendo as asas como louca. O cão se aproximava de mim.

Cinco passos. Eu sabia; sabia que qualquer que tivesse sido a força que me impeliu a aprender a voar... De alguma forma, essa força soubera. Que esse momento se aproximava. Tudo aquilo... tudo aquilo havia sido uma preparação para esse momento.

E com apenas três passos até a beira do penhasco... Um vento morno, com cheiro de lilás e grama fresca, soprou por baixo de mim. Um vento de... primavera. Erguendo meu corpo, preenchendo minhas asas.

Meus pés se levantaram. Mais. E mais.

O cão saltou atrás de mim.

— *Desvie!*

Lancei o corpo para o lado, as asas fazendo uma curva aberta. O alvorecer crescente e a queda e o céu giraram e rodopiaram antes que eu me equilibrasse.

Olhei para trás e vi o cão-naga morder o local onde estiveram meus calcanhares. E, então, mergulhar para baixo, mais e mais para baixo, até a ravina e o rio no fundo.

O rei disparou de novo, e a flecha trazia na ponta um poder reluzente de ametista. O escudo de Azriel resistiu — por pouco. Qualquer que fosse a magia em que o rei envolvera a arma... Azriel grunhiu de dor.

Mas rosnou para mim:

— *Voe!*

E me virei para a direção de onde viera, as costas tremendo pelo esforço de manter o corpo reto. Azriel se virou, e a jovem gemeu de terror quando ele caiu alguns metros no céu, antes de se nivelar e disparar a meu lado.

O rei latiu um comando, e uma saraivada de flechas subiu em arco do acampamento... chovendo sobre nós.

O escudo de Azriel estremeceu, mas se manteve firme. Bati as asas, as costas gritando.

Pressionei o ferimento com a mão, no momento que as proteções fizeram pressão sobre mim. Pressão como se tentassem me conter, conter Azriel onde ele agora batia as asas freneticamente contra elas, sangue escorrendo do ferimento, descendo pelas costas dilaceradas...

Liberei uma chama da luz branca de Helion. Queimando, chamuscando, derretendo.

Um buraco se abriu entre as proteções. Quase pequeno demais.

Não hesitamos quando planamos por ele, quando arquejei para tomar fôlego. Mas olhei para trás. Apenas uma vez.

Tamlin estava cercado pelos cães. Sangrando, ofegante, ainda naquela forma bestial.

O rei talvez estivesse a 10 metros, lívido — completamente lívido ao ver o buraco que eu mais uma vez abrira em suas proteções. Tamlin aproveitou a distração.

Não olhou para nós quando disparou para a beira do penhasco.

Ele saltou longe... amplamente. Mais longe que qualquer besta ou feérico deveria ser capaz de conseguir. Aquele vento que enviara em minha direção agora o impulsionava, guiando Tamlin na direção daquele buraco pelo qual tínhamos passado.

Ele atravessou o buraco e seguiu para longe, ainda sem me olhar quando segurei a mão de Azriel e nós também sumimos.

✠

O poder de Azriel cedeu no limite de nosso acampamento.

A garota, apesar das queimaduras e das lacerações na pele branca como a lua, conseguia andar.

A luz cinzenta da manhã havia se espalhado pelo mundo, e a névoa se agarrava a nossos calcanhares enquanto seguíamos para aquele acampamento; Elain ainda aninhada ao peito de Azriel. Sangue pingava do encantador durante todo o caminho — um gotejar, em comparação com a torrente que deveria estar escorrendo. Ajuda, ele precisava de um curandeiro imediatamente.

Nós dois precisávamos. Pressionei a mão contra o ferimento no ombro para estancar o sangramento. A jovem chegou a oferecer usar os retalhos da roupa que lhe restava para fechar o ferimento.

Não tinha fôlego para explicar que eu era feérica, e que havia freixo em minha pele. Eu precisava ver um curandeiro antes que o ferimento se fechasse sobre quaisquer farpas. Então, apenas perguntei seu nome.

Briar, a jovem respondeu, a voz rouca de tanto gritar. O nome dela era Briar.

A jovem não pareceu se importar com a lama que guinchava sob os pés e lhe sujava as canelas expostas. Apenas olhou para as tendas, para os soldados que dali saíam aos tropeços. Um deles viu Azriel e gritou para que um curandeiro corresse para a tenda do mestre espião.

Rhys atravessou em nosso caminho antes de passarmos pela primeira fileira de barracas. Os olhos foram para as asas de Azriel e, depois, para o ferimento em meu ombro, o tom pálido de meu rosto; para Elain, então para Briar.

— Eu não podia deixá-la — expliquei, surpresa ao perceber que minha voz estava rouca.

Passos acelerados, e, então, Nestha saiu de trás de uma tenda, derrapando até parar na lama.

Ela soltou um soluço ao ver Elain, ainda nos braços de Azriel. Jamais a ouvi emitir um ruído como aquele. Nunca.

Ela não está ferida, eu disse à Nestha, para dentro daquela câmara na mente de minha irmã. Porque palavras... eu não conseguia formá-las.

Nestha disparou em mais uma corrida. Estendi o braço para Rhysand cujo rosto estava tenso conforme ele caminhava até nós...

Mas Nestha chegou primeiro.

Engoli o grito de dor quando os braços de Nestha envolveram meu pescoço ao me abraçar tão forte que me tirou o fôlego.

O corpo de minha irmã estremeceu — estremeceu quando ela chorou e repetiu, diversas e diversas vezes:

— Obrigada.

Rhys avançou até Azriel, tirando Elain do amigo e cuidadosamente apoiando minha irmã no chão.

— Precisamos que Helion tire essas correntes — disse Azriel rouco, cambaleando.

Mas Elain não pareceu reparar nas correntes quando ficou na ponta dos pés e beijou a bochecha do encantador de sombras. Então, caminhou até nós, e minha irmã mais velha se afastou por tempo bastante a fim de observar o rosto limpo de Elain, os olhos límpidos.

— Precisamos levar você até Thesan — disse Rhys a Azriel. — Agora mesmo.

Antes que eu conseguisse me virar, Elain me envolveu com os braços. Não lembro quando comecei a chorar ao sentir aqueles braços finos me segurarem, fortes como aço.

Não me lembro do curandeiro que me remendou, ou de como Rhys me lavou. Como eu disse a ele o que acontecera com Jurian e Tamlin, e Nestha ficou por perto de Elain quando Helion veio remover suas correntes, xingando o trabalho do rei, mesmo enquanto admirava a qualidade.

Mas eu me lembro de me deitar no tapete de pele de urso depois que acabou. E de como senti o corpo magro de Elain se aninhar perto do meu e se enroscar em mim, com o cuidado de não tocar o ferimento coberto no ombro. Não tinha percebido o quanto estava frio até que seu calor me envolveu.

Um momento depois, outro corpo quente se aninhou a minha esquerda. O cheiro de Nestha flutuou até mim, fogo e aço e irredutível força de vontade.

Ao longe, ouvi Rhys convocar todos para fora — para se juntar a ele e verificar Azriel, agora aos cuidados de Thesan.

Não sabia por quanto tempo minhas irmãs e eu tínhamos nos deitado ali juntas, da mesma forma como uma vez dividimos aquela cama entalhada naquele chalé em ruínas. Então... Naquela época, nos chutávamos e revirávamos e lutávamos por um pouco de espaço, algum respiro.

Mas naquela manhã, conforme o sol nascia pelo mundo todo, nós nos seguramos com força. E não soltamos.

Capítulo 66

Kallias e seu exército chegaram ao meio-dia.

Foram apenas esses ruídos que me acordaram de onde minhas irmãs e eu dormíamos no chão. Isso... e um pensamento que ecoou por meu corpo.

Tamlin.

Suas ações acobertariam a traição de Jurian. Eu não tinha dúvidas de que Tamlin não se juntara ao exército de Hybern depois da reunião com intenção de nos trair... mas para bancar o espião.

Embora depois da noite passada... era improvável que ele se aproximasse de Hybern de novo. Não quando o próprio rei fora testemunha.

Eu não sabia o que pensar daquilo.

Que Tamlin tinha me salvado — que abrira mão do disfarce para tanto. Para onde teria ido depois de atravessar? Não tínhamos ouvido nada sobre as forças da Corte Primaveril.

E aquele vento que Tamlin lançara... Jamais o vira usar tal poder.

A Filosofia Nephelle, de fato. A fraqueza que se transformou em força não foram minhas asas, meu voo. Foi Tamlin. Se ele não tivesse interferido... Não me permiti pensar nisso.

Elain e Nestha ainda estavam dormindo no tapete de pele de urso quando me desvencilhei do emaranhado de braços e pernas. Lavei o rosto na bacia de cobre posta perto da cama. Um olhar para o espelho acima revelou que eu vira dias melhores. Semanas. Meses.

Puxei a gola da camisa branca e franzi a testa para o ferimento enfaixado no ombro. Encolhi o corpo, girando a articulação — espantada com o quanto já se curara. Mas minhas costas...

Dor lancinante irradiava e ondulava por toda a sua extensão. No abdômen também. Músculos que eu forçara ao máximo para voar. Franzindo a testa para o espelho, trancei os cabelos e vesti o casaco, sibilando ao movimento do ombro. Mais um ou dois dias, e a dor poderia ser minimizada o bastante para que eu usasse uma espada. Talvez.

Rezei para que Azriel estivesse melhor. Se o próprio Thesan o estava curando, talvez estivesse. Se déssemos sorte.

Não sabia como Azriel conseguira permanecer no alto — permanecer consciente durante aqueles minutos no céu. Não me permiti pensar em como, quando e por que Azriel aprendera a suportar dor como aquela.

Pedi baixinho para a dama de acampamento mais próxima que trouxesse algumas bandejas de comida para minhas irmãs. Elain provavelmente estava faminta, e eu duvidava de que Nestha tivesse comido alguma coisa durante as horas em que ficamos fora.

A matrona alada perguntou apenas se *eu* precisava de alguma coisa, e, quando respondi que estava bem, ela apenas emitiu um estalo com a língua e disse que se certificaria de que a comida também me fosse servida.

Não tive coragem de pedir também que ela encontrasse um pouco da comida de preferência de Amren. Mesmo que eu não tivesse dúvidas de que Amren precisaria; depois das... atividades com Varian na noite passada. A não ser que ele...

Não me permiti pensar nisso quando me dirigi para sua tenda. Tínhamos encontrado o exército de Hybern. E, depois de vê-lo na noite passada... eu ofereceria a Amren qualquer ajuda necessária para decodificar aquele feitiço para o qual o Suriel a direcionara. Qualquer coisa, se isso significasse impedir o Caldeirão. E depois de escolhermos nosso campo de batalha final... somente então eu libertaria Bryaxis sobre Hybern.

Estava quase na tenda de Amren, oferecendo sorrisos tristes em resposta aos acenos e olhares cautelosos que os guerreiros illyrianos me lançavam, quando vi a comoção perto da margem do acampamento. Alguns passos extras me puseram diante de uma linha de demarcação fina de grama e lama: a fronteira do acampamento da Corte Invernal, agora quase montado com todo o esplendor.

O exército de Kallias ainda atravessava com suprimentos e unidades de infantaria; a corte era composta de Grão-Feéricos com cabelos brancos como a neve, ou pretos como a noite mais escura, as peles variando de pálidas como a lua até um castanho exuberante. Os feéricos inferiores... Kallias tinha trazido mais feéricos inferiores que qualquer um de nós, excluindo-se os illyrianos. Foi difícil não olhar boquiaberta enquanto me detive no limite de seu acampamento.

Criaturas de braços e pernas longos, como fragmentos de gelo que ganharam forma, passaram caminhando, altas o bastante para colocar as bandeiras de cobalto e prata sobre diversas tendas; carruagens eram puxadas por renas de passos firmes e preguiçosos ursos brancos com armaduras ornamentadas, alguns tão perfeitamente cientes, quando passaram, que eu não me surpreenderia se pudessem falar. Raposas brancas corriam pela vegetação rasteira, levando o que pareciam ser mensagens presas aos pequenos coletes bordados.

Nosso exército illyriano era brutal, básico — alguns ornamentos e apenas patentes dominavam. O exército de Kallias — ou, supus, o exército que Viviane havia unido durante o reinado de Amarantha — era algo completo, lindo, efervescente. Ordenado, porém pulsando com vida. Todos tinham um propósito, todos pareciam empenhados em realizá-lo com eficiência e orgulho.

Vi Mor caminhando com Viviane, e uma jovem de beleza estonteante que parecia gêmea ou irmã dela. Viviane sorria, e Mor talvez estivesse mais calma, para variar, e, quando ela se virou...

Minhas sobrancelhas se ergueram. A menina humana — Briar — estava com elas. Agora aninhada sob o braço de Viviane, o rosto ainda ferido e inchado em alguns pontos, mas... sorrindo timidamente para as damas da Corte Invernal.

Viviane começou a levar Briar para longe, conversando alegremente, e Mor e possivelmente a irmã de Viviane permaneceram para observar as duas. Mor disse algo à estranha que a fez sorrir — bem de leve.

Foi um sorriso contido e se dissipou rapidamente. Sobretudo quando um soldado Grão-Feérico passou e sorriu para ela, soltando alguma implicância, então prosseguiu. Mor observou cuidadosamente o rosto da fêmea — e logo desviou o olhar quando esta voltou a encará-la, deu um tapinha no ombro de Mor e seguiu atrás da possível irmã e de Briar.

Eu me lembrei de nossa briga assim que Mor se virou para mim. Lembrei as palavras não ditas, e aquelas que eu provavelmente não deveria ter falado. Mor jogou os cabelos por cima de um ombro e seguiu em minha direção.

— Entregou Briar a eles? — perguntei, antes que ela conseguisse dizer a primeira palavra.

Caminhamos juntas na direção de nosso acampamento.

— Az explicou o estado em que você a encontrou. Não achei que ser exposta a illyrianos prontos para a batalha ajudaria muito a tranquilizá-la.

— E o exército da Corte Invernal é muito melhor?

— Eles têm bichinhos peludos.

Ri, balançando a cabeça. Aqueles imensos ursos eram realmente peludos... quando se ignoravam as garras e os dentes.

Mor olhou de esguelha para mim.

— Fez algo muito corajoso ao salvar Briar.

— Qualquer um teria feito isso.

— Não — rebateu Mor, ajeitando o casaco illyriano justo. — Não tenho certeza... Não tenho certeza se *eu* teria tentado tirá-la de lá. Se teria julgado que o risco valia a pena. Já tomei tantas dessas decisões em que deu tudo errado que... — Mor balançou a cabeça.

Engoli em seco.

— Como está Azriel?

— Vivo. As costas estão bem. Mas Thesan não curou muitas asas illyrianas na vida, então, a cura é... lenta. Diferente de asas peregrinas, aparentemente. Rhys mandou chamar Madja. — A curandeira em Velaris. — Estará aqui no fim do dia de hoje ou amanhã para cuidar de Az.

— Ele vai... voar de novo?

— Considerando que as asas de Cassian estavam piores, eu diria que sim. Mas... talvez não em batalha. Não tão cedo.

Meu estômago deu um nó.

— Ele não vai ficar muito feliz com isso.

— Nenhum de nós está.

Perder Azriel no campo...

Mor pareceu ler meus pensamentos, e disse:

— Melhor que estar morto. — Ela passou a mão pelo cabelo dourado. — Teria sido tão fácil... as coisas darem errado ontem à noite. E, quando vi vocês dois sumirem... Tive esse pensamento, esse terror, de que talvez não a visse de novo. Para consertar as coisas.

— Eu falei coisas que não queria dizer de verdade...

— Nós duas. — Mor me levou até o limite das árvores na fronteira de ambos os acampamentos, e soube, apenas por isso... Soube que estava prestes a me contar algo que não queria que ninguém ouvisse. Algo pelo qual valia a pena atrasar minha reunião com Amren um pouco mais.

Mor se recostou em um carvalho alto, batendo com o pé no chão.

— Chega de mentiras entre nós.

Culpa revirou meu estômago.

— Sim — concordei. — Eu... Desculpe tê-la enganado. Apenas... cometi um erro. E peço desculpas.

Mor esfregou o rosto.

— Mas estava certa em relação a mim. Estava... — A mão de Mor estremeceu quando se abaixou. Ela mordeu o lábio, engoliu em seco. Os olhos de Mor por fim encontraram os meus, brilhantes, temerosos e angustiados. A voz falhou quando disse: — Não amo Azriel.

Fiquei completamente imóvel. Ouvindo.

— Não, isso também não é verdade. Eu... eu o amo. Como família. E, às vezes, me pergunto se pode ser... mais, porém... não o amo. Não da forma como... como ele se sente em relação a mim. — As últimas palavras saíram como um sussurro trêmulo.

— Você já o amou? Dessa forma?

— Não. — Mor abraçou o próprio corpo. — Não. Eu não... Veja bem... — Jamais a vira tão sem palavras. Mor fechou os olhos, enterrando os dedos na própria pele. — Não *posso* amar Azriel dessa forma.

— Por quê?

— Porque prefiro fêmeas.

Fiquei sem palavras por um instante. Então falei:

— Mas... você dorme com machos. Dormiu com Helion... — E parecera terrível no dia seguinte. Torturada em vez de saciada.

Não apenas por causa de Azriel, mas... porque não era o que ela queria.

— Sinto prazer com eles. Com os dois. — As mãos de Mor tremiam tão intensamente que ela se agarrou com ainda mais força. — Mas soube, desde que era pouco mais que uma criança, que prefiro fêmeas. Que me sinto... atraída por elas em vez de por machos. Que eu me conecto com elas, me importo com elas naquele nível mais profundo da alma. Mas na Cidade Escavada... Só se importam com procriar as linhagens, fazer alianças por casamento. Alguém como eu... Se eu me casasse de acordo com o que meu coração deseja, não haveria filhos. A linhagem de meu pai *acabaria* em mim. Eu sabia... sabia que jamais poderia contar a eles. Nunca. Pessoas como eu... Somos abominadas por eles. Consideradas egoístas por não conseguirmos passar adiante a linhagem. Então, jamais disse uma palavra sobre isso. E então... então, meu pai me prometeu a Eris, e... e não foi apenas a ideia de me casar com *ele* que me assustou. Não, eu sabia que poderia sobreviver à brutalidade, à crueldade e à frieza de Eris. Eu era... eu *sou* mais forte que ele. Era... Era a ideia de procriar como uma égua premiada, de ser obrigada a abrir mão daquela única parte de mim... — O queixo de Mor estremeceu, e peguei sua mão, soltando-a do próprio braço. Apertei de leve quando lágrimas começaram a escorrer por seu rosto vermelho.

"Dormi com Cassian porque sabia que significaria pouco para ele também. Porque sabia que fazer isso me daria uma chance de liberdade. Se tivesse contado a meus pais que preferia fêmeas... Já conheceu meu pai. Ele e Beron teriam me amarrado àquela cama matrimonial para Eris. Literalmente. Mas desonrada... Eu sabia que minha chance de liberdade estava ali. E vi como Azriel me olhava... sabia como ele se sentia. E se o tivesse escolhido... — Mor balançou a cabeça. — Não teria sido justo com ele. Então, dormi com Cassian, e Azriel achou que eu o tivesse considerado indigno, e então tudo aconteceu e... — Os dedos de Mor apertaram os meus. — Depois que Azriel me encontrou com aquele bilhete preso ao ventre... tentei explicar. Mas ele começou a confessar como se sentia, e entrei em pânico, e... e para fazer com que *parasse*, para evitar que Azriel dissesse que me amava, eu simplesmente me virei e parti, e... eu não tive coragem de explicar depois. Para Az, para os outros."

Mor soltou um suspiro trêmulo.

— Durmo com machos em parte porque gosto, mas... também para evitar que as pessoas prestem atenção demais.

— Rhys não se importaria, acho que ninguém em Velaris se importaria.

Um aceno de cabeça.

— Velaris é... um santuário para pessoas como eu. O Rita's... a dona é como eu. Muitos de nós o frequentam, sem que ninguém realmente perceba.

Não era à toa que Mor praticamente vivia na casa de espetáculos.

— Mas essa parte minha... — Mor limpou as lágrimas com a mão livre. — Não importou muito quando minha família me desonrou. Quando me chamaram de vadia e lixo. Quando me feriram. Porque aquelas coisas... não eram parte de mim. Não eram verdade e não eram... intrínsecas. Não podiam me destruir porque... porque jamais tocaram aquela parte mais íntima do meu ser. Eles nunca adivinharam. Mas eu escondi... escondi porque... — Mor inclinou a cabeça para trás, olhando para o céu. — Porque vivo aterrorizada que minha família descubra... e me envergonhe, me *machuque* por causa dessa única coisa que permaneceu completamente minha. Essa única parte de mim. Não deixarei que eles... não deixarei que a destruam. Ou que tentem. Então, eu raramente... Durante a Guerra, finalmente tive minha primeira... amante fêmea.

Mor ficou calada um momento, piscando para afastar as lágrimas.

— Foram Nephelle e a amante, agora esposa, suponho, que me fizeram ousar tentar. Elas me deixaram com muita inveja. Não delas pessoalmente, mas apenas... do que tinham. Da franqueza. Do fato de que viviam em um lugar com um povo que não achava nada de mais. Mas com a Guerra, com as viagens pelo mundo... Ninguém de casa estava comigo, durante meses às vezes. Era seguro, pela primeira vez. E uma das rainhas humanas...

As amigas que Mor mencionara com tanta paixão, que conhecera tão intimamente.

— O nome dela era Andromache. E era... tão linda. E boa. E eu a amava... tanto.

Humana. Andromache era humana. Meus olhos arderam.

— Mas era humana. E uma rainha, que precisava dar continuidade à própria linhagem, principalmente durante uma época tão tumultuada. Então, parti... fui para casa depois da última batalha. E, quando percebi que era um erro, que não me importava se tivesse apenas mais sessenta anos com ela... A muralha subiu naquele dia.

Um pequeno soluço escapou de Mor.

— E eu não pude... Não tive permissão ou condição de atravessar. Tentei. Durante três anos, tentei diversas vezes. E, quando consegui encontrar um buraco e atravessar... Ela havia se casado. Com um homem. E tinha uma filha pequena, outro a caminho. Não coloquei os pés no castelo de Andromache. Nem mesmo tentei vê-la. Apenas me virei e voltei para casa.

— Sinto muito — sussurrei, a voz falhando.

— Ela teve cinco filhos. E morreu uma mulher idosa, a salvo, na cama. E vi seu espírito de novo, naquela rainha dourada. Sua descendente.

Mor fechou os olhos, um suspiro saiu, ondulando, pelos lábios trêmulos.

— Por um tempo, fiquei de luto por ela. Tanto enquanto ainda vivia quanto depois que morreu. Durante algumas décadas, não tive amantes, de nenhum tipo. Mas então... um dia acordei e queria... Não sei o que eu queria. O oposto. Eu os encontrei: fêmeas, machos. Alguns amantes ao longo dos últimos séculos, as fêmeas sempre em segredo, e acho que por causa disso elas se cansavam, sempre terminavam tudo. Eu jamais poderia ser... sincera a respeito disso. Jamais podia ser vista com elas. E quanto aos machos... nunca foi tão profundo. A união, quero dizer. Mesmo que ainda desejasse... sabe, de vez em quando. — Ela soltou uma risada bufada que eu imitei. — Mas todos eles... Não foi como Andromache. Não traz a mesma sensação... aqui — sussurrou Mor, levando a mão ao coração.

"E os amantes machos que tive... se tornaram uma forma de evitar que Azriel se perguntasse por que... por que eu não reparava nele. Não dava aquele passo. Você vê... vê o quanto ele é maravilhoso. O quanto é especial. Mas, se dormisse com ele, sequer uma vez, apenas para *experimentar*, para ter certeza... Acho que depois de todo esse tempo ele acharia que é um ápice, um final feliz. E... acho que poderia destruí-lo se revelasse depois que... Não tenho certeza se posso dar meu coração inteiro a Azriel dessa forma. E... e eu o amo o suficiente para querer que Az encontre alguém que possa realmente amá-lo como ele merece. E amo a mim mesma... amo a mim mesma o suficiente para não querer me acomodar até também encontrar essa pessoa."

Ela deu de ombros.

— Se algum dia conseguir reunir coragem para contar ao mundo primeiro — arrematou. — Meu dom é a verdade, mas tenho vivido uma mentira durante toda a minha existência.

Apertei a mão de Mor mais uma vez.

— Conte quando estiver pronta. E ficarei ao seu lado não importa o que acontecer. Até lá... seu segredo está seguro. Não contarei a ninguém, nem mesmo a Rhys.

— Obrigada — sussurrou Mor.

Balancei a cabeça.

— Não, obrigada por me contar. Eu me sinto honrada.

— Queria contar a você; percebi que queria contar assim que você e Azriel atravessaram para o acampamento de Hybern. E, quando pensei que não conseguiria... — Os dedos de Mor se fecharam em volta dos meus. — Prometi à Mãe que, se você voltasse em segurança, eu contaria.

— Parece que ela ficou feliz em aceitar esse acordo — falei, com um sorriso.

Mor limpou o rosto e sorriu. O sorriso se dissipou quase imediatamente.

— Você deve achar que sou horrível por brincar com Azriel... e com Cassian.

Refleti.

— Não. Não acho. — Tantas coisas... tantas coisas agora faziam sentido. Como Mor tinha desviado o olhar do calor nos olhos de Azriel. Como evitara aquele tipo de intimidade romântica, mas não tivera problemas em defendê-lo se o bem-estar físico ou emocional de Azriel estivesse em risco.

Azriel a amava, disso eu não tinha dúvida. Mas Mor... Eu fora tola por não notar. Não perceber que havia um maldito motivo pelo qual quinhentos anos tinham se passado e Mor não aceitara o que Azriel tão obviamente lhe oferecia.

— Acha que Azriel suspeita? — perguntei.

Mor tirou a mão da minha e caminhou alguns passos.

— Talvez. Não sei. Ele é observador demais para não suspeitar, mas... acho que o confundo sempre que levo um macho para casa.

— Então, a coisa com Helion... Por quê?

— Ele queria uma distração dos próprios problemas, e eu... — Mor suspirou. — Sempre que Azriel expressa seus sentimentos, como fez com Eris... É estúpido, eu sei. É tão estúpido e cruel fazer isso, mas... Dormi com Helion apenas para lembrar a Azriel... Pelos deuses, nem mesmo consigo dizer. Parece pior ainda dizer.

— Para lembrar a ele que você não está interessada.

— Eu deveria contar a ele. *Preciso* contar a ele. Pela Mãe, depois de ontem à noite, eu deveria. Mas... — Mor torceu a massa de cabelos loiros sobre um ombro. — Tem se arrastado por tanto tempo. Tanto tempo.

Fico apavorada de pensar em encará-lo, para contar a Az que ele passou quinhentos anos correndo atrás de alguém e algo que jamais existirá. O que pode vir disso... Gosto das coisas como estão. Mesmo que não possa... não possa ser realmente *eu*... as coisas estão boas o suficiente.

— Não acho que você deva aceitar "boas o suficiente" — comentei em voz baixa. — Mas entendo. E, de novo... quando decidir que a hora chegou, se for amanhã ou daqui a mais quinhentos anos... estarei a seu lado.

Mor piscou para afastar as lágrimas. Eu me virei na direção do acampamento, e um leve sorriso se abriu em minha boca.

— O quê? — perguntou Mor, se aproximando.

— Eu só estava pensando — respondi, e meu sorriso aumentou — que, quando estiver pronta... Estava pensando no quanto vou me divertir bancando a casamenteira.

O sorriso em resposta de Mor foi mais luminoso que toda a Corte Diurna.

Amren se entocara em uma tenda e não deixava ninguém entrar. Nem eu, Varian ou Rhysand.

Eu de fato tentei, sibilando quando forcei suas proteções, mas nem mesmo a magia de Helion conseguiu parti-las. E não importava o quanto eu exigisse, pedisse e suplicasse, Amren não respondia. O que quer que o Suriel tivesse me dito para sugerir a Amren sobre o Livro... ela julgara mais vital, parecia, que até mesmo o motivo pelo qual eu fora conversar: sua ajuda para buscar Bryaxis. Eu provavelmente conseguiria fazer isso sem ela, pois Amren já desarmara as proteções que o continham, mas... A presença de Amren seria... bem-vinda. De minha parte, pelo menos.

Talvez isso fizesse de mim uma covarde, mas encarar Bryaxis sozinha, prendê-lo a um corpo um pouco mais tangível e conjurá-lo para, por fim, devastar o exército de Hybern... Amren seria melhor — em falar, ordenar.

Mas como não estava disposta a gritar meus planos no meio daquele acampamento... amaldiçoei Amren audivelmente, e voltei, batendo os pés, para minha tenda de guerra.

Apenas para descobrir que meus planos tinham sido suspensos. Pois, mesmo que levasse Bryaxis ao exército de Hybern... aquele exército não estava mais onde deveria.

De pé ao lado da imensa mesa na tenda de guerra, acompanhada de cada lado por Grão-Senhores e seus comandantes, cruzei os braços quando Helion empurrou um número assustador de miniaturas para a metade inferior do mapa de Prythian.

— Meus batedores dizem que Hybern está se movendo desde esta tarde.

Azriel, sentado em um banco, as asas e as costas pesadamente enfaixadas e o rosto ainda cinzento pela perda de sangue, assentiu uma vez.

— Meus espiões dizem o mesmo. — A voz ainda estava rouca dos gritos.

Os olhos cor de âmbar incandescentes de Helion se semicerraram.

— Mas ele mudou de direção. Planejara mover aquele exército para o norte, nos levar de volta por aquele caminho. Agora, marcha para o leste.

Rhys apoiou os braços na mesa, e os cabelos pretos deslizaram para a frente enquanto ele estudava o mapa.

— Então, ele está agora se encaminhando direto até o outro lado da ilha... Com que objetivo? Seria melhor dar a volta, velejando. E duvido que tenha mudado de ideia com relação a nos enfrentar em batalha. Mesmo com Tamlin agora exposto como um inimigo. — Todos tinham ficado silenciosamente chocados, alguns aliviados, ao ouvir aquilo. Embora não tivéssemos notícias de Tamlin, se estaria agora marchando com a pequena força até nós. E nada de Beron também.

Tarquin franziu a testa.

— Perder Tamlin não custará muitas tropas a ele, mas Hybern pode estar a caminho de encontrar outro aliado na costa leste, de se reunir com aquele exército das rainhas humanas do continente.

Azriel balançou a cabeça, encolhendo o corpo diante do movimento e por conta do que aquilo, certamente, lhe causou às costas.

— Ele mandou as rainhas de volta para casa, e lá elas permanecem, os exércitos nem mesmo reunidos. Vai esperar para usar aquelas tropas quando chegar ao continente.

Depois que terminasse de nos aniquilar. E, se fracassássemos amanhã... haveria alguém para desafiar Hybern no continente? Principalmente depois que aquelas rainhas reunissem os exércitos humanos sob a bandeira hyberniana...

— Talvez esteja nos levando para outra perseguição — ponderou Kallias, franzindo a testa, e Viviane olhou para o mapa ao lado do parceiro.

— Não é o estilo de Hybern — disse Mor. — Ele não estabelece padrões, sabe que descobrimos o primeiro método de nos dispersar. Agora vai tentar de outra forma.

Enquanto ela falava, Keir — de pé com dois capitães silenciosos da legião Precursora da Escuridão — a observou atentamente. Eu me preparei para algum deboche, mas o macho apenas retomou a observação do mapa. Aquelas reuniões eram o único lugar em que Mor se dava o trabalho de reconhecer o papel do pai na guerra; e, mesmo então, mesmo agora, ela mal olhava em sua direção.

Mas era melhor que a hostilidade deflagrada, embora eu não tivesse dúvidas de que Mor era inteligente o bastante para não se desentender com Keir enquanto ainda precisávamos dos Precursores da Escuridão. Principalmente depois que a legião de Keir tinha sofrido tantas perdas naquela segunda batalha. Se Keir estava furioso com aquelas mortes, não deixou transparecer — tampouco os soldados, que não falavam com ninguém fora das próprias patentes mais que o necessário. Silêncio, supus, era preferível. E o instinto de autopreservação de Keir sem dúvida lhe mantinha a boca fechada naquelas reuniões... e o fazia aceitar quaisquer ordens.

— Hybern vai atrasar o conflito — murmurou Helion. — Por quê?

Olhei para Nestha, sentada com Elain perto dos braseiros de luz feérica.

— Ele ainda não tem a parte que está faltando. Do poder do Caldeirão.

Rhys inclinou a cabeça, estudando o mapa, e depois, minhas irmãs.

— Cassian. — Ele apontou para o imenso rio que serpentava para o continente pela Corte Primaveril. — Se cortássemos para o sul de onde estamos agora, para seguir direto para as terras humanas... Você atravessaria aquele rio, ou seguiria longe o bastante para oeste a fim de evitá-lo?

Cassian ergueu uma sobrancelha. O rosto pálido e a dor da véspera tinham sumido. Uma pequena misericórdia.

Do lado oposto da mesa, Lorde Devlon parecia inclinado a abrir a boca e dar sua opinião. Diferentemente de Keir, o comandante illyriano não tinha problemas em demonstrar o desprezo que sentia por nós. Principalmente com relação ao comando de Cassian.

Mas antes que Devlon pudesse se intrometer, Cassian disse:

— Atravessar um rio assim poderia tomar tempo e ser perigoso. O rio é amplo demais. Mesmo com a travessia, precisaríamos construir barcos ou pontes. E, com um exército desse tamanho... precisaríamos seguir para o oeste e, depois, cortar para o sul...

Quando as palavras se dissiparam, o rosto de Cassian empalideceu. E olhei para onde o exército de Hybern marchava agora, na direção leste, abaixo daquele poderoso rio. De onde estávamos agora...

— Ele queria que nos exauríssemos atravessando nossos exércitos pelos territórios — argumentou Helion, continuando o pensamento de Cassian. — Travando aquelas batalhas. Para que, quando fosse importante, não tivéssemos força para atravessar além daquele rio. Precisaríamos seguir a pé, e tomar o caminho mais longo a fim de evitar a travessia.

Tarquin xingou então.

— De forma que ele pudesse marchar para o sul, sabendo que estávamos a dias de distância. E entrar nas terras humanas sem resistência.

— Ele poderia ter feito isso desde o começo — replicou Kallias. Meus joelhos começaram a tremer. — Por que agora?

— Porque nós o insultamos. Eu... e minhas irmãs — disse Nestha, de onde estava do outro lado da sala, ao lado do braseiro de luz feérica.

Todos os olhos se voltaram para nós.

— Ele vai marchar até as terras humanas... massacrar todos — sussurrou Elain, e levou a mão ao pescoço. — Para se vingar de nós?

— Matei sua sacerdotisa — murmurei. — Você roubou do Caldeirão. — Apontei Nestha. — E você... — Observei Elain. — Roubar você de volta foi o insulto final.

— Apenas um louco empunharia o poder de seu exército para se vingar de três mulheres — disse Kallias.

Helion riu com escárnio.

— Você se esquece de que alguns de nós lutaram na Guerra. Sabemos em primeira mão o quanto ele pode ser descontrolado. E que algo assim seria exatamente seu estilo.

Encarei Rhys. *O que fazemos?*

O polegar de Rhys roçou o dorso de minha mão.

— Ele sabe que iremos.

— Eu diria que está presumindo bastante sobre o quanto nos importamos com humanos — rebateu Helion. Keir pareceu inclinado a concordar, mas permaneceu sabiamente calado.

Rhys deu de ombros.

— Deve ter interpretado nossa prioridade pela segurança de Elain como prova de que as irmãs Archeron têm poder aqui. Acha que elas nos convencerão a nos arrastar até lá, provavelmente até um campo de batalha com poucas vantagens, para sermos aniquilados.

— Então não vamos? — Tarquin franziu a testa.

— É óbvio que vamos — disse Rhys, endireitando-se de onde estava apoiado na mesa e erguendo o queixo. — Estaremos em menor número, e exaustos, e não acabará bem. Mas isso não tem nada a ver com minha parceira, ou com suas irmãs. A muralha caiu. Ela se foi. É um novo mundo, e precisamos decidir como acabaremos com este antigo e começaremos de novo. Precisamos decidir se começaremos permitindo que aqueles que não podem se defender sejam massacrados. Se esse é o tipo de povo que somos. Não cortes individuais. Nós como um *povo* feérico. Deixamos os humanos sozinhos?

— Todos morreremos juntos, então — declarou Helion.

— Que bom — disse Cassian, olhando para Nestha. — Se perder minha vida defendendo aqueles que mais precisam, então considerarei isso uma boa morte. — Lorde Devlon, pela primeira vez, assentiu em aprovação. Eu me perguntei se Cassian teria notado... se ele se importava. O rosto do general não revelava nada, não enquanto sua concentração permanecia completamente em minha irmã.

— Eu também — ecoou Tarquin.

Kallias olhou para Viviane, que lançava um sorriso triste ao marido. Eu conseguia ver o arrependimento ali... pelo tempo que tinham perdido. Mas Kallias falou:

— Precisaremos partir amanhã se buscamos a chance de estancar o massacre.

— Antes disso — atalhou Helion, lançando um sorriso estonteante. — Algumas horas. — Ele apontou com o queixo para Rhys. — Sabe que os humanos serão massacrados antes de chegarmos.

— Não se conseguirmos agir mais rápido — retruquei, girando o ombro. Ainda rígido e dolorido, mas se curando rapidamente.

Todos ergueram a testa.

— Esta noite — prossegui. — Atravessaremos; aqueles de nós que puderem. Para lares humanos, cidades. E atravessaremos para fora o máximo que conseguirmos antes do alvorecer.

— E onde os colocaremos? — indagou Helion.

— Velaris.

— Longe demais — murmurou Rhys, observando o mapa diante de nós. — Para toda essa travessia.

Tarquin bateu com o dedo no mapa, no próprio território.

— Então, leve-os para Adriata. Mandarei Cresseida de volta, deixarei que ela os supervisione.

— Precisaremos de toda força que tivermos para combater Hybern — ponderou Kallias, com cautela. — Desperdiçá-la atravessando humanos...

— Não é desperdício — argumentei. — Uma vida pode mudar o mundo. Onde vocês estariam se alguém tivesse achado que salvar minha vida era um desperdício de tempo? — Apontei para Rhys. — Se *ele* tivesse achado que salvar minha vida Sob a Montanha era um desperdício de tempo? Mesmo que sejam apenas vinte famílias, ou dez... Não são um desperdício. Não para mim, ou para vocês.

Viviane lançou ao parceiro um olhar ríspido de reprovação, e Kallias teve o bom senso de murmurar um pedido de desculpas.

Então, Amren falou, atrás de nós, depois de passar pelas abas da tenda:

— Espero que tenham todos votado a favor de enfrentar Hybern em batalha.

Rhys arqueou uma sobrancelha.

— Votamos. Por quê?

Amren apoiou o Livro na mesa com um ruído abafado.

— Porque precisaremos disso como distração. — Ela me deu um sorriso sombrio. — Precisamos ir até o Caldeirão, menina. *Nós*.

E eu soube que não estava falando dos Grão-Senhores.

Mas de nós quatro... que tínhamos sido Feitas. Eu, Amren... e minhas irmãs.

— Encontrou outra forma de impedi-lo? — perguntou Tarquin.

O queixo bem marcado de Amren se mexeu levemente em um aceno.

— Melhor ainda. Encontrei uma forma de impedir seu exército inteiro.

Capítulo 67

Precisaríamos de acesso ao caldeirão — conseguir tocá-lo. Juntas.

Sozinha, o artefato quase me matara. Mas, dividindo com as outras que tinham sido Feitas... Poderíamos enfrentar o poder letal.

Se conseguíssemos controlar o Caldeirão, com um gesto poderíamos reunir o poder do artefato e imobilizar o rei e seu exército. E varrê-los do mundo.

Amren tinha encontrado o feitiço para fazê-lo. Bem onde o Suriel dissera que estaria codificado no Livro. Em vez de anular os poderes do Caldeirão... anularíamos a pessoa que o controlava. *E* seu exército.

Mas precisávamos obter o Caldeirão primeiro. E com os dois exércitos prontos a se enfrentar...

Agiríamos apenas quando a carnificina estivesse no auge. Quando Hybern pudesse estar distraído em meio ao caos. A não ser que o rei planejasse usar aquele Caldeirão no campo de batalha.

O que era uma grande possibilidade.

Não havia chance de nos infiltrarmos naquele acampamento de novo — não depois de termos roubado Elain. Então, precisaríamos esperar até que caminhássemos para a armadilha que o rei montara para nós. Esperar, até ocuparmos posições desvantajosas naquele campo de batalha que ele escolhera, e chegar exaustos das batalhas travadas e da caminhada até lá. Exaustos depois de atravessarmos com aquelas famílias humanas para fora do caminho de Hybern.

O que tínhamos feito. Naquela noite, qualquer um de nós que pudesse atravessar...

Fui para minha antiga aldeia com Rhysand.

Fui para as casas nas quais um dia deixei ouro quando era mortal.

A princípio, não me reconheceram.

Então, perceberam quem eu era.

Rhys segurou suavemente suas mentes, acalmando-os enquanto eu explicava. O que tinha acontecido comigo, o que se aproximava. O que precisávamos fazer.

Eles não tiveram tempo de empacotar mais que uns poucos pertences. E estavam todos trêmulos quando os levamos pelo mundo, até o calor da floresta exuberante no limite de Adriata, onde Cresseida já esperava com comida e um pequeno exército de criados para ajudar e organizar.

A segunda família não acreditou em nós. Julgou ser algum truque feérico. Rhys tentou acalmar a mente deles, mas o pânico estava arraigado demais, o ódio, tangível demais.

Quiseram ficar.

Rhys não lhes deu escolha depois disso. Ele atravessou com a família inteira, todos gritando. Ainda estavam aos berros quando os deixamos naquela floresta, com mais humanos ao redor, nossos companheiros atravessando e trazendo recém-chegados para que Cresseida os documentasse e tranquilizasse.

Então, continuamos. De casa em casa. Família em família. Qualquer um no caminho de Hybern.

A noite toda. Cada Grão-Senhor em nosso exército, qualquer comandante ou nobre com o dom e a força.

Até estarmos ofegantes. Até haver uma pequena cidade de humanos amontoados naquela floresta abundante em pleno de verão. Até que mesmo a força de Rhys cedeu e ele mal conseguiu atravessar de volta a nossa tenda.

Rhys apagou antes de a cabeça atingir o travesseiro, as asas abertas na cama.

Desgaste demais, dependência demais de seu poder.

Observei meu parceiro dormir, contando cada respiração.

Sabíamos — todos nós sabíamos. Sabíamos que não sairíamos com vida daquele campo de batalha.

Talvez isso inspirasse outros a lutar, mas... Sabíamos. Meu parceiro, minha família... eles lutariam, ganhariam tempo com a própria vida enquanto Amren, minhas irmãs e eu tentaríamos impedir aquele Caldeirão. Alguns cairiam antes de chegarmos a ele.

E estavam dispostos a fazer isso. Se tinham medo, ninguém deixou transparecer.

Afastei os cabelos encharcados de suor de Rhys da testa.

Eu sabia que ele daria tudo antes que qualquer um de nós sequer pudesse oferecer. Sabia que tentaria.

Aquilo era tão parte de Rhys quanto os braços e as pernas, aquela necessidade de se sacrificar, de proteger. Mas eu não o deixaria fazer isso... não sem eu mesma tentar.

Amren não tinha mencionado Bryaxis em nossas conversas mais cedo. Parecera se esquecer da criatura. Mas ainda tínhamos uma batalha para travar no dia seguinte. E, se Bryaxis conseguisse dar a meus amigos, dar a Rhys, um pouco mais de tempo enquanto eu caçava aquele Caldeirão... Se conseguisse dar a eles a mais ínfima chance de sobrevivência... então, o Entalhador de Ossos também poderia.

Eu não me importava com o custo. Ou com o risco. Não quando olhei para meu parceiro adormecido, a exaustão estampada em seu rosto.

Ele dera o bastante. E, se aquilo me destruísse, me deixasse louca, me dilacerasse... Amren só precisaria de minha presença, meu corpo, amanhã com o Caldeirão. Qualquer outra coisa... Se era o que eu precisava dar, meu custo para garantir a eles uma chance ínfima de sobrevivência... Pagaria satisfeita. Enfrentaria aquilo.

Então, reuni os resquícios de meu poder e atravessei para longe — atravessei para o norte.

Para a Corte de Pesadelos.

Havia uma escada espiralada nas profundezas da montanha. Levava apenas a um lugar: uma câmara perto do pico mais alto. Eu aprendera bastante com minha pesquisa.

Fiquei de pé na base daquela escada, olhando para cima, para a escuridão impenetrável, meu hálito se condensando diante de mim.

Mil degraus. Era a distância até o Uróboro. O Espelho de Começos e Fins.

Apenas você pode decidir o que a destrói, Quebradora da Maldição. Apenas você.

Conjurei uma esfera de luz feérica acima da cabeça e comecei a subida.

Capítulo 68

Não esperava a neve.

Ou o luar.

A câmara devia estar sob o palácio de pedra da lua; fendas na pedra áspera descortinavam o exterior, deixando entrar sopros de neve e luar. Trinquei os dentes devido ao frio cortante, e o vento uivava entre as rachaduras, como lobos enfurecidos pela encosta da montanha além.

A neve se refletia pelas paredes e pelo chão, rodopiando por minhas botas com as lufadas do vento. Luar entrou, tão forte que apaguei a esfera de luz feérica, banhando a câmara em tons de azul e prata.

E ali, contra a parede mais afastada da câmara, com neve cobrindo a superfície, a caixa de bronze...

O Uróboro.

Era um imenso disco redondo — tão alto quanto eu. Mais alto. E o metal em volta fora moldado como uma enorme serpente: o espelho ficava preso entre o círculo formado por ela, devorando a própria cauda.

Fim e começo.

Do outro lado da sala, com a neve... eu não conseguia ver. O que refletia.

Eu me obriguei a dar um passo adiante. E outro.

O próprio espelho estava preto como a noite, mas... completamente límpido.

Eu me vi chegando perto. Vi o braço que erguera para me proteger do vento e da neve, e a expressão tensa em meu rosto. A exaustão.

Parei a um metro. Não ousei tocar o espelho.

Ele só mostrou a mim mesma.

Nada.

Observei o espelho em busca de algum sinal de... *algo* para empurrar ou tocar com minha magia. Mas havia apenas a cabeça da serpente devoradora, com a mandíbula escancarada, gelo brilhando nas presas.

Estremeci devido ao frio, esfregando os braços. Meu reflexo fez o mesmo.

— Oi? — sussurrei.

Nada.

Minhas mãos queimavam de frio.

De perto, a superfície do Uróboro era como um calmo mar cinzento. Imperturbada. Dormente.

Mas... no canto superior... movimento.

Não; não movimento no espelho.

Atrás de mim.

Eu não estava sozinha.

Rastejando para baixo da parede envolta em neve, uma imensa besta, com garras, escamas, pelo e presas, se aproximou do chão. Em minha direção.

Mantive a respiração tranquila. Não deixei que farejasse um pingo de meu medo — o que quer que fosse. Algum guardião daquele lugar, alguma criatura que rastejara pelas fendas...

As patas imensas eram quase silenciosas sobre o chão, seu pelo, uma mistura de preto e dourado. Não parecia uma besta destinada a caçar naquelas montanhas. Certamente não com a protuberância de escamas escuras nas costas. E os olhos grandes e brilhantes...

Não tive tempo de reparar naqueles olhos azul-acinzentados quando a besta atacou.

Eu me virei, a adaga illyriana na mão congelada, abaixando-me e mirando para cima — para o coração.

Mas nenhum impacto veio. Apenas neve, frio e vento.

Não havia nada diante de mim. Atrás de mim.

Nenhuma pegada na neve.

Então, me virei para o espelho.

Onde eu estava de pé... aquela besta estava agora sentada, a cauda escamosa se agitando distraidamente na neve.

Ela me observava.

Não; não observava.

Olhava de volta para mim. Meu reflexo.

Do que espreitava sob minha pele.

Minha faca caiu nas pedras e na neve. E olhei para o espelho.

✠

O Entalhador de Ossos estava sentado contra a parede quando entrei em sua cela.

— Nenhuma escolta desta vez?

Eu apenas o encarei... aquele menino. Meu filho.

E, pela primeira vez, o Entalhador pareceu ficar muito quieto e calado.

— Você o pegou — sussurrou ele.

Olhei para um canto da cela. O Uróboro surgiu, neve e gelo ainda o cobriam. Era meu para que eu conjurasse, onde e sempre que quisesse.

— Como?

Palavras ainda eram coisas longínquas, estranhas.

Esse corpo para o qual eu retornara... também era estranho.

— Olhei — respondi, a língua seca como papel.

— O que você viu? — O Entalhador se levantou.

Mergulhei um pouco mais para dentro do corpo. Apenas o suficiente para dar um leve sorriso.

— Não é de sua conta. — Pois o espelho... tinha me mostrado. Muitas coisas.

Não sabia como tinha passado... o tempo. Era diferente dentro do espelho.

Mas mesmo algumas horas poderiam ter sido demais...

Apontei para a porta.

— Você tem seu espelho. Agora cumpra o acordo. A batalha espera.

O Entalhador de Ossos olhou de mim para o espelho. E sorriu.

— Será meu prazer.

E pela forma como ele disse... Eu estava exaurida, minha alma parecia nova e trêmula, mas perguntei:

— O que quer dizer?

O Entalhador apenas alisou as roupas.

— Tenho pouca necessidade daquela coisa — disse ele, indicando o espelho. — Mas você, sim.

Pisquei devagar.

— Queria ver se era digna de ser ajudada — prosseguiu o Entalhador. — É raro uma pessoa encarar quem realmente é e não fugir, não ser destruída por isso. É o que o Uróboro mostra a todos que o buscam: quem são, cada centímetro desprezível e profano. Alguns olham para o espelho e nem percebem que o horror refletido são *eles*, mesmo que o terror os deixe loucos. Alguns entram com arrogância e são arrasados pela pequena criatura medíocre que encontram no lugar. Mas você... Sim, de fato é rara. Eu não poderia arriscar deixar este lugar por menos.

Raiva... uma raiva avassaladora começou a preencher os vazios deixados pelo que eu tinha visto naquele espelho.

— Queria descobrir se eu era *digna*? — Se pessoas inocentes eram *dignas* de serem ajudadas.

Um aceno com a cabeça.

— Sim. E você é. E agora vou ajudá-la.

Pensei em bater a porta daquela cela em sua cara.

Mas apenas respondi, em voz baixa:

— Que bom. — E me aproximei. E não tive medo quando segurei a mão fria do Entalhador de Ossos. — Então, vamos começar.

Capítulo 69

O alvorecer chegou, dourando a névoa que serpenteava sobre as planícies das terras mortais.

Hybern devastara tudo, desde a Corte Primaveril até os poucos quilômetros em frente ao mar.

Inclusive minha aldeia.

Não restava nada além de cinzas fumegantes e escombros ao marcharmos por ali.

E a propriedade de meu pai... Um terço da casa permanecia de pé, o resto fora destruído; as janelas, quebradas, as paredes, rachadas até a fundação.

O jardim de Elain havia sido pisoteado, agora parecia pouco mais que um poço de lama. Aquele carvalho orgulhoso perto do limite da propriedade — em cuja sombra Nestha gostava de ficar para olhar nossas terras... tinha sido queimado até virar uma casca esquelética.

Era um ataque pessoal. Eu sabia. Todos sabíamos. O rei ordenara que nosso rebanho fosse morto. Eu havia retirado os cães e os cavalos na noite anterior — assim como os criados e as famílias. Mas as riquezas, os pertences pessoais... foram saqueados ou destruídos.

O fato de que os exércitos de Hybern não ficaram para dizimar o que sobrara da casa, me explicou Cassian, sugeria que o rei não queria que nos aproximássemos demais. Estabeleceria a vantagem — escolheria o campo de batalha certo. Não tínhamos dúvidas de que encontrar as aldeias vazias pelo caminho tinha intensificado seu ódio. E havia ainda tantas cidades e aldeias que não tínhamos alcançado a tempo que nos apressamos.

Um feito mais fácil em tese que na prática, com um exército do tamanho do nosso e composto de tantos soldados com treinamentos diferentes, com tantos líderes dando ordens a respeito do que fazer.

Os illyrianos testavam os limites — puxavam a coleira, mesmo sob o comando rígido de Lorde Devlon. Irritados porque precisávamos esperar os outros, por não podermos simplesmente voar à frente e interceptar Hybern, impedir suas forças antes que pudessem escolher o campo de batalha.

Assisti a Cassian dar uma bronca em dois capitães diferentes no intervalo de três horas — vi quando ele realocou soldados resmungões para puxarem carrinhos e carroças de suprimentos, tirando de alguns a honra das linhas de frente. Assim que os demais viram que o general era sincero em cada palavra, cada ameaça... as reclamações cessaram.

Keir e os Precursores da Escuridão também observavam Cassian — e foram sábios o bastante para guardar qualquer insatisfação longe da língua, da expressão do rosto. Para continuar marchando, a armadura escura ficando mais enlameada a cada quilômetro.

Durante o breve descanso do meio-dia em um campo extenso, Nestha e eu entramos em uma das carroças cobertas dos carros de suprimentos para colocar o couro de combate illyriano. Quando saímos, Nestha chegou a prender uma faca na lateral do corpo. Cassian insistira, mas admitiu que, como minha irmã não era treinada, a probabilidade de se ferir era igual à de ferir outra pessoa.

Elain... Ela olhou uma vez para nós duas na grama ondulante do lado de fora da carroça, com nossas pernas e nosso corpo à mostra, e ficou vermelha. Viviane interveio, oferecendo um traje da Corte Invernal, bem menos escandaloso: calça de couro, mas combinada com um sobretudo azul na altura das coxas, arminho cobrindo o colarinho. No calor, seria insuportável, mas Elain se sentiu tão grata que não reclamou quando, de novo, emergimos da carroça e encontramos nossos companheiros à espera. Ela recusou a faca que Cassian lhe ofereceu, no entanto.

Ficou branca como a morte ao ver a arma.

Azriel, ainda mancando, apenas empurrou Cassian para o lado e estendeu outra opção.

— Esta é a Reveladora da Verdade — disse ele, baixinho. — Não a usarei hoje, então, quero que fique com ela.

As asas tinham se curado — embora cicatrizes longas e finas agora a marcassem. Ele ainda não estava forte o bastante, avisara Madja, para voar naquele dia.

A discussão com Rhys naquela manhã fora rápida e violenta: Azriel insistiu que *podia* voar — lutar com as legiões, como planejavam. Rhys se recusou. Cassian se recusou. Azriel ameaçou se dissolver em sombras e lutar mesmo assim. Rhys apenas disse que, se ele sequer tentasse, acorrentaria Azriel a uma árvore.

E Azriel... Apenas quando Mor entrou na tenda e implorou — *implorou* com lágrimas nos olhos —, ele cedeu. Concordou em ser olhos e ouvidos, e nada mais.

E agora, de pé no meio da grama sussurrante do campo, com a armadura illyriana, todos os sete Sifões reluzindo...

Os olhos de Elain se arregalaram para a faca com cabo de obsidiana na mão cheia de cicatrizes de Azriel. Para as runas no estojo escuro.

— Ela nunca me falhou — disse o encantador de sombras, enquanto o sol do meio-dia era devorado pela lâmina escura. — Algumas pessoas dizem que é mágica, e seus golpes serão sempre certeiros. — Ele pegou a mão de Elain com cuidado e colocou na palma o cabo da faca lendária. — Vai lhe servir bem.

— Eu... eu não sei como usá-la...

— Vou me certificar de que não precise — assegurei, e a grama estalou quando cheguei perto.

Elain absorveu minhas palavras... e lentamente fechou os dedos em volta da faca.

Cassian olhou boquiaberto para Azriel, e me perguntei com que frequência Azriel tinha emprestado aquela arma...

Nunca, disse Rhys, de onde terminava de afivelar as próprias armas, na lateral da carroça. *Nunca vi Azriel deixar outra pessoa tocar nessa faca.*

Elain ergueu o rosto para Azriel, os olhos se encontraram, e a mão de Azriel ainda permanecia no cabo da espada.

Vi a pintura na mente: a linda corça, a vibrante primavera florida como fundo. De pé diante da Morte, com sombras e terrores espreitando sobre o ombro do feérico. Luz e escuridão, o espaço entre os corpos era uma mistura dos dois. A única ponte que os conectava... aquela faca.

Pinte isso quando chegarmos em casa.

Enxerido.

Olhei por cima do ombro para Rhys, que se aproximou de nosso pequeno círculo na grama. O rosto ainda estava mais exausto que o habitual, com linhas tensas marcando a boca. E percebi... eu não teria aquela última noite com ele. A noite passada... *aquela* fora a noite final. Tínhamos a passado atravessando...

Não pense assim. Não vá para esta batalha achando que não sairá de novo. O olhar de Rhys era afiado. Irredutível.

Achei difícil respirar. *Este intervalo é a última vez em que todos estaremos aqui... conversando.*

Pois aquele último trecho da marcha que estávamos prestes a começar... Ela nos levaria direto ao campo de batalha.

Rhys ergueu uma sobrancelha. *Gostaria de entrar naquela carroça fechada por alguns minutos, então? É um pouco apertado entre as armas e os suprimentos, mas posso fazer dar certo.*

O humor; tanto para mim quanto para ele. Peguei a mão de Rhys, os demais conversavam em voz baixa, e Mor se aproximava com armadura completa, escura, Amren... Amren usava couro illyriano também. Tão pequeno... as vestes deviam ter sido feitas para uma criança.

Não conte a ela, mas foram.

Meus lábios se repuxaram para formar um sorriso. Mas Rhys encarou todos nós, de alguma forma reunidos ali, no gramado aberto banhado pelo sol, sem ter recebido a ordem. Nossa família... nossa corte. A Corte de Sonhos.

Todos se calaram.

Rhys olhou nos olhos de cada um, até de minhas irmãs, acariciando o dorso de minha mão.

— Querem o discurso inspirador ou o desanimador? — perguntou ele.

— Queremos o verdadeiro — respondeu Amren.

Rhys esticou os ombros, fechando elegantemente as asas atrás do corpo.

— Acredito que tudo acontece por um motivo. Se é decidido pela Mãe, pelo Caldeirão ou por alguma trama do Destino, não sei. Não me importo. Mas sou grato por isso, o que quer que seja. Grato por ter trazido todos vocês para minha vida. Se não tivesse... eu poderia ter me tornado tão terrível quanto o porco que enfrentaremos hoje. Se não tivesse conhecido um guerreiro illyriano em treinamento — disse Rhys para Cassian —, não conheceria a verdadeira profundidade da força, da resiliência, da honra e da lealdade. — Os olhos de Cassian brilharam forte. Rhys disse a Azriel: — Se eu não tivesse conhecido um encantador de sombras, não saberia que é a família que você faz, não aquela em que nasce, que importa. Não saberia o que é ter esperanças de verdade, mesmo quando o mundo lhe diz para desistir. — Azriel fez uma reverência em agradecimento.

Mor já chorava quando Rhys falou com ela.

— Se não tivesse conhecido minha prima, jamais saberia que a luz pode ser encontrada até mesmo no mais escuro inferno. Que a bondade pode prevalecer mesmo em meio à crueldade. — Mor limpou as lágrimas ao assentir.

Esperei que Amren desse uma resposta. Mas ela apenas aguardava.

Rhys fez uma reverência a Amren.

— Se não tivesse conhecido um monstro minúsculo que acumula joias com mais fervor que um dragão de fogo... — Uma risada baixinha de todos. Rhys sorriu levemente. — Meu poder teria me consumido há muito tempo.

Rhys apertou minha mão quando me olhou por fim.

— E se não tivesse conhecido minha parceira... — As palavras de Rhys falharam quando os olhos se encheram de lágrimas.

Ele falou pelo laço: *Eu teria esperado mais quinhentos anos por você. Mil anos. E, se esse foi todo o tempo que nos foi permitido... a espera valeu a pena.*

Ele limpou as lágrimas que escorriam por meu rosto.

— Acredito que tudo aconteceu exatamente como deveria... para que eu pudesse encontrá-la. — Rhys secou mais uma lágrima com um beijo.

E então, ele falou para minhas irmãs:

— Nós não nos conhecemos há muito tempo. Mas tenho de acreditar que vocês foram trazidas aqui, para nossa família, por um motivo também. E talvez hoje o descubramos.

Rhys observou todos de novo... e estendeu a mão para Cassian. Cassian a aceitou e estendeu a outra mão para Mor. Então, Mor ofereceu a dela a Azriel. Azriel, para Amren. Amren, para Nestha. Nestha, para Elain. E Elain, para mim. Até que estivéssemos todos ligados, todos unidos.

— Caminharemos para aquele campo — declarou Rhys. — E só aceitaremos a Morte quando ela vier nos puxar para o Outro Mundo. Lutaremos pela vida, por sobrevivência, por nossos futuros. Mas, se ficar decidido por aquela trama do Destino, ou pelo Caldeirão, ou pela Mãe que não sairemos daquele campo hoje... — Rhys ergueu o queixo. — A grande alegria e honra de minha vida foi conhecê-los. Chamar vocês de minha família. E sou grato, mais do que posso expressar, por ter recebido esse tempo com vocês.

— Somos gratos, Rhysand — ecoou Amren, baixinho. — Mais do que pode imaginar.

Rhys abriu um leve sorriso a ela quando os demais murmuraram em concordância.

Ele apertou minha mão de novo ao dizer:

— Então, vamos fazer Hybern amaldiçoar o dia em que nos conheceu.

Senti o cheiro do mar muito antes de vermos o campo de batalha. Hybern escolhera bem.

Uma planície ampla se estendia até a praia. Ele posicionara o exército 1,5 quilômetro a partir do litoral.

A horda ondulava, e a massa escura se estendia para o horizonte leste. Encostas rochosas se elevavam à retaguarda — parte do exército também se posicionava sobre elas. De fato, até mesmo a planície parecia se elevar para o leste.

Permaneci ao lado de Rhysand, no alto de um monte amplo que se debruçava sobre a planície, com minhas irmãs, Azriel e Amren próximos. Na vanguarda, distante à frente, Helion, resplandecente em uma armadura dourada e uma capa vermelha ondulante, deu a ordem de sentido. Exércitos obedeceram, passando para as posições designadas.

Mas a horda que enfrentávamos... estava à espera. Posicionada.

Muitos. Eu sabia, sem precisar contar, que estávamos em ampla desvantagem.

Cassian aterrissou dos céus, com o rosto sério, todos os Sifões ficaram incandescentes quando ele cruzou o platô em poucos passos.

— O desgraçado ocupou cada centímetro de terreno alto e tomou todas as vantagens possíveis. Se quisermos derrotá-los, precisaremos afugentá-los para o cume daquelas colinas. O que, sem dúvida, ele já calculou. Provavelmente está cheio de todo o tipo de surpresas. — Ao longe, aqueles cães-naga começaram a grunhir e uivar. Famintos.

— Quanto tempo acha que temos? — perguntou Rhys, apenas.

Cassian trincou o maxilar, olhando para minhas irmãs. Nestha o observava atentamente; Elain monitorava o exército a partir de nossa pequena elevação, o rosto branco de pavor.

— Temos cinco Grão-Senhores, e ele é apenas um. Vocês poderiam colocar escudos sobre nós por um tempo. Mas pode não ser vantajoso que drenem a si próprios assim. Ele também terá escudos... e o Caldeirão. Teve o cuidado de não nos deixar ver toda a extensão de seu poder. Mas, sem dúvida, estamos prestes a vê-la.

— Ele provavelmente usará feitiços — opinei, lembrando-me de que o rei treinara Amarantha.

— Certifique-se de que Helion fique alerta — sugeriu Azriel, mancando até o lado de Rhys. — E Thesan.

— Não respondeu a minha pergunta — disse Rhys a Cassian.

Cassian observou o exército infinito de Hybern, então, o nosso.

— Digamos que acabe mal. Escudos destruídos, desordem, que ele use o Caldeirão... Algumas horas.

Fechei os olhos. Durante esse tempo, eu precisaria cruzar o campo de batalha diante de nós, encontrar onde o rei mantinha o Caldeirão, e impedi-lo.

— Minhas sombras o estão procurando — disse Azriel para mim, interpretando minha expressão quando abri os olhos. Seu maxilar trincou com as palavras. Deveria procurar por conta própria. Azriel abriu e fechou as asas, como se as testasse. — Mas as proteções são fortes e, sem dúvida, foram reforçadas pelo rei depois que você destruiu as do acampamento. Talvez precise ir a pé. Espere até que o massacre pareça desordenado.

— Você saberá o momento — disse Cassian a Amren, abaixando a cabeça.

Ela assentiu com firmeza, cruzando os braços. Eu me perguntei se Amren teria se despedido de Varian.

Cassian deu um tapinha no ombro de Rhys.

— A seu comando, mandarei os illyrianos para o céu. Avançaremos com seu sinal depois disso.

Rhys assentiu de maneira distante, com a atenção ainda fixa naquele exército avassalador.

Cassian recuou um passo, mas voltou o rosto para Nestha. A expressão de minha irmã era dura como granito. Ele abriu a boca, mas pareceu desistir do que ia dizer. Ela não falou nada quando Cassian disparou para o céu com um impulso poderoso das asas. Mas acompanhou o voo do general até que ele não passasse de um pontinho preto.

— Posso lutar a pé — disse Azriel a Rhys.

— Não. — Não havia como discutir com aquele tom de voz.

Azriel pareceu debater, mas Amren balançou a cabeça em aviso, e o encantador recuou, sombras enroscadas nos dedos.

Em silêncio, observamos nosso exército se acomodar em fileiras organizadas e sólidas. Observamos os illyrianos subirem aos céus, formando fileiras idênticas no alto com qualquer que tivesse sido o comando silencioso enviado por Rhys a Cassian. Sifões brilhavam coloridos, e escudos foram posicionados, tanto mágicos quanto metálicos. O próprio chão tremeu com cada passo na direção daquela linha demarcada.

Rhys falou para minha mente: *Se Hybern monitora meu poder, o rei vai me sentir procurando pelo campo de batalha.*

Eu sabia o que Rhys queria dizer. *Você é necessário aqui. Se nós dois sumirmos, ele saberá.*

Uma pausa. *Está com medo?*

Você está?

Os olhos violeta de Rhys encararam os meus. Muito poucas estrelas brilhavam ali dentro.

— Sim — sussurrou ele. *Não por mim. Por todos vocês.*

Tarquin disparou uma ordem ao longe, e nosso exército unificado parou, como alguma besta poderosa se detendo. Estival, Invernal, Diurna, Crepuscular e Noturna — as forças de cada corte bem demarcadas pelas alterações em cor e armadura; pelos feéricos que lutavam com os Grão-Feéricos, etéreos e letais. Uma legião dos peregrinos de Thesan bateu as asas e se posicionou ao lado dos illyrianos, as armaduras douradas reluziam contra o preto sólido das nossas.

Nenhum sinal de Beron ou Eris... nem um sussurro a respeito da chegada da Outonal. Ou de Tamlin.

Mas o exército de Hybern não avançou. Poderiam muito bem ser estátuas. A quietude, eu sabia, era mais para nos deixar inquietos.

— Magia primeiro — explicava Amren a Nestha. — Os dois lados tentarão destruir os escudos em volta dos exércitos.

Como se em resposta, eles começaram. Minha magia se contorceu em resposta à liberação do poder dos Grão-Senhores — de todos menos o de Rhysand.

Ele estava poupando o poder para depois da queda dos escudos. Não tinha dúvidas de que Hybern fazia o mesmo do outro lado da planície.

Escudos falharam dos dois lados. Alguns caíram. Não muitos, mas alguns. Magia contra magia, a terra estremeceu, a grama entre os exércitos murchou e virou cinzas.

— Esqueci como essa parte é chata — murmurou Amren.

Rhys lançou um olhar sarcástico para ela. Mas caminhou até a beira de nossa pequena vista, como se sentisse que o impasse em breve se romperia. Rhys liberaria um golpe poderoso e devastador contra o exército no momento em que o escudo das tropas cedesse. Uma verdadeira onda de poder beijado pela noite. Os dedos de Rhys se enroscaram na lateral do corpo.

À esquerda, os Sifões de Azriel brilharam — preparando-se para libertar disparos e acompanhar os de Rhysand. Ele podia não conseguir lutar, mas usaria o poder dali.

Fui para o lado de Rhys. Adiante, os dois escudos estremeciam por fim.

— Não cheguei a dar um presente de parceria a você — comentei.

Rhys monitorou a batalha adiante. O poder murmurou sob nós, erguendo-se do coração sombrio do mundo.

Em breve. Questão de minutos. Meu coração ressoou, suor gotejava na testa — não apenas do calor do verão, agora pesado sobre o campo.

— Estive pensando e pensando — prossegui — no que dar a você.

Devagar, tão devagar, os olhos de Rhys se voltaram para mim. Apenas um abismo de poder repousava ali dentro... apagando aquelas estrelas.

Sorri para meu parceiro, banhando-me naquele poder, e mandei uma imagem para a mente de Rhys.

De minhas costas, na altura da coluna, agora tatuada da lombar à nuca com quatro fases da lua. E uma pequena estrela no meio delas.

— Mas admito — falei, quando os olhos de Rhys se incendiaram — que esse presente de parceria é provavelmente para nós *dois*.

O escudo de Hybern desceu com um estrondo. Minha magia disparou de mim, partindo o mundo. Revelando o encantamento que eu segurava no lugar havia horas.

Diante de nossa linha de frente... Uma nuvem de escuridão surgiu, contorcendo-se e espiralando.

— Pela Mãe — sussurrou Azriel. No momento que uma figura masculina surgiu ao lado daquela fumaça de ébano rodopiante.

Os dois exércitos pareceram fazer uma pausa de surpresa.

— Você pegou o Uróboro — sussurrou Rhys.

Pois diante de Hybern estavam o ninho vivo de sombras que era Bryaxis, e o Entalhador de Ossos, que eu finalmente libertara, contendo-o em um corpo feérico, na noite anterior. Ambos condicionados a obedecer pelo acordo simples que agora estava tatuado em minha coluna.

— Sim.

Rhys me olhou da cabeça aos pés, e o vento lhe agitava os cabelos preto-azulados quando meu parceiro perguntou baixinho:

— O que viu?

Hybern se agitava, analisando desesperadamente o que e quem estavam agora diante deles. O Entalhador escolhera a forma de um soldado illyriano no auge. Bryaxis permanecera com a escuridão enroscada a seu redor, a trama viva que usaria para revelar os pesadelos das vítimas.

— Eu mesma — revelei, por fim. — Vi a mim mesma.

Era, talvez, a única coisa que eu não mostraria a Rhys. A ninguém. Como tinha me acovardado, enfurecido e chorado. Como tinha vomitado, gritado e arranhado o espelho. Como o acertara com os punhos. Então, me enrosquei, trêmula devido a cada coisa horrível, cruel e egoísta que eu via dentro daquele monstro, dentro de mim. Mas continuei olhando. Não desviei os olhos.

E, quando meus tremores cessaram, estudei a criatura. Todas as coisas desprezíveis. O orgulho, a hipocrisia e a vergonha. A raiva, a covardia e a dor.

Então, comecei a ver outras coisas. Coisas mais importantes... mais vitais.

— E o que vi — expliquei, em voz baixa, quando o Entalhador ergueu a mão. — Acho... acho que amei aquilo. Perdoei... a mim mesma. Por inteiro. — Foi apenas naquele momento que soube, que entendi o que o Suriel havia tentado me dizer. Apenas eu poderia permitir que a parte ruim me destruísse. Somente eu mesma poderia assumi-la, abraçá-la. E, quando aprendi isso... o Uróboro se entregou a mim.

Rhys arqueou a sobrancelha, mesmo quando espanto lhe tomou a expressão.

— Você amou tudo... o bom e o ruim?

Sorri um pouco.

— Principalmente o ruim. — As duas figuras pareceram inspirar, uma poderosa inalação que fez a nuvem escura de Bryaxis se contrair. Preparando-se para avançar. Inclinei a cabeça para meu parceiro. — Um brinde a uma parceria longa e feliz, Rhys.

— Parece que me venceu.

— Em quê?

Com o piscar de um olho, Rhys apontou para Bryaxis e o Entalhador. Outra figura surgiu.

O Entalhador recuou um passo. E eu soube — pela silhueta feminina e esguia, pelo cabelo preto que fluía, o rosto mais uma vez belo... Eu sabia quem ela era.

Stryga, a Tecelã.

E sobre os cabelos pretos da Tecelã... Uma joia azul pálida reluzia.

A joia de *Ianthe*. Um troféu de sangue, e a Tecelã sorriu para o irmão gêmeo, lhe deu um aceno debochado, e encarou a horda à frente.

O Entalhador parou de recuar lentamente, encarou a irmã por um longo momento, e depois se virou mais uma vez para o exército.

— Não é a única que pode oferecer acordos, sabe? — cantarolou Rhys, com um sorriso malicioso.

A Tecelã. Rhys conseguira que a *Tecelã* se juntasse a nós...

— Como?

Ele inclinou o pescoço, revelando uma pequena tatuagem enroscada atrás da orelha.

— Mandei Helion negociar em meu nome, por isso ele estava no Meio naquele dia em que a encontrou. Para oferecer quebrar o feitiço de contenção sobre a Tecelã... em troca de seus serviços hoje.

Pisquei, atônita, para meu parceiro. Então, sorri, sem me incomodar em esconder certa selvageria.

— Hybern não faz ideia do inferno que vai recair sobre eles, não é?

— Um brinde a reuniões familiares! — Foi tudo o que Rhys falou.

Então, a Tecelã, o Entalhador e Bryaxis avançaram contra Hybern.

Capítulo 70

— Você conseguiu mesmo — murmurou Amren, olhando boquiaberta quando os três imortais se chocaram contra as linhas de Hybern e os gritos começaram.

Corpos caíram diante do trio; corpos foram deixados para trás — alguns eram apenas cascas envoltas em armaduras. Drenados pelo Entalhador e por Stryga. Outros fugiram do que viram em Bryaxis: a personificação de seus medos mais profundos.

Rhys ainda sorria para mim quando estendeu a mão na direção do exército de Hybern, agora tentando se ajustar ao caos deflagrado.

Ele apontou os dedos.

Poder da cor de obsidiana irrompeu de meu parceiro.

Uma parte enorme do exército de Hybern simplesmente...

Virou fumaça.

Fumaça vermelha e partículas de metal flutuavam onde o exército estivera.

Rhys ofegou, os olhos um pouco selvagens. O golpe fora bem colocado. Dividira o exército em dois.

Azriel liberou uma segunda explosão — luz azul se chocou contra o flanco agora exposto. Afastando-os ainda mais.

Os illyrianos avançaram. Aquele fora o sinal de Rhys.

Eles dispararam dos céus — no momento que uma legião de Hybern subiu, cheia de coisas como o Attor, escondidas entre as fileiras. Sifões se acenderam, erguendo escudos... e os illyrianos dispararam flechas com precisão letal.

Mas a legião do Attor estava bem preparada. E quando respondeu com uma saraivada própria... Flechas de freixo, mas com pontas de pedra, envolvidas em veneno feérico. Mesmo com o antídoto de Nuan nas veias de nossos soldados, ele não se estendia à magia — e não servia de defesa contra a própria pedra. Flechas de veneno feérico perfuraram escudos de Sifões tão facilmente quanto se fossem manteiga. O rei tinha adaptado — aprimorado — seu arsenal.

Alguns illyrianos caíram rapidamente. Os demais perceberam a ameaça e usaram os escudos de metal, soltando-os das costas.

Em terra, os soldados de Tarquin, Helion e Kallias começaram a atacar. Hybern liberou os cães... e outras bestas.

E, quando aqueles dois lados avançaram um contra o outro... Rhys lançou outra explosão, seguida por uma onda de poder de Tarquin; dividindo e afastando as fileiras de Hybern em grupos irregulares.

E em meio a tudo isso, Bryaxis... Eu só conseguia distinguir um borrão de garras, presas, asas e músculos em constante movimento, deslocando-se e girando dentro daquela nuvem escura que golpeava e sufocava. Sangue jorrava de onde quer que a nuvem se chocasse contra soldados, que gritavam. Alguns pareciam morrer de puro terror.

O Entalhador de Ossos lutava perto de Bryaxis. Nenhuma arma à vista além de uma cimitarra de marfim — de osso — na mão daquele macho. Ele golpeava com a arma diante do corpo, como se capinasse trigo.

Soldados caíam mortos diante do Entalhador — atingidos por um simples golpe. Nem mesmo aquele corpo feérico conseguia conter o poder letal... reprimi-lo.

Hybern fugia diante do Entalhador. Diante da Tecelã. Pois, do outro lado do Entalhador, deixando cascas de corpos ao encalço... Stryga dilacerava Hybern em um emaranhado de cabelos pretos, e braços, e pernas brancos.

Nossos próprios soldados, ainda bem, não hesitaram ao vê-los correr contra as linhas inimigas. E vociferei uma ordem por aquele laço bifurcado que agora me unia ao Entalhador e a Bryaxis, lembrando-os, entre dentes, que nossos soldados *não* deviam ser feridos. Apenas Hybern e os aliados.

Os dois se irritaram com a ordem, puxando a coleira.

Reuni cada gota de noite e luz de estrelas, e grunhi para os dois que *obedecessem*.

Eu podia ter jurado que uma sensação sobrenatural e profana de *consciência* resmungou em resposta.

Mas os dois obedeceram. E não se voltaram contra nossos soldados que, por fim, interceptaram as fileiras hybernianas.

O som quando os dois exércitos colidiram... Não havia palavras para descrevê-lo. Elain tapou as orelhas, encolhendo-se.

Meus amigos estavam lá embaixo. Mor lutava com Viviane, de olho na fêmea como prometera a Kallias, enquanto este liberava o poder em dilacerantes jatos de gelo. Cassian... nem mesmo conseguia vê-lo além da luz incandescente dos Sifões perto das linhas de frente, um brilho carmesim entre as sombras brutais dos Precursores da Escuridão de Keir, usadas como vantagem, ofuscando grupos de soldados hybernianos com escuridão repentina... então, ofuscando-os novamente quando recolhiam aquelas sombras e deixavam a luz do sol ofuscante passar. Apenas as espadas à espera.

— Já está ficando confuso — avisou Amren, embora nossas linhas, principalmente os illyrianos e os peregrinos de Thesan, se mantivessem.

— Ainda não — retrucou Rhys. — Grande parte do exército ainda não está em combate além das linhas de frente. Precisamos da concentração de Hybern em outro lugar.

Assim que Rhys colocasse os pés naquele campo de batalha.

Meu estômago se revirou. O exército de Hybern começou a se mover, avançando. A Tecelã, o Entalhador e Bryaxis mergulharam para o meio das fileiras, mas os soldados de Hybern rapidamente agiram para tapar os buracos nas linhas.

Helion gritou para que nossas fileiras mantivessem a posição. Flechas se ergueram e caíram de cada lado. Aquelas envoltas em veneno feérico encontraram o alvo. Diversas vezes. Como se o rei as tivesse encantado para que caçassem sua presa.

— Isso acabará antes que consigamos descer esta colina — disparou Amren.

Rhys grunhiu para ela.

— *Ainda não...*

Uma corneta soou... ao norte.

Os dois exércitos pareceram pausar para olhar.

— Agora. Precisam ir *agora* — sussurrou Rhys para mim.

Porque o exército que irrompeu no horizonte norte...

Três exércitos. Um com a bandeira laranja-queimado de Beron.

O outro, a bandeira verde-grama da Corte Primaveril.

E um... trazia homens mortais de armadura. Empunhando uma bandeira cobalto com um texugo rampante. O brasão de Graysen.

De uma fenda no mundo, Eris surgiu no alto de nossa elevação, vestido da cabeça aos pés em armadura prateada, uma capa vermelha ondulando aos ombros. Rhys grunhiu em aviso, estava perdido demais no poder para se dar o trabalho de se controlar.

Eris apenas apoiou a mão no punho da espada requintada e disse:

— Achamos que precisaria de ajuda.

Porque o pequeno exército de Tamlin, e o de Beron, e o de Graysen... agora corriam, atravessavam e disparavam contra as fileiras de Hybern. E liderando aquele exército humano...

Jurian.

Mas Beron. *Beron* viera.

— Tamlin o obrigou — explicou Eris, ao registrar nosso choque. — Arrastou meu pai pelo pescoço. — Um meio sorriso. — Foi divertidíssimo.

Eles tinham vindo... e Tamlin conseguira reunir aquela força que eu tão alegremente havia destruído.

— Tamlin quer ordens — avisou Eris. — Jurian também.

A voz de Rhys estava rouca... grave.

— E seu pai?

— Estamos cuidando de um problema. — Foi tudo o que Eris falou, e apontou para o exército do pai.

Pois eram os irmãos que se aproximavam da linha de frente, atravessando em rompantes pela horda. Logo além das linhas de frente até as carruagens inimigas espalhadas pelas fileiras de Hybern.

Carruagens cheias de veneno feérico, percebi, quando elas se acenderam com um fogo azul e se tornaram cinzas sem qualquer traço de fumaça. Os irmãos de Eris atravessaram para cada estoque, cada arsenal. Chamas explodiam em seu caminho.

Destruindo aquele suprimento de veneno feérico mortal. Queimando até que virasse nada. Como se alguém — Jurian ou Tamlin — tivesse dito exatamente onde cada arsenal estaria.

Rhys piscou, o único sinal de surpresa. Então, olhou para mim e, depois, para Amren e assentiu. *Vão. Agora.*

Enquanto Hybern se concentrava no exército que se aproximava — tentando calcular os riscos, estancar o caos que Beron e os filhos haviam liberado com os ataques localizados. Tentando entender o que diabo Jurian fazia ali, e quantas fraquezas Jurian aprendera. E agora exploraria.

Amren apressou minhas irmãs para a frente, mesmo quando Elain soltou um soluço baixo ao ver o brasão de Graysen.

— Agora. Rápidas e silenciosas como sombras.

Estávamos descendo... para *aquilo*. Bryaxis e o Entalhador ainda dilaceravam, ainda massacravam nos pequenos bolsões além das linhas inimigas. E a Tecelã... Onde estava a Tecelã...

Ali. Vagarosamente escavando uma trilha estreita de carnificina. Como Rhys instruíra momentos antes.

— Por aqui — indiquei, de olho na trilha de horrores de Stryga. Elain tremia, ainda olhando para aquele exército humano e seu prometido. Nestha monitorava as legiões illyrianas que disparavam acima, as fileiras irredutíveis.

— Presumo que seguiremos a trilha de corpos — murmurou Amren para mim. — Como a Tecelã sabe encontrar o Caldeirão?

Rhys parecia estar ouvindo mesmo quando nos viramos, os dedos roçaram os meus, com um adeus silencioso. Eu apenas disse:

— Porque parece que ela tem um olfato sobrenaturalmente bom.

Amren riu com escárnio, e nos posicionamos de forma a flanquear minhas irmãs. Um encantamento de invisibilidade, esperávamos, nos permitiria percorrer o limite sul do campo de batalha — com as sombras de Azriel monitorando de trás. Mas depois que chegássemos às linhas inimigas...

Olhei para trás quando nos aproximamos do limite da elevação. Apenas uma vez. Para Rhys, onde ele agora conversava com Azriel e Eris, explicando o plano que seria passado para Tamlin, Beron e Jurian. Os irmãos de Eris retornaram às fileiras do pai — incêndios agora queimavam ao longo do exército hyberniano. Não era o bastante para impedi-los, mas... pelo menos tínhamos lidado com o veneno feérico. Por enquanto.

A atenção de Rhys se voltou para mim. E, mesmo com a batalha à volta, com o inferno deflagrado por toda parte... Por um segundo, éramos as duas únicas pessoas naquela planície.

Abri as barreiras mentais para falar com ele. Apenas mais um adeus, mais um...

Nestha inspirou, estremecendo. Tropeçou e derrubou Amren consigo quando esta tentou manter minha irmã de pé.

Rhys estava imediatamente conosco, antes que a compreensão viesse a mim. O Caldeirão.

Hybern estava agitando o Caldeirão.

Amren se contorceu para se desvencilhar de Nestha, virando para o campo de batalha.

— *Escudos...*

Eris atravessou; para avisar o pai, sem dúvida.

Nestha se apoiou sobre os cotovelos, os cabelos se soltando da trança, os lábios pálidos. Ela vomitou na grama.

A magia de Rhys irrompeu de dentro dele, formando um arco em torno de nosso exército inteiro, e a respiração de meu parceiro era como um arquejo úmido...

As mãos de Nestha agarraram a grama quando ela ergueu a cabeça, observando o horizonte.

Como se pudesse ver exatamente onde o Caldeirão estava prestes a ser libertado.

O poder de Rhys fluía mais e mais de si, preparando-se para o impacto. Os Sifões de Azriel se acenderam, um escudo de cobalto se estendeu, fechando-se sobre o de Rhysand, e sua respiração estava tão pesada quanto a de meu parceiro...

E, então, Nestha começou a gritar. Não de dor. Mas um nome. Diversas vezes.

— *CASSIAN.*

Amren estendeu a mão para ela, mas Nestha rugiu:

— *CASSIAN!*

Ela ficou de pé com dificuldades, como se fosse saltar para o céu.

O corpo de minha irmã se dobrou e ela caiu, com ânsia de novo.

Uma figura disparou das fileiras illyrianas, avançando até nós, batendo as asas com força, com os Sifões vermelhos incandescentes...

Nestha gemeu, se contorcendo no chão.

A terra pareceu estremecer em resposta.

Não — não em resposta a ela. Por terror da coisa que irrompeu do exército de Hybern.

Entendi por que o rei ocupara aquelas encostas rochosas. Não fora para nos fazer avançar colina acima se conseguíssemos encurralá-los até lá. Mas para posicionar o Caldeirão.

Pois foi da elevação rochosa que um aríete de letal luz branca avançou contra nosso exército. Na altura da legião illyriana no céu — no momento que a legião do Attor desceu até a terra e se abaixou, buscando proteção. Deixando os illyrianos expostos.

Cassian estava a meio caminho de nós quando a explosão do Caldeirão atingiu as forças illyrianas.

Eu o vi gritar — mas não ouvi nada. A força daquele poder...

Ele destruiu o escudo de Azriel. Depois, o de Rhysand. E, então, destruiu qualquer escudo formado por Sifões.

Deixou um vazio em meus ouvidos e me queimou o rosto.

E onde mil soldados estavam um segundo antes...

Cinzas caíram em nossos soldados de infantaria.

Nestha soubera. Ela me olhou boquiaberta, com terror e agonia no rosto, e então buscou Cassian no céu; o general batia as asas no lugar, como se dividido entre descer até nós e disparar de volta para as fileiras illyrianas e peregrinas que se dispersavam. Nestha sabia onde a explosão estava prestes a atingir.

Cassian estava bem no centro.

Ou teria estado se Nestha não o tivesse chamado para longe.

Rhys olhava para ela como se também soubesse. Como se indeciso entre brigar com Nestha, pela culpa que Cassian sem dúvida sentiria, ou lhe agradecer por ter salvado a vida do general.

O corpo de Nestha enrijeceu de novo, e um gemido baixo irrompeu de minha irmã.

Senti Rhys projetar seu poder... um sinal de aviso silencioso.

Os outros Grão-Senhores ergueram escudos dessa vez, apoiando o que Rhys conjurara.

Mas o Caldeirão não acertou o mesmo lugar duas vezes. E Hybern estava disposto a incinerar parte do próprio exército se isso significasse destruir nossas forças.

Cassian disparou de novo até nós, até Nestha, jogada no chão, quando a luz e o calor profanos do Caldeirão foram libertados uma segunda vez.

Contra as próprias fileiras de Hybern. Onde o Entalhador de Ossos alegremente destroçava soldados, lhes drenando a vida com sopros e lufadas daquele vento fatal.

Um grito sobrenatural, feminino, saiu das profundezas das forças hybernianas. O aviso de uma irmã — e a dor. No momento que aquela luz branca atingiu o Entalhador de Ossos.

Mas o Entalhador... eu podia ter jurado que ele olhou na minha direção quando o poder do Caldeirão o acertou. Podia ter jurado que sorriu... e que não foi uma coisa nada terrível.

Ali estava ele; e de repente se foi.

O Caldeirão o varreu sem qualquer sinal de esforço.

Capítulo 71

Eu mal conseguia ouvir, mal conseguia pensar no rastro do poder do Caldeirão.

No rastro do trecho de planície vazio, devastado, onde o Entalhador estivera. O frio repentino que desceu por minha coluna — como se apagasse a tatuagem ali.

E então, o silêncio; silêncio em algum bolsão de minha mente quando uma seção daquela coleira bifurcada de controle se dissipou na escuridão sem fim. Sem deixar vestígios.

Eu me perguntei quem entalharia sua morte na Prisão.

Se talvez ele mesmo a tivesse entalhado nas paredes daquela cela. Se quisera se certificar de que eu era digna não para me provocar, mas porque queria que seu fim... queria que seu fim fosse digno de ser entalhado.

E, enquanto olhava para aquela parte dizimada da planície, para as cinzas dos illyrianos que ainda caíam... eu me perguntei se o Entalhador tinha chegado. Aonde quer que estivesse tão curioso para ir.

Fiz uma oração silenciosa para ele — para todos os soldados antes ali, e que agora eram cinzas ao vento... Fiz uma oração para que encontrassem tudo o que esperavam que existisse do outro lado.

Foram os illyrianos que me puxaram para fora do silêncio, do zumbido em meus ouvidos. Mesmo quando nosso exército começou a entrar em pânico no rastro do poder do Caldeirão, a porção restante das legiões illyrianas reorganizou as fileiras e avançou, com os peregrinos de Thesan agora totalmente misturados a elas.

O exército humano de Jurian, composto dos homens de Graysen e outros... numa atitude louvável, não hesitou. Não se desfez nem mesmo ao cair, um a um.

Se o Caldeirão lançasse outro golpe...

Nestha estava com a testa na grama quando Cassian aterrissou com tanta força que o chão estremeceu. Ele esticava a mão para ela enquanto recuperava o fôlego.

— O que é, o que...

— Ele ficou quieto de novo — sussurrou Nestha, deixando que Cassian a colocasse sentada ao observar o rosto de minha irmã. Devastação e ódio estavam estampados no rosto do general. Será que ele sabia? Que Nestha gritara por ele, sabendo o que viria... Que tinha feito aquilo para salvá-lo?

— Volte para a fileira — ordenou Rhys. — Os soldados precisam de você lá.

Cassian exibiu os dentes.

— Que *diabo* podemos fazer contra aquilo?

— Vou entrar — disse Azriel.

— Não — disparou Rhys. Mas Azriel abria as asas, a luz do sol se refletia muito clara nas novas cicatrizes que cortavam a membrana.

— Pode me acorrentar a uma árvore, Rhys — disse Azriel baixinho. — Vá em frente. — Ele começou a verificar as fivelas das armas. — Vou arrancá-la do chão e voar com a árvore nas malditas costas.

Rhys apenas o encarou... as asas. Depois, olhou para as forças illyrianas dizimadas.

Qualquer chance que tivéssemos de vitória...

Nestha não iria a lugar algum. Mal conseguia se manter sentada. E Elain... Amren segurava Elain de pé enquanto minha irmã vomitava na grama. Não por causa do Caldeirão. Mas por puro terror.

Mas, se não impedíssemos o Caldeirão antes que ele se recuperasse de novo... morreríamos com mais alguns golpes. Encarei Amren. *Pode ser feito... apenas comigo?*

Seus olhos se semicerraram. *Talvez.* Uma pausa. *Talvez. Não foi especificado quantos. Talvez nós duas... possamos ser o bastante.*

Eu me levantei devagar. A vista da batalha era muito pior de pé.

Helion, Tarquin e Kallias lutavam para manter nossas linhas. Jurian, Tamlin e Beron ainda combatiam no flanco norte enquanto os illyrianos e os peregrinos enfrentavam a legião aérea; os Precursores da Escuridão de Keir agora mal passavam de fiapos de sombras em meio ao caos, mas...

Mas não bastava. E apenas o tamanho de Hybern... estava começando a nos fazer recuar.

Começando a nos sobrepujar.

Mesmo quando Amren e eu conseguíssemos cruzar os quilômetros do campo de batalha... O que restaria?

Quem restaria?

Outra corneta soou então.

Eu sabia que não pertencia a nenhum dos aliados.

Assim como sabia que Hybern não tinha escolhido aquele campo de batalha pelas vantagens físicas... mas pelas geográficas.

Porque no mar, velejando do oeste, de Hybern...

Uma armada surgiu.

Muitos navios. Todos lotados de soldados.

Vi o olhar que Cassian, Azriel e Rhys trocaram quando viram outro exército velejando até ali... atrás de nós.

Não outro exército. O *restante* do exército de Hybern.

Estávamos presos entre eles.

Amren xingou.

— Talvez precisemos correr, Rhysand. Antes que eles cheguem à terra firme.

Não podíamos enfrentar os dois exércitos. Nem mesmo podíamos enfrentar um.

Rhys se virou para mim. *Se conseguir atravessar aquele campo de batalha a tempo, então, faça isso. Tente impedir o exército. O rei. Mas, se não puder, quando tudo virar um inferno... Quando não restar mais nenhum de nós...*

Não, supliquei a Rhys. *Não diga.*

Quero que fuja. Não me importa o custo. Fuja. Vá para bem longe e viva para lutar mais um dia. Não olhe para trás.

Comecei a balançar a cabeça. *Você disse para não nos despedirmos.*

— Azriel — disse Rhys em voz baixa. Rouco. — Você lidera os illyrianos restantes no flanco norte. — Culpa... culpa e medo ondularam pelos olhos de meu parceiro com a ordem. Sabendo que Azriel não estava completamente curado...

Azriel não deu a Rhys a chance de reconsiderar. Não se despediu de nenhum de nós. Disparou para o céu, com aquelas asas ainda cicatrizando batendo com força conforme o carregavam na direção do confuso flanco norte.

Aquela armada se aproximou. Hybern, sentindo que os reforços em breve chegariam à terra firme, comemorou e avançou. Com determinação. Tanta que as fileiras illyrianas cederam. Azriel planava mais e mais perto delas, os Sifões formando gavinhas de chamas azuis em seu rastro.

Rhys observou o encantador de sombras por um momento, engolindo em seco antes de falar:

— Cassian, assuma o flanco sul.

Era isso. Os últimos momentos... A última vez que eu veria todos eles.

Não fugiria. Se tudo virasse um inferno, eu faria minhas ações contarem, e usaria meu último suspiro para fazer com que aquele exército e rei fossem varridos do mundo. Mas no momento...

A armada de Hybern velejava diretamente para a praia distante. Se não fosse agora, eu precisaria avançar pelo meio dela. A Tecelã já reduzia a velocidade na frente leste, sua dança da morte dificultada por inimigos demais. Bryaxis continuava dilacerando as fileiras, deixando no encalço a devastação da morte. Mas ainda não era o bastante. Todo aquele planejamento... mesmo assim não bastava.

— Vejo vocês do outro lado — disse Cassian para mim, Rhys e Nestha.

Eu sabia que ele não estava se referindo ao campo de batalha.

As asas de Cassian se moveram, preparando-se para erguê-lo.

O sinal de uma corneta cindiu o mundo.

Uma dúzia de cornetas soaram em harmonia perfeita, poderosa.

Rhys ficou imóvel.

Completamente imóvel ao som daquelas cornetas ao longe. Do leste — do mar.

Ele virou a cabeça para mim, me segurou pela cintura e voou comigo para o céu. Um segundo depois, Cassian estava do nosso lado, com Nestha nos braços... como se ela tivesse exigido ver.

E ali... velejando pelo horizonte leste...

Eu não sabia para onde olhar.

Para os soldados alados — milhares e milhares deles — voando diretamente para nós, bem acima do oceano. Ou para a armada de navios que se estendia sob eles. Maior que a armada de Hybern. Muito, muito maior.

Eu soube quem eram assim que as asas brancas cobertas de penas da horda aérea se tornaram nítidas.

Os serafins.

A legião de Drakon.

E, naqueles navios abaixo... Tantos navios diferentes. Mil navios de inúmeras nações, parecia. O povo de Miryam. Mas os outros navios...

Das nuvens, um guerreiro serafim de pele marrom e cabelos pretos disparava até nós. E Rhys conteve uma risada que foi suficiente para me dizer quem era. Quem agora batia as asas diante de nós, com um largo sorriso.

— Poderia ter pedido ajuda, sabe — disse o macho, com a voz arrastada... *Drakon.* — Em vez de nos deixar ouvir tudo isso por meio de boatos. Parece que chegamos bem a tempo.

— Fomos procurar vocês, e vimos que tinham sumido — disse Rhys, mas havia lágrimas em seus olhos. — Isso dificulta pedir ajuda.

Drakon riu com deboche.

— Sim, percebemos isso. Miryam adivinhou... por que ainda não tínhamos ouvido notícias. — As asas brancas eram quase ofuscantes de tão claras sob o sol. — Há três séculos, tivemos problemas em nossas fronteiras e erguemos um encantamento para manter a ilha protegida. Amarrada a... Você sabe. De forma que quem quer que se aproximasse visse apenas ruínas e decidisse dar meia-volta. — Ele piscou para Rhys. — Ideia de Miryam, inspirada em você e sua cidade. — Drakon se encolheu um pouco. — Pelo visto, funcionou bem *demais*, pois manteve longe tanto inimigos *quanto* amigos.

— Quer dizer — falou Rhys, baixinho — que esteve em Cretea esse tempo todo.

Drakon fez uma careta.

— Sim. Até... ouvirmos sobre Hybern. Sobre Miryam ser... caçada de novo. — Por Jurian. O rosto do príncipe se contraiu de ódio, mas ele me observou e, depois, Nestha e Cassian, com uma atenção afiada. — Devemos ajudá-los ou só ficar batendo as asas aqui, conversando?

Rhys inclinou a cabeça.

— Como quiser, príncipe. — Rhys olhou para a armada que agora seguia para as forças de Hybern. — Amigos seus?

A boca de Drakon se repuxou para o lado.

— Amigos seus, acho. — Meu coração pareceu parar. — Alguns dos barcos de Miryam estão lá, ela está com eles, mas a maioria daquilo veio de vocês.

— O quê — disse Nestha, em tom aguçado, não exatamente uma pergunta.

Drakon apontou para os navios.

— Nós os encontramos durante o voo até aqui. Vimos quando atravessavam o canal, e decidimos unir as forças. Por isso nos atrasamos um pouco, embora tenhamos dado um empurrãozinho para eles cruzarem. — De fato, o vento agora ondulava nas velas brancas, impulsionando aqueles barcos mais e mais rápido na direção da armada de Hybern.

Drakon esfregou a têmpora.

— Nem consigo começar a explicar a história complicada que me contaram, mas... — Drakon balançou a cabeça. — São liderados por uma rainha chamada Vassa.

Comecei a chorar.

— Que aparentemente foi encontrada por...

— Lucien — sussurrei.

— Quem? — Drakon franziu a testa. — Ah, o macho do olho. Não. Ele os encontrou depois, disse para onde seguir. Que viessem *agora*, na verdade. Tão insistentes vocês, machos de Prythian. Que bom que nós, pelo menos, já estávamos a caminho para ver se precisavam de ajuda.

— Quem encontrou Vassa? — perguntou Nestha, com aquele mesmo tom inexpressivo. Como se ela, de alguma forma, já soubesse.

Aqueles navios humanos velejavam para mais perto. Muitos — muitos deles, empunhando uma diversidade de bandeiras que eu começava a enxergar graças à visão feérica.

— Ele se chama Príncipe dos Mercadores — disse Drakon. — Aparentemente, descobriu que as rainhas humanas eram traidoras há meses, e anda reunindo um exército humano independente para enfrentar Hybern desde então. Conseguiu encontrar a rainha Vassa, e, juntos, eles reuniram esse exército. — Drakon deu de ombros. — Ele me contou que tem três filhas que vivem aqui. E que fracassou com elas durante muitos anos. Mas não fracassaria dessa vez.

Os navios na frente da armada humana se tornaram nítidos, assim como as letras douradas nas laterais.

— Nomeou os três navios pessoais em homenagem a elas — disse Drakon, com um sorriso.

E ali, velejando à frente... Vi os nomes daqueles navios.

Feyre.

Elain.

E, liderando a investida contra Hybern, disparando sobre as ondas, determinado e sem um pingo de medo...

Nestha.

Com meu pai... nosso pai no leme.

Capítulo 72

O vento limpou as lágrimas que escorriam pelo rosto de Nestha ao ver os navios de nosso pai.

Ao ver o navio em que ele escolhera velejar para a batalha, para a filha que o odiara por não lutar por nós, que o odiara por causa da morte de nossa mãe, pela pobreza e o desespero e os anos perdidos.

— Suponho que se conhecem? — perguntou Drakon, com sarcasmo.

Nosso pai; ele ficou longe por meses e meses sem dar notícias.

Ele se fora, disseram minhas irmãs certa vez, para participar de uma reunião sobre a ameaça acima da muralha. Naquela reunião, se tornou evidente que tínhamos sido traídos por nosso próprio povo? E será que então ele partiu, com tanto segredo a ponto de não nos mandar mensagens, para buscar ajuda?

Por nós. Por mim e minhas irmãs.

— Conheça Nestha — apresentou Rhys. — E minha parceira, Feyre.

Nenhuma de nós olhou para o príncipe. Apenas para a frota de nosso pai — para os navios que ele nomeou em nossa homenagem.

— E por falar em Vassa — disse Rhys a Drakon —, a maldição foi... quebrada?

A armada humana e a horda hyberniana se aproximaram, e eu soube que o impacto seria letal. Vi os escudos mágicos de Hybern subirem. Vi os serafins erguerem os próprios escudos.

— Veja você mesmo — respondeu Drakon.

Pisquei para o que começou a disparar entre os barcos humanos. O que voava sobre a água, com a rapidez de uma estrela cadente. Lançando-se contra Hybern. Vermelha, dourada e branca — vibrante como metal derretido.

Eu podia ter jurado que a frota de Hybern começou a entrar em pânico quando ela se separou das linhas da armada humana e cobriu a distância até o inimigo.

Quando abriu as asas, deixando um rastro de faísca e brasas sobre as ondas, e percebi o que — *quem* — agora voava contra aquela horda inimiga.

Um pássaro de fogo. Queimando, tão ardente e tão furioso quanto o coração de uma forja.

Vassa, a rainha perdida.

Rhys beijou as lágrimas que escorriam por meu rosto quando aquela rainha pássaro de fogo atingiu a frota de Hybern. Deixando, a reboque, cascos de navios queimados.

Nosso pai e o exército humano se espalharam. Para derrubar os demais.

— Posicione sua legião em terra — disse Rhys a Drakon.

Uma chance ínfima... quase insignificante de vencer. Ou de estancar o massacre.

Os olhos de Drakon ficaram vítreos e percebi que ele passava ordens para alguém distante. E me perguntei se Nephelle e a esposa estariam naquela legião — se a última vez que tinham empunhado espadas fora naquela batalha distante no leito do mar.

Rhys pareceu estar pensando no passado também. Porque ele murmurou para Drakon, por cima do estrondo da explosão no mar e da batalha abaixo:

— Jurian está aqui.

A graciosidade casual e arrogante do príncipe desapareceu. Ódio gélido lhe endureceu as feições, tornando-as algo apavorante. E os olhos castanhos de Drakon... ficaram completamente pretos.

— Ele luta do nosso lado.

Drakon não pareceu convencido, mas assentiu. Ele indicou Cassian com o queixo.

— Presumo que você seja Cassian. — O queixo do general se abaixou. Eu já conseguia ver as sombras em seus olhos, pela perda daqueles soldados. — Minha legião é sua. Comande-a como quiser.

Cassian observou nossas forças reduzidas, o flanco norte que Azriel reunia, e deu a Drakon algumas ordens breves. Drakon bateu aquelas asas brancas, tão contrastantes com a pele marrom-clara, e disse a Rhys:

— Miryam está furiosa com você, aliás. Trezentos e cinquenta e um anos desde a última visita. Se sobrevivermos, saiba que precisará pedir desculpas.

Rhys deu uma risada rouca.

— Diga àquela bruxa que o sentimento é mútuo.

Drakon riu e, com uma batida poderosa das asas, se foi.

Rhys e Cassian olharam para Drakon e, depois, para as armadas agora ocupadas com um deflagrado derramamento de sangue. Nosso pai estava lá embaixo — nosso pai, que eu jamais vira usar uma arma na *vida*...

O pássaro de fogo lançava o inferno sobre os navios. Literalmente. O inferno incandescente e derretido conforme se chocava contra eles e mandava os soldados em pânico para o fundo do mar.

— Agora — falei para Rhys. — Amren e eu precisamos ir *agora*.

O caos era completo. Com uma batalha em curso por todas as direções... Amren e eu poderíamos conseguir. Talvez o rei estivesse ocupado.

Rhys fez menção de disparar comigo de volta à terra, onde Amren e Elain ainda esperavam.

— Espere — interrompeu Nestha.

Rhys obedeceu.

Nestha olhou na direção daquela armada, para nosso pai que lutava ali.

— Me use. Como isca.

— Não — disse Cassian, no mesmo momento em que pisquei.

Nestha o ignorou.

— O rei deve estar ao lado daquele Caldeirão. Mesmo que consigam chegar, precisará enfrentá-lo. Atraia o rei para fora. Para longe. Até mim.

— Como? — perguntou Rhys, baixinho.

— É mútuo — murmurou Nestha, como se as palavras de meu parceiro momentos antes tivessem dado a ideia. — Ele não sabe o quanto tomei. E se... se eu fizer parecer que estou prestes a usar seu poder... virá correndo. Apenas para me matar.

— Ele *vai* matá-la — grunhiu Cassian.

A mão de Nestha apertou o braço do general.

— É aí... é aí que você entra.

Para vigiá-la. Protegê-la. E montar uma armadilha para o rei.

— Não — disse Rhys.

Nestha riu com deboche.

— Você não é meu Grão-Senhor. Posso fazer o que quiser. E como ele sentirá se ficar comigo... precisa ir para muito longe também.

— Não vou deixar que desperdice sua vida nisso — disse Rhys a Cassian.

Eu estava inclinada a concordar.

Cassian observou as reduzidas fileiras illyrianas, que agora se mantinham firmes enquanto Azriel as reunia.

— Az tem as fileiras sob controle.

— Eu disse *não* — disparou Rhys. Nunca o vira usar aquele tom com Cassian, com nenhum deles.

— É a única chance de distraí-lo — rebateu Cassian, com firmeza. — De atraí-lo para longe daquele Caldeirão. — As mãos se fecharam em volta de Nestha. — Você deu tudo, Rhys. Passou por aquele *inferno* por nós, durante *cinquenta anos*. — Cassian jamais falara sobre aquilo, não abertamente. — Acha que não sei o que aconteceu? Eu sei Rhys. Todos sabemos. E sabemos que fez aquilo para nos salvar, para nos poupar. — Ele balançou a cabeça, e a luz do sol se refletiu naquele escuro elmo alado. — Nos deixe retribuir. Nos deixe pagar a dívida.

— Não há dívida a ser paga. — A voz de Rhys falhou. O som partiu meu coração.

A voz do próprio Cassian hesitou quando ele disse:

— Jamais tive a chance de retribuir sua mãe... pela bondade. Me permita fazer dessa forma. Me deixe ganhar tempo para você.

— Não posso.

Eu não tinha certeza se, em toda a história de Illyria, tal discussão acontecera.

— Você pode — disse Cassian suavemente. — Você pode, Rhys. — O general deu um sorriso preguiçoso. — Guarde parte da glória para o restante de nós.

— Cassian...

— Tem o necessário? — perguntou Cassian a Nestha, apenas.

Nestha assentiu.

— Amren me mostrou o suficiente. O que fazer para chamar o poder até mim.

E, se Amren e eu pudéssemos controlar o Caldeirão juntas... Aquela distração...

Nestha abaixou o rosto para Elain — nossa irmã monitorava o banho de sangue adiante. Então, olhou para mim.

— Diga a papai... obrigada — murmurou.

Nestha abraçou Cassian com força, aqueles olhos azul-acinzentados brilhavam, e, então, os dois se foram.

O corpo de Rhys ficou tenso com o esforço de não ir atrás dos dois quando eles dispararam até um conjunto de árvores bem atrás do campo de batalha.

— Ele pode sobreviver — falei, baixinho.

— Não — retrucou Rhys, voando até Amren e Elain. — Não sobreviverá.

Pedi que Rhys movesse Elain para os limites mais afastados de nosso acampamento. E, quando ele voltou, meu parceiro apenas deu um beijo em minha boca antes de decolar para o céu, disparando para o coração da batalha... a luta mais pesada. Eu mal consegui suportar olhar, ver aonde ele aterrissara.

— Proteja-nos da vista e corra o mais rápido possível — aconselhou Amren, quando se viu sozinha comigo. — Não pare. Tente não matar. Deixará um rastro.

Assenti, verificando minhas armas. Os serafins estavam voando alto agora, as asas brilhando, como sol sobre neve. Projetei um encantamento sobre nós duas, ocultando-nos e abafando nossos sons.

— Rápido — repetiu Amren, os olhos prateados se agitando, como nuvens de tempestade. — Não olhe para trás.

Eu não olhei.

CAPÍTULO 73

O Caldeirão estava aninhado em um mirante escarpado.

A Tecelã fizera bem seu trabalho. Vigias e postos importantes não passavam de pilhas vermelhas e úmidas de ossos e cartilagem. E eu sabia que quando a visse de novo... estaria ainda mais ofuscantemente linda.

O poder de Amren disparou diversas vezes, quebrando encantamentos em nosso caminho até que alcançamos o rastro de Stryga. Quaisquer que fossem os feitiços que o rei tivesse erguido... Amren estava pronta para eles. *Faminta* por eles. Ela destruiu todos com um sorriso selvagem.

Mas a colina cinzenta estava lotada de comandantes de Hybern, satisfeitos por deixar os inferiores lutarem. Esperando até que o campo de batalha tivesse separado os brutamontes dos verdadeiros guerreiros. Eu conseguia ouvi-los sibilando ao discutir quem, do nosso lado, queriam enfrentar pessoalmente.

Helion e Tarquin eram dois dos desejos mais frequentes.

Tamlin era o outro. Tamlin, por ser um duas-caras. E Jurian. Como eles sofreriam.

Varian. Azriel. Cassian. Kallias, Viviane e Mor. Disseram os nomes de meus amigos como se fossem cavalos em uma corrida. Quem duraria tempo suficiente para que eles os enfrentassem. Quem arrastaria a bela parceira do senhor da Invernal até ali. Quem por fim destruiria

Morrigan. Quem levaria asas illyrianas para casa, para prender na parede. Meu sangue fervia, mesmo enquanto meus ossos fraquejavam. Esperava que Bryaxis devorasse a todos — e os levasse a se urinar de terror antes disso.

Mas ousei olhar uma vez para trás.

Mor e Viviane não seriam levadas até aquele acampamento tão cedo. Mantinham afastado um conjunto inteiro de soldados hybernianos, acompanhadas por aquela fêmea de cabelos brancos que eu vira no acampamento da Invernal, além de uma unidade daqueles poderosos ursos com imensas patas dilaceradoras de soldados.

Amren sibilou em aviso, e olhei para a frente conforme começávamos a escalar a lateral silenciosa da colina cinzenta. Nenhum sinal de Stryga, embora ela tivesse parado ali, na base da colina em cujo topo repousava o Caldeirão. Eu já conseguia sentir a terrível presença — o chamado.

Amren e eu subimos devagar. Ouvindo após cada passo.

A batalha se deflagrava atrás de nós. Nos céus, na terra e no mar.

Não achei... mesmo com Drakon e o exército humano... não achei que ia bem.

Minhas mãos se cortaram na afiada rocha cinzenta da face escarpada da colina, o corpo doía conforme eu me puxava para cima, e Amren subia com facilidade. Nestha precisava atrair o rei logo, ou acabaríamos frente a frente com ele.

Um movimento na base da rocha chamou minha atenção.

Fiquei imóvel como a morte.

Uma linda jovem de cabelos pretos estava de pé ali. Encarando-nos diretamente, semicerrando os olhos e farejando.

Um sorriso se abriu na boca vermelha... *de sangue*. A jovem sorriu em minha direção. Revelando dentes cobertos de sangue.

Stryga. A Tecelã tinha esperado. Escondida ali. Até chegarmos.

Ela passou a mão branca como a neve na tatuagem de lua crescente que tinha agora no antebraço. A marca do acordo de Rhys. Um lembrete... e um aviso.

Para irmos. Rápido.

Stryga encarou a trilha rochosa parcialmente visível à esquerda, a joia de Ianthe estava suja de sangue no alto de sua cabeça. A Tecelã caminhou diretamente para os guardas posicionados ali, os quais tentamos evitar ao escalar a face escarpada. Alguns deles se sobressaltaram. Stryga sorriu uma vez — um sorriso odioso, terrível —, e saltou sobre os homens.

Uma distração.

Amren estremeceu, mas avançamos de novo. Os guardas estavam concentrados no massacre de Stryga, correndo das posições até o alto da colina para enfrentá-la.

Mais rápido; não tínhamos muito tempo. Eu conseguia sentir o Caldeirão reunindo...

Não. Não o Caldeirão.

Aquele poder... vinha de *trás*.

Nestha.

— Boa menina — sussurrou Amren. Logo antes de me puxar pelas costas do casaco e me jogar de cara na rocha, se abaixando também.

No momento que um par de botas desceu pela trilha estreita. Eu conhecia o som das passadas. Assombravam meus sonhos.

O rei de Hybern passou direto por nós. Concentrado em Stryga, no murmúrio distante do poder de Nestha.

A Tecelã parou quando viu quem se aproximava. Sorriu, com sangue escorrendo do queixo.

— Como você é linda — murmurou o rei, a voz semelhante a um canto sedutor. — Como é magnífica, anciã.

Ela passou os cabelos pretos sobre o ombro esguio.

— Pode se curvar, rei. Como se fez um dia.

O rei de Hybern caminhou diretamente até ela. Sorriu para o rosto exótico de Stryga.

Então, pegou seu rosto nas mãos largas, mais rápido que ela podia se mover, e lhe quebrou o pescoço.

Talvez não a tivesse matado. A Tecelã era uma deusa da morte — sua mera existência desafiava a nossa. Então, talvez não a tivesse matado aquele estalar na coluna. Caso o rei não tivesse atirado o corpo de Stryga para os dois cães-naga que grunhiam ao pé da colina.

Eles dilaceraram o corpo inerte da Tecelã sem hesitar.

Até mesmo Amren soltou um ruído de tristeza.

Mas o rei olhava para o norte. Na direção de Nestha.

Aquele poder — o poder *de minha irmã* — avançou de novo. Chamando, como o Caldeirão no alto daquela rocha me chamava.

O rei olhou para o mar... para a batalha que se deflagrava ali.

Eu podia ter jurado que o rei sorria quando atravessou para longe.

— Agora — sussurrou Amren.

Não consegui me mover. Cassian e Nestha... até mesmo Rhys achava que não havia chance de sobreviver.

— Faça valer a pena — disparou Amren, e havia luto sincero em seus olhos. Amren sabia o que estava prestes a acontecer. A oportunidade que tinham nos garantido.

Engoli o desespero, o terror, e avancei colina acima; até a escarpa.

Até onde o Caldeirão repousava. Sem vigias. Esperando por nós.

O Livro surgiu nas pequenas mãos de Amren. O Caldeirão tinha quase a mesma altura que ela. Um poço preto imponente de ódio e poder.

Eu poderia impedir aquilo. Naquele momento. Impedir aquele exército — e o rei antes que ele matasse Nestha e Cassian. Amren abriu o Livro. Olhou para mim com esperança.

— Coloque a mão no Caldeirão — disse ela, em voz baixa. Obedeci.

O poder infinito do Caldeirão se chocou contra mim, uma onda ameaçando me afogar, uma tempestade sem fim.

Mal consegui manter um pé nesse mundo, mal me lembrava de meu nome. Eu me agarrei ao que vira no Uróboro — me agarrei a cada reflexo e lembrança que havia encarado e assumido, as boas, as más e as cinzentas. Quem eu era, quem eu era, quem eu era...

Amren me observou por um longo momento. E não leu do Livro. Não o colocou em minhas mãos. Ela fechou as páginas douradas e empurrou o Livro para trás com um chute.

Amren tinha mentido. Não planejava prender o rei e o exército com o Caldeirão e o Livro.

E, qualquer que fosse a armadilha que tivesse armado... eu caíra.

Capítulo 74

Eu me agarrei à autoconsciência diante da boca escura do Caldeirão. Agarrei com tudo o que tinha.

— Desculpe ter mentido para você — disse apenas Amren.

Não consegui retirar a mão. Não consegui afastar os dedos. Estava sendo despedaçada, devagar, completamente.

Disparei a magia para fora, desesperada por qualquer elo com esse mundo que me salvasse, que evitasse que eu fosse devorada pela *coisa* eterna e terrível que agora tentava me arrastar para seu abraço.

Fogo, e água, e luz, e vento, e gelo, e noite. Todos conjurados. Todos me falharam.

Algum fio me escapuliu, e minha mente deslizou para mais perto dos braços estendidos do Caldeirão.

Eu senti quando ele me *tocou*.

E, então, parte de mim se foi.

Metade ali, de pé, calada, ao lado do Caldeirão, a mão colada à borda preta.

Metade... em outro lugar.

Voando pelo mundo. Buscando. O Caldeirão agora caçava aquele poder que tinha chegado tão perto... E agora o provocava.

Nestha.

O Caldeirão buscava por ela, buscava por ela como o rei agora a procurava.

Ele varreu o campo de batalha, como a um inseto na superfície de um lago.

Estávamos perdendo. Feio. Serafins e illyrianos, ensanguentados, eram arrastados para fora do céu. Azriel tinha sido forçado até o chão, as asas se arrastavam na lama vermelha enquanto o encantador de sombras lutava, espada a espada, contra um ataque interminável. Nossos soldados de infantaria tinham desfeito as fileiras em certos locais, Keir gritava para que os Precursores da Escuridão retomassem as posições, nuvens de sombras disparavam dele.

Vi Rhysand. No aglomerado daquelas fileiras que se dispersavam. Coberto de sangue. Lutando bravamente.

Eu o vi avaliar o campo adiante... e se transformar.

As garras vieram primeiro. Substituindo dedos e pés. Então, escamas escuras, ou talvez penas, não conseguia vê-las, cobriram suas pernas, os braços, o peito. O corpo de Rhys se contorceu, ossos e músculos cresceram e se transformaram.

A forma bestial que Rhysand mantinha oculta. Jamais gostava de liberá-la.

A não ser que estivesse complicado o bastante para isso.

Antes de o Caldeirão me puxar para longe, observei o que aconteceu com sua cabeça, com o rosto.

Era uma coisa de pesadelos. Nada humano ou feérico ali. Era uma criatura que vivia em poços escuros e só emergia à noite para caçar e se banquetear. O rosto... eram aquelas criaturas entalhadas na rocha da Corte de Pesadelos. Que compunham seu trono. O trono não era apenas uma representação do poder de Rhys... mas do que espreitava dentro de meu parceiro. E com as asas...

Soldados hybernianos começaram a fugir.

Helion viu o que aconteceu e correu também, mas na direção de Rhys.

Transformando-se também.

Se Rhys era um terror alado feito de sombras e luar frio, Helion era o equivalente diurno.

Penas douradas, garras dilaceradoras e asas emplumadas...

Juntos, meu parceiro e o Grão-Senhor da Diurna se lançaram contra Hybern.

Até que pararam. Até que um macho esguio e baixo saiu das fileiras em sua direção — um dos comandantes de Hybern, sem dúvida. O grunhido de Rhys estremeceu a terra. Mas foi Helion, brilhando com luz branca, que avançou para enfrentar o macho, as garras se enterrando profundamente na lama.

O comandante nem mesmo usava espada. Apenas as belas roupas cinzentas e uma expressão levemente divertida no rosto. Luz ametista girou a seu redor. Helion grunhiu para Rhys — uma ordem.

E meu parceiro assentiu, com sangue escorrendo da boca, antes de se atirar de volta ao combate.

Deixando o comandante e Helion Quebrador de Feitiços se enfrentarem cara a cara. Feitiço contra feitiço.

Soldados dos dois lados começaram a fugir.

Mas o Caldeirão me puxou para longe quando Helion liberou uma explosão de luz na direção do comandante, pois seu alvo não tinha sido encontrado naquele campo de batalha.

Venha, o poder de Nestha parecia cantar. *Venha.*

O Caldeirão captou o cheiro de minha irmã e disparou conosco adiante.

Chegamos antes do rei.

O Caldeirão pareceu parar subitamente na clareira. Pareceu se encolher e recuar, uma cobra pronta para atacar.

Nestha e Cassian estavam ali, a espada do general em punho, os olhos de Nestha incandescentes com aquele fogo interior profano.

— Prepare-se — sussurrou ela. — Ele está vindo.

O poder que Nestha estava contendo...

Ela mataria o rei de Hybern.

Cassian era a distração — enquanto o golpe de minha irmã encontrava o alvo.

O tempo pareceu desacelerar e se curvar. O poder escuro do rei disparou em nossa direção. Na direção daquela clareira em que eu não era vista ou ouvida, onde eu não passava de um fiapo de alma levado por um vento sombrio.

O rei de Hybern atravessou para a frente deles.

O poder de Nestha se reuniu... e então se dissipou.

Cassian não se moveu. Não ousou.

Pois o rei de Hybern segurava meu pai diante do corpo, com uma espada no pescoço.

✠

Por isso ele tinha olhado na direção do mar. Sabia que Nestha daria aquele golpe fatal assim que ele aparecesse, e a única forma de impedir...

Um escudo humano. Um que Nestha pensaria duas vezes antes permitir que morresse.

Nosso pai estava banhado em sangue, mais magro que da última vez em que eu o vira.

— Nestha — sussurrou ele, reparando nas orelhas, na graciosidade feérica. O poder que se apagava nos olhos de minha irmã.

O rei sorriu.

— Que pai amoroso, trouxe um *exército* inteiro para salvar as filhas.

Nestha não disse nada. A atenção de Cassian disparou em torno da clareira, avaliando cada vantagem, cada ângulo.

Salve-o, implorei ao Caldeirão, por meu pai. *Ajude-o*.

O Caldeirão não respondeu. Não tinha voz, nenhuma consciência, exceto alguma necessidade básica de recuperar o que lhe fora roubado.

O rei de Hybern virou a cabeça para olhar o rosto barbudo e bronzeado de sol de meu pai.

— Tantas coisas mudaram desde que esteve em casa pela última vez. Três filhas, agora feéricas. Uma delas se casou *muito* bem.

Meu pai apenas olhou para minha irmã. Ignorou o monstro atrás de si, e disse para Nestha:

— Amei você desde o primeiro momento que a segurei nos braços. E eu... eu sinto muito, Nestha... minha Nestha. Sinto muito, por tudo isso.

— Por favor — disse Nestha ao rei. Suas únicas palavras, guturais e roucas. — Por favor.

— O que vai me dar, Nestha Archeron?

Nestha encarou meu pai fixamente, e ele balançava a cabeça. A mão de Cassian estremeceu, a lâmina se ergueu. Tentava mirar.

— Vai devolver o que tomou?

— Sim.

— Mesmo que eu precise abri-la para o recuperar?

— Não coloque suas mãos imundas em minha filha... — grunhiu nosso pai.

Ouvi o estalo antes de perceber o que tinha acontecido.

Antes de ver a forma como a cabeça de meu pai girou. Vi a luz congelar em seus olhos.

Nestha não emitiu ruído. Não mostrou reação quando o rei de Hybern quebrou o pescoço de nosso pai.

Comecei a gritar. Gritar e me debater nas garras do Caldeirão. Implorando a ele que parasse — que o trouxesse de volta, que acabasse com aquilo...

Nestha abaixou a cabeça para o corpo de meu pai quando ele desabou no leito da floresta.

E como o rei tinha previsto... O poder de Nestha se apagou.

Mas o de Cassian não.

Flechas de um vermelho ofuscante dispararam para o rei de Hybern, um escudo se fechou em volta de Nestha quando Cassian avançou.

E, quando Cassian enfrentou o rei, que riu e pareceu disposto a entrar em uma brincadeira de espadas... encarei meu pai naquele chão. Os olhos abertos, porém sem enxergar.

Cassian empurrou o rei para longe do corpo de meu pai, espadas e magias se chocavam. Não por muito tempo. Apenas o suficiente para segurá-lo... para que Nestha talvez fugisse.

Para que eu terminasse aquilo pelo que deixara minha família dar a vida. Mas o Caldeirão ainda me segurava no lugar.

Embora tentasse voltar para aquela colina na qual Amren me traíra, me usara para qualquer que fosse o propósito...

Nestha se ajoelhou diante de nosso pai, a expressão vazia. Ela olhou para os olhos ainda abertos.

E os fechou com carinho. As mãos firmes como pedra.

Cassian tinha empurrado o rei mais para dentro das árvores. Seus gritos ecoavam.

Nestha se inclinou para beijar a testa suja de sangue de nosso pai.

E, quando ergueu a cabeça...

O Caldeirão se debateu e se inquietou.

Pois nos olhos de Nestha, emoldurando-lhe a pele... havia poder pleno.

Nestha olhou na direção do rei e de Cassian. No momento que o urro de dor de Cassian chegou até nós.

O poder em torno de Nestha estremeceu. Ela se levantou.

Então, Cassian gritou. Olhei em sua direção. Longe de meu pai.

A menos de 6 metros, Cassian estava no chão. As asas... partidas em alguns pontos. Sangue escorria delas.

Osso despontavam da coxa. Sifões apagados. Vazios.

Cassian já os tinha drenado antes de vir até ali. Estava exausto.

Mas tinha vindo... por ela. Por nós.

Estava ofegante, sangue lhe escorria do nariz. Braços tremiam enquanto ele tentava se levantar.

O rei de Hybern ficou de pé diante de Cassian e estendeu a mão.

Cassian arqueou o corpo no chão, urrando de dor. Um osso tinha se partido em algum lugar de seu corpo.

— Pare.

O rei olhou por cima do ombro quando Nestha deu um passo adiante. Cassian disse a ela, sem som, que corresse, com sangue escorrendo dos lábios até a grama abaixo.

Nestha observou o corpo destruído de Cassian, a dor em seus olhos, e inclinou a cabeça.

O movimento não era humano. Não era feérico.

Puramente animal.

Puramente predatório.

E, quando os olhos de minha irmã se ergueram para o rei de novo...

— Vou matá-lo — disse ela, baixinho.

— Mesmo? — perguntou o rei, erguendo uma sobrancelha. — Porque consigo pensar em coisas *muito* mais interessantes para fazer com você.

De novo, não. Não conseguiria ver aquilo acontecer de novo. Assistir, impotente, enquanto aqueles que eu amava sofriam.

O Caldeirão espreitava junto a Nestha, um cão a seu lado.

Os dedos de Nestha se fecharam.

O rei riu com escárnio. E pisou na asa mais próxima de Cassian.

Osso se partiu. E o grito...

Eu me debati contra as garras do Caldeirão. Debati e arranhei.

Nestha explodiu.

Todo aquele poder, todo de uma vez...

O rei atravessou para fora de seu caminho.

O poder de Nestha explodiu as árvores atrás do rei até virarem cinzas. Explodiu por aquele campo de batalha formando um arco baixo, e, depois, parou bem nas fileiras hybernianas. Matando centenas antes que eles soubessem o que havia acontecido.

O rei surgiu a talvez 10 metros de Nestha e riu das ruínas fumegantes atrás dele.

— Magnífica! — exclamou ele. — Mal treinada, impetuosa, mas magnífica.

Os dedos de Nestha se fecharam de novo, como se reunindo aquele poder.

Mas ela gastara tudo com um golpe. Os olhos estavam azul-acinzentados de novo.

— Vá. — Foi o que Cassian conseguiu sussurrar. — *Vá.*

— Isso me parece familiar — ponderou o rei. — Foi ele ou o outro bastardo que rastejou até você naquele dia?

Cassian estava, de fato, rastejando até Nestha, com asas quebradas e arrastando a perna, deixando um rastro de sangue sobre a grama e as raízes.

Nestha correu até ele, ajoelhando-se.

Não para confortá-lo.

Mas para pegar a espada illyriana de Cassian.

Ele tentou impedir minha irmã quando ela se levantou. Quando Nestha ergueu aquela espada diante do rei de Hybern.

Nestha não disse nada. Apenas se manteve no lugar.

O rei riu e inclinou a espada.

— Verei o que os illyrianos ensinaram a você?

O rei avançou para Nestha antes que ela conseguisse erguer mais a espada.

Minha irmã saltou para trás, atingindo a espada do rei com a própria, arregalando os olhos. O rei avançou de novo, e Nestha, mais uma vez, desviou e recuou para as árvores.

Levando-o para longe... para longe de Cassian.

Ela conseguiu atrair o rei por mais alguns metros antes de ele se entediar.

Com dois movimentos, o rei de Hybern desarmou Nestha. Com mais um, lhe acertou o rosto com tanta força que minha irmã caiu.

Cassian gritou seu nome, tentando, de novo, rastejar até Nestha.

O rei apenas embainhou a espada, de pé sobre Nestha, quando ela se impulsionou para fora do chão.

— Bem? O que mais tem?

Nestha se virou e estendeu a mão.

Poder branco e incandescente disparou de sua palma e se chocou contra o peito do rei.

Uma armadilha. Para fazê-lo se aproximar. Abaixar a guarda.

O poder de Nestha fez o rei sair voando para trás, árvores se partiram sob ele. Uma após a outra após a outra.

O Caldeirão pareceu se aquietar. Tudo o que restava... era isso. Tudo o que restava do poder de Nestha.

Ela ficou de pé, cambaleando pela clareira, com sangue na boca de onde o rei a golpeara, e caiu de joelhos diante de Cassian.

— Levante — choramingou minha irmã, puxando seu ombro. — *Levante.*

Cassian tentou e fracassou.

— Você é pesado demais — suplicou Nestha, mas, mesmo assim, tentou levantá-lo, os dedos raspando na armadura preta e ensanguentada. — Não consigo... ele está vindo...

— Vá — gemeu Cassian.

O poder de Nestha tinha parado de atirar o rei pela floresta. Ele agora caminhava batendo os pés na direção de ambos, limpando farpas e folhas do casaco... se demorando. Sabendo que Nestha não partiria. Saboreando o massacre que aguardava.

Nestha trincou os dentes, tentando levantar Cassian mais uma vez. Um som fraco de dor irrompeu de dentro do general.

— *Vá* — berrou Cassian para minha irmã.

— Não posso — sussurrou Nestha, a voz falhando. — Não *posso.*

As mesmas palavras que Rhys dissera a Cassian.

Ele grunhiu de dor, mas ergueu as mãos ensanguentadas... para segurar o rosto de minha irmã em concha.

— Não tenho arrependimentos na vida, exceto este. — A voz de Cassian estremecia com cada palavra. — Que não tivemos tempo. Que eu não tive tempo com *você*, Nestha.

Ela não o impediu quando Cassian se aproximou e a beijou... de leve. Da forma como conseguiu.

— Eu a encontrarei de novo, no próximo mundo, na próxima vida. E teremos esse tempo. Prometo — disse Cassian, baixinho, afastando a lágrima que escorreu pelo rosto de Nestha.

O rei de Hybern passou para aquela clareira, o poder sombrio fluindo dos dedos.

E mesmo o Caldeirão pareceu parar, surpreso, surpreso ou com algum... sentimento quando Nestha olhou para o rei, que levava a morte espiralando em torno das mãos, e, depois, para Cassian.

E cobriu o corpo de Cassian com o próprio.

Cassian ficou imóvel; então, passou a mão pelas costas de minha irmã.

Juntos. Eles iriam juntos.

Farei um acordo com você, disse eu ao Caldeirão. *Ofereço minha alma. Salve-os.*

— Que romântico — debochou o rei. — Mas imprudente.

Nestha não se moveu de onde protegia o corpo de Cassian.

O rei ergueu a mão, o poder espiralava como uma galáxia escura na palma.

Eu sabia que os dois morreriam assim que aquele poder os atingisse.

Qualquer coisa, implorei ao Caldeirão. *Qualquer coisa...*

A mão do rei começou a descer.

E, então, parou. Ele soltou um ruído como se engasgasse.

Por um momento, achei que o Caldeirão tivesse respondido a minhas súplicas.

Mas, quando uma lâmina preta cortou o pescoço do rei, fazendo sangue jorrar, percebi que a resposta tinha vindo de outra pessoa.

Elain saiu de uma sombra e enfiou Reveladora da Verdade até o cabo na nuca do rei de Hybern enquanto grunhia em seu ouvido:

— *Não toque na minha irmã.*

CAPÍTULO 75

O Caldeirão ronronou com a presença de Elain no momento em que o rei de Hybern caiu de joelhos, agarrando a faca que se projetava do pescoço. Elain recuou um passo.

Engasgando, com sangue escorrendo dos lábios, o rei arquejou para Nestha. Minha irmã se levantou.

Não para ir até Elain. Mas até o rei.

Nestha fechou a mão no cabo de obsidiana da Reveladora da Verdade.

E devagar, como se saboreasse cada gota de esforço necessária... Nestha começou a girar a lâmina. Não uma simples rotação da própria lâmina — mas uma rotação *para dentro* do pescoço do rei.

Elain correu até Cassian, mas o guerreiro estava ofegante — com um sorriso sombrio — enquanto Nestha girava mais e mais aquela faca para dentro do pescoço do rei. Separando carne de osso e tendão.

Nestha abaixou o rosto para o rei antes de fazer o gesto final, as mãos dele ainda tentavam se levantar, tirar a lâmina.

E nos olhos de Nestha... havia o mesmo olhar, o mesmo brilho que ela estampara naquele dia em Hybern. Quando minha irmã apontou o dedo para o rei em uma promessa letal. Ela sorriu um pouco, como se também lembrasse.

Então, Nestha empurrou a lâmina como um trabalhador operando a manivela de uma imensa roda de moinho.

Os olhos do rei se incendiaram — depois, a cabeça se soltou dos ombros.

— Nestha — gemeu Cassian, tentando chegar até minha irmã.

O sangue do rei sujava o couro de Nestha, o rosto.

Nestha não pareceu se importar quando se abaixou. Quando pegou a cabeça caída do rei de Hybern e a levantou. Levantou-a no ar e a encarou — encarou os olhos mortos de Hybern, a boca esgarçada.

Nestha não sorriu. Apenas encarou fixamente.

Selvagemente. Irredutivelmente. Brutal.

— Nestha — sussurrou Elain.

Nestha piscou e pareceu perceber, então — a cabeça de quem segurava.

O que ela e Elain fizeram.

A cabeça do rei rolou das mãos ensanguentadas de Nestha.

O Caldeirão também pareceu perceber o que Nestha tinha feito, quando a cabeça do rei bateu no chão musguento. Que Elain... Elain defendera aquela ladra. Elain, que o Caldeirão presenteara com tais poderes, que achara tão encantadora que quis dar *algo* a ela... Ele não feriria Elain, mesmo em sua busca por reivindicar o que fora tomado.

Recuei no momento que os olhos de Elain recaíram sobre nosso pai morto, caído na clareira adjacente.

Assim que o grito saiu de dentro de minha irmã.

Não. Avancei até elas, mas o Caldeirão foi rápido demais. Forte demais.

Ele me puxou de volta, mais e mais — pelo campo de batalha.

Ninguém parecia saber que o rei estava morto. E nossos exércitos...

Rhys e os demais Grão-Senhores tinham se entregado por completo aos monstros que espreitavam sob sua pele, punhados de soldados inimigos morriam em seu encalço, dilacerados, estripados ou partidos ao meio. E Helion...

O Grão-Senhor da Diurna estava ensanguentado, o pelo dourado, chamuscado e lacerado, mas Helion ainda lutava contra o comandante hyberniano. O comandante permanecia ileso. O rosto, inabalado. Como se soubesse... que poderia muito bem vencer Helion Quebrador de Feitiços naquele dia.

Nós nos afastamos, formando um arco, até o outro lado do campo. Até Bryaxis... que ainda lutava. Segurando a fileira para os homens de

Graysen. Uma nuvem preta que abria um caminho para eles, que os protegia. Bryaxis, o próprio medo, protegendo os mortais.

Passamos por Drakon e uma mulher de cabelos pretos, a pele de um tom castanho-escuro, ambos lutando contra...

Jurian. Estavam combatendo Jurian. Drakon tinha um ajuste de contas antigo — e Miryam também.

Passamos tão rapidamente que eu não consegui ouvir o que era dito, não conseguia ver se Jurian estava de fato revidando ou tentando segurá-los enquanto explicava. Mor se juntou à confusão, ensanguentada e mancando, gritando com eles; era o menor de nossos problemas.

Porque nossos exércitos...

Hybern nos sobrepujava. Sem o rei, sem o Caldeirão, ainda assim conseguiriam. O fervor que o rei despertara, a crença de que tinham sido injustiçados e esquecidos... Continuariam lutando. Nenhuma solução jamais os apaziguaria, além da retomada total do que ainda acreditavam ser seu por direito... do que *mereciam.*

Havia tantos. Tantos. E estávamos todos exaustos.

O Caldeirão disparava, recuando para dentro de si.

Ouvi um rugido de dor — um rugido que reconheci, mesmo com a forma diferente, perturbadora.

Rhys. *Rhys...*

Ele estava caindo, precisava de *ajuda...*

O Caldeirão voltou para dentro de si, e eu estava de novo sobre aquela rocha.

De novo encarando Amren, que estapeava minha cara, gritando meu nome.

— *Menina burra* — disparava ela. — *Enfrente-o!*

Rhys estava ferido. Rhys estava sendo dominado...

Retornei para meu corpo. Minha mão permanecia sobre o Caldeirão. Um laço vivo. Mas com o Caldeirão acomodado em si mesmo... pisquei. Eu *conseguia* piscar.

Amren expirou.

— O que *diabo...*

— O rei está morto — declarei, a voz fria e estranha. — E você em breve estará também.

Eu a mataria por isso, por nos trair por qualquer que fosse o motivo...

— Eu sei — respondeu Amren, baixinho. — E preciso que me ajude a fazê-lo.

Quase soltei o Caldeirão ao ouvir as palavras, mas ela balançou a cabeça.

— Não interrompa... o contato. Preciso que você seja... um condutor.

— Não entendo.

— O Suriel... mandou uma mensagem por você. Para mim. Apenas para mim.

Minha testa se franziu.

— A resposta no Livro não era um feitiço de controle — explicou Amren. — Menti com relação a isso. Era... um feitiço de libertação. Para mim.

— O quê?

Amren olhou para a carnificina, os gritos dos mortalmente feridos ecoavam até nós.

— Achei que precisaria de suas irmãs para ajudar você a controlar o Caldeirão, mas depois que você olhou no Uróboro... sabia que conseguiria. Apenas você. E apenas eu. Porque, quando me libertar com o poder do Caldeirão, em minha forma verdadeira... Vou devastar aquele exército. Até o último soldado.

— Amren...

— *Não* — suplicou uma voz masculina atrás de nós.

Varian surgiu da trilha rochosa, arquejando para tomar fôlego, sujo de sangue.

Amren deu um risinho.

— Como um cão farejador.

— Não. — Foi tudo o que Varian disse.

— Me liberte — disse Amren, ignorando-o. — Me deixe acabar com isso.

Comecei a balançar a cabeça.

— Você... você *partirá*. Disse que não se lembrará de nós, não será mais *você* se for libertada.

Amren deu um leve sorriso... para mim, para Varian.

— Eu os observei por tantas eras. Humanos... Em meu mundo também havia humanos. E eu os vi amar, e odiar, e travar guerras inúteis, e encontrar a preciosa paz. Eu os vi construir vidas, construir *mundos*

Eu... Nunca me foram permitidas tais coisas. Não tinha sido feita daquela forma, não recebera ordens para que o fizesse. Então, observei. E naquele dia em que vim até aqui... foi a primeira coisa egoísta que fiz. Por um longo, longo tempo, achei que fosse punição por desobedecer às ordens de meu Pai, por *querer*. Achei que este mundo fosse algum inferno no qual ele me trancafiara por desobediência.

Amren engoliu em seco.

— Mas acho... eu me pergunto se meu Pai sabia. Se viu como eu os observava amar, odiar e construir, e abriu aquela fenda no mundo não como punição... mas como um presente. — Os olhos brilharam. — Pois foi um presente. Esse tempo... com vocês. Com todos vocês. Foi um presente.

— Amren — disse Varian, e se ajoelhou. — Estou *implorando* a você...

— Diga ao Grão-Senhor — falou Amren, baixinho — para deixar um cálice para mim.

Não achei que tinha espaço em meu coração para mais uma gota de tristeza. Eu me agarrei ao Caldeirão com um pouco mais de força, com a garganta fechada.

— Direi.

Ela olhou para Varian, com um sorriso sarcástico na boca vermelha.

— Eu os observava mais do que todos, os humanos que amavam. Nunca entendi... *como* acontecia. *Por que* acontecia. — Amren parou a um passo do Caldeirão. — Acho que talvez eu tenha aprendido com você. Talvez esse tenha sido um último presente também.

O rosto de Varian se contorceu com angústia. Mas ele não fez mais menção de impedir Amren.

Ela se virou para mim. E falou as palavras dentro de minha mente — o feitiço que eu precisava pensar, sentir e *fazer*. Assenti.

— Quando eu estiver livre — avisou Amren — não fujam. Vai atrair minha atenção.

Ela ergueu a mão firme para meu braço.

— Fico feliz por termos nos conhecido, Feyre.

Sorri para Amren, fazendo uma reverência com a cabeça.

— Eu também, Amren. Eu também.

Amren pegou meu pulso. E se jogou no Caldeirão.

⸸

Lutei. Lutei com cada fôlego para terminar o feitiço, o braço submerso pela metade no Caldeirão enquanto Amren descia na água escura que o enchia. Eu disse as palavras com a língua, disse com coração, sangue e osso. Gritei as palavras.

A mão de Amren sumiu de meu braço, derretendo-se como orvalho sob o sol matinal.

O feitiço terminou, saindo de mim com um tremor, e eu recuei, soltando o Caldeirão. Varian me segurou antes que eu caísse, e me agarrou com força quando olhamos para a massa escura do Caldeirão, para a superfície tranquila.

— Ela... — sussurrou ele.

Começou longe, bem abaixo de nós. Como se Amren tivesse ido até o centro da Terra.

Deixei que Varian me puxasse alguns passos para trás quando a ondulação estremeceu pelo chão, lançando-se contra nós, contra o Caldeirão.

Só tivemos tempo suficiente para nos atirar atrás da rocha mais próxima quando fomos atingidos.

O Caldeirão se partiu em três pedaços, separando-se, como uma flor desabrochando; e então ela veio.

Ela explodiu daquela casca letal, a luz ofuscou nossa visão. Luz e fogo.

Ela rugia — em vitória, ódio e dor.

E eu podia jurar que vi imensas asas abrasadoras abertas; cada pena, uma brasa acesa. Podia jurar que uma coroa de luz incandescente flutuava logo acima dos cabelos em chamas.

Ela parou. A coisa que estava dentro de Amren parou.

Olhou para nós... para o campo de batalha e todos os nossos amigos, nossa família ainda lutando.

Como se para dizer: *Eu me lembro de vocês.*

E, então, ela se foi.

Abriu aquelas asas, e chamas e luz ondularam para envolvê-la, não mais que um monstro de fogo que desceu sobre os exércitos de Hybern.

Eles começaram a correr.

Amren desceu sobre eles como um martelo, chovendo fogo e enxofre.

Ela disparou entre eles, queimando-os, sorvendo a morte dos soldados. Alguns morreram com o mero sussurro de sua passagem.

Ouvi Rhys urrar — e o som foi o mesmo que o dela. Vitória, ódio e dor. E um aviso. Aviso para não correrem.

Aos poucos, ela destruiu aquele exército hyberniano infinito. Aos poucos, varreu sua mácula, a ameaça. O sofrimento que tinham trazido.

Ela estilhaçou aquele comandante hyberniano que estava pronto para dar um golpe fatal em Helion. Estilhaçou o comandante, como se fosse feito de vidro. Ela deixou apenas cinzas para trás.

Mas aquele poder... se dissipava. Sumia, brasa após brasa.

Mas Amren foi para o mar, onde os exércitos de meu pai e de Vassa lutavam ao lado do povo de Miryam. Barcos inteiros cheios de soldados hybernianos se calaram depois de sua passagem.

Como se tivesse sugado a vida para fora deles. Mesmo enquanto a dela se extinguia.

Amren chegou ao último barco — o último barco de nosso inimigo — e não passava de uma chama na brisa.

E, quando aquele navio também caiu em silêncio...

Havia apenas luz. Luz forte, límpida, dançando nas ondas.

Capítulo 76

Lágrimas escorriam pela pele suja de sangue de Varian enquanto observávamos aquele ponto no mar em que Amren tinha sumido.

Abaixo, adiante, nossas forças começavam a gritar vitória — com alegria.

Na rocha... silêncio total.

Olhei, por fim, para os terços partidos do Caldeirão.

Talvez eu tivesse feito aquilo. Ao libertar Amren, tinha libertado o Caldeirão. Ou talvez Amren, com o poder liberado... aquilo era grandioso demais até mesmo para o Caldeirão.

— Deveríamos ir — falei para Varian. Os demais estariam nos procurando.

Eu precisava pegar meu pai. Enterrá-lo. Ajudar Cassian.

Precisava ver quem mais estava entre os mortos... ou vivos.

Vazia; eu me sentia muito cansada e vazia.

Consegui ficar de pé. Dar um passo antes de sentir.

A... *coisa* no Caldeirão. Ou sua ausência.

Era falta e substância, ausência e presença. E... estava vazando para o mundo.

Ousei dar um passo em direção a ele. E o que vi naquelas ruínas do Caldeirão...

Era um vazio. Mas também um *não* vazio — uma expansão.

Não pertencia àquele lugar. Não pertencia a lugar algum.

Havia mãos em meu rosto, me virando, me tocando.

— Está ferida, está...?

O rosto de Rhys estava arrasado, ensanguentado. As mãos ainda exibiam as garras nas pontas, os caninos ainda alongados. Mal saíra daquela forma bestial.

— Você... você a libertou...

Ele gaguejava. Tremia. Eu não tinha certeza de como Rhys sequer estava de pé.

Não sabia por onde começar. Como explicar.

Deixei que ele entrasse em minha mente, e a presença de Rhys foi suave — e, por mais que estivesse exausta, deixei que visse meu pai. Nestha e Cassian. O rei. E Amren.

Tudo.

Inclusive aquela *coisa* atrás de nós. Aquele buraco.

Rhys me abraçou... apenas por um momento.

— Temos um problema — murmurou Varian, apontando para trás de nós.

Acompanhamos seu dedo. Para onde aquela fissura no mundo dentro dos cacos do Caldeirão... crescia.

O Caldeirão jamais poderia ser destruído, tínhamos sido avisados. Porque nosso *mundo* estava preso a ele.

Se o Caldeirão fosse destruído... nós também o seríamos.

— O que eu fiz? — sussurrei. Salvara nossos amigos, apenas para condenar a todos.

Feita. Feita e des-Feita.

Eu o quebrara. Podia refazê-lo.

Corri até o Livro, abrindo as páginas.

Mas o ouro estava entalhado com símbolos que apenas um ser nesse mundo sabia ler, e ela se fora. Atirei a maldita coisa no vazio dentro do Caldeirão.

Ele sumiu e não apareceu de novo.

— Bem, essa é uma forma de tentar — disse Rhys.

Eu me virei ao ouvir a piada, mas o rosto de Rhys estava severo. Sombrio.

— Não sei o que fazer — sussurrei.

Rhys observou os pedaços.

— Amren disse que você era um condutor. — Assenti. — Então, seja um de novo.

— O quê?

Ele me olhou como se *eu* fosse a louca quando disse:

— Refaça o Caldeirão. Forje-o de novo.

— Com *que* poder?

— O meu.

— Você está... você está esgotado, Rhys. E eu também. Todos estamos.

— Tente. Como um agrado.

Pisquei, e aquele toque de pânico se acalmou um pouco. Sim; sim, com ele, com meu parceiro...

Pensei no feitiço que Amren me mostrara. Se eu mudasse uma coisinha... Era uma aposta. Mas podia funcionar.

— Melhor que nada — concordei, e bufei.

— Esse é o espírito da coisa. — Humor dançava nos olhos de Rhys.

Corpos se estendiam por vários quilômetros, os gritos dos feridos e daqueles em luto começavam a aumentar, mas... havíamos impedido Hybern. Impedido o rei.

Talvez com aquilo... com aquilo também tivéssemos sorte.

Estendi a mão para Rhys; a mão, a mente.

Seus escudos estavam no lugar — paredes sólidas que Rhys erguera durante a batalha. Acariciei um deles com a mão, mas permaneceu de pé. Rhys sorriu para mim, me beijou uma vez.

— Lembre-me de jamais irritar Nestha.

O fato de que ele conseguia fazer *piada* — não, era uma forma de lidar com aquilo. Para nós dois. Porque a alternativa à risada... O rosto devastado de Varian, nos observando silenciosamente, aquela era a alternativa. E, com essa coisa diante de nós, essa última tarefa...

Então, consegui rir.

E ainda estava sorrindo, apenas um pouco, quando, de novo, coloquei a mão nos pedaços quebrados do Caldeirão.

Era um buraco. Sem ar. Nenhuma vida podia existir ali. Nenhuma luz.

Era... era o que existia no início. Antes de todas as coisas explodirem dele.

Não pertencia ali, àquele lugar. Talvez um dia, quando a Terra tivesse envelhecido e morrido, quando as estrelas também tivessem sumido... talvez, então, retornaríamos para esse lugar.

Não hoje. Não agora.

Eu era tanto forma quanto nada.

E atrás de mim... o poder de Rhys era um fio. Um relâmpago interminável que se projetara de mim para aquele... lugar. Para ser moldado como eu quisesse.

Feito e des-Feito.

De um canto distante da memória, minha mente humana... me lembrei de um mural que vira na Corte Primaveril. Guardado em uma biblioteca empoeirada, não usada. Contava a história de Prythian.

Contava a história de um Caldeirão. *Desse* Caldeirão.

E, quando foi empunhado por mãos femininas... Toda a vida fluiu dele.

Estendi a mão, com o poder de Rhys ondulando por mim.

Unidos. Juntos, como um. Pergunta e resposta.

Eu não estava com medo. Não com ele ali.

Formei uma concha com as mãos, como se os terços rachados do Caldeirão pudessem caber ali. O universo inteiro na palma de minha mão.

Comecei a recitar aquele último feitiço que Amren encontrara para nós. Recitar, pensar e sentir. Palavras, fôlego e sangue.

O poder de Rhys fluía por mim, para fora de mim. O Caldeirão surgiu.

Luz dançou pelas fissuras onde os terços quebrados se uniam. Ali — ali eu precisaria forjar. Soldar. *Conter*.

Coloquei a mão na lateral do Caldeirão. Poder puro e violento cascateou para fora de mim.

Eu me recostei nele, sem medo daquele poder, do macho que me segurava.

Ele fluiu e fluiu, uma represa de luz rompida.

As rachaduras chiaram e se mesclaram.

Aquele vazio começou a serpentear de volta para dentro.

Mais. Precisávamos de mais.

Ele me deu. Rhys entregou tudo.

Eu era uma portadora, um receptáculo, um elo.

Amo você, sussurrou Rhys para minha mente.

Eu apenas me recostei em meu parceiro, me deliciando com o calor, mesmo naquele não lugar.

Poder estremeceu por Rhys. Envolveu o Caldeirão. Recitei o feitiço diversas e diversas vezes.

A primeira rachadura cicatrizou.

Depois, a segunda.

Senti Rhys estremecer atrás de mim, ouvi o sussurro úmido de sua respiração. Tentei me virar...

Amo você, disse Rhys de novo.

A terceira e última rachadura começou a cicatrizar.

O poder começou a se extinguir. Mas continuou fluindo para fora.

Eu joguei meu poder também, faíscas, neve, luz e água. Juntos, lançamos tudo para dentro. Demos até a última gota.

Até que aquele Caldeirão estivesse inteiro. Até que a coisa que ele continha... estivesse ali. Trancafiada.

Até que eu consegui sentir o sol aquecendo meu rosto novamente. E vi aquele Caldeirão repousando diante de mim — sob minha mão.

Soltei os dedos da borda de ferro gelada. Olhei para baixo, para as profundezas de nanquim.

Nenhuma rachadura. Inteiro.

Soltei um suspiro trêmulo. Tínhamos conseguido. Tínhamos conseguido...

Eu me virei.

Levei um momento para entender... o que vi.

Rhys estava jogado no chão rochoso, as asas abertas atrás do corpo.

Ele parecia estar dormindo.

Mas quando inspirei...

Não estava ali.

Aquela coisa que se erguia e descia com cada respiração. Que ecoava cada batida do coração.

O laço de parceria.

Não estava ali. Tinha sumido.

Porque o peito... não se movia.

E Rhys estava morto.

Capítulo 77

Havia apenas silêncio em minha mente. Apenas silêncio quando comecei a gritar.

Gritar, gritar e gritar.

O vazio em meu peito, em minha *alma*, com a ausência daquele laço, daquela *vida*...

Eu o sacudia, gritava seu nome e sacudia, e meu corpo deixou de ser meu corpo, e se tornou apenas essa *coisa* que continha a mim mesma e essa *falta* dele, e eu não conseguia parar de gritar e gritar...

Então, Mor apareceu. E Azriel, cambaleando, com um braço em volta de Cassian — ensanguentado, e de pé apenas por causa das ataduras azuis de trama de Sifão por todo o corpo. Pelo corpo de ambos.

Estavam dizendo coisas, mas eu só conseguia ouvir aquele último *Amo você*, que não fora uma declaração, mas um adeus.

E ele sabia. *Sabia* que não lhe restava mais nada, e que impedir aquilo tomaria tudo. *Custaria* tudo a ele. Rhys manteve os escudos erguidos para que eu não visse, porque não teria dito sim, teria preferido que o mundo *acabasse* a isso, essa *coisa* que Rhys fizera e esse *vazio* onde ele estava, onde nós estávamos...

Alguém tentava me puxar para longe de Rhys, e soltei um som que poderia ter sido um grunhido ou mais um grito, e a pessoa me largou.

Não conseguia viver com aquilo, não conseguia suportar aquilo, não conseguia *respirar*...

Havia mãos — mãos desconhecidas no pescoço de Rhys. Tocando-o...

Avancei contra elas, mas alguém me segurou.

— Ele está vendo se algo pode ser feito — disse Mor, a voz rouca.

Ele... ele. Thesan. Grão-Senhor da Crepuscular. E da cura. Avancei de novo, para implorar, suplicar...

Mas ele balançou a cabeça. Para Mor. Para os outros.

Tarquin estava ali. Helion. Ofegante e arrasado.

— Ele... — disse Helion, rouco, e então balançou a cabeça, fechando os olhos. — É lógico que fez — afirmou o Grão-Senhor, mais para si mesmo.

— Por favor — implorei, e não tinha certeza de com quem estava falando. Meus dedos rasparam a armadura de Rhys, tentando chegar ao coração abaixo.

O Caldeirão; talvez o Caldeirão.

Eu não conhecia aqueles feitiços. Como colocar Rhys dentro e me certificar de que *ele* voltasse...

Mãos envolveram as minhas. Estavam ensanguentadas e cortadas, mas foram gentis. Tentei me desvencilhar, mas elas seguraram firme quando Tarquin se ajoelhou a meu lado e disse:

— Sinto muito.

Foram aquelas duas palavras que me destruíram. Destruíram de uma forma que eu nem sabia ser possível, o rompimento de cada fio e controle.

Fique com o Grão-Senhor. O último aviso do Suriel. *Fique... e viva para ver tudo se acertar*.

Uma mentira. Uma *mentira*, como Rhys mentira para mim. *Fique com o Grão-Senhor.*

Fique.

Pois ali... os retalhos rasgados do laço de parceria. Flutuando em um vento fantasma dentro de mim. Eu os agarrei, puxei, como se Rhys fosse responder.

Fique. Fique, fique, fique.

Eu me agarrei àqueles retalhos e resquícios, agarrando o vazio que espreitava além.

Fique.

Ergui o rosto para Tarquin, e exibi os dentes. Olhei para Helion. E Thesan. E Beron e Kallias, Viviane chorava a seu lado.

— *Tragam-no de volta* — grunhi.

Rostos inexpressivos.

— *TRAGAM-NO DE VOLTA* — gritei com eles.

Nada.

— Vocês fizeram isso por mim — falei, respirando com dificuldade. — *Agora, façam por ele.*

— Você era humana — explicou Helion, com cautela. — Não é igual...

— Não me importa. Façam. — Quando eles não se moveram, reuni os resquícios de meu poder, preparando-me para invadir a mente dos Grão-Senhores e obrigá-los, sem me importar com que regras ou leis quebrasse. Não me importaria, apenas se...

Tarquin avançou. Ele estendeu a mão devagar em minha direção.

— Pelo que ele deu — falou Tarquin baixinho. — Hoje e por muitos anos antes.

E, quando aquela semente de luz surgiu na palma de sua mão... comecei a chorar de novo. Observei a semente cair no pescoço exposto de Rhys e sumir dentro da pele, um eco de luz se incendiou uma vez.

Helion deu um passo adiante. Aquela semente de luz na mão estremeceu quando caiu na pele de Rhys.

Depois, Kallias. E Thesan.

Até que apenas Beron estava de pé ali.

Mor sacou a espada e a levou ao pescoço do Grão-Senhor da Outonal. Ele se sobressaltou, não vira Mor se mover.

— Não me importaria em causar mais uma morte hoje — disse ela.

Beron lançou um olhar maldoso a Mor, mas empurrou a espada e caminhou para a frente. Ele praticamente atirou aquela faísca de luz em Rhys. Não me importei com isso também.

Não conhecia o feitiço, o poder de onde vinha. Mas eu era Grã-Senhora.

Estendi a palma da mão. Desejando que aquela faísca de vida surgisse. Nada aconteceu.

Respirei para me controlar, lembrando qual era a aparência.

— Digam-me como — grunhi, para ninguém.

Thesan tossiu e deu um passo adiante. Explicando o núcleo de poder exaustivamente, e não me importei, mas ouvi, até que...

Ali. Pequena como uma semente de girassol, surgiu em minha palma. Um pouco de mim — minha vida.

Eu a coloquei com carinho no pescoço incrustado de sangue de Rhys.

E percebi, no momento em que ele surgiu, o que estava faltando.

Tamlin estava parado ali, conjurado pela morte de outro Grão-Senhor, ou por um dos demais a meu redor. Estava coberto de lama e sangue, o novo boldrié quase vazio.

Tamlin estudou Rhys, sem vida, diante de mim. Estudou todos nós — com as palmas ainda estendidas.

Não havia bondade em seu rosto. Nenhuma misericórdia.

— Por favor! — Foi tudo o que eu disse a ele.

Então, Tamlin olhou para nós — meu parceiro e eu. O rosto não mudou.

— *Por favor* — chorei. — Eu... eu darei *qualquer coisa* a você...

Algo mudou em seus olhos ao ouvir isso. Mas não bondade. Nenhuma emoção.

Apoiei a cabeça no peito de Rhysand, ouvindo em busca de alguma batida do coração através daquela armadura.

— Qualquer coisa — sussurrei, para ninguém em especial. — Qualquer coisa.

Passos estalaram no chão rochoso. Eu me preparei para mais um par de mãos que tentaria me puxar para longe, e enterrei os dedos com mais força.

Os passos permaneceram atrás de mim por tempo suficiente para me fazer olhar.

Tamlin estava ali. Me olhando do alto. Aqueles olhos verdes mergulhados em alguma emoção que eu não conseguia reconhecer.

— Seja feliz, Feyre — disse ele, baixinho.

E soltou aquela última semente de luz em Rhysand.

✠

Eu não tinha testemunhado — quando fora Feito comigo.

Então, tudo o que fiz foi segurá-lo. Seu corpo, os retalhos daquele laço.

Fique, implorei. *Fique*.

Luz brilhou além de minhas pálpebras fechadas.

Fique.

E no silêncio... comecei a contar a ele.

Sobre aquela primeira noite em que o vira. Quando ouvi aquela voz me chamando para as colinas. Quando não consegui resistir aos chamados, e agora... agora me perguntava se o teria ouvido me chamar no Calanmai. Se fora a voz de Rhys que me levara até lá naquela noite.

Eu contei como me apaixonei por ele — cada olhar, bilhete passado e risada que Rhys provocara em mim. Contei a ele sobre tudo o que tínhamos feito, e o que significara para mim, e tudo o que eu ainda queria fazer. Toda a *vida* que ainda restava diante de nós.

E em troca... um estampido soou.

Abri os olhos. Outro estampido.

E, então, seu peito inflou, erguendo minha cabeça.

Não consegui me mover, não consegui respirar...

A mão de alguém roçou em minhas costas.

Então, Rhys gemeu:

— Se estamos todos aqui, ou as coisas deram muito, muito errado, ou muito certo.

Uma risada rouca irrompeu de dentro de Cassian.

Não consegui erguer a cabeça, não consegui fazer nada além de abraçá-lo, aproveitando cada batida do coração, cada respiração e o tremor de sua voz quando Rhys disse, rouco:

— Vocês ficarão felizes em saber... Meu poder ainda é o mesmo. Nenhum roubo.

— Você sabe mesmo fazer uma entrada — cantarolou Helion. — Ou eu deveria dizer saída?

— Você é terrível — disparou Viviane. — Isso não é nem remotamente engraçado...

Não ouvi o que mais ela disse. Rhys se sentou, me erguendo de cima dele. Então, afastou os cabelos que se agarravam a minhas bochechas úmidas.

— *Fique com o Grão-Senhor* — murmurou ele.

Eu não acreditei... até olhar para aquele rosto. Aqueles olhos salpicados de estrelas.

Não me deixei acreditar que não passava de alguma ilusão...

— É real — disse Rhys, beijando minha testa. — E... tem outra surpresa.

Ele apontou com a mão cicatrizada para o Caldeirão.

— Alguém pesque nossa querida Amren antes que ela pegue um resfriado.

Varian se virou para nós. Mas Mor corria até o Caldeirão, e seu grito quando colocou a mão para dentro...

— Como? — sussurrei.

Azriel e Varian estavam lá, ajudando Mor a puxar uma forma encharcada para fora da água escura.

Seu peito subia e descia, as feições eram iguais, mas...

— Ela estava lá — disse Rhys. — Quando o Caldeirão estava se fechando. Indo... para onde quer que vamos.

Amren cuspiu água, vomitou no chão rochoso. Mor lhe bateu nas costas, acalmando Amren durante tudo.

— Então, eu estendi a mão — prosseguiu Rhys, em voz baixa. — Para ver se ela queria voltar.

E, quando Amren abriu os olhos, quando Varian soltou um ruído engasgado de alívio e alegria...

Eu soube... do que ela abrira mão para voltar. Grã-Feérica... e apenas isso.

Pois os olhos prateados estavam sólidos. Não se moviam. Nada de fumaça, nenhuma névoa queimando ali.

Uma vida normal, sem rastro dos poderes à vista.

E, quando Amren sorriu para mim... eu me perguntei se teria sido seu último presente.

Se tudo... se tudo fora um presente.

Capítulo 78

Em meio ao extenso campo de cadáveres e feridos, havia um corpo que eu queria enterrar.

Apenas Nestha, Elain e eu voltamos àquela clareira, depois que Azriel declarou que a batalha estava realmente encerrada.

Deixar Rhys sair de minha vista para reunir nossos exércitos espalhados, buscar entre vivos e mortos, e planejar algo que se assemelhasse à ordem foi um esforço para meu autocontrole.

Quase implorei a Rhys que fosse conosco, para que não precisasse soltar sua mão, a qual eu não tinha parado de segurar desde aqueles momentos em que ouvira as belas e firmes batidas de seu coração ecoando pelo corpo mais uma vez.

Mas essa tarefa, esse adeus... Eu sabia, bem no fundo, que era apenas para mim e minhas irmãs.

Então, soltei a mão de Rhys, beijando-o uma vez, duas, e o deixei no acampamento de guerra para ajudar Mor a puxar um Cassian que mal se aguentava em pé até o curandeiro mais próximo.

Nestha os observava quando cheguei a ela e Elain no limite das árvores. Será que tinha feito alguma cura, de alguma forma, naqueles momentos após arrancar a cabeça do rei? Ou teriam sido o sangue imortal de Cassian e os curativos de campo de batalha de Azriel que fizeram com que o general conseguisse ficar de pé, mesmo com aquela asa e aquela perna? Não perguntei a minha irmã, e ela não deu resposta quando pegou o balde de água que pendia das mãos ainda ensanguentadas de Elain e seguimos pelas árvores.

O cadáver do rei de Hybern estava caído na clareira, os corvos já o beliscavam.

Nestha cuspiu no corpo antes de nos aproximarmos de nosso pai. Os corvos mal se dispersaram a tempo.

Os gritos e os gemidos dos feridos eram como uma parede distante de som — outro mundo, longe da clareira banhada pelo sol. Do sangue ainda fresco no musgo e na grama. Bloqueei o odor ferroso — o sangue de Cassian, o sangue do rei, o sangue de Nestha.

Apenas nosso pai não sangrara. Não tivera a chance. E, por qualquer que tivesse sido a misericórdia da Mãe, os corvos não tinham começado a devorá-lo.

Elain limpou silenciosamente o rosto de papai. Penteou seus cabelos e sua barba. Alisou as roupas.

Ela encontrou flores — em algum lugar. Colocou-as em volta da cabeça, sobre o peito.

Encaramos nosso pai em silêncio.

— Amo você — sussurrou Elain, a voz falhando.

Nestha não disse nada; o rosto indecifrável. Havia muitas sombras em seus olhos. Eu não contara a ela o que vira — deixei que minhas irmãs me contassem o que quisessem.

— Deveríamos... fazer uma oração? — sussurrou Elain.

Não tínhamos tais coisas no mundo humano, eu me lembrei. Minhas irmãs não tinham orações para oferecer a ele. Mas em Prythian...

— Que a Mãe o abrace — sussurrei, recitando palavras que não ouvia desde aquele dia Sob a Montanha. — Que atravesse os portões; que sinta o cheiro daquela terra imortal de leite e mel. — Chamas se acenderam na ponta de meus dedos. Tudo o que consegui conjurar. Tudo o que restava. — Não tema o mal. Não tema a dor. — Minha boca estremeceu quando sussurrei: — Que entre para a eternidade.

Lágrimas escorreram pelas bochechas pálidas de Elain quando ela ajustou uma flor desgarrada no peito de nosso pai, de pétalas brancas e delicadas, e então recuou para meu lado com um aceno de cabeça.

O rosto de Nestha não mudou quando lancei aquele fogo para acender o corpo de nosso pai.

Ele virou cinzas ao vento em questão de minutos.

Encaramos a faixa queimada de terra por longos minutos, o sol deslizando céu acima.

Passos soaram na grama atrás de nós. Nestha se virou, mas...

Lucien. Era Lucien.

Lucien, exausto e ensanguentado, ofegando para recuperar o fôlego. Como se tivesse corrido até o litoral.

Seu olhar buscou Elain, e Lucien curvou um pouco os ombros. Mas Elain apenas abraçou o próprio corpo e permaneceu do meu lado.

— Está ferida? — perguntou ele, vindo em nossa direção. Vendo o sangue que manchava as mãos de Elain.

Lucien tinha parado subitamente quando reparou na cabeça decepada do rei de Hybern do outro lado da clareira. Nestha ainda estava coberta pelo sangue do monarca.

— Estou bem — respondeu Elain, em voz baixa. E então perguntou, ao reparar no sangue em Lucien, nas roupas rasgadas e nas armas ainda ensanguentadas:

— Você...

— Bem, jamais quero lutar em outra batalha enquanto viver, mas... sim, estou inteiro.

Um leve sorriso se abriu nos lábios de Elain. Mas Lucien reparou naquele trecho queimado de grama atrás de nós e falou:

— Ouvi... o que aconteceu. Sinto muito por sua perda. De todas vocês.

Eu apenas caminhei até ele e abracei o pescoço de Lucien, mesmo que não fosse o abraço que ele esperava.

— Obrigada... por vir. Para a batalha, quero dizer.

— Tenho uma história e tanto para contar — disse ele, me apertando com força. — E não fique surpresa se Vassa a encurralar assim que os navios forem contados. E o sol se puser.

— Ela é mesmo...

— Sim. Mas seu pai, sempre negociador... — Um sorriso triste, breve, na direção daquela grama queimada. — Ele conseguiu fazer um acordo com o *guardião* de Vassa para vir até aqui. Temporariamente, mas... melhor que nada. Mas, sim... rainha à noite, pássaro de fogo durante o dia. — Lucien expirou. — Maldição horrível.

— As rainhas humanas ainda estão lá — falei. Talvez eu as cace.

— Não por muito tempo... não se Vassa se envolver.

— Você parece um acólito.

Lucien corou, olhando para Elain.

— Ela tem um temperamento terrível e uma boca pior. — Ele me olhou com sarcasmo. — Vocês duas vão se dar bem.

Dei uma cotovelada brincalhona nas costelas de Lucien.

Mas ele olhou de novo para aquela grama chamuscada, e o rosto sujo de sangue se tornou solene.

— Ele era um bom homem — disse Lucien. — Amava muito vocês.

Assenti, incapaz de formar as palavras. Os pensamentos. Nestha nem sequer piscou para indicar que ouvira. Elain apenas se abraçou com mais força, e mais algumas lágrimas escorreram.

Poupei Lucien do tormento de se decidir se tocava minha irmã, e dei o braço a ele, começando a me afastar, deixando que minhas irmãs decidissem se seguiriam ou ficariam — se queriam um momento a sós com aquela grama queimada.

Elain veio.

Nestha ficou.

Elain passou para meu lado, olhando para Lucien. Ele reparou.

— Soube que deu o golpe fatal — disse ele.

Elain observou as árvores.

— Nestha deu. Eu apenas o esfaqueei.

Lucien pareceu se atrapalhar com uma resposta, mas eu disse a ele:

— Então, para onde agora? Partir com Vassa? — Eu me perguntava se Lucien tinha ouvido sobre o papel de Tamlin... a ajuda que ele nos dera. Um olhar para meu amigo me disse que sim. Alguém, talvez meu parceiro, o informara.

Lucien deu de ombros.

— Primeiro, aqui. Para ajudar. Depois... — Outro olhar para Elain. — Quem sabe?

Cutuquei Elain, que piscou para mim, e então disparou:

— Você poderia vir para Velaris.

Lucien viu tudo, mas assentiu, graciosamente.

— Seria um prazer.

Conforme caminhávamos de volta ao acampamento, Lucien nos contou sobre o tempo em que estivera fora, como caçara Vassa, como a encontrara já com meu pai, um exército marchando para o oeste. Como Miryam e Drakon se juntaram a eles na jornada para nos ajudar.

Eu ainda refletia sobre tudo o que Lucien contara quando entrei na tenda com intenção de, finalmente, tirar as roupas de couro, e deixei Lucien com Elain para encontrar um lugar e se lavar. E conversar... talvez.

Mas, quando passei pelas abas, um som me recebeu do lado de dentro — conversa. Muitas vozes, e uma delas pertencia a meu parceiro.

Dei um passo para dentro e soube que não trocaria de roupa tão cedo.

Pois, em uma cadeira diante do braseiro, sentava o príncipe Drakon, Rhys jogado, ainda ensanguentado, nas almofadas a sua frente. E, nas almofadas ao lado de Rhys, estava uma linda fêmea, os cabelos pretos desciam pelas costas em cachos exuberantes, e ela já sorria para mim.

Miryam.

Capítulo 79

O rosto sorridente de Miryam era mais humano que Grão-Feérico. Mas Miryam, lembrei quando ela e Drakon se levantaram para me cumprimentar, era apenas semifeérica. Tinha as delicadas orelhas pontiagudas, mas... havia algo ainda humano a seu respeito. Naquele amplo sorriso que iluminava os olhos castanhos.

Gostei dela imediatamente. Lama sujava suas vestes de couro — de um modelo diferente daquela dos illyrianos, mas obviamente projetada para outro povo alado se manter aquecido nos céus —, e algumas gotas de sangue cobriam a pele marrom-clara no pescoço e nos dedos, mas Miryam não parecia notar. Ou se importar. Ela estendeu as mãos para mim.

— Grã-Senhora — disse Miryam, com o sotaque igual ao de Drakon. Arrastado e forte.

Peguei suas mãos, surpresa por estarem secas e quentes. Miryam apertou meus dedos com força enquanto consegui dizer:

— Ouvi muito a seu respeito, obrigada por vir. — Lancei um olhar para onde Rhys ainda estava, deitado nas almofadas, nos observando com as sobrancelhas erguidas. — Para alguém que estava morto ainda há pouco — falei, com rispidez —, você parece incrivelmente relaxado.

Rhys deu um risinho.

— Fico feliz por estar de volta a seu humor habitual, Feyre querida.

Drakon riu com deboche e pegou minhas mãos, apertando-as com a mesma força com que a parceira o fizera.

— O que ele não quer lhe contar, minha senhora, é que ele é tão velho que *não consegue* ficar de pé no momento.

Eu me virei para Rhys.

— Você está...?

— Bem, bem — respondeu ele, gesticulando com a mão, mesmo ao gemer um pouco. — Embora talvez agora você entenda por que não me dei o trabalho de visitar esses dois por tanto tempo. São terrivelmente cruéis comigo.

Miryam riu, sentando-se nas almofadas de novo.

— Seu parceiro estava contando *sua* história, pois parece que você já tinha ouvido a nossa.

Eu tinha, mas, mesmo quando o príncipe Drakon graciosamente retornou ao assento e eu me sentei na cadeira ao lado da dele, apenas ao observar os dois... eu queria saber de tudo. Um dia; não amanhã ou no dia seguinte, mas... um dia, eu queria ouvir a história inteira. Mas, por enquanto...

— Eu... vi vocês. Lutando com Jurian. — Drakon imediatamente enrijeceu o corpo, os olhos de Miryam se fecharam quando perguntei: — Ele... Ele está morto?

— Não. — Foi a única resposta de Drakon.

— Mor — interrompeu Miryam, franzindo a testa — acabou nos convencendo a não... ajustar as contas.

Eles teriam. Pela expressão no rosto de Drakon, o príncipe ainda não parecia convencido. E, pelo brilho assombrado nos olhos de Miryam, parecia que muito mais acontecera durante aquela briga do que os dois deixaram transparecer. Mas, mesmo assim, perguntei:

— Onde ele está?

Drakon deu de ombros.

— Depois que não o matamos, não faço ideia de para onde rastejou.

Rhys me deu um meio sorriso.

— Está com os homens de Lorde Graysen... cuidando dos feridos.

— Você é... amiga de Jurian? — perguntou Miryam, com cautela.

— Não — respondi. — Quero dizer... acho que não. Mas... todas as palavras que ele me disse eram verdadeiras. E ele me ajudou. Muito.

Nenhum dos dois sequer assentiu ao trocar um olhar prolongado, palavras não ditas passaram de um para outro.

— Achei que tinha visto Nephelle durante a batalha... — perguntou Rhys. — Alguma chance de eu conseguir dar um oi, ou ela é importante demais agora para se incomodar comigo? — Uma linda risada estava estampada nos olhos de meu parceiro.

Estiquei o corpo, sorrindo.

— Ela está aqui?

Drakon ergueu uma sobrancelha escura.

— Conhece Nephelle?

— Ouvi *falar* dela — respondi, e olhei na direção das abas da tenda como se Nephelle fosse entrar correndo. — Eu... é uma longa história.

— Temos tempo de ouvir — respondeu Miryam, e depois acrescentou: — Ou... um pouco de tempo, suponho.

Pois havia, de fato, muitas, muitas coisas para resolver. Inclusive... Balancei a cabeça.

— Mais tarde — respondi para Miryam, para seu parceiro. A prova de que um mundo podia existir sem uma muralha, sem um Tratado. — Tem algo... — Transmiti meu pensamento pelo laço para Rhys, o que me garantiu um aceno de aprovação antes que eu dissesse: — Sua ilha ainda é secreta?

Miryam e Drakon trocaram um olhar culpado.

— Pedimos desculpas por isso — disse Miryam. — Parece que o encantamento funcionou bem *demais* se manteve os mensageiros bem-intencionados de fora. — Ela balançou a cabeça, e aqueles lindos cachos se moveram. — Teríamos vindo antes, partimos assim que percebemos o perigo em que se encontravam.

— Não — respondi, balançando a cabeça, buscando as palavras. — Não... não culpo vocês. Pela Mãe, devemos a vocês... — Expirei. — Estamos em dívida com vocês. — Drakon e Miryam protestaram contra isso, mas prossegui: — O que quero dizer é... Se houvesse um objeto de poder terrível que agora precisasse ser escondido... Cretea ainda seria um bom lugar para escondê-lo?

De novo, aquela troca de olhares, uma troca entre parceiros.

— Sim — respondeu Drakon.

— Está se referindo ao Caldeirão — sussurrou Miryam.

Assenti. Tinha sido arrastado até nosso acampamento, guardado por quaisquer illyrianos que ainda conseguissem ficar de pé. Nenhum dos outros Grão-Senhores pedira por ele... ainda. Mas eu conseguia ver o debate que se deflagraria, a guerra que talvez começássemos internamente, sobre quem, exatamente, ficaria com o Caldeirão.

— Precisa desaparecer — avisei, baixinho. — Permanentemente. Antes que alguém se lembre de reivindicá-lo — acrescentei.

Drakon e Miryam refletiram, alguma conversa não dita entre os dois, talvez pelo próprio laço de parceria.

— Quando partirmos — disse Drakon por fim —, um de nossos navios pode acabar um pouco mais pesado na água.

Sorri.

— Obrigada.

— Quando, exatamente, planejam partir? — perguntou Rhys, erguendo uma sobrancelha.

— Já está nos expulsando? — brincou Drakon, com um meio sorriso.

— Dentro de alguns dias — interrompeu Miryam, rispidamente. — Assim que os feridos estiverem prontos.

— Que bom — comentei.

Todos me olharam. Engoli em seco.

— Quero dizer... Não que esteja feliz que vocês vão embora... — A diversão nos olhos de Myriam aumentou, brilhando. Sorri também. — Quero vocês aqui. Porque gostaria de convocar uma reunião.

✢

Um dia depois... Eu não sabia como tinha sido organizado tão rapidamente. Apenas expliquei o que queria, o que *precisava* fazer, e… Rhys e Drakon fizeram acontecer.

Não havia espaço adequado para fazer aquilo — não com os acampamentos caóticos. Mas havia um lugar... afastado alguns quilômetros.

E, conforme o sol se punha e a propriedade semidestruída de minha família se enchia de Grão-Senhores e príncipes, generais e comandantes, humanos e feéricos... ainda não tinha palavras para expressar de fato. Como pudemos, todos, nos reunir naquela imensa sala de estar, o único espaço utilizável na antiga propriedade de minha família, e realmente fazer... aquela reunião.

Eu tinha dormido a noite inteira, profunda e imperturbadamente, com Rhys a meu lado na cama. Não o soltei até que o alvorecer entrou na tenda. E então... os acampamentos de guerra estavam muito cheios de sangue, feridos e mortos. E havia essa reunião que precisava ser feita entre diversos exércitos, acampamentos e povos.

Levou o dia todo, mas, no fim, eu estava no saguão destruído, com Rhys e os demais, o amontoado estilhaçado que era o lustre atrás de nós, no piso de mármore rachado.

Os Grão-Senhores chegaram primeiro. A começar por Beron.

Beron, que nem sequer olhou para o filho-que-não-era-seu-filho. Lucien, de pé a meu lado, não reconheceu a existência de Beron também. Ou a de Eris, quando este entrou um passo atrás do pai.

Eris, um corte violento e mal cicatrizado na bochecha e no pescoço, estava, continuava roxo e ferido o bastante para indicar que chegara ao fim da luta da véspera em um estado lastimável. Mor soltou um grunhido de satisfação ao ver aquilo — ou talvez um ruído de desapontamento porque o ferimento não fora fatal.

Eris prosseguiu, como se não tivesse ouvido, mas não riu com deboche, pelo menos. Na verdade... ele apenas assentiu para Rhys.

A promessa silenciosa bastava: em breve. Em breve, talvez, Eris finalmente tomaria o que desejava... e cobraria nossa dívida.

Não nos demos o trabalho de acenar de volta. Nenhum de nós.

Principalmente não Lucien, que continuou a ignorar, determinado, o irmão mais velho.

Mas, quando Eris passou... Eu podia ter jurado que havia algo como tristeza, como arrependimento, quando ele olhou para Lucien.

Tamlin atravessou a porta momentos depois.

Tinha um curativo no pescoço e um no braço. Ele veio, como na primeira reunião, sem ninguém.

Eu me perguntei se Tamlin sabia que aquela casa em ruínas tinha sido comprada com o dinheiro que ele dera a meu pai. Com a bondade que demonstrara para com eles.

Mas a atenção de Tamlin não foi até mim.

Foi até a pessoa que estava a minha esquerda. Foi até Lucien.

Lucien deu um passo adiante, a cabeça erguida, mesmo quando aquele olho de metal rangeu. Minhas irmãs já estavam na sala de estar, prontas para guiar nossos convidados para os lugares pré-determinados. Tínhamos planejado os lugares com cautela também.

Tamlin parou a poucos metros. Nenhum de nós disse uma palavra. Não quando Lucien abriu a boca.

— Tamlin...

Mas a atenção de Tamlin tinha se voltado para as roupas que Lucien agora usava. O couro illyriano.

Ele podia muito bem estar usando o preto da Corte Noturna.

Foi difícil ficar de boca fechada, não explicar que Lucien não tinha outras roupas consigo, e que elas não eram um sinal de sua lealdade...

Tamlin apenas balançou a cabeça, o ódio estampado nos olhos verdes, e passou direto. Sem dizer uma palavra.

Olhei para Lucien a tempo de ver a culpa e a devastação lampejarem naquele olho avermelhado. Rhys tinha, de fato, contado a Lucien tudo sobre a assistência secreta de Tamlin. Como ajudou ao arrastar Beron até ali. Ao me salvar no acampamento. Mas Lucien permaneceu de pé conosco enquanto Tamlin encontrava seu lugar na sala de estar, à direita. Não olhou para o amigo sequer uma vez.

Lucien não era tolo o bastante para implorar por perdão.

Aquela conversa, aquele confronto... aconteceria em outro momento. Outro dia, ou semana, ou mês.

Perdi a conta de quem entrou depois. Drakon e Miryam, com uma delegação de seu povo. Inclusive...

Eu encarei a fêmea magra de cabelos pretos que entrou à direita de Miryam, com as asas muito menores que as dos demais serafins.

Olhei para onde Azriel estava, do outro lado de Rhys, todo enfaixado e com as asas em talas depois de tê-las forçado demais no dia anterior. O encantador de sombras assentiu em confirmação. Nephelle.

Sorri para a lendária guerreira-escriba quando esta reparou que eu olhava ao passar. Nephelle sorriu de volta.

Kallias e Viviane entraram suavemente, com aquela fêmea que era, de fato, irmã de Viviane. Depois, Tarquin e Varian. Thesan e o arrasado capitão peregrino cuja mão ele segurava com força.

Helion foi o último dos Grão-Senhores a chegar. Não ousei olhar além do portal destruído, para onde Lucien estava agora de pé na sala de estar, perto de Elain, enquanto ela e Nestha se mantinham silenciosas contra a parede ao lado das intactas janelas recuadas.

Beron, sabiamente, não se aproximou — e Eris olhava para lá de vez em quando. Para observar.

Helion estava mancando, acompanhado por alguns dos capitães e generais, mas, ainda assim, conseguiu abrir um sorriso sombrio.

— Melhor aproveitar isso enquanto durar — disse ele, para mim e Rhys. — Duvido que seremos tão unidos depois que sairmos daqui.

— Obrigada pelas palavras encorajadoras — respondi, tensa, e Helion riu quando entrou devagar.

Mais e mais pessoas enchiam aquela sala, e a conversa inquieta era interrompida por rompantes de risadas ou cumprimentos. Rhys, por fim, disse a nossa família que fosse para a sala... enquanto ele e eu esperávamos.

Esperávamos e esperávamos, longos minutos.

Eles levariam mais tempo para chegar, percebi. Pois não podiam atravessar ou se mover tão rápido pelo mundo.

Eu estava prestes a me virar para a sala e começar sem eles quando duas figuras masculinas ocuparam o portal escuro com a noite.

Jurian. E Graysen.

E atrás deles... um pequeno contingente de outros humanos.

Engoli em seco. Agora começava a parte difícil.

Graysen parecia disposto a dar meia-volta, o corte recente na bochecha se enrugou quando ele fez cara feia, mas Jurian cutucou-o para que entrasse. Um olho roxo se sobressaía do lado esquerdo do rosto de Jurian. Eu me perguntei se Miryam ou Drakon teriam provocado aquilo. Eu apostaria na primeira.

Graysen apenas acenou brevemente para nós. Jurian deu um risinho para mim.

— Coloquei vocês em lados opostos da sala — comentei.

De Miryam e de Drakon. E de Elain.

Nenhum dos homens respondeu, apenas caminharam, orgulhosos e empertigados, para dentro daquela sala cheia de feéricos.

Rhys beijou minha bochecha e caminhou atrás deles. E então, restava...

Como Lucien prometera, com a escuridão agora no céu, Vassa me encontrou.

A última a chegar... a última peça daquela reunião. Vassa disparou pela ombreira da porta, ofegante e determinada, e parou a apenas meio metro.

Os cabelos soltos eram de um dourado-avermelhado, espessos cílios e sobrancelhas pretos emolduravam os olhos azuis mais deslumbrantes que eu já vira. Linda, com a pele sardenta marrom e lustrosa. Apenas alguns anos mais velha que eu, mas... jovial. Vivaz. Destemida e indomável, apesar da maldição.

— É Feyre Quebradora da Maldição? — perguntou Vassa, com sotaque melódico.

— Sim — respondi, sentindo que Rhys ouvia, com humor sarcástico, da outra sala, onde os demais agora começavam a se calar. Para me esperar.

A boca carnuda de Vassa se contraiu.

— Sinto muito... por seu pai. Foi um grande homem.

Nestha, caminhando para fora da sala de estar, parou ao ouvir as palavras. Olhou Vassa de cima a baixo.

Vassa devolveu o favor.

— Você é Nestha — declarou Vassa, e me perguntei o quanto meu pai teria descrito Nestha para que Vassa soubesse. — Sinto muito por sua perda também.

Nestha apenas a olhou com indiferença fria.

— Ouvi dizer que você assassinou o rei de Hybern — comentou Vassa, aquelas sobrancelhas escuras se franzindo quando ela, de novo, observou Nestha, buscando algum sinal de uma guerreira por baixo do vestido azul que minha irmã usava. Vassa apenas deu de ombros quando Nestha não respondeu, e então disse para mim: — Ele foi um pai melhor para mim que o meu. Devo muito a ele e honrarei sua memória enquanto viver.

O olhar que Nestha deu à rainha era suficiente para murchar a grama além da porta da frente destruída. Não melhorou quando Vassa disse:

— Pode quebrar a maldição sobre mim, Feyre Archeron?

— Foi por isso que concordou em vir tão rápido?

Um meio sorriso.

— Em parte. Lucien deu a entender que você tinha dons. E que outros Grão-Senhores também têm.

Como o pai dele — o verdadeiro. Helion.

Vassa prosseguiu antes que eu pudesse responder.

— Não me resta muito tempo... antes de precisar retornar ao lago. Para ele.

Para o senhor da morte que lhe segurava a coleira.

— Quem é ele? — sussurrei.

Vassa apenas balançou a cabeça, gesticulando com a mão quando os olhos ficaram sombrios, e repetiu:

— Pode quebrar minha maldição?

— Eu... eu não sei como quebrar esse tipo de feitiço — admiti. Sua expressão foi de desapontamento. Acrescentei: — Mas... podemos tentar.

Ela pensou.

— Com nossos exércitos se curando, não poderei partir por algum tempo. Talvez isso me dê uma... brecha, como Lucien chamou, para ficar mais. — Ela balançou de novo a cabeça. — Discutiremos isso depois — declarou Vassa. — Com o tratado que as outras rainhas propõem.

Meu coração deu um salto.

Um sorriso cruel curvou a boca de Vassa.

— Elas tentarão intervir — disse Vassa. — Com todo o tipo de conversa sobre paz. Hybern as enviou de volta antes desta batalha, mas não tenho dúvidas de que foram espertas o bastante para encorajar isso. Para não desperdiçar seus exércitos aqui.

— Mas desperdiçarão em outro lugar? — indagou Nestha.

Vassa jogou a cortina macia de cabelos por cima de um ombro.

— Veremos. E você pensará em formas de me ajudar.

Esperei até que ela seguisse para a sala de estar antes de erguer as sobrancelhas diante da ordem. Ela não sabia, ou não se importava, que eu *também* era uma rainha por direito.

Nestha deu um risinho.

— Boa sorte com *aquilo*.

Fiz uma careta, afastando a preocupação que já crescia em meu estômago, e falei:

— Aonde vai? A reunião está começando.

— Por que eu deveria assistir?

— É a convidada de honra. Matou o rei.

Sombras percorreram seu rosto.

— E daí?

Pisquei.

— É nossa emissária também. Deve estar presente para isso.

Nestha olhou na direção das escadas, e reparei no objeto que ela segurava no punho fechado.

O pequeno entalhe de madeira. Não conseguia distinguir que tipo de animal era, mas conhecia a madeira. Conhecia o trabalho.

Um dos pequenos entalhes que nosso pai fizera ao longo daqueles anos em que... que não fizera quase nada. Olhei para o rosto de Nestha antes que ela pudesse reparar em minha atenção.

— Acha que vai funcionar... essa reunião? — perguntou Nestha.

Com tantos ouvidos feéricos na sala adiante, não ousei dar qualquer resposta que não a verdade.

— Não sei, mas estou disposta a tentar. — Estendi a mão para minha irmã. — Quero você aqui para isso. Comigo.

Nestha observou aquela mão estendida. Por um momento, achei que ela daria as costas.

Mas minha irmã me deu a mão, e juntas entramos naquela sala cheia de humanos e feéricos. As duas partes desse mundo. *Todas* as partes desse mundo.

Grão-Feéricos de todas as cortes. Miryam e Drakon e sua delegação. Humanos de muitos territórios.

Todos observando Nestha e eu quando entramos, quando caminhamos até onde Rhys e os demais esperavam, encarando os grupos reunidos na sala. Tentei não me encolher diante da mobília despedaçada que fora selecionada para servir de assento. Para o papel de parede rasgado, as cortinas caídas. Mas era melhor que nada.

Supus que o mesmo se podia dizer de nosso mundo.

Silêncio caiu. Rhys me empurrou de leve para a frente, roçando minha lombar com a mão quando passei por ele. Ergui o queixo, observei a sala. E sorri para eles, os humanos e feéricos reunidos ali... em paz.

Minha voz saiu nítida e firme.

— Meu nome é Feyre Archeron. Fui humana um dia e agora sou feérica. Chamo os dois mundos de lar. E gostaria de discutir a negociação do Tratado.

CAPÍTULO 80

Um mundo dividido não era um mundo que poderia prosperar.

A primeira reunião se estendeu durante horas, muitos de nós estávamos irritadiços devido à exaustão, mas... canais foram abertos. Histórias foram trocadas. Contos narrados dos dois lados da muralha.

Contei a eles minha história.

Toda ela.

Contei aos estranhos que não me conheciam, contei a meus amigos e contei a Tamlin, que estampava uma expressão severa na parede mais afastada. Expliquei os anos de pobreza, as provações Sob a Montanha, o amor que encontrei e deixei, o amor que me curou e salvou. Minha voz não hesitou. Minha voz não vacilou. Quase tudo o que eu tinha visto no Uróboro... deixei que eles também vissem. Contei a eles.

E, quando terminei, Miryam e Drakon avançaram para contar a própria história.

Outro lampejo de prova — de que humanos e feéricos podiam não apenas trabalhar juntos, viver juntos, mas se tornar muito mais. Ouvi cada palavra daquilo... e não me dei o trabalho de afastar as lágrimas às vezes. Apenas me agarrava à mão de Rhys, sem soltar.

Havia muitos outros com histórias. Algumas que contrariavam as nossas. Relações que não tinham terminado tão bem. Crimes cometidos. Mágoas não perdoadas.

Mas era um começo.

Havia ainda muito trabalho a ser feito, confiança para ser construída, mas a questão de fazer uma nova muralha...

Ainda estava em aberto se conseguiríamos concordar nesse ponto. Muitos de nós eram contra. Muitos dos humanos, com razão, se sentiam desconfiados. Ainda havia outros territórios feéricos a enfrentar — aqueles que tinham achado as promessas de Hybern atraentes. Sedutoras.

Os Grão-Senhores foram os que mais brigaram a respeito da possibilidade de uma nova muralha. E, com cada palavra, exatamente como Helion disse, aquela aliança temporária se desgastou e se partiu. Fronteiras de cortes foram redefinidas.

Mas, pelo menos, eles ficaram até o fim — até as primeiras horas da manhã, quando finalmente decidimos que o restante seria discutido em outro dia. Outro lugar.

Levaria tempo. Tempo, e confiança.

E me perguntei se a estrada adiante — a estrada para a paz verdadeira — seria talvez a mais árdua e mais longa até então.

Os demais partiram, atravessando, voando ou caminhando para a escuridão, já se unindo novamente aos próprios grupos, cortes e tropas. Eu os observei partirem pela porta aberta da propriedade, até que não passassem de sombras contra a noite.

Eu vira Elain olhando pela janela mais cedo — observando Graysen partir com seus homens, sem sequer olhar para ela. Fora sincero em cada palavra naquele dia na fortaleza. Se reparou que Elain ainda usava o anel de noivado, que Elain o encarava sem parar conforme o jovem lorde caminhava noite afora... Não sei. Que Lucien lidasse com aquilo... por enquanto.

Suspirei, apoiando a cabeça contra a moldura de pedra rachada da porta. A grande porta de madeira havia sido completamente destruída, as farpas ainda estavam espalhadas na entrada de mármore atrás de mim.

Reconheci seu cheiro antes de ouvir as passadas tranquilas se aproximando.

— Para onde irá agora? — perguntei, sem olhar por cima do ombro quando Jurian parou a meu lado e encarou a escuridão. Miryam e Drakon haviam partido rapidamente, precisando cuidar dos feridos e transportar o Caldeirão para um dos navios antes que os demais Grão-Senhores tivessem um momento para considerar seu paradeiro.

Jurian se recostou contra a moldura da porta oposta.

— A rainha Vassa me ofereceu um lugar em sua corte. — De fato, Vassa permanecera do lado de dentro, conversando animadamente com Lucien. Supus que, se ela só tivesse até o alvorecer antes de se transformar naquele pássaro de fogo, gostaria de fazer valer cada minuto. Lucien, surpreendentemente, ria, os ombros relaxados e a cabeça inclinada ao ouvir.

— Vai aceitar?

A expressão de Jurian era solene... cansada.

— Que tipo de corte pode ter uma rainha amaldiçoada? Ela está presa àquele senhor da morte, precisa voltar ao lago no continente em algum momento. — Jurian balançou a cabeça. — Uma pena que o rei tenha sido tão espetacularmente decapitado por sua irmã. Aposto que ele poderia ter encontrado uma forma de quebrar aquela maldição.

— Uma pena mesmo — murmurei.

Jurian resmungou, divertido.

— Acha que temos chance? — perguntei, indicando as silhuetas humanas que ainda se afastavam, bem longe, de volta ao acampamento. — De paz entre todos nós?

Jurian ficou em silêncio por um longo momento.

— Sim — respondeu ele, baixinho. — Acho.

E eu não soube por que, mas aquilo me confortou.

Eu ainda remoía as palavras de Jurian dias depois, quando aquele acampamento de guerra foi, por fim, desmontado. Quando fizemos nossas despedidas finais e promessas — algumas mais sinceras que outras — de nos vermos de novo.

Quando minha corte, minha família, atravessou de volta para Velaris.

A luz do sol ainda entrava pelas janelas da casa na cidade. O cheiro de limão, do mar e de pão assado ainda preenchia cada cômodo.

E, à distância... Crianças ainda riam nas ruas.

Lar. O lar estava igual; o lar estava intacto.

Apertei a mão de Rhys com tanta força que achei que ele reclamaria, mas apenas apertou de volta.

E, embora todos tivéssemos nos banhado, enquanto estávamos parados ali... havia uma sujeira em nós. Como se o sangue não tivesse sido totalmente lavado.

E percebi que o lar estava realmente igual, mas nós... talvez nós não.

— Suponho que precisarei comer comida de verdade agora — murmurou Amren.

— Um sacrifício monumental — brincou Cassian.

Ela fez um gesto vulgar para ele, mas semicerrou os olhos ao ver as asas ainda enfaixadas. Os olhos de Amren — olhos prateados normais — se voltaram para Nestha, que se detinha no corrimão da escada, como se estivesse prestes a se retirar para o quarto.

Minha irmã mal falara, mal comera nos últimos dias. Não visitara Cassian na cama enquanto ele se curava. Ainda não falara comigo sobre o que acontecera.

— Fico surpresa por não ter trazido a cabeça do rei de volta para empalar e pendurar na parede — disse Amren a ela.

Nestha a encarou.

Mor emitiu um estalo com a língua.

— Alguns considerariam essa piada de mau gosto, Amren.

— Salvei a todos. Tenho o direito de falar o que quiser.

E, com isso, Amren saiu da casa para as ruas da cidade.

— A nova Amren é ainda mais rabugenta que a velha — disse Elain, baixinho.

Caí na risada. Os demais se juntaram a mim, e até mesmo Elain sorriu — um sorriso largo.

Todos menos Nestha, que olhava para o nada.

Quando o Caldeirão se quebrou... não sei se quebrou aquele poder dentro de minha irmã também. Se partiu o laço. Ou se ainda vivia, em algum lugar, dentro dela.

— Vamos — chamou Mor, passando um braço pelos ombros de Azriel e, então passou o outro cuidadosamente em volta dos de Cassian e os levou para a sala de estar. — Precisamos de uma bebida.

— Vamos abrir as garrafas caras — gritou Cassian por cima do ombro para Rhys, ainda mancando naquela perna que mal se curara.

Meu parceiro esboçou uma reverência subserviente.

— Guardem um pouco para mim, pelo menos.

Rhys olhou para minhas irmãs, então piscou um olho para mim. As sombras da batalha ainda permaneciam, mas aquele piscar... Eu ainda estava trêmula pelo pavor de que não fosse verdade. De que fosse tudo um sonho febril dentro do Caldeirão.

É real, ronronou Rhys em minha mente. *Provarei depois. Durante horas.*

Soltei uma risada e observei quando Rhys inventou uma desculpa para ninguém em particular sobre encontrar comida, e saiu andando pelo corredor, as mãos nos bolsos.

Sozinha na entrada com minhas irmãs, Elain ainda sorrindo um pouco, Nestha com o rosto sério, respirei fundo.

Lucien tinha ficado para trás a fim de ajudar com qualquer dos humanos feridos que ainda precisassem de cura feérica, mas prometera vir quando terminasse. Quanto a Tamlin...

Eu não tinha falado com ele. Mal o vira depois que me disse para ser feliz, e me devolveu meu parceiro. Deixara a reunião antes que eu pudesse dizer algo.

Então, dei a Lucien um bilhete para que entregasse a ele se o visse. O que eu sabia — sabia que ele entregaria. Lucien precisava fazer uma parada antes de vir até ali, ele dissera. Eu sabia de onde estava falando.

Meu bilhete para Tamlin era curto. Comunicava tudo o que eu precisava dizer.

Obrigada.

Espero que também encontre a felicidade.

E esperava mesmo. Não apenas por causa do que ele fizera por Rhys, mas... Mesmo para um imortal, não havia tempo suficiente na vida para desperdiçar com ódio. Sentindo ódio e despejando-o no mundo.

Então, desejava o melhor para Tamlin, de verdade, e esperava que um dia... Um dia, talvez, encarasse aqueles medos traiçoeiros, aquele ódio destruidor que apodrecia dentro de si.

— Então — falei para minhas irmãs. — E agora?

Nestha apenas se virou e subiu as escadas, cada passo lento e rígido. Ela fechou a porta com um clique decisivo depois de chegar ao quarto.

— Com papai — sussurrou Elain, ainda olhando para aqueles degraus —, não acho que Nestha...

— Eu sei — murmurei. — Acho que Nestha precisa digerir... muito daquilo.

Muito daquilo.

Elain me encarou.

— Nós a ajudaremos?

Brinquei com a ponta da trança.

— Sim... mas não hoje. Não amanhã. — Expirei. — Quando... quando ela estiver pronta. — Quando *nós* estivermos prontas também.

Elain assentiu, sorrindo para mim, e foi uma alegria hesitante... e *vida* que brilhou em seus olhos. Uma promessa do futuro, reluzente e doce.

Eu a levei até a sala de estar, onde Cassian tinha uma garrafa de uma bebida de cor âmbar em cada mão, Azriel já esfregava as têmporas, e Mor pegava copos de cristal de desenho refinado em uma prateleira.

— E agora? — perguntou-se Elain, por fim respondendo minha pergunta de momentos antes, conforme a atenção passava para as janelas que emolduravam a rua ensolarada. Aquele sorriso aumentou, tão alegre que acendeu até mesmo as sombras de Azriel do outro lado da sala. — Eu gostaria de fazer um jardim — declarou ela. — Depois de tudo isso... Acho que o mundo precisa de mais jardins.

Minha garganta deu um nó apertado demais para que eu respondesse imediatamente; então, apenas beijei a bochecha de minha irmã antes de dizer:

— Sim, acho que precisa.

CAPÍTULO 81

Rhysand

Mesmo da cozinha, eu conseguia ouvi-los. O passar do que com certeza era a garrafa mais antiga de bebida que eu tinha, e o tilintar daqueles copos de cristal igualmente antigos uns contra os outros.

Então, as risadas. O estrondo grave — essa era de Azriel. Rindo do que quer que Mor tivesse dito que a levara a um ataque de risos também, o som esganiçado e alegre.

Então, outra risada — prateada e luminosa. Mais linda que qualquer música tocada nas inúmeras casas de espetáculos e nos teatros de Velaris.

Fiquei parado à janela da cozinha, encarando o jardim com todo o esplendor do verão, sem ver de fato as flores de que Elain Archeron cuidara nas últimas semanas. Apenas encarando — e ouvindo aquela linda risada. A risada de minha parceira.

Esfreguei o peito com a mão ao ouvir aquele som... a alegria nele.

A conversa prosseguiu, caindo de novo nos antigos ritmos, mas... Perto. Tínhamos chegado tão perto de não ver de novo. Esse lugar. Um ao outro. E eu sabia que as risadas... eram em parte por causa disso também. Rebeldia e gratidão.

— Você vem beber ou vai apenas encarar as flores o dia todo? — A voz de Cassian interrompeu a melodia de sons.

Eu me virei e encontrei Cassian e Azriel à porta da cozinha, cada um com uma bebida na mão. Uma segunda bebida estava na outra mão cheia de cicatrizes de Azriel — ele a fez flutuar até mim em uma brisa tingida de azul.

Peguei o frio e pesado copo de cristal.

— Se aproximar de fininho de seu Grão-Senhor não é recomendado — avisei a eles, bebendo um grande gole. A bebida queimou ao descer pela garganta, aquecendo meu estômago.

— É bom manter você alerta na velhice — disse Cassian, bebendo também. Ele se recostou à porta. — Por que está se escondendo aqui?

Azriel olhou subitamente para ele, mas eu ri e tomei outro gole.

— Vocês abriram mesmo as garrafas caras.

Os dois esperaram. Mas a risada de Feyre soou de novo, seguida pela de Elain e a de Mor. E, quando olhei de volta para meus irmãos, vi a compreensão no rosto deles.

— É real — disse Azriel, baixinho.

Nenhum dos dois riu ou comentou sobre as lágrimas em meus olhos. Tomei outro gole para tirar o nó da garganta, e me aproximei de ambos.

— Vamos não fazer isso de novo por mais quinhentos anos — comentei, um pouco rouco, e brindei com eles.

Azriel abriu um sorriso quando Cassian ergueu a sobrancelha.

— E o que faremos até lá?

Além de negociar a paz, além daquelas rainhas que certamente seriam um problema, além de restaurar nosso mundo partido...

Mor nos chamou, exigindo que levássemos comida para elas. De um tipo *impressionante*, acrescentou minha prima. *Com bastante pão.*

Sorri. Sorri mais quando a risada de Feyre soou de novo — quando *senti* pelo laço, faiscando mais forte que toda a Queda das Estrelas.

— Até lá — disse a meus irmãos, colocando os braços sobre seus ombros, e levando-os de volta à sala de estar. Olhei para a frente, na direção daquela risada, daquela luz e daquela visão do futuro que Feyre me mostrara, mais linda que qualquer coisa que eu pudesse ter desejado, qualquer coisa que eu *tivesse* desejado, naquelas longínquas e solitárias noites com apenas as estrelas por companhia. Um sonho ainda não realizado, mas não para sempre. — Até lá, aproveitaremos cada segundo.

CAPÍTULO 82

Feyre

Rhysand estava no telhado, as estrelas, claras e baixas, os azulejos sob meus pés descalços, ainda mornos devido ao sol do dia.

Ele sentara em uma daquelas pequenas cadeiras de ferro, sem luz, sem garrafa de bebida — apenas ele, as estrelas e a cidade.

Sentei no colo de Rhys e deixei que ele me abraçasse.

Ficamos sentados em silêncio por um longo tempo. Mal tínhamos conseguido um momento a sós após a batalha, e estávamos cansados demais para fazer qualquer coisa que não dormir. Mas aquela noite... A mão de Rhys desceu por minha coxa, exposta devido à forma como minha camisola se repuxara.

E ele se sobressaltou quando olhou de verdade para mim e, então, deu uma risada bufada contra meu ombro.

— Eu devia saber.

— As moças da loja me deram, de graça. Como agradecimento por tê-las salvado de Hybern. Talvez eu devesse fazer isso mais vezes se me faz conseguir lingerie.

Eu usava aquela calcinha vermelha de renda — por baixo de uma camisola vermelha combinando, tão escandalosamente transparente que a deixava à mostra.

— Ninguém contou a você? É podre de rica.

— Só porque tenho dinheiro não quer dizer que preciso gastar.

Rhys apertou meu joelho.

— Que bom. Precisamos de alguém com juízo para administrar dinheiro por aqui. Ando esbanjando ouro a torto e a direito graças a nossa Corte de Sonhos, que tira vantagem de minha generosidade ridícula.

Uma risada ecoou no fundo de minha garganta quando apoiei a cabeça contra seu ombro.

— Amren ainda é sua imediata?

— Nossa imediata.

— Semântica.

Rhys traçou círculos preguiçosos em minha pele exposta, pelo joelho e na parte inferior da coxa.

— Se ela quiser, a posição é dela.

— Mesmo que não tenha mais os poderes?

— Ela agora é Grã-Feérica. Tenho certeza de que vai descobrir algum talento oculto com que nos aterrorizar.

Ri novamente, saboreando o toque da mão de Rhys em minha pele, o calor do corpo em volta do meu.

— Ouvi você — disse Rhys, baixinho. — Quando eu... fui.

Comecei a ficar tensa com resquícios do terror que me tirara o sono nas últimas noites; o terror do qual eu duvidava que me recuperaria tão cedo.

— Aqueles minutos — falei, depois que Rhys começou a traçar carícias muito longas e tranquilizadoras em minha coxa. — Rhys... nunca mais quero sentir aquilo.

— Agora sabe como me senti Sob a Montanha.

Inclinei o pescoço para encará-lo.

— *Nunca* mais minta para mim. Não com relação a isso.

— Mas com relação a outras coisas?

Belisquei seu braço com tanta força que ele riu e afastou minha mão.

— Não podia deixar todas vocês, *damas*, levarem crédito por nos salvar. Algum macho precisava reivindicar um pouco de glória para que vocês não nos pisoteassem até o fim dos tempos, se vangloriando.

Soquei seu braço dessa vez.

Mas Rhys abraçou minha cintura e apertou, sentindo meu cheiro.

— Ouvi você, mesmo na morte. Aquilo me fez olhar para trás. Me fez ficar... um pouco mais.

Antes de ir para aquele lugar que certa vez eu tentei descrever para o Entalhador.

— Quando chegar a hora de ir para lá — falei, baixinho —, vamos juntos.

— É um acordo — disse Rhys, e me beijou de leve.

— Sim, um acordo — murmurei contra seus lábios.

A pele em meu braço esquerdo formigou. Um sopro morno serpenteou por ela.

Abaixei o olhar e vi outra tatuagem — idêntica àquela que um dia estivera ali, exceto por aquela faixa preta do acordo que eu fizera com Bryaxis. Rhys modificara essa para se posicionar em volta da faixa, para se integrar imperceptivelmente entre os arabescos e redemoinhos.

— Sentia falta da antiga — disse Rhys, inocentemente.

No braço esquerdo, a mesma tatuagem fluía. Não até os dedos, como a minha, mas do pulso ao cotovelo.

— Imitão — falei, provocando. — Fica melhor em mim.

— Hummm. — Rhys traçou uma linha por minha coluna, então cutucou dois pontos ali. — O doce Bryaxis sumiu. Sabe o que isso quer dizer?

— Que preciso sair para caçá-lo e colocá-lo de volta na biblioteca?

— Ah, sem dúvida.

Eu me virei no colo de Rhys, envolvendo seu pescoço com os braços ao dizer:

— E você virá comigo? Nessa aventura e em todas as outras?

Rhys se inclinou para a frente e me beijou.

— Sempre.

As estrelas pareceram brilhar mais forte em resposta, se aproximando para assistir. As asas de Rhys farfalharam quando ele nos moveu na cadeira e intensificou o beijo até me deixar sem fôlego.

E, então, eu estava voando.

Rhys me colocou nos braços, disparando conosco direto para a noite estrelada, a cidade era um reflexo reluzente abaixo.

Música fluía dos cafés diante do rio. Pessoas davam risadas enquanto caminhavam de braços dados pelas ruas e atravessavam as pontes que se estendiam sobre o Sidra. Pontos pretos ainda manchavam parte da extensão luminosa — pilhas de escombros e construções destruídas —, mas mesmo algumas delas tinham sido acesas com pequenas luzes. Velas. Desafiadoras e lindas contra a escuridão.

Precisaríamos de mais daquilo nos próximos dias — na longa estrada adiante. Para um novo mundo. Um que eu deixaria melhor do que o havia encontrado.

Mas, por enquanto... esse momento, com a cidade sob nós, o mundo ao redor, saboreando aquela paz arduamente conquistada... Eu saboreei também. Cada batida do coração. Cada som, cheiro e imagem que se plantou em minha mente, tantos que seria preciso uma vida inteira — várias delas — para pintar.

Rhys parou de subir, lançou um pensamento para minha mente e abriu um sorriso quando conjurei minhas asas.

Ele me soltou, e eu planei suavemente para fora de seus braços, me deliciando com o vento morno que acariciava cada centímetro, sorvendo o ar envolto em sal e limão. Precisei de algumas batidas das asas para acertar — a sensação e o ritmo. Mas, depois, estava firme, reta.

E, depois, estava voando. Disparando.

Rhys voava a meu lado e, quando sorriu para mim de novo conforme planávamos para as estrelas, as luzes e a brisa beijada pelo mar, quando ele me mostrou todas as maravilhas de Velaris, o Arco-Íris reluzente parecendo um rio vivo de cores sob nós... Quando ele roçou a asa contra a minha, só porque podia, porque queria, e nós teríamos uma eternidade de noites para fazer aquilo, para ver tudo juntos...

Um presente.

Tudo aquilo.

Agradecimentos

Mesmo depois de nove livros, não fica mais fácil expressar a imensa gratidão às pessoas em minha vida, tanto pessoal quanto profissional, que tornam meu mundo mais alegre apenas por estarem nele.

Para Josh: cada momento com você é um presente. Há muito tempo, quando olhei para as estrelas e desejei, foi para que alguém como você estivesse em minha vida. Realmente acredito que aquelas estrelas ouviram, porque poder compartilhar essa aventura insana com você tem sido como um sonho realizado. Amo você mais que as palavras podem descrever.

Para Annie: obrigada pelos afagos, as birras e as constantes exigências por mais lanchinhos que me mantêm focada. Amo você para sempre, e sempre, e sempre, filhotinha de cachorro (e não importa o que digam, juro que você *pode* ler isto).

Para minha agente, Tamar, que trabalha tão incansavelmente e é a pessoa mais destemida e durona que conheço: nada disso seria possível sem você, e jamais deixarei de ser grata por isso. Obrigada por tudo.

Para Cat Onder: trabalhar com você foi um enorme privilégio e uma alegria. Obrigada por ser uma editora tão criativa, preocupada e perspicaz, e por todos os anos de amizade.

Para a equipe genial da Bloomsbury pelo mundo: Cindy Loh, Cristina Gilbert, Kathleen Farrar, Nigel Newton, Rebeca McNally, Sonia Palmisano, Emma Hopkin, Ian Lamb, Emma Bradshaw, Lizzy Mason,

Courtney Griffin, Erica Barmash, Emily Ritter, Grace Whooley, Eshani Agrawal, Emily Klopfer, Alice Grigg, Elise Burns, Jenny Collins, Beth Eller, Kerry Johnson, Kelly de Groot, Ashley Poston, Lucy Mackay--Sim, Hali Baumstein, Melissa Kavonic, Diane Aronson, Linda Minton, Christine Ma, Donna Mark, John Candell, Nicholas Church, e toda a equipe de direitos estrangeiros — obrigada pelo trabalho árduo para tornar esses livros realidade, e por serem a melhor equipe editorial global *que já existiu.* Para Jon Cassir e a equipe da CAA: obrigada por promoverem meus livros e a mim.

Para Cassie Homer, assistente extraordinária: obrigada por toda a sua ajuda e por ser tão agradável de se trabalhar!

Para meus pais: obrigada pelos contos de fada e o folclore, pelas aventuras ao redor do mundo, e pelas manhãs de fim de semana com *bagels* e salmão defumado do Murray's. Para Linda e Dennis: criaram um filho tão espetacular, e serei eternamente grata por isso. Para minha família: sou tão sortuda por ter todos vocês em minha vida.

Para Roshani Chokshi, Lynette Noni e Jennifer Armentrout: obrigada por serem luzes tão brilhantes e amigas maravilhosas — e por todo o feedback valioso para este livro. Para Renée Ahdieh, Steph Brown e Alice Fanchiang: adoro vocês.

Um imenso obrigada a Sasha Alsberg, Vilma Gonzalez, Alexa Santiago, Rachel Domingo, Jessica Reigle, Kelly Grabowski, Jennifer Kelly, Laura Ashforth e Diyana Wan por serem pessoas excepcionalmente incríveis e encantadoras. Para a maravilhosa Caitie Flum: *muito* obrigada por separar tempo para ler este livro e por dar feedback tão valioso. Para Louise Ang: obrigada, obrigada, obrigada por todo o seu carinho incrível, sua alegria contagiosa e generosidade extraordinária.

Para Charlie Bowater, que é não apenas uma artista brilhante, mas também um ser humano magnífico: obrigada pela arte que me comoveu e inspirou, e por todo o seu trabalho árduo e fenomenal no livro de colorir. É uma honra trabalhar com você.

E, por fim, para *você*, caro leitor: obrigada, do fundo do coração, por vir comigo e com Feyre nesta jornada. Suas cartas sinceras e sua arte incrível, sua música encantadora e os cosplays sagazes... tudo isso significa mais que consigo expressar. Sou realmente abençoada por ter vocês como leitores, e mal posso esperar para compartilhar mais deste mundo com vocês no próximo livro!

Este livro foi composto na tipografia Minion Pro,
em corpo 12/14,5, e impresso em
papel off-white no Sistema Cameron da
Divisão Gráfica da Distribuidora Record.